패턴을 알면 정답이 보인다.

고등문학

고전시가

알앤비
R]NB]

목차

이 책으로 고전시가를 공부하는 학생에게

'고전시가' 문학 작품을 수업하다 보면 학생들이 늘 하는 이야기가 있습니다.

바로 고전시가는 너무 어렵고, 무엇을 이야기하는지 도통 이해하기가 힘든다고 말이지요. 심지어 어떤 친구는 고전시가 작품들을 외계어로 쓰여진 글 같다고 표현하기도 할 정도였으니 고전시가로 인해 수험생이 겪는 맘고생이 꽤 크다는 것을 알 수가 있습니다.

그렇다면 정말 고전시가는 어렵고, 힘들고, 이해하기 쉽지 않은 외계어일까요?

"인생식자(人生識字) 우환시(憂患始)라." (안서우의 '유원십이곡' 중)

사람이 글자를 알게 되면서부터 근심이 시작된다는 내용을 담고 있는 조선 후기 학자의 연시조 중 첫수에 나오는 내용은 마치 우리가 고전시가 작품들을 눈에 담기 시작하면서 고민이 시작된 것과 같은 마음을 담고 있는 것 같습니다. 마음에 드는 이성 친구가 내 자리 근처에 온 건 아닐지 작은 소리에도 미어캣처럼 귀를 쫑긋거리는 나의 모습은 "지는 잎 부는 바람에 행여 그 사람인가 하노라."(서경덕의 '마음이 어린 후니~' 중)라고 말하며 창밖의 낙엽이 바스락거리는 소리에도 사랑하는 사람이 찾아온 것은 아닐까 귀 기울이는 화자의 마음과 크게 다르지 않아 보입니다. 또한 모의고사 성적표를 두 손에 부여잡고 속상해하고 슬퍼하며 시험 없는 세상에서 살고 싶다고 생각하는 나의 모습은 세속에 시달려 자연 속에 은둔하고자 하는 양반네들의 마음과 크게 다르지 않아 보입니다.

그렇다면 고전시가 작품들을 대할 때 마냥 어렵다고 생각하기 이전에 지금과 다른 표기를 살짝 걷어내고, 소리 내어 작품을 읽는 약간의 노력을 조금만 더해본다면 어떨까요? 그러면 고전시가 문학 작품 속에 담겨 있는 사람 사는 이야기에 귀 기울일 수 있지 않을까요? 나와 내 친구들이 나누는 이야기와 같은 고민들과 삶의 경험들이 비슷하게 담겨 있는 작품들 속에서 화자들이 울고 웃는 모습에 공감하고 그들의 모습을 통해

조언을 듣기도, 새로운 것을 경험하기도 하는 그 과정 속에서 나보다 먼저 세상을 살았던 선배들의 삶을 대하는 모습을 통해 나의 삶을 돌아 볼 수 있는 기회를 누려보는 시간을 가져 보면 어떨까요?

이 책은 고전시가 작품들이 어렵고, 힘들고, 이해하기 쉽지 않은 외계어가 아니라 우리보다 먼저 삶을 살아갔던 나와 같은 사람들의 이야기라는 것을 마음으로 받아들이며 이해하기를 소망하는 마음으로 만들었습니다. 이런 좋은 작품들을 머리와 마음으로 이해하다 보면 수능 문제 또한 잘 풀리는 건 덤이라고 해야겠죠?

오늘도 하루를 성실하게, 그리고 치열하게 살아낸 우리 학생들이 이 책에 실린 작품들을 통해 재미와 도전을 경험하며 더욱 성장하는 계기가 되길 소망합니다.

이 책의 구성과 활용

1. 모든 고전시가를 담은 교재

◆ 평가원에서 출제한 '모든' 지문을 담았습니다.

◆ 기출문제, 새 실전 문제로 연습을 거듭할 수 있습니다.

◆ 꼼꼼한 정답 해설은 물론, 모든 작품의 해설을 담았습니다.

2. 이 책의 구성

1. 평가원 학력평가와 동일한 지문, 충분한 실전 문제

◆ 평가원에서 출제했던 지문을 그대로 가져 와 지문을 구성하였습니다. 문제를 풀지 않더라도 지문만 보면서 스스로 해석하거나, 수업을 들은 후 표현법을 적어 보며 복습한다면 고전시가 실력을 키우는 데에 큰 도움이 될 것입니다.

◆ 해당 작품과 관련된 평가원 기출문제 전체와 작품을 이해하는 데에 도움이 되는 실전 문제를 적절히 섞어 배치하였습니다. 최소 5문제에서 최대 10문제를 풀다 보면, 문제를 풀면서 공부가 되는 효과를 볼 수 있습니다.

2. 갈래 이론

◆ 관련 작품 뒤에 고전시가 갈래와 관련된 정보를 실었습니다. 고대가요, 향가, 고려가요, 가사, 시조 등 갈래에 대한 이론을 접함으로써 내신 문제에 대비하고 문제에 대한 배경지식을 쌓을 수 있습니다.

3. 작품 해설

◆ 해설지에 작품 해설을 충분히 실었습니다. 작품을 감상할 때 집중해서 보아야 할 점, 작품의 전체적인 구조와 핵심 정보, 자주 선택지로 구성되는 표현법까지 모두 적혀있으니, 내신 대비에도 부족함이 없을 것입니다.

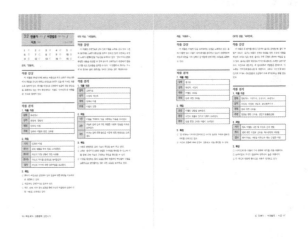

◆ 〈보기〉에 쓰인 작품까지 같은 형식으로 해설하여 한 권으로 편하게 공부할 수 있도록 도왔습니다.

4. 문제 풀이

◆ 정답이 왜 정답인지에 대한 설명은 물론이고, 오답에 대한 해설도 꼼꼼하게 해두었습니다. 기출문제와 새로운 문제에 대한 해설을 보며, 문제를 푸는 근거가 타당한지 살펴서 논리력을 키워보세요.

저자

류대곤   인천하늘고등학교 교사

고려대학교 국어국문학과 및 교육대학원 국어교육과 / 저서 : 《청소년을 위한 한국고전문학사》, 《패턴국어 문법 심화편》, 《패턴국어 중학문법:기본편》, 《패턴국어 중학문법:심화편》, 《패턴국어 문법 기본편》, 《패턴국어 중등문학:현대시》, 《패턴국어 고등문학:현대시》, 《패턴국어 고등문법:기출문제》, 《패턴국어 중등문학:현대 소설》

김은정   진성고등학교 교사

고려대학교 국어교육과 졸업 / 《청소년을 위한 한국고전문학사》. 2009개정교육과정 고등학교 문학 교과서 집필, EBS 올림포스 문학 집필, 《패턴국어 중학문법:기본편》, 《패턴국어 중학문법:심화편》, 《패턴국어 고등문학:현대시》

황혜림   성신여자고등학교 교사

고려대학교 국어교육과 졸업 / 《패턴국어 중학문법:기본편》, 《패턴국어 중학문법:심화편》,, 《패턴국어 고등문학:현대시》,

김선혜   하남고등학교 교사

고려대학교 국어교육과 졸업 / 이투스 531프로젝트 〈고전시가〉편, 《패턴국어 중학문법:기본편》, 《패턴국어 중학문법:심화편》, 《패턴국어 중등문학:현대시》, 《패턴국어 고등문학:현대시》, 《패턴국어 중등문학:현대 소설》

김희중   프리랜서

고려대학교 국어국문학과 졸업 / 《패턴국어 고등문학:현대시》

검토진

이기봉 청심국제중고등학교 / **정철** 중산고등학교 / **백현일** 안산고등학교 / **이수목** 하남고등학교

대치동 및 강남 서초 분당의 학원에서 학생들을 지도하시는 선생님들께서도 검토해 주셨습니다.

대치   김나래 / 김지해 / 박소현 / 백애란 / 성수나 / 신희정 / 윤경훈 / 윤지윤 / 이경희 / 이수현
　　　이예원 / 이채윤 / 정장현 / 정태식 / 지현서 / 채상아

서초   나선애 / 송남권 / 이정화

압구정   곽은영 / 이연주 / 이정여

반포   김기식 / 김민경 / 민지애 / 양세영

분당   김현진 / 민병억 / 서보현 / 함범찬 / 홍승희

초판 1쇄 2023년 4월 28일
저자 류대곤 | 김은정 | 황혜림 | 김선혜 | 김희중
펴낸이 이상기　　　　　　　펴낸곳 ㈜도서출판알앤비　　　　등록 2018년 8월 22일 제 2022-0000368호
주소 서울 강남구 남부순환로 2909 201-1호　　　　　　　　　　전자주소 rnbbooks@daum.net
ⓒ 류대곤 | 김은정 | 황혜림 | 김선혜 | 김희중　2023, Printed in Korea.
ISBN 979-11-979891-3-1 53800　　　　　　　　　　　　　　값 18,000원

고전시가 01

[1~5] 다음 글을 읽고 물음에 답하시오.

생사(生死) 길은

예 있으매 ㉠머뭇거리고,

㉡나는 간다는 말도

못다 이르고 어찌 갑니까.

어느 가을 이른 ⓐ바람에

이에 저에 떨어질 ⓑ잎처럼

㉢한 가지에 나고

㉣가는 곳 모르온저.

아아, 미타찰(彌陀刹)에서 만날 나

㉤도(道) 닦아 기다리겠노라.

- 월명사, 「제망매가」

1

2008학년도 6월 평가원 모의고사 [기출]

윗글에 대한 설명으로 가장 적절한 것은?

① 인간과 자연의 대비를 통해 주제 의식을 부각하고 있다.
② 화자가 처한 상황에 대한 대응 방식이 드러나 있다.
③ 미래에 대한 낙관적 전망이 제시되어 있다.
④ 바람직한 세계에 대한 확신을 그리고 있다.
⑤ 상황에 대한 우회적 비판이 나타나 있다.

2

2008학년도 6월 평가원 모의고사 [기출 변형]

㉠~㉤에 대한 설명으로 적절하지 않은 것은?

① ㉠ : 생사의 문제에 대한 인간적 고뇌를 담고 있다.
② ㉡ : 말없이 떠난 누이에 대한 원망이 강하게 드러나 있다.
③ ㉢ : 화자가 시적 대상과 같은 부모에게서 태어난, 같은 핏줄임을 드러내고 있다.
④ ㉣ : 혈육의 죽음에서 느끼는 인생의 무상감이 나타나 있다.
⑤ ㉤ : 현재의 슬픔을 종교적으로 승화하는 의지적 태도를 보이고 있다.

3

윗글의 화자에 대한 이해로 가장 적절한 것은?

① 자신이 바라는 구체적인 행동을 대상에게 권유하고 싶다.
② 미래의 삶에 대한 희망을 바탕으로 현재의 시련을 극복하고 있다.
③ 죽어서 다시 만날 것을 기약함으로써 슬픔을 극복하려 하고 있다.
④ 세속적 욕망과 거리를 두고 자연과 조화를 이루는 삶을 추구하고 있다.
⑤ 자신이 원하지 않는 상황을 제시하며 대상과 함께하기를 소망하고 있다.

4

〈보기〉의 하늘과 윗글의 미타찰에 대한 설명으로 적절한 것은?

보기
잃어 버렸습니다. 무얼 어디다 잃었는지 몰라 두 손이 주머니를 더듬어 길에 나아갑니다.   돌과 돌과 돌이 끝없이 연달아 길은 돌담을 끼고 갑니다. 담은 쇠문을 굳게 닫아 길 위에 긴 그림자를 드리우고   길은 아침에서 저녁으로 저녁에서 아침으로 통했습니다.   돌담을 더듬어 눈물 짓다 쳐다보면 하늘은 부끄럽게 푸릅니다.   풀 한 포기 없는 이 길을 걷는 것은 담 저쪽에 내가 남아 있는 까닭이고,   내가 사는 것은, 다만, 잃은 것을 찾는 까닭입니다. 　　　　　　　　　　- 윤동주, 「길」

① '하늘'과 '미타찰'은 화자가 몸을 담고 있는 공간이다.
② '하늘'은 숭고함을, '미타찰'은 비장함을 자아내는 공간이다.
③ '하늘'과 '미타찰'은 화자에게 환상을 불러일으키는 공간이다.
④ '하늘'은 화자의 반성을, '미타찰'은 화자의 지향을 함축하는 공간이다.
⑤ '하늘'은 자연의 영원성을, '미타찰'은 인간의 유한성을 상징하는 공간이다.

5

윗글의 ⓐ, ⓑ와 〈보기〉의 밑줄 친 시어들을 비교하여 이해한 내용으로 적절하지 않은 것은?

보기
A. 간밤에 부던 **바람** 만정 **도화(桃花)** 다 지겠다 　아이는 비를 들어 쓸려고 하는구나 　낙화인들 꽃이 아니랴 쓸어 무엇 하리오 　　　　　　　　　　　- 유응부   B. **바람** 불어 쓰러진 **나무** 비 온다 싹이 나며 　임 그려 든 병이 약 먹다 나을쏘냐 　저 임아 널로 든 병이니 네 고칠까 하노라 　　　　　　　　　　　- 유희춘

① ⓐ와는 달리 A의 '바람'은 화자의 시련을 상징하고 있다.
② ⓐ와 B의 '바람'은 어떤 결과를 가져오는 원인으로 작용하고 있다.
③ ⓑ와 달리 A의 '도화'는 화자의 감회와 흥취를 부각하고 있다.
④ ⓑ와 달리 B의 '나무'는 화자 자신을 비유하고 있다.
⑤ ⓑ, A의 '도화', B의 '나무'는 수동성을 함축하고 있다.

생사(生死) 길은

예 있으매 머뭇거리고,

㉠나는 간다는 말도

못다 이르고 어찌 갑니까.

어느 가을 이른 바람에

이에 저에 떨어질 잎처럼

ⓐ한 가지에 나고

가는 곳 모르온저.

아아, 미타찰(彌陀刹)에서 만날 ㉡나

도(道) 닦아 기다리겠노라.

– 월명사, 「제망매가」

6

1997학년도 수능 [기출]

윗글에 나타난 시적 화자의 태도로 가장 적절한 것은?

① 지순한 사랑을 통해 삶의 허무를 벗어나고자 한다.

② 스스로를 고통 속에 던져서 자신을 정화하고자 한다.

③ 헤어짐의 상황을 받아들여 기다림으로 극복하고자 한다.

④ 삶과 죽음의 경계를 벗어나 영원으로 회귀하고자 한다.

⑤ 현실과 거리를 둠으로써 주어진 운명을 초월하고자 한다.

7

1997학년도 수능 [기출 변형]

〈보기〉의 ㉮~㉶ 중, ⓐ'한 가지'와 가장 유사한 심상을 환기하는 것은?

보기

뭐락카노, 저 편 ㉮강기슭에서

니 뭐락카노, 바람에 불려서

이승 아니믄 저승으로 떠나는 ㉯뱃머리에서

나의 목소리도 바람에 날려서

뭐락카노 뭐락카노

썩어서 ㉰동아밧줄은 삭아 내리는데

하직을 말자 하직 말자

인연은 ㉱갈밭을 건너는 바람

뭐락카노 뭐락카노 뭐락카노

니 ㉲흰옷자라기만 펄럭거리고……

오냐. 오냐. 오냐.

아니믄 저승에서라도……

이승 아니믄 저승에서라도

인연은 갈밭을 건너는 바람

뭐락카노, 저 편 강기슭에서

니 음성은 바람에 불려서

오냐. 오냐. 오냐.

나의 목소리도 바람에 날려서.

– 박목월, 「이별가」

① ㉮　　② ㉯　　③ ㉰　　④ ㉱　　⑤ ㉲

8

1997학년도 수능 [기출 변형]

〈보기〉는 윗글을 해석하는 여러 방법 가운데 하나이다. 〈보기〉의 빈칸에 들어갈 시어로 가장 적절한 것은?

보기
문학적 상징에는 인류 문화에 보편적으로 적용되는 상징과 특수한 문화권에만 적용되는 상징이 있다. 이 시에 나타난 '길'이나 '가을' 같은 것은 동서양에서 모두 자주 다루어지는 문학 소재이지만, (　　　)은 불교의 전통과 관련하여 동양권에서 독특한 의미를 지니는 시어이다. 이를 달리 말하면 우리 시를 잘 이해하려면 먼저 우리 문화에 대한 이해가 있어야 한다는 뜻도 된다.

① 생사(生死)　　② 바람　　　　③ 잎

④ 미타찰(彌陀刹)　⑤ 도(道)

9

윗글에 대한 설명으로 적절하지 <u>않은</u> 것은?

① 불교의 윤회 사상을 배경으로 하고 있다.

② 인간적 고뇌를 종교적으로 승화하고 있다.

③ 화자와 시적 대상 간의 관계가 드러나고 있다.

④ 삶과 죽음의 문제를 자연의 섭리에 비유하고 있다.

⑤ 자연물에 의지하여 현실적 고통을 벗어나려 하고 있다.

10

㉠과 ㉡에 대한 설명으로 가장 적절한 것은?

① ㉠은 시적 대상으로 유유자적한 삶을 사는 존재이다.

② ㉡은 화자로 대상과의 갈등 때문에 체념적 태도를 보이고 있다.

③ ㉠은 자신의 뜻을 전달하고자 ㉡과의 만남을 간절히 소망하고 있다.

④ ㉠은 이승에서의 삶을 부정하고, ㉡은 저승으로의 길을 수용하고 있다.

⑤ ㉡은 ㉠이 부재하는 상황을 받아들이며 재회에 대한 의지를 드러내고 있다.

향가는 신라에서 한자를 이용하여 우리말을 표기하는 향찰(鄕札)이 창안되면서 창작되기 시작하였다. 현재 전해지는 최초의 향가 작품은 진평왕 때인 6세기 말에 서동이 지은 '서동요(薯童謠)'이며, 고려 광종 때인 10세기 말에 균여 대사가 지은 '보현십원가(普賢十願歌)'가 마지막 작품이다. 향가를 집대성한 『삼대목』이 진성여왕 2년인 9세기 말에 간행된 것으로 보아 이때 향가가 상당히 융성했던 것으로 추정된다. 『삼대목』은 각간(角干) 위홍과 대구화상(大矩和尙)이 편찬한 향가집으로 지금은 전하지 않지만, 신라 향가를 집대성한 최초의 사화집(詞華集)1이라는 점에서 큰 의미가 있다.

➜ 〈삼국사기〉 신라본기에 삼대목에 관한 기록만 있고 지금은 전해지지 않는다

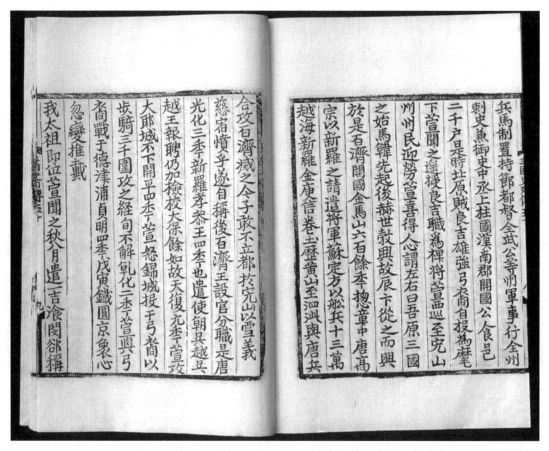

〈삼국사기〉, 한국민족문화대백과사전(encykorea.aks.ac.kr), 한국학중앙연구원

----
1 노래의 내용이 들어 있는 책

향가의 형식은 4구체, 8구체, 10구체가 있는데, 4구체는 향가의 초기 형태로서 민요나 동요가 정착된 것으로 보인다. 8구체는 4구체에서 발전된 형태로 4구체에서 10구체로 발전해가는 과도기적 형태를 보인다. 그리고 10구체는 가장 정제되고 세련된 형태로 4-4-2구의 3장으로 이루어져 있다. 마지막 2구인 낙구의 첫머리에는 반드시 감탄사 '아으'를 두었는데, 이 감탄사는 후대 시조 형식에 영향을 주었다.

　향가의 내용은 민요, 동요, 토속 신앙에 대한 것, 임금을 그리워하는 노래, 나라를 다스리는 노래 등 다양하지만, 불교적 기원과 신앙심을 노래한 것이 가장 많다. 각각의 향가 작품은 배경 설화와 함께 전승되는데, 향찰로 표기된 노랫말의 앞이나 뒤에 그 노래와 관련된 이야기가 서술된 것이 특징이다. 설화적(說話的) 성격의 이야기가 대부분이나 노래가 창작될 당시의 역사적 사실이 기술되기도 한다. 작자층은 주로 승려, 화랑 등 귀족 계층이 중심을 이루었다. 현재 전하는 향가는 『삼국유사』에 14수, 『균여전』에 11수로 총 25수이다.

(가)

고려 속요는 고려 시대 궁중에서 형성되어 조선 시대까지 궁중 연향(宴饗)에서 전승되어 불린 노래를 가리킨다. 고려 속요의 기원과 형성에는 민간의 노래가 관여되었다.

민간의 노래가 궁중 잔치의 노래로 사용된 연원은 중국의 오래된 시집인 『시경(詩經)』의 '풍(風)'에서 찾을 수 있다. '풍'에는 민간의 노래가 실려 있는데 사랑 노래가 대부분이다. '풍'에 실린 노래는 중국은 물론 고려와 조선의 궁중 잔치에서도 불렸다. 또한 조선의 궁중에서는 이를 참고하여 연향 악곡을 선정하였다.

남녀 간의 사랑 노래를 포함한 민간의 노래가 궁중악으로 수용될 수 있었던 까닭은 무엇일까? 왕을 정점으로 하는 통치 구조에서는 왕권을 공고히 하고 풍속을 교화(教化)하는 수단이 필요했는데, 예법(禮法)과 음악도 중요한 역할을 하였다. 이때 그 과정에서 민중의 생활상을 진솔하게 반영한 노래 가운데 인륜의 차원으로 확장될 가능성이 있는 노래들은 통치 질서를 구현하기에 적합한 노래로 여겨져 궁중악으로 편입되었다. 특히 남녀 간의 사랑 노래는 그 화자와 대상이 '신하'와 '임금'의 구도로 치환되기 용이했기 때문에 궁중악으로 편입될 수 있었다. 이처럼 민간 가요의 궁중 악곡으로의 전환은 하층에서 상층으로의 편입·흡수 과정을 통해 상·하층이 노래를 함께 향유한 화합의 차원으로 볼 수 있다.

[A]
> 關關雎鳩(관관저구) 꾸욱꾸욱 우는 물수리 한 쌍
> 在河之洲(재하지주) 하수(河水)의 모래톱에 있도다.
> 窈窕淑女(요조숙녀) 요조숙녀는
> 君子好逑(군자호구) 군자의 좋은 짝이로다.

위의 시는 '풍'에 실린 『관저(關雎)』편 첫째 작품으로 작품의 짜임은 대칭 구조를 이루고 있다. 이미 짝을 지은 물수리 암수의 모습과 앞으로 짝을 이룰 요조숙녀와 군자의 모습이 상응하면서 자연과 사람, 사람과 사람 사이의 조화로움을 노래한 것으로 해석되어 왔다. 문왕(文王)과 후비(后妃)*의 덕을 읊은 것, 부부 간의 화락(和樂)과 공경(恭敬)을 읊은 것, 풍속 교화의 시초 등 이 노래에 대한 평(評)이 이를 짐작하게 한다. 이러한 점에서 이 노래는 궁중에서 불렸을 때 국가적 차원의 의미까지 담게 될 여지를 갖게 된다.

한편, 고려 속요와 『시경』의 '풍'은 공통점이 있지만 고려 속요는 '풍'과 구별되는 특성을 지니고 있기도 하다. 고려 속요는 민간의 사랑 노래가 궁중악으로 정제되어 편입되는 과정에서 변화를 겪기도 했다. 즉 작품의 특정 부분에 긴밀한 유기적 관계를 맺을 수 있는 형식적 장치를 마련하여 한 작품이 구성될 때 ⊙**작품 전체에 통일성을 부여하는 기능**을 더하였다. 그리고 궁중 연향을 고려한 것으로 보이는 특정 부분이 덧붙여지기도 했다. 예컨대, 전체적으로 애틋한 그리움의 정서를 보이는 작품에 ⓒ**송축의 내용**을 담거나 ⓒ**이별의 상황과 동떨어진 시어**를 붙이기도 한다. 『동동』과 『가시리』는 이러한 변화를 비교적 잘 보여 주고 있다.

(나)

덕(德)이란 곰비예 받줍고 복(福)이란 림비예 받줍고

덕(德)이여 복(福)이라 호놀 나슥라 오소이다

아으 동동(動動)다리 　　　　　　〈서사〉

ⓐ정월(正月)ㅅ 나릿므른 아으 어져 녹져 ᄒ
논디

누릿 가온디 나곤 몸하 ᄒᆞ올로 녈셔

아으 동동(動動)다리 　　　　　〈정월령〉

이월(二月)ㅅ 보로매 아으 노피 현 등(燈)ㅅ
블 다호라

ⓑ만인(萬人) 비취실 즈싀샷다

아으 동동(動動)다리 　　　　　〈이월령〉

삼월(三月) 나며 개(開)ᄒ 아으 만춘(滿春) 돌
욋고지여

ᄂᆞᄆᆡ 브롤 즈슬 디녀 나샷다

아으 동동(動動)다리 　　　　　〈삼월령〉

　　　　　　　　　　　 – 작자 미상, 「동동」

(다)

가시리 가시리잇고 나ᄂᆞᆫ

ᄇᆞ리고 가시리잇고 나ᄂᆞᆫ

위 증즐가 대평셩ᄃᆡ(大平盛代)

ⓒ날러는 엇디 살라 ᄒ고

ᄇᆞ리고 가시리잇고 나ᄂᆞᆫ

위 증즐가 대평셩ᄃᆡ(大平盛代)

잡ᄉᆞ와 두어리마ᄂᆞᆫ

ⓓ선ᄒ면 아니 올셰라

위 증즐가 대평셩ᄃᆡ(大平盛代)

셜온 님 보내ᄋᆞᆸ노니 나ᄂᆞᆫ

ⓔ가시ᄂᆞᆫ 돗 도셔 오쇼셔 나ᄂᆞᆫ

위 증즐가 대평셩ᄃᆡ(大平盛代)

　　　　　　　　　　　 – 작자 미상, 「가시리」

* 문왕과 후비 : 고대의 이상적인 성인 군주와 그의 부인인 태
사.

---

1 2017학년도 6월 평가원 모의고사 [기출]

(가)를 이해한 내용으로 적절하지 않은 것은?

① 고려 속요는 조선 시대까지 궁중 연향에서 사용되었
다.

② 『시경』의 '풍'은 조선의 궁중악에 영향을 주기도 하였
다.

③ 『시경』의 '풍'에 실린 노래에는 민중의 삶이 반영되어
있다.

④ 『시경』의 '풍'과 고려 속요는 모두 상층 노래가 하층
문화에 영향을 준 결과물이다.

⑤ 궁중악에서는 남녀의 사랑이 군신 간의 관계로 확장,
전환되어서 해석될 수 있었다.

---

2 2017학년도 6월 평가원 모의고사 [기출]

**㉠~㉢을 바탕으로 (나)와 (다)를 설명한 내용으로 가장 적
절한 것은?**

① (나)의 '아으 동동다리'는 ㉠의 예로 볼 수 없다.

② (나)의 〈서사〉에서 '아으 동동다리'를 제외한 나머지
부분은 ㉠의 예로 볼 수 있으나, ㉢의 예로는 볼 수 없
다.

③ (나)의 〈서사〉에서 '아으 동동다리'를 제외한 나머지
부분은 ㉡의 예로 볼 수 있다.

④ (다)의 '위 증즐가 대평셩ᄃᆡ'는 ㉡의 예로 볼 수 있으
나, ㉢의 예로는 볼 수 없다.

⑤ (다)의 제1연에서 '위 증즐가 대평셩ᄃᆡ'를 제외한 나머
지 부분은 ㉡의 예로 볼 수 있다.

(가)를 참고하여 [A], (나), (다)를 감상한 것으로 적절하지 않은 것은?

① [A]에서는 자연과 인간 간의 조화로움이, (나)의 〈정월령〉에서는 남녀 간의 사랑으로 인한 외로움이 드러나 있군.

② [A]의 '물수리 한 쌍'과 (나)의 '만춘 돌윗곶'은 생활 속에서 민중이 긍정적 가치를 부여하는 대상을 의미하는 것으로 볼 수 있군.

③ [A]에서는 화락의 상황을, (다)에서는 이별의 상황을 보여 주고 있군.

④ [A]에서는 제1행과 제2행이, (다)에서는 제1연과 제2연이 대상의 변화에 따른 대칭 구조를 이루고 있군.

⑤ [A]에서는 풍속을 교화할 만한 이상적인 사랑을, (나)에서는 모두가 우러러볼 만한 '덕'을, (다)에서는 '님'에 대한 사랑의 감정을 읊고 있는 것으로 볼 수 있군.

4

(다)와 〈보기〉에 대한 설명으로 가장 적절한 것은?

보기
서경(西京)이 아즐가 서경(西京)이 셔울히 마르는 위 두어렁셩 두어렁셩 다링디리(이하 후렴구 생략) 닷곤디 아즐가 닷곤디 쇼셩경 고외마른 여희므론 아즐가 여희므론 질삼뵈 브리시고 괴시란디 아즐가 괴시란디 우러곰 좃니노이다. (중략) 대동강(大同江) 아즐가 대동강(大同江) 너븐디 몰라셔 빈 내여 아즐가 빈 내여 노흔다 샤공아 네 가시 아즐가 네 가시 럼난디 몰라셔 녈 빈예 아즐가 녈 빈예 연즌다 샤공아 대동강(大同江) 아즐가 대동강(大同江) 건넌편 고즐여 빈 타 들면 아즐가 빈 타 들면 것고리이다 나는 – 작자미상,「서경별곡」

① (다)에는 화자의 미래에 대한 낙관적인 인식이 드러나 있다.

② 〈보기〉에는 이별을 거부하고 임을 따르겠다는 화자의 적극적인 태도가 드러나 있다.

③ (다)와 달리 〈보기〉에는 떠나는 임에 대한 원망이 드러나 있다.

④ 〈보기〉와 달리 (다)에는 자신의 행동에 대해 후회하는 화자의 모습이 드러나 있다.

⑤ (다)와 〈보기〉는 모두 시적 화자와 대상이 겉으로 드러나 있다.

5

@~@에 대한 설명으로 적절하지 <u>않은</u> 것은?

① ⓐ : 화자의 처지와 대비되는 대상으로 화자의 감정이 이입되어 있다.

② ⓑ : 임이 훌륭한 인격을 갖춘 존재임이 드러나 있다.

③ ⓒ : 버림받은 사람의 절망이 강렬하게 표출되어 있다.

④ ⓓ : 이별의 상황에서 적극적으로 대처하지 못하는 이유가 드러나 있다.

⑤ ⓔ : 시적 화자의 소망이 직접적으로 표출되어 있다.

[1~5] 다음 글을 읽고 물음에 답하시오.

(가)

구슬이 ㉠**바위**에 떨어진들

구슬이 바위에 ㉡**떨어진들**

㉢**끈**이야 끊어지겠습니까.

천 년을 ㉣**외따로이** 살아간들

㉤**천 년**을 외따로이 살아간들

믿음이야 끊어지겠습니까.   〈제6연〉

– 작자 미상, 「정석가」

(나)

　임이 오마 하거늘 **저녁밥**을 일찍 지어 먹고

중문(中門) 나서 대문(大門) 나가 지방 위에

올라가 앉아 손을 이마에 대고 오는가 가는가

건넌 산 바라보니 **거머희뜩*** 서 있거늘 저것

이 임이로구나. 버선을 벗어 품에 품고 신 벗

어 손에 쥐고 곰비임비* 임비곰비 천방지방*

지방천방 진 데 마른 데를 가리지 말고 **워렁**

퉁탕 건너가서 정(情)엣말 하려 하고 곁눈으로

흘깃 보니 작년 칠월 사흗날 껍질 벗긴 주추

리 **삼대***가 살뜰히도 날 속였구나.

　모쳐라 **밤**이기에 망정이지 행여나 낮이런들

남 웃길 뻔하였어라.

– 작자 미상

---

* 거머희뜩 : 검은빛과 흰빛이 뒤섞인 모양.

* 곰비임비 : 거듭거듭 앞뒤로 계속하여.

* 천방지방 : 몹시 급하게 허둥대는 모양.

* 삼대 : 삼[麻]의 줄기.

(가), (나)에 대한 설명으로 가장 적절한 것은?

① (가)는 (나)에 비해 시간과 공간이 구체적으로 드러난다.

② (나)는 (가)에 비해 설의적 표현이 두드러지게 드러난다.

③ (가)와 (나) 모두 대조와 연쇄를 통해 생동감을 드러낸다.

④ (가)와 (나) 모두 격정적 어조를 통해 고요한 분위기를 드러낸다.

⑤ (가)는 상황의 가정에서, (나)는 행동의 묘사에서 과장이 드러난다.

㉠~㉤ 중 〈보기〉의 ⓐ의 의미와 가장 가까운 것은?

보기
고려 시대에는 민간의 노래 가운데 풍속을 교화하는 데 적합하다고 여겨지는 노래를 궁중의 악곡으로 편입시켰다. 궁중 연회에서 사랑 노래가 많이 불린 것은 사랑 노래가 잔치 분위기와 잘 어울리면서도 남녀 간의 사랑을 ⓐ**군신 간의 충의**로 그 의미를 확장하여 수용할 수 있었기 때문이다. 민간에서 널리 불린 『정석가』가 궁중 연회의 노래로 정착된 것 역시 이런 맥락에서 볼 수 있다.

① ㉠　　② ㉡　　③ ㉢　　④ ㉣　　⑤ ㉤

3

2015학년도 9월 평가원 모의고사 [기출]

〈보기〉를 참고할 때, (나)에 대한 이해로 가장 적절한 것은?

보기

　사설시조에서의 해학성은 독자가 화자와 거리를 두되 관용의 시선을 보내는 데서 발생한다. 화자의 착각, 실수, 급한 행동과 그로 인한 낭패가 웃음을 유발하지만 독자는 그런 행동을 할 수밖에 없는 화자의 행동 이면에 있는 절실함, 진지함, 진솔함, 애틋함, 간절함을 느끼면서 화자와 공감하는 마음을 갖게 되는 것이다.

① 화자가 '저녁밥'을 짓다가 '임이' 온다는 소식을 듣고 혼잣말하는 모습에서 독자는 웃음 지으면서도 그 속에 담긴 진솔함을 공감한다.

② 화자가 '임'이라 여긴 '거머희뜩'한 것을 향해 '워렁퉁탕' 건너가는 모습에서 독자는 웃음 지으면서도 그 속에 담긴 절실함을 공감한다.

③ 화자가 집 안 마당에서 서성대며 '건넌 산'을 느긋하게 바라보는 모습에서 독자는 웃음 지으면서도 그 속에 담긴 애틋함을 공감한다.

④ 화자가 처음 보는 '삼대'를 '임'으로 착각하여 '임'을 원망하는 모습에서 독자는 웃음 지으면서도 그 속에 담긴 간절함을 수용한다.

⑤ 화자가 '임'이 오지 못하게 된 이유를 '밥' 탓으로 돌리는 모습에서 독자는 웃음 지으면서도 그 속에 담긴 진지함을 수용한다.

4

(가)에 대한 이해로 적절하지 **않은** 것은?

① 상징적인 시어를 통해 대상과의 인연을 강조하고 있군.

② 시구의 반복을 통해 화자의 강한 의지를 드러내고 있군.

③ 시적 대상과 헤어진 것을 가정하여 상황을 설정하고 있군.

④ 의문형 어미를 사용하여 대상에 대한 화자의 믿음을 강조하고 있군.

⑤ 시적 대상을 향한 화자의 변함없는 사랑이 역설적 표현을 통해 드러나는군.

5

(나)와 〈보기〉의 공통점으로 가장 적절한 것은?

보기

ᄆᆞ음이 어린 後(후)ㅣ니 ᄒᆞ는 일이 다 어리다.

萬重雲山(만중 운산)에 어늬 님 오리마는

지는 닙 부는 ᄇᆞ람에 힝여 귄가 ᄒᆞ노라.

－ 서경덕

① 유사한 어구의 반복을 통해 화자의 정서를 드러내고 있다.

② 의미상 대립되는 소재를 사용하여 주제 의식을 드러내고 있다.

③ 과장법을 사용하여 대상의 특징을 두드러지게 나타내고 있다.

④ 자연물에 인격을 부여하여 대상에 대한 친근감을 드러내고 있다.

⑤ 임을 그리워하는 마음으로 인해 착각하게 되는 상황을 그리고 있다.

　고려의 건국 이후 한문학이 발달하면서 향가가 쇠퇴하자 국문 시가는 다시 구비전승의 영역으로 돌아갔다. 그러기 때문에 한시(漢詩)를 제외한 이 시기의 시가는 온전하게 전해지지 않으며, 한글 창제 이후의 몇몇 문헌에 정착된 소량의 자료만이 있을 뿐이다. 그러한 작품 가운데서 경기체가(景幾體歌)를 제외한 국문 시가들을 일반적으로 고려 속요라고 한다. 이처럼 고려 속요란 현전하는 고려가요 중 경기체가 이외의 국문 시가에 대한 편의적 지칭이기 때문에 그것이 단일한 시가 양식으로서의 공통 원리와 속성을 가진다고 섣불리 가정하는 것은 위험하다. 따라서 현전하는 고려가요는 고려시대 시가의 전모를 두루 반영하는 것이 아니라 고려조 궁중악의 일부분으로 조선조에 전해지고 다시 조선 초기의 구악(舊樂) 정리 과정을 거쳐 문헌에 남겨진 작품들이다. 이 점을 소홀히 한 채 현존하는 작품 만에 근거한 해석을 성급하게 고려시대 시가 전체로 일반화하려는 태도는 무척 위험하다. 다시 말하면, 현전하는 작품들이 고려시대의 가요 전반을 고르게 반영하는 것이 아니라 궁중악에 선택적으로 흡수되고 적잖이 윤색·개작·편집되기도 한 악가(樂歌)인 한, 이를 절대시하여 고려시대 시가에 남녀 간의 애정에 관한 관심이나 유락적(遊樂的)·염세적 성향이 압도적인 듯이 강조하는 것은 온당하지 못하다.

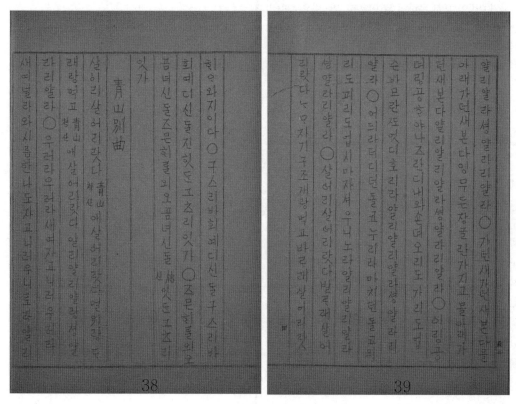

고려의 정치 사회적인 기반은 신라, 고구려, 백제 계통의 지방 세력을 통합한 바탕 위에서 성립되었으므로, 고려의 지배계층은 지방 세력의 통합과 새로운 문화 형성을 위해 지방민요를 적극적으로 수용했다. 고려 속요가 원래 민간에서 구전되던 민요였음은 지방의 성격을 띤 민요가 많은 점, 동일하거나 비슷한 내용의 가사가 두 노래 이상에서 나타난 점, 남녀상열지사의 내용이 많은 점, 민요 특유의 구조·표현·시어·율격을 가진 점, 여음구의 사용에 개편의 흔적이 보이는 점 등을 통해 알 수 있다. 유랑하는 백성의 괴로움을 노래한 〈청산별곡〉, 님과의 이별을 노래한 〈가시리〉, 월령체 노래의 전형적인 모습을 보여 주는 〈동동〉이 대표적인 작품이다.

고려 속요의 향유 계층은 민요성이 가장 큰 특징이었으므로 자연히 민중 층에 있었다고 할 수 있다. 고려 후기로 들어와 속요는 민중들만의 입에서 머무르지 않고 여러 경로를 통해 궁중으로 들어와 궁중의 속요로 수용·재편되었다.

형식 면에서 고려 속요는 향가나 시조와 같은 정형성은 찾을 수 없으나, 전해오는 14수의 한글 표기 고려 속요를 연장체(聯章體)와 단련체(單聯體)로 나누어볼 수 있다. 율격 면에서 고려 속요는 주로 3음보가 우세하다.

[1~5] 다음 글을 읽고 물음에 답하시오.

(가)

어이 못 오던다 무슨 일로 못 오던다

너 오는 길 위에 **무쇠로 성(城)을 쌓고 성 안에 담 쌓고** 담 안에란 **집**을 짓고 집 안에란 **뒤주*** 놓고 뒤주 안에 **궤**를 놓고 궤 안에 너를 결박ㅎ여 놓고 쌍비목* 외걸새에 용거북 ᄌ물쇠로 수기수기 줌갓더냐 네 어이 그리 아니 오던다

혼 둘이 셜흔 놀이여니 날 보라 올 하루 업스랴

— 작자 미상

(나)

청천(靑天)에 떠서 울고 가는 외기러기 날지 말고 늬 말 들어

한양성 내에 잠간 들러 부듸 늬 말 잊지 말고 웨웨텨* 불러 이르기를 월황혼 계워 갈 제 **적막 공규(空閨)에 던져진듯 홀로 안져** 님 그려 ᄎ마 못 살네라 ᄒ고 부듸 한 말을 **전ᄒ여 쥬렴**

우리도 님 보러 밧비 ᄀ옵는 길이오매 전ᄒᆯ 동 말동 ᄒ여라

— 작자 미상

(다)

아리랑 아리랑 아라리요

아리랑 고개 고개로 나를 넘겨 주게

아우라지 뱃사공아 배 좀 **건너 주게**

싸리골 올동백이 다 떨어진다

[A] ┌ 민둥산 **고비 고사리** 다 늙었지마는
    └ 이 집에 정든 임 그대는 늙지 마서요

[B] ┌ 서산에 지는 해는 지고 싶어 지나
    └ 정 들이고 가시는 임은 가고 싶어 가나

[C] ┌ **성님 성님 사촌 성님** 시집살이가 어떻던가
    └ 삼단 같은 요 내 머리 비사리춤* 다 되었네

[D] ┌ 오늘 갔다 내일 오는 건 해 달이지만
    └ 한 번 가신 우리 임은 그 언제 오나

[E] ┌ 당신이 날만침만* 생각을 한다면
    └ 가시밭길 천 리라도 신발 벗고 오리라

— 작자 미상, 「정선 아리랑」

* 뒤주 : 쌀 따위의 곡식을 담아 두는 세간의 하나.
* 쌍비목 : 쌍으로 된 문고리를 거는 쇠.
* 웨웨텨 : 외쳐.
* 비사리춤 : 벗겨 놓은 싸리 껍질의 묶음.
* 날만침만 : 나만큼만.

1

(가)~(다)의 공통점으로 가장 적절한 것은?

① 대상의 부재 상황에서 느끼는 화자의 감정이 드러난다.
② 현실의 어려움을 잊기 위한 화자의 해학적 태도가 드러난다.
③ 대상과의 정서적 교감을 통해 성장하는 화자의 모습이 드러난다.
④ 과거의 경험을 통해 현재를 바라보는 화자의 달라진 태도가 드러난다.
⑤ 과거와 현재 상황을 비교하여 더 나은 미래를 만들려는 화자의 다짐이 드러난다.

2

〈보기〉를 참고하여 (다)를 감상한 의견으로 가장 적절한 것은?

> **보기**
>
> 아리랑은 전문 소리꾼뿐만 아니라 일반 사람들도 불렀기에 노래가 많이 알려질 수 있었다. 물건을 팔러가는 사람들도 많이 불러 각 지역별로 노래가 전해지면서 부르는 사람에 따라 내용이 달라지거나 뒤섞이기도 했다.

① 많은 이들에게 유행되었기 때문에 유교적인 내용이 담겼다고 볼 수 있겠군.

② 이 노래는 다른 지역에서는 부르지 않는 정선 지방만의 특색 있는 노래라고 볼 수 있겠군.

③ 내용에 통일성이 결여된 것은 부르는 사람에 따라 내용이 뒤섞였기 때문으로 볼 수 있겠군.

④ 비슷한 내용을 반복하는 것은 지역별로 노래가 전해지면서 지역의 특성을 반영했기 때문이겠군.

⑤ 전문 소리꾼이 아닌 사람들도 불렀기 때문에 임을 그리워하는 내용이 주를 이루었다고 볼 수 있겠군.

4

[A]~[E]에 대한 감상으로 적절하지 않은 것은?

① [A] : 임이 자연의 섭리에 영향을 받지 않기를 기원하는 말로 임에 대한 애정을 나타내고 있어.

② [B] : 임이 떠나가는 것을 자연현상에 빗대어 임을 이해하려는 마음을 드러내고 있어.

③ [C] : 묻고 답하는 방식을 빌려 여성의 고단한 삶을 표현하고 있어.

④ [D] : 임이 떠나간 것은 자연의 순환적 질서에 따른 것으로 돌아오지 않는 것도 그 질서에 따른 것으로 받아들이고 있어.

⑤ [E] : 기대만큼 자신을 충분히 사랑해 주지 않는 임에 대한 서운함을 표현하고 있어.

3

(가), (나)에 대한 설명으로 가장 적절한 것은?

① (가)에서는 임이 장애물을 극복하고 화자를 찾아오기에는 하루라는 시간이 짧음에 대한 안타까움을 드러내고 있다.

② (가)에서는 화자가 처한 상황의 책임을 화자 자신에게 돌리며 자책하는 마음을 드러내고 있다.

③ (나)에서는 의인화된 자연물을 통해 자신의 처지를 임에게 알리고자 하는 화자의 마음을 드러내고 있다.

④ (나)에서는 화자가 제삼자와 더불어 임과의 추억을 회상하며 임을 기다리는 마음을 드러내고 있다.

⑤ (가), (나) 모두에서는 임이 거주하는 공간의 특징을 묘사하여 화자의 고독감을 강조하여 드러내고 있다.

5

(가)~(다)를 이해한 내용으로 적절하지 않은 것은?

① (가)에서는 '무쇠로 성을 쌓고 성 안에 담 쌓고' 등에서 구절들이 연쇄적으로 이어진 것을 알 수 있다.

② (나)의 '한양성 내에 잠간 들러', '적막 공규에 던져진 듯 홀로 안져'에서 시간의 순차적 흐름에 따라 시상이 전개된 것을 알 수 있다.

③ (가)의 '집', '뒤주', '궤' 등과 (다)의 '고비', '고사리' 등을 보면 생활에 밀접한 사물을 이용하여 시적 상황을 표현한 것을 알 수 있다.

④ (가)의 '어이 못 오던다 무슨 일로 못 오던다'와 (다)의 '성님 성님 사촌 성님'을 보면 단어와 구절을 반복하여 리듬감을 형성하고 있음을 알 수 있다.

⑤ (나)의 '전호여 쥬렴'과 (다)의 '건너 주게'를 보면 작품 내에 청자를 설정하여 말을 건네는 형식이 활용된 것을 알 수 있다.

[1~5] 다음 글을 읽고 물음에 답하시오.

(가)

㉠국화(菊花)야 너는 어이 삼월동풍(三月東風) 다 지내고

낙목한천(落木寒天)*에 네 홀로 피었느냐

아마도 오상고절(傲霜孤節)은 너뿐인가 하노라

　　　　　　　　　　　　　　　　　- 이정보

(나)

㉡이화(梨花)에 월백(月白)하고 은한(銀漢)*이 삼경(三更)인 제

일지춘심(一枝春心)을 자규(子規)*야 알랴마는

다정(多情)도 병(病)인 양하여 잠 못 들어 하노라

　　　　　　　　　　　　　　　　　- 이조년

(다)

[A]
쓸쓸하게 황량한 밭 곁에
㉢탐스러운 꽃이 여린 가지 누르고 있네.

[B]
향기는 매우(梅雨)* 지나 희미해지고
그림자는 맥풍(麥風)* 맞아 기우뚱하네.

[C]
수레나 말 탄 사람 그 뉘가 보아 줄까?
벌이나 나비들만 엿볼 따름이네.

[D]
태어난 곳 비천하니 스스로 부끄럽고
사람들이 내버려 두니 그저 한스럽네.

寂寞荒田側　　　　繁花壓柔枝

香經梅雨歇　　　　影帶麥風欹

車馬誰見賞　　　　蜂蝶徒相窺

自慙生地賤　　　　堪恨人棄遺

　　　　　　　　　　- 최치원, 「촉규화(蜀葵花)」

* 낙목한천 : 나뭇잎이 떨어지는 때의 추운 하늘.
* 은한 : 은하수.
* 자규 : 두견새.
* 매우 : 매실이 누렇게 익을 무렵의 장맛비.
* 맥풍 : 보리가 익어 가는 시절에 부는 바람.
* 촉규화 : 접시꽃.

1

(가)와 (나)를 비교하여 감상한 내용으로 가장 적절한 것은?

① (가)의 '국화'는 (나)의 '이화'와 같이 어려운 현실을 극복하는 강인한 의지를 드러내고 있다.

② (가)의 '삼월동풍(三月東風)'은 (나)의 '은한(銀漢)'처럼 계절적 배경을 드러내고 있다.

③ (가)의 '오상고절'은 (나)의 '일지춘심'처럼 화자의 정서를 드러내고 있다.

④ (가)의 화자는 (나)의 화자와 달리 대상을 예찬하는 태도를 보이고 있다.

⑤ (가)의 화자는 (나)와 달리 대상에 대한 비판적 태도를 드러내고 있다.

2

㉠~㉢에 대한 설명으로 가장 적절한 것은?

① ㉠은 ㉡과 달리 인간적 가치를 부여하여 지사적 면모를 부각시키고 있다.

② ㉠은 ㉢과 달리 대상에 긍정적 가치를 부여하고 있다.

③ ㉡은 ㉢과 같이 계절적 배경을 드러내고 있다.

④ ㉡은 ㉢과 달리 화자의 행동 변화를 유도하고 있다.

⑤ ㉢은 ㉠과 같이 화자의 능력을 비유적으로 드러내고 있다.

3   2015학년도 6월 평가원 모의고사 [기출]

(가)~(다)의 공통점에 대한 설명으로 가장 적절한 것은?

① 설의적 표현으로 냉소적 태도를 드러내고 있다.

② 청각적 심상을 통해 화자의 처지를 부각하고 있다.

③ 계절감을 주는 어휘로 시적 분위기를 조성하고 있다.

④ 직유법을 사용하여 대상과의 친밀감을 나타내고 있다.

⑤ 영탄적 표현으로 화자의 단호한 의지를 표출하고 있다.

4   2015학년도 6월 평가원 모의고사 [기출]

(가)~(나)에 대한 이해로 적절하지 않은 것은?

① (가)의 '네 홀로'에는 다른 꽃들과 대조되는 국화의 속성이 드러나 있다.

② (나)에서는 밝은 달빛을 받는 '이화'에서 환기된 화자의 정서가 '자규'를 통해 심화되고 있다.

③ (가)에서는 '동풍'이 불어오는 '삼월'이, (나)에서는 '은한'이 기우는 '삼경'이 화자가 대상과 이별하는 시간적 배경으로 제시되어 있다.

④ (가)의 '오상고절'에는 굳건한 절개가, (나)의 '다정'에는 애상적 정서가 표현되어 있다.

⑤ (가)의 '너뿐인가 하노라'에는 대상을 예찬하는 화자의 태도가, (나)의 '잠 못 들어 하노라'에는 감정을 주체하지 못하는 화자의 모습이 나타나 있다.

5   2015학년도 6월 평가원 모의고사 [기출]

〈보기〉를 참고할 때 (다)에 대한 감상으로 적절하지 않은 것은?

보기
최치원의 촉규화는 삶의 현실이나 인식 태도를 사물에 투사하여 그 사물과 자아의 동일성을 이룬 한문 서정시의 하나이다. 최치원의 삶을 고려할 때, 그는 탁월한 능력을 갖추고 있었지만 출신상의 한계로 인해 세상에 크게 쓰이지 못한 채 평범한 사람들 속에서 살아야 할 때가 많았다. 최치원은 이 작품에서 자신의 목소리를 대변하는 '화자'를 통해 이와 같은 자신의 처지를 '촉규화'에 투사하여 표현하고 있다.

① [A]에서 화자는 자신의 출신상의 한계와 탁월한 능력을 대비하여 말하고 있어.

② [B]에서 화자는 자신의 탁월한 능력을 조만간 펼칠 수 있을 것이라는 기대감을 표명하고 있어.

③ [C]에서 화자는 자신을 크게 써 줄 수 있는 사람들에게 관심을 받지 못하고 평범한 이들 속에서 살아야 하는 것에 대해 아쉬움을 나타내고 있어.

④ [D]에서 화자는 자신의 출신과 처지에 대한 부끄러움과 한스러움을 표현하고 있어.

⑤ [A]에서는 '촉규화'의 외양 묘사를 통해, [D]에서는 '촉규화'의 내면 서술을 통해 화자 자신의 처지를 드러내고 있어.

[1~5] 다음 글을 읽고 물음에 답하시오.

(가)

천만리(千萬里) 머나 먼 길에 고운 임 여의옵고

내 마음(千萬里) 둘 데 없어 냇가에 앉았으니

저 물도 내 안 같아서 울어 밤길 가는구나

- 왕방연

(나)

청초(靑草) 우거진 골에 자느냐 누웠느냐

홍안(紅顏)*을 어디 두고 백골(白骨)만 묻혔느냐

잔(盞) 잡아 권(勸)할 이 없으니 그를 슬퍼하노라

- 임제

(다)

흥망(興亡)이 유수(有數)하니 만월대(滿月臺)*도 추초(秋草)로다

오백 년(五百年) 왕업(王業)이 목적(牧笛)*에 부쳤으니

석양(夕陽)에 지나는 객(客)이 눈물겨워 하노라

- 원천석

* 홍안 : 젊어서 혈색이 좋은 얼굴.

* 만월대 : 고려의 왕궁 터.

* 목적 : 목동의 피리.

1

(가)~(다)에 대한 설명으로 가장 적절한 것은?

① (가), (나)는 설의적 표현을 사용하여 대상에 대한 화자의 경건한 태도를 드러내고 있다.

② (가), (다)는 영탄적 표현을 사용하여 감정을 드러내고 있다.

③ (나), (다)는 역설적 표현을 사용하여 부정적 현실을 극복하려는 의지를 드러내고 있다.

④ (가)~(다)는 의인화된 표현을 사용하여 시적 상황의 변화를 드러내고 있다.

⑤ (가)~(다)는 상징적 표현을 사용하여 우국하는 신하의 정서를 드러내고 있다.

2

〈보기〉를 참조하여 (다)를 이해할 때 적절하지 않은 것은?

> **보기**
>
> 시인 원천석은 고려 말에 벼슬길에 올랐으나 혼란스러운 정치 상황 속에서 벼슬을 그만두고 자연으로 돌아와 농사를 지었다고 알려져 있다. 고려가 없어진 후에도 고려에 대한 충절은 변함이 없어 이 시조를 지었다고 한다.

① '만월대도 추초로다'에서 황폐화된 궁궐터에서 느끼는 무상감이 드러난다고 볼 수 있군.

② '오백 년 왕업'은 고려의 오백년 역사를 의미한다고 볼 수 있군.

③ '목적에 부쳤으니'에서 일반 백성들이 왕조의 사라짐을 슬퍼하고 있음을 알 수 있군.

④ '객'은 화자를 의미하고 있다고 볼 수 있겠군.

⑤ '눈물겨워 하노라'에서 나라 잃은 슬픔이 드러난다고 볼 수 있군.

3
2014학년도 수능 [기출]

(가)~(다)의 공통점에 대한 설명으로 가장 적절한 것은?

① 대상의 부재에서 느끼는 안타까움이 드러나 있다.

② 자신의 궁핍한 처지로 인한 좌절감이 표출되어 있다.

③ 예기치 않은 이별로 인한 서러운 심정이 나타나 있다.

④ 거스를 수 없는 자연의 섭리에 대한 경외감이 드러나 있다.

⑤ 자신의 이념과 배치되는 현실에서 느끼는 실망감이 표출되어 있다.

4
2014학년도 수능 [기출]

(가), (나)에 대한 이해로 적절하지 않은 것은?

① (가)의 '천만리(千萬里) 머나먼 길에 고운 님 여의옵고'는 과장된 표현을 통해 '님'과 이별한 상황을 강조하고 있다.

② (가)의 '저 물도 내 안 같아서'는 인간과 자연물의 동일시를 통해 화자의 슬픔을 표현하고 있다.

③ (가)의 '밤길 가는구나'는 캄캄한 '밤'의 속성을 통해 화자의 암담한 심경을 표현하고 있다.

④ (나)의 '홍안(紅顏)을 어디두고 백골(白骨)만 묻혔느냐'는 시어의 대비를 통해 화자의 무상감을 드러내고 있다.

⑤ (나)의 '잔(盞) 잡아 권(勸)할 이 없으니'는 각박한 세태의 제시를 통해 속세에서 벗어나고자 하는 염원을 드러내고 있다.

5
2014학년도 수능 [기출]

(다)와 〈보기〉를 비교하여 감상한 내용으로 적절하지 않은 것은?

보기
홍진(紅塵)에 묻힌 분네 이 내 생애(生涯) 어떠한고 　옛사람 풍류(風流)에 미칠까 못 미칠까 　천지간(天地間) 남자(男子) 몸이 나만한 이 많건마는 　산림(山林)에 묻혀 있어 지락(至樂)을 모를 것인가 　수간모옥(數間茅屋)을 벽계수(碧溪水) 앞에 두고 　송죽(松竹) 울울리(鬱鬱裏)에 풍월주인(風月主人) 되었어라 　엊그제 겨울 지나 새봄이 돌아오니 　도화행화(桃花杏花)는 석양(夕陽) 속에 피어 있고 　녹양방초(綠楊芳草)는 가랑비 속에 푸르도다 　칼로 마름질했는가 붓으로 그려냈는가 　조화신공(造化神功)이 물물(物物)마다 야단스럽다 　　　　　　　　　　　　　　　- 정극인, 「상춘곡」

① (다)와 〈보기〉는 동일한 음보율을 사용하여 리듬감을 살리고 있군.

② (다)는 〈보기〉와 달리 이질적 공간을 대비하여 주제를 드러내고 있군.

③ (다)에서는 침울한 분위기를, 〈보기〉에서는 들뜬 분위기를 느낄 수 있군.

④ (다)의 '석양'은 화자의 정서를 심화하는 배경으로, 〈보기〉의 '석양'은 경치를 돋보이게 하는 배경으로 기능하고 있군.

⑤ (다)는 화자가 혼잣말을 하는 방식으로, 〈보기〉는 화자가 청자에게 말을 건네는 방식으로 자신의 내면을 드러내고 있군.

[1~5] 다음 글을 읽고 물음에 답하시오.

(가)

이화(梨花)에 월백(月白)하고 은한(銀漢)이 삼경(三更)인 제

일지춘심(一枝春心)을 자규(子規)야 알랴마는

다정(多情)도 병(病)인 양하여 잠 못 들어 하노라

　　　　　　　　　　　　　　　　　－ 이조년

(나)

귀뚜리 저 귀뚜리 어여쁘다 저 귀뚜리

어인 귀뚜리 지는 달 새는 밤에 긴 소리 짧은 소리 절절(節節)이 슬픈 소리 제 혼자 울어 예어 사창(紗窓) 여읜 잠을 ⓐ**살뜰히**도 깨우는고야

ⓑ**두어라** 제 비록 미물(微物)이나 무인 동방(無人洞房)의 내 뜻 알 이는 저뿐인가 하노라

　　　　　　　　　　　　　　　　　－ 작자 미상

1

〈보기〉를 참고하여 (가), (나)를 이해한 내용으로 적절하지 않은 것은?

보기
선생님 : 오늘은 시조의 특징에 대해 배우도록 하겠어요. 시조는 그 형태에 따라 평시조, 사설시조, 엇시조, 연시조 등으로 구분할 수 있어요. 그 중 평시조는 3장 6구 45자 이내의 형태를 가지고 있고 의미상 두 개의 마디가 하나의 구를 이루고 2개의 구가 하나의 장을 이루지요. 이와 달리 사설시조는 중장의 형태가 길어진 것을 볼 수 있는데요, 종장의 첫째 마디를 3음절로 한다는 규칙 외에는 특별한 제약이 없다고 볼 수 있어 사설시조는 파격의 자유가 있다고 볼 수 있어요. 이러한 자유로움은 조선 후기에 다양한 주제로 작품을 창작할 수 있는 계기를 만들어 주었다고 볼 수 있고 형식상으로는 열거의 방식을 사용하고 해학적인 내용을 표현하는 경우도 많습니다.

① (가)는 3장 6구 45자 내외의 형식을 가지고 있으므로 평시조로 볼 수 있겠어.

② (가)의 초장은 '이화(梨花)에 월백(月白)하고'와 '은한(銀漢)이 삼경(三更)인 제'로 의미상 2개의 구로 나누어 볼 수 있겠어.

③ (나)는 중장이 글자 수와 상관없이 중장이 길어진 것으로 보아 사설시조라고 볼 수 있겠어.

④ (나)는 열거의 방식을 사용하여 해학성을 극대화시켰다고 볼 수 있겠어.

⑤ (가)와 (나)는 종장의 첫마디가 3음절로 시작한다는 것을 공통점으로 볼 수 있겠어.

2

2006학년도 6월 평가원 모의고사 [기출 변형]

(가), (나)에 대한 설명으로 적절하지 않은 것은?

① (가)는 시각, 청각적 이미지를 통해 화자의 정서를 형상화하고 있다.

② (나)는 자연과 조화를 이루는 삶의 태도를 강조하고 있다.

③ (나)는 동일한 시어를 반복적으로 사용하여 감정을 고조시키고 있다.

④ (가), (나)는 화자의 독백이 중심을 이루고 있다.

⑤ (가), (나)는 주관적이고 감성적인 체험에 바탕을 두고 있다.

3

2006학년도 6월 평가원 모의고사 [기출]

(가)에 대한 설명 내용 중, 작품에 접근하는 방법이 나머지와 다른 것은?

① '이화', '월백'은 군주에 대한 시인의 마음 상태를 비유적으로 나타낸다.

② '이화', '월백', '은한'은 서로 어울려 밝고 환한 이미지를 강화한다.

③ '삼경'은 시간 배경이 되는 동시에 '은한'의 이미지를 도드라지게 한다.

④ '일지춘심'은 '이화'나 그것을 바라보는 화자의 마음을 가리킨다.

⑤ '다정'은 화자의 대상에 대한 감정이 부단하게 일어나고 있음을 의미한다.

4

2006학년도 6월 평가원 모의고사 [기출]

(가)의 '자규'와 (나)의 '귀뚜리', 그 어느 것의 시적 기능으로도 볼 수 없는 것은?

① 화자의 정서 변화에 촉매 역할을 한다.

② 소리로써 화자의 정서를 불러일으킨다.

③ 화자가 자신의 처지를 확인하게 해 준다.

④ 화자의 마음을 청자에게 전달하는 구실을 한다.

⑤ 작품 내의 상황과 분위기를 조성하는 데 개입한다.

5

2006학년도 6월 평가원 모의고사 [기출]

ⓐ와 ⓑ에 함축되어 있는 화자의 심정에 대한 이해로 적절한 것은?

① ⓐ에는 '귀뚜리'를 찬미하는 심정이, ⓑ에는 자신의 처지를 한탄하는 심정이 드러나 있다.

② ⓐ에는 '귀뚜리'를 연민하는 심정이, ⓑ에는 자신의 과오를 뉘우치는 심정이 드러나 있다.

③ ⓐ에는 '귀뚜리'를 야속해 하는 심정이, ⓑ에는 자신의 마음을 달래는 심정이 드러나 있다.

④ ⓐ에는 '귀뚜리'를 불신하는 심정이, ⓑ에는 자신의 슬픔을 억제하려는 심정이 드러나 있다.

⑤ ⓐ에는 '귀뚜리'를 동정하는 심정이, ⓑ에는 자신의 외로움을 이겨내려는 심정이 드러나 있다.

학습 자료 - 〈고려 시조〉

　　시조는 불교 국가였던 고려 말에 주로 유학을 신봉했던 신흥 사대부에 의해 경기체가로는 표현할 수 없는 유교적 이념을 표출하기 위한 문학 양식으로 생겨났다. 하지만, 점차 그 향유층이 귀족과 평민으로 확대되어 명실상부한 국민문학의 탄생이라고 그 의의를 높이 평가할 수 있다. '시조'라는 명칭은 조선의 영조 때 이세춘이 '시절가조'라고 한 것에서 유래하며, 그 이전에는 '단가(短歌)'로 불렸다. 시조의 형식은 초장, 중장, 종장의 3장 6구 45자 내외인데 주로 4음보로 이루어지며 종장의 첫 음보는 3음절로 고정된다. 유교를 신봉하는 신흥 사대부에 의해 만들어졌으므로 그 내용도 주로 유교적인 이념이 많고 고려말이라는 시대적 상황에 따라 망해가는 고려에 대한 안타까움의 정서를 '충(忠)'으로 표현한 것도 전해진다.

　　시조는 우리 문학의 전통적 양식 가운데서 가장 오랫동안 많은 사람들에 의해 창작·가창되고 다수의 작품이 현전하는 갈래이다. 시조가 오랫동안 생명력 있는 시형식으로 존속할 수 있었던 것은, 3장 12구로 이루어진 간결한 형식, 절제된 언어, 시상의 흐름을 알맞게 통제하면서도 개별적 변이를 소화해 내는 서정 구조, 담백·온아한 미의식 등에 기인한다고 할 수 있다. 시조는 단일한 정형 구조를 지닌 시가 갈래로서는 10구체 향가 이후 가장 잘 정비되고 또 광범한 창작 기반을 가졌던 서정시 양식이다.

→ 개성의 선죽교(고려말 정몽주가 이방원이 보낸 조영규 등에 의해 이곳에서 철퇴를 맞아 숨진 사건이 발생한 곳으로 유명해짐.)

본 저작물은 '국립중앙박물관'에서 작성하여 공공누리 제1유형으로 개방한 '경기개성 선죽교'를 이용하였으며, 해당 저작물은 '국립중앙박물관, www.museum.go.kr'에서 무료로 다운받으실 수 있습니다.

시조의 기원에 대해서는 다양한 이설(異說)들이 존재한다. 10구체 향가의 3분절(分節) 구조에서 시조가 비롯하였으리라는 설, 무당의 노랫가락 기원설, 한시를 번역하는 과정에서 생성되었다는 설, 고려가요 기원설, 특히 〈만전춘 별사〉에서 보이는 3장 형태로부터 비롯되었다는 주장 등 매우 다양하다. 그 중에서 고려가요의 형태상 특징이 허물어지면서 단형화되어 새로운 문학 형식인 시조가 만들어졌다는 설이 매우 유력하다고 할 수 있다. 하지만, 시조의 발생 시기는 고려 말엽이라 해도 그것이 본격적으로 융성하게 된 것은 조선시대에 들어와서의 일이다.

이 시기의 대표적인 노래로는 정몽주의 '단심가(丹心歌)', 이방원의 '하여가(何如歌)' 등이 있으며 이외에도 우탁, 이조년, 이색, 길재, 최영의 작품 등이 널리 알려져 있다. 우탁이 지은 '탄로가(嘆老歌)'는 여유있는 마음으로 남은 인생을 밝게 살아보려는 의욕적인 내용으로, 건강하고 긍정적인 작가 정신이 깃들어 있다. 이 시조는 늙음을 한탄한 탄로의 시이나, 탄로의 한탄 속에서도 인생을 달관한 여유가 한결 돋보이는 작품이다.

春山(춘산)에 눈 녹인 바롬 건듯 불고 간 딕 업다.
져근덧 비러다가 마리 우희 불니고져.
귀 밋틱 히묵은 서리룰 녹여 볼가 ᄒ노라.
　　　　　　　　　　　　　　　　　　　　　　　　　　　　　　- 우탁, 「탄로가」

[1~8] 다음 글을 읽고 물음에 답하시오.

(가)

청평사의 나그네

ⓐ봄 산을 마음대로 노니네

고요한 외로운 탑에 산새 지저귀고

ⓑ흐르는 작은 내에 꽃잎 떨어지네

좋은 나물은 때 알아 돌아나고

ⓒ향기로운 버섯은 비 맞아 부드럽네

ⓓ시 읊조리며 신선 골짝 들어서니

ⓔ나의 백 년 근심 사라지네

有客清平寺	春山任意遊
鳥啼孤塔靜	花落小溪流
佳菜知時秀	香菌過雨柔
行吟入仙洞	消我百年愁

- 김시습, 「유객(有客)」

(나)

[A]
　도연명(陶淵明) 죽은 후에 또 연명(淵明)이 나다니
　밤마을 옛 이름이 때마침 같을시고
　돌아와 수졸전원(守拙田園)*이야 그와 내가 다르랴 〈제1곡〉

[B]
　삼공(三公)이 귀하다 한들 이 강산과 바꿀 쏘냐
　조각배에 달을 싣고 낚싯대 흩던질 때
　㉠이 몸이 이 청흥(淸興) 가지고 만호후*인들 부러우랴 〈제8곡〉

[C]
　어지럽고 시끄런 문서 다 주어 내던지고
　필마(匹馬) 추풍에 채를 쳐 돌아오니
　아무리 매인 새 놓였다고 이대도록 시원하랴 〈제10곡〉

[D]
　세버들 가지 꺾어 낚은 고기 꿰어 들고
　주가(酒家)를 찾으려 낡은 다리 건너가니
　온 골에 살구꽃 져 쌓이니 갈 길 몰라 하노라 〈제15곡〉

[E]
　최 행수 쑥달임 하세 조 동갑 꽃달임 하세
　닭찜 게찜 올벼 점심은 날 시키소
　매일에 이렇게 지내면 무슨 시름 있으랴 〈제17곡〉

- 김광욱, 「율리유곡(栗里遺曲)」

* 수졸전원 : 전원에서 분수를 지키며 소박하게 살아감.

* 만호후 : 재력과 권력을 겸비한 세도가.

1

(가)의 ⓐ~ⓔ에 대한 설명으로 적절하지 않은 것은?

① ⓐ : 계절적 배경이 드러나며 나그네의 속박 없는 삶의 모습을 볼 수 있다.
② ⓑ : 시각적 이미지로 봄날의 아름다운 정취를 드러내고 있다.
③ ⓒ : 감각적 이미지를 활용하여 자연의 모습을 구체적으로 드러내고 있다.
④ ⓓ : 시를 읊으며 자연 속에서 학문에 정진하는 나그네의 모습을 볼 수 있다.
⑤ ⓔ : 나그네와 화자가 동일 인물이라는 것을 추측할 수 있다.

2

(나)의 [A]~[E]에 대한 감상으로 적절하지 않은 것은?

① [A] : 동음이의어를 사용하여 자신이 추구하는 삶의 모습을 드러내고 있음을 알 수 있다.

② [B] : 설의적 표현을 사용하여 세속적 삶에 미련을 가지지 않는 화자의 모습을 발견할 수 있다.

③ [C] : 활유적 표현을 사용하여 복잡하게 얽혀 있는 일로 인해 어쩔 수 없이 속세를 떠나온 상황을 확인할 수 있다.

④ [D] : 영탄적 표현을 사용하여 자연과 더불어 살아가고 있는 모습을 확인할 수 있다.

⑤ [E] : 청유형 표현을 사용하여 이웃들과 함께 소박하게 살아가는 삶에 만족감을 느끼고 있음을 확인할 수 있다.

3

(가)에 대한 감상으로 가장 적절한 것은?

① 시각과 청각적 이미지를 통해 자연의 아름다움을 드러내고 있다.

② 경치를 먼저 보고 정서를 이야기하는 방식으로 시상을 전개하고 있다.

③ 설의적 표현으로 화자가 추구하는 삶의 방식이 옳음을 드러내고 있다.

④ 가상의 청자를 상정하고 이야기를 건네는 방식으로 내용을 전개하고 있다.

⑤ 세속적 삶과 이상적 삶의 대조를 통해 화자가 추구하는 삶의 방식을 드러내고 있다.

4

(나)와 〈보기〉를 감상한 내용으로 가장 적절한 것은?

보기
새로 거른 막걸리 젖빛처럼 뿌옇고
큰 사발에 보리밥 높기가 한 자로세
밥 먹자 도리깨 잡고 마당에 나서니
검게 탄 두 어깨 햇볕 받아 번쩍이네.
옹헤야 소리 내며 발맞추어 두드리니
삽시간에 보리 낟알 온 사방에 가득하네
주고받는 노랫가락 점점 높아지는데
보이느니 지붕까지 나는 보리 티끌
그 기색 살펴보니 즐겁기 짝이 없어
마음이 몸의 노예 되지 않았네.
낙원이 먼 곳에 있는 게 아닌데
무엇하러 고향 떠나 벼슬길에 헤매리오.
– 정약용, 「타맥행」

① (나)와 〈보기〉의 화자는 대상을 부러워하는 마음을 드러내고 있다.

② (나)와 〈보기〉의 화자는 건강하게 노동하는 즐거움을 노래하고 있다.

③ (나)와 〈보기〉의 화자는 일을 통해 깨달은 삶의 지혜를 노래하고 있다.

④ (나)와 〈보기〉의 화자는 속세의 명예를 좇지 않으려는 모습을 드러내고 있다.

⑤ (나)와 〈보기〉의 화자는 자연 속에서 얻을 수 있는 유유자적한 삶의 기쁨을 노래하고 있다.

(가)와 (나)의 공통점으로 가장 적절한 것은?

① 자연물의 속성에 주목하여 교훈적 의미를 전달하고 있다.

② 설의적 표현을 통해 추구하고자 하는 삶의 태도를 제시하고 있다.

③ 먼 경치에서부터 가까운 곳으로 시선을 옮기며 심리의 변화를 드러내고 있다.

④ 화자가 자신을 객관화하는 표현을 내세워 내적 갈등에 대한 공감을 유도하고 있다.

⑤ 계절을 드러내는 시어를 사용하여 시기에 부합하는 자연의 모습을 구체화하고 있다.

(나)에 대한 이해로 적절하지 않은 것은?

① 〈제1곡〉에서는 지명에 주목하여 화자의 지향을 드러내고 있다.

② 〈제8곡〉에서는 자연의 가치를 부각하여 화자가 즐기는 흥취를 강조하고 있다.

③ 〈제10곡〉에서는 화자의 현재 상황에 대한 만족감을 바탕으로 자연물에 대한 연민을 드러내고 있다.

④ 〈제15곡〉에서는 다양한 행위를 연속적으로 나열하여 화자가 누리는 생활의 일면을 제시하고 있다.

⑤ 〈제17곡〉에서는 청자를 호명하며 즐거움을 함께하려는 화자의 마음을 전달하고 있다.

(나)를 이해한 내용으로 가장 적절한 것은?

① (나)의 '도연명'은 화자가 행적을 따르고자 하는 인물이다.

② (나)의 '삼공'은 평범한 사람들을 가리킨다.

③ (나)의 '세버들 가지'는 화자가 자신과 동일시하는 대상이다.

④ (나)의 '고기'는 화자가 자신을 보잘것없는 존재로 비유한 표현이다.

⑤ (나)의 '시름'은 화자가 자신을 자유롭게 하는 존재를 염두에 둔 표현이다.

〈보기〉를 바탕으로 (가), (나)를 감상한 내용으로 적절하지 않은 것은?

보기
문학 작품에서 공간에 대한 인식을 형상화하는 방식은 다양하다. 공간에 대한 인식을 직접적으로 드러내는 표현을 사용하거나, 공간 내 특정 대상의 속성으로써 그 대상이 포함된 공간 전체를 표상하기도 한다. 또한 이러한 인식은 공간 간의 관계를 통해 표현되기도 한다. 이때 관계를 이루는 공간에는 작품에 명시된 공간은 물론 그 이면에 전제된 공간도 포함 된다.

① (가)의 '봄산'은 화자가 자유로움을 느낄 수 있는 공간으로 '근심'이 사라진 공간으로 볼 수 있겠군.

② (가)의 '신선 골짝'은 화자가 지향하는 공간으로서, 이에 대립되는 곳으로 '백 년 근심'이 유발된 공간이 이면에 전제된 것이라 할 수 있겠군.

③ (나)의 밤마을은 화자가 소박하게 살 수 있는 공간으로 이웃들과 시름없이 지낼 수 있는 공간이겠군.

④ (나)의 '낡은 다리'는 '주가'와 '온 골'이라는 대비되는 속성을 지닌 두 공간의 경계를 표현하여, 양쪽 모두에 미련을 버리지 못한 화자의 상황을 상징하고 있겠군.

⑤ (나)에서 화자가 돌아온 곳은 '어지럽고 시끄런 문서'로 표상되는 공간과 대비되는 공간으로서, '이대도록 시원하랴'와 같은 반응을 자연스럽게 이끌어낸 것이겠군.

9

〈보기〉와 [E]에 대한 이해로 가장 적절한 것은?

보기
잡아당길 때 무거울 것을 생각하면서 배꼽에 힘을 잔뜩 주고 행여나 낚대를 놓칠세라 두 손으로 꽉 붙잡고 번쩍치켜 올리면, 허허 이런 기막힌 일도 있을까. 큰 고기는커녕 어떤 때는 방게란 놈이 달려 나오고, 어떤 때는 개구리란 놈이 발버둥을 치는 수가 많다. 하면 되는 줄만 알았던 낚시질도 간대로 우리 따위까지 단번에 되란 법은 없나보다.   　　　　　　　　　　　　 – 김용준, 「조어삼매(釣漁三昧)」

① 〈보기〉에 나타난 글쓴이의 경이감은 [E]의 글쓴이가 처한 환경에서 찾아볼 수 있다.

② 〈보기〉에 나타난 글쓴이의 무력감은 [E]의 글쓴이가 처한 환경에서 찾아볼 수 있다.

③ 〈보기〉에 나타난 글쓴이의 실망감은 [E]의 글쓴이가 처한 환경에서 찾아볼 수 없다.

④ 〈보기〉에 나타난 글쓴이의 상실감은 [E]의 글쓴이가 처한 환경에서 찾아볼 수 없다.

⑤ 〈보기〉에 나타난 글쓴이의 혐오감은 [E]의 글쓴이가 처한 환경에서 찾아볼 수 없다.

10

문맥을 고려하여 (나)와 〈보기〉의 ㉠~㉤에 대해 이해한 내용으로 적절하지 않은 것은?

보기
퐁당 물결이 여울처럼 흔들리고 나면 거울 같은 수면에 찌만이 외롭고 슬프게 곤추서 있다.   　㉡한 점 찌는 객이 되고 나는 주인이 되어 알력과 모략과 시기와 저주로 꽉 찬 이 풍진(風塵) 세상을 등 뒤로 두고 서로 무언의 우정을 교환한다.   　내 모든 정열을 오로지 외로이 떠 있는 한 점 찌에 기울이고 있노라면, 가다가 ㉢별안간 이 한 점 찌는 술 취한 놈처럼 까딱까딱 흔들리기 시작한다.   　　　　　　　　　　　 (중략)   　㉣세상이 하 뒤숭숭하니 고요히 서재나 지키어 한묵(翰墨)*의 유희(遊戲)로 푹 박혀 있자는 것도 말처럼 쉽사리 되는 것은 아니라, 그렇다고 거리로 나가 성격 파산자처럼 공연스레 왔다갔다 하기도 부질없고, 보이는 것 들리는 것이 모조리 심사 틀리는 소식밖엔 없어 그래도 죄 없는 곳은 내 서재라 하여 며칠만 틀어박혀 있으면 그만 속에서 울화가 터져 나온다.   　위진(魏晉) 간에 심산벽촌(深山僻村)에 은거하여 청담(淸談)이나 일삼던 그네의 심경을 한때는 욕을 한 적도 있었으나, ㉤막상 나 자신이 그런 심경에 처해 있고 보니 고인(古人)의 불우한 그 심정을 넉넉히 동감하게 된다.   　　　　　　　　　　　　 – 김용준, 「조어삼매(釣魚三昧)」   * 한묵 : 글을 짓거나 쓰는 것을 이르는 말.

① ㉠ : 낚시하며 자연의 흥을 즐기며 다른 것을 부러워하지 않는 태도를 보이고 있다.

② ㉡ : 낚시 도구와 글쓴이의 관계를 설정하여 낚시에 몰입하는 태도를 표현하고 있다.

③ ㉢ : 낚시에 집중했던 글쓴이의 기다림과 기대에 부응하는 순간을 부각하고 있다.

④ ㉣ : 낚시의 대안으로 선택한 것으로서, 글쓴이에게 마음의 안정을 찾게 해 준 방법으로 제시되고 있다.

⑤ ㉤ : 낚시해 본 후 달라진 글쓴이의 마음가짐으로서, 은거했던 옛사람들에 기대어 자신의 심정을 드러내고 있다.

　　고려시대는 과거제와 중국 문물 유입의 영향으로 한시가 융성하였는데 특히 고려시대의 한시 중에서 주목할 것은 민족 서사시의 창작이다. 민족 서사시는 역사적 사건을 민족적 행위를 중심으로 하여 웅대한 결구(結構)로 엮은 영웅 서사시인데 이규보의 '동명왕 편'은 고구려의 시조인 동명왕의 영웅적 일대기를 5언 282구로 그려낸 우리나라 최초의 건국 서사시이며, 이승휴의 '제왕운기'는 한민족의 역대 사적을 7언과 5언의 한시로 그려냈는데, 이러한 작품들은 고려시대에 거듭된 외침에 대한 민족의식을 표현한 것이라고 볼 수 있다. 이외에도 김부식, 정지상, 이색, 이인로 등은 이 시기의 대표적인 한시 작가이다. 아래 한시는 정지상의 〈송인〉으로 임을 보내는 정한(情恨)이 담긴 칠언절구로 이별가의 백미(白眉)로 널리 알려져 있다.

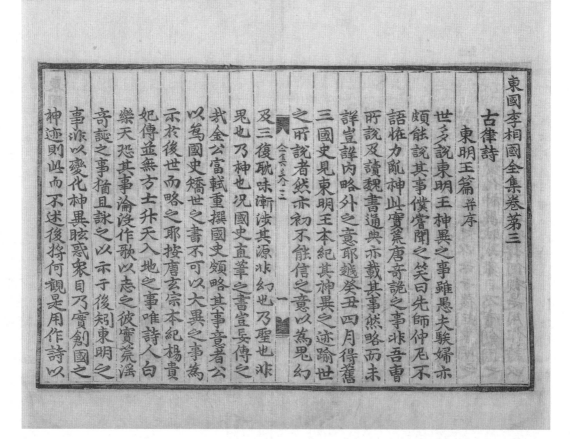

雨歇長堤草色多 (우헐장제 초색다)

送君南浦動悲歌 (송군남포 동비가)

大同江水何時盡 (대동강수 하시진)

別淚年年添綠波 (별루년년 첨록파)

비 개인 긴 강둑에는 풀빛 더욱 푸른데

남포에서 임 보내니 노랫소리 구슬퍼라.

대동강 물은 그 언제 다 마를 수 있으랴

이별의 눈물 해마다 푸른 물결에 더하는 것을.   정지상, 〈송인(送人)〉

[1~6] 다음 글을 읽고 물음에 답하시오.

(가)

ⓐ**문학 작품의 의미가 생성되는 양상**은 세 가지로 나누어 볼 수 있다. 첫째는 자기의 경험은 물론 자기 내면의 정서나 의식 등을 대상에 투영하여, 외부 세계에 새로운 의미를 부여하는 경우이다. 둘째는 외부 세계의 일반적 삶의 방식이나 가치관, 이념 등을 자기 내면으로 수용하여, 자신을 새롭게 해석함으로써 의미를 만들어 내는 경우이다. 셋째는 자기와 외부 세계를 상호적으로 대비하여 양자에 대한 새로운 해석을 통해 의미를 생성하는 경우이다.

문학적 의미 생성의 이러한 세 가지 양상은 문학 작품에서 자기와 외부 세계의 관계를 파악할 때 적용할 수 있다. 첫째와 둘째의 경우, 자기와 외부 세계와의 거리는 가까워지고 친화적 관계가 형성된다. 셋째의 경우는 자기가 외부 세계를 바라보는 관점에 따라 둘 사이의 거리가 가까워져 친화적 관계가 형성되기도 하고, 그 거리가 드러나 소원한 관계가 유지되기도 한다.

(나)

산슈 간(山水間) 바회 아래 뛰집을 짓노라 ᄒ니

그 모론 ᄂᆞᆷ들은 웃는다 흔다마는

㉠**어리고 햐암의 뜻의는 내 분(分)인가 ᄒ노라**
〈제1수〉

보리밥 픗ᄂᆞ물을 알마초 머근 후(後)에

바횟 긋 믉ᄀᆞ의 슬ᄏᆞ지 노니노라

그 나믄 녀나믄 일이야 부룰 줄이 이시랴
〈제2수〉

잔 들고 혼자 안자 먼 **뫼흘** ᄇᆞ라보니

그리던 **님**이 오다 **반가옴**이 이리ᄒᆞ랴

말ᄉᆞᆷ도 우움도 아녀도 몯내 됴하ᄒᆞ노라
〈제3수〉

누고셔 **삼공(三公)**도곤 낫다 ᄒᆞ더니 **만승(萬乘)**이 이만ᄒᆞ랴

이제로 헤어든 소부(巢父) 허유(許由) ㅣ 냑돗더라

아마도 **님쳔 한흥(林泉閑興)**을 비길 곳이 업세라
〈제4수〉

내 셩이 게으르더니 하ᄂᆞᆯ히 아르실샤

인간 만ᄉ(人間萬事)를 ᄒ 일도 아니 맛뎌

다만당 ᄃ토리 업슨 강산(江山)을 딕희라 ᄒᆞ시도다
〈제5수〉

강산이 됴타 ᄒᆞᆫ들 내 분(分)으로 누엇ᄂᆞ냐

님군 은혜(恩惠)를 이제 더옥 아노이다

아ᄆᆞ리 갑고쟈 ᄒᆞ야도 ᄒᆡ올 일이 업세라
〈제6수〉

– 윤선도, 「만흥(漫興)」

(다)

산림(山林)에 살면서 명리(名利)에 마음을 두는 것은 큰 부끄러움[大恥]이다. 시정(市井)에 살면서 명리에 마음을 두는 것은 작은 부끄러움[小恥]이다. 산림에 살면서 은거(隱居)에 마음을 두는 것은 큰 즐거움[大樂]이다. 시정에 살면서 은거에 마음을 두는 것은 작은 즐거움[小樂]이다.

작은 즐거움이든 큰 즐거움이든 나에게는 그것이 다 즐거움이며, 작은 부끄러움이든 큰

부끄러움이든 나에게는 그것이 다 부끄러움이다. 그런데 큰 부끄러움을 안고 사는 자는 백(百)에 반이요, 작은 부끄러움을 안고 사는 자는 백에 백이며, 큰 즐거움을 누리는 자는 백에 서넛쯤 되고, 작은 즐거움을 누리는 자는 백에 하나 있거나 아주 없거나 하니, 참으로 가장 높은 것은 작은 즐거움을 누리는 자이다.

나는 시정에 살면서 은거에 마음을 두는 자이니, 그렇다면 이 작은 즐거움을 가장 높은 것으로 말한 ⓛ나의 이 말은 대부분의 사람들의 생각과는 거리가 먼, 물정 모르는 소리일지도 모른다.

― 이덕무, 「우언(迂言)」

* 햐암 : 시골에 사는 견문이 좁고 어리석은 사람.

* 부렬 : 부러워할.

* 삼공 : 삼 정승.

* 만승 : 천자(天子).

* 소부 허유 : 요임금 때 세상을 등지고 살던 인물.

* 약돗더라 : 약았더라.

2

2021학년도 9월 평가원 모의고사 [기출]

(가)를 참고하여 (나)를 감상한 내용으로 적절하지 <u>않은</u> 것은?

① '산슈 간'에서 살고자 하는 마음과 이에 공감하지 못하는 '놈들'의 생각을 병치하여 화자와 '놈들' 사이의 거리가 드러남으로써, 자기와 외부 세계 사이의 소원한 관계가 유지된다.

② '바횟 긋 묽ㄱ'에서 즐거움을 누리는 삶과 '녀나믄 일'을 대비하여 세상일과 거리를 두려는 화자의 태도가 드러남으로써, 자기와 외부 세계 사이의 소원한 관계가 유지된다.

③ '님'에 대한 '반가옴'보다 더한 감흥을 불러일으키는 '뫼'의 의미를 부각하여 화자의 '님' 사이의 거리가 드러남으로써, 자기와 외부 세계 사이의 소원한 관계가 유지된다.

④ '님쳔'에서의 '한흥'이 '삼공'이나 '만승'보다 더한 가치를 지닌다고 강조하여 화자와 '님쳔' 사이의 거리가 가까워짐으로써, 자기와 외부 세계 사이의 친화적 관계가 형성된다.

⑤ '강산' 속에서의 삶이 '님군'의 '은혜' 덕택임을 제시하여 화자와 '님군' 사이의 거리가 가까워짐으로써, 자기와 외부 세계 사이의 친화적 관계가 형성된다.

1

2021학년도 9월 평가원 모의고사 [기출]

(나)의 시상 전개에 대한 설명으로 가장 적절한 것은?

① 〈제1수〉에서는 경험적 성격과 연결된 공간으로부터, 〈제6수〉에서는 관념적 성격과 연결된 공간으로부터 시상이 전개된다.

② 〈제2수〉에서는 구체성이 드러나는 소재로, 〈제3수〉에서는 추상성이 강화된 소재로 시상이 시작된다.

③ 〈제2수〉에서 설의적 표현으로 제기된 의문이 〈제5수〉에서 해소되었음이 영탄적 표현으로 드러난다.

④ 〈제3수〉에서의 현재에 대한 긍정이 〈제4수〉에서의 역사에 대한 부정으로 바뀌며 시상이 전환된다.

⑤ 〈제3수〉에 나타난 정서적 반응이 〈제6수〉에서 감각적 표현을 통해 구체화된다.

3

2021학년도 9월 평가원 모의고사 [기출]

㉠, ㉡에 대한 설명으로 가장 적절한 것은?

① ㉠은 자신의 처지를 남의 일을 말하듯이 표현함으로써 자신의 문제를 회피하고 있다.

② ㉡은 자신의 행동을 냉철하게 성찰함으로써 자신의 과오를 인정하고 있다.

③ ㉠은 ㉡과 달리, 자신의 처지를 자문자답 형식으로 말함으로써 자신의 생각을 일반화하고 있다.

④ ㉡은 ㉠과 달리, 자신의 생각을 남의 말을 인용하여 표현함으로써 자신의 신념을 객관화하고 있다.

⑤ ㉠과 ㉡은 모두, 자신이 말하고자 하는 바를 우회하여 표현함으로써 자신의 삶에 대한 자부심을 드러내고 있다.

ⓐ를 바탕으로 (나), (다)를 이해한 내용으로 적절하지 않은 것은?

① (나)에서 무정물인 대상에 대해 호감을 표현한 것은 자신의 정서를 대상에 투영한 것이라고 볼 수 있다.

② (다)에서 자연에 의미를 부여하는 것은 자신의 생각을 대상에 투영하여 세계를 해석하는 것이라고 볼 수 있다.

③ (다)에서 삶의 방식을 상대적 기준에 따라 나누어 평가한 것은 자신의 가치관과 세상 사람들의 생각을 비교하여 세계의 의미를 새롭게 파악한 것이라고 할 수 있다.

④ (나)에서는 선인들의 삶의 태도를 자기 내면으로 수용하는 과정을 거쳐, (다)에서는 대다수 사람들의 뜻을 자기 내면으로 수용하는 과정을 거쳐 새로운 의미를 생성한다고 볼 수 있다.

⑤ (나)에서 자기 본성을 하늘의 뜻에 연관 지은 것과, (다)에서 자기 삶의 방식을 일반적인 삶의 방식과 견준 것은 자기 삶의 가치를 새롭게 해석하여 의미를 만들어 낸 것이라고 할 수 있다.

5

(나)에 대한 설명으로 적절하지 않은 것은?

① 설의적 표현을 통해 드러내고자 하는 의미를 강조하고 있다.

② 고사를 인용하여 현재 생활에 대한 만족감을 드러내고 있다.

③ 대조적 소재를 활용하여 삶에 대한 화자의 인식을 드러내고 있다.

④ 색채어를 활용하여 공간적 배경이 만들어내는 분위기를 드러내고 있다.

⑤ 자연물에 인격을 부여하여 삶의 자세에 대한 자신감을 표현하고 있다.

6

〈보기〉를 참고하여 (나)를 이해한 내용으로 적절하지 않은 것은?

보기
작가는 병자호란 때 왕을 호위하지 않았다는 이유로 탄핵을 받아 유배되었다가 풀려나, 고향 근처인 해남 금쇄동에 은거하면서 6수의 연시조인 '만흥'을 썼다. 작가는 정쟁(政爭)이 난무한 벼슬길을 떠나와 자연에 묻혀 지내는 한가로움을 읊으면서도 현실과 임금의 은혜를 잊지 않음을 표현하는데, 이는 조선 초기 사대부 시조의 전통을 이어받은 것으로 볼 수 있다. 즉, 사대부로서 벼슬에서 물러나더라도 세상을 잊는 것이 아니라, 세상을 경계하고 준비함을 드러낸 것이다.

① '산슈 간 바회 아래'는 작가가 유배를 와 갇혀 있는 공간이다.

② '모론 남들'은 작가가 자연에서 느끼는 한가로움을 깨우쳐주고 싶은 대상이다.

③ '그리턴 님'은 작가가 사대부로서 임금을 그리워하고 있음을 드러내는 표현이다.

④ '삼공'과 '만승'은 정쟁 속에서도 작가가 지키고자 했던 가치를 대표하는 대상이다.

⑤ '두토리 업슨 강산'은 작가가 세상을 잊지 않고 경계하고 있음을 드러내는 표현이다.

[7~10] 다음 글을 읽고 물음에 답하시오.

산수간(山水間) 바위 아래 ☐띠집☐을 짓노라 하니

그 모른 남들은 웃는다 한다마는

㉠어리고 햐암의 뜻에는 내 분(分)인가 하노라

보리밥 풋나물을 알맞게 먹은 후에

바위 끝 물가에 슬카지 노니노라

그 남은 여남은 일이야 부럴 줄이 있으랴

잔 들고 혼자 앉아 먼 뫼를 바라보니

그리던 님이 오다 반가움이 이러하랴

말씀도 웃음도 아녀도 못내 좋아 하노라

누고셔 삼공(三公)도곤 낫다 하더니 ㉡만승(萬乘)이 이만하랴

이제로 헤어든 소부 허유(巢父許由)가 약돗더라

아마도 임천 한흥(林泉閑興)을 비길 곳이 없어라

내 성이 게으르더니 하늘이 알으실사

인간 만사(人間萬事)를 한 일도 아니 맡겨

다만당 다툴 이 없는 강산(江山)을 지키라 하시도다

강산이 좋다 한들 ㉢내 분(分)으로 누었느냐

임금 은혜를 이제 더욱 아노이다

아무리 갚고자 하여도 하올 일이 없어라

– 윤선도, 「만흥(漫興)」

[7~9] (가)~(나)를 읽고 물음에 답하시오.

(가)

향단(香丹)아 ⓐ그넷줄을 밀어라

머언 바다로

배를 내어 밀 듯이,

향단아

이 다소곳이 흔들리는 수양버들나무와

베갯모에 놓이듯한 ⓑ풀꽃더미로부터,

자잘한 나비 새끼 꾀꼬리들로부터

아주 내어 밀듯이, 향단아

ⓒ산호(珊瑚)도 섬도 없는 저 ⓓ하늘로

나를 밀어 올려 다오

채색(彩色)한 ⓔ구름같이 나를 밀어 올려 다오

이 울렁이는 가슴을 밀어 올려 다오!

서(西)로 가는 달 같이는

나는 아무래도 갈 수가 없다.

바람이 파도를 밀어 올리듯이

그렇게 나를 밀어 올려 다오.

향단아.　　　　　　　　– 서정주, 「추천사」

(나)

저 청청한 하늘

저 흰 구름 저 눈부신 산맥

왜 날 울리나

㉣날으는 새여

묶인 이 가슴

밤새워 물어뜯어도

닿지 않는 밑바닥 마지막 살의 그리움이여

피만이 흐르네

더운 여름날의 썩은 피

땅을 기는 육신이 너를 우러러

낮이면 낮 그여 한번은

울 줄 아는 이 서러운 눈도 아예

시뻘건 몸뚱어리 몸부림 함께

함께 답새라

아 끝없이 새하얀 사슬 소리여 새여

죽어 너 되는 날의 길고 아득함이여

ⓜ낮이 밝을수록 침침해가는

넋 속의 저 짧은

여위어가는 저 짧은 볕발을 스쳐

나가는 새

청청한 하늘 끝

푸르른 저 산맥 너머 떠나가는 새

왜 날 울리나

덧없는 가없는 저 눈부신 구름

아아 묶인 이 가슴

                            – 김지하, 「새」

7

2007학년도 9월 평가원 모의고사 [기출 변형]

윗글과 (가), (나)에 대한 설명으로 적절한 것은?

① (가)와 (나)는 첫 연과 끝 연을 대응시켜 화자의 정서를 심화하고 있다.

② (가)와 '윗글'은 시간의 경과를 통해 시상을 전개하고 있다.

③ (나)와 '윗글'은 객관적인 시각에서 대상을 묘사하고 있다.

④ (가), (나), '윗글'은 모두 자연과 인간을 대립시켜 주제를 부각하고 있다.

⑤ (가), (나), '윗글'은 모두 단정적 어조로 화자의 의지를 나타내고 있다.

8

2007학년도 9월 평가원 모의고사 [기출 변형]

〈보기〉을 참고할 때, (가)의 ⓐ~ⓔ 중에서 윗글의 띠집과 가장 유사한 기능을 하는 것은?

보기
윤선도는 '띠집'을 짓고 나서 문집에 다음과 같이 적었다. "이 집이 나로 하여금 표연히 세상을 버리고 홀로 신선이 되어 날아가는 뜻을 지니게 하면서도, 끝내는 나로 하여금 부자(父子)와 군신(君臣)의 윤리를 벗어나지 못하게 한다."

① ⓐ   ② ⓑ   ③ ⓒ   ④ ⓓ   ⑤ ⓔ

9

2007학년도 9월 평가원 모의고사 [기출 변형]

(나)와 윗글의 ㉠~㉤에 대한 설명으로 알맞지 않은 것은?

① ㉠은 반어적 표현을 통해 자조적인 태도를 드러내고 있다.

② ㉡은 과장된 표현을 통해 만족감을 드러내고 있다.

③ ㉢은 설의적 표현으로 의미를 강조하고 있다.

④ ㉣은 어법에 어긋나지만 리듬감을 살리는 효과가 있다.

⑤ ㉤은 역설적 표현으로 복잡한 심경을 드러내고 있다.

10
2007학년도 9월 평가원 모의고사 [기출]

〈보기〉는 윗글의 창작 배경인 금쇄동을 답사하고 쓴 글이다. 〈보기〉와 관련지어 윗글을 감상할 때, 적절하지 <u>않은</u> 것은?

보기

금쇄동 일대는 해남 윤씨 고택(古宅)에서 멀리 떨어진 산속에 있어 아무도 그 위치를 모르다가 최근에서야 흔적이 발견된 곳이다. 윤선도가 여기 은거하기 시작한 때는 반대파의 탄핵을 받아 유배되었다가 돌아온 직후였다. 그는 가문의 일마저 아들에게 맡기고 산속에서 십여 년간 혼자 지냈다. 살 집은 물론 정자와 정원까지 조성해 놓고 날마다 거닐며 놀았다고 한다.

---

① '산수간'은 관념적인 표현으로만 생각했는데, 실제 공간일 수도 있겠군.
② '바위 끝 물가'는 정원의 바위와 연못을 가리킬 수도 있겠군.
③ '그 남은 여남은 일'은 금쇄동에서 산수를 즐기는 일을 가리킬 수 있겠군.
④ '먼 뫼'는 윤선도가 유배 체험에서 입은 상처를 치유해 줄 수 있었겠군.
⑤ '다툴 이 없는 강산'은 정쟁이 벌어지는 현실과 대비되는 공간이라고 할 수 있겠군.

[1~5] 다음 글을 읽고 물음에 답하시오.

(가)

문장(文章)을 ᄒ쟈 ᄒ니 인생식자(人生識字) 우환시(憂患始)*오

공맹(孔孟)을 **비호려** ᄒ니 도약등천(道若登天) **불가급(不可及)***이로다

이 내 몸 쓸 ᄃᆡ 업ᄉ니 **성대농포(聖代農圃)*** 되오리라

〈제1장〉

홍진(紅塵)에 절교(絶交)ᄒ고 **백운(白雲)**으로 위우(爲友)ᄒ야

녹수(綠水) 청산(靑山)에 시름 업시 늘거 가니

이 듕의 **무한지락(無限至樂)**을 헌ᄉ홀가 두려웨라

〈제3장〉

인간(人間)의 벗 잇단 말가 나ᄂᆞ 알기 슬희여라

물외(物外)에 벗 업단 말가 나ᄂᆞ 알기 즐거웨라

슬커나 즐겁거나 내 분인가 ᄒ노라

〈제6장〉

유정(有情)코 무심(無心)홀 ᄉᆞᆫ 아마도 풍진(風塵) **붕우(朋友)**

무심(無心)코 유정(有情)홀 ᄉᆞᆫ 아마도 강호(江湖) **구로(鷗鷺)**

㉠**이제야 작비금시(昨非今是)*를 ᄭᆡᄃ론가 ᄒ노라**

〈제8장〉

도팽택(陶彭澤) 기관거(棄官去)*홀 제와 태부(太傅) 걸해귀(乞骸歸)*홀 제

호연(浩然) 행색(行色)을 뉘 아니 부러ᄒ리

알고도 부지지(不知止)*ᄒ니 나도 몰나 ᄒ노라

〈제9장〉

인간(人間)의 **풍우(風雨) 다(多)**ᄒ니 므스 일 머므ᄂᆞ뇨

물외(物外)에 연하(煙霞) 족(足)ᄒ니 므스 일 아니 가리

이제ᄂᆞᆫ 가려 정(定)ᄒ니 **일흥(逸興)** 계워 ᄒ노라

〈제11장〉

– 안서우, 「유원십이곡」

(나)

어느 날 나는 잠이 들었는데 비몽사몽간이었다. 정신이 산란하고 병이 아닌데 병이 든 듯하여 그 원기가 상했다. 가슴이 돌에 눌린 것처럼 답답한 게 게으름의 귀신이 든 것이 틀림없었다. 무당을 불러 귀신에게 말하게 했다.

"네가 내 속에 숨어들어서 큰 병이 났다. …(중략)… 게을러서 집을 수리할 생각도 못하며, 솥발이 부러져도 게을러서 고치지 않고, 의복이 해져도 게을러서 깁지 않으며, 종들이 죄를 지어도 게을러서 묻지 않고, 사람들이 시비를 걸어도 게을러서 화를 내지 않아서, 마침내 날로 행동은 굼떠 가고, 마음은 바보가 되며, 용모는 날로 여위어 갈 뿐만 아니라 말수조차 줄어들고 있다. 이 모든 허물은 네가 내게 들어와 **멋대로** 함이라. 어째서 다른 이에게는 가지 않고 나만 따르며 귀찮게 구는가? 너는 어서 나를 떠나 저 낙토(樂土)로 가거라. 그러면 나에게는 너의 피해가 없고, 너도 너의 살 곳을 얻으리라."

이에 귀신이 말했다.

"그렇지 않습니다. 내가 어떻게 당신에게 화를 입히겠습니까? 운명은 하늘에 있으니 나의 허물로 여기지 마십시오. **굳센 쇠**는 부서지고 강한 나무는 부러지며, **깨끗한 것**은 더러워지기 쉽고, 우뚝한 것은 꺾이기 쉽습니다. 굳은 돌은 고요함으로 이지러지지 않고, 높은 산은 고요함으로 영원한 것입니다. 움직이는 것은 쉽게 요절하고 고요한 것은 장수합니다. 지금 당신은 저 산처럼 오래 살 것입니다. 경우에 따라서는 세상의 근면은 화근이, 당신의 게으름은 복의 근원이 될 수도 있지요. 세상 사람들은 세력을 좇다 우왕좌왕하여 그때마다 **시비의 소리**가 분분하지만, 지금 당신은 물러나 앉았으니 당신에 대한 시비의 소리가 전혀 없지 않습니까? 또 세상 사람들은 **물욕**에 휘둘려서 이익을 얻기 위해 날뛰지만, 지금 당신은 걱정이 없어 제정신을 잘 보존하니, 당신에게 어느 것이 흉하고 어느 것이 **길한 것**이겠습니까? 당신이 이제부터 유지(有知)를 버리고 무지(無知)를 이루며, 유위(有爲)를 버리고 무위(無爲)에 이르며, 유정(有情)을 버리고 무정(無情)을 지키며, 유생(有生)을 버리고 무생(無生)을 즐기면, 그 도는 죽지 않고 하늘과 함께 아득하여 **태초와 하나가** 될 것입니다. 내가 앞으로도 당신을 도울 것인데, 도리어 나를 나무라시니 자신의 처지를 아십시오. 그래서야 어디 되겠습니까?"

이에 나는 그만 말문이 막혔다. 그래서 ⓛ**앞으로 나의 잘못을 고칠 터이니 그대와 함께 살기를 바란다**고 했더니, 게으름은 그제야 떠나지 않고 나와 함께 있기로 했다.

– 성현, 「조용(嘲慵)」

* 인생식자 우환시 : 사람은 글자를 알게 되면서부터 근심이 시작됨.

* 도약등천 불가급 : 도는 하늘로 오르는 것과 같아 미치기 어려움.

* 성대농포 : 태평성대에 농사를 지음.

* 작비금시 : 어제는 그르고 지금은 옳음.

* 도팽택 기관거 : 도연명이 벼슬을 버리고 떠남.

* 태부 걸해귀 : 한나라 태부 소광이 사직을 간청함.

* 부지지 : 그만두어야 할 때를 알지 못함.

---

1 2020학년도 6월 평가원 모의고사 [기출]

(가)와 (나)의 공통점으로 가장 적절한 것은?

① 대조적 소재를 통해 삶에 대한 글쓴이의 인식을 드러내고 있다.
② 명령적 어조를 통해 세태에 대한 부정적 시각을 진술하고 있다.
③ 공간의 이동을 통해 주어진 삶에 순응해야 함을 드러내고 있다.
④ 구체적인 청자를 설정하여 자연에서 얻은 깨달음을 진술하고 있다.
⑤ 계절의 변화를 통해 과거와 대비되는 현재의 상황을 드러내고 있다.

〈보기〉를 참고하여 (가)를 이해한 내용으로 적절하지 <u>않은</u> 것은?

> **보기**
>
> 「유원십이곡」은 강호에서의 삶을 추구하는 노래지만, 화자는 강호에 머문 뒤에도 강호와 속세 사이에서 갈등을 반복한다. 이는 강호에서의 만족한 삶이라는 이상에 도달하는 것이 쉽지 않음을 보여 주는 것이다. 그뿐 아니라 화자가 갈등을 반복하면서도 항상 강호를 선택하는 모습은, 결국 자신의 결정이 가치 있는 것임을 드러내기 위한 것으로 이해할 수 있다.

① 〈제1장〉의 초장에는 화자가 강호를 선택하게 되는 동기가 드러난다.

② 〈제3장〉의 중장에는 강호를 선택한 삶의 모습이 긍정적으로 드러난다.

③ 〈제6장〉의 종장에는 화자 자신이 분수에 맞는 선택을 했음이 드러난다.

④ 〈제9장〉의 중장에는 속세에 미련을 갖게 하는 가치를 언급함으로써 화자의 갈등이 드러난다.

⑤ 〈제9장〉의 종장에는 갈등하는 화자의 모습이, 〈제11장〉의 종장에는 자신의 선택에 만족하는 화자의 모습이 드러난다.

3

절교와 위우를 중심으로 (가)를 감상한 내용으로 적절하지 <u>않은</u> 것은?

① 화자가 '절교'하고자 하는 대상은 '인간의 벗'으로 볼 수 있다.

② 화자는 '붕우'를 '절교'하고자 하는 대상으로 인식한다고 볼 수 있다.

③ 화자는 '백운'과의 '위우'를 통해 '무한지락'을 느끼고 있다고 볼 수 있다.

④ 화자가 '위우'하고자 하는 '구로'는 '물외에 연하 족'한 곳에 있다고 볼 수 있다.

⑤ 화자가 '물외에 벗'과 '위우'하고자 하는 이유는 '유정코 무심'하기 때문으로 볼 수 있다.

㉠과 ㉡을 참고하여 (가)와 (나)를 이해한 내용으로 가장 적절한 것은?

① ㉠의 화자는 '공맹을 비호'기 위해 '성대농포'의 길을 가야 함을 알게 되었다.

② ㉡의 '나'는 '태초와 하나가' 되게 하는 상대방의 제안을 수용하며 '굳센 쇠'와 같은 변치 않는 삶을 다짐하고 있다.

③ ㉠의 화자는 '녹수 청산'에서의 삶을 즐거워하고, ㉡의 '나'는 '깨끗한 것'을 '길한 것'으로 받아들이고 있다.

④ ㉠의 화자는 현재의 삶이 옳음을 '찌드론가'로 밝히고, ㉡의 '나'는 반성의 태도를 '고칠 터이니'로 드러내고 있다.

⑤ ㉠의 화자는 '풍우 다'한 현실을 긍정적으로 받아들이고, ㉡의 '나'는 '시비의 소리'에 흔들렸던 자신의 잘못을 고치겠다고 다짐하고 있다.

(가)를 이해한 내용으로 가장 적절한 것은?

① 〈제1장〉의 '이 내 몸 쓸 디 업스니'로 보아 화자가 삶에 좌절감을 느끼고 있군.

② 〈제3장〉의 '무한지락을 헌소홀가 두려웨라'로 보아 화자는 자연 생활의 즐거움을 타인에게 알리고자 하는군.

③ 〈제6장〉의 '인간의 벗 잇단 말가 나는 알기 슬희여라'로 보아 화자는 벗이 없는 고독감을 극복하고자 하는군.

④ 〈제8장〉의 '무심코 유정홀 슨 아마도 강호 구로'로 보아 화자는 지난날 벼슬살이보다 현재 삶에 만족하고 있군.

⑤ 〈제9장〉의 '호연행색을 뉘 아니 부러ᄒ리'로 보아 화자는 도연명과 태부의 삶에 비판적인 태도를 보이고 있군.

MEMO

[1~6] 다음 글을 읽고 물음에 답하시오.

(가)

생평(生平)에 원ᄒᆞᄂᆞ니 다만 충효(忠孝)뿐이로다

이 두 일 말면 금수(禽獸) ㅣ나 다르리야

마음에 ᄒᆞ고져 ᄒᆞ야 십재황황(十載遑遑)*ᄒᆞ노라 〈제1수〉

계교(計較)* 이렇더니 공명(功名)이 늦었어라

부급동남(負笈東南)*ᄒᆞ야 여공불급(如恐不及)*ᄒᆞ는 뜻을

세월이 물 흐르듯 ᄒᆞ니 못 이룰까 ᄒᆞ야라 〈제2수〉

강호(江湖)에 놀자 ᄒᆞ니 성주(聖主)를 버리겠고

성주를 섬기자 ᄒᆞ니 소락(所樂)에 어긋나네

호온자 기로(岐路)에 서서 갈 데 몰라 ᄒᆞ노라 〈제4수〉

출(出)ᄒᆞ면 치군택민(致君澤民) 처(處)ᄒᆞ면 조월경운(釣月耕雲)

명철군자(明哲君子)는 이룰사 즐기ᄂᆞ니

하물며 부귀(富貴) 위기(危機) ㅣ라 빈천거(貧賤居)를 ᄒᆞ오리라 〈제8수〉

행장유도(行藏有道)*ᄒᆞ니 버리면 구태 구ᄒᆞ랴

산지남(山之南) 수지북(水之北) 병들고 늙은 나를

뉘라서 회보미방(懷寶迷邦)*ᄒᆞ니 오라 말라 ᄒᆞᄂᆞ뇨 〈제16수〉

성현(聖賢)의 가신 길이 만고(萬古)에 ᄒᆞᆫ가지라

은(隱)커나 현(見)*커나 도(道) ㅣ 어찌 다르리

일도(一道) ㅣ오 다르지 아니커니 아무 덴들 어떠리 〈제17수〉

— 권호문, 「한거십팔곡」

(나)

시의 원심력을 담당하는 비유와 달리 리듬은 시의 구심력을 담당한다. 글자의 개수이건 음의 보폭이건 동일 요소의 반복은 시에 질서를 부여하고 리듬을 형성한다. 그런데 고전 시가의 리듬에는 외적 규율이 전제되어 있는 반면 현대 시의 리듬은 내적 규범을 창출한다. 가령 시조는 4음보를 기본으로 종장 첫 음보는 3음절을 유지하고, 둘째 음보는 그보다 길게 하는 규율을 따른다. 현대시에서는 따라야 할 규율이 없는 대신 말소리, 휴지(休止), 고전 시가에 없던 쉼표나 마침표 등 모든 요소들의 책임이 더 커졌다. 이들의 반복은 내적 규범을 형성하여 시의 고유한 의미를 만들어 낸다.

"멀위랑 / 두래랑 / 먹고"와 같은 고려 속요의 3음보, "동짓돌 / 기나긴 밤을 / 한 허리를 / 버혀 내여"와 같은 시조의 4음보 등 고전시가의 리듬은 현대에 이르러 해체되었다기보다는 배후로 물러나 때로는 강하게, 때로는 약하게 압력을 행사하고 있다고 보는 것이 적절하다. 어떤 시는 고전 시가의 리듬이 강하게 감지되어 친숙하지만 어떤 시는 리듬이라고 할 만한 부분이 거의 감지되지 않아 낯설다. 우리는 앞의 예를 김소월의 시에서, 뒤의 예를 이상의 시에서 찾을 수 있다. 한국의 현대시는

김소월과 이상 사이에서 각각의 좌표를 찍는다.

* 십재황황 : 급한 마음에 십 년을 허둥지둥함.

* 계교 : 견주어 헤아림.

* 부급동남 : 책을 짊어지고 여기저기 다니면서 열심히 공부.

* 여공불급 : 이르지 못할까 두려워하듯 함.

* 행장유도 : 쓰이면 세상에 나아가 도(道)를 행하고 버려지면 은둔하는 것을 자신의 상황에 따라 알맞게 함.

* 회보미방 : 뛰어난 능력을 지니고서 은둔하는 것은 나라를 혼란스럽게 하는 것과 같음.

* 현 : 세상에 나아감.

1

(가)의 표현상 특징으로 적절한 것은?

① 자연물을 의인화하여 화자의 삶의 태도를 밝히고 있다.

② 의문형 어미를 사용하여 화자의 고민을 강조하고 있다.

③ 유사한 통사 구조를 반복하여 화자가 추구하는 삶의 방식들을 대비하고 있다.

④ 감탄형 어미를 반복적으로 사용하여 화자의 감정을 직접적으로 드러내고 있다.

⑤ 앞에서 한 말을 이어받아 반복하여 언급함으로써 화자의 확신을 강조하고 있다.

2

(가)의 화자에 대한 설명으로 적절한 것은?

① 〈제1수〉로 보아 화자는 '충효'를 외면하고 '금수'와 다를 바 없이 살아온 과거를 반성하고 있다.

② 〈제4수〉로 보아 화자는 '성주'를 버리고 '강호'를 선택한 것에 대한 타인의 비난을 걱정하고 있다.

③ 〈제8수〉로 보아 화자는 '출'과 '처'가 모두 '명철군자'로서 타당한 모습이지만 후자를 선택하고 있다.

④ 〈제16수〉로 보아 화자는 세상에 쓰이지 못하는 이유를 자신의 '병들고 늙'음에서 찾고 처지를 한탄하고 있다.

⑤ 〈제17수〉로 보아 화자는 나아감과 물러남을 선택하지 못하고 체념하는 모습을 보이고 있다.

3

2019학년도 9월 평가원 모의고사 [기출]

(가)에 대한 설명으로 적절하지 않은 것은?

① 〈제2수〉의 '부급동남'은 〈제4수〉의 '성주를 섬기'기 위해 화자가 행한 일이다.

② 〈제2수〉의 '공명'을 이루기 위해 화자는 〈제17수〉의 '성현의 가신 길'을 따르고자 한다.

③ 〈제4수〉의 '강호'를 화자가 선택한 이유 중 하나는 〈제8수〉의 '부귀 위기'이다.

④ 〈제4수〉의 '기로'가 〈제17수〉의 '일도'로 나타난 데에서 화자의 내적 갈등이 해소되었음을 알 수 있다.

⑤ 〈제8수〉의 '빈천거를 ᄒ'면서도 화자는 〈제17수〉의 '도'를 실천할 수 있다고 생각한다.

4

2019학년도 9월 평가원 모의고사 [기출]

〈보기〉를 통해 (가)를 감상한 것으로 적절하지 않은 것은?

보기

조선 시대에 과거 급제는 개인이 입신양명하는 길이자 부모에게 효도하고, 임금을 보필할 수 있는 주된 통로였다. 권호문 역시 이를 위해 과거에 여러 번 응시하였으나 뜻을 이루지 못했다. 모친 사후, "뜻을 얻으면 그 은택을 백성들에게 베풀고, 뜻을 얻지 못하면 자신을 수양한다."라는 유교적 출처관(出處觀)에 따라 은자로서의 삶을 살아가던 그는 42세 이후 줄곧 조정에 천거되어 정치 현실로 나올 것을 권유받았으나 매번 이를 거절했다. 「한거십팔곡」에는 권호문의 이러한 삶과 생각이 반영되어 있는 것으로 보인다.

① 〈제1수〉의 '충효'는 화자가 이루고자 했던 삶의 덕목으로 볼 수 있겠군.

② 〈제1수〉에서 화자가 '십재황황'하는 모습은 과거에 여러 차례 응시했으나 급제하지 못했기 때문으로 볼 수 있겠군.

③ 〈제16수〉의 '행장유도ᄒ니'는 화자가 유교적 출처관을 따르고 있음을 보여 주는 것이라고 할 수 있겠군.

④ 〈제16수〉의 '병들고 늙은 나를'은 화자가 정치 현실로 나오라는 권유를 거절하는 표면적 이유라고 할 수 있겠군.

⑤ 〈제16수〉의 '화보미방'은 조정의 권유에 대한 화자의 답변으로 볼 수 있겠군.

보기

진주 장터 생어물전에는

바닷밑이 깔리는 해 다 진 어스름을,

울 엄매의 장사 끝에 남은 고기 몇 마리의

빛 발(發)하는 눈깔들이 속절없이

은전(銀錢)만큼 손 안 닿는 한(恨)이던가

울 엄매야 울 엄매,

별 밭은 또 그리 멀리

우리 오누이의 머리 맞댄 골방 안 되어

손 시리게 떨던가 손 시리게 떨던가,

진주 남강 맑다 해도

오명 가명

신새벽이나 밤빛에 보는 것을,

울 엄매의 마음은 어떠했을꼬,

달빛 받은 옹기전의 옹기들같이

말없이 글썽이고 반짝이던 것인가.

– 박재삼, 「추억에서」

6

(나)를 참고하여 (가)와 〈보기〉를 이해한 내용으로 가장 적절한 것은?

(가)에서 각 수의 종장 첫째 음보를 3음절로 한 것은 내적 규범을 따른 것이다.

(가)에서 각 수의 종장 둘째 음보의 글자 수가 첫째 음보의 글자 수보다 많은 것은 따라야 하는 규칙을 위반한 것이다.

〈보기〉에서 '울 엄매야 울 엄매'는 울림소리의 반복으로 리듬을 창출하고 화자의 정서를 표출한 것이다.

〈보기〉에서 '오명 가명'은 외적 규율에 따라 'ㅇ'을 반복하여 일터의 무료한 삶에 생동감을 불어넣은 예이다.

〈보기〉에서 1연부터 3연까지 쉼표로 연을 마무리한 것은 고전 시가의 리듬을 계승한 예이다.

5

(가)와 〈보기〉의 공통점으로 가장 적절한 것은?

① 의문형 어미를 활용하여 화자의 정서를 강조하고 있다.

② 특정 대상과 대화하는 방식으로 주제를 부각하고 있다.

③ 시적 공간의 탈속성이 시상을 형성하는 데 기여하고 있다.

④ 계절적 배경을 소재로 하여 시적 분위기를 고조하고 있다.

⑤ 의성어와 의태어를 구사하여 화자의 상황을 제시하고 있다.

[7~10] 다음 글을 읽고 물음에 답하시오.

평생에 원하는 것이 다만 충효뿐이로다

이 두 일 말면 금수(禽獸)나 다를쏘냐

마음에 하고자 하여 십 년을 허둥대노라

〈제1수〉

계교(計較)* 이렇더니 공명이 늦었어라

부급동남(負笈東南)*해도 이루지 못할까 하는 뜻을

ⓑ세월이 물 흐르듯 하니 못 이룰까 하여라

〈제2수〉

비록 못 이뤄도 임천(林泉)이 좋으니라

무심어조(無心魚鳥)는 절로 한가하나니

조만간 세사(世事) 잊고 너를 좇으려 하노라

〈제3수〉

강호에 놀자 하니 임금을 저버리겠고

임금을 섬기자 하니 즐거움에 어긋나네

혼자서 기로에 서서 갈 데 몰라 하노라

〈제4수〉

어쩌랴 이러구러 이 몸이 어찌할꼬

행도(行道)도 어렵고 은둔처도 정하지 않았네

언제나 이 뜻 결단하여 내 즐기는 바 좇을 것인가

〈제5수〉

- 권호문, 「한거십팔곡(閑居十八曲)」

* 계교 : 서로 견주어 살펴봄.

* 부급동남 : 이리저리 공부하러 감.

[7~8] (가), (나)를 읽고 물음에 답하시오.

(가)

차단—한 등불이 하나 비인 하늘에 걸려 있다

내 호올로 어딜 가라는 슬픈 신호냐

ⓐ긴— 여름 해 황망히 나래를 접고

늘어선 고층(高層) 창백한 묘석(墓石)같이 황혼에 젖어

찬란한 야경 무성한 잡초인 양 헝클어진 채

사념(思念) 벙어리 되어 입을 다물다

피부의 바깥에 스미는 어둠

낯설은 거리의 아우성 소리

까닭도 없이 눈물겹고나

공허한 군중의 행렬에 섞이어

내 어디서 그리 무거운 비애를 지고 왔기에

길—게 늘인 그림자 이다지 어두워

내 어디로 어떻게 가라는 슬픈 신호기

차단—한 등불이 하나 비인 하늘에 걸리어 있다

- 김광균, 「와사등」

(나)

……활자(活字)는 반짝거리면서 하늘 아래에서

간간이

자유를 말하는데

나의 영(靈)은 죽어 있는 것이 아니냐

벗이여

그대의 말을 고개 숙이고 듣는 것이

그대는 마음에 들지 않겠지

마음에 들지 않어라

모두 다 마음에 들지 않어라

이 황혼도 저 돌벽 아래 잡초도

담장의 푸른 페인트 빛도

저 고요함도 이 고요함도

그대의 정의(正義)도 우리들의 섬세(纖細)도

행동이 죽음에서 나오는

이 욕된 교외에서는

어제도 오늘도 내일도 마음에 들지 않어라

그대는 반짝거리면서 하늘 아래에서

간간이

자유를 말하는데

우스워라 나의 영은 죽어 있는 것이 아니냐

- 김수영, 「사령(死靈)」

윗글과 (가), (나)에 대한 설명으로 가장 적절한 것은?

① (가), (나)에서 화자는 자신이 처한 상황으로부터 도피하고자 한다.

② (가), '윗글'에는 미래에 대한 화자의 확신이 나타나 있다.

③ (나), '윗글'에는 부정적인 세계에 대한 화자의 대결 의지가 나타나 있다.

④ (가), (나), '윗글'에서 화자는 과거에 대해 반성하고 있다.

⑤ (가), (나), '윗글'에는 삶에 대한 화자의 고뇌가 나타나 있다.

(가)의 ⓐ와 윗글의 ⓑ에 대한 설명으로 적절하지 않은 것은?

① ⓐ는 ⓑ와 달리 상승 이미지를 사용하고 있다.

② ⓑ는 ⓐ와 달리 관습적 표현을 활용하고 있다.

③ ⓐ, ⓑ 모두 화자의 정서를 환기하고 있다.

④ ⓐ, ⓑ 모두 대상을 비유적으로 표현하고 있다.

⑤ ⓐ, ⓑ 모두 시간을 시각적으로 형상화하고 있다.

〈보기〉를 바탕으로 윗글을 이해한 내용으로 적절하지 않은 것은?

보기
연시조는 단순히 평시조 몇 작품을 병렬적으로 늘어놓은 것을 의미하지는 않는다. 대체로 각 작품들이 일관된 체계에 따라 긴밀히 연결되어 있다는 점에서 연시조는 질서 정연한 구성을 보이게 마련이다.

① 제1수는 시상 전개의 단서를 제시하는 역할을 한다.

② 제2수의 '계교'는 제1수의 '충효'와 관련되어 있다.

③ 제3수의 '임천'의 좋은 점이 제2수에 드러나 있다.

④ 제4수는 제2수와 제3수의 내용을 아우르고 있다.

⑤ 제5수는 제4수의 내용을 변주하여 시상을 심화하고 있다.

10

〈보기〉는 연시조인 윗글의 뒷부분이다. 엮어서 해석한 것으로 적절하지 **않은** 것은?

보기
바람은 절로 맑고 달은 절로 밝다 죽정 송함(竹庭松檻)*에 티끌 한 점도 없으니 거문고 하나 **만권의 서책**이 더욱 소쇄(瀟灑)하여라* 〈제11수〉   제월(霽月)이 구름 뚫고 솔 끝에 날아올라 십분청광(十分淸光)*이 푸른 시내 가운데에 비꼈거늘 어디 있는 **무리 잃은 갈매기**는 나를 좇아오는가 〈제12수〉   강가에 누워서 **강물**을 보는 뜻은 세월이 빨리 가니 **백세(百歲)**인들 얼마 동안이랴 십 년 전 진세 일념(塵世一念)*이 얼음 녹듯 한다 〈제19수〉 * 죽정송함(竹庭松檻): 대나무가 서 있는 뜰에 소나무로 만든 난간 * 소쇄(瀟灑)하다: 정갈하다. * 십분청광(十分淸光): 맑은 달빛 * 진세일념(塵世一念): 속세에 대한 생각

① 윗글의 '무심어조'와 〈보기〉의 '무리 잃은 갈매기'는 모두 화자가 추구하는 대상이다.

② 윗글의 '부급동남'과 〈보기〉의 '만권의 서책'은 화자가 꾸준히 학문을 닦고 있음을 보여준다.

③ 윗글의 '강호'와 〈보기〉의 '강물'은 모두 화자가 세월의 무상함을 느끼게 하는 대상이다.

④ 윗글의 '십 년'이 화자의 과거라면 〈보기〉의 '백세'는 화자가 앞으로 살아갈 날들이다.

⑤ 윗글에서 결단을 내리지 못하던 화자는 〈보기〉에서 비로소 내적 갈등을 해소하고 있다.

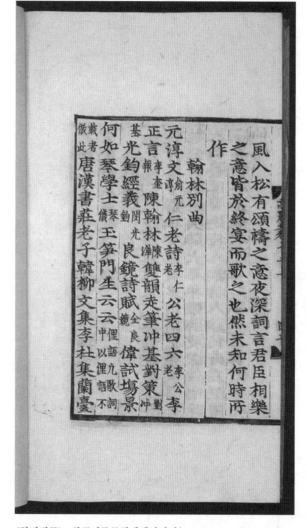

〈한림별곡〉, 한국민족문화대백과사전(encykorea.aks.ac.kr),
한국학중앙연구원

경기체가는 13세기 초에 출현하여 고려 후기와 조선 전기 동안 간헐적으로 창작되고 그 이후에는 쇠퇴했으나 19세기까지 드물게 명맥이 이어진 시가 형태이다. 이 양식의 오랜 존속 기간에도 불구하고 현재까지 확인된 작품이 20여 편 정도밖에 안 되는 이유는 경기체가가 매우 까다로운 형식 제약과 특이한 관습을 지녔기 때문이다. 경기체가는 구문 구조상 서술적 연결이 박약한 명사 혹은 한문 단형구(短形句)의 나열에 압도적으로 의존하며, 한 경(景)[연(聯)]의 중간과 끝에서 이들을 '위 ○○ 景 긔 엇더ᄒ니잇고' 혹은 이에 상응하는 감탄형 문장으로 집약하는 구조를 지니고 있다.

경기체가는 고려속요와 함께 고려시대의 대표적인 문학으로 평가되는데, 각 장마다 여음이 붙어 반복된다는 점이나 분절된다는 점에서 공통점을 보인다. 주제나 정서 면에서는 차이가 있는데, 고려 속요가 서민들의 진솔한 정서를 표출할 수 있는 양식이었던데 비해, 경기체가는 교술에 가까운 객관적 사물을 묘사하고 귀족들의 호사스러운 향락과 풍류적 분위기를 드러낸다는 점이다.

MEMO

[1~5] 다음 글을 읽고 물음에 답하시오.

(가)

반(半) 밤중 혼자 일어 묻노라 이내 **꿈아**

만 리(萬里) 요양(遼陽)*을 **어느덧 다녀온고**

반갑다 **학가(鶴駕)*** 선객(仙客)을 친히 뵌 듯 ᄒ여라 〈제1수〉

풍설 섞어 친 날에 묻노라 북래사자(北來使者)*

소해용안(小海容顔)*이 얼마나 추우신고

고국(故國)의 못 죽는 고신(孤臣)이 눈물겨워 ᄒ노라 〈제2수〉

박제상* 죽은 후에 **님의 시름** 알 이 업다

이역(異域) 춘궁(春宮)을 **뉘라서 모셔 오리**

지금에 치술령 귀혼(歸魂)을 못내 슬허ᄒ노라 〈제4수〉

조정을 바라보니 **무신(武臣)**도 하 만하라

신고(辛苦)ᄒ 화친(和親)을 누를 두고 ᄒ 것인고

슬프다 **조구리(趙廐吏)*** 이미 죽으니 참승(參乘)홀* 이 업세라 〈제6수〉

구중(九重) 달 발근 밤의 성려(聖慮)* 일정 만ᄒ려니

이역 풍상(風霜)에 학가인들 이즐쏘냐

이 밖에 억만창생(億萬蒼生)을 못내 분별ᄒ시도다 〈제7수〉

구렁에 났는 ㉠**풀**이 **봄비**에 절로 길어

아는 일 업스니 긔 아니 조흘쏘냐

우리는 너희만 못ᄒ야 시름겨워 ᄒ노라 〈제8수〉

조그만 이 한 몸이 하늘 밖에 떨어지니

오색 구름 깊은 곳에 어느 것이 **서울**인고

바람에 지나는 ㉡**검불*** 갓ᄒ야 갈 길 몰라 ᄒ노라 〈제9수〉

– 이정환, 「비가(悲歌)」

(나)

이전 서울 계동 홍술햇골에서 살 때 일이었다. 휘문 중학교의 교편을 잡고, 독서, 작시(作詩)도 하고, 고서도 사들이고, 그 틈으로써 난을 길렀던 것이다. 한가롭고 자유로운 맛은 몹시 바쁜 가운데에서 깨닫는 것이다. 원고를 쓰다가 밤을 새우기도 왕왕 하였다. 그러하면 그러할수록 난의 **위안**이 더 필요하였다. 그 푸른 잎을 보고 방렬(芳烈)한 향을 맡을 순간엔, 문득 환희의 별유세계(別有世界)에 들어 무아무상의 경지에 도달하기도 하였다.

그러다가 조선어 학회 사건에 피검되어 홍원·함흥서 2년 만에 돌아와 보니 난은 반수 이상이 죽었다. 그해 여산으로 돌아와서 십여 분을 간신히 살렸다. 갑자기 8·15 광복이 되자 나는 서울로 또 가 있었다. 한 겨울을 지내고 와 보니 난은 모두 죽었고, 겨우 뿌리만 성한 것이 두어 개 있었다. 그걸 서울로 가지고 가 또 살려 잎이 돌아나게 하였다. 건란(建蘭)과 춘란(春蘭)이다. 춘란은 중국 춘란이 진기한 것이다. 꽃이나 보려 하던 것이, 또 6·25 전쟁으로 피란하였다가 그 다음 해 여름에 가 보니, 장독대 옆 풀섶 속에 그 고해(枯骸)만 엉성하게 남아 있었다.

그 후 전주로 와 양사재에 있으매, 소공(素空)이 건란 한 분을 주었고, 고경선 군이 제주서 **풍란** 한 등걸을 가지고 왔다. 풍란에 웅란(雄蘭)·자란(雌蘭) 두 가지가 있는데, 자란은 이왕 안서(岸曙) 집에서 보던 것으로서 잎이 넓적하고, 웅란은 잎이 좁고 빼어났다. 물을 자주 주고, 겨울에는 특히 옹호하여, 자란은 네 잎이 돋고 웅란은 다복다복하게 길었다. 벌써 네 해가 되었다.

십여 일 전 나는 바닷게를 먹고 중독되어 곽란(霍亂)이 났다. 5, 6일 동안 미음만 마시고 인삼 몇 뿌리 달여 먹고 나았으되, 그래도 **병석**에 누워 더 조리하였다. 책도 보고, 시도 생각해 보았다. ㉢**풍란**은 곁에 두었다. 하얀 꽃이 몇 송이 벌었다. 방렬 · 청상(淸爽)한 향이 움직이고 있다. 나는 밤에도 자다가 깨었다. 그 향을 맡으며 이렇게 생각을 하여 등불을 켜고 노트에 적었다.

잎이 빳빳하고도 오히려 영롱(玲瓏)하다

썩은 향나무 껍질에 옥(玉) 같은 뿌리를

서려 두고

청량(淸凉)한 물기를 머금고 바람으로 사노니

꽃은 하얗고도 여린 자연(紫煙) 빛이다

높고 조촐한 그 품(品)이며 그 향(香)이

숲속에 숨겨 있어도 **아는 이**는 아노니

완당 선생이 한묵연(翰墨緣)이 있다듯이 나는 **난연(蘭緣)**이 있고 **난복(蘭福)**이 있다. 당외자, 계수나무도 있으나, 이 웅란에는 백중(伯仲)할 수 없다. 이 웅란은 난 가운데에도 가장 진귀하다.

'간죽하수문주인(看竹何須問主人)*'이라 하는 시구가 있다. 그도 그럴듯하다. 나는 어느 집에 가 그 난을 보면, 그 주인이 어떤 사람인가를 알겠다. 고서도 없고, 난도 없이 되잖은 서화나 붙여 놓은 방은, 비록 **화려 광활**하다 하더라도 그건 한 요릿집에 불과하다. **두실 와옥(斗室蝸屋)***이라도 고서 몇 권, 난 두어 분, 그리고 그 사이 술이나 한 병을 두었다면 삼공(三公)을 바꾸지 않을 것 아닌가! 빵은 육체나 기를 따름이지만 난은 정신을 기르지 않는가!

– 이병기, 「풍란」

* 요양 : 청나라의 심양.

* 학가 : 세자가 탄 수레. 또는 세자. 여기서는 병자호란에서 패배하여 심양에 잡혀간 소현 세자를 가리킴.

* 북래사자 : 북쪽에서 온 사자. 여기에서는 바람을 비유적으로 표현한 말

* 소해용안 : 왕자의 모습.

* 박제상 : 신라의 충신. 왕의 아우가 왜에 볼모로 잡히자 그를 구하고 자신은 희생됨.

* 조구리 : 조씨 성을 가진 마부. 충신을 가리킴.

* 참승홀 : 높은 이를 호위하여 수레에 같이 탈.

* 성려 : 임금의 염려.

* 검불 : 마른 나뭇가지나 낙엽 따위.

* 간죽하수문주인 : '대숲을 봤으면 그만이지 그 주인이 누구인지 물을 필요가 있겠는가.'라는 뜻.

* 두실 와옥 : 몹시 작고 누추한 집.

(가)와 (나)에 대한 설명으로 가장 적절한 것은?

① (가)에는 해소하기 어려운 문제적 상황에 당면하여 고뇌하는 태도가 드러나 있다.

② (가)에는 시대적 고난에 맞서지 못하는 자신의 나약함을 극복하고자 하는 태도가 드러나 있다.

③ (나)에는 인간의 유한한 삶에 대해 한탄하는 태도가 드러나 있다.

④ (나)에는 희망을 찾을 수 없는 절망적 현실에 대한 냉소적인 태도가 드러나 있다.

⑤ (가)와 (나)에는 이상과 현실의 괴리에서 비롯된 삶에 대한 회의적 태도가 드러나 있다.

(가), (나)에 대한 감상으로 적절하지 않은 것은?

① (가)는 '학가 선객'을 '꿈'에서나마 본 일을 언급함으로써 그를 만나고 싶어 하는 화자의 소망을 드러내고 있군.

② (가)는 '박제상'이 살았던 시대와 대비함으로써 그와 같은 충신을 찾기 어려운 시대적 상황에 대한 화자의 안타까움을 드러내고 있군.

③ (가)는 자신의 '몸'이 하늘 밖에 떨어진 상황을 설정하여 현실의 문제를 떠나 고통을 잠시라도 잊으려는 화자의 지향을 드러내고 있군.

④ (나)는 역사적 상황에 따른 작가의 행적과 '난'의 생사를 관련지어 언급함으로써 '난'에 대한 작가의 애착을 드러내고 있군.

⑤ (나)는 '두실 와옥'에 사는 사람이라도 만족감을 느낄 수 있도록 해 주는 '난'을 통해 작가가 지향하는 정신적 가치를 드러내고 있군.

㉠과 ㉡을 비교한 내용으로 가장 적절한 것은?

① ㉠과 ㉡은 모두 화자가 경외감을 가지고 바라보는 소재이다.

② ㉠과 ㉡은 모두 세월의 흐름을 나타내어 인생의 무상함을 느끼게 하는 소재이다.

③ ㉠은 화자의 울분을 심화하는 소재로, ㉡은 화자의 울분을 완화하는 소재로 활용되고 있다.

④ ㉠은 현재의 상황에 대한 인식의 계기가, ㉡은 과거의 사건에 대한 회고의 계기가 된 소재이다.

⑤ ㉠은 화자의 처지와 대비되는 소재로, ㉡은 화자의 처지와 동일시되는 소재로 제시되고 있다.

〈보기〉를 바탕으로 (가)를 이해한 내용으로 적절하지 않은 것은?

> **보기**
>
> 임병양란 이후의 사대부들 사이에서는 긴 사연을 담을 수 있는 연시조 양식을 활용해 전란 후 현실의 문제를 다루려는 경향이 나타났다. 병자호란 직후 지어진 「비가」에도, 잡혀간 세자를 그리는 마음, 임금을 향한 충정, 전란 후 상황에 대한 견해 등 여러 내용이 복합되어 있다. 각 수의 시어를 연결하여 이해할 때 그 같은 내용들이 올바로 파악될 수 있다.

① 〈제1수〉의 '어느덧 다녀온고'와 〈제4수〉의 '뉘라서 모셔 오리'라는 진술에는 잡혀간 세자를 그리는 화자의 마음이 투영되어 있다.

② 〈제4수〉의 아무도 알아주지 못하는 '님의 시름'에 대해, 〈제6수〉의 '조구리'와 같은 인물이 없는 현실에 처한 화자는 애석함을 느끼고 있다.

③ 〈제6수〉에서 조정에 많은 '무신'이 남아 있음에도 '신고훈 화친'을 맺은 결과로 〈제7수〉에서 세자가 '이역 풍상'을 겪는다고 화자는 판단하고 있다.

④ 〈제7수〉에서 근심에 싸여 있는 '구중'의 임금을 떠올렸던 화자는 〈제9수〉에서는 '서울'을 찾지 못해 애태우고 있다.

⑤ 〈제7수〉의 '달 발근 밤'과 〈제8수〉의 '봄비'에는 부정적 현실이 개선되리라는 화자의 전망과 기대가 담겨 있다.

5

(가)의 표현상의 특징으로 적절한 것은?

① 계절의 변화를 통해 생동감을 조성하고 있다.

② 화자의 처지를 자연물에 빗대어 삶의 무상감을 드러내고 있다.

③ 명령적 어조를 통해 대상에 대한 비판적 태도를 드러내고 있다.

④ 구체적인 숫자를 사용하여 대상과의 물리적 거리감을 드러내고 있다.

⑤ 옛 인물의 이름을 활용하여 상황을 극복하고자 하는 의지를 드러내고 있다.

[1~5] 다음 글을 읽고 물음에 답하시오.

사람 사람마다 이 말삼 드러사라

이 말삼 아니면 **사람이라도 사람 아니니**

이 말삼 잇디 말고 배우고야 마로리이다

〈제1수〉

아바님 날 나흐시고 어마님 날 기르시니

부모(父母)곧 아니시면 내 몸이 업실랏다

이 덕(德)을 갚흐려 하니 하늘 가이 업스샷다

〈제2수〉

종과 주인과를 뉘라셔 삼기신고

벌과 개미가 이 뜻을 몬져 아니

한 마암애 두 뜻 업시 속이지나 마옵사이다

〈제3수〉

지아비 밭 갈라 간 데 밥고리 이고 가

반상을 들오되 눈썹에 마초이다

진실로 고마오시니 손이시나 다르실가

〈제4수〉

형님 자신 젖을 내 조처 먹나이다

어와 우리 아우야 어마님 너 사랑이야

형제(兄弟)가 불화(不和)하면 **개돼지라** 하리라

〈제5수〉

늙은이는 부모 같고 **어른은 형** 같으니

같은데 불공(不恭)하면 어디가 다를고

나이가 많으시거든 절하고야 마로리이다

〈제6수〉

– 주세붕, 「오륜가」

1

2018학년도 6월 평가원 모의고사 [기출 변형]

윗글에 대한 설명으로 가장 적절한 것은?

① 영탄적 표현을 통해 대상의 속성을 예찬하고 있다.

② 사물을 의인화하여 부조리한 현실을 비판하고 있다.

③ 상반된 세계관이 대구의 형식을 통해 구체화되고 있다.

④ 설의적 표현을 사용하여 화자의 생각을 강조하고 있다.

⑤ 이상향에 대한 의식을 역설적 표현을 통해 진술하고 있다.

2

윗글을 읽고 난 뒤의 독자의 반응으로 가장 적절한 것은?

① 이 글에서는 삶의 태도에 대한 경계와 권고의 의도를 드러내고 있군.

② 이 글에서는 관념적 덕목을 열거하여 각각이 지닌 모순점을 밝히고 있군.

③ 이 글에서는 개인적 체험에서 얻은 깨달음을 사회적 차원으로 일반화하고 있군.

④ 이 글에서는 자연물이 지닌 덕성을 부각하여 인간적 삶에 대한 긍지를 드러내고 있군.

⑤ 이 글에서는 사람들 사이의 관계를 의식하지 않는 삶의 모습을 옹호하며 시상을 전개하고 있군.

3

윗글을 이해한 내용으로 적절하지 않은 것은?

① '이 말삼'은 사람으로서 지켜야 할 기본적인 도리인 오륜을 가리킨다고 할 수 있다.

② 근면의 상징인 '벌'과 '개미'를 내세워 백성들이 근면하게 일해야 함을 강조하고 있다.

③ '한 마암애 두 뜻 업시'는 임금에 대한 일편단심의 마음을 지녀야 함을 나타낸 것이라 할 수 있다.

④ '손이시나 다르실가'는 지아비를 손님처럼 공경해야 하는 지어미의 태도를 강조한 것이라 할 수 있다.

⑤ '어디가 다를고'는 어른에게 공경하지 않으면 짐승과 다를 바가 없다는 말로 공경의 태도를 강조한 것이라 할 수 있다.

4

2018학년도 6월 평가원 모의고사 [기출]

〈보기〉를 바탕으로 윗글을 감상한 내용으로 적절하지 <u>않은</u> 것은?

보기
교훈적 내용의 시조에는 설득력을 높이기 위한 몇 가지 특징적인 표현 전략이 있다. 우선 윤리적 덕목을 실천해야 하는 인물을 화자로 설정하여 대화 형식을 취하는 경우가 있다. 또한 비유나 상징, 유추, 다른 인물이나 사물과의 대비 등을 통해 화자가 개인 윤리는 물론 가정과 사회의 윤리를 실천하는 주체로서 추구해야 하는 가치를 정당화하기도 한다.

① 〈제3수〉에서는 '벌과 개미'의 생태로부터 윤리적 실천의 주체가 추구해야 하는 가치를 유추하고 있다.

② 〈제4수〉에서는 화자로 내세운 '지아비'와 지어미의 문답 방식을 통해 아내가 추구해야 할 윤리적 가치를 정당화하고 있다.

③ 〈제5수〉에서 어머니의 '젖'은 어머니의 사랑을 상징하는 표현으로서, '형님'과 '아우'가 이를 화제로 삼아 대화를 나누는 형식을 취하고 있다.

④ 〈제5수〉의 '개돼지'는 〈제1수〉의 '사람이라도 사람 아니니'의 의미를 비유적으로 표현한 것으로서 화자가 추구하는 가치를 따르는 윤리적 주체와 대비되고 있다.

⑤ 〈제6수〉에서 '부모'와 '형'은, 〈제2수〉의 '부모'와 〈제5수〉의 '형님'과는 달리, '늙은이'와 '어른'에 빗대어져 쓰임으로써 사회 윤리가 가정 윤리와 연결되어 있음을 보여 주고 있다.

5

2018학년도 6월 평가원 모의고사 [기출]

〈제2수〉와 〈보기〉를 비교하여 감상할 때 적절하지 <u>않은</u> 것은?

보기
어버이 자식(子息) 소이 하늘 삼긴 지친(至親)이라 　　부모곳 아니면 이 몸이 이실소냐 　　오조(烏鳥)도 반포(反哺)*룰 ᄒ니 부모 효도ᄒ여라 　　　　　　　　　　　　　　　　　〈제1수〉 　　　　　　　　　　　　　- 김상용, 「오륜가(五倫歌)」

* 오조도 반포 : 까마귀 새끼가 자라서 어버이에게 먹이를 먹여 주는 뜻으로, 자식이 부모의 은혜에 보답함을 이르는 말.

① 〈제2수〉와 달리 〈보기〉는 동물의 행위를 제시하여 교훈을 전달하고 있군.

② 〈제2수〉와 달리 〈보기〉는 청자가 느낄 회한을 언급하며 행위 실천을 바라고 있군.

③ 〈보기〉와 달리 〈제2수〉에서는 부모님의 은덕을 지시하는 시어를 찾을 수 있군.

④ 〈제2수〉와 〈보기〉 모두 부모님에 대한 효도를 강조하고 있군.

⑤ 〈제2수〉와 〈보기〉 모두 부모님으로 인해 화자가 존재할 수 있었음을 언급하고 있군.

[1~5] 다음 글을 읽고 물음에 답하시오.

(가)

산촌(山村)에 ㉠눈이 오니 돌길이 뭇쳐셰라

시비(柴扉)롤 여지 마라 날 ᄎᄌ리 뉘 이스리

밤듕만 일편명월(一片明月)이 긔 벗인가 ᄒ노라

〈1수〉

(나)

섯ᄀ래 기나 즈르나 기동이 기우나 트나

수간모옥(數間茅屋)*을 죽은 줄 웃지 마라

어즈버 만산 나월(滿山蘿月)*이 다 ᄂᆡ거신가 ᄒ노라

〈8수〉

(다)

한식(寒食) 비 온 밤에 봄빗치 다 퍼졋다

무정(無情)ᄒ ㉡화류(花柳)도 ᄣ를 아라 픠엿거든

엇더타 우리의 님은 가고 아니 오ᄂ고

〈17수〉

(라)

어지밤 비 온 후(後)에 석류(石榴)곳지 다 픠엿다

부용 당반(芙蓉塘畔)*에 수정렴(水晶簾)을 거더 두고

눌 향한 깁흔 시름을 못내 푸러 ᄒ노라

〈18수〉

(마)

창(窓)밧긔 워셕버셕 님이신가 이러 보니

혜란 혜경(蕙蘭蹊徑)*에 낙엽(落葉)은 무스 일고

어즈버 유한ᄒ 간장(肝腸)이 다 끈칠쟈 ᄒ노라

〈19수〉

– 신흠, 「방옹시여」

* 수간모옥 : 방이 몇 칸 되지 않는 작은 초가.
* 만산 나월 : 산에 가득 자란 덩굴 풀에 비친 달.
* 부용 당반 : 연꽃이 피어 있는 연못가.
* 혜란 혜경 : 난초가 자라난 지름길.

1

2017학년도 9월 평가원 모의고사 [기출]

윗글의 표현상 특징에 대한 설명으로 가장 적절한 것은?

① (가)에서는 대상과의 문답을 통해 시상을 심화하고 있다.

② (나)에서는 과거와 현재를 대비하여 화자의 삶의 태도를 암시하고 있다.

③ (다)에서는 선경후정의 전개 방식을 통해 화자의 내면을 드러내고 있다.

④ (라)에서는 대상에 감정을 이입하여 심리적 변화를 우회적으로 표출하고 있다.

⑤ (마)에서는 대상을 의인화하여 대상이 지닌 속성들을 점층적으로 나열하고 있다.

2

〈보기〉를 바탕으로 윗글을 감상한 내용으로 적절하지 <u>않은</u> 것은?

보기
이 글은 선조의 총애를 받던 신흠이 선조 사후 '계축옥사'에 연루되어 관직을 박탈당하고 김포로 내쫓겼던 시기에 쓴 시조 30수 중 일부이다. 이들 30수는 자연 지향, 세태 비판, 연군, 취흥 등의 다양한 주제 의식을 형성하고 있으며, 우리말 시가에 대한 작가의 인식도 엿볼 수 있다. 그 서문 격인 「방옹시여서」에는 창작 당시 그의 심경이 다음과 같이 적혀 있다. "내 이미 전원으로 돌아오매 세상이 진실로 나를 버렸고 나 또한 세상사에 지쳤기 때문이다."

① '산촌'은 세상과 대비되는 공간으로서의 자연의 의미를 지니는 것이겠군.

② '일편명월'은 세태를 비판하고 자신의 억울한 처지를 호소하는 작가를 상징하는 것이겠군.

③ '님'을 군왕으로 이해한다면 '간장이 다 끈칠짜 흐노라'는 임금을 향한 신하의 애끓는 심정이 함축된 것이겠군.

④ '시름'은 정치적 혼란기에 정계에서 쫓겨나 버림받은 작자의 복잡한 심경을 나타내는 것이겠군.

⑤ '만산 나월이 이 다 니거신가 흐노라'에는 자연을 지향하는 화자의 태도가 드러난 것이라 할 수 있군.

3

〈보기〉의 ⓐ, ⓑ를 고려하여 (가)~(라)를 이해한 내용으로 가장 적절한 것은?

보기
「방옹시여」는 선조(宣祖) 사후에 정계에서 밀려난 신흠이 은거 상황을 배경으로 창작한 시조 작품을 모아 놓은 것이다. 여기에 수록된 30수는 몇 개의 작품군으로 분류될 수 있다. 예컨대 ⓐ**은자로서의 자족감이나 자긍심을 표현한 작품군**, ⓑ**'님'으로 표상되는 선왕에 대한 그리움과 연모의 정을 표현한 작품군** 등이 있다.

① (가)의 '눈'은 ⓐ와 연관된 시어로, 화자의 은거가 자발적으로 이루어졌음을 알려 주는 단서이다.

② (나)의 '수간모옥'은 ⓐ와 연관된 시어로, 화자의 답답한 심정이 투영되어 있는 대상이다.

③ (나)의 '만산 나월'은 ⓑ와 연관된 시어로, '님'이 부재한 상황을 절감하게 하는 소재이다.

④ (다)의 '봄빗'은 ⓑ와 연관된 시어로, '님'에 대한 화자의 그리움을 촉발하는 계기이다.

⑤ (라)의 '부용 당반'은 ⓑ와 연관된 시어로, 화자가 연모하는 대상과 함께 지내는 공간이다.

(마)와 〈보기〉를 비교하여 감상한 내용으로 적절하지 않은 것은?

보기
벽사창(碧紗窓)이 어른어른커놀 님만 너겨 풀쩍 니러나 쑥싹 나셔 보니 님은 아니오 명월(明月)이 만정(滿庭)흔디 벽오동(碧梧桐) 져즌 닙히 봉황(鳳凰)이 느려안자 긴 부리를 휘여다가 두 ᄂᆞ래예 너허 두고 슬금슬젹 깃 다듬는 그림자 l 로다 모쳐로 밤일시만졍 행여 낫이런들 눔 우일 번ᄒᆞ여라 　　　　　　　　　　　　　　　　　　　　　　－ 작자 미상

① (마)의 초장과 〈보기〉의 초장에서는 모두 감각적 자극이 착각을 불러일으키는 원인이 되고 있군.

② (마)의 초장과 〈보기〉의 초장에서는 모두 창밖의 변화에 즉각적으로 반응하는 화자의 모습이 그려지고 있군.

③ (마)의 중장과 〈보기〉의 중장에서는 모두 화자의 착각을 불러일으킨 대상이 확인되고 있군.

④ (마)의 중장에서는 착각을 야기한 대상에 대한 묘사가, 〈보기〉의 중장에서는 착각을 야기한 대상에 대한 비판이 제시되고 있군.

⑤ (마)의 종장에서는 화자의 내면적 고통을 토로하고 있고, 〈보기〉의 종장에서는 타인의 평가와 조소를 의식하고 있군.

㉠과 ㉡에 대한 설명으로 가장 적절한 것은?

① ㉠과 ㉡ 모두 화자로 하여금 안타까움을 유발하고 있다.

② ㉠과 ㉡ 모두 화자가 세상과 단절하고자 하는 태도를 담고 있다.

③ ㉠과 달리 ㉡은 대상에 대한 화자의 정성이 담겨져 있다.

④ ㉡과 달리 ㉠에는 대상에 대한 화자의 기대감이 반영되어 있다.

⑤ ㉠은 화자를 세상을 단절시키고, ㉡은 화자의 심정을 심화시키고 있다.

MEMO

[1~5] 다음 글을 읽고 물음에 답하시오.

(가)

뿌리 깊은 나무는 바람에 아니 뮐새 꽃 좋고 열매 많나니

샘이 깊은 물은 가뭄에 아니 그칠새 내가 일어 바다에 가나니 〈第2장〉

천세(千世) 전에 미리 정하신 한강 북녘에 누인개국(累仁開國)하시어 복년(卜年)*이 가없으시니

성신(聖神)*이 이으셔도 경천근민(敬天勤民)하셔야 더욱 굳으시리이다

임금하 아소서 낙수(洛水)에 사냥 가 있어 조상만 믿겠습니까* 〈第125장〉

– 정인지 외, 「용비어천가(龍飛御天歌)」

(나)

강호(江湖)에 봄이 드니 미친 흥(興)이 절로 난다

탁료계변(濁醪溪邊)에 금린어(錦鱗魚)가 안주로다

이 몸이 한가(閑暇)하옴도 역군은(亦君恩)이샷다 〈제1수〉

강호에 여름이 드니 초당(草堂)에 일이 업다

유신(有信)한 강파(江波)는 보내나니 바람이로다

이 몸이 서늘하옴도 역군은이샷다 〈제2수〉

강호에 가을이 드니 고기마다 살쪄 있다

소정(小艇)에 그물 실어 흘리띄워 던져두고

이 몸이 소일(消日)하옴도 역군은이샷다 〈제3수〉

강호에 겨울이 드니 눈 깊이 한 자가 넘네

삿갓 빗기 쓰고 누역으로 옷을 삼아

이 몸이 춥지 아니하옴도 역군은이샷다 〈제4수〉

– 맹사성, 「강호사시가(江湖四時歌)」

* 복년 : 하늘이 주신 왕조의 운수.
* 성신 : 훌륭한 임금의 자손.
* 낙수에 ~ 믿겠습니까 : 중국 하나라의 태강왕이 정사를 돌보지 않고 사냥을 갔다가 폐위당한 일을 가리킴.

---

1 2016학년도 수능 [기출]

(가)에 대한 설명으로 적절하지 않은 것은?

① 〈제2장〉에서는 유사한 자연의 이치가 내포된 두 사례를 나란히 배열하고 있다.

② 〈제125장〉에서는 행에 따라 종결 어미를 달리하고 있다.

③ 〈제2장〉과 달리 〈제125장〉은 전언의 수신자를 명시하고 있다.

④ 〈제125장〉과 달리 〈제2장〉은 한자어를 배제하고 순우리말의 어감을 살리고 있다.

⑤ 〈제2장〉과 〈제125장〉은 모두 자연 현상과 인간의 삶을 대조적으로 보여 주고 있다.

2

(가)에 대한 이해로 적절하지 <u>않은</u> 것은?

① '뿌리 깊은' 나무라고 한 것은 나라의 기초가 튼튼함을 나무의 구성 요소에 비유한 것이다.

② '내가 일어 바다에 가나니'는 나라가 영원히 발전하고 번영을 이루게 될 것이라는 의미이다.

③ '한강 북녘'이 천 년 전에 미리 도읍지로 정해졌다는 것은 조선 건국이 하늘의 뜻에 의한 정당한 것임을 강조하기 위한 것이다.

④ '복년'이 끝없다는 것은 조선 왕조의 운명이 무궁할 것이라는 의미이다.

⑤ '조상만 믿겠습니까'는 이전의 왕들을 믿어야만 한다는 권계를 설의적으로 표현한 것이다.

3

2016학년도 수능 [기출]

〈보기〉는 (나)의 글쓴이가 창작을 위해 세운 계획을 가상적으로 구성한 것이다. 〈제1수〉~〈제4수〉에 공통적으로 반영된 것만을 있는 대로 고른 것은?

보기
ㄱ. 각 수 초장의 전반부에는 계절적 배경을 제시하며 시상의 단서를 드러내야겠군.
ㄴ. 각 수 초장의 후반부에서는 내면적 감흥을 구체적 사물을 통해 표현해야겠군.
ㄷ. 각 수 중장에서는 주변의 자연 풍광을 묘사하여 내가 즐기고 있는 삶의 모습을 제시해야겠군.
ㄹ. 각 수 종장의 마지막 어절에는 동일한 시어를 배치하여 전체적 통일성을 확보해야겠군.

① ㄱ, ㄴ   ② ㄱ, ㄹ   ③ ㄴ, ㄷ

④ ㄱ, ㄷ, ㄹ   ⑤ ㄴ, ㄷ, ㄹ

4

〈보기〉의 A~E에 대한 설명으로 적절하지 <u>않은</u> 것은?

보기
(나)의 각 수는 다음과 같은 짜임을 가지고 있다.

구분	구조 및 내용		
초장	강호에 (A)이 드니 (B)		
중장	(C)		
종장	이 몸이 (D)도 (E) 은혜로다.		

① 제1수~제4수의 A에는 화자가 맞이하게 되는 계절이 드러나 있다.

② 제2수와 제3수의 B에는 자연 경관에 대한 화자의 평가가 드러나 있다.

③ 제1수와 제3수의 C에는 화자의 구체적 삶의 모습이 드러나 있다.

④ 제1수와 제2수의 D에는 초장과 중장의 상황 속에서 화자가 느끼고 있는 자신의 상태가 드러나 있다.

⑤ 제1수~제4수의 E에는 D를 가능하게 해 주는 존재로 화자가 인식하는 대상이 드러나 있다.

〈보기〉를 바탕으로 (가)와 (나)를 감상한 것으로 적절하지 않은 것은?

보기
「용비어천가」는 새 왕조에 대한 송축, 왕에 대한 권계 등 정치적 목적으로 왕명에 따라 신하들이 창작하여 궁중 의례에서 연행된 작품이고, 「강호사시가」는 정계를 떠난 선비가 강호에서 누리는 개인적 삶을 표현한 작품이다. 두 작품 모두 사대부들에 의해 창작되었다. 사대부들은 수신(修身)을 임무로 하는 사(士)와 관직 수행을 임무로 하는 대부(大夫), 즉 선비와 신하라는 두 가지 정체성을 지니고 있었다. 이로 인해 사대부들이 향유한 시가는 정치적인 성격을 띠기도 한다.

① (가)에서 '뿌리 깊은 나무'와 '샘이 깊은 물'은 기반이 굳건하고 기원이 유구하다는 뜻을 내세워 왕조를 송축하는 표현이겠군.

② (가)에서 '경천근민'의 덕목을 부각하여 왕에 대해 권계한 것은 '대부'로서의 정치적 의식을 드러낸 것이군.

③ (나)에서 '한가'하게 '소일'하는 개인적 삶도 임금의 은혜 덕분이라고 표현한 데서 정치적 성격을 엿볼 수 있군.

④ (나)에서 '강파', '바람' 등의 자연물과 '소정', '그물' 등의 인공물의 대립은 '사'와 '대부'라는 정체성 사이에서 고뇌하는 모습을 드러내는군.

⑤ (가)의 '한강 북녘'은 새 왕조의 터전이라는 정치적 의미를 지니고, (나)의 '강호'는 개인적, 정치적 의미를 모두 지니고 있겠군.

학습 자료 - 〈악장〉

　역대 왕조들은 개국(開國)의 위업을 찬양하고 제왕(帝王)의 덕을 기리며 천하의 태평을 구가하는 의식악(儀式樂) 및 연악(宴樂)이 필요하였다. 이와 같은 궁중 악곡에 실리어 가창 혹은 음영된 시가를 악장(樂章)이라고 한다. 그러나 오늘날 일반적으로 말하는 좁은 의미의 악장은 조선 왕조의 창업과 번영을 송축하기 위하여 15세기에 주로 만들어진 궁중 악가(樂歌)를 뜻한다.

　악장의 기본 속성이 왕조의 존엄성을 예찬하고 숭고한 정치 이상을 펴는 것이었던 데다가 유교에서는 예악(禮樂)의 교화적 기능을 특히 중시하였기 때문에 조선조의 악장은 전반적으로 강렬한 이념성과 교훈성을 보인다. 그것은 국가적인 기억과 지향을 노래하는 것이기에 개인적 서정과는 다른 공식성을 바탕으로 개국의 역사적·도덕적 필연성과 왕조의 무궁한 번영을 예찬하는 찬가가 될 수밖에 없었다. 이 점에서 악장은 교술적(教述的)인 시가의 일종으로 파악되는 것이 자연스럽다.

　그러나 목적 및 기능상의 이러한 단일성을 제외한 나머지 부분에서도 악장이 문학상의 독자적 갈래로서의 실체를 지니는가는 의문의 여지가 많다. 현존하는 조선조의 악장류 작품들을 보건대 그 표현언어와 형태 및 규모가 너무나도 다양하기 때문이다. 악장에는 순전한 한시로 된 것과 함께 〈납씨가(納氏歌)〉, 〈정동방곡(靖東方曲)〉, 〈문덕곡(文德曲)〉 등 여러 가지 한시 형태에 국문으로 토[한문을 읽을 때 한문의 구절 끝에 붙여 읽는 우리말 부분]를 단 것이 있는가 하면, 〈신도가(新都歌)〉, 〈용비어천가(龍飛御天歌)〉처럼 우리말의 표현력을 잘 구사한 국문 시가도 있다.

용비어천가, 출처 : 서울대학교 규장각한국학연구원

이처럼 다채로운 언어와 형태를 지닌 작품들이 하나의 갈래를 이룬다는 것은 일반적으로 불가능한 일이다. 그러나 악장의 경우에는 이러한 형태적·구조적 다양성에도 불구하고 작품들이 공유하는 기능적 특수성의 지배가 예외적으로 강하기 때문에 그것을 하나의 특이한 갈래로 인정하는 관행이 통용되고 있다.

　내용상으로 볼 때 조선조의 악장들은 천명론(天命論)과 유교적 덕치주의(德治主義)의 이념으로 왕조 건국의 필연성을 강조하면서 개국시조(開國始祖)들을 일종의 문화적·도덕적 영웅으로 예찬하는 성향을 보여준다. 태조 이성계(李成桂)가 군사적인 힘으로써 건국의 기틀을 마련한 무인(武人)이었던 만큼 〈납씨가〉, 〈정동방곡〉 등 이른바 무덕곡류(武德曲類)가 있는 것은 당연한 일일 것이다.

　악장의 창작은 조선조 초기로 일단락되고, 그 이후에는 극히 드물게밖에 작품이 추가되지 않았다. 국가적 전례(奠禮)에 쓰이는 악가(樂歌)는 여러 의식(儀式) 요소와 더불어 고정된 것이어서 새로운 노래가 지속해 만들어질 필요가 없었고, 일단 숭고한 모습으로 정립된 개국의 사적(史跡)과 이념은 왕조의 체제가 유지되는 한 불변하는 것으로 믿어졌기 때문이다.

MEMO

[1~5] 다음 글을 읽고 물음에 답하시오.

㉠양파(陽坡)*의 풀이 기니 봄빗치 느저 잇다

소원(小園) 도화(桃花)는 밤비에 다 피거다

아히야 쇼 됴히 머겨 논밧 갈게 ᄒᆞ야라

〈제2수〉

㉡잔화(殘花) 다 딘 후에 녹음이 기퍼 간다

백일(白日) 고촌(孤村)에 낫둙의 소리로다

㉢아히야 계면됴 불러라 긴 조롬 ᄭᅢ오쟈

〈제3수〉

동리(東籬)에 국화 피니 중양(重陽)이 거에로다

자채(自蔡)*로 비즌 술이 ᄒᆞ마 아니 니것ᄂᆞ냐

㉣아히야 자해(紫蟹)* 황계(黃鷄)로 안주 장만 ᄒᆞ야라

〈제6수〉

북풍이 노피 부니 압 뫼헤 눈이 딘다

㉤모첨(茅簷)* 츤 빗치 석양이 거에로다

아히야 두죽(豆粥) 니것ᄂᆞ냐 먹고 자랴 ᄒᆞ로라

〈제7수〉

[A]
이바 @아히돌아 새ᄒᆡ 온다 즐겨 마라

헌ᄉᆞ흔 세월이 소년(少年)* 아사 가ᄂᆞ니라

우리도 새ᄒᆡ 즐겨 ᄒᆞ다가 이 백발이 되얏노라

〈제9수〉

- 신계영, 「전원사시가」

* 양파 : 볕이 잘 드는 언덕.

* 자채 : 올벼. 철 이르게 익은 벼.

* 자해 : 꽃게.

* 모첨 : 초가지붕의 처마.

* 소년 : 젊은 나이.

1

윗글의 표현상의 공통점으로 가장 적절한 것은?

① 부르는 말을 활용하여 화자의 감정을 고조하고 있다.

② 역설적 표현을 사용하여 화자의 정서를 강조하고 있다.

③ 상승 이미지를 반복하여 화자의 의지를 나타내고 있다.

④ 점층적 표현을 사용하여 화자의 태도를 부각하고 있다.

⑤ 음성 상징어를 활용하여 화자의 상황을 구체화하고 있다.

2
2016학년도 9월 평가원 모의고사 [기출]

윗글의 @와 〈보기〉의 ⓑ에 대한 설명으로 가장 적절한 것은?

보기
뫼에는 새가 긋고 들에는 갈 이 없다 외로온 배에 삿갓 쓴 져 ⓑ늙은이 낙대에 재미가 깁도다 눈 깁픈 줄 아는가 - 황희, 「사시가(四時歌)」

① @와 ⓑ는 모두 화자와 상반된 태도를 취하는 대상이다.

② @와 ⓑ는 모두 화자가 추구하는 바를 이루어 주는 대상이다.

③ @와 ⓑ는 모두 화자의 관점에서 볼 때 현재 상황을 즐기고 있는 대상이다.

④ @는 화자가 미래를 예측하게 하는 대상이고, ⓑ는 화자가 과거를 돌아보게 하는 대상이다.

⑤ @는 화자에게 긍정적 인식을 심어 주는 대상이고, ⓑ는 화자에게 부정적 인식을 심어 주는 대상이다.

3

2016학년도 9월 평가원 모의고사 [기출]

〈보기〉와 [A]를 비교한 내용으로 가장 적절한 것은?

보기
늘그니 늘그니를 만나니 반가고 즐겁고야 반가고 즐거오니 늘근 줄을 모롤로다 진실노 늘근 줄 모로거니 미일 만나 즐기리라 　　　　　　　　　　　– 김득연, 「산중잡곡(山中雜曲)」 제49수

① [A]와 〈보기〉는 모두 젊음과 늙음을 대조적으로 제시하여 주제를 표출하고 있다.

② [A]와 〈보기〉는 모두 자신의 현재 모습에 대한 긍정적인 인식을 드러내고 있다.

③ [A]와 〈보기〉는 모두 세월의 흐름이 빠르다는 점을 구체적인 대상에 빗대어 표현하고 있다.

④ [A]에서는 현재의 자신과 다른 태도를 보이는 상대에 대한 훈계가, 〈보기〉에서는 같은 처지에 있는 상대를 만난 기쁨이 드러난다.

⑤ [A]에서는 과거에 대한 책임을 상대에게 전가하는 태도가, 〈보기〉에서는 상대를 통해 현재 삶에 대한 깨달음을 얻는 태도가 드러난다.

4

2016학년도 9월 평가원 모의고사 [기출]

㉠~㉤에 대한 이해로 가장 적절한 것은?

① ㉠ : 화자가 지향했던 초월적인 삶의 세계가 회고된다.

② ㉡ : 꽃이 떨어진 것에 대한 화자의 안타까운 심정이 제시된다.

③ ㉢ : 시름을 일시적으로나마 잊고자 하는 화자의 의도가 표출된다.

④ ㉣ : 미각을 돋우는 소재들을 통해 화자의 흥취가 드러난다.

⑤ ㉤ : 세속과 타협하지 않으려는 화자의 의지가 집약되어 나타난다.

5

2016학년도 9월 평가원 모의고사 [기출]

〈보기〉를 참조하여 윗글을 감상한 내용으로 적절하지 <u>않은</u> 것은?

보기
사시가(四時歌)는 사계절의 추이에 맞추어 시상을 전개하는 시가를 일컫는다. 사시가에서는 계절에 관한 시상이 드러나는 연들을 유기적으로 연결하기 위해 동일한 어휘나 유사한 표현을 연마다 반복하는 경우가 있다. 또한 자연을 묘사하기 위한 시어 및 구절을 먼저 제시한 후 화자의 반응이나 정취를 덧붙이는 것이 일반적이다. 작품에 따라서는 일상의 풍경을 도입하여 계절의 변화에 따른 세상살이의 모습을 조명하거나, 어김없이 순환하는 자연의 이치와 무상한 인간사를 대비하기도 한다.

① 사계절의 추이가 나타난다는 점에서 사시가의 요건을 갖추고 있군.

② '아히야'가 반복적으로 등장하여 연 사이의 유기성을 부여하고 있군.

③ 계절이 다루어진 연은 자연의 모습이 먼저 묘사되고 화자의 반응이 이어지는 방식으로 구성되는군.

④ 봄에 소를 먹여 논밭을 가는 것과 가을에 올벼로 빚은 술을 찾는 것은 일상의 풍경을 그려 낸 사례이겠군.

⑤ 각 연에서는 일정하게 순환하는 자연의 이치와, 그러한 이치를 삶에 구현하지 못하는 인간을 대비하고 있군.

[1~5] 다음 글을 읽고 물음에 답하시오.

이런들 엇더ᄒ며 져런들 엇더ᄒ료

초야우생(草野愚生)이 이러타 엇더ᄒ료

ᄒ믈며 천석고황(泉石膏肓)을 고쳐 므슴 ᄒ료
〈제1수〉

연하(煙霞)로 집을 삼고 풍월(風月)로 벗을 사마

태평성대(太平聖代)에 병(病)으로 늘거 가네

이 중에 ᄇᆞ라ᄂᆞᆫ 일은 허믈이나 업고쟈
〈제2수〉

순풍(淳風)*이 죽다 ᄒ니 진실(眞實)로 거즛말이

인성(人性)이 어지다 ᄒ니 진실(眞實)로 올흔말이

천하(天下)에 허다영재(許多英才)ᄅᆞᆯ 소겨 말슴홀가
〈제3수〉

유란(幽蘭)이 재곡(在谷)ᄒ니 자연(自然)이 듯디 죠해

ⓐ백운(白雲)이 재산(在山)ᄒ니 자연(自然)이 보디 죠해

이 중에 피미일인(彼美一人)*을 더옥 닛디 못ᄒ얘
〈제4수〉

산전(山前)에 유대(有臺)ᄒ고 대하(臺下)에 유수(有水) ᅵ 로다

떼 많은 갈매기는 오명가명 ᄒ거든

엇더타 교교백구(皎皎白駒)*ᄂᆞᆫ 멀리 ᄆᆞᆷ 두ᄂᆞᆫ고
〈제5수〉

춘풍(春風)에 화만산(花滿山)ᄒ고 추야(秋夜)에 월만대(月滿臺)라

사시가흥(四時佳興)이 사롬과 ᄒᆞᆫ가지라

ᄒ믈며 어약연비(魚躍鳶飛) 운영천광(雲影天光)*이야 어찌 끝이 있으리
〈제6수〉

– 이황, 「도산십이곡」

* 순풍 : 순박한 풍속.
* 피미일인 : 저 아름다운 한 사람. 곧 임금을 가리킴.
* 교교백구 : 현자(賢者)가 타는 흰 망아지. 여기서는 현자를 가리킴.
* 어약연비 운영천광 : 대자연의 우주적 조화와 오묘한 이치를 가리킴.

1

윗글의 표현상 특징으로 가장 적절한 것은?
① 공간의 이동에 따른 화자의 심경 변화를 드러내고 있다.
② 공감각적 이미지를 활용하여 화자의 정서를 형상화하고 있다.
③ 대상에게 말을 거는 형식을 활용하여 친밀감을 표현하고 있다.
④ 대구법을 사용하여 화자가 지향하는 바를 강조하여 나타내고 있다.
⑤ 순우리말 어휘를 주로 사용하여 우리말의 아름다움을 잘 살리고 있다.

2

윗글에 대한 설명으로 적절하지 않은 것은?

① 제1수에서는 화자가 자신을 드러내고 삶의 지향을 제시함으로써 주제 의식을 환기한다.

② 제2수에 나타난 화자 자신에 대한 관심을 제3수에서는 사회로 확대하면서 시상을 전개한다.

③ 제3수의 시적 대상을 제4수에서도 반복적으로 다룸으로써 주제 의식을 강화한다.

④ 제4수와 제5수에서는 화자의 시선에 포착된 장면들을 배치하여 공간의 입체감을 부각하며 시상을 심화한다.

⑤ 제6수에서는 화자의 인식을 점층적으로 드러내어 주제 의식을 집약한다

3

윗글의 시어에 대한 이해로 적절하지 않은 것은?

① '연하'와 '풍월'은 화자가 자신의 삶에 대해 자족감을 갖도록 하는 소재이다.

② '순풍'과 어진 '인성'은 화자가 바라는 세상의 모습을 알려 주는 표지이다.

③ '유란'과 '백운'은 화자가 심미적으로 완상하는 대상이다.

④ '갈매기'와 '교교백구'는 화자의 무심한 심정이 투영된 상징적 존재이다.

⑤ '화만산'과 '월만대'는 화자의 충만감을 자아내는 정경의 표상이다.

4

윗글과 〈보기〉를 비교하여 감상한 내용으로 가장 적절한 것은?

보기

그곳(부친에게 물려받은 별장)에는 씨 뿌려 식량을 마련할 만한 밭이 있고, 누에를 쳐서 옷을 마련할 만한 뽕나무가 있고, 먹을 물이 충분한 샘이 있고, 땔감을 마련할 수 있는 나무들이 있다. 이 네 가지는 모두 내 뜻에 흡족하기 때문에 그 집을 '사가(四可)'라고 이름을 지은 것이다.

녹봉이 많고 벼슬이 높아 위세를 부리는 자야 얻고자 하는 것은 무엇이든지 얻을 수 있지만, 나같이 곤궁한 사람은 백에 하나도 가능한 것이 없었는데 뜻밖에도 네 가지나 마음에 드는 것을 차지하였으니 너무 분에 넘치는 것은 아닐까? 기름진 음식을 먹는 것도 나물국에서부터 시작하고, 천 리를 가는 것도 문 앞에서 시작하니, 모든 일은 점진적으로 되는 것이다.

내가 이 집에 살면서 만일 전원의 즐거움을 얻게 되면, 세상일 다 팽개치고 고향으로 돌아가 태평성세의 농사짓는 늙은이가 되리라. 그리고 밭을 갈고 배[腹]를 두드리며 성군(聖君)의 가르침을 노래하리라. 그 노래를 음악에 맞춰 부르며 세상을 산다면 무엇을 더 바랄 게 있으랴.

– 이규보, 「사가재기(四可齋記)」

① 윗글과 〈보기〉는 모두 지배층의 핍박으로부터 도피하기 위해 선택한 자연 은둔의 삶을 제시하고 있다.

② 윗글과 〈보기〉는 모두 불우한 처지에서 점진적으로 벗어날 수 있으리라는 낙관적 태도를 보여 주고 있다.

③ 윗글과 〈보기〉는 모두 유교적 가치를 존중하면서 한 개인으로서의 소망을 이루려는 모습을 드러내고 있다.

④ 윗글은 〈보기〉와 달리 삶의 물질적 여건이 마련된 후에야 자연의 즐거움을 누릴 수 있음을 강조하고 있다.

⑤ 윗글은 속세에 있으면서 자연을 동경하는 인간을, 〈보기〉는 자연에 있으면서 속세를 그리워하는 인간을 형상화하고 있다.

2015학년도 6월 평가원 모의고사 [기출 변형]

윗글의 ⓐ와 〈보기〉의 ⓑ에 대해 이해한 내용으로 가장 적절한 것은?

보기

이 투박한 대지에 발을 붙였어도
흰 구름 이는 머리는 항상 하늘을 향하고 있는 산

언제나 숭고할 수 있는 푸른 산이
그 푸른 산이 오늘은 무척 부러워

하늘과 땅이 비롯하던 날 그 아득한 날 밤부터
저 산맥 위로는 푸른 별이 넘나들었고

골짝에는 양떼처럼 흰 구름이 몰려오고 가고
때로는 늙은 산 수려한 이마를 쓰다듬거니

고산 식물을 품에 안고 길러 낸다는 너그러운 산
청초한 꽃 그늘에 자고 또 이는 구름과 구름

내 몸이 가벼이 흰 ⓑ**구름**이 되는 날은
강 너머 저 푸른 산 이마를 어루만지리
　　　　　　　　　－ 신석정, 「청산백운도(靑山白雲圖)」

① ⓐ는 부정적 현실을, ⓑ는 이상향을 상징한다.
② ⓐ는 삶의 변화를, ⓑ는 삶의 이치를 드러낸다.
③ ⓐ는 시간의 흐름을, ⓑ는 공간의 이동을 보여 준다.
④ ⓐ에는 안타까움이, ⓑ에는 아쉬움이 투영되어 있다.
⑤ ⓐ는 그리움을 환기하는 대상이고, ⓑ는 동경하는 대상이다.

[6~10] 다음 글을 읽고 물음에 답하시오.

[A]
연하(煙霞)*로 집을 삼고 풍월(風月)로 벗을 사마
태평성대(太平聖代)에 병(病)으로 늘거 가뇌
이 중에 ᄇᆞ라는 일은 허믈이나 업고쟈.
　　　　　　　　　〈'언지' 제1수〉

㉠순풍(淳風)*이 죽다 ᄒᆞ니 진실(眞實)로 거즛말이
인성(人性)이 어지다 ᄒᆞ니 진실(眞實)로 올흔 말이
천하(天下)에 허다영재(許多英才)를 소겨 말슴 ᄒᆞᆯ가.
　　　　　　　　　〈'언지' 제3수〉

천운대(天雲臺) 도라 드러 완락재(玩樂齋) 소쇄(瀟灑)*ᄒᆞᆫ듸
만권생애(萬卷生涯)로 낙사(樂事)ㅣ 무궁(無窮)하얘라
이 중에 왕래풍류(往來風流)를 닐러 므슴 ᄒᆞᆯ고.
　　　　　　　　　〈'언학' 제7수〉

청산(靑山)은 엇졔 ᄒᆞ여 만고(萬古)에 프르르며
유수(流水)ᄂᆞᆫ 엇졔ᄒᆞ여 주야(晝夜)에 긋지 아니ᄂᆞᆫ고
우리도 그치지 마라 만고상청(萬古常靑)ᄒᆞ리라.
　　　　　　　　　〈'언학' 제11수〉

우부(愚夫)도 알며 ᄒᆞ거니 그 아니 쉬온가

성인(聖人)도 못 다 ᄒ시니 긔 아니 어려온가

쉽거나 어렵거나 즁에 늙ᄂ 줄을 몰래라.

〈'언학' 제12수〉

– 이황, 「도산십이곡」

* 연하(煙霞) : 안개와 노을.

* 순풍(淳風) : 순박한 풍속.

* 소쇄(瀟灑) : 기운이 맑고 깨끗함.

6

윗글에 대한 설명으로 가장 적절한 것은?

① 삶에 대한 화자의 고뇌가 나타나 있다.

② 자신에 대해 반성하는 모습이 나타나 있다.

③ 부정적인 현실에 대한 비판이 드러나 있다.

④ 화자가 지향하는 삶의 모습이 내재되어 있다.

⑤ 시간의 경과에 따라 변화하는 심정이 제시되고 있다.

7

2005학년도 수능 [기출]

윗글을 읽고 감상한 내용으로 적절하지 <u>않은</u> 것은?

① 〈제1수〉의 '연하(煙霞)'와 '풍월(風月)'은 향유 대상으로서의 자연물로 보이고, 〈제11수〉의 '청산(靑山)'과 '유수(流水)'는 깨달음을 주는 자연물로 보여.

② 〈제3수〉의 '허다영재(許多英才)'는 〈제1수〉의 '허믈이나 업고쟈' 하는 화자의 삶의 태도를 현학적이라고 비판할 것 같아.

③ 〈제7수〉의 '낙사(樂事) 무궁(無窮)'에는 자족적 태도가 드러나 있는데, 이는 〈제12수〉에 나타나듯이 '늙ᄂ 줄도' 잊고 학문을 추구하며 살아가는 것에 자연스럽게 연결된다고 봐.

④ 〈제11수〉에서 말하는 '그치지 마라'의 내용은 〈제7수〉의 '만권생애(萬卷生涯)'와도 관련되는 것 같아.

⑤ 〈제12수〉의 '우부(愚夫)도 알며 ᄒ거니'는 〈제3수〉의 중장처럼 누구나 어진 인성(人性)을 지니고 있으니 그로부터 자기 수양이 가능함을 말하는 것으로 보여.

8

〈보기〉를 바탕으로 윗글을 이해한 내용으로 적절하지 않은 것은?

보기
'동방의 주자'라는 칭송을 받는 이황은 27세에 초시에 합격한 후 높은 벼슬에 이르나, 관직을 사퇴하고 출사(出仕)에 응하지 않은 일이 20여회에 이른다. 을사사화 때도 화를 입어 파직된 후 복직되었으나 벼슬에 뜻을 두지 않았기에 고향에 내려가 학문에 몰두하였다. 그는 평범한 일상에서 자신이 알고 있는 진리를 실천하는 것이 중요하다며 지행일치를 강조하였다. 이러한 자기 수양의 결과 50세 이후엔 더욱 깊은 학문의 경지를 이룰 수 있었다.

① '천석고황'은 자연을 벗 삼아 고향에서 학문을 하고 싶은 심정의 표현으로 보여.

② '연하'로 집을 삼고 '풍월'로 벗을 삼는 것은 어지러운 정세를 한탄하며 좌절한 선비의 고뇌를 보여 주는 거야.

③ '만권생애'의 '낙사'는 관직을 사퇴하고 출사에 응하지 않은 이유라 할 수 있겠어.

④ '만고'에 푸르며 '주야'에 그치지 않는 것은 평생에 걸쳐 학문을 가까이 하려는 모습이야.

⑤ '우부'도 할 수 있지만 '성인'도 못 할 수 있다는 것은 학문의 특성과 면학의 자세를 보여 주는 거야.

9

[A]에 나타난 시적 화자의 정서와 거리가 가장 먼 것은?

① 십 년(十年)을 경영(經營)여 초려삼간(草廬三間) 지여 내니
   나 호 간 둘 호 간에 청풍(淸風) 간 맛겨 두고
   강산(江山)은 들일 데 업스니 둘러 두고 보리라.
   　　　　　　　　　　　　　　　　　　　　- 송순

② 말 업슨 청산(靑山)이오 태(態) 업슨 유수(流水) l 로다
   갑 업슨 청풍(淸風)과 임즈 업슨 명월(明月)이로다
   이 듕에 일 업슨 내 몸이 분별(分別) 업시 늙그리라.
   　　　　　　　　　　　　　　　　　　　　- 성혼

③ 산수간(山水間) 바회 아래 뛰집을 짓노라 호니
   그 모론 눔들은 웃는다 혼다마는
   어리고 햐암의 뜻에 내 분인가 호노라.
   　　　　　　　　　　　　　　- 윤선도, 「만흥 1」

④ 홍진(紅塵)에 뭇친 분네 이 내 생애(生涯) 엇더 고,
   녯 사룸 풍류(風流)롤 미출가 못 미출가.
   천지간(天地間) 남자(男子) 몸이 날만흔 이 하건마는,
   산림(山林)에 뭇쳐 이셔 지락(至樂)을 무롤것가.
   　　　　　　　　　　　　　　- 정극인, 「상춘곡」

⑤ ㄱ올이 부족(不足)거든 봄이라 유여(有餘)며,
   주머니 뷔엿거든 병(甁)이라 담겨시랴.
   빈곤(貧困) 인생(人生)이 천지간(天地間)의 나뿐이라,
   기한(飢寒)이 절신(切身)다 일단심(一丹心)을 이질가.
   　　　　　　　　　　　　　　- 박인로, 「누항사」

10

윗글의 ㉠과 〈보기〉의 ㉡에 대한 설명으로 가장 적절한 것은?

보기

　우선 뒤를 자주 보기로 하였다. 설사가 나니까 한 장만으로 부족하니 석 장 넉 장씩 달라고 하였다. 가다가는 뒤지*를 얻기 위하여 헛뒤를 보는 일도 있었다. 이렇게 하여 다 각각 얻은 뒤지를 서로 돌려 가며 보는 것이었다.

　그러나 이렇게 들여 주는 뒤지만으로는 진정 갈급질*이 나서 못 견딜 지경이었다. 그리하여 다량으로 뒤지를 입수하기에 청소꾼을 이용하는 일이 많았다. 젊은 사람이 청소하러 나가서 마치 담배를 훔쳐 들이듯이 뒤지를 걸터듬어서 감방으로 들여 주곤 하였다. 이와 같이 도둑글을 읽다가 들켜서 뒤지를 빼앗기는 일도 있었고 뺨을 맞는 일도 한두 번이 아니었다. 그러나 이와 같이 봉변을 당하고도 그래도 또 잡지 쪽 읽기를 단념하지 못하였다. 이로써 미루어 보면 ㉡사람이 하고 싶어 하는 의욕은 벌을 받거나 모욕을 당하는 것만으로 깨끗이 청산하여 버리지 못하는 것이 역시 인간인가 싶었다.

　이런 것도 인력으로 좌우할 수 없는 본능의 소치인 듯하였다. 그 진정한 경지는 실지로 당하여 보지 않고서는 이해하기 어려울 것이다.

– 이희승, 「뒤지가 진적*」

* 뒤지: 똥을 누고 밑을 씻어 내는 종이.

* 갈급질: 부족하여 몹시 바라는 짓.

* 진적: 진귀한 책.

① ㉠은 대조적인 어휘를 사용하여 자신의 판단을 드러내고 있다.

② ㉠은 다른 사람의 말을 인용하여 자신이 주변 사람에게 준 영향을 강조하고 있다.

③ ㉡은 우회적인 표현을 사용하여 자신의 깨달음을 드러내고 있다.

④ ㉡은 유사한 형태의 구절을 반복하여 상황이 나아지리라는 기대를 드러내고 있다.

⑤ ㉠과 ㉡은 모두 말을 건네는 방식을 사용하여 상대와의 유대를 강화하고 있다.

[1~5] 다음 글을 읽고 물음에 답하시오.

매영(梅影)이 부딪힌 창에 옥인금차(玉人金釵)* 비겼구나

이삼(二三) 백발옹(白髮翁)은 거문고와 노래로다

이윽고 잔 들어 권할 적에 달이 또한 오르더라
〈제1수〉

빙자옥질(氷姿玉質)*이여 눈 속에 네로구나

가만히 향기 놓아 **황혼월(黃昏月)**을 기약하니

아마도 **아치고절(雅致高節)*** 은 너뿐인가 하노라
〈제3수〉

바람이 눈을 몰아 산창(山窓)에 부딪히니

찬 기운 새어 들어 자는 매화를 침노(侵擄)하니

아무리 얼우려 한들 **봄뜻**이야 앗을쏘냐
〈제6수〉

동각(東閣)에 숨은 꽃이 철쭉인가 두견화(杜鵑花)인가

건곤(乾坤)이 눈이어늘 제 어찌 감히 피리

알괘라 백설양춘(白雪陽春)*은 매화밖에 뉘 있으리
〈제8수〉

- 안민영, 「매화사」

* 옥인금차 : 미인의 금비녀.

* 빙자옥질 : 얼음같이 맑고 깨끗한 살결과 옥같이 아름다운 성질.

* 아치고절 : 우아한 풍치와 높은 절개.

* 백설양춘 : 흰 눈이 날리는 이른 봄.

1

윗글에 대한 설명으로 가장 적절한 것은?

① 자연과 인간을 대비하면서 인간의 유한함을 한탄하고 있다.

② 신비한 자연현상을 만들어낸 조물주에게 경외감을 드러내고 있다.

③ 상승과 하강의 이미지를 활용하여 자연물의 변화 양상을 드러내고 있다.

④ 변화하는 자연의 모습에서 느껴지는 비애의 감정을 세밀하게 서술하고 있다.

⑤ 한자어를 활용하여 대상이 지닌 속성을 드러내면서 대상을 형상화하고 있다.

2

〈보기〉와 윗글을 감상한 내용으로 적절하지 않은 것은?

보기
모첨(茅簷)의 달이 진 제 첫 잠을 얼핏 깨여
반벽 잔등(半壁殘燈)을 의지 삼아 누었으니
일야(一夜) 매화가 발하니 님이신가 하노라
〈제1수〉
천기(天機)도 묘할시고 네 먼저 춘휘(春暉)*로다
한 가지 꺾어 내어 이 소식 전(傳)차 하니
님께서 너를 보시고 반기실까 하노라 〈제3수〉
- 권섭, 「매화」
* 춘휘 : 봄의 햇볕.

① 윗글과 〈보기〉는 모두 대상을 의인화하여 시상을 전개하고 있다.

② 윗글과 〈보기〉는 모두 대상에 대한 화자의 감탄을 드러내고 있다.

③ 윗글과 〈보기〉는 모두 대상을 특정 계절과 관련지어 형상화하고 있다.

④ 윗글은 〈보기〉와 달리 화자가 설의법을 사용하여 대상의 속성을 드러내고 있다.

⑤ 윗글은 〈보기〉와 달리 대상을 보고 화자와 함께 있지 못하는 님을 떠올리고 있다.

3

윗글의 표현상 특징으로 가장 적절한 것은?

① 반어적 표현을 통해 시적 긴장감을 조성하고 있다.

② 대화의 형식을 통해 대상과의 친밀감을 나타내고 있다.

③ 다양한 감각적 심상을 사용하여 대상을 예찬하고 있다.

④ 대상에 감정을 이입하여 화자의 애상감을 심화하고 있다.

⑤ 명령적 어조를 통해 현실에 대한 비판 의식을 드러내고 있다.

4

윗글에 대한 설명으로 적절하지 않은 것은?

① 제1수는 시적 화자를 둘러싼 상황을 제시하여 시적 분위기를 형성하고 있다.

② 제3수는 제1수와 달리 대상을 의인화하여 대상의 면모를 강조하고 있다.

③ 제6수는 대상이 시련을 겪는 상황을 제시하여 대상의 속성을 부각하고 있다.

④ 제8수는 다른 자연물과 대상의 비교를 통해 공통된 특성을 부각하고 있다.

⑤ 제6수와 제8수는 의문의 형식을 통해 대상의 가치를 강조하고 있다.

5

〈보기〉를 참고하여 윗글을 이해한 내용으로 적절하지 않은 것은?

보기
안민영의 「매화사」에는 매화를 감상하는 여러 가지 태도가 나타나 있다. 기본적으로 시흥(詩興)을 불러일으키는 자연물로서의 속성에 초점을 맞춰 매화를 감상하는 태도가 바탕이 된다. 여기에 당대의 이념과 관련하여 매화에 규범적 가치를 부여하여 감상하는 태도, 매화에 심미적으로 접근하여 아름다움을 음미하는 태도, 매화의 흥취를 즐기는 풍류적 태도 등이 덧붙여지기도 한다.

① '거문고와 노래'는 매화가 불러일으킨 시흥을 즐기기 위한 풍류적 요소이다.

② '잔 들어 권할 적에'는 고조된 흥취를 사람들과 함께하고 싶은 마음을 드러낸다.

③ '황혼월'은 매화를 심미적으로 감상할 때 매화의 아름다움을 더욱 돋보이게 한다.

④ '아치고절'은 자연물인 매화에 부여된 심미적이면서도 규범적인 가치이다.

⑤ '봄뜻'은 매화를 당대 이념에 국한하여 감상해야 의미를 파악할 수 있는 시어이다.

[1~5] 다음 글을 읽고 물음에 답하시오.

㉠우는 것이 뻐꾸긴가 푸른 것이 버들숲인가

이어라 이어라

ⓐ어촌(漁村) 두어 집이 내* 속에 나락들락

지국총 지국총 어사와

말갛고 깊은 소(沼)에 온갖 고기 뛰노누나
〈춘(春) 4〉

연잎에 밥 싸 두고 반찬일랑 장만 마라

닻 들어라 닻 들어라

청약립(靑蒻笠)은 써 있노라 녹사의(綠蓑衣) 가져오냐

지국총 지국총 어사와

㉡무심(無心)한 백구(白鷗)는 내 좇는가 제 좇는가
〈하(夏) 2〉

㉢수국(水國)에 가을이 드니 고기마다 살져 있다

닻 들어라 닻 들어라

만경징파(萬頃澄波)*에 실컷 용여(容與)하자*

지국총 지국총 어사와

인간(人間)을 돌아보니 멀수록 더욱 좋다
〈추(秋) 2〉

㉣물가에 외로운 솔 혼자 어이 씩씩한고

배 매어라 배 매어라

머흔* 구름 한(恨)치 마라 ⓑ세상(世上)을 가리운다

지국총 지국총 어사와

㉤파랑성(波浪聲)*을 염(厭)치* 마라 진훤(塵喧)*을 막는도다
〈동(冬) 8〉

– 윤선도, 「어부사시사(漁父四時詞)」

* 내 : 바닷가에 자주 나타나는 안개와 같은 현상.

* 만경징파 : 넓게 펼쳐진 맑은 물결.

* 용여하자 : 느긋한 마음으로 여유 있게 놀자.

* 머흔 : 험하고 사나운.

* 파랑성 : 물결 소리.

* 염치 : 싫어하지.

* 진훤: 속세의 시끄러움

1

윗글의 표현 방식에 대한 설명으로 적절하지 않은 것은?

① 설의적 표현을 통해 의미를 강조하고 있다.

② 계절의 변화를 바탕으로 시상을 전개하고 있다.

③ 대구의 형식을 사용하여 운율을 형성하고 있다.

④ 영탄적 어조를 통해 화자의 정서를 부각하고 있다.

⑤ 화자가 동일시하는 대상을 통해 화자의 반성적 태도를 드러내고 있다.

2

ⓐ와 ⓑ에 대한 설명으로 가장 적절한 것은?

① ⓐ는 화자가 동경하는 대상이며, ⓑ는 화자가 시기하는 대상이다.

② ⓐ는 화자가 즐기고 있는 대상이며, ⓑ는 화자가 떨쳐 버리려는 대상이다.

③ ⓐ는 화자의 삶이 투영된 대상이며, ⓑ는 화자의 감흥을 유발하는 대상이다.

④ ⓐ는 화자가 외면하고자 하는 대상이며, ⓑ는 화자가 지향하고자 하는 대상이다.

⑤ ⓐ는 화자의 심리적 갈등을 유발하는 대상이며, ⓑ는 화자의 심리적 갈등을 해소하는 대상이다.

3

윗글의 화자에 대한 설명으로 가장 적절한 것은?

① 자신이 처한 공간이나 상황에 만족감을 드러내고 있다.

② 자신의 삶에 대한 세상 사람들의 평가를 두려워하고 있다.

③ 세상을 살아가는 모든 이치가 자연에서 유래한다고 보고 있다.

④ 자연의 변화를 인간 삶에 적용하여 새로운 것을 추구하고 있다.

⑤ 자연은 한계가 없는데 비해 인간의 삶은 유한하여 보잘것없다고 여기고 있다.

4

2014학년도 수능 예비 시행 [기출]

윗글에 대한 설명으로 적절하지 않은 것은?

① 여음을 사용하여 흥취를 북돋우고 있다.

② 과거와 미래를 대비하여 주제를 부각하고 있다.

③ 음보를 규칙적으로 사용하여 리듬감을 형성하고 있다.

④ 시적 배경이 되는 공간을 이상적 세계로 형상화하고 있다.

⑤ 감각적 이미지를 활용하여 대상의 아름다움을 드러내고 있다.

5

2014학년도 수능 예비 시행 [기출]

㉠~㉤에 대한 이해로 적절한 것은?

① ㉠ : '뻐꾸기'의 울음소리는 봄의 애상감을, '버들숲'의 푸르름은 깊어가는 봄을 보여 준다.

② ㉡ : 세속에 '무심'한 '백구'를 동경하여 화자와 대상 사이에 거리감이 있음을 보여 준다.

③ ㉢ : 살 오른 '고기'는 자연의 풍성함과 화자의 여유롭고 넉넉한 정신세계를 보여 준다.

④ ㉣ : 외로운 '솔'을 씩씩하다고 반어적으로 표현하여 화자의 내면적 갈등을 보여 준다.

⑤ ㉤ : '파랑성'과 '진훤'을 대비하여 속세에 대한 긍정적 태도를 보여 준다.

[6~10] 다음 글을 읽고 물음에 답하시오.

(가)

살어리 살어리랏다 쳥산에 살어리랏다

멀위랑 ᄃ래랑 먹고 쳥산에 살어리랏다

㉠**얄리얄리 얄라셩 얄라리 얄라**

우러라 우러라 새여 자고 니러 우러아 새여

널라와 시름 한 나도 자고 니러 우니로라

얄리얄리 얄라셩 얄라리 얄라

가던 새 가던 새 본다 믈 아래 가던 새 본다

잉 무든 장글란 가지고 믈 아래 가던 새 본다

얄리얄리 얄라셩 얄라리 얄라

이링공 뎌링공 ᄒ야 나즈란 디내와손뎌

┌─ ㉡ ─┐ 바므란 ᄯ 엇디 호리라

얄리얄리 얄라셩 얄리 얄라

 – 작자 미상, 「쳥산별곡(靑山別曲)」

(나)

추(秋)•2

슈국(水國)의 ᄀ올히 드니 고기마다 슐져 인다

닫 드러라 닫 드러라

만경딩파(萬頃澄波)의 슬ᄏ지 용여(容與)ᄒ쟈*

지국총 지국총 어ᄉ와

인간(人間)을 도라보니 머도록 더옥 됴타

추(秋)•4

그러기 떳눈 밧긔 못 보던 뫼 뵈ᄂᆞ고야

이어라 이어라

ⓒ낙시질도 ᄒᆞ려니와 츄ㅣ(取)ᄒᆞᆫ 거시 이 흥
(興)이라

지국총 지국총 어ᄉᆞ와

셕양(夕陽)이 ᄇᆞ이니* 쳔산(千山)이 금슈(錦
繡)ㅣ로다   – 윤선도, 「어부사시사(漁父四時詞)」

* 용여ᄒᆞ쟈 : 마음대로 하자, 안겨 보자

* ᄇᆞ이니 : 비치니, 눈이 부시니

6
2000학년도 수능 [기출 변형]

(가)~(나)의 시적 공간에 대한 설명으로 적절하지 않은 것은?

① (가)의 '쳥산'은 일상적 삶의 터전과 구별된다.
② (가)의 '믈 아래'는 화자가 이상적인 공간으로 생각하는 곳이다.
③ (나)의 '슈국'은 화자의 소망이 충족된 세계이다.
④ (나)의 '뫼'는 화자에게 흥취를 주는 공간이다.
⑤ (나)의 '쳔산'은 화자가 동화된 자연에 해당한다.

7
2000학년도 수능 [기출 변형]

㉠의 기능에 대한 설명으로 가장 적절한 것은?

① 시적 화자의 정서를 집약적으로 드러낸다.
② 관습적 상징을 지닌 어휘를 반복하여 주제를 강조하고 있다.
③ 시상을 매듭 지으며 각 단계의 의미에 긴밀히 대응한다.
④ 반복의 효과를 바탕으로 시 전체가 통일감을 갖도록 한다.
⑤ 연과 연의 관계를 분명히 하여 시상이 자연스럽게 전개되도록 한다.

8
2000학년도 수능 [기출]

〈보기〉를 참조할 때, (가)와 (나)에 대한 설명으로 적절한 것은?

보기
갑 : 차라리 강으로 달려가 물고기 뱃속에 장사 지낼지언정, 어찌 희고 흰 결백한 몸으로 세속의 티끌과 먼지를 뒤집어쓰겠는가?
을 : 강물이 맑으면 내 갓끈을 씻고, 강물이 흐리면 내 발을 씻으리라.

① (가)의 화자가 '을'이라면, 현실을 개혁하고자 하는 것으로 볼 수 있다.
② (가)의 화자가 '갑'이라면, 현실에 대한 집착을 버리지 못한 것으로 볼 수 있다.
③ (나)의 화자가 '을'이라면, 현실에 얽매이지 않고 유유자적하는 것으로 볼 수 있다.
④ (나)의 화자가 '갑'이라면, 현실에 적응하여 분수를 지키며 사는 것으로 볼 수 있다.
⑤ (가)와 (나)의 화자가 '갑'이라면, 현실과 이상의 조화를 추구하는 것으로 볼 수 있다.

9
2000학년도 수능 [기출]

시상 전개상 ⓛ에 들어갈 시구는?

① 게우즌 바비나 지서
② 고우닐 스싀옴 녈셔
③ 오리도 가리도 업슨
④ 믜리도 괴리도 업시
⑤ 조롱곳 누로기 미와

10

발상 및 표현이 ©과 가장 가까운 것은?

① 높은 자리에 있는 사람들이 먼저 모범을 보이면, 아랫사람은 자연스럽게 따라가는 것 아닌가요?

② 날씨가 추워지면 옷을 더 입는 것처럼, 살기가 어려워질수록 친구를 더 많이 사귀어야 하는 법이란다.

③ 땀 흘려 산에 오르는 것은 건강을 유지하기 위해서이고, 땀 흘려 일하는 것은 생활을 유지하기 위해서라네.

④ 제가 이 회사에 지원한 이유는 전공을 살릴 수 있을뿐더러, 저의 이상도 실현할 수 있는 곳이라고 생각했기 때문입니다.

⑤ 문학 작품의 가치는 얼마나 많은 사람이 그것을 읽었는가가 아니라, 작품이 얼마나 뛰어난가에 따라 결정되는 것입니다.

[1~5] 다음 글을 읽고 물음에 답하시오.

슬프나 즐거오나 옳다 하나 외다 하나

내 몸의 해올 일만 닦고 닦을 뿐이언정

그 밧긔 여남은 일이야 분별할 줄 이시랴.

〈제1수〉

내 일 망령된* 줄을 내라 하여 모를쏜가

이 마음 어리기도 임 위한 탓이로세

아무가 아무리 일러도 임이 혜여 보소서.

〈제2수〉

추성(楸城) 진호루(鎭胡樓)* 밧긔 울어 예는 저 시내야

므음 호리라* 주야에 흐르는다

임 향한 내 뜻을 조차 그칠 뉘를 모르나.

〈제3수〉

뫼흔 길고 길고 물은 멀고 멀고

어버이 그린 뜻은 많고 많고 하고 하고

어디서 **외기러기**는 울고 울고 가느니.

〈제4수〉

어버이 그릴 줄을 처음부터 알아마는

임금 향한 뜻도 하늘이 삼겨시니

진실로 **임금**을 잊으면 긔 불효인가 여기노라.

〈제5수〉

– 윤선도, 「견회요」

* 망령된 : 언행이 상식에서 벗어나 주책이 없는.

* 추성 진호루 : 함경북도 경원에 있는 누각.

* 므음 호리라 : 무엇을 하려고

1

윗글을 분석한 내용으로 가장 적절한 것은?

① 현재 상황을 유발한 대상을 직접 원망하고 있다. .

② 화자가 처한 상황에 대한 대응 방식이 드러나 있다.

③ 화자가 꿈꾸는 이상향을 구체적으로 묘사하고 있다.

④ 인간과 자연의 대비를 통해 주제 의식을 부각하고 있다.

⑤ 불가능한 상황을 가정하여 화자의 의지를 강조하고 있다.

2

윗글의 시어에 대한 설명으로 적절하지 <u>않은</u> 것은?

	시어	의미와 기능
①	추성 진호루	화자가 현재 머무는 장소
②	시내	화자의 지향에서 벗어나 있는 대상
③	뫼	화자와 대상을 가로막는 대상물
④	외기러기	화자가 정서가 투영된 대상
⑤	임금	화자가 그리워하는 대상

---

3 2012년도 6월 평가원 모의고사 [기출]

윗글에 대한 설명으로 적절하지 <u>않은</u> 것은?

① 계절의 변화를 중심으로 시상이 전개되고 있다.

② 화자가 대상을 만날 수 없는 정황이 나타나 있다.

③ 화자가 처한 현실이 화자의 이상과 괴리되어 있다.

④ 자연의 섭리를 활용하여 화자의 마음을 표현하고 있다.

⑤ 대립적 가치를 제시한 후 이에 대한 화자의 판단을 덧붙이고 있다.

4

2012년도 6월 평가원 모의고사 [기출]

〈제3수〉와 〈보기〉의 밑줄 친 부분에 나타난 공통된 표현 효과로 가장 적절한 것은?

보기
조국을 언제 떠났노, 파초*의 꿈은 가련하다.   남국을 향한 불타는 향수, 너의 넋은 수녀보다도 더욱 외롭구나.   **소낙비를 그리는 너는 정렬의 여인,** **나는 샘물을 길어 네 발등에 붓는다.**   – 김동명, 「파초」   * 파초 : 잎이 긴 타원형이며 키가 큰 여러해살이풀

① 문답 형식을 통해 친밀감을 드러내고 있다.

② 감각적 이미지를 통해 정서를 구체화하고 있다.

③ 대구를 통해 안정적인 운율감을 조성하고 있다.

④ 반어적 표현을 통해 시적 긴장감을 고조하고 있다.

⑤ 어조 변화를 통해 정적인 분위기를 강화하고 있다.

5

2012년도 6월 평가원 모의고사 [기출]

윗글의 각 수를 연결하여 이해할 때, 적절하지 않은 것은?

① 제1수의 '옳다 하나 외다 하나'는 제2수의 '아무가'의 행위로 볼 수 있다.

② 제2수의 망령된 '내 일'은 제3수의 '내 뜻'에 상반되는 것으로 이해할 수 있다.

③ 제3수의 '추성'은 제4수의 '뫼'와 '물'에 의해 그리움의 대상으로부터 먼 공간으로 인식될 수 있다.

④ 제4수의 '뜻'은 제5수의 '뜻'에 와서 더욱 확대되어 표출된 것으로 볼 수 있다.

⑤ 제5수의 '임금 향한 뜻'은 제1수의 '내 몸의 해올 일'을 직접적으로 제시한 것으로 볼 수 있다.

[1~5] 다음 글을 읽고 물음에 답하시오.

장부의 하올 사업 아는가 모르는가

효제충신(孝悌忠信)밖에 하올 일이 또 있는가

㉠어즈버 인도(人道)에 하올 일이 다만 인가 하노라   〈1장〉

남산에 많던 솔이 어디로 갔단 말고

난(亂) 후 **부근(斧斤)***이 그다지도 날랠시고

㉡두어라 우로(雨露) 곧 깊으면 다시 볼까 하노라   〈2장〉

창밖에 세우(細雨) 오고 뜰 가에 **제비** 나니

적객*의 회포는 무슨 일로 끝이 없어

㉢저 제비 비비(飛飛)를 보고 한숨 겨워하나니   〈3장〉

적객에게 벗이 없어 공량(空樑)*의 제비로다

종일 하는 말이 무슨 사설 하는지고

㉣어즈버 내 풀어낸 시름은 널로만 하노라   〈4장〉

인간(人間)에 유정한 벗은 **명월**밖에 또 있는가

천 리를 멀다 아녀 간 데마다 따라오니

㉤어즈버 반가운 옛 벗이 다만 넨가 하노라   〈5장〉

설월(雪月)에 매화를 보려 잔을 잡고 창을 여니

섞인 꽃 여윈 속에 잦은 것이 향기로다

어즈버 호접(蝴蝶)이 이 향기 알면 애 끊일까 하노라   〈6장〉

– 이신의, 「단가 육장」

* 부근 : 큰 도끼와 작은 도끼.

* 적객 : 귀양살이하는 사람.

* 공량 : 들보.

1

윗글에 대한 설명으로 가장 적절한 것은?

① 색채어의 대립을 통해 주제를 강조하고 있다.

② 화자의 시선 이동에 따라 시상을 전개하고 있다.

③ 설득적 어조로 청자의 행동 변화를 촉구하고 있다.

④ 말 건네기 방식을 활용하여 친근한 분위기를 조성하고 있다.

⑤ 의문 형식을 활용하여 화자가 추구하는 삶의 태도를 드러내고 있다.

2

〈보기〉를 바탕으로 윗글을 이해한 내용으로 적절하지 않은 것은?

보기
'단가 육장'은 인목대비 폐위를 반대하는 상소문을 올려 함경도로 유배 가게 된 글쓴이가 귀양지에서 쓴 작품이다. 이 작품에는 자신과 같이 유교적 이념을 지키려고 하는 지조 있는 선비들을 억압하는 당대의 정치 현실에 대한 우회적 비판이 드러나는 한편 유배지에서의 외로운 심정과 자신의 변함없는 신념을 다양한 자연물을 매개체로 삼아 표현하고 있다.

① '효제충신'은 화자가 자신의 신념으로 삼고 있는 유교적 이념에 해당한다.

② '솔'은 화자와 같이 지조와 절개를 지키는 선비들을 뜻한다.

③ '부근'이 날래다는 것을 통해 당대의 정치 현실을 우회적으로 비판하고 있다.

④ '제비'는 자유롭게 날아 화자의 신념을 대신 전하는 매개체이다.

⑤ '명월'은 화자가 인간의 무정함과 유배지에서의 외로움을 느끼게 해주는 소재이다.

3

2011학년도 9월 평가원 모의고사 [기출]

윗글에 대한 설명으로 가장 적절한 것은?

① 자연물과의 관계를 통해 화자의 현재 상황을 제시한다.

② 시각의 대립을 통해 부정적 현실 인식을 드러낸다.

③ 역동적 이미지를 활용하여 시적 상황을 직설적으로 제시한다.

④ 회상을 통해 화자 자신의 삶을 반성한다.

⑤ 명암의 대비를 통해 시상을 전개한다.

4

2011학년도 9월 평가원 모의고사 [기출]

윗글의 ⊙~⑩ 중 〈보기〉의 내용이 가장 잘 드러나는 것은?

보기
「단가 육장」에서 작가는 귀양살이가 단기간에 끝나지 않으리라는 우려 속에서도 정계에 복귀할 수 있으리라는 기대감을 드러내고 있다.

① ⊙   ② ⓒ   ③ ⓒ   ④ ⓒ   ⑤ ⓒ

5

2011학년도 9월 평가원 모의고사 [기출]

윗글의 화자와 대상의 관계가 〈보기〉의 ㉮와 가장 가까운 것은?

보기
오이밭에 벌배채* 통이 지는 때는
산에 오면 산 소리
벌로 오면 벌 소리
산에 오면
큰솔밭에 뻐꾸기 소리
잔솔밭에 덜거기* 소리
벌로 오면
논두렁에 물닭의 소리
갈밭에 갈새 소리
산으로 오면 산이 들썩 산 소리 속에 나 홀로
㉮**벌로 오면 벌이 들썩 벌 소리 속에 나 홀로**
정주 동림 구십여 리 긴긴 하룻길에
산에 오면 산 소리 벌에 오면 벌 소리
적막강산에 나는 있노라   – 백석, 「적막강산」
* 벌배채 : 들 배추, 야생 배추의 방언.
* 덜거기 : 늙은 장끼

① 1장   ② 2장   ③ 3장   ④ 5장   ⑤ 6장

* 홍진(紅塵) : 번거롭고 속된 세상을 비유적으로 이르는 말.

* 제세현(濟世賢) : 세상을 구제할 현명한 인재.

[1~6] 다음 글을 읽고 물음에 답하시오.

이 중에 시름 없으니 어부(漁父)의 생애(生涯)로다

일엽편주(一葉片舟)를 만경파(萬頃波)*에 띄워 두고

인세(人世)를 다 잊었거니 날 가는 줄을 알랴.

굽어보면 천심(千尋) 녹수(綠水) 돌아보면 만첩(萬疊) 청산(青山)

십장(十丈) 홍진(紅塵)*이 **얼마나 가렸는고**

강호(江湖)에 월백(月白)하거든 더욱 무심(無心)하여라.

청하(青荷)에 밥을 싸고 녹류(綠柳)에 **고기 꿰어**

노적(蘆荻) 화총(花叢)에 배 매어 두고

일반(一般) 청의미(清意味)를 **어느 분이 아실까**

산두(山頭)에 한운(閑雲) 일고 수중에 백구(白鷗) 난다

무심(無心)코 다정한 이 이 두 것이로다

일생에 시름을 잊고 너를 좇아 놀리라

장안(長安)을 돌아보니 북궐(北闕)이 천리(千里)로다

어주(漁舟)에 누어신들 **잊은 때가 있으랴**

두어라 내 시름 아니라 제세현(濟世賢)*이 없으랴.

— 이현보, 「어부단가」

* 만경파(萬頃波) : 넓은 바다 물결.

1

윗글의 표현상의 특징에 대한 설명으로 가장 적절한 것은?

① 정적인 모습을 바탕으로 자연을 사실적으로 묘사하고 있다.

② 원경에서 근경으로 공간을 이동하면서 만족감을 강조하고 있다.

③ 자연물과 화자의 일체감을 강조하면서 자연친화적 태도를 드러내고 있다.

④ 음성상징어를 활용하여 시간의 흐름에 따른 자연의 변화를 제시하고 있다.

⑤ 반어적 표현을 사용하여 화자가 추구하는 이상적인 자연의 모습을 암시하고 있다.

2

'월백'에 대한 설명으로 적절하지 않은 것은?

① '녹수', '청산'과 함께 자연의 일부로 제시되고 있다.

② 화자가 추구하는 시름 없는 삶의 공간을 비추고 있다.

③ 화자가 자신의 평안한 삶을 기원하는 대상이 되고 있다.

④ 시각적 이미지를 활용하여 자연에서의 화자의 삶을 암시하고 있다.

⑤ 시간적 배경을 알 수 있는 소재로 화자가 추구하는 삶의 모습과 어우러지고 있다.

3

〈보기〉를 바탕으로 윗글을 감상할 때 적절하지 않은 것은?

고전시가에서 그려낸 '어부'라는 존재는 화자를 객관화한 시적 대상인 동시에 당대의 세속적인 정치 현실에서 멀리 나와 비세속적 공간인 자연에 은거하면서 근심 없이 살아가는 모습으로 나타나며, 이러한 어부의 삶을 형상화하기 위해 구체적인 사물, 자연물, 행위 등을 활용한다. 「어부단가」는 자연 속에서의 유유자적하는 소박한 삶에 만족감을 느끼는 모습을 형상화하는 한편 세속에 대한 미련을 버리지 못하는 유학자로서의 모습도 그려내고 있다.

① '일엽편주'는 자연에서 소박한 삶을 즐기는 어부의 모습을 그려내고 있군.
② '얼마나 가렸는고'에서 세속적 정치 현실에서 멀리 나온 모습을 그려내고 있군.
③ '고기 꿰어'에서 고된 일을 하면서 세속의 시름을 잊으려는 모습을 그려내고 있군.
④ '어느 분이 아실까'에서 자연에서의 삶에 만족감을 느끼는 모습을 그려내고 있군.
⑤ '잊을 때가 있으랴'에서 세속에 대한 미련이 남은 유학자의 모습을 그려내고 있군.

4

윗글에 대한 설명으로 적절한 것은?

① 한스러워하는 정서가 드러난다.
② 현실에 대한 극복 의지를 보인다.
③ 시적 화자가 대상을 관조하고 있다.
④ 시적 화자의 내적 갈등을 보여 준다.
⑤ 대상에 대한 비판적 어조가 나타나 있다.

5

윗글에서 알 수 있는 내용이 아닌 것은?

① 공간의 대비가 드러나 있다.
② 어부의 생활이 구체적으로 나타나 있다.
③ 마지막 연에서 복잡한 화자의 심리를 드러내고 있다.
④ 속세와의 거리감을 수(數) 표현을 통해 드러내고 있다.
⑤ 마지막 구의 '제세현(濟世賢)'에서 현실 정치에 대한 관심을 엿볼 수 있다.

6

윗글과 〈보기〉의 작가가 만나 다음과 같은 대화를 나누었다고 가정할 때, 그 내용으로 적절하지 않은 것은?

어와 저물어 간다 연식(宴息)*이 마땅토다

배 붙여라 배 붙여라

가는 눈 뿌린 길 붉은 꽃 흩어진 데 흥(興)치며 걸어가서

지국총(至匊恩) 지국총(至匊恩) 어사와(於思臥)

설월(雪月)이 서봉(西峰)에 넘도록 송창(松窓)을 비껴 있자.
　　　　　　　　　　　　　　　　　　　　 – 윤선도, 「어부사시사」

* 연식(宴息) : 편안하게 쉼.

① 윤선도 : 이 선생님, 안녕하십니까? 선생님 시를 보면 푸른색, 흰색 등의 시각적 이미지가 강렬한 인상을 줍니다.
② 이현보 : 윤 선생님의 시에도 흰색과 붉은색의 색채 대비가 분명한데, 제가 잘못 읽었나요?
③ 윤선도 : 저는 이 선생님처럼 어부를 등장시키고, 대조를 통해 이상과 현실을 나누어 보려 했지요.
④ 이현보 : 윤 선생님은 흥(興)이라는 정서를 끌어냈는데, 저는 아직도 무심(無心)을 추구하고 있습니다.
⑤ 윤선도 : 이 선생님의 시에 나타나는 '없으니', '잊었거니', '더욱', '없으랴' 등의 시어에서 그런 마음을 엿볼 수 있군요.

[7~9] 다음 글을 읽고 물음에 답하시오.

이 중에 시름없으니 어부(漁父)의 생애(生涯)로다

일엽편주(一葉扁舟)를 만경파(萬頃波)에 띄워 두고

인세(人世)를 다 잊었거니 날 가는 줄을 알랴

굽어보면 천심(千尋) 녹수(綠水) ⓐ**돌아보니** 만첩(萬疊) 청산

십장(十丈) 홍진(紅塵)이 얼마나 가렸는고

강호(江湖)에 월백(月白)하거든 더욱 무심(無心)하여라

청하(靑荷)*에 밥을 싸고 녹류(綠柳)에 고기 꿰어

노적(蘆荻) 화총(花叢)*에 배 매어 두고

일반(一般) 청의미(淸意味)*를 어느 분이 아실까

산두(山頭)에 한운(閑雲) 일고 수중에 백구(白鷗) 난다

무심(無心)코 다정한 이 이 두 것이로다

일생에 시름을 잊고 너를 좇아 놀리라

장안(長安)을 ⓑ**돌아보니** 북궐(北闕)이 천리(千里)로다

어주(漁舟)에 누어신들 잊은 때가 있으랴

두어라 내 시름 아니라 제세현(濟世賢)이 없으랴

– 이현보, 「어부단가」

7
2010학년도 9월 평가원 모의고사 [기출]

윗글에 대한 설명으로 적절하지 않은 것은?

① 대상과 조화를 이루는 삶의 태도를 형상화하고 있다.

② 시적 상황에 대한 화자의 인식을 자연물을 통해 드러내고 있다.

③ 화자가 만족하는 삶의 모습을 구체적으로 형상화하고 있다.

④ 대비되는 공간을 전제로 삼아 시상을 전개하고 있다.

⑤ 구도적인 자세를 통해 사물이 지닌 의미를 새롭게 발견하고 있다.

8

2010학년도 9월 평가원 모의고사 [기출]

윗글과 〈보기〉를 비교한 것으로 적절하지 <u>않은</u> 것은?

보기
차디찬 아침 이슬
진준가* 빛나는 못가
연꽃 하나 다복히 피고
소년아 네가 났다니
맑은 넋에 깃들여
박꽃처럼 자랐어라
큰강 목놓아 흘러
여울은 흰 돌쪽마다
소리 석양(夕陽)을 새기고
너는 준마 달리며
죽도(竹刀) 저 곧은 기운을
목숨같이 사랑했거늘
거리를 쫓아다녀도
분수(噴水) 있는 풍경 속에
동상답게 서 봐도 좋다
서풍(西風) 뺨을 스치고
하늘 한가* 구름 뜨는 곳
희고 푸른 즈음을 노래하며
노래 가락은 흔들리고
별들 춥다 얼어붙고
너조차 미친들 어떠랴   – 이육사, 「소년에게」

* 진준가 : 진주인가.

* 한가 : 가장 끝 부분.

① 〈보기〉는 윗글에 비해 청각적 이미지가 두드러진다.
② 윗글은 〈보기〉와 달리 음악적 리듬감이 두드러진다.
③ 윗글은 〈보기〉와 달리 대구의 표현이 반복적으로 나타난다.
④ 윗글은 〈보기〉와 달리 시간의 흐름에 따라 시상을 전개한다.
⑤ 윗글과 〈보기〉와 모두 영탄의 어조로 시상을 집약하고 있다.

9

2010학년도 9월 평가원 모의고사 [기출]

ⓐ와 ⓑ를 중심으로 〈보기〉와 같이 정리하여 감상하고자 할 때 적절하지 <u>않은</u> 것은?

보기			
	대상	대상의 심상	화자의 태도
ⓐ돌아보니	청산	월백	더욱 무심하여라
ⓑ돌아보니	장안	홍진	잊은 때가 있으랴

① '만첩'은 ⓐ와 ⓑ의 대상 간의 단절을 강조하는 시어이다.
② '월백'은 '홍진'과 대비되어 강호 공간의 청정하고 순수한 이미지를 부각한다.
③ ⓐ는 '더욱 무심하여라'와 연결되어 강호 공간에서 화자가 추구하려는 자기 절제의 내면세계를 드러낸다.
④ ⓑ는 '잊은 때가 있으랴'와 연결되어 강호 공간에서도 버릴 수 없었던 정치적 이상에 대한 미련을 드러낸다.
⑤ ⓐ와 ⓑ에서 심리적 갈등을 겪던 화자가 선택한 최종적인 삶의 방향은 ⓑ의 대상이다.

[1~8] 다음 글을 읽고 물음에 답하시오.

(가)

산이란 산에는 ⓐ<u>새</u> 한 마리 날지 않고

길이란 길에는 사람 흔적 끊어졌네

외로운 배 안의 도롱이 입은 늙은이

홀로 낚시질하네 찬 강엔 눈만 내리고

- 유종원, 「강설(江雪)」

(나)

일곡(一曲)은 어드매오 관암(冠巖)에 해 비친다

평무(平蕪)*에 내 걷히니 원근(遠近)이 그림이로다

송간(松間)에 녹준(綠樽)*을 놓고 벗 오는 양 보노라

이곡(二曲)은 어드매오 화암(花巖)에 춘만(春滿)커다

벽파(碧波)에 꽃을 띄워 야외(野外)에 보내노라

사람이 승지(勝地)를 모르니 알게 한들 어떠리

삼곡(三曲)은 어드매오 취병(翠屏)*에 잎 퍼졌다

녹수(綠樹)에 ⓑ<u>산조(山鳥)는</u> 하상기음(下上其音)*하는 적에

반송(盤松)*이 바람을 받으니 여름 경(景)이 없어라

- 이이, 「고산구곡가(高山九曲歌)」

(다)

제비는 물을 차고, ⓒ<u>기러기</u> 무리져서 거지중천(居之中天)에 높이 떠서 두 나래 훨씬 펴고, 펄펄펄 백운 간(白雲間)에 높이 떠서 천리 강산 머나먼 길을 어이 갈꼬 슬피 운다.

원산(遠山)은 첩첩(疊疊), 태산(泰山)은 주춤하여, 기암(奇巖)은 층층(層層), 장송(長松)은 낙락(落落), 에이구부러져 광풍(狂風)에 흥을 겨워 우줅우줅 춤을 춘다.

층암 절벽상(層巖絶壁上)의 폭포수(瀑布水)는 콸콸, 수정렴(水晶簾) 드리운 듯, 이 골 물이 주루루룩, 저 골 물이 쏼쏼, 열에 열 골 물이 한데 합수(合水)하여 천방져 지방져 소쿠라지고 펑퍼져, 넌출지고 방울져, 저 건너 병풍석(屏風石)으로 으르렁 콸콸 흐르는 물결이 은옥(銀玉)같이 흩어지니, 소부 허유(巢父許由) 문답하던 기산 영수(箕山潁水)가 예 아니냐.

- 작자미상, 「유산가(遊山歌)」

---

* 평무 : 풀이 우거진 들판.

* 녹준 : 술잔.

* 취병 : 이끼가 끼어 푸른 병풍 같은 절벽.

* 하상기음 : 오르락내리락하면서 지저귐.

* 반송 : 옆으로 퍼져 운치 있는 소나무.

1

(가)~(다)의 공통점으로 가장 적절한 것은?

① 의인화된 자연물을 활용하여 교훈을 제시하고 있다.

② 공간적 배경의 속성을 활용하여 주제를 형상화하고 있다.

③ 관습적 상징성을 지닌 소재를 활용하여 당대의 현실을 비판하고 있다.

④ 자연물의 생태적 특징을 활용하여 화자가 추구하는 도덕적 관념을 제시하고 있다.

⑤ 암울한 현실 속에서 화자가 추구하는 이상적인 상황을 구체적으로 형상화하고 있다.

2

ⓐ~ⓒ에 대한 설명으로 적절하지 않은 것은?

① ⓐ는 시적 분위기를 형성하는 역할을 한다.

② ⓑ는 화자가 현재의 삶에 만족감을 느끼는 데 기여한다.

③ ⓒ는 감정이입 대상으로 화자의 애상적 정서를 드러낸다.

④ ⓐ와 ⓑ는 일반적으로 산에 있는 존재라고 사람들이 인식하는 대상이다.

⑤ ⓐ와 ⓒ는 시적 공간에서 함께 하지 못할 소재라는 공통점을 지닌다.

3

〈보기〉를 바탕으로 (나)~(다)를 감상한 내용으로 적절하지 않은 것은?

> **보기**
>
> 유교적 도덕과 자연은 조선 시대 선비들의 삶의 기반이 되었으며 이것을 주로 담아낸 문학 갈래가 시조였다. 시조는 3장 6구 45자 내외라는 엄격한 형식적 틀로 이루어져 있지만, 작품에서 표현하고자 하는 내용이 많아지면서 2편 이상의 평시조가 이어지는 연시조를 창작하기도 하였다. 선비들의 문학 갈래로 출발했던 시조와 달리 잡가는 주로 신분이 낮은 직업적 가객들이 창작하여 가창, 전승한 노래로 도시의 유흥 공간 확대와 더불어 발달하였다. 형식적인 면에서 4음보로 이루어진 시조나 가사의 영향을 받았으며 대중의 흥미를 끌기 위해 다양한 내용을 담아내되 세속적, 쾌락적 경향을 띠는 작품이 많았다. 잡가의 향유 계층도 도시의 신흥 상공인 계층에서 서민과 상류 계층으로 확대되었다.

① (나)가 선비의 시조라면 '승지'는 빼어난 자연이라는 의미뿐만 아니라 유교의 경지가 높은 것을 뜻한다고 볼 수 있군.

② (나)의 각 수가 초, 중, 종장의 3장으로 구성된 것에서 시조의 엄격한 형식적 틀을 확인할 수 있군.

③ (다)의 화자가 폭포수에서 흥을 느끼는 것으로 보아 자연이 도시로 편입되면서 유흥 공간으로 자리 잡았음을 알 수 있군.

④ (다)의 '원산은 첩첩, 태산은 주춤하여'에서 나타나는 4음보에서 시조나 가사에 영향을 받은 갈래임을 알 수 있군.

⑤ (다)에서 '소부', '허유'와 같은 인물에 대한 언급을 통해 잡가의 향유 계층이 상류 계층으로 확대되었음을 알 수 있군.

(가)~(다)에 대한 설명으로 적절하지 <u>않은</u> 것은?

① (가)에 비해, (다)는 화자와 대상의 거리가 멀다.

② (나)에 비해, (다)는 우리말의 묘미를 살리고 있다.

③ (다)와 달리, (나)는 스스로 묻고 답하는 형식을 취하고 있다.

④ (가), (다)와 달리, (나)는 계절의 변화가 드러난다.

⑤ (나), (다)에 비해, (가)는 화자의 감정이 절제되어 있다.

(가)에 대한 설명으로 적절하지 <u>않은</u> 것은?

① '산 → 길 → 배 → 낚시질'로 시선이 옮아가고 있다.

② '새'와 '길'은 외부 세계와의 연결이라는 의미를 함축하고 있다.

③ '날지 않고'와 '끊어졌네'는 시적 공간의 적막함을 강조한다.

④ '사람 흔적'은 '늙은이'가 살아온 삶의 흔적을 의미한다.

⑤ '눈만 내리고'는 '늙은이'의 고독을 심화한다.

〈보기〉의 관점에 따라 (나)를 해석한 내용으로 보기 <u>어려운</u> 것은?

보기
우리는 흔히 어떤 아름다운 풍경을 보고 '그림 같다'고 감탄한다. 이러한 감탄은 우리가 은연중에 풍경을 우리 머릿속에 있는 어떤 이미지나 관념과 비교하고 있음을 알게 한다. 조선조 시가의 작가들은 실제 풍경뿐 아니라, 실제 풍경을 볼 때 동원되었거나 실제 풍경으로부터 촉발된 '마음 안의 풍경'까지 표현하고자 하였다. 이러한 '마음 안의 풍경'은 당대 그림이나 다른 문학 작품 등에서 추출되고 재구성된 것으로, 작가의 주관에 따라 이상화된 관념적인 풍경이다. 이러한 마음 안의 풍경을 그려내고자 했다는 점, 작가 자신마저도 그 풍경의 일부이고자 했다는 점은, 자연을 대상으로 하는 고전시가를 이해할 때 중요하게 고려할 사항이다.

① '원근이 그림이로다'의 '그림'은 마음 안의 풍경을 의미하겠군.

② '녹준'을 놓고 '벗'을 기다리는 화자도 풍경의 일부라고 볼 수 있겠군.

③ '야외'는 화자의 마음 안 풍경을 떠올려 주는 실제 풍경이겠군.

④ '승지'는 작가가 꿈꾸는 이상적인 자연의 모습을 의미하겠군.

⑤ 당대 다른 작품에도 '취병', '녹수', '반송' 등의 시어가 등장할 수 있겠군.

7

2004학년도 수능 [기출]

〈보기〉는 (나)를 배운 후, '시조의 정형성이 지닌 의미'에 대해 탐구한 내용이다. 이로부터 이끌어 낼 수 있는 생각으로 적절하지 않은 것은?

보기
시조의 3장 형식(의미의 3단 구성)은 어떤 기능을 했을까? - '말'로 지어지고 불려지는 상황에서, 정해진 형식이 표현의 부담을 줄여 줌. → 신속하게 다양한 표현을 할 수 있음. 왜 이런 형식이었을까? - 의미의 3단 구성은 고전시가 장르 전반에서 두루 확인되는 특성임. → 이를 양식화한 것이 시조의 형식임. → 학습이 용이하고 적용 범위가 넓음.

① 시조를 즉석에서 주고받을 수 있었던 것은 형식이 고정되어 있어서 가능했겠군.

② 시조를 잘 짓기 위해서는 작품을 통해 형식을 내면화하는 과정이 필요했겠군.

③ 시조의 형식은 다른 시가의 구조를 파악할 때도 유용한 참조가 될 수 있겠군.

④ 시조 작가는 내용에 앞서 형식을 창안하느라 힘들었겠군.

⑤ 규칙이 오히려 표현의 자유를 가능하게 한 것이겠군.

8

2004학년도 수능 [기출]

(다)의 전개 방향에 대한 설명으로 적절하지 않은 것은?

① 비애의 정서에서 유흥의 정서로 나아가고 있다.

② 후반부로 가면서 3·4조의 율격이 파괴되고 있다.

③ 화자의 시선이 원경에서 근경으로 옮아가고 있다.

④ 후반부에서는 대상에 대한 묘사가 보다 구체적으로 드러난다.

⑤ 후반부로 갈수록 시각적 이미지와 청각적 이미지가 두드러진다.

[1~5] 다음 글을 읽고 물음에 답하시오.

내 벗이 몇이나 하니 수석(水石)과 송죽(松竹)이라.

동산(東山)에 달 오르니 긔 더욱 반갑구나.

두어라 이 다섯 밧긔 또 더하여 무엇하리.

〈제1수〉

구름 빛이 좋다 하나 검기를 자로 한다.

바람 소리 맑다 하나 그칠 적이 하노매라.

좋고도 그칠 뉘 없기는 물뿐인가 하노라.

〈제2수〉

꽃은 무슨 일로 피면서 쉬이 지고

풀은 어이 하여 푸르는 듯 누르나니

아마도 변치 아닐손 바위뿐인가 하노라.

〈제3수〉

더우면 꽃 피고 추우면 잎 지거늘

솔아 너는 어찌 눈서리를 모르느냐.

구천(九泉)의 뿌리 곧은 줄을 글로 하여 아노라.

〈제4수〉

나무도 아닌 것이 풀도 아닌 것이

곧기는 뉘 시키며 속은 어이 비었느냐.

저렇게 사시(四時)에 푸르니 그를 좋아하노라.

〈제5수〉

작은 것이 높이 떠서 만물을 다 비추니

밤중에 광명(光明)이 너만한 이 또 있느냐.

보고도 말 아니 하니 내 벗인가 하노라.

〈제6수〉

– 윤선도, 「오우가」

1

윗글의 표현상의 특징에 대한 설명으로 가장 적절한 것은?

① 청자와의 문답을 통해 주제를 암시하고 있다.

② 색채어를 사용하여 대상을 감각적으로 제시하고 있다.

③ 반어적 표현을 사용하여 시적 긴장감을 조성하고 있다.

④ 명령형 어조를 사용하여 화자의 가치관을 강조하고 있다.

⑤ 시적 대상에 감정을 이입하는 방식으로 화자의 정서를 드러내고 있다.

2

윗글을 읽은 독자의 판단으로 적절하지 않은 것은?

① 화자는 자신의 현재 삶에 만족감을 느끼고 있겠군.

② 화자는 '물'과 '바위'가 '영속성'이라는 측면에서 공통점을 지닌다고 보고 있겠군.

③ 화자는 '대'가 '나무'나 '풀'의 속성과 곧은 성질을 모두 지닌다고 생각하고 있겠군.

④ 화자는 '눈서리'를 모르는 '솔'의 속성을 통해 지조와 절개의 가치를 느끼고 있겠군.

⑤ 화자는 '밤중의 광명'으로는 '달'과 같은 존재가 없다고 여기고 있겠군.

3

윗글에 대한 설명으로 적절하지 않은 것은?

① 〈제1수〉는 화자가 말하고자 하는 시적 대상을 모두 소개하고 있다.

② 〈제2수〉와 〈제4수〉는 대구의 방법을 사용하여 대상의 속성을 드러내고 있다.

③ 〈제4수〉는 〈제3수〉와 달리 의문의 방식을 활용하여 대상의 가치를 강조하고 있다.

④ 〈제5수〉는 〈제2수〉와 달리 대조의 기법으로 시적 대상을 예찬하고 있다.

⑤ 〈제5수〉와 〈제6수〉는 의인법을 사용하여 시적 대상을 친근하게 제시하고 있다.

4

1995학년도 수능 [기출]

윗글에 대한 설명으로 가장 적절한 것은?

① 수동적인 삶의 자세를 보이고 있다.

② 과거를 통해 미래상을 제시하고 있다.

③ 현실을 도피하며 이상을 추구하고 있다.

④ 자연물을 통해 지은이의 생각을 표현하고 있다.

⑤ 우화적 기법을 통해 당대 현실을 비판하고 있다.

5

1995학년도 수능 [기출]

〈보기〉의 밑줄 친 부분의 의미와 거리가 먼 것을 윗글에서 찾으면?

보기
바람은 달과 달라 아주 **변덕 많고** 수다스럽고 믿지 못할 친구다. 그야말로 바람장이 친구다. 자기 마음 내키는 때 찾아올 뿐만 아니라, 어떤 때에는 쏘삭쏘삭 알랑거리고 어떤 때에는 난데없디 휘갈기고, 또 어떤 때에는 공연히 뒤틀려 우악스럽게 남의 팔다리에 생채기를 내 놓고 달아난다.

① 구름 빛이 좋다 하나 검기를 자로 한다.

② 바람 소리 맑다 하나 그칠 적이 하노매라.

③ 꽃은 무슨 일로 피면서 쉬이 지고

④ 풀은 어이 하여 푸르는 듯 누르나니

⑤ 나무도 아닌 것이 풀도 아닌 것이

학습 자료 - 〈조선 시조〉

　　고려시대에 발생했던 운문 갈래 중에서 조선 전기의 문학으로 이어진 대표적인 것으로는 시조가 있다. 시조는 조선조에 들어와 더욱 활기를 띠어 가사와 더불어 조선 시가 문학의 대표적 장르가 되었는데 그 내용을 살펴보면 조선 초기에는 주로 고려 유신들의 회고가(懷古歌)나 충절가(忠節歌), 조선 개국 공신들의 송축가(頌祝歌) 등이 많이 창작되는 경향을 보이고, 세조가 왕위에 오르는 정치적 변환기에는 단종에 대한 애절한 마음을 바탕으로 한 충절가(忠節歌) 등이 창작된다. 하지만 정치적인 안정기에 접어들자 자연을 즐기며 유교 사상을 펼치는 강호가도(江湖歌道)[1]의 시조들이 많이 창작되고 시조의 창작 계층도 사대부에서 가객이나 기생으로 넓어진다. 또 형식 면에서는 단시조(單時調)였던 것이 여러 편의 작품을 하나의 주제로 묶는 연시조(連時調)가 등장한다. 강호가도의 선구적 작품인 맹사성의 〈강호사시가〉는 후대 이황의 〈도산십이곡(陶山十二曲)〉, 이이의 〈고산구곡가(高山九曲歌)〉, 윤선도의 〈어부사시사(漁父四時詞)〉 등에 영향을 주었다.

　　세조 즉위 직후는 세조의 왕권 찬탈과 관련하여 세조를 비판하고, 단종에 대한 충성심을 표현한 사육신(死六臣)[2]과 생육신(生六臣)[3] 중심의 충절가(忠節歌)가 많았다. 수양 대군의 왕위 찬탈 사건을 인정하지 않는 충신들이 지은 이 시기의 시조들은 의(義)가 아니면 따르지 않는다는 선비의 절개와 충성을 노래하고 있다. 이 시기의 대표적인 작가들과 그들의 작품으로는 세조 일파의 무차별한 인재 살육을 개탄하고, 계유정난(癸酉靖難)[4]을 풍자한 유응부, 단종을 향한 일편단심(一片丹心)과 변하지 않는 절개를 노래한 박팽년, 단종과의 이별의 슬픔을 노래한 이개, 단종을 유배지인 영월의 청령포에 두고 돌아오는 길의 슬픔을 노래한 왕방연, 억울하게 쫓겨난 단종에 대한 애틋한 정을 형상화한 원호, 단종에 대한 자신의 곧은 절개와 지조를 노래한 성삼문 등이 있다.

　　성종 이후는 정국이 안정되고 왕조의 기틀이 잡힌 뒤로 유교 사상과 함께 노장(老莊)의 무위자연(無爲自然)에 영향을 받아 자연 속에서 유유자적(悠悠自適)하는 삶을 노래한 작품들이 주류를 이루었다. 이 시기의 대표적인 작가들과 그들의 작품으로는 자연 친화와 안빈낙도(安貧樂道)를 노래한 송순, 지리산의 아름다운 경치를 노래한 조식, 자연과 더불어 살고 싶은 마음을 노래한 성혼, 적막과 고독의 서정을 노래한 조헌, 자연 속에서 학문 정진의 흥취를 노래한 이이의 〈고산구곡가(高山九曲歌)〉 등이 있다.

　　특히, 이 시기는 정계(政界)가 혼란스러워지면서 고향으로 돌아가 자연과 벗하려는 경향이 대두되었다. 이처럼 관직을 떠난 가객(歌客)들이 자연에 파묻혀 강호의 아름다움을 노래하고 임금의 은혜를 생각하는

---

1 조선시대에 널리 나타난 자연 예찬의 문학 사조
2 단종의 복위를 꾀하다가 실패하고 죽임을 당한 성삼문, 박팽년, 하위지, 이개, 유성원, 유응부 등을 말한다.
3 사육신 못지않게 항거하고 절의를 지킨 김시습, 원호, 이맹전, 조여, 성담수, 남효은 등을 말한다.
4 1452년 12세의 나이로 단종이 조선조 제6대 임금이 되자, 단종의 숙부(叔父)인 수양 대군은 자신의 세력을 규합한 다음, 김종서, 황보인 등 반대파 중신들을 죽이고 왕위를 찬탈한 뒤 단종을 강원도 영월 땅에 유배시켰는데, 이를 계유정난(癸酉靖難)(1453년)이라고 한다.

작품들을 창작하였다. 이렇게 시조의 영역이 확대되는 과정에서 뚜렷한 흐름이 형성되었는데, 그것은 다름 아닌 영남가단과 호남가단이었다. 영남가단은 심성(心性)을 닦는 것을 우위로 내세웠지만, 호남가단은 심성을 닦기보다는 풍류(風流)를 즐기는 모습을 보였다. 영남가단의 대표적인 작가들과 그들의 작품으로는 삼강오륜을 생각하며 지은 주세붕의 〈오륜가(五倫歌)〉, 인격 수양 및 학문 정진을 권유한 이황의 〈도산십이곡(陶山十二曲)〉, 어부가 되어 자연에 묻혀 사는 즐거움을 노래한 이현보의 〈어부가(漁父歌)〉 등이 있다.

한편, 호남가단을 대표하는 작가들로는 송순, 김인후, 김성원, 정철 등이 있다. 호남가단의 작가들은 풍류를 즐기는 삶으로 기울었다고 했는데, 그 모습의 절정을 보여 주는 작가는 다름 아닌 정철이라고 할 수 있다.

한편 이 시기 또 하나의 특징은 기녀(妓女)들의 참여로 작자 계층이 넓어지게 되었다는 것이다. 대표적인 작가들로는 황진이, 계랑, 홍랑 등이 있다. 이들의 시조 내용은 공통으로 임에 대한 간절한 그리움을 노래하고 있으며, 표현 기교 또한 세련되었을 뿐만 아니라 우리말의 아름다움도 잘 살리고 있다. 이러한 특징을 잘 보여 주는 시조 가운데 하나가 아래의 황진이 시조인데, 이 시조는 임에 대한 그리움을 참신한 은유와 감각적인 언어로 그려내고 있다. 이러한 기녀들의 시조는 상류 계층의 전유물이었던 시조의 작자층 확대를 가져왔다는 점에서 의의가 있으며, 시조가 새로운 모습으로 탈바꿈하는 계기를 마련하였다.

동짓달 기나긴 밤을 한 허리를 버혀 내여
춘풍 니불 아레 서리서리 너헛다가
어론 님 오신 날 밤이여든 구뷔구뷔 펴리라.

- 황진이

조선 후기에 들어 시조는 여러 면에서 변모를 보인다. 자기 자신에 대한 새로운 인식과 실학의 대두로 인하여 관념적이고 형식적인 데서 벗어나 새로운 인간성을 발견하고, 다양한 현실적 삶을 표현하고자 하는 경향이 나타났다. 특히, 형식적인 변화는 두드러진 모습을 보이는데, 각 장 4음보의 정형성이 파괴되어 시조의 장형화를 이루었으며, 이에 따라 사설시조의 출현을 가져왔다. 또한 향유 계층도 사대부에서 평민층으로 확대되는 양상을 보였다. 한편 대중적인 창법이 새로이 등장하여 전문 가객(歌客)이 아니더라도 누구나 쉽게 부를 수 있었다. 이 시기에 또 다른 특징 중의 하나는 전문 가객의 등장인데, 이들은 시조를 창작하고 부르는 한편 가단(歌壇)을 형성하고, 시조집을 편찬하여 조선 후기 시조 부흥에 기여하였다.

17세기는 관념적인 유교 이념 형상화와 구체적인 인간성을 서정적으로 형상화하는 조선 전기의 이원적 성격이 계속 유지되었다. 이 시기를 대표하는 작가로는 신흠(申欽)과 윤선도(尹善道)를 배놓을 수가 없다. 특히 윤선도는 시조문학 사상 가장 뛰어난 시인으로 평가된다. 그의 작품으로는 〈견회요(遣懷謠)〉, 〈만흥

(漫興)〉,〈오우가(五友歌)〉,〈어부사시사(漁夫四時詞)〉 등 많은 작품이 있다.

　　조선 후기 특이할 만한 일 중의 하나는 평민 가객의 출현과 그들에 의한 가집(歌集)의 편찬이다. 대표적인 가객으로는 김천택, 김수장, 박효관, 안민영 등인데, 이들은 시조 문학 발전에 크게 기여하였다. 그들은 끊임없는 연수를 통하여 시조의 작법과 창법을 전수하였다. 그리고 사설시조라는 새로운 시형을 발굴하고 발전시켰다. 또한 이들은 가단(歌壇)을 형성하고 시조집을 편찬함으로써 시조 문학의 항구적인 발전을 꾀하였다. 김천택은 김수장과 함께 「경정산가단(敬亭山歌壇)」을 결성하여 후진을 양성하였다. 또한 「노가재가단」은 김수장이 만년에 조직한 가단으로 시가의 연구와 기법을 연마하였다. 한편 박효관과 안민영은 「승평계가단(昇平契歌壇)」을 조직하여 활발한 가단 활동을 하였다. 이들이 편찬한 『청구영언(靑丘永言)』, 『해동가요(海東歌謠)』, 『가곡원류(歌曲源流)』는 다른 시조집들에 비하여 수록한 작품 수가 많고 그 편차체제(編次體制)가 정연하여 3대 시조집이라고 일컬어지고 있다.

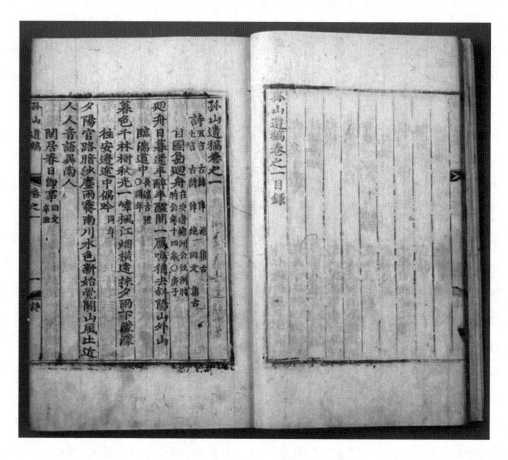

〈고산집〉, 한국민족문화대백과사전(encykorea.aks.ac.kr), 한국학중앙연구원

MEMO

[1~6] 다음 글을 읽고 물음에 답하시오.

(가)

춘일(春日)이 지지(遲遲)하여 뻐꾸기가 보채거늘

동린(東隣)에 쟁기 얻고 서사(西舍)에 호미 얻고

집 안에 들어가 씨앗을 마련하니

㉠올벼 씨 한 말은 반 넘게 쥐 먹었고

기장 피 조 팥은 서너 되 부쳤거늘

한아(寒餓)한 식구 이리하여 어이 살리

(중략)

베틀 북도 쓸데없어 빈 벽에 남겨 두고

㉡솥 시루 버려두니 붉은 빛이 다 되었다

세시 삭망 명절 제사는 무엇으로 해 올리며

원근 친척 내빈왕객(來賓往客)은 어이하여 접대할꼬

㉢이 얼굴 지녀 있어 어려운 일 하고 많다

　　이 원수 궁귀(窮鬼)를 어이하여 여의려뇨

　　술에 후량을 갖추고 이름 불러 전송하여

　　길한 날 좋은 때에 사방으로 가라 하니

　　웅얼웅얼 불평하며 원노(怨怒)하여 이른 말이

　　어려서나 늙어서나 희로우락(喜怒憂樂)을 너와 함께하여

　　죽거나 살거나 여읠 줄이 없었거늘

[A]　어디 가 뉘 말 듣고 가라 하여 이르느뇨

　　우는 듯 꾸짖는 듯 온가지로 협박커늘

　　돌이켜 생각하니 네 말도 다 옳도다

　　무정한 세상은 다 나를 버리거늘

　　네 혼자 유신하여 나를 아니 버리거든

　　위협으로 회피하며 잔꾀로 여읠려냐

　　하늘 삼긴 이내 궁(窮)을 설마한들 어이하리

　　빈천도 내 분(分)이니 서러워해 무엇하리

　　　　　　　　　　　　　　　　　　　　- 정훈, 「탄궁가」

(나)

서산에 돋을볕 비추고 구름은 느지막이 내린다

비 온 뒤 묵은 풀이 뉘 밭이 우거졌던고

㉣두어라 차례 정한 일이니 매는 대로 매리라

〈제1수〉

　　면화는 세 다래 네 다래요 이른 벼의 패는 모가 곱난가

[B]　오뉴월이 언제 가고 칠월이 반이로다

　　아마도 하느님 너희 삼길 제 날 위하여 삼기셨다

〈제7수〉

아이는 낚시질 가고 집사람은 절이채 친다

새 밥 익을 때에 새 술을 걸러셔라

㉤아마도 밥 들이고 잔 잡을 때에 흥에 겨워 노라

〈제8수〉

　　　　　　　　　　　　　　　　　　　　- 위백규, 「농가」

1

(가)와 (나)의 공통점으로 가장 적절한 것은?

① 의인화한 대상의 장점을 열거하면서 예찬하고 있다.

② 후렴구를 활용하여 시상의 통일감을 추구하고 있다.

③ 4음보의 율격을 바탕으로 시상을 전개하고 있다.

④ 화자의 시선 이동에 따라 시상을 전개하고 있다.

⑤ 추상적 대상을 구체적인 것으로 형상화하고 있다.

2

(나)에 대한 설명으로 적절한 것은?

① 당대의 정치 현실을 우회적으로 비판하고 있다.

② 유교적 도덕관념을 바탕으로 시상을 전개하고 있다.

③ 자신이 처한 현실에 순응하며 소박한 삶에 만족하고 있다.

④ 자연 친화적 태도로 자연을 즐기는 풍류와 흥취를 노래하고 있다.

⑤ 내세에 대한 믿음을 바탕으로 고난을 극복하려는 의지를 드러내고 있다.

3

〈보기〉를 바탕으로 (가)를 감상한 내용으로 적절하지 않은 것은?

> **보기**
>
> '가난을 탄식하는 노래'라는 「탄궁가」는 화자가 자신이 처한 가난을 극복하려고 하지만 가난에서 벗어나기 쉽지 않은 현실을 사실적, 직접적으로 서술하고 있다. 이 과정에서 가난을 대하는 참신한 발상이 돋보이며, 가난에 대한 인식 전환을 바탕으로 현실을 수용하는 태도와 함께 당대의 사회상을 잘 담아내고 있다.

① '쟁기', '호미'라는 구체적인 사물을 활용하여 농사를 지어 가난에서 벗어나려 하지만 쉽지 않은 현실을 보여주고 있다.

② '한아한 식구'를 통해 끼니도 제대로 챙기지 못하는 가난한 삶의 실상을 직접적으로 제시하고 있다.

③ '술과 후량'을 갖추어 전송하려는 것에서 가난을 대하는 참신한 발상을 확인할 수 있다.

④ '무정한 세상'은 나를 버렸지만 가난은 신의가 있다고 여기는 것에서 가난에 대한 화자의 인식 전환이 드러나고 있다.

⑤ '빈천도 내 분'이라는 서술을 통해 가난을 수용하면서 안빈낙도를 동경하는 화자의 삶의 태도가 제시되고 있다.

4

(가)에 대한 설명으로 가장 적절한 것은?

① 계절의 변화에 조응하는 여러 자연물을 활용해 화자의 인식 전환을 보여 주고 있다.

② 계절감이 드러난 소재를 대등하게 나열해 시상을 전개하고 있다.

③ 특정 계절의 풍속을 화자의 시선 이동에 따라 묘사하고 있다.

④ 특정 계절을 배경으로 제시해 화자의 처지를 부각하고 있다.

⑤ 계절의 순환을 중심으로 자연의 섭리를 드러내고 있다.

5

[A], [B]에 대한 이해로 적절하지 않은 것은?

① [A]에서 '술에 후량'을 갖춘 화자는 의례를 통해 '궁귀'에 대한 예우를 표하고 있다.

② [B]에서 화자는 시간의 경과를 의식하며 '세 다래 네 다래' 열린 '면화'에 대한 만족감을 드러내고 있다.

③ [A]에서 화자는 '이내 궁'과의 관계를, [B]에서 화자는 '너희'와의 관계를 운명적인 것으로 여기는 관점을 취하고 있다.

④ [A]에서 화자는 '옳도다'라는 응답으로 '네 말'을 수용하는 태도를, [B]에서 화자는 '반이로다'라는 감탄으로 '패는 모'에 대한 기대감을 드러내고 있다.

⑤ [A]와 [B]에서 화자는 각각 초월적인 존재인 '하늘'과 '하느님'을 예찬하는 어조를 취하고 있다.

〈보기〉를 참고할 때, ㉠~㉤의 문맥적 의미에 대한 이해로 적절하지 않은 것은?

보기

「탄궁가」는 향촌 공동체에서 경제적 기반이 취약한 사대부가 가정과 사회에 대한 책임을 다하기 어려운 자신의 궁핍한 삶을 실감 나게 그려 낸 작품이다. 한편 「농가」는 곤궁한 향촌 공동체의 발전을 위해 여러 방도를 모색한 사대부가 가난을 벗어난 이상화된 농촌상을 그려 낸 작품이다.

① ㉠은 파종할 볍씨를 쥐가 먹어 버린 상황을 제시해 가난한 향촌 사대부의 곤혹스러운 처지를 실감하게 그려 낸다.

② ㉡은 솥과 시루가 녹슨 상황을 제시해 끼니조차 잇지 못하는 생활이 지속되는 향촌 사대부 가정의 궁핍함을 부각한다.

③ ㉢은 체면을 지키기 어려운 상황을 제시해 취약한 경제적 기반 때문에 사회적 책임을 내려놓는 향촌 사대부의 죄책감을 드러낸다.

④ ㉣은 밭을 맬 때 예정된 차례에 따라야 함을 나타내어 사회적 약속에 대한 존중을 향촌 공동체 발전의 방도로 여기는 관점을 드러낸다.

⑤ ㉤은 먹을거리에 부족함이 없이 즐거운 향촌 구성원의 모습을 통해 가난을 벗어난 이상화된 농촌상의 일면을 보여 준다.

[7~10] 다음 글을 읽고 물음에 답하시오.

[A]
하늘이 만드심을 일정 고루 하련마는
　어찌 된 인생이 이다지도 괴로운고

삼십 일에 아홉 끼니 얻거나 못 얻거나
십 년 동안 갓 하나를 쓰거나 못 쓰거나
안표(顏瓢)*가 자주 빈들 나같이 비었으며
원헌(原憲)*의 가난인들 나같이 극심할까

[가]
　봄날이 따뜻하여 뻐꾸기가 보채거늘
　동편 이웃 쟁기 얻고 서편 이웃 호미 얻고
　집 안에 들어가 씨앗을 마련하니
　올벼 씨 한 말은 반 넘게 쥐 먹었고
　기장 피 조 팥은 서너 되 부쳤거늘

춥고 주린 식구 이리하여 어이 살리

㉠이봐 아이들아 아무쪼록 힘을 써라

죽 웃물 상전 먹고 건더기 건져 종을 주니
눈 위에 바늘 젓고 코로는 휘파람 분다
올벼는 한 발 뜯고 조 팥은 다 묵히니
싸리피 바랭이*는 나기도 싫지 않던가
환곡 장리는 무엇으로 장만하며

㉡부역 세금은 어찌하여 차려 낼꼬

이리저리 생각해도 견딜 수가 전혀 없다
장초(萇楚)의 무지(無知)*를 부러워하나 어찌하리
시절이 풍년인들 아내가 배부르며

㉢겨울을 덥다 한들 몸을 어이 가릴꼬

베틀 북도 쓸 데 없어 빈 벽에 남겨 두고

㉣솥 시루도 버려두니 붉은빛이 다 되었다

세시 삭망 명일 기제는 무엇으로 제사하며

ⓜ원근 친척 손님들은 어이하여 접대할꼬

이 얼굴 지녀 있어 어려운 일 하고많다

이 원수 가난귀신 어이하여 여의려뇨

[내]
　술에 음식을 갖추고 이름 불러 전송하여

　길한 날 좋은 때에 사방으로 가라 하니

　웅얼웅얼 불평하며 화를 내어 이른 말이

　어려서 지금까지 희로애락을 너와 함께하여

　죽거나 살거나 여읠 줄이 없었거늘

　어디 가 뉘 말 듣고 가라 하여 이르느뇨

우는 듯 꾸짖는 듯 온가지로 협박커늘

돌이켜 생각하니 네 말도 다 옳도다

무정한 세상은 다 나를 버리거늘

네 혼자 신의 있어 나를 아니 버리거든

위협으로 회피하며 잔꾀로 여읠려냐

[B]
　하늘 만든 이내 가난 설마한들 어이하리

　빈천도 내 분수니 서러워해 무엇하리

　　　　　　　　　　　　　　　　－ 정훈, 「탄궁가(嘆窮歌)」

* 안표 : 안회(顔回)의 표주박. 안회는 한 소쿠리 밥과 한 표주박 물로 누항에 살면서도 즐거워하였음.

* 원헌 : 공자의 제자로 궁핍함 속에서도 청빈하게 살았음.

* 싸리피, 바랭이 : 잡초의 일종.

* 장초의 무지 : 『시경』에 나오는 말. 부역으로 고통 받던 백성들이, 무지하게 근심 없는 장초 나무를 부러워하였음.

7

2016학년도 9월 평가원 모의고사 [기출]

[가]와 [나]에 대한 설명으로 가장 적절한 것은?

① [가]와 [나]는 모두 설득적 어조로 화자의 의지를 드러내고 있다.

② [가]와 [나]는 모두 추상적 소재를 열거하여 대상을 묘사하고 있다.

③ [가]는 과거 상황에 대한 그리움이, [나]는 현재 상황에 대한 비판이 나타나 있다.

④ [가]는 관념적인 문제를, [나]는 실제적인 문제를 해결하는 과정이 제시되어 있다.

⑤ [가]는 현실 타개의 어려움과 그로 인한 탄식이, [나]는 의인화된 대상과의 대화가 나타나 있다.

8

2016학년도 9월 평가원 모의고사 [기출]

㉠~㉤에 대한 이해로 적절하지 않은 것은?

① ㉠ : 열심히 일해 달라는 부탁으로, 현실의 어려움을 벗어나려는 마음이 투영되어 있다.

② ㉡ : 부역과 세금을 감당할 마땅한 방법이 없다는 것으로, 백성으로서의 의무를 모면하고자 하는 의도가 반영되어 있다.

③ ㉢ : 겨울이 따뜻하다고 해도 몸을 가리기 어렵다는 것으로, 겨울나기에 필요한 최소한의 옷가지도 부족함을 보여 준다.

④ ㉣ : 솥 시루를 방치해 두어 녹이 슬었다는 것으로, 떡과 같은 음식을 해 먹을 형편이 아님을 보여 준다.

⑤ ㉤ : 친척들과 손님들을 접대할 방도가 없다는 것으로, 도리를 다할 수 없을 것에 대한 염려가 반영되어 있다.

[A]와 [B]에 주목하여 윗글을 감상한 것으로 가장 적절한 것은?

① [A]의 '일정 고루 하련마는'에 나타난, 모든 사람은 평등하다는 화자의 신념이 [B]의 '하늘 만든 이내 가난'에 이르러서 강화되어 있군.

② [A]의 '어찌 된 인생이'에 나타난 화자의 비관적 인생관이 '싸리피 바랭이'에 이르러서는 낙관적 세계관으로 변화되어 있군.

③ 화자의 가난한 삶이 [A]의 '이다지도 괴로운고'에서는 탄식의 대상이지만 [B]의 '서러워해 무엇하리'에 이르러서는 체념과 수용의 대상으로 변모되어 있군.

④ '부러워하나 어찌하리'에 나타난 화자의 열등감이 [B]의 '설마한들 어이하리'에 이르러서는 우월감으로 극복되어 있군.

⑤ '이 얼굴 지녀 있어'에서는 화자가 자신의 능력에 대해 자신감을 보이나 [B]의 '빈천도 내 분수니'에 이르러서는 그 자신감이 약화되어 있군.

MEMO

[1~5] 다음 글을 읽고 물음에 답하시오.

(가)

공후배필은 못 바라도 군자호구 원하더니

삼생의 원업(怨業)이오 월하의 연분으로

장안유협(長安遊俠) 경박자(輕薄子)를

㉠**꿈같이 만나 있어** 당시의 용심(用心)하기 살얼음 디디는 듯

삼오이팔 겨우 지나 천연여질 절로 이니

이 얼골 이 태도로 백년기약하였더니

연광(年光)이 훌훌하고 조물이 다시(多猜)* 하여

[A] ┌ 봄바람 가을 물이 베오리에 북 지나듯
    │ 설빈화안 어디 두고 면목가증(面目可憎)*
    └ 되거고나

ⓐ**내 얼골 내 보거니 어느 임이 날 괼소냐**

(중략)

옥창에 심은 매화 몇 번이나 피여 진고

[B] ┌ 겨울밤 차고 찬 제 자최눈 섯거 치고
    └ 여름날 길고 길 제 궂은비는 무슨 일고

삼춘화류(三春花柳) 호시절(好時節)의 경물이 시름없다

가을 달 방에 들고 **실솔(蟋蟀)이 상(床)에** 울 제

긴 한숨 지는 눈물 속절없이 혬만 많다

아마도 모진 목숨 죽기도 어려울사

도로혀 풀쳐 혜니 이리하여 어이하리

청등을 돌라 놓고 녹기금(綠綺琴) 빗겨 안아

벽련화(碧蓮花) 한 곡조를 시름 좇아 섯거 타니

소상야우(瀟湘夜雨)의 댓소리 섯도는 듯

화표천년(華表千年)의 별학이 우니는 듯

옥수(玉手)의 타는 수단 옛 소리 있다마는

부용장(芙蓉帳) 적막하니 뉘 귀에 들리소니

간장이 구곡되어 굽이굽이 끊쳤어라

차라리 잠을 들어 ㉡**꿈에나 보려 하니**

바람의 지는 잎과 풀 속에 우는 짐승

무슨 일 원수로서 잠조차 깨우는다

– 허난설헌, 「규원가」

(나)

[C] ┌ 재 위에 우뚝 선 **소나무 바람 불 적마다 흔덕흔덕**
    │
    └ 개울에 섰는 **버들** 무슨 일 좇아서 흔들흔들

임 그려 우는 눈물은 옳거니와 **입하고 코는** 어이 무슨 일 ⓑ**좇아서 후루룩 비쭉 하나니**

– 작자 미상

* 다시 : 시기가 많음.

* 면목가증 : 얼굴 생김이 남에게 미움을 살 만한 데가 있음.

1

윗글에 드러난 화자의 태도에 대한 설명으로 가장 적절한 것은?

① (가)의 화자는 설득적 어조로 자신이 처한 문제 해결에 청자의 도움을 원하고 있다.

② (나)의 화자는 이상과 현실의 괴리를 만든 존재에게 원망의 정서를 드러내고 있다.

③ (가)와 (나)의 화자는 모두 자신이 추구하는 삶의 모습을 구체적으로 제시하고 있다.

④ (가)와 달리 (나)의 화자는 자연물을 이용하여 자신의 정서나 처지를 제시하고 있다.

⑤ (나)와 달리 (가)의 화자는 계절의 변화를 통해 화자의 현실을 암시하고 있다.

2

ⓐ와 ⓑ에 대한 설명으로 가장 적절한 것은?

① ⓐ는 잘못의 원인을 상대방에게 전가하면서 화자가 느끼는 시름을 극복하고 있다.

② ⓑ는 해학적 상황 설정을 통해 절망에 빠져 체념하는 화자의 심정을 강조하고 있다.

③ ⓐ는 ⓑ와 달리 의문문을 통해 상황에 대한 화자의 회의적 정서를 드러내고 있다.

④ ⓑ은 ⓐ와 달리 줏대 없는 타인의 행동을 비판하면서 자신의 가치관을 강조하고 있다.

⑤ ⓐ와 ⓑ는 모두 대상과 함께 했던 시절을 회상하며 현실을 극복하고 있다.

3

[A]~[C]의 표현상 특징에 대한 설명으로 적절하지 않은 것은?

① [A]는 여성의 생활에 밀접한 소재를 활용하여 흘러가는 세월에 대한 화자의 인식을 시각적으로 표현하였다.

② [B]는 단어를 반복하는 구절을 행마다 사용하여 화자가 주목하는 각 계절의 특성을 강조하였다.

③ [C]는 두 대상을 발음이 비슷한 의태어로 표현하여 움직이는 모습의 유사성을 드러내었다.

④ [A], [B]는 계절적 배경을 알려 주는 시어를 활용하여 시간에 따라 화자의 처지가 달라졌음을 드러내었다.

⑤ [B], [C]는 대구를 활용하여 리듬감을 형성하였다.

4

㉠, ㉡에 대한 이해로 가장 적절한 것은?

① ㉠은 흐릿한 기억 때문에 혼란스러운 화자의 심정을 나타낸다.

② ㉡은 현실에서는 화자가 문제를 해결할 수 없어서 선택한 방법이다.

③ ㉠은 임과의 만남에 대한 기대에서, ㉡은 임과의 이별에 대한 망각에서 비롯된다.

④ ㉠은 이미 일어난 일에 대해 회상하고, ㉡은 곧 일어날 일에 대해 단정하고 있다.

⑤ ㉠은 인연의 우연성에 대한, ㉡은 재회의 필연성에 대한 화자의 우려를 드러내고 있다.

5

〈보기〉를 참고하여 (가), (나)를 감상한 내용으로 적절하지 않은 것은?

보기
(가), (나)는 이별에 대한 서로 다른 대처를 보여 준다. (가)의 화자는 외부와 단절된 채 자신의 쓸쓸한 내면에 몰입하고, 자신의 슬픔을 주변으로 확장한다. (나)의 화자는 외부 대상의 모습에서 자신과의 동질성을 발견하며 슬픔을 확인하면서도, 슬픔을 분출하는 자신의 우스운 외양에 주목한다. (가)는 슬픔을 확장하고 펼쳐 냄으로써, (나)는 슬프지만 슬픔과 거리를 둠으로써 이별에 대처한다.

① (가)에서 '실솔이 상에 울 제'는 화자가 자신의 슬픔을 주변으로 확장한 것을 보여 주는군.

② (가)에서 '부용장 적막하니 뉘 귀에 들리소니'는 화자가 외부와의 교감을 거부하고 내면에 몰입하는 모습을 드러내는군.

③ (나)에서 화자는 '소나무'가 '바람 불 적마다 흔덕'거리는 모습에서 자신과의 동질성을 발견한 것이겠군.

④ (가)의 '삼춘화류'는, (나)의 '버들'과 달리 화자의 내면과 대비되어 외부와의 단절감을 강조하는군.

⑤ (나)의 '후루룩 비쭉'하는 '입하고 코'는, (가)의 '긴 한숨 지는 눈물'과 달리 화자가 자신의 우스운 외양에 주목하여 슬픔과 거리를 두는 것을 보여 주는군.

(가)

가시리 가시리잇고 나는

브리고 가시리잇고 나는

　위 증즐가 대평셩디(大平盛代)

날러는 엇디 살라 흐고

브리고 가시리잇고 나는

　위 증즐가 대평셩디(大平盛代)

잡스와 두어리마노눈

┌──────────⊙──────────┐

　위 증즐가 대평셩디(大平盛代)

셜온 님 보내읍노니 나는

가시눈 둣 도셔 오쇼셔 나는

　위 증즐가 대평셩디(大平盛代)

　　　　　　　　　　　　　– 작자 미상, 「가시리」

(나)

묏버들 가려 꺾어 보내노라 님에게

자시는 창(窓) 밖에 심어 두고 보소서

밤비에 새잎 나거든 나인가도 여기소서

　　　　　　　　　　　　　– 홍랑

(다)

바람도 쉬어 넘는 ⓛ**고개** 구름이라도 쉬어 넘는 고개

산(山)진이 수(水)진이 해동청(海東靑) 보라매 쉬어 넘는 고봉(高峰) 장성령(長城嶺) 고개

그 너머 님이 왔다 하면 나는 아니 한 번도 쉬어 넘어가리라

　　　　　　　　　　　　　– 작자 미상, 시조

(라)

천상(天上)의 견우 직녀(牽牛織女) ⓐ**은하수(銀河水)** 막혔어도,

칠월 칠석(七月七夕) 일년 일도(一年一度) 실기(失期)치 아니커든.

우리 님 가신 후는 무슨 약수(弱手)* 가렸관데,

오거나 가거나 소식(消息)조차 그쳤는고?

ⓑ**난간(欄干)**에 비겨 서서 님 가신 데 바라보니,

초로(草露)는 맺혀 있고 ⓒ**모운(暮雲)**이 지나갈 제,

ⓓ**죽림(竹林)** 푸른 곳에 새 소리 더욱 섧다.

세상(世上)에 설운 사람 수없다 하려니와,

박명(薄命)한 ⓔ**홍안(紅顔)**이야 날 같은 이 또 있을까?

아마도 이 님의 탓으로 살동 말동 하여라.

　　　　　　　　　　　　　– 허난설헌, 「규원가」

* 약수(弱手) : 도저히 건널 수 없다는 전설상의 강 이름

6　　　　　　　　　　　2001학년도 수능 [기출]

(가)~(라)의 공통점을 바르게 지적한 것은?

① 이별에 따른 정서를 노래하고 있다.

② 상대방의 덕을 송축(頌祝)하고 있다.

③ 민중의 적극적인 생활 의지를 담고 있다.

④ 안빈낙도(安貧樂道)하는 삶을 추구하고 있다.

⑤ 자연물에 의탁해 자신의 심정을 노래하고 있다.

7

2001학년도 수능 [기출]

(가)와 (라)가 동일한 화자의 노래라고 가정할 경우, (가)에서 (라)로 상황이 변한 데 따른 심정을 가장 잘 표현한 것은?

① 애초에는 망설였으나, 역시 보내 주길 잘한 것 같다.

② 임을 떠나보내고 처음에는 그리웠지만, 이제는 괜찮아졌다.

③ 처음에는 내가 임을 버렸는데, 이제는 임이 나를 버리는구나.

④ 지금 와서 생각해 보니, 헤어질 때 왜 그렇게 애달파했을까?

⑤ 붙잡고 싶었던 임을 보내 주었는데, 어찌하여 소식조차 없을까?

8

2001학년도 수능 [기출]

⬚ ㉠ ⬚에 들어갈 알맞은 구절은?

① 살어리 살어리랏다

② 선ᄒᆞ면 아니 올셰라

③ 어마님ᄀᆞ티 괴시리 업세라

④ 괴시란ᄃᆡ 우러곰 좃니노이다

⑤ 유덕ᄒᆞ신 님 여ᄒᆡᄋᆞ와지이다

9

2001학년도 수능 [기출]

(나)의 시어 가운데 〈보기〉의 밑줄 친 구절에 대응할 수 있는 것은?

보기
안녕, 친구야.   네가 전학 간 지도 일 년이 지났구나. 그 곳에서 좋은 친구들 만나 잘 지내는지 모르겠다. 너와 함께 했던 시간들이 내 기억 속에 오롯이 남아 있단다. 보고 싶구나, 친구야. 내 마음을 편지와 함께 이 테이프에 담아 보낸다. **테이프에 녹음한 노래**를 들으면서 나를 떠올릴 수 있도록 말이지. 다가오는 겨울 방학에는 너를 만나러 갈 계획이다. 너를 다시 만날 날이 무척 기다려지는구나.

① 뫼ᇝ버들   ② 님   ③ 창(窓)

④ 밖   ⑤ 밤비

10

2001학년도 수능 [기출]

ⓐ~ⓔ 중, ㉡의 함축적 의미와 유사한 시어는?

① ⓐ   ② ⓑ   ③ ⓒ   ④ ⓓ   ⑤ ⓔ

학습 자료 - 〈사설 시조〉

16, 17세기의 임진왜란과 병자호란을 기점으로 조선 왕조의 정치·사회체제는 여러 가지 면에서 모순과 허점을 드러내기에 이른다. 이에 유학도 자체 내의 비판적 시각으로부터 도전받지 않을 수 없었으며 미미하게나마 새로운 세력으로 성장하기 시작한 서민 의식으로부터도 저항받게 되었다. 이러한 도전과 저항의 집약이라고 할 수 있는 실학사상(實學思想)은 이 땅의 정신 생활면에 선풍적인 반향을 불러일으켜 정치·경제·문화 등 각 분야에 하나의 분수령적인 구획을 긋기에 이르렀다. 문학예술 부문에 이 실학사상이 가져다 준 가장 큰 변화는 과거의 율문 전성시대를 극복하고 산문문학을 발전시킬 수 있는 바탕을 닦아주었다는 데 있다.

사설시조는 모든 문학예술의 형식이 산문화하는 방향으로 전환하던 이 시기의 산물이다. 시조가 지닌 3장체의 형식적 특성은 살리면서, 초장과 중장에는 그리 큰 변화를 가져오지 않는 범위 내서이기는 하지만, 일부 비판적 유학도들은 정형률을 깨고 새로운 가치관에 의하여 사설시조를 창작하게 되었다. 그러나 사설시조는 이들 일부 비판적인 유학도보다는 서민들의 적극적인 참여를 통해 더욱 새롭게 발전한다. 서민들은 유학도와는 생활감정, 사고체계, 가치관을 달리하였기 때문에 사설시조로의 전환을 이룩하는 데에 보다 적극적으로 참여하여 그 창법(唱法)과 작법(作法)을 개발할 수 있었다. 일부 비판적인 유학도에 못지않게 날카로운 현실의식으로 시조의 전통적인 미학을 변혁하고 극복해 나갔던 것이다.

사설시조를 지배하는 기본 원리는 '웃음'의 미학이다. 현실의 모순에 대한 날카로운 관찰과 거리낌 없는 풍자, 고달픈 삶과 이를 승화시킨 풍자와 해학, 남녀 간의 애정 등이 직설적인 언어를 통해 강렬하게 표현된다. 사설시조는 종래의 관습화된 미의식을 넘어서서 인간의 세속적인 모습과 갈등을 시의 세계 안에 끌어들임으로써 문학의 관심 영역을 넓히는 데에도 크게 기여한 것으로 평가된다. 이런 미의식은 조선 후기의 변모된 세계관과 현실 인식을 바탕으로 이루어진 것으로 우리 근대 문학의 바탕을 이루기도 한다.

MEMO

[1~7] 다음 글을 읽고 물음에 답하시오.

(가)

이 몸 삼기실 제 님을 조차 삼기시니

ᄒᆞᆫ성 연분(緣分)이며 하ᄂᆞᆯ 모ᄅᆞᆯ 일이런가

나 ᄒᆞ나 졈어 잇고 님 ᄒᆞ나 날 괴시니

이 ᄆᆞᆷ 이 ᄉᆞ랑 견졸 ᄃᆡ 노여 업다

평싱(平生)애 원(願)ᄒᆞ요ᄃᆡ ᄒᆞᆫᄃᆡ 녜쟈 ᄒᆞ얏더니

늙거야 므ᄉᆞ 일로 외오 두고 그리ᄂᆞᆫ고

엇그제 님을 뫼셔 ⓐ광한뎐(廣寒殿)의 올낫더니

그 더ᄃᆡ 엇디ᄒᆞ야 하계(下界)예 ᄂᆞ려오니

올 저긔 비슨 머리 헛틀언 디 삼 년일쇠

연지분(臙脂粉) 잇ᄂᆡ마ᄂᆞᆫ 눌 위ᄒᆞ야 고이 홀고

ᄆᆞ음의 ᄆᆡ친 실음 텹텹(疊疊)이 ᄡᅡ혀 이셔

짓ᄂᆞ니 한숨이오 디ᄂᆞ니 눈믈이라

인싱(人生)은 유흔(有限)ᄒᆞᆫᄃᆡ 시름도 그지업다

무심(無心)ᄒᆞᆫ 세월(歲月)은 믈 흐ᄅᆞᆺ ᄒᆞᄂᆞᆫ고야

염냥(炎凉)이 ᄣᆡᄅᆞᆯ 아라 가ᄂᆞᆫ 듯 고텨 오니

듯거니 보거니 늣길 일도 하도 할샤

동풍이 건듯 부러 젹셜(積雪)을 헤텨 내니

창(窓) 밧긔 심근 ᄆᆡ화(梅花) 두세 가지 픠여셰라

ᄀᆞ득 닝담(冷淡)ᄒᆞᆫᄃᆡ 암향(暗香)은 므ᄉᆞ 일고

황혼의 ᄃᆞᆯ이 조차 벼마틔 빗최니

늣기ᄂᆞᆫ 둣 반기ᄂᆞᆫ 둣 님이신가 아니신가

며 ᄆᆡ화 것거 내여 님 겨신 ᄃᆡ 보내오져님이 너를 보고 엇더타 너기실고 — 정철, 「사미인곡」

(나)

창 밧긔 워석버석 님이신가 니러 보니

혜란(蕙蘭) 혜경(蹊徑)*에 낙엽은 므스 일고

어즈버 유한(有限)ᄒᆞᆫ 간장(肝腸)이 다 그츨가 ᄒᆞ노라 — 신흠

* 혜란 혜경 : 난초 핀 지름길.
* 당호 : 집에 붙이는 이름.
* 유중영의 옛일 : 당나라 때 문신 유중영이 늘 책을 가까이하며 자식들을 가르치던 일.
* 임원 : 산림.

1

(가)와 (나)의 공통점으로 가장 적절한 것은?

① 현재와 과거를 대비하여 문제의 해결책을 제시하고 있다.

② 영탄법을 사용하여 화자의 정서를 효과적으로 제시하고 있다.

③ 자연물에 감정을 이입하여 화자의 심리 상태를 드러내고 있다.

④ 우리말 음성상징어를 사용하여 대상을 생동감 있게 표현하고 있다.

⑤ 동적 이미지와 정적 이미지를 교차하며 대상의 상징적 의미를 암시하고 있다.

2

(가)와 (나)의 화자에 대한 설명으로 가장 적절한 것은?

① 현실에서 상실감을 느끼며 고뇌하고 있다.

② 과거의 사례를 들어 역사적 현실을 비판하고 있다.

③ 자연의 이치를 바탕으로 독자에게 교훈을 제시하고 있다.

④ 자신의 경험을 확대하여 역사와 인간사에 적용하고 있다.

⑤ 자신이 처한 문제 상황을 분석한 뒤 구체적 해결방안을 도출하고 있다.

3

(가)와 (나)에 대한 설명으로 가장 적절한 것은?

① (가)의 '노여'와 (나)의 '다'라는 수식어는 모두 임에 대한 원망의 정서를 강조하기 위해 사용된 것이다.

② (가)의 'ㅎ눈고야'와 (나)의 'ㅎ노라'는 모두 화자의 의지를 단정적인 종결형으로 나타낸 것이다.

③ (가)의 '미화'와 (나)의 '혜란'은 모두 화자와 동일시되는 자연물을 의인화하여 나타낸 것이다.

④ (가)의 '므스 일고'와 (나)의 '므스 일고'는 모두 뜻밖의 대상과 마주하게 된 반가움을 영탄적 어조로 표현한 것이다.

⑤ (가)의 '님이신가'와 (나)의 '님이신가'는 모두 임을 만나고 싶은 간절함을 독백적 어조로 드러낸 것이다.

4

〈보기〉를 바탕으로 (가)를 감상한 내용으로 적절하지 않은 것은?

> **보기**
>
> (가)에는 천상의 시간과 지상의 시간이 모두 나타난다. 천상에서는 지상과 달리 생로병사의 과정 없이 끝없는 사랑이 지속된다. 이러한 시간적 질서는 지상에 내려온 화자를 힘겹게 하는데, 이 과정에서 화자는 지상의 물리적 시간을 심리적으로 변형하여 자신의 심경을 드러낸다.

① 임과의 '연분'을 '하눌'과 연결 짓는 것은, 임과의 사랑이 천상의 시간 질서처럼 끝없이 이어지기를 바라는 마음이 반영된 것이라 볼 수 있겠어.

② '겸어 잇고'와 '늙거야'를 통해 화자가 천상의 시간에서 벗어나 지상의 시간으로 편입되었음을 알 수 있겠어.

③ '삼 년' 전을 '엇그제'로 인식하는 것에서, 임과 함께한 기억이 아직도 선명하게 남아 있어 지상의 물리적 시간이 심리적으로 압축되어 나타나고 있음을 알 수 있겠어.

④ '인싱은 유흔'과 '무심흔 셰월'을 통해 지상의 시간적 질서에 따라 소망을 이룰 수 있는 시간이 줄고 있는 것에 대한 불안한 마음을 엿볼 수 있겠어.

⑤ '염냥'이 '가는 둧 고텨' 온다는 인식에서, 임과의 관계 단절에 따른 절망감으로 인해 지상의 물리적 시간이 심리적으로 지연되어 나타나고 있음을 알 수 있겠어.

보기

나는 예전에 장흥방의 ⓑ길갓집에 살았다. 그 집은 저잣거리에 제법 가까워서 소란스러웠다. 문 옆에 한 칸짜리 초당이 있어 볏짚으로 덮고 흙을 쌓았더니 그윽하고 조용해서 살 만했다. 그러나 초당이 동쪽으로 치우쳐 햇볕을 받았기에 여름이면 너무 더웠다. 그래서 '고요함이 더위를 이긴다[靜勝熱]'는 말을 당호(堂號)*로 정해 문설주에 편액을 해 걸어 두고 위안을 삼았다.

대저 고요함에는 두 가지가 있으니 하나는 몸의 고요함이요, 다른 하나는 마음의 고요함이다. 몸이 고요한 사람은, 앉고 눕고 일어나고 서는 등 모든 행동에 있어 편안함을 취할 뿐이다. 마음이 고요한 사람은, 천하만사가 마치 촛불로 비춰 보고 거북이로 점을 치는 듯하니 시원한 날씨와 더운 날씨가 무슨 상관이 있겠는가? 그러므로 '고요함이 이긴다'고 한 지금의 말은 마음의 고요함을 가리킨다.

그 집에서 이십 년을 살고 이사하였다. 그로부터 삼 년이 흐른 뒤 옛집을 찾아가 보았다. 그새 주인이 바뀐 지 여러 번이지만 집은 옛 모습 그대로였다.

은은하게 처마에 들어오는 산빛, 콸콸콸 담을 따라 도는 골짜기 물, 밀랍으로 발라 번들번들한 살창, 쪽빛으로 물들여 놓은 늘어진 천막.

(중략)

내가 여기에 살던 시절은 집안이 번성하던 때였다. 선친께서 승명전에 봉직하실 때라, 퇴근하신 밤이면 우리 형제들이 모시고 앉아 학문과 예술을 담론하고 옛일을 기록하거나, 시를 읽거나 거문고를 들었으니 유중영의 옛일*과 비슷하였다. 그 즐거움을 잊을 수는 없건마는 다시 되찾을 수는 없다!

『서경』에 '그릇은 새것을 찾고, 사람은 옛 사람을 찾는다.'라고 했다. 집 역시 그릇과 같이 무언가를 담는 부류이긴 하나, 사람은 집이 아니면 몸을 붙여 머물 데가 없고 집보다 더 거처를 많이 하는 것은 없으므로, 집은 그릇보다는 사람에 가깝다 하겠다. 그러니 어찌 그리워하지 않을 수 있으랴!

그렇지만 인간사가 벌써 바뀌어, 사물에 닿을 때마다 슬픔만 더하므로 이 집에 다시 살고 싶지는 않다. 마땅히 임원(林園)*에 집터를 보아 집을 지어서 옛 이름의 편액을 걸어 옛집에서 지녔던 뜻을 잊지 않으려 한다.

누군가는 '임원이 이미 고요하거늘, 지금 다시 '고요함이 이긴다'고 하면 또한 군더더기가 아닌가?'라고 말할 수 있으리라. 나는 답하리라. '고요한데 또 고요하니, 이것이야말로 고요함이라네.'라고.

- 유본학, 「옛집 정승초당을 둘러보고 쓰다」

5

(가)와 〈보기〉를 비교하여 이해한 내용으로 가장 적절한 것은?

① (가)와 〈보기〉 모두 인간의 외양이 변화하는 상황에 대한 안타까움이 나타나 있다.

② (가)와 〈보기〉 모두 오래된 것보다는 새로운 것을 더 중시하는 삶의 자세가 나타나 있다.

③ (가)와 〈보기〉 모두 자신이 있는 공간에서 그 공간에 부재하는 대상을 떠올리는 상황이 나타나 있다.

④ (가)에는 인생의 허무함에 대한 순응적 태도가, (다)에는 인생의 허무함에 대한 극복 의지가 나타나 있다.

⑤ (가)에는 과거와 달라진 타인의 마음에 대한, 〈보기〉에는 과거와 달라진 자신의 마음가짐에 대한 아쉬움이 나타나 있다.

6

2021학년도 수능 [기출]

다음 글의 '고요'를 중심으로 (나)와 〈보기〉를 감상한 내용으로 적절하지 않은 것은?

보기
고요함은 소리나 움직임이 없이 잠잠한 상태인 외적 고요와 마음이 평온한 상태인 내적 고요로 구분할 수도 있다. 이에 주목하여 (나)를 감상할 때, 화자가 처한 상황과 그에 따른 심리는 고요함의 측면에서 이해될 수 있다. 또한 (다)에서 필자는 고요함에 대한 통찰을 통해 자신이 처한 공간에서 내적 고요를 추구하려 하는데, 이를 통해 삶에서 느끼는 불편이나 슬픔을 이겨 내는 동력을 얻고 있다.

① (나)에서 '낙엽' 소리가 창 안에서도 들린다는 것은 화자가 외적 고요의 상태에 있었다는 것을 의미하겠군.

② (나)에서 '낙엽' 소리를 임이 오는 소리로 착각했다는 것은 화자의 심리가 내적 고요의 상태에 있지 못했기 때문이겠군.

③ (다)에서 '사물에 닿을 때마다 슬픔만 더'한다는 것은 옛집을 돌아본 경험이 필자로 하여금 내적 고요를 이루기 어렵게 만들었다는 인식이 반영된 것이겠군.

④ (다)에서 '옛집'의 '초당'에 붙였던 당호를 '임원'의 새 집에서도 사용하겠다는 것은 필자가 외적 고요에 더해 내적 고요를 추구하고 있음을 보여 주는 것이겠군.

⑤ (다)에서 '누군가'가 '고요함이 이긴다'는 당호를 '군더더기'로 본다는 것은 외적 고요만으로는 삶에서 느끼는 불편이나 슬픔을 이겨 내기 어렵다고 여겼기 때문이겠군.

7

(가)의 ⓐ와 〈보기〉의 ⓑ에 대한 설명으로 가장 적절한 것은?

① ⓐ와 ⓑ 모두 화자나 글쓴이가 가고자 하는 이상향이다

② ⓐ와 ⓑ 모두 화자나 글쓴이가 대상과의 재회를 확신하는 공간이다.

③ ⓐ와 달리 ⓑ는 글쓴이가 아름다운 과거의 기억을 떠올리는 곳이다.

④ ⓐ와 달리 ⓑ는 글쓴이가 그리워하는 대상이 있었던 공간이다.

⑤ ⓑ와 달리 ⓐ는 화자의 한숨과 눈물을 유

[8~11] 다음 글을 읽고 물음에 답하시오.

(가)

비 개인 긴 강둑엔 풀빛이 짙었는

(雨歇長堤草色多)

남포에서 그대 보내니 슬픈 노래 울리네.

(送君南浦動悲歌)

대동강 물은 그 언제나 다할런가

(大洞江水何時盡)

해마다 이별의 눈물 푸른 물결에 더하거니.

(別淚年年添綠波)　　　－ 정지상, 「송인(送人)」

(나)

靑山(청산)은 내 뜻이오 綠水(녹수)는 님의 情(정)이

綠水 흘너간들 靑山이야 變(변)홀손가.

綠水도 靑山을 못 니져 우러 예어 가는고.

　　　　　　　　　　　　　　　－ 황진이

(다)

건곤(乾坤)이 폐식(閉塞)ᄒ야 빅셜(白雪)이 훈 비친 제, 사룸은ᄏ니와 놀새도 긋쳐 잇다. 쇼샹 남반(瀟湘南畔)*도 치오미 이러커든, 옥누(玉樓)* 고쳐(高處)야 더옥 닐너 므솜ᄒ리. 양춘(陽春)을 부쳐 내여 님 겨신 ᄃᆡ 쏘이고져, 모쳠(茅簷)* 비쵠 ᄒᆡ롤 옥누의 올리고져. 홍샹(紅裳)을 니믜ᄎᆞ고 취슈(翠袖)*룰 반만 거더, 일모(日暮) 슈듁(脩竹)*의 혬가림도 하도 할샤. 댜른 ᄒᆡ 수이 디여 긴 밤을 고초 안자, 청등(靑燈) 거른 겻틱 뎐공후(鈿箜篌)* 노하 두고, 쑴의나 님을 보려 튁 밧고 비겨시니, 앙금(鴦衾)도 ᄎᆞ도 출샤 이 밤은 언제 샐고.

하루도 열두 째 혼 돌도 설흔 날, 져근덧 싱
각 마라 이 시룸 닛쟈 ᄒᆞ니, ᄆᆞ음의 미쳐 이셔
골슈(骨髓)의 께텨시니, 편쟉(扁鵲)이 열히 오
나 이 병을 엇디 ᄒᆞ리. 어와 내 병이야 이 님의
타시로다. 출하리 싀어디여 범나븨 되오리라.
곳나모 가지마다 간 ᄃᆡ 죡죡 안니다가, 향ᄆᆞ든
놀애로 님의 오시 올므리라. 님이야 날인 줄
모ᄅᆞ셔도 내 님 조ᄎᆞ려 ᄒᆞ노라.

– 정철, 「사미인곡(思美人曲)」

*쇼샹 남반(瀟湘南畔) : 소상강 남쪽

*옥누(玉樓) : 옥황상제가 있는 곳

*모쳠(茅簷) : 초가집 처마

*취슈(翠袖) : 푸른 소매

*슈듁(脩竹) : 긴 대나무

*뎐공후(鈿箜篌) : 자개 장식을 한 공후

8
1998학년도 수능 [기출]

(가)~(다)의 공통점에 대한 설명으로 가장 적절한 것은?

① 임의 태도를 원망하고 있다.

② 임을 보내면서 부른 노래이다.

③ 이별을 운명의 탓으로 돌리고 있다.

④ 이별의 상황을 공간적으로 형상화하고 있다.

⑤ 사랑의 속절없음에 대한 한탄이 주된 정서이다.

9
1998학년도 수능 [기출]

(가)의 결구(結句)에 대한 설명으로 가장 적절하지 않은 것은?

① 기구(起句)의 '풀빛'과 시각적으로 어울린다.

② 과장된 표현으로 이별의 슬픔을 강조하고 있다.

③ 전구(轉句)의 '언제나 다할런가'와 의미가 호응한다.

④ 이별의 정한(情恨)이 깊은 강물의 흐름과 어우러진다.

⑤ 해마다 더해 가는 현실에 대한 무상감이 푸른 물결과 대응한다.

10
1998학년도 수능 [기출]

(나)의 시적 형상화 방법으로 볼 수 없는 것은?

① 군은 뜻과 변하는 정(情)을 대조시켰다.

② 울음을 물이 소리 내어 흐르는 것에 비유했다.

③ 청산(靑山)은 불변한다는 관습화된 상징을 이용했다.

④ 정(情)이 변하는 것을 물이 흘러가는 것으로 구상화했다.

⑤ 이별을 청산(靑山)의 탈속적(脫俗的)인 이미지로 나타냈다.

11
1998학년도 수능 [기출]

〈보기〉의 시조는 상상력을 통해 대상을 주관적으로 변용하고 있다. 이와 유사한 변용이 이루어진 대상을 (다)에서 찾으면?

보기
冬至(동지)ㅅ돌 기나긴 밤을 한허리를 버혀 내여 春風(춘풍) 니불 아래 서리서리 너헛다가 어론님 오신 날 밤이여든 구뷔구뷔 펴리라. <div align="right">– 황진이</div>

① 옥누(玉樓)　　② 양춘(陽春)　　③ 홍샹(紅裳)

④ 앙금(鴦衾)　　⑤ 골수(骨髓)

[12~14] 다음 글을 읽고 물음에 답하시오.

동풍이 건듯 불어 적설을 헤쳐 내니 창밖에 심은 매화 두세 가지 피었어라. 가뜩 냉담한데 암향(暗香)은 무슨 일고. 황혼에 달이 좇아 베개 맡에 비치니 흐느끼는 듯 반기는 듯 임이신가 아니신가. 저 매화 꺾어 내어 임 계신 데 보내고져. 임이 너를 보고 어떻다 여기실꼬

꽃 지고 새 잎 나니 녹음이 깔렸는데 나위(羅幃) 적막하고 주막(繡幕)이 비어 있다. 부용(芙蓉)을 걷어 놓고 공작(孔雀)을 둘러 두니 가뜩 시름 많은데 날은 어찌 길던고. 원앙금(鴛鴦錦) 베어 놓고 오색선 풀어 내어 금자에 겨누어서 임의 옷 지어 내니 수품(手品)은 물론이고 제도(制度)도 갖출시고. 산호수 지게 위에 백옥함에 담아 두고 임에게 보내려고 임 계신 데 바라보니 산인가 구름인가 험하기도 험하구나. 천리만리 길에 뉘라서 찾아갈꼬. 가거든 열어 두고 나인가 반기실까.

하룻밤 서리 기운에 기러기 울어 옐 제 위루(危樓)에 혼자 올라 수정렴(水晶簾) 걷으니 동산에 달이 나고 북극에 별이 뵈니 임이신가 반기니 눈물이 절로 난다. 청광(淸光)을 쥐어 내어 봉황루(鳳凰樓)에 부치고져. 누 위에 걸어 두고 팔황(八荒)에 다 비추어 심산궁곡(深山窮谷) 한낮같이 만드소서.

건곤이 얼어붙어 백설이 한 빛인 때 사람은 물론이고 나는 새도 그쳐 있다. 소상남반(蕭湘南畔)도 추위가 이렇거늘 옥루고처(玉樓高處)야 더욱 일러 무엇 하리. 양춘(陽春)을 부쳐 내어 임 계신 데 쏘이고져. 초가 처마 비친 해를 옥루에 올리고져. 홍상(紅裳)을 여며 입고 푸른 소매 반만 걷어 해 저문 대나무에 생각도 많고 많다. 짧은 해 쉬이 지고 긴 밤을 꼿꼿이 앉아 청등 걸어 둔 곁에 공후를 놓아 두고 꿈에나 임을 보려 턱 받치고 기대니 앙금(鴦衾)*

도 차도 찰샤 이 밤은 언제 샐꼬.

– 정철, 「사미인곡」

* 앙금 : 원앙을 수놓은 이불. 혹은 부부가 함께 덮는 이불

12
2013학년도 6월 평가원 모의고사 [기출 변형]

윗글에 대한 설명으로 가장 적절하지 <u>않은</u> 것은?
① 자연물에 인격을 부여하여 화자의 정서를 드러내고 있다.
② 대화체와 독백체를 교차하여 극적 효과를 높이고 있다.
③ 색채어를 활용하여 시의 분위기를 다채롭게 조성하고 있다.
④ 소재에 상징적인 의미를 부여하여 주제 의식을 부각하고 있다.
⑤ 화자가 있는 공간의 분위기를 제시하면서 화자의 상황을 구체화하고 있다.

〈보기〉의 '부둣가'와 윗글의 수막을 비교한 내용으로 가장 적절한 것은?

보기
아무 소리도 없이 말도 없이
등 뒤로 털썩 / 밧줄이 날아와 나는
뛰어가 밧줄을 잡아다 배를 맨다
아주 천천히 그리고 조용히
배는 멀리서부터 닿는다
사랑은, / 호젓한 부둣가에 우연히,
별 그럴 일도 없으면서 넋 놓고 앉았다가
배가 들어와 / 던져지는 밧줄을 받는 것
그래서 어찌할 수 없이
배를 매게 되는 것 / 잔잔한 바닷물 위에
구름과 빛과 시간과 함께 / 떠 있는 배
배를 매면 구름과 빛과 시간이 함께
매어진다는 것도 처음 알았다
사랑이란 그런 것을 처음 아는 것
빛 가운데 배는 울렁이며
온종일을 떠 있다   – 장석남, 「배를 매며」

① '부둣가'는 이별과 만남이 반복되는 시련의 공간, '수막'은 이별 후에 정착한 도피의 공간이다.
② '부둣가'는 익명의 타인들과 어울리는 공동체적 공간, '수막'은 타인들로부터 은폐된 개인적 공간이다.
③ '부둣가'는 화자가 회귀하고자 하는 과거의 공간, '수막'은 화자가 벗어나고자 하는 현재의 공간이다.
④ '부둣가'는 사랑하는 대상이 화자를 기다리는 공간, '수막'은 화자가 사랑하는 대상을 기다리는 공간이다.
⑤ '부둣가'는 화자가 사랑에 대한 깨달음을 얻는 공간, '수막'은 사랑하는 사람의 부재를 확인하는 공간이다.

〈보기〉를 바탕으로 윗글을 이해할 때 적절하지 않은 것은?

보기
남성 작가가 자신의 분신으로 여성 화자를 내세우는 방식은 우리 시가의 한 전통이다. 궁궐을 떠난 신하가 임금을 그리워하면서 지은 「사미인곡」도 이 전통을 잇고 있다.

① '옷'을 지어 '백옥함'에 담아 임에게 보내려 하는 것은 임금에 대한 신하의 정성과 그리움을 드러내는 행위이다.
② 지상의 화자가 천상의 '달'과 '별'을 매개로 임을 떠올린 것은 군신 사이의 수직적 관계를 반영한 것으로 볼 수 있다.
③ '청광'을 보내고자 염원하는 이유에서 시적 화자와 청자가 실제로는 신하와 임금의 관계임을 감지할 수 있다.
④ 추운 날씨에 '초가 처마'에 비친 해는 임금의 자애로운 은혜가 신하가 머물고 있는 곳까지 미치고 있음을 암시한 것이다.
⑤ 긴긴 겨울밤을 배경으로 차가운 '앙금'을 통해 외로운 처지를 표현한 것은 군신 관계를 남녀 관계로 치환한 결과이다.

[15~17] 다음 글을 읽고 물음에 답하시오.

동풍이 건듯 불어 적설(積雪)을 헤쳐 내니

창 밖에 심은 매화 @**두세 가지 피었어라**

가득 냉담한데 암향(暗香)은 무슨 일고

황혼의 달이 좇아 ⓑ**베개 맡에 비치니**

느끼는 듯 반기는 듯 임이신가 아니신가

저 매화 꺾어 내어 임 계신 데 보내고져

임이 너를 보고 어떻다 여기실꼬

꽃 지고 새 잎 나니 녹음이 깔렸는데

나위(羅幃) 적막하고 수막(繡幕)이 비어 있다

부용(芙蓉)을 걷어 놓고 공작(孔雀)을 둘러 두니

ⓒ**가뜩 시름 많은데 날은 어찌 길던고**

원앙금(鴛鴦錦) 베어 놓고 오색선(五色線) 풀어 내어

ⓓ**금자로 겨누어서 임의 옷 지어 내니**

수품(手品)은 물론이고 제도(制度)도 갖출시고

산호수(珊瑚樹) 지게 위에 백옥함(白玉函)에 담아 두고

ⓔ**임에게 보내려고 임 계신 데 바라보니**

산인가 구름인가 험하기도 험하구나

천리만리 길에 뉘라서 찾아갈꼬

가거든 열어 두고 나인가 반기실까

— 정철, 「사미인곡」

윗글에 대한 설명으로 적절한 것은?

① 이별의 동기가 구체적으로 드러나 있다.

② 현실을 초월하려는 종교적 신념이 드러나 있다.

③ 서글프면서도 강렬한 설득적 어조가 드러나 있다.

④ 이익에 따라 움직이는 인간 세태에 대한 비판이 드러난다.

⑤ 사랑하는 대상과 만나지 못하는 안타까움이 드러나 있다.

〈보기〉는 윗글의 작가가 쓴 한시(漢詩)이다. ⓐ~ⓔ 중, 〈보기〉의 밑줄 친 부분과 의미가 가장 가까운 것은?

보기
궁궐 담 남쪽 언덕에 나무는 푸르고 푸르리니 돌아가는 꿈이 멀리멀리 옥당(玉堂)에 오른다 두견새 슬피 울자 산에 대나무가 찢어지니 고신(孤臣)의 **머리털이 이때에 더욱 세어진다**

① ⓐ   ② ⓑ   ③ ⓒ   ④ ⓓ   ⑤ ⓔ

윗글의 시상 전개 과정을 아래와 같이 정리할 때, (ㄱ)과 (ㄴ)에 들어갈 내용으로 적절한 것은?

	기대감의 이유	현실의 확인	현실 극복을 위한 행위
봄	동풍	(ㄱ)	저 매화를 꺾어 임 계신 데 보내고자 함
여름	새 잎	나위 적막하고 수막이 비어 있음	(ㄴ)

	(ㄱ)	(ㄴ)
①	녹음이 깔림	제도를 잘 갖춤
②	암향이 일어남	백옥함에 담아 둠
③	산과 구름이 험함	오색실을 풀어 냄
④	적설을 헤쳐 냄	부용을 걷어 놓음
⑤	가득 냉담함	임의 옷 지어 냄

금강대 맨 우층의 선학(仙鶴)이 삿기 치니

춘풍 옥적성(玉笛聲)의 첫잠을 깨돗던디

호의현상*이 반공(半空)의 소소 뜨니

서호 녯 주인*을 반겨셔 넘노는 듯

소향로 대향로 눈 아래 구버보고

정양사 진헐대 고텨 올나 안즌마리

여산 진면목이 여긔야 다 뵈는구나

어와 조화옹이 헌사토 헌사할샤

[A]
　　날거든 뛰디 마나 섯거든 솟디 마나

　　부용(芙蓉)을 고잣는 듯 백옥(白玉)을 믓
것는 듯

　　동명(東溟)*을 박차는 듯 북극(北極)을 괴
왓는 듯

놉흘시고 망고대 외로올샤 혈망봉이

하늘의 추미러 므스 일을 사로려

천만겁(千萬劫) 디나도록 구필 줄 모르느냐

어와 너여이고 너 가트니 또 잇는가

개심대 고텨 올나 중향성 바라보며

만이천봉을 녁녁(歷歷)히 혀여 하니

봉마다 맷쳐 잇고 긋마다 서린 긔운

맑거든 조티 마나 조커든 맑디 마나

뎌 긔운 흐터 내야 인걸을 만들고쟈

형용도 그지업고 톄세(體勢)도 하도 할샤

천지 삼기실 제 자연이 되연마는

이제 와 보게 되니 유정(有情)도 유정할샤

　　　　　　(중략)

그 알픠 너러바회 화룡소 되어셰라

천년 노룡(老龍)이 구비구비 서려 이셔

주야의 흘녀 내여 창해(滄海)예 니어시니

풍운을 언제 어더 삼일우(三日雨)를 디련느
냐

음애예 이온 플*을 다 살와 내여스라

마하연 묘길상 안문재 너머 디여

외나모 써근 다리 불정대 올라 하니

[B]
　　천심(千尋) 절벽을 반공애 셰여 두고

　　은하수 한 구비를 촌촌이 버혀 내여

　　실가티 플텨 이셔 뵈가티 거러시니

도경(圖經) 열두 구비 내 보매는 여러히라

㉠이적선 이제 이셔 고텨 의논하게 되면

여산*이 여긔도곤 낫단 말 못 하려니

　　　　　　　　　　　　- 정철, 「관동별곡(關東別曲)」

* 호의현상 : 흰 저고리에 검은 치마란 뜻으로 학을 가리킴.
* 서호 녯 주인 : 송나라 때 서호에서 학을 자식으로 여기며 살
았던
은사(隱士) 임포.
* 동명 : 동해 바다.
* 음애예 이온 플 : 그늘진 벼랑에 시든 풀.
* 여산 : 당나라 시인 이백(이적선)의 시구에 나오는 중국의 명
산.

---

1 2021학년도 6월 평가원 모의고사 [기출]

윗글에 대한 설명으로 가장 적절한 것은?

① '금강대'에서 '진헐대'로 이동하면서 자연에 대한 화자
의 이중적 태도를 보여 주고 있다.

② '진헐대'와 '불정대'에서는 이미지의 대립을 통해 화자
의 내적 갈등이 고조되고 있다.

③ '개심대'에서는 선경후정의 방식으로 화자가 바라본
풍경과 그에 대한 감흥이 서술되고 있다.

④ '화룡소'에서는 화자의 시선이 원경에서 근경으로 이
동하며 대상의 특징을 묘사하고 있다.

⑤ '화룡소'에서 '불정대'까지의 이동 경로를 드러내지 않
아 시상이 빠르게 전개되고 있다.

2

2021학년도 6월 평가원 모의고사 [기출]

[A]를 이해한 내용으로 적절하지 않은 것은?

① 봉우리를 '부용'을 꽂고 '백옥'을 묶은 듯한 시각적 형상으로 묘사하여 대상의 아름다움을 표현하였다.

② 봉우리를 '백옥', '동명'과 같은 무생물에 빗대어 대상에서 느낄 수 있는 자연의 영속성을 표현하였다.

③ 봉우리를 '동명'을 박차고 '북극'을 받치는 듯한 모습에 빗대어 대상의 웅장한 느낌을 표현하였다.

④ '날거든 뛰디 마나 섯거든 솟디 마나'와 같이 행위를 부각하는 대구를 통해 봉우리의 역동적인 느낌을 표현하였다.

⑤ '고잣는 듯', '박차는 듯'과 같이 상태나 동작을 보여주는 유사한 통사 구조의 나열을 통해 봉우리의 다채로운 면모를 표현하였다.

3

윗글의 [B]와 〈보기〉를 비교 감상한 것으로 적절하지 않은 것은?

보기
해가 향로봉을 비추니 자줏빛 안개가 일고 멀리 폭포를 바라보니 긴 냇물을 걸어놓은 듯하다. 나는 듯이 흘러 곧바로 삼천 척을 떨어지니 아마도 이는 은하수가 하늘에서 떨어지는 것이 아닌가 한다.   – 이백, 「망여산폭포」

① [B]와 〈보기〉 모두 폭포 물줄기의 형상을 '은하수'를 이용하여 표현하고 있다.

② [B]와 〈보기〉 모두 폭포의 모습을 비유적 표현을 사용하여 드러내고 있다.

③ 〈보기〉와 달리 [B]는 가까운 거리에서 폭포를 바라보고 있다.

④ [B]와 달리 〈보기〉에서는 과장적 표현을 사용하여 폭포의 높이를 강조하고 있다.

⑤ [B]의 '베가틔 거러시니'와 〈보기〉의 '냇물을 걸어 놓은 듯'은 발상이 유사하다.

4

2021학년도 6월 평가원 모의고사 [기출]

〈보기〉를 바탕으로 윗글을 감상한 내용으로 적절하지 않은 것은?

보기
조선의 사대부들은 자연에 하늘의 이치[天理]가 구현된 것으로 보았으며, 그들 중 대부분은 자연의 미를 관념적으로 형상화하였다. 한편 관동별곡의 작가는 자연의 미를 현실에서 발견하여 사실감 있게 묘사함으로써 그들과의 차별성을 드러내었다. 또한 그는 자연을 바라보며 사회적 책무를 떠올리고 자연에 투사된 이상적 인간상을 모색하기도 하였다.

① '혈망봉'을 '천만겁'이 지나도록 굽히지 않는 존재로 본 것은, 작가가 지향하는 이상적 인간상을 자연에 투사한 것이군.

② '개심대'에서 '뎌 긔운 흐터 내야 인걸을 만들'겠다는 의지를 드러낸 것은, 작가가 자연을 바라보며 자신의 사회적 책무를 인식하고 있음을 보여 주는군.

③ '중향성'을 바라보며 천지가 '자연이 되'었다고 본 것은, 자연의 미가 하늘의 이치가 구현된 인간 사회의 영향을 받는다고 생각하는 작가의 인식을 보여 주는군.

④ '불정대'에서 본 폭포의 아름다움을 '실'이나 '베'와 같은 구체적 사물을 활용하여 표현한 것은, 자연을 사실감 있게 나타내려는 작가의 태도를 반영한 것이군.

⑤ '불정대'에서 본 풍경을 중국의 '여산'과 비교하며 우리 자연의 아름다움을 강조한 것은, 관념이 아닌 현실에서 아름다움을 발견하는 작가의 차별성을 보여 주는군.

5

윗글의 ㉠과 〈보기〉의 ㉡에 대한 설명으로 가장 알맞은 것은?

보기

그리움과 먼 곳으로 훌훌 떠나 버리고 싶은 갈망, ㉡바하만의 시구처럼 '식탁을 털고 나부끼는 머리를 하고' 아무 곳이나 떠나고 싶은 것이다. 먼 곳에의 그리움! 모르는 얼굴과 마음과 언어 사이에서 혼자이고 싶은 마음! 텅 빈 위와 향수를 안고 돌로 포장된 음습한 길을 거닐고 싶은 욕망, 아무튼 낯익은 곳이 아닌 다른 곳, 모르는 곳에 존재하고 싶은 욕구가 항상 나에게 있다.
　　　　　　　　　　　　　 – 전혜린, 「먼 곳에의 그리움」

① ㉠, ㉡ 모두 화자나 글쓴이가 영향을 받은 인물이다.
② ㉠, ㉡ 모두 화자나 글쓴이에게 방황을 유발하는 인물이다.
③ ㉠과 달리 ㉡은 글쓴이가 거부감을 느끼고 있는 인물이다.
④ ㉡과 달리 ㉠은 글쓴이에게 새로운 고민을 안겨 주고 있다.
⑤ ㉡과 달리 ㉠은 화자가 특정 대상을 찬양하기 위해 보조적으로 사용된 인물이다.

[6~10] 다음 글을 읽고 물음에 답하시오.

진쥬관(眞珠館) 듁셔루(竹西樓) 오십쳔(五十川) 느린 믈이 틱빅산(太白山) 그림재롤 동히(東海)로 다마 가니, 출하리 한강(漢江)의 목멱(木覓)의 다히고져. ㉠왕뎡(王程)이 유훈(有限)ㅎ고 풍경(風景)이 못 슬믜니, 유회(幽懷)도 하도 할샤, 긱수(客愁)도 둘 듸 업다. 션사(仙槎)롤 씌워 내여 두우(斗牛)로 향(向)ㅎ살가, 션인(仙人)을 ᄎ᷈ᄌ려 단혈(丹穴)의 머므살가. 텬근(天根)을 못내 보와 망양뎡(望洋亭)의 올은말이, ㉡바다 밧근 하늘이니 하늘 밧근 므서신고. 굿득 노호 고래, 뉘라셔 놀내관듸, 블거니 쯤거니 어즈러이 구는디고. 은산(銀山)을 것거 내여 뉵합(六合)의 느리는 듯, 오월(五月) 댱텬(長天)의 빅셜(白雪)은 므스일고. 져근덧 밤이 드러 풍낭(風浪)이 뎡(定)ㅎ거놀, 부상(扶桑) 지쳑(咫尺)의 명월(明月)을 기드리니, 셔광(瑞光) 쳔댱(千丈)이 뵈는 듯 숨는고야. 쥬렴(珠簾)을 고텨 것고, 옥계(玉階)롤 다시 쓸며, 계명셩(啓明星) 돗도록 곳초 안자 브라보니, 빅년화(白蓮花) ᄒᆞᆫ 가지롤 뉘라셔 보내신고. 일이 됴흔 셰계(世界) 남대되 다 뵈고져. 뉴하쥬(流霞酒) ᄀᆞ득 부어 둘ᄃᆞ려 무론 말이, 영웅(英雄)은 어듸 가며, 소션(四仙)은 긔 뉘러니, 아미나 맛나 보아 녯 긔별 뭇쟈 ㅎ니, 션산(仙山) 동히(東海)예 갈 길히 머도 멀샤. 숑근(松根)을 볘여 누어 픗줌을 얼픗 드니, 쭘애 ᄒᆞᆫ 사롬이 날ᄃᆞ려 닐온 말이, 그듸롤 내 모르랴, 상계(上界)예 진션(眞仙)이라. 황뎡경(黃庭經) 일ᄌ(一字)롤 엇디 그릇 닐거 두고, 인간(人間)의 내려와셔 우리롤 쏠오는다. 져근덧 가디 마오. 이 술 ᄒᆞᆫ 잔 머거 보오. 븍두셩(北斗星) 기우려 창히슈(滄海水) 부어 내여, 저 먹고 날 머겨놀 서너 잔 거후로니, 화풍(和風)이 습습(習習)ㅎ야 냥익(兩腋)을 추혀 드니, 구만리(九

萬里) 댱공(長空)애 져기면 놀리로다. 이 술 가
져다가 스히(四海)예 고로 논화, 억만(億萬) 창
싱(蒼生)을 다 취(醉)케 밍근 후(後)의, 그제야
고텨 맛나 쏘 훈 잔 호쟛고야. 말 디쟈 학(鶴)
을 투고 구공(九空)의 올나가니, 공듕(空中) 옥
쇼(玉簫) 소리 어제런가 그제런가. 나도 줌을
씨여 바다홀 구버보니, 　　ⓒ　　 명월(明
月)이 쳔산(千山) 만낙(萬落)의 아니 비쵠 디
업다.

－ 정철, 「관동별곡(關東別曲)」

6

윗글의 시상 전개와 거리가 먼 것은?

① 낮에서 밤으로 바뀜.
② 지상과 천상이 이어짐.
③ 현실과 꿈 사이를 오고감.
④ 여정에 따라 장소를 옮김.
⑤ 여름에서 가을로 계절이 바뀜.

7

㉠에 표현된 화자의 내면 세계를 잘 설명한 것은?

① 풍광(風光)을 즐기기 위해 벼슬을 그만두고자 하는 도
피적 심리가 엿보인다.
② 공인(公人)의 임무를 성공적으로 수행하고 고향으로
가고 싶은 마음을 토로하고 있다.
③ 공인(公人)의 임무를 수행해야 하는 현실적 의무와 새
로운 세계에 대한 동경이 얽혀 있다.
④ 공적(公的)인 책임에 구애되지 않고 탐미적 자세로 자
연에 몰입하려는 의지를 담고 있다.
⑤ 공인(公人)으로서 백성을 사랑해야 하는 마음과 선인
(仙人)과의 약속을 지켜야 하는 부담을 안고 있다.

8

ⓛ의 발상과 표현에 가장 가까운 것은?

① 강 건너 언덕인데 언덕 너머 누가 살지?
② 집 밖에는 텃밭이요 텃밭에 나물 가꾸세.
③ 집 나서면 고생이나 고생 뒤엔 복이 오지.
④ 바람 불면 비가 오고 낙엽 지면 추워질까?
⑤ 산 넘으면 마을인데 마을 지나 또 산이네!

9

**다음은 달맞이 과정을 순서대로 서술한 것이다. 그 과정과
태도가 윗글과 일치하지 않는 것은?**

① 바람 부는 여름날 저녁 바람이 멎자, 달을 보기 위해
두근거리는 마음으로 바닷가 언덕에 오른다.
② 달이 뜰 것같이 상서로운 빛이 퍼지다가 숨자, 달을 볼
수 없으리라 여겨 발길을 돌려 내려왔다.
③ 달이 떠올랐다. 반가운 마음에 환호하면서, 이 좋은 광
경을 다른 사람들에게 보여 주고 싶었다
④ 달에게 그리운 임의 소식을 물어 본다. 달빛에 취해 잠
시 조는데, 그리운 임이 꿈에 나타나 정겨운 이야기를
나누다가 훌쩍 떠나간다. 깜짝 놀라 잠을 깬다.
⑤ 바다를 내려다보니 달빛이 가득하다. 하늘의 달과 마
음 속의 달이 한데 어우러져 만족감에 젖는다.

10

문맥으로 보아 ⓒ에 들어갈 시구는?

① 실フ티 플텨이셔 뵈フ티 거러시니.
② 기픠롤 모릭거니 フ인들 엇디 알리.
③ 오릭디 못ᄒᄅ거니 누려가미 고이홀가.
④ 빅옥누(白玉樓) 남은 기동 다만 녜히 셔 잇고야.
⑤ 삼각산(三角山) 뎨일봉(第一峰)이 ᄒ마면 뵈리로다.

천지간에 어느 일이 ⓐ**남들**에겐 서러운가

아마도 서러운 건 임 그리워 서럽도다

양대(陽臺)에 구름비는 내린 지 몇 해인가

반쪽 거울 녹이 슬어 티끌 속에 묻혀 있다

청조(靑鳥)도 아니 오고 **백안(白鴈)**도 그쳤으니

소식도 못 듣거늘 임의 모습 보겠는가

㉠**화조월석(花朝月夕)에 울며 그리워할 뿐이로다**

그리워해도 못 보기에 그리워하지도 말리라 여겨

나도 장부(丈夫)로서 모진 마음 지어 내어

이제나 잊자 한들 눈에 절로 밟히거늘 설워 아니 그리워할쏘냐

㉡**그리워해도 못 보니 하루가 삼 년 같도다**

원수(怨讎)가 원수 아니라 못 잊는 게 원수로다

사택망처(徙宅忘妻)는 그 어떤 사람인고

그 있는 곳 알고자 진초(秦楚)*엔들 아니 가랴

무심하고 쉽게 잊기 배워나 보고 싶구나

어리석은 분수에 무슨 재주가 있을까마는

임 향한 총명*이야 **사광(師曠)**인들 미칠쏘냐

총명도 병이 되어 날이 갈수록 짙어 가니

㉢**먹던 밥 덜 먹히고 자던 잠 덜 자인다**

수척한 얼굴이 시름 겨워 검어 가니

취한 듯 흐릿한 듯 청심원 소합환 먹어도 효험 없다

고황(膏肓)에 든 병을 **편작(扁鵲)**인들 고칠쏘냐

목숨이 중한지라 못 죽고 살고 있노라

㉣**처음 인연 맺을 적에 이리되자 맺었던가**

비익조(比翼鳥) 부부 되어 연리지(連理枝) 수풀 아래

나무 얽어 집을 짓고 나무 열매 먹을망정

이승 동안은 하루도 이별 세상 안 보기를 원했건만

동과 서에 따로 살며 그리워하다 다 늙었다

예로부터 이른 말이 견우직녀를

천상(天上)의 인간 중에 불쌍하다 하건마는

그래도 저희는 한 해에 한 번을 해마다 보건마는

㉤**애달프구나 우리는 몇 은하가 가려서 이토록 못 보는고**

　　　　　　　　　　　　　　　　－ 박인로, 「상사곡」

* 진초 : 진나라, 초나라 지역. 매우 먼 곳을 말함.
* 총명 : 듣거나 본 것을 오래 기억하는 힘이 있음.

11　　　　　　　　　　　　　2015학년도 11월 수능 [기출]

윗글에 대한 설명으로 가장 적절한 것은?

① 자문자답의 방식으로, 임에 대한 그리움을 부각하고 있다.

② 풍자의 기법으로, 떠나간 임에 대한 서운함을 나타내고 있다.

③ 언어유희를 통해, 이별의 현실을 수용하는 담담한 태도를 드러내고 있다.

④ 의태어를 나열하여, 임의 부재로 인한 외로움을 시각적 이미지로 제시하고 있다.

⑤ 반어적 표현으로, 임에 대한 애정이 식어 가는 것에 대한 안타까움을 표현하고 있다.

12

㉠~㉤에 대한 이해로 적절하지 <u>않은</u> 것은?

① ㉠은 꽃피는 아침과 달 밝은 밤, 즉 경치가 좋은 시절을 뜻하는 '화조월석'이라는 시어를 통해 임과 함께 좋은 때를 누리지 못하는 서러움을 표현하고 있다.

② ㉡은 짧은 동안을 나타내는 '하루'와 긴 시간을 나타내는 '삼 년'이라는 시어의 대비를 통해 임을 기다리는 간절한 정서를 표출하고 있다.

③ ㉢은 사람이 살아가는 데에 필수적인 요소인 '밥'과 '잠'이라는 시어를 통해 임에 대한 그리움으로 인한 고통을 나타내고 있다.

④ ㉣은 인연을 맺었던 때를 가리키는 '처음'과 현재의 상황을 나타내는 '이리되자'라는 시어를 통해 임과의 예정된 이별에 대한 안타까움을 드러내고 있다.

⑤ ㉤은 임과의 만남을 가로막는 존재를 나타내는 '은하'라는 시어를 통해 임과의 만남이 이루어지지 않음으로 인한 슬픔을 표현하고 있다.

13

〈보기〉를 바탕으로 윗글을 감상한 내용으로 적절하지 <u>않은</u> 것은?

보기
'충신연주지사'는 충성스러운 신하가 왕을 그리워하며 부른 노래를 의미하는데,「상사곡」도 이에 해당하는 작품이다. 이러한 주제 의식을 담은 노래들은 신하가 왕으로부터 멀리 떨어져 이별이 오래 지속된 상황에서 생긴 감정을 표현하고 있다. 왕에 대한 신하의 사랑과 그리움을 주로 표현하며, 자신의 마음을 몰라주는 왕에 대한 원망을 드러내기도 한다.

① '백안도 그쳤'다고 한 것을 통해 신하가 임금과 소식조차 단절된 상황에 놓여 있음을 알 수 있군.

② '이별 세상 안 보기를 원했건만'을 통해 임금 곁에 언제나 머물고 싶었던 신하의 마음을 알 수 있군.

③ '수척한 얼굴이 시름 겨워 '검어 가'는 것은 왕에 대한 신하의 사랑과 그리움 때문이라 할 수 있군.

④ '못 잊는 게 원수'라고 한 것은 자신의 마음을 몰라주는 왕에 대한 신하의 원망을 표출한 것이겠군.

⑤ '반쪽 거울 녹이 슬어 티끌 속에 묻'힌 상황은 신하가 왕으로부터 오랜 시간 떨어져 있음을 보여 준다고 할 수 있군.

14

〈보기〉는 윗글에서 사용한 고사를 정리한 것이다. 이를 바탕으로 윗글을 이해한 내용으로 적절하지 <u>않은</u> 것은?

보기
ⓐ 청조: 신녀 서왕모를 위해 음식물을 가져오고 소식을 전해 주는 신화 속의 푸른 새.
ⓑ 사택망처: 노나라 애공과 공자의 대화에 나오는 말로, 이사할 때 아내를 깜박 잊고 두고 가는 것.
ⓒ 사광: 춘추 시대 진(晉)나라 악사로, 청각 능력이 우수하여 음률을 이해하고 기억하는 것에 뛰어났음.
ⓓ 편작: 전국 시대의 명의로, 환자의 오장을 투시하는 경지에 도달하였다고 함.
ⓔ 비익조: 암수가 각각 눈 하나와 날개 하나만 있어서 짝을 지어야만 날 수 있다는 전설 속의 새.

① ⓐ를 활용한 것은, '청조'가 소식을 전하지 못하는 것과 같이 화자와 임 사이에 소식이 끊겼음을 말하려는 것이군.

② ⓑ를 활용한 것은, '사택망처'한 이가 차라리 부러울 정도로 화자가 임을 잊기 어려워하고 있음을 말하려는 것이군.

③ ⓒ를 활용한 것은, 화자가 임에 대한 기억을 떨쳐 낼 수 없음을 '사광'의 기억력에 견주어 말하려는 것이군.

④ ⓓ를 활용한 것은, 임에 대한 화자의 그리움이 '편작'마저 고칠 수 없는 병처럼 매우 깊음을 말하려는 것이군.

⑤ ⓔ를 활용한 것은, 화자와 임이 이별하더라도 결국에는 '비익조'처럼 재회할 운명임을 말하려는 것이군.

15

윗글의 ⓐ와 〈보기〉의 ⓑ에 대한 설명으로 가장 알맞은 것은?

보기
ⓑ<u>남</u>은 다 자는 밤에 내 어이 홀로 깨어 옥장(玉帳) 깊은 곳에 자는 님 생각는고 천리(千里)에 외로운 꿈만 오락가락 하노라 　　　　　　　　　　　　　- 송이

① ⓐ와 ⓑ 모두 화자가 부러워하는 대상이다.

② ⓐ와 ⓑ 모두 화자로 하여금 자신의 처지를 깨닫게 해 주는 대상이다.

③ ⓐ와 달리 ⓑ는 화자의 처지와 대비되는 대상으로 화자의 처지를 드러내 준다.

④ ⓑ와 달리 ⓐ는 화자의 외로움을 더욱 심화시켜 주는 역할을 한다.

⑤ ⓑ와 달리 ⓐ는 화자로 하여금 임을 떠올리게 해 주는 매개체이다.

[16~20] 다음 글을 읽고 물음에 답하시오.

(가)

쇼향노 대향노 눈 아래 구버보고

경양亽 진헐딕 고텨 올나 안준마리

녀산(廬山) 진면목이 여긔야 다 뵈ᄂᆞ다

어와 조화옹이 헌亽토 헌亽홀샤

놀거든 쒸디 마나 셧거든 솟디 마나

부용(芙蓉)을 고잣ᄂᆞᆫ 듯 빅옥(白玉)을 믓것ᄂᆞᆫ 듯

동명(東溟)을 박ᄎᆞᆫ 듯 북극(北極)을 괴왓ᄂᆞᆫ 듯

놉흘시고 망고딕 외로올샤 혈망봉이

㉠<u>하놀의 추미러 므ᄉ 일을 亽로리라</u>

쳔만 겁 디나도록 구필 줄 모ᄅᆞᆫ다

어와 너여이고 너 ᄀᆞ투니 ᄯᅩ 잇ᄂᆞᆫ가

기심딕 고텨 올나 듕향셩 ᄇᆞ라보며

만 이쳔 봉을 녁녁히 혀여ᄒᆞ니

봉마다 밋쳐 잇고 긋마다 서린 긔운

ᄆᆞᆰ거든 조티 마나 조커든 ᄆᆞᆰ디 마나

뎌 긔운 흐터 내야 인걸을 문돌고쟈

형용도 그지업고 톄셰(體勢)도 하도 할샤

텬디(天地) 삼기실 제 ᄌᆞ연이 되연마ᄂᆞᆫ

이제 와 보게 되니 유졍도 유졍홀샤.

[A]
　비로봉 상상두(上上頭)의 올라 보니 긔 뉘신고

　동산(東山) 태산(泰山)이 어ᄂᆞ야 놉돗던고

　노국(魯國) 조븐 줄도 우리ᄂᆞᆫ 모ᄅᆞ거든

　넙거나 넙은 천하 엇찌ᄒᆞ야 젹닷 말고

　㉡<u>어와 뎌 디위룰 어이ᄒᆞ면 알 거이고</u>

오르디 못ᄒᆞ거니 ᄂᆞ려가미 고이ᄒᆞᆯ가

원통골 ᄀᆞᄂᆞᆫ 길로 사자봉을 ᄎᆞ자가니

그 알ᄑᆡ 너러바회 화룡(化龍)쇠 되여셰라

천 년 노룡(老龍)이 구ᄇᆡ구ᄇᆡ 서려 이셔

주야의 흘녀내여 창해(滄海)예 니어시니

ⓒ풍운(風雲)을 언제 어더 삼일우(三日雨)ᄅᆞᆯ 디련ᄂᆞᆫ다

음애(陰崖)예 이온 풀을 다 살와 내여ᄉᆞ라

ⓓ마하연(摩訶衍) 묘길상(妙吉祥) 안문(雁門)재 너머 디여

외나모 ᄲᅥ근 ᄃᆞ리 불정대(佛頂臺) 올라ᄒᆞ니

천심(千尋) 절벽을 반공(半空)애 셰여 두고

은하수 한 구ᄇᆡᄅᆞᆯ 촌촌이 버혀 내여

실ᄀᆞ티 플텨이셔 뵈ᄀᆞ티 거러시니

도경(圖經) 열두 구ᄇᆡ 내 보매ᄂᆞᆫ 여러히라

이적션(李謫仙)이 이제 이셔 고텨 의논ᄒᆞ게 되면

ⓔ여산(廬山)이 여긔도곤 낫단 말 못ᄒᆞ려니

— 정철, 「관동별곡」

(나)

금강 일만 이천 봉이 눈 아니면 옥이로다

헐성루 올라가니 천상인(天上人) 되었어라

아마도 서부진 화부득*은 금강인가 하노라

— 안민영

* 서부진 화부득(書不盡畵不得) : 글로 다 써 낼 수 없고 그림으로 다 그려 낼 수 없음.

16

(가), (나)에 대한 설명으로 가장 적절한 것은?

① (가)와 (나) 모두 대상에 대한 화자의 예찬적 태도가 드러나고 있다.

② (가)와 (나) 모두 다양한 감각적 이미지를 사용하여 대상을 형상화하고 있다.

③ (가)와 달리 (나)에서는 대상의 아름다움을 비유적으로 표현하고 있다.

④ (가)와 달리 (나)에서는 사물을 인격화하여 대상에 대한 정서를 드러내 주고 있다.

⑤ (나)와 달리 (가)에서는 사물에 감정을 이입하여 자연에서 느끼는 감흥을 표출하고 있다.

17

2010학년도 6월 평가원 모의고사 [기출]

[A]와 〈보기〉에 나타난 서술자(화자)에 대한 설명으로 적절하지 않은 것은?

> **보기**
>
> 또 4, 5백 보를 걸어 비로봉에 올랐다. 사방을 빙 돌며 둘러보니, 넓고도 아스라하여 그 끝을 알지 못할 정도였다. 마음이 가벼워지는 것이 마치 학을 타고 하늘 위로 오르는 듯하여, 나는 새라도 내 위로는 솟구치지 못할 것 같았다.
>
> 이날 천지가 맑고 개어 사방으로 작은 구름 한 점도 없었다. 나는 승려 성정에게 말하였다.
>
> "물을 보면 반드시 원류(源流)까지 궁구해야 하고 산에 오르면 반드시 가장 높이 올라야 한다고 했으니, 요령(要領)이 없을 수 없겠지요. 산천의 구분과 경계를 하나하나 가리킬 수 있겠습니까?"
>
> 성정이 손가락으로 가리키며 두루 보여 주었다.
>
> — 홍인우, 「관동록」

① [A] : '비로봉'에 오르는 행위의 의미를 성인의 체험에 빗대어 생각하고 있다.

② 〈보기〉 : 높은 곳에 오르는 행위를 사물의 근원을 탐색하는 과정으로 여기고 있다.

③ [A]와 〈보기〉 : 현실에서 부딪힌 문제를 자연 속에서 해결하고 있다.

④ [A]와 〈보기〉 : 자신의 여행 체험에 대해 만족하는 마음을 가지고 있다.

⑤ [A]와 〈보기〉 : 자신의 시야를 넘어서는 세계에 대한 경외감을 가지고 있다.

(나)를 〈보기 2〉와 같이 읽는다고 할 때, 〈보기 1〉의 ⓐ와 같은 속성이 가장 잘 드러나는 곳은?

보기1
기차를 타고 가다 보면 전봇대가 일정한 간격으로 지나가는 것을 보게 된다. 이러한 반복에 익숙해지면 우리는 거기에서 리듬감을 느끼고, 그 리듬의 틀이 계속되기를 기대한다. 그래서 간혹 전봇대 하나가 안 보이기라도 하면 허전한 느낌이 드는 것이다. 또 전봇대가 촘촘히 나타나면 급한 느낌이 든다. 그러다가 다시 ⓐ**원래의 간격을 회복**하면 기대감이 충족되어 편안함을 느낀다.

보기2

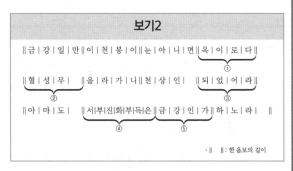

　　　　　　　　　　　　　　　　　　　　　　· ‖　‖: 한 음보의 길이

19

〈보기〉를 참조하여 (가), (나)를 감상한 내용으로 적절하지 <u>않은</u> 것은?

보기
선비들의 산수 유람에는 와유(臥遊)와 원유(遠遊)가 있다. 와유는 일상에서 산수화나 산수 유람의 글 등을 감상하며 국내외의 여러 경치를 간접적인 방식으로 즐기는 것을 말한다. 이와 달리 원유는 이름난 경치를 직접 찾아가 실제의 자연을 즐기는 흔치 않은 체험으로, 유교에서 강조하는 호연지기를 기르는 기회가 되기도 하였다.

① (가)의 화자가 '쇼향노'에서 '불정대(佛頂臺)'까지의 여정이 구체적으로 드러난 것으로 보아 화자가 원유하고 있음을 확인할 수 있군.

② (가)의 화자는 원유를 통해 아름다운 자연을 즐기면서도 자신이 지닌 바람을 표출하고 있군.

③ (가)의 화자가 '화룡소'를 보고 감상한 부분은 다른 이들이 같은 장소를 와유할 때 활용될 수 있겠군.

④ (가)의 화자는 와유를 통해 상상하던 '여산'의 모습과 원유를 통해 실제로 바라본 '여산'의 모습을 비교하며 와유의 가치를 확인하고 있군.

⑤ (나)의 화자는 '원유'를 통해 금강산의 아름다움을 몸소 체험하며 호연지기를 느끼고 있군.

20

㉠~㉤에 대한 이해로 가장 적절한 것은?

① ㉠ : 지조 있는 충신이 시련을 당하는 상황을 비유적으로 표현한 것이다.

② ㉡ : 정치적 포부를 펼칠 만큼 높은 지위에 이르지 못한 데 대한 불만을 우회적으로 드러내고 있다.

③ ㉢ : 자신에게 험난한 역경이 다가오고 있음을 자연 현상에 비유하여 표현하고 있다.

④ ㉣ : 거쳐 온 곳을 열거하면서 행위를 나타내는 서술어를 최소화하여 여정을 압축적으로 표현하고 있다.

⑤ ㉤ : 자신이 직접 가 본 다른 나라의 산과 비교하면서 우리 것에 대한 자부심을 드러내고 있다.

[1~5] 다음 글을 읽고 물음에 답하시오.

[A]
동녁 두던 밧긔 크나큰 너븐 들희

만경(萬頃) 황운(黃雲)이 흔 빗치 되야 잇다

중양이 거의로다 **내노리 ᄒᆞ쟈스라**

블근 게 여믈고 눌은 둙기 슬져시니

술이 니글션졍 버디야 업슬소냐

전가(田家) 흥미ᄂᆞᆫ 날로 기퍼 가노매라

살여흘 긴 몰래예 **밤블이 ᄇᆞᆰᄀᆞ시니**

ㄱ**게 잡ᄂᆞᆫ 아희돌이 그믈을 훗쳐 잇고**

호두포* 엔 구븨예 **아젹믈이 미러오니**

ㄴ**돗ᄃᆞᆫ비 애내셩(欸乃聲)***이 고기 ᄑᆞᄂᆞᆫ 댱시로다

경(景)도 됴커니와 **생리(生理)라 괴로오랴**

(중략)

어와 이 청경(淸景) 갑시 이실 거시런돌

젹막히 다든 문애 내 분으로 드려오랴

ㄷ**사조(私照)*** 업다 호미 거즌말 아니로다

ㄷ**모재(茅齋)*에 빗쵠 빗치 옥루(玉樓)라 다롤소냐**

청준(淸樽)을 밧쎄열고 큰 잔의 ᄀᆞ득 브어

ㄹ**죽엽(竹葉) ᄀᆞᄂᆞᆫ 술롤 돌빗 조차 거후로니**

표연흔 일흥(逸興)이 져기면 ᄂᆞ리로다

이적선(李謫仙) 이려ᄒᆞ야 돌을 보고 밋치닷다

춘하추동애 경물이 아름답고

주야조모(晝夜朝暮)애 완상이 새로오니

ㅁ**몸이 한가ᄒᆞ나 귀 눈은 겨롤 업다**

여생이 언마치리 백발이 날로 기니

세상 공명은 계륵이나 다롤소냐

ⓐ**강호 어조(魚鳥)애 새 밍셰 깁퍼시니**

옥당금마(玉堂金馬)*의 몽혼(夢魂)*이 섯긔엿다

초당연월(草堂煙月)의 시룸업시 누워 이셔

촌주강어(村酒江魚)로 장일취(長日醉)룰 원(願)ᄒᆞ노라

이 몸이 이러구롬도 역군은(亦君恩)이샷다

– 신계영, 「월선헌십육경가」

* 호두포 : 예산현의 무한천 하류.
* 애내성 : 어부가 노를 저으면서 부르는 노랫소리.
* 사조 : 사사로이 비춤.
* 모재 : 띠로 지붕을 이어 지은 집.
* 옥당금마 : 관직 생활.
* 몽혼 : 꿈

1

윗글의 표현상 특징으로 가장 적절한 것은?

① 과거와 현재를 대비하여 화자의 내적 갈등을 드러내고 있다.

② 대립적 이미지를 사용하여 이상과 현실의 괴리를 표현하고 있다.

③ 묻고 답하는 방식을 이용하여 화자의 삶의 태도를 강조하고 있다.

④ 의문형 표현을 사용하여 자연 속에서 느끼는 만족감을 드러내고 있다.

⑤ 비유적 표현을 사용하여 화자의 외로운 처지와 심경을 구체화하고 있다.

2

2020학년도 수능

〈보기〉를 바탕으로 [A]를 감상한 내용으로 적절하지 <u>않은</u> 것은?

보기
17세기 가사 「월선헌십육경가」는 월선헌 주변의 16경관을 그린 작품으로 자연에서의 유유자적한 삶을 읊으면서도 현실적 생활공간으로서의 전원에 새롭게 관심을 두었다. 그에 따라 생활 현장에서 볼 수 있는 풍요로운 결실, 여유로운 놀이 장면, 그리고 생업의 현장에서 느끼는 정서 등을 다양한 표현 방법을 통해 현장감 있게 노래했다.

① 전원생활에서 목격한 풍요로운 결실을 '만경 황운'에 비유해 드러냈군.

② 전원생활 가운데 느끼는 여유를 '내노리 ᄒᆞ쟈스라'와 같은 청유형 표현을 통해 드러냈군.

③ 전원생활의 풍족함을 여문 '블근 게'와 살진 '눌은 둙'과 같이 색채 이미지에 담아 드러냈군.

④ 전원생활에서의 현장감을 '밤블이 불가시니'와 '아젹 믈이 미러오니'와 같은 묘사를 활용해 드러냈군.

⑤ 전원생활의 여유를 즐기면서도 생업의 현장에서 느끼는 고단함을 '生리라 괴로오랴'와 같은 설의적인 표현으로 드러냈군.

3

윗글과 〈보기〉를 비교 감상한 내용으로 알맞지 <u>않은</u> 것은?

보기
강호(江湖)에 봄이 드니 미친 흥(興)이 절로 난다. 탁료계변(濁醪溪邊)에 금린어(錦鱗魚)] 안주로다. 이 몸이 한가(閒暇)히옴도 역군은(亦君恩)이샷다. 〈제1수〉 강호(江湖)에 ᄀᆞ올이 드니 고기마다 ᄉᆞᆯ져 잇다. 소정(小艇)에 그물 시러 흘리 띄여 더뎌 두고, 이 몸이 소일(消日)히옴도 역군은(亦君恩)이샷다. 〈제3수〉 － 맹사성, 「강호사시가」

① 윗글과 〈보기〉 모두 풍성한 가을의 모습을 제시하고 있다.

② 윗글과 〈보기〉 모두 자연에서의 삶이 임금의 은덕이라 여기고 있다.

③ 윗글과 달리 〈보기〉에서는 계절을 직접적으로 제시하고 있다.

④ 윗글과 달리 〈보기〉에서는 특정 인물을 끌어들여 취흥을 고조시키고 있다.

⑤ 〈보기〉와 달리 윗글에서는 세상에 대한 화자의 부정적 인식을 엿볼 수 있다.

윗글의 ㉠~㉤과 〈보기〉의 ㉺~㉾에 대한 이해로 적절하지 않은 것은?

보기

　"나의 뜻은 어부(漁父)에 있다. 그대는 어부의 즐거움을 아는가. 강태공은 성인이니 내가 감히 그가 주 문왕을 만난 것과 같은 그런 만남을 기약할 수 없다. 엄자릉은 현인이니 내가 감히 그의 깨끗함을 바랄 수는 없다. ㉺아이와 어른들을 데리고 갈매기와 백로를 벗하며 어떤 때는 낚싯대를 잡고, ㉻외로운 배를 노 저어 조류를 따라 오르고 내리면서 가는 대로 맡겨 두고, 모래가 깨끗하면 뱃줄을 매어 두고 산이 좋으면 그 가운데를 흘러간다. ㉼구운 고기와 신선한 생선회로 술잔을 들어 주고받다가 해가 지고 달이 떠오르며 바람은 잔잔하고 물결이 고요한 때에는 배에 기대어 길게 휘파람을 불며, 돛대를 치고 큰 소리로 노래를 부른다. ㉽흰 물결을 일으키고 맑은 빛을 헤치면, 멀고 멀어서 마치 성사*를 타고 하늘에 오르는 것 같다. 강의 연기가 자욱하고 짙은 안개가 내리면, 도롱이와 삿갓을 걸치고 그물을 걷어 올리면 금빛 같은 비늘과 옥같이 흰 꼬리의 물고기가 제멋대로 펄떡거리며 뛰는 모습은 ㉾넉넉히 눈을 즐겁게 하고 마음을 기쁘게 한다. 밤이 깊어 구름은 어둡고 하늘이 캄캄하면 사방은 아득하기만 하다. 어촌의 등불은 가물거리는데 배의 지붕에 빗소리는 울어 느리다가 빠르다가 우수수 하는 소리가 차갑고도 슬프다.

　　　　　　　　　　　　　　　　　－ 권근, 「어촌기」

* 성사 : 옛날 장건이 타고 하늘에 다녀왔다고 하는 배.

① ㉠에는 전원에서의 생활상이, ㉺에는 자연과 동화되는 삶이 나타난다.

② ㉡에는 한가로운 자연 속 흥취가, ㉻에는 고독을 해소하려는 의지가 나타난다.

③ ㉢에는 자연현상에서 연상된 그리움의 대상이, ㉽에는 배의 움직임에 따른 청아한 풍경이 나타난다.

④ ㉣에는 운치 있는 풍류의 상황이, ㉼에는 자연에서 누리는 흥겨운 삶의 모습이 나타난다.

⑤ ㉤에는 변화하는 자연에서 얻는 즐거움이, ㉾에는 생동감 넘치는 자연에서 느끼는 만족감이 나타난다.

ⓐ에 대한 설명으로 가장 적절한 것은?

① '내'가 '강호'에서 늙어 감에 체념하면서도 정치 현실을 지향함을 나타낸다.

② '내'가 '강호'에서의 은거를 긍정하지만 정치 현실에 미련이 있음을 나타낸다.

③ '내'가 '강호'에서의 은거를 마치고 정치 현실로 복귀하려는 의지를 나타낸다.

④ '내'가 '강호'에서 경치를 완상하며 정치 현실의 번뇌를 해소하려는 자세를 나타낸다.

⑤ '내'가 '강호'에서 임금께 맹세하며 정치 현실의 이상을 실현하려는 태도를 나타낸다.

MEMO

[1~5] 다음 글을 읽고 물음에 답하시오.

(가)

㉠홍진(紅塵)에 뭇친 분네 이 내 생애 엇더ᄒᆞ고

넷사룸 풍류룰 미출가 못 미출가

천지간 남자 몸이 날만 ᄒᆞᆫ 이 하건마ᄂᆞᆫ

산림에 뭇쳐 이셔 지락(至樂)을 ᄆᆞ룰 것가

ⓐ수간모옥(數間茅屋)을 벽계수(碧溪水) 앏픠 두고

송죽 울울리*예 풍월주인 되여셔라

엇그제 겨을 지나 새봄이 도라오니

도화행화(桃花杏花)ᄂᆞᆫ 석양리(夕陽裏)예 퓌여 잇고

녹양방초(綠楊芳草)ᄂᆞᆫ 세우(細雨) 중에 프르도다

칼로 몰아 낸가 붓으로 그려 낸가

조화신공(造化神功)이 물물마다 헌ᄉᆞ롭다

수풀에 우는 새ᄂᆞᆫ 춘기(春氣)룰 ᄆᆞᆺ내 계워

소리마다 교태로다

물아일체(物我一體)어니 흥이ᄋᆡ 다룰소냐

시비예 거러 보고 ⓑ정자애 안자 보니

소요음영*ᄒᆞ야 산일(山日)이 적적ᄒᆞᄃᆡ

한중진미(閒中眞味)룰 알 니 업시 호재로다

㉡이바 니웃드라 산수 구경 가쟈스라

답청(踏靑)으란 오놀 ᄒᆞ고 욕기(浴沂)란 내일 ᄒᆞᄉᆡ

아ᄎᆞᆷ에 채산(採山)ᄒᆞ고 나조ᄒᆡ조수(釣水)ᄒᆞᄉᆡ

ᄀᆞᆺ 괴여 닉은 술을 갈건(葛巾)으로 밧타 노코

곳나모 가지 것거 수 노코 먹으리라

화풍(和風)이 건둣 부러 녹수(綠水)룰 건너오니

청향(淸香)은 잔에 지고 낙홍(落紅)은 옷새 진다

㉢준중(樽中)이 뷔엿거ᄃᆞᆫ 날ᄃᆞ려 알외여라

소동 아ᄒᆡᄃᆞ려 주가에 술을 믈어

얼운은 막대 집고 아ᄒᆡᄂᆞᆫ 술을 메고

미음완보(微吟緩步)ᄒᆞ야 ⓒ시냇ᄀᆞ의 호자 안자

명사(明沙) 조ᄒᆞᆫ 믈에 잔 시어 부어 들고

청류(淸流)룰 굽어보니 ᄯᅥ오ᄂᆞ니 도화(桃花)ㅣ로다

무릉이 갓갑도다 져 믹이 긘 거인고

— 정극인, 「상춘곡」

(나)

ⓓ고산구곡담(高山九曲潭)을 사룸이 모로더니

주모복거(誅茅卜居)ᄒᆞ니 벗님ᄂᆡ다 오신다

어즈버 무이를 상상ᄒᆞ고 학주자(學朱子)를 ᄒᆞ리라 〈1수〉

일곡은 어ᄃᆡ미오 ⓔ관암에 ᄒᆡ 비췬다

평무(平蕪)에 니거드니 원산(遠山)이 그림이로다

송간(松間)에 녹준*을 노코 벗 오ᄂᆞᆫ 양 보노라 〈2수〉

이곡은 어ᄃᆡ미오 화암에 춘만(春晚)커다

벽파*

에 곳을 씌워 야외로 보니노라

㉣사룸이 승지(勝地)를 모로니 알게 ᄒᆞᆫ들 엇더리 〈3수〉

오곡은 어디미오 **은병(隱屛)**이 보기 됴타

수변(水邊) 정사는 소쇄홈*도 그이 업다

이 중에 **강학(講學)**도 흐려니와 **영월음풍흐**
리라 〈6수〉

칠곡은 어디미오 **풍암**에 추색(秋色) 됴타

청상(清霜) 엷게 치니 절벽이 금수(錦繡)ㅣ로
다

한암(寒巖)에 혼ᄌ셔 안쟈 집을 잇고 잇노라
〈8수〉

구곡은 어디미오 문산에 세모(歲暮)커다

기암괴석이 눈 속에 무쳐셰라

ⓜ**유인(遊人)은 오지 아니흐고 볼 것 업다 흐**
더라 〈10수〉

– 이이, 「고산구곡가」

* 울울리 : 빽빽하게 우거진 속.

* 소요음영 : 자유로이 천천히 걸으며 시를 읊조림.

* 녹준 : 술잔 또는 술동이.

* 벽파 : 푸른 물결.

* 소쇄홈 : 기운이 맑고 깨끗함.

(가)와 (나)의 공통점으로 가장 적절한 것은?

① 과거를 회상하며 현실의 덧없음을 환기하고 있다.

② 음성 상징어의 사용으로 생동감을 부각하고 있다.

③ 점층적인 표현으로 대상과의 거리감을 강조하고 있다.

④ 역사적 인물들을 호명하여 회고적 분위기를 조성하고
있다.

⑤ 자연물을 통하여 시간적 배경을 시각적으로 드러내고
있다.

〈보기〉를 참고하여 ㉠~㉢을 설명한 내용으로 가장 적절한
것은?

보기
조선 전기의 시조와 가사는 노래로 향유되며, 사대부들이 서로의 문화적 동질성을 확인하는 데 활용되었다. 이러한 갈래적 특성으로 인해 사대부 시가에는 대화 상황이 연상되는 여러 표현으로 공감을 유도하는 방식이 관습화되었다.

① ㉠에서는 청자와 화자가 서로 동질적인 삶을 살고 있
음을 질문하기를 통해 확인하고 있다.

② ㉡에서는 청자를 불러들여 함께했던 지난날의 경험을
상기시키며 동질성 회복을 권유하고 있다.

③ ㉢에서는 화자가 상대의 부탁을 수용하며 자신과 뜻을
같이 할 것을 청자에게 명령하고 있다.

④ ㉣에서는 사람들을 일깨우려는 화자의 생각을 청자에
게 묻는 방식으로 제시해 공감을 유도하고 있다.

⑤ ㉢에서는 눈으로 확인한 사실만을 믿어야 한다고 주장
하는 이의 말을 청자에게 전하며 조언을 구하고 있다.

(가)에 대한 감상으로 적절하지 않은 것은?

① 자신의 삶을 옛사람과 비교하며 스스로를 풍월주인이
라 여기는 데에서 화자의 자부심이 드러나는군.

② 붓으로 그린 듯한 숲 속에서 봄의 흥을 노래하는 새를
바라보는 데에서 새에 대한 화자의 부러움이 드러나는
군.

③ 오늘과 내일, 아침과 저녁에 할 일들을 나열하는 데에
서 하고 싶은 일에 대한 화자의 기대감이 드러나는군.

④ 맑은 향이 담긴 술잔과 옷에 떨어지는 꽃잎을 주목하
는 데에서 자연과 화자의 일체감이 드러나는군.

⑤ 시냇물에 떠내려오는 도화를 보며 이상향을 연상하는
데에서 화자의 고조되는 감흥이 드러나는군.

ⓐ~ⓕ를 중심으로 (가)와 (나)를 이해한 내용으로 적절하지 않은 것은?

① (가)의 화자는 거처인 ⓐ를 나와 ⓑ와 ⓒ의 장소들로 옮겨 다니고 있다.

② (나)의 화자가 소개하는 ⓔ와 ⓕ는 ⓓ를 구성하는 장소들이라는 점에서 서로 대등한 관계에 있다.

③ (가)와 (나)의 화자는 각각 ⓑ와 ⓔ를 주위에서 가장 빼어난 경치를 볼 수 있는 곳이라고 예찬하고 있다.

④ (가)의 화자는 ⓐ에 인접한 맑은 풍경을, (나)의 화자는 자신이 ⓓ에 터를 정함으로써 생긴 변화를 드러내고 있다.

⑤ (가)의 화자는 ⓒ에서 주변으로 시선을 보내고 있고, (나)의 화자는 ⓕ를 향해 시선을 보내고 있다.

〈보기〉를 활용하여 (나)를 탐구한 내용으로 적절하지 않은 것은?

보기
이이의 생애를 기록한 연보에는, 그가 고산구곡에 정사를 건립한 일이 주자가 무이구곡의 은병에서 후학을 양성한 것을 본받았다는 점과 「고산구곡가」의 창작 이후 이곳을 찾는 이들이 더 많아졌다는 사실이 기록되어 있다. 한편 그가 고산구곡의 곳곳에서 지인들과 교유한 경험을 소개한 「송애기」에는 욕심 없는 마음으로 자연과 인간이 별개가 아님을 느끼고, 자연으로부터 마음을 바르게 하는 도리를 찾으면 군자의 참된 즐거움을 누릴 수 있다는 그의 생각이 나타나 있다.

① 고산구곡에서의 생활에 대한 「송애기」의 기록을 참고할 때, 고산구곡이 작자와 '벗님'들의 교유 장소로도 활용되었음을 추리할 수 있겠군.

② 작품 창작 이후와 관련한 연보의 기록을 참고할 때, '학주자'를 하려는 작자의 선택에 대한 사람들의 긍정적 반응을 추측할 수 있겠군.

③ 정사에 대한 연보의 기록을 참고할 때, '은병'이 주자를 학문적으로 계승하기 위해 선택된 공간이기도 했음을 짐작할 수 있겠군.

④ 참된 즐거움과 관련한 「송애기」의 기록을 참고할 때, '강학'과 '영월음풍'이 모순 없이 서로 어울릴 수 있는 행위임을 유추할 수 있겠군.

⑤ 자연의 감상에 대한 「송애기」의 기록을 참고할 때, 바위를 덮은 '눈'에서 자연과 합일을 이루려는 인간의 의지를 엿볼 수 있겠군.

(가)

홍진(紅塵)에 묻힌 분네 이 내 생애 어떠한고

옛사람 풍류를 미칠까 못 미칠까.

천지간 남자 몸이 나만한 이 많건마는

산림에 묻혀 있어 지락(至樂)을 모를 것인가.

수간모옥(數間茅屋)*을 벽계수(碧溪水) 앞에 두고

송죽(松竹) 울울리(鬱鬱裏)*에 풍월주인(風月主人) 되었어라.

[A]
엊그제 겨울 지나 새 봄이 돌아오니

도화행화(桃花杏花)는 석양리(夕陽裏)에 피어 있고

녹양방초(綠楊芳草)는 세우(細雨) 중에 푸르도다.

칼로 말라냈나 붓으로 그려냈나

조화신공(造化神功)이 물물(物物)마다 헌사롭다.

수풀에 우는 새는 춘기(春氣)를 못내 겨워 소리마다 교태로다.

물아일체(物我一體)어니 흥이야 다를쏘냐.

– 정극인, 「상춘곡(賞春曲)」

(나)

[B]
뒷집의 술쌀을 꾸니 거친 보리 한 말 못 찼다

주는 것 마구 찧어 쥐어 빚어 괴어 내니

여러 날 주렸던 입이니 다나 쓰나 어이리.

어와 저 ⓐ**백구(白鷗)**야 무슨 수고 하느냐

갈 숲으로 서성이며 고기 엿보기 하는구나

나같이 군마음 없이 잠만 들면 어떠리.

삼공(三公)이 귀하다 한들 강산과 바꿀쏘냐

조각배에 달을 싣고 낚싯대를 흩던질 제

이 몸이 이 청흥(淸興) 가지고 만호후(萬戶
侯)*인들 부러우랴.

헛글고 싯근* 문서 다 주어 내던지고

필마(匹馬) 추풍에 채찍을 쳐 돌아오니

아무리 매인 새 놓인다 한들 이토록 시원하
랴.

동풍이 건듯 불어 적설(積雪)을 다 녹이니

[C]   사면(四面) 청산이 옛 모습 나노매라

귀밑의 해묵은 서리는 녹을 줄을 모른다.

ⴭ 김광욱, 「율리유곡(栗里遺曲)」

* 수간모옥 : 몇 칸 초가집.

* 울울리 : 우거진 속.

* 만호후 : 재력과 권력을 겸비한 제후 또는 세도가.

* 헛글고 싯근 : 흐트러지고 시끄러운.

6

(가)와 (나)의 공통점으로 가장 적절한 것은?

① 색채의 대비를 통해 표현 효과를 높이고 있다.

② 풍자적 표현을 활용하여 주제를 드러내고 있다.

③ 시간의 흐름을 통해 사물의 속성을 드러내고 있다.

④ 공감각적 이미지를 활용하여 계절감을 드러내고 있다.

⑤ 설의적 표현을 통해 화자의 자족감을 표출하고 있다.

7

[A]와 [C]를 비교한 내용으로 가장 적절한 것은?

① [A]와 [C]에서 봄은 모두 인간의 유한성을 상징한다.

② [A]는 [C]와 달리 봄을 겨울과 대조하여 표현하고 있
다.

③ [C]는 [A]와 달리 의인화를 통해 봄의 속성을 강조하고
있다.

④ [A]의 봄은 흥겨움을, [C]의 봄은 서글픔을 불러일으킨
다.

⑤ [A]는 근경에서 원경으로, [C]는 원경에서 근경으로 봄
을 묘사하고 있다.

8

[B]를 이해한 내용으로 가장 적절한 것은?

① 조촐하고 소박한 삶의 모습이 나타나 있다.

② 사회적 규범을 따르는 자세가 드러나 있다.

③ 농가와 자연을 분리하려는 의지가 보인다.

④ 공동체를 위한 헌신적 삶이 드러나 있다.

⑤ 숭고한 삶에 대한 지향이 드러나 있다.

〈보기1〉을 참고하여 (가)의 '산림'과 〈보기2〉의 '마당'을 비교한 내용으로 적절한 것은?

보기1
작품에서 공간은 화자가 위치한 구체적인 장소의 의미를 넘어서 화자가 바람직하게 생각하는 삶의 모습이 담겨 있기도 하다. (가)와 (나)에 설정된 시적 공간에는 화자가 지향하는 삶의 가치가 내재되어 있다.

보기2
새로 거른 막걸리 젖빛처럼 뿌옇고 큰 사발에 보리밥, 높기가 한 자로세. 밥 먹자 도리깨 잡고 마당에 나서니 검게 탄 두 어깨 햇볕 받아 번쩍이네. 옹헤야 소리 내며 발맞추어 두드리니 삽시간에 보리 낟알 온 **마당**에 가득하네. 주고받는 노랫가락 점점 높아지는데 보이느니 지붕 위에 보리 티끌뿐이로다. 그 기색 살펴보니 즐겁기 짝이 없어 마음이 몸의 노예 되지 않았네. 낙원이 먼 곳에 있는 게 아닌데 무엇하러 벼슬길에 헤매고 있겠는가. 　　　　　　　　　　　- 정약용, 「보리타작」

① '산림'은 자연과 벗하며 살아가는 공간이고, '마당'은 건강한 노동의 즐거움을 깨닫는 공간이다.

② '산림'은 소박한 삶에 대한 지향이 담긴 공간이고, '마당'은 빈곤한 삶을 극복하려는 의지가 담긴 공간이다.

③ '산림'은 궁핍한 처지로 인한 좌절감이 나타난 공간이고, '마당'은 삶의 애환을 다른 사람과 공유하는 공간이다.

④ '산림'은 힘겨운 상황에 대한 저항 의지가 담긴 공간이고, '마당'은 현실과의 타협을 통해 내적 갈등에서 벗어나려는 공간이다.

⑤ '산림'은 내적 욕구에 대한 자기 절제가 반영된 공간이고, '마당'은 과거와 달라진 현재의 상황에 대한 안타까움이 표출된 공간이다.

(나)의 ⓐ와 〈보기〉의 ⓑ를 이해한 내용으로 가장 적절한 것은?

보기
내가 보건대, 당 한편에 애완(愛玩)하여 심어놓은 것들이 있으니, 바로 대[竹]와 국화[菊]와 진송(秦松)과 노송(魯松)과 동백(冬柏)이요, 게다가 빙 둘러 사방의 산에는 또 창송(蒼松)이 만여 그루나 있으니, 이 여섯 가지는 모두 세한(歲寒)의 절개가 있어 더위와 추위에도 지조를 변치 않는 것들입니다. 우리 형께서는 늙을수록 건장하여 신기(神氣)가 쇠하지 않았는데도, 사방에 다니는 것을 싫어하고 이곳에 은거하여, 여기에서 노래하고 여기에서 춤추고 여기에서 마시고 취하고 자고 먹고 하니, 이 ⓑ**여섯 가지**를 얻어서 벗으로 삼는다면 그 취미나 기상이 또한 서로 가깝지 않겠습니까. 　　　　　　　　　　- 윤휴, 「육우당기(六友堂記)」

① ⓐ는 화자가 비판적으로 바라보는, ⓑ는 글쓴이가 예찬하는 대상이다.

② ⓐ는 화자의 그리움을, ⓑ는 글쓴이의 외로움을 불러 일으키는 대상이다.

③ ⓐ는 화자가 함께 어울리고 싶어 하는, ⓑ는 글쓴이가 본받고 싶어 하는 대상이다.

④ ⓐ는 화자의 처지와 대비되는, ⓑ는 글쓴이의 부정적 현실을 드러내는 대상이다.

⑤ ⓐ는 화자의 상실감을 부각하는, ⓑ는 글쓴이의 기대감을 고조시키는 대상이다.

[11~15] 다음 글을 읽고 물음에 답하시오.

(가)

송간(松間) 세로(細路)에 ⓐ**두견화(杜鵑花)**를 부치들고,

봉두(峯頭)에 급히 올라 구름 속에 앉아 보니,

천촌만락(千村萬落)이 곳곳에 펼쳐져 있네.

연하일휘(煙霞日輝)는 금수(錦繡)를 펴 놓은 듯,

엊그제 검은 들이 봄빛도 유여(有餘)할사.

공명(功名)도 날 꺼리고 부귀(富貴)도 날 꺼리니,

청풍명월(淸風明月) 외에 어떤 벗이 있사올꼬.

단표누항(簞瓢陋巷)에 헛된 생각 아니 하네.

아모타 백년행락(百年行樂)이 이만한들 어찌하리.

- 정극인, 「상춘곡(賞春曲)」

(나)

헛된 이름 따라 허덕허덕 바삐 다니지 않고,

평생 물과 구름 가득한 마을을 찾아다녔네.

따스한 봄 잔잔한 호수엔 안개가 천 리에 끼었고,

맑은 가을날 옛 기슭엔 **달**이 **배 한 척** 비추네.

서울 길의 붉은 먼지 꿈에서도 바라지 않고,

초록 **도롱이** 푸른 **삿갓**과 함께 살아간다네.

어기여차 노랫소리는 **뱃사람의 흥취**이니,

세상에 **옥당(玉堂)*** 있다고 어찌 부러워하리오.

不爲浮名役役忙　　生涯追逐水雲鄉

平湖春暖烟千里　　古岸秋高月一航

紫陌紅塵無夢寐　　綠簑靑笠共行藏

一聲欸乃舟中趣　　那羨人間有玉堂

- 설장수, 「어옹(漁翁)」

* 옥당: 문장 관련 업무를 담당한 관청의 별칭.

11　　　　2008학년도 9월 평가원 모의고사 [기출]

윗글의 공통점으로 가장 적절한 것은?

① 대상에 대한 그리움이 창작의 동기가 되고 있다.
② 세속적 이익을 좇지 않는 삶의 자세가 나타나 있다.
③ 인간과 자연의 대비를 통해 주제 의식을 부각하고 있다.
④ 견디기 힘든 현실의 고통을 자연에 의지해 잊고자 한다.
⑤ 현재보다 나은 삶을 살지 못하는 안타까움이 드러나 있다.

12　　　　2008학년도 9월 평가원 모의고사 [기출]

(가)와 (나)에 대한 설명으로 적절하지 않은 것은?

① (가)는 주체와 객체가 전도된 표현을 통해 화자의 인생관을 분명히 하고 있다.
② (나)는 색채의 선명한 대조를 통해 표현 효과를 높이고 있다.
③ (가), (나)는 모두 설의적 표현으로 시상을 마무리하고 있다.
④ (가), (나)는 모두 정경 묘사와 정서의 표출이 어우러져 있다.
⑤ (가)는 (나)에 비해 청각적 심상이 두드러지게 나타나 있다.

13

2008학년도 9월 평가원 모의고사 [기출]

(나)의 화자가 〈보기〉의 ㉠이라고 할 때, (나)에 대한 감상으로 적절하지 않은 것은?

보기

강호(江湖)에서 살아가는 어부를 소재로 한 작품에서 '어부'는 고기잡이를 직업으로 하는 실제 어부, ㉠**이상적인 생활공간에서 자신의 삶에 만족하며 살아가는 은자(隱者)** 등으로 다양하게 나타난다.

① 화자는 자연을 교감과 소통의 대상으로 인식하고 있기 때문에 '달'에 인격을 부여하여 자연과의 합일을 추구하는군.
② 화자는 고기잡이로 생계를 유지하는 어부가 아니기에 '배 한 척'은 한가롭고 평화로운 생활을 나타내는 소재라고 볼 수 있겠지.
③ 화자는 자신이 긍정하는 삶을 '도롱이' 입고 '삿갓' 쓴 어부로 표상하고 있군.
④ 화자는 자신이 원하는 공간에 존재하고 있기 때문에 즐거운 마음으로 '뱃사람의 흥취'를 느낄 수 있는 것이겠지.
⑤ 화자는 '옥당'이라는 공간과 거리를 둠으로써 자신이 추구하는 삶의 가치를 역설하고 있군.

14

2008학년도 9월 평가원 모의고사 [기출]

〈보기〉를 참조하여 (나)를 감상할 때 적절하지 않은 것은?

보기

설장수는 '어옹'에서 공간에 대한 이분법적 인식을 보여 준다. 그는 속세를 부정적으로 인식하여 거리를 두려 하였고, 강호(江湖)를 긍정적으로 인식하여 그곳에 머무르기를 원하였다.

① '헛된 이름'과 '붉은 먼지'는 속세와 관련 있는 특성이군.
② '물과 구름 가득한 마을'은 강호를 상징하는군.
③ '천 리'는 강호와 속세 사이의 물리적 거리를 나타낸 것이군.
④ 청각적 심상을 통해 강호에서 생활하는 사람의 즐거움을 드러내고 있군.
⑤ 설의적 표현으로 속세와 거리를 두려는 의도를 드러내고 있군.

2008학년도 9월 평가원 모의고사 [기출]

(가)의 ⓐ와 〈보기〉의 ⓑ에 대한 설명으로 적절한 것은?

보기

"너는 큰 도리를 듣지 못했느냐? 하늘의 도(道)는 만물에 두루 은혜를 베풀어서 비와 이슬이 상대를 가리지 않고 내리고, 군자는 남을 두루 사랑하여 다른 사람과 함께 인(仁)의 경지를 이룬단다. 그러므로 태산의 언덕에 ⓑ**소나무, 계수나무**가 가죽나무, 상수리나무와 함께 자라고, 달인(達人)의 문하에 어진 이와 어질지 못한 이가 같이 있게 되지. 복숭아나무와 잡목은 예쁘다는 점과 못생겼다는 점, 특이하다는 점과 평범하다는 점에서 정말로 차이가 있지. 하지만 똑같이 천지의 기를 받아 태어났고, 태어나서 또 마침 나의 동산에 심어져 있구나. 사람이 하나는 보호하고 하나는 버린다면, 잡목으로 태어난 존재가 더 무엇을 바랄 수 있겠느냐? 나는 내 화원에 있는 풀 한 포기 나무 한 그루라도 모두 그 사이에 행(幸)과 불행(不幸)이 있게 하고 싶지 않다. 너는 얼른 가서 가꾸어라."

① ⓐ, ⓑ는 모두 글쓴이의 감정이 이입된 대상이다.
② ⓐ, ⓑ는 모두 계절적 배경을 알게 해 주는 소재이다.
③ ⓐ는 향수를 불러일으키는 사물이고, ⓑ는 고독을 느끼게 하는 사물이다.
④ ⓐ는 감흥을 자아내는 자연물을, ⓑ는 어진 성품을 가진 사람을 의미한다.
⑤ ⓐ는 향토적 분위기를 조성하는 자연물을, ⓑ는 강한 생명력을 가진 존재를 의미한다.

[16~20] 다음 글을 읽고 물음에 답하시오.

(가)

물군 ᄀᆞ롮 ᄒᆞᆫ 고빅 ᄆᆞᅀᆞᆶᆯ 아나 흐르ᄂᆞ니

긴 녀름 江村(강촌)애 일마다 幽深(유심)ᄒᆞ도다.

ⓐ절로 가며 절로 오ᄂᆞᆫ닌 집 우흿 져비오,

서르 親(친)ᄒᆞ며 서르 갓갑ᄂᆞ닌 믌 가온딧 ᄀᆞᆯ며기로다.

ⓑ늘근 겨지븐 죠ᄒᆡᄅᆞᆯ 그려 쟝긔파ᄂᆞᆯ ᄆᆡᆼᄀᆞᆯ어ᄂᆞᆯ,

져믄 아ᄃᆞᄅᆞᆫ 바ᄂᆞᄅᆞᆯ 두드려 고기 낫골 낙ᄉᆞᆯ ᄆᆡᆼᄀᆞ누다.

한 病(병)에 엇고져 ᄒᆞᄂᆞᆫ 바ᄂᆞᆫ 오직 藥物(약물)이니,

ㄱ져구맛 모미 이 밧긔 다시 므스글 求(구)ᄒᆞ리오.

— 두보, 「강촌(江村)」

(나)

한 잔 먹세그려. 또 한 잔 먹세그려, 꽃 꺾어 수(數) 놓고 무진 무진 먹세그려.

이 몸 죽은 후면 ⓒ지게 위에 거적 덮어 졸라매 메고 가나 오색실 화려한 휘장에 만인이 울며 가나, ⓓ억새풀, 속새풀, 떡갈나무, 백양 속에 가기만 하면, 누런 해, 흰 달, 가는 비, 굵은 눈, 회오리바람 불 제 뉘 한 잔 먹자 할꼬.

ㄴ하물며 무덤 위에 원숭이 휘파람 불 때야 뉘우친들 어찌 하리.

— 정철, 「장진주사(將進酒辭)」

(다)

수간모옥(數間茅屋)*을 벽계수(碧溪水) 앞에 두고

송죽(松竹) 울울리(鬱鬱裏)* 에 풍월주인(風月主人) 되었어라.

엊그제 겨울 지나 새 봄이 돌아오니

ⓔ도화(桃花) 행화(杏花)는 석양리(夕陽裏)에 피어 있고

녹양방초(綠楊芳草)는 세우중(細雨中)에 푸르도다.

칼로 말아 냈가 붓으로 그려 냈가

조화신공(造化神功)이 물물(物物)마다 헌사롭다.

수풀에 우는 새는 춘기를 못내 겨워 소리마다 교태로다.

물아일체(物我一體)어니 흥이야 다를소냐.

시비(紫扉)에 걸어 보고 정자에 앉아 보니

소요음영(逍遙吟詠)*하여 산일(山日)이 적적한데

한중진미(閒中眞味)를 알 이 없이 혼자로다.

— 정극인, 「상춘곡(賞春油)」

* 수간모옥 : 몇 칸 초가집.

* 울울리 : 우거진 속.

* 소요음영 : 천천히 거닐며 나직이 읊조림.

〈보기〉의 관점에서 (가)~(다)를 평한 내용으로 적절하지 않은 것은?

<table>
<tr><td>보기</td></tr>
<tr><td>

   우리나라의 노래는 음란스러워 말할 것이 못 된다. '한림별곡(翰林別曲)'과 같은 노래는 방탕한 뜻이 있고 거만한 데다가 외설스러워 숭상할 바가 아니다. 이별(李鼈)이 지은 노래가 세상에 널리 전하는데, 이것이 더 낫다고들 한다. 하지만 세상을 우습게 알며 공손한 뜻이 없는 데다가 온유(溫柔)한 태도가 적어 애석하다. 요사이 나는 한가롭게 지내며 병을 고치는 틈틈이 마음에 감동된 것을 한시(漢詩)로 나타내곤 했다. 그런데 한시는 읊조릴 수는 있지만 노래가 되지는 않았다. 마음에 감동된 것을 노래로 부르려면 반드시 시속(時俗)의 말로 엮어야 한다.

                      - 이황, 「도산육곡발(陶山六曲跋)」

</td></tr>
</table>

① (가)는 온화하고 부드러운 태도를 담고 있어 좋군.

② (나)는 세상을 호탕하게 살려는 의지를 담고 있어 좋군.

③ (다)는 음란하거나 외설스러운 태도가 없어 좋군.

④ (가)와 (다)는 한가롭게 지내는 가운데 느낀 감동을 표현해서 좋군.

⑤ (나)와 (다)는 시속의 말로 지어져 노래할 수 있어 좋군.

〈보기〉를 참조할 때 ㉠의 생활 모습과 내면세계에 가장 가까운 것은?

<table>
<tr><td>보기</td></tr>
<tr><td>

   두보는 처자를 데리고 난리를 피해 굶주림 속에 곡강(曲江)에 이르렀다. 거기서 그는 집을 짓고 살았는데 그때의 심경을 그린 작품이 바로 '강촌(江村)'이다. 세상은 그에게 다시는 기회를 주지 않았고 그는 거기서 너무도 가난한 생활을 했다. 그러나 그의 뜻과 시는 끝까지 임금에게 충성을 다했고 백성을 아꼈다.

</td></tr>
</table>

① 바람 맑고 달 밝은 밤에 거문고를 곁에 놓고
   사계절 흥취를 많은 꽃에 부쳤으니
   이 몸도 태평시절 성은(聖恩)에 젖었는가 하노라.

                      - 송타

② 가노라 삼각산아 다시 보자 한강수야.
   고국산천(故國山川)을 떠나고자 하랴마는
   시절이 하 수상하니 올동 말동 하여라.

                      - 김상헌

③ 수양산 바라보며 이제(夷齊)를 한하노라.
   주려 죽을진들 채미(採薇)도 하는 것가.
   아무리 푸새엣것인들 긔 뉘 땅에 났더니

                      - 성삼문

④ 이 몸이 쓸 데 없어 세상이 버리오매
   서호(西湖) 옛집을 다시 쓸고 누웠으니
   일신(一身)이 한가할지나 님 못 뵈어 하노라

                      - 이총

⑤ 무릉도원(武陵桃源)이 있다 하여도 예 듣고 못 봤더니
   붉은 노을 가득하니 이 진정 거기로다.
   이 몸이 또 어떠하뇨 무릉인(武陵人)인가 하노라.

                      - 김득연

18

2002학년도 수능 [기출]

〈보기〉는 ⓒ에 대한 비평이다. 이에 대한 반론으로 적절하지 <u>않은</u> 것은?

보기
원숭이는 당시에는 보기 어려웠던 동물이니, '하물며 무덤 위에 이슬 내릴 때야 뉘우친들 어찌하리.'로 바꾸자.

① 그렇게 바꾸면 무덤 주변의 스산한 이미지를 청각적으로 표현하지 못해.

② 자연과 인간의 일체감을 나타내기 위해서는 인간을 닮은 소재로 표현해야 해.

③ 당시에는 보기 어려웠던 동물을 통해 죽음의 쓸쓸함을 신비롭게 표현한 것을 놓치게 돼.

④ 원숭이가 어떤 정서를 환기하느냐가 중요하지, 그것을 볼 수 있느냐의 여부는 중요하지 않아.

⑤ 실제로 보기는 어려웠어도 여러 글을 통해 원숭이에 대한 관념을 가지고 있었다고 생각해야 해.

19

2002학년도 수능 [기출]

(다)의 정경을 그림으로 표현하려 할 때, 고려할 내용으로 적절하지 <u>않은</u> 것은?

① 초가집은 작게 그려서 청빈한 삶을 표현해야겠어.

② 꾀꼬리가 울고 있는 모습을 넣어 청각적 이미지도 살려야겠어.

③ 시를 주고받는 인물들을 배치해 풍류를 즐기는 선비의 모습을 나타내야겠어.

④ 초가집 주위에는 소나무와 대나무를 둘러 세속과 단절된 분위기를 그려야겠어.

⑤ 복사꽃과 살구꽃이 만발한 모습을 통해 화사하면서도 여유로운 분위기를 자아내야겠어.

20

2002학년도 수능 [기출]

ⓐ~ⓔ 에 대한 설명으로 적절하지 <u>않은</u> 것은?

① ⓐ : 제비와 갈매기를 통해 그윽한 자연경관을 그렸다.

② ⓑ : 인물들의 행동을 통해 강촌 생활의 모습을 나타냈다.

③ ⓒ : 대조적인 상황을 설정해 죽음의 필연성을 강조했다.

④ ⓓ : 의미가 상반되는 구절을 배열해 무덤의 배경을 묘사했다.

⑤ ⓔ : 색채의 대비를 통해 시각적 이미지를 선명하게 드러냈다.

　짧은 시조 같은 단가 형식으로는 복잡하고 풍부한 작가의 정서를 표현하기에는 부족하였는지, 시조보다 좀 더 긴 길이의 새로운 문학 갈래인 '가사(歌辭)'가 생겨난다. 가사는 그 형식이 3·4조, 또는 4·4조를 바탕으로 한 4음보여서 운문의 틀을 유지하고 있지만 이것이 연속체로 이루어져 시조보다 좀 더 길이가 길어지며, 그 내용이 개인적인 정서의 표현뿐만 아니라 교훈적인 훈계나 여행의 견문과 감상 등 산문적인 것을 담고 있어 시가 문학에서 산문문학으로 넘어가는 과도적인 갈래이기도 하다. 봄의 경치를 예찬한 정극인(鄭克仁)의 〈상춘곡(賞春曲)〉, 전라남도 담양의 면앙정이라는 정자와 그 주변의 자연을 예찬한 송순의 〈면앙정가(俛仰亭歌)〉와 역시 담양 근처의 성산의 풍경과 식영정을 중심으로 한 사계절의 아름다움을 노래한 정철의 〈성산별곡(星山別曲)〉, 강원도 관찰사로 부임한 정철이 관동 팔경을 돌아보며 선정을 베풀고자 하는 심정을 노래한 〈관동별곡(關東別曲)〉 등은 자연 친화적인 경향의 작품이다. 이 시기 가사 문학의 대가는 정철이라고 할 수 있는데 그는 앞의 두 작품뿐만 아니라 〈사미인곡(思美人曲)〉, 〈속미인곡(續美人曲)〉 등을 통해 충의 마음을 남녀의 애정에 비유하여 드러내는 뛰어난 문학성을 보여 주며, 김만중은 〈서포만필(西浦漫筆)〉에서 〈관동별곡〉, 〈사미인곡〉, 〈속미인곡〉을 우리나라의 '이소(離騷)[1]'라고 극찬하기도 하였다. 이 외에도 유배 가사인 〈만분가(萬憤歌)〉와 내방가사인 〈규원가(閨怨歌)〉, 그리고 양서언이 쓴 전쟁 가사인 〈남정가(南征歌)〉 등이 전해진다.

　가사는 운문 문학의 일종이면서도 극히 다양한 내용들을 폭넓게 수용하는 점에서 일반적인 서정시와는 아주 다른 갈래이다. 가사라고 불리는 것들 가운데에는 서정성이 강한 작품이 있는가 하면 실제적 사실과 체험을 기술하는 데 치중한 것도 있고, 이념이나 교훈을 널리 펴기 위한 노래가 있는가 하면 허구적인 짜임을 제대로 갖추어 일정한 사건을 이야기해 나아가는 작품도 있다.

　가사를 이루는 양식적 요건은 극히 단순하여 4음보 율격의 장편 연속체(連續體) 시가는 모두 그 범위에 포함될 수 있습니다. 다만, 일부 민요에서 가사와 비슷한 것들이 발견되고, 잡가(雜歌)[2]의 일부와 십이가사(十二歌辭)[3], 허두가(虛頭歌)[4] 등도 가사와 구별하기 어려운 경우가 많은데, 학자에 따라서는 뒤의 세 가지를 가창가사(歌唱歌辭)라 하고 일반적인 가사를 음영가사(吟詠歌辭)라 하여 모두 가사의 범주에 속하는 것으로 처리하기도 합니다.

---

1 중국 초나라의 굴원이 참소에 의해 쫓겨나면서 간신배들의 아첨이 임금의 밝음을 가로막는 것을 근심하고 비통해하면서 울분을 토한 장편 시
2 조선시대 말엽 평민들이 지어 부르던 율격이 산문적으로 된 노래. 경기 잡가·서도 잡가·남도 잡가 따위.
3 조선 때, 널리 불리던 작자 미상의 가창 가사 중 12편을 가리키는 말. 곧, '백구사(白鷗詞)'·'죽지사(竹枝詞)'·'어부사(漁父詞)'·'행군악(行軍樂)'·'황계사(黃鷄詞)'·'춘면곡(春眠曲)'·'상사별곡(相思別曲)'·'권주가(勸酒歌)'·'처사가(處士歌)'·'양양가(襄陽歌)'·'수양산가(首陽山歌)'·'매화 타령(梅花打令)' 등을 이름.
4 판소리 창자가 주요 공연작품을 노래하기 전에 짧게 부르는 노래. 보통의 경우에 판소리 창자는 본격적인 소리를 하기 전에 목청을 풀고 소리의 높낮이를 고른 후 자기 몸의 상태를 짚어본다. 이어서 소리판의 분위기를 잡아 나가기 위하여 허두가를 부르게 된다. 이것은 대개 5분 내외의 짧은 시간 안에 노래하기 때문에 '단가(短歌)'라는 명칭으로 더 많이 일컬어져 왔다. 또는 소리판에서 첫소리로 노래한다는 점에서 '초두가(初頭歌)'라 불리기도 한다.

가사의 역사적 흐름은 조선 전기, 후기와 개화·애국 계몽기의 세 시기로 크게 나눌 수 있습니다. 조선 전기의 가사는 '송순', '정철' 등과 같은 양반층에 의해 주로 창작되었습니다. 이들은 한편으로는 한시와 시조를 통해 응축된 서정의 표현을 추구하면서 다른 한편으로는 가사의 유연한 포용력을 빌어 여러 가지 생활 체험과 흥취 및 신념을 보다 자유로이 노래하였습니다.

그 가운데서도 특히 두드러진 흐름을 이룬 것이 이른바 강호시가(江湖詩歌)의 범주에 드는 작품들로서, 혼탁한 세속의 갈등으로부터 물러나 자연을 벗 삼고 심성을 닦으며 살아가는 유자(儒者)의 모습이 다양한 개인적 변형을 통해 표출되었습니다. 이 부류에 속하는 가사들은 작자의 체험적 생활상을 바탕으로 하면서도 단순히 사실만을 기술하는 데 머무르지 않고 조화로운 세계질서 속에서 물아(物我)의 합일(合一)을 추구하는 드높은 서정적 정조를 띤 경우가 많습니다. 그런 점에서 조선 전기는 뒤의 시대에 비하여 가사의 서정성이 더 짙었던 시기라고 말할 수 있습니다.

조선 후기의 가사는 작자층이 다양화하면서 작품 계열 또한 여러 방향으로 나뉘었습니다. 전쟁 가사, 기행가사, 유배 가사, 평민 가사, 규방가사, 풍물 가사, 종교 가사 등 다양한 가사의 종류로 분화되었음을 알 수 있습니다. 이 시기의 가사가 이렇게 다면적(多面的)으로 발전할 수 있었던 요인은 각기 다른 문학적 욕구를 잘 실현해낸 결과입니다. 이 시기의 가사는 내용 면에 있어서 음풍농월(吟風弄月), 연군(戀君) 등 서정적 관념에서 벗어나 일상적이며 현실적인 체험을 사실적으로 표현하였습니다. 이러한 현상은 조선 전기 사대부 가사의 바탕을 이루던 서정적 기풍이 상대적으로 생기를 잃고 퇴조한 것입니다. 전원적인 삶을 노래하기보다는 현실적인 문제에 관심을 많이 가지게 되었고, 체험적 구체성을 중시하는 방향으로 변모하였습니다.

〈면앙정가비〉, 한국민족문화대백과사전(encykorea.aks.ac.kr), 한국학중앙연구원

[1~5] 다음 글을 읽고 물음에 답하시오.

배 방에 누워 있어 내 신세를 생각하니

가뜩이 심란한데 대풍(大風)이 일어나서

태산(泰山) 같은 성난 물결 천지에 자욱하니

크나큰 만곡주가 나뭇잎 불리이듯

하늘에 올랐다가 지함(地陷)*에 내려지니

열두 발 쌍돛대는 차아*처럼 굽어 있고

쉰두 폭 초석(草席) 돛은 반달처럼 배불렀네

굵은 우레 잔 벼락은 등[背] 아래서 진동하고

성난 고래 동(動)한 용(龍)은 물속에서 희롱하니

방 속의 요강 타구(唾具) 자빠지고 엎어지며

상하좌우 배 방 널은 잎잎이 우는구나

이윽고 해 돋거늘 장관(壯觀)을 하여 보세

일어나 배 문 열고 문설주 잡고 서서

사면(四面)을 돌아보니 어와 장할시고

인생 천지간에 ㉠**이런 구경** 또 있을까

구만리 우주 속에 큰 물결뿐이로다

(중략)

[A] ┌ 그중에 전승산이 글 쓰는 양(樣) 바라보
    └ 고

[B] ┌ 필담(筆談)으로 써서 뵈되 전문(傳聞)에 퇴석(退石) 선생
    │
    │ 쉬 짓기가 유명(有名)터니 선생의 빠른 재주
    │
    │ 일생 처음 보았으니 엎디어 묻잡나니
    │
    └ 필연코 귀한 별호(別號) 퇴석인가 하나이다

[C] ┌ 내 웃고 써서 뵈되 늙고 병든 둔한 글을
    │ 포장(襃奬)을 과히 하니 수괴(羞愧)*키 가
    └ 이 없다

[D] ┌ 승산이 다시 하되 소국(小國)의 천한 선비
    │ 세상에 났삽다가 ㉡**장(壯)한 구경** 하였으
    └ 니

저녁에 죽사와도 여한이 없다 하고

어디로 나가더니 또다시 들어와서

아롱보(袱)에 무엇 싸고 삼목궤(杉木櫃)에 무엇 넣어

이마에 손을 얹고 엎디어 들이거늘

받아 놓고 피봉(皮封)* 보니 봉(封)한 위에 쓰였으되

각색 대단(大緞) 삼단이요 사십삼 냥 은자(銀子)로다

[E] ┌ 놀랍고 어이없어 종이에 써서 뵈되
    │
    │ 그대 비록 외국이나 선비의 몸으로서
    │
    │ 은화를 갖다 가서 글 값을 주려 하니
    │
    │ 그 뜻은 감격하나 의(義)에 크게 가하지 않아
    │
    └ 못 받고 도로 주니 허물하지 말지어다

– 김인겸, 「일동장유가」

* 지함 : 땅이 움푹하게 주저앉은 곳.
* 차아 : 줄기에서 벋어 나간 곁가지.
* 수괴 : 부끄럽고 창피함.
* 피봉 : 겉봉.

1

2019학년도 수능 [기출]

윗글에 대한 설명으로 적절하지 <u>않은</u> 것은?

① 인물의 행동을 시간의 흐름에 따라 열거하여 상황을 구체적으로 보여 주고 있다.

② 상승과 하강의 이미지를 대비하여 목전에 닥친 위기감을 강조하고 있다.

③ 식물의 연약한 속성을 활용하여 화자의 위태로운 상황을 드러내고 있다.

④ 거대한 자연물에 비유하여 악화된 기상 상황을 표현하고 있다.

⑤ 동물의 역동성을 통해 공간의 분위기를 긍정적으로 바꾸고 있다.

2

윗글의 화자에 대한 설명으로 가장 알맞은 것은?

① 부귀공명을 멀리하는 태도를 지니고 있다.

② 전승산의 칭찬에 대해 쑥스러워하고 있다.

③ 전승산에 대해 부정적인 인식을 지니고 있다.

④ 고래가 물속에서 노니는 것을 보고 감탄하고 있다.

⑤ 배를 타고 가는 중에 배가 좌초되는 고난을 겪고 있다.

3

2019학년도 수능 [기출]

㉠과 ㉡에 대한 이해로 가장 적절한 것은?

① ㉠과 ㉡은 모두 화자의 고난 극복 의지를 드러내고 있다.

② ㉠과 ㉡은 모두 화자가 구경하는 대상의 실체를 은폐하고 있다.

③ ㉠은 자연의 풍광에 대한 감탄을, ㉡은 인물의 능력에 대한 감탄을 표현하고 있다.

④ ㉠은 화자의 관찰력에 대한, ㉡은 화자의 창조력에 대한 타인의 평가를 담고 있다.

⑤ ㉠은 대상에 대한 화자의 만족을, ㉡은 대상에 대한 화자의 아쉬움을 드러내고 있다.

4

〈보기〉를 참고하여, 윗글을 이해한 내용으로 적절하지 <u>않은</u> 것은?

> **보기**
>
> 「일동장유가」는 사행가사(使行歌辭)로, 사행가사는 조선 후기의 지식인들이 사신 행차의 일행으로 외국을 여행하면서 사행 중에 체험한 것을 바탕으로 창작한 가사를 말한다. 사행 가사의 작가들은 여정과 견문, 풍경, 외국의 문물과 풍속 등을 세밀하게 관찰하면서, 이때 객관적인 사실과 주관적인 정서나 느낌, 평가 등을 적절하게 섞어 전달하고 있다.

① 화자가 전승산과 필담하는 모습은 사행 중에 겪은 체험이라 할 수 있군.

② '대풍'이 일어나 '자빠지고 엎어지는' 것은 사행 과정 중 겪는 고난이라 할 수 있군.

③ '대단 삼단'은 화자가 사행 중에 처음 본 외국 문물로 화자로 하여금 놀라움을 불러일으키는군.

④ 화자와 전승산의 '필담'은 화자가 외국을 여행하는 데서 오는 의사소통의 한 방법이라 할 수 있군.

⑤ '해 돋'는 장면에 대해 '어와 장할시고'라 한 표현은 사행 중 본 것에 대한 주관적인 정서를 표출한 것이겠군.

5

2019학년도 수능 [기출]

〈보기〉를 바탕으로 윗글을 감상한 내용으로 적절하지 <u>않은</u> 것은?

> **보기**
>
> 이 글에는 화자와 일본인 문인 사이의 필담 장면이 기술되어 있는데, 필담을 통한 문답 형식은 일종의 대화의 성격을 지닌다. 필담 속에는 대화가 시작되는 상황, 문답의 주요 내용, 의사소통의 심층적 의미, 선비로서의 예법 등이 자연스럽게 포함되어 있다.

① [A]는 [B]~[D]의 필담이 시작되는 계기를 보여 주는군.

② [B]의 '빠른 재주'는 '나'의 글에 대한 상대의 평가를, [C]의 '늙고 병든 둔한 글'은 자신의 글에 대한 '나'의 입장을 보여 주는군.

③ [B]의 '필담으로 써서 뵈되'와 [C]의 '내 웃고 써서 뵈되'를 통해, 문답의 형식을 활용하여 의사소통 장면을 구체적으로 제시하는군.

④ [B]의 '귀한 별호 퇴석'과 [D]의 '소국의 천한 선비'는 선비의 예법을 동원하여 동일한 사람을 다르게 지칭한 표현이군.

⑤ [D]에는 '나'의 글에 대한 상대의 찬사가 나타나 있고, [E]에는 상대의 글 값에 대한 '나'의 거절이 드러나 있군.

[1~5] 다음 글을 읽고 물음에 답하시오.

(가)

서경(西京)이 아즐가 서경(西京)이 **셔울히마**
르는

위 두어렁셩 두어렁셩 다링디리

닷곤디 아즐가 닷곤디 쇼셩경 고외마른

위 두어렁셩 두어렁셩 다링디리

여히므론 아즐가 여히므논 ㉠**질삼뵈** 브리시고

위 두어렁셩 두어렁셩 다링디리

㉡**괴시란디** 아즐가 괴시란디 **우러곰 좃니노**
이다

위 두어렁셩 두어렁셩 다링디리 〈제1연〉

[A]
구스리 아즐가 구스리 바회예 디신돌

위 두어렁셩 두어렁셩 다링디리

긴히쭌 아즐가 ㉢**긴힛쭌** 그츠리잇가 나눈

위 두어렁셩 두어렁셩 다링디리

즈믄 히를 아즐가 즈믄 히를 외오곰 녀신
돌

위 두어렁셩 두어렁셩 다링디리

신(信)잇둔 아즐가 신(信)잇둔 **그츠리잇가**
나눈

위 두어렁셩 두어렁셩 다링디리 〈제2연〉

– 작자 미상, 「서경별곡」

(나)

이 몸이 녹아져도 옥황상제 처분이요

이 몸이 싀여져도 옥황상제 처분이라

녹아지고 싀여지어 혼백(魂魄)조차 흩어지
고

공산(空山) **촉루(髑髏)*같이** 임자 업시 구닐
다가

곤륜산(崑崙山) 제일봉의 만장송(萬丈松)이
되어 이셔

바람비 뿌린 소리 님의 귀에 들리기나

윤회(輪廻) 만겁(萬劫)ㅎ여 금강산(金剛山)
학(鶴)이 되어

일만 이천봉에 무음껏 솟아올라

ㄱ을 둘 볽근 밤에 두어 소리 **슬피 우러**

님의 귀에 들리기도 옥황상제 처분이로다

㉣**혼(恨)**이 뿌리 되고 눈물로 가지 삼아

님의 집 창밧긔 외나모 ㉤**매화(梅花)** 되어

설중(雪中)에 혼자 피어 침변(枕邊)*에 시드
는 듯

월중(月中) 소영(疏影)*이 님의 옷에 **빗취어**
든

어엿븐 이 얼굴을 너로다 **반기실가**

동풍이 유정(有情)ㅎ여 암향(暗香)을 불어 올
려

고결(高潔)ㅎ 이내 생애 죽림(竹林)에나 부치
고져

빈 낙대 빗기 들고 빈 비를 혼자 띄워

백구(白溝) 건네 저어 **건덕궁(乾德宮)**에 가고
지고

– 조위, 「만분가」

* 공산 촉루 : 텅 빈 산의 해골.

* 침변 : 베갯머리.

* 월중 소영 : 달빛에 언뜻언뜻 비치는 그림자.

1

(가), (나)의 공통점으로 가장 적절한 것은?

① 대상에게 저지른 과거의 잘못을 성찰하는 태도가 드러나 있다.

② 대상과 함께 할 수 있는 현실에 대한 만족감이 드러나 있다.

③ 대상이 자신을 등한시하는 것에 대한 원망이 드러나 있다.

④ 대상의 부재에 따른 상실감과 외로움이 드러나 있다.

⑤ 대상과 함께 있고 싶어하는 심정이 드러나 있다.

2

㉠~㉤에 대한 설명으로 적절하지 않은 것은?

① ㉠ : 화자의 성별과 생계수단을 짐작할 수 있게 하는 시어로 볼 수 있다.

② ㉡ : 화자가 대상에게 바라고 있는 바가 무엇인지 알 수 있는 시어로 볼 수 있다.

③ ㉢ : 화자와 대상 간의 신의를 비유적으로 표현하고 있는 시어로 볼 수 있다.

④ ㉣ : 화자가 대상에게 가지고 있는 원망의 심정을 드러내는 시어로 볼 수 있다.

⑤ ㉤ : 화자의 대상에 대한 충성심을 드러내는 시어로 볼 수 있다.

3

2019학년도 6월 평가원 모의고사 [기출]

(가)와 (나)에 대한 설명으로 가장 적절한 것은?

① (가)의 '셔울'과 (나)의 '건덕궁'은 모두 화자가 현재 머무르고 있는 공간이다.

② (가)의 '질삼뵈'와 (나)의 '빈 낙대'는 모두 화자가 현재 회피하고 싶은 대상이다.

③ (가)의 '우러곰'과 (나)의 '슬피 우러'는 모두 임의 심정을 드러내고 있다.

④ (가)의 '좃니노이다'와 (나)의 '빗취어든'은 모두 임의 곁에 있고 싶은 화자의 소망을 드러내고 있다.

⑤ (가)의 '그츠리잇가'와 (나)의 '반기실가'는 모두 미래 상황에 대한 의혹을 드러내고 있다.

4

2019학년도 6월 평가원 모의고사 [기출]

(나)에 대한 감상으로 적절하지 않은 것은?

① '임자 업시 구닐'던 '이 몸'이 '학'이 되어 솟아오르게 함으로써 상승의 이미지를 구현하고 있다.

② '만장송'과 '매화'라는 소재를 활용하여 임을 향한 화자의 마음을 표상하고 있다.

③ '바람비 뿌린 소리'와 '두어 소리'의 청각적 이미지를 활용하여 임에게 알리고 싶은 화자의 심정을 나타내고 있다.

④ '매화'의 '뿌리'와 '가지'를 활용하여 '흔'의 정서를 형상화하고 있다.

⑤ 'ㄱ을 둘 불근 밤'과 '월중'이라는 시간적 배경을 통해 임과 재회한 순간을 드러내고 있다.

5

2019학년도 6월 평가원 모의고사 [기출]

〈보기〉를 참고할 때, (가)의 [A]와 〈보기〉의 [B]를 비교하여 이해한 내용으로 적절하지 않은 것은?

보기
서경별곡의 제2연에서 여음구를 제외한 부분은 당시 유행하던 민요의 모티프를 수용한 것으로, 정석가 에도 동일한 모티프가 나타난다. 고려 시대의 문인 이제현도 당시에 유행하던 민요를 다음과 같이 한시로 옮긴 적이 있다.

비록 구슬이 바위에 떨어져도	縱然巖石落珠璣
끈은 진실로 끊어질 때 없으리.	縷縷固應無斷時
낭군과 천 년을 이별한다고 해도	與郎千載相離別
한 점 붉은 마음이야 어찌 바뀌리오?	一點丹心何改移

① [A]와 [B]에서 '구슬'은 변할 수 있는 것을, '긴'이나 '끈'은 변하지 않는 것을 비유하는 소재로 활용하였군.

② [A]에서는 '신'을, [B]에서는 '붉은 마음'을 굳건한 '바위'로 형상화하였군.

③ [A]와 [B] 모두에서 변하지 않는 마음을 소중한 가치로 여기는 화자의 태도가 나타나는군.

④ [A]와 [B]를 보니 동일한 모티프가 서로 다른 형식의 작품으로 수용되었군.

⑤ [A]와 [B]를 보니 여음구의 사용 여부에 차이가 있군.

천상(天上) **백옥경(白玉京)** 십이루(十二樓) 어디매오

오색운(五色雲) 깊은 곳에 자청전(紫淸殿)이 가렸으니

천문(天門) ㉠**구만 리(九萬里)**를 꿈이라도 갈 동 말동

[A]
　　차라리 싀어지어 억만(億萬) 번 변화(變化)하여

　　남산(南山) 늦은 봄에 두견(杜鵑)의 넋이 되어

이화(梨花) 가지 위에 밤낮을 못 울거든

삼청동리(三淸洞裡)*에 저문 하늘 ㉡**구름** 되어

㉢**바람**에 흘리 날아 자미궁(紫微宮)에 날아올라

옥황(玉皇) 향안 전(香案前)의 지척(咫尺)에 나아 앉아

[B]**흉중(胸中)에 쌓인 말씀 쓸커시 사뢰리라**

어와 이 내 몸이 천지간(天地間)에 늦게 나니

황하수(黃河水) 맑다마는

㉣**초객(楚客)***의 후신(後身)인가 상심(傷心)도 끝이 없고

가 태부(賈太傅)*의 넋이런가 한숨은 무슨 일고

형강(荊江)은 고향(故鄕)이라 십 년(十年)을 유락(流落)하니

㉤**백구(白鷗)**와 벗이 되어 함께 놀자 하였더니

어루는 듯 괴는 듯 남의 없는 임을 만나

금화성(金華省) 백옥당(白玉堂)의 꿈이조차 향기롭다

오색(五色)실 이음 짧아 임의 옷을 못 하여도

바다 같은 임의 은(恩)을 추호(秋毫)나 갚으리라

[C]**백옥(白玉) 같은 이 내 마음 임 위하여 지키더니**

장안(長安) 어젯밤에 무서리 섞여 치니

[D]**일모 수죽(日暮脩竹)*에 취수(翠袖)도 냉박(冷薄)할사***

[E]**유란(幽蘭)을 꺾어 쥐고 임 계신 데 바라보니**

약수(弱水) 가려진 데 구름 길이 험하구나

－ 조위, 「만분가(萬憤歌)」

* 삼청동리 : 신선이 사는 동네 안.
* 초객 : 초나라의 시인 굴원.
* 가 태부 : 한나라의 태부 가의.
* 일모 수죽 : 해 질 녘 긴 대나무.
* 취수도 냉박할사 : 푸른 옷소매도 차디차구

6

〈보기〉를 참고하여 윗글을 이해한 내용으로 적절하지 <u>않은</u> 것은?

정치적인 이유로 낙향을 하거나 유배되는 사람들로 인해 많은 문학 작품이 창작되었다. 드러내고 자신의 충성심이나 억울함 등을 표현하기 어려웠던 사람들은 임금에 대한 충성심을 우의적인 방법으로 그리움 등으로 표현하고 있으며 정치적 반대 세력에 대한 화남, 울분 등은 원망이라는 정서를 통해 형상화시켜 드러내고 있는 경우가 많다. 또한 임금이 있는 곳을 천상으로 비유하거나 간신배를 구름으로 비유하기도 하며 여성을 화자로 만들어 임금을 그리워하는 심정을 잘 드러내기도 한다. 조위의 '만분가'의 경우도 작가가 유배된 후 지은 작품으로 유배가사의 효시로 일컬어지고 있다.

① 임금을 떠나 있는 화자의 처지를 '천상 백옥경'에서 멀어졌다고 우의적으로 표현하고 있구나.

② '오색운'에 '자청전'이 가려있다고 하는 것을 보니 간신배로 인해 임금과 만나기 어려움을 추측할 수 있구나.

③ '흉중에 쌓인 말씀'은 화자의 정치적인 사상과 관련된 내용으로 임금에게 직언을 하기 위한 것으로 볼 수 있겠구나.

④ '임의 옷'을 만든다고 하는 것을 보아하니 시적 화자는 여성으로 상정되어 임금에 대한 그리움을 더욱 절실하게 드러낼 수 있게 하는구나.

⑤ '임' 위해 '백옥같은 마음을' 지킨다고 하니 화자가 임금에 대한 충성을 드러내고 있다고 볼 수 있구나.

7

윗글에 대한 설명으로 가장 적절한 것은?

① 자연물을 활용하여 화자의 심정을 드러내고 있다.

② 반어적 표현을 반복하여 상대방을 희화화하고 있다.

③ 의성어와 의태어를 사용하여 생동감을 높이고 있다.

④ 풍자적 기법을 활용하여 교훈의 효과를 높이고 있다.

⑤ 구체적인 묘사를 통해 경물의 변화를 보여 주고 있다.

8

㉠~㉤의 의미로 적절하지 <u>않은</u> 것은?

① ㉠ : 화자와 대상 사이의 거리

② ㉡ : 화자와 대상 사이를 가로막는 방해물

③ ㉢ : 화자와 대상의 만남을 도와주는 매개

④ ㉣ : 화자가 동질감을 느끼는 존재

⑤ ㉤ : 화자가 교감을 나누는 존재

〈보기 1〉을 참고하여 윗글과 〈보기 2〉를 감상한 내용으로 적절하지 <u>않은</u> 것은?

보기1

만분가는 유배를 간 작가가 천상의 옥황에게 호소하는 형식으로 연군(戀君)의 마음을 표현한 유배 가사의 효시이며 이후 여러 작품에 영향을 주었다. 가사 문학의 대표작인 속미인곡 역시 탄핵을 받아 조정에서 물러나게 된 작가가 임금에 대한 그리움을 만분가의 형식을 계승하여 표현한 작품이다.

보기2

[가]모첨(茅簷) 찬 자리에 밤중만 돌아오니

반벽청등(半壁靑燈)은 눌 위하여 밝았는고

오르며 내리며 헤매며 바장이니

저근덧 역진(力盡)하여 풋잠이 잠깐 드니

정성이 지극하여 꿈에 임을 보니

[내]옥(玉) 같은 얼굴이 반(半)이 넘게 늙으셨네

[다]마음에 먹은 말씀 슬카장 삶자 하니

눈물이 바라 나니 말씀인들 어이 하며

정(情)을 못 다하여 목이조차 메었으니

방정맞은 계성(鷄聲)에 잠은 어찌 깨었는고

어와 허사(虛事)로다 이 임이 어디 간고

[래]결에 일어나 앉아 창(窓)을 열고 바라보니

어여쁜 그림자 날 좇을 뿐이로다

[마]차라리 싀어지어 낙월(落月)이나 되어 있어

임 계신 창(窓) 안에 번듯이 비추리라

― 정철, 「속미인곡(續美人曲)」

① [A]와 [마]에는 죽어서 다른 존재가 되어서라도 자신의 소망을 이루고자 하는 의지가 담겨 있다.

② [B]와 [다]에는 마음에 담아 둔 말을 실컷 전하고 싶어 하는 화자의 바람이 담겨 있다.

③ [C]와 [내]에는 임금에 대한 자신의 마음이 옥처럼 순수하다는 뜻이 담겨 있다.

④ [D]와 [가]에는 임금과 떨어져 있는 고독한 시·공간에서 느끼는 화자의 쓸쓸함이 담겨 있다.

⑤ [E]와 [래]에는 먼 곳에 있는 임금을 향한 화자의 그리움이 담겨 있다.

[10~15] 다음 글을 읽고 물음에 답하시오.

(가)

㉠이화우 흩뿌릴 제 울며 잡고 이별한 임

ⓐ추풍낙엽에 저도 날 생각는가

㉡천 리에 외로운 |꿈|만 오락가락 하노매

― 계랑

(나)

이 몸이 녹아져도 **옥황상제** 처분이요

이 몸이 죽어져도 옥황상제 처분이라

녹아지고 죽어져서 혼백조차 흩어지고

공산 촉루(空山髑髏)* 같이 임자 없이 구르다가

곤륜산 제일봉에 **만장송(萬丈松)***이 되어 있어

바람비 뿌린 소리 임의 귀에 들리기나

윤회 만겁 하여 **금강산 학(鶴)**이 되어

일만이천 봉에 마음껏 솟아올라

㉢가을 달 밝은 밤에 두어 소리 슬피 울어

임의 귀에 들리기도 옥황상제 처분일세

㉣한이 뿌리 되고 눈물로 가지 삼아

임의 집 창 밖에 **외나무** ⓑ매화(梅花)되어

설중에 혼자 피어 **침변(枕邊)***에 시드는 듯

월중 소영이 임의 옷에 비치거든

㉤가엾은 이 얼굴을 네로다 반기실까

― 조위, 「만분가(萬憤歌)」

* 공산 촉루 : 사람 없는 산중의 해골

* 만장송 : 만 길이나 되는 소나무

* 침변 : 베갯머리

* 월중 소영 : 달빛에 언뜻언뜻 비치는 그림자

10

ⓐ와 ⓑ에 대한 설명으로 가장 적절한 것은?

① ⓐ와 ⓑ는 화자가 임과 이별하게 된 원인이 되는 소재이다.

② ⓐ와 ⓑ는 계절적 배경을 드러내며 화자의 감정을 이전보다 더욱 심화시키는 소재이다.

③ ⓐ는 임과의 추억을 상기시키는 반면 ⓑ는 임과의 거리를 더 멀게 만드는 소재이다.

④ ⓐ는 임에 대한 변함없는 사랑을 보여주는 계기가 되는 반면 ⓑ는 임을 향한 원망을 드러내게 되는 소재이다.

⑤ ⓐ는 화자가 임을 떠올리게 하는 계기가 되고 ⓑ는 임을 향한 화자의 변치않는 마음을 보여주는 소재이다.

11

2007학년도 수능 [기출 변형]

(가)~(나)의 공통점으로 적절한 것은?

① 상황이 개선되리라는 기대가 나타나 있다.

② 대상에 대한 그리움의 정서가 드러나 있다.

③ 작품의 바탕에 절대자에 대한 믿음이 깔려 있다.

④ 부정적인 현실에 대한 비판적 태도를 보여 주고 있다.

⑤ 일상적 소재를 위주로 하여 삶에 대한 성찰을 보여 주고 있다.

12

2007학년도 수능 [기출]

(가)와 (나)에 공통적으로 드러나는 표현상 특징으로 가장 적절한 것은?

① 계절적 이미지를 활용하여 시의 분위기를 형성하고 있다.

② 감정을 절제한 표현으로 화자의 처지를 부각하고 있다.

③ 점층적 강조를 통해 주제를 효과적으로 드러내고 있다.

④ 동일한 시어를 반복하여 의미를 강조하고 있다.

⑤ 단호한 어조로 화자의 심정을 드러내고 있다.

13

2007학년도 수능 [기출 변형]

(가)의 '꿈'에 대한 설명으로 적절한 것은?

① '꿈'의 내용이 하나의 대상에 집중된다.

② '꿈'에는 모두 교훈적 의미가 담겨 있다.

③ '꿈'의 내용은 비현실적이라고 볼 수 있다.

④ '꿈'은 화자의 현실적 고난을 극복하는 계기가 된다.

⑤ '꿈'은 화자가 자신의 삶을 반성하고 있음을 보여 준다.

14

2007학년도 수능 [기출]

(나)의 시어에 대한 설명으로 적절하지 않은 것은?

① '옥황상제'는 화자가 자신의 처지와 심정을 드러내기 위해 설정한 존재이다

② '공산 촉루', '외나무'는 화자의 외로운 심정을 보여 준다.

③ '만장송', '금강산 학'은 임을 향한 화자의 변치 않는 마음이 투영된 대상이다.

④ '바람비 뿌린 소리', '두어 소리'는 임에게 전하고자 하는 화자의 마음을 담고 있다.

⑤ '침변에 시드는'은 임이 처한 현재 상황을 표현한 것이다.

15

2007학년도 수능 [기출 변형]

㉠~㉤에 대한 감상으로 적절하지 않은 것은?

① ㉠ : 계절적 배경을 활용하여 시의 분위기를 형성하고 있군.

② ㉡ : 거리감을 드러내는 시어를 활용하여 화자의 소망이 이루어질 수 없는 상황임을 알려주는군.

③ ㉢ : 청각적 이미지를 사용하여 임에게 전하는 화자의 마음을 드러내고 있군.

④ ㉣ : 한과 눈물의 관계를 뿌리와 가지에 비유하여 형상화했군.

⑤ ㉤ : 화자의 기대와 우려가 교차하고 있군.

[1~5] 다음 글을 읽고 물음에 답하시오.

(가)

[A]

　만금 같은 너를 만나 백년해로하잤더니, 금일 이별 어이하리! 너를 두고 어이 가잔 말이냐? 나는 아마도 못 살겠다! 내 마음에는 어르신네 공조참의 승진 말고, 이 고을 풍헌(風憲)만 하신다면 이런 이별 없을 것을, 생눈 나올 일을 당하니, 이를 어이한단 말인고? 귀신이 장난치고 조물주가 시기하니, 누구를 탓하겠냐마는 속절없이 춘향을 어찌할 수 없네! 네 말이 다 못 될 말이니, 아무튼 잘 있거라!

　춘향이 대답하되, 우리 당초에 광한루에서 만날 적에 내가 먼저 도련님더러 살자 하였소? 도련님이 먼저 나에게 하신 말씀은 다 잊어 계시오? 이런 일이 있겠기로 처음부터 마다하지 아니하였소? 우리가 그때 맺은 금석 같은 약속 오늘날 다 허사로세! 이리해서 분명 못 데려가겠소? 진정 못 데려가겠소? 떠보려고 이리하시오? 끝내 아니 데려가시려 하오? 정 아니 데려가실 터이면 날 죽이고 가오!

　그렇지 않으면 광한루에서 날 호리려고 ㉠명문(明文) 써 준 것이 있으니, ㉡소지(所志) 지어 가지고 본관 원님께 이 사연을 하소연하겠소. 원님이 만일 당신의 귀공자 편을 들어 패소시키시면, 그 소지를 덧붙이고 다시 글을 지어 전주 감영에 올라가서 순사또께 소장(訴狀)을 올리겠소. 도련님은 양반이기에 ㉢편지 한 장만 부치면 순사또도 같은 양반이라 또 나를 패소

　시키거든, 그 글을 덧붙여 한양 안에 들어가서, 형조와 한성부와 비변사까지 올리면 도련님은 사대부라 여기저기 청탁하여 또다시 송

사에서 지게 하겠지요. 그러면 그 ㉣판결문을 모두 덧보태어 똘똘 말아 품에 품고 팔만장안 억만가호마다 걸식하며 다니다가, 돈 한 푼씩 빌어 얻어서 동이전에 들어가 바리 뚜껑 하나 사고, 지전으로 들어가 장지 한 장 사서 거기에다 언문으로 ㉤상언(上言)을 쓸 때, 마음속에 먹은 뜻을 자세히 적어 이월이나 팔월이나, 동교(東郊)로나 서교(西郊)로나 임금님이 능에 거둥하실 때, 문밖으로 내달아 백성의 무리 속에 섞여 있다가, 용대기(龍大旗)가 지나가고, 협연군(挾輦軍)의 자개창이 들어서며, 붉은 양산이 따라오며, 임금님이 가마나 말 위에 당당히 지나가실 제, 왈칵 뛰어 내달아서 바리뚜껑 손에 들고, 높이 들어 땡땡하고 세 번만 쳐서 억울함을 하소연하는 격쟁(擊錚)을 하오리다! 애고 애고 설운지고!

　그것도 안 되거든, 애쓰느라 마르고 초조해하다 죽은 후에 넋이라도 삼수갑산 험한 곳을 날아다니는 제비가 되어 도련님 계신 처마에 집을 지어, 밤이 되면 집으로 들어가는 체하고 도련님 품으로 들어가 볼까! 이별 말이 웬 말이오?

　이별이란 두 글자 만든 사람은 나와 백 년 원수로다! 진시황이 분서(焚書)할 때 이별 두 글자를 잊었던가? 그때 불살랐다면 이별이 있을쏘냐? 박랑사(博浪沙)*에서 쓰고 남은 철퇴를 천하장사 항우에게 주어 힘껏 둘러메어 이별 두 글자를 깨치고 싶네! 옥황전에 솟아올라 억울함을 호소하여, 벼락을 담당하는 상좌가 되어 내려와 이별 두 글자를 깨치고 싶네!

－ 작자 미상, 「춘향전」

(나)

　이별이라네 이별이라네 이 도령 춘향이가 이별이로다

　춘향이가 도련님 앞에 바짝 달려들어 눈

물짓고 하는 말이

　도련님 들으시오 나를 두고 못 가리다

　나를 두고 가겠으면 홍로화(紅爐火) 모진 불에

　다 사르겠으면 사르고 가시오

　날 살려 두고는 못 가시리라

　잡을 데 없으시면 ⓐ삼단같이 좋은 머리를

[B]

　휘휘칭칭 감아쥐고라도 날 데리고 가시오

　살려 두고는 못 가시리다

　날 두고 가겠으면 용천검(龍泉劍) 드는 칼로다

　요 내 목을 베겠으면 베고 가시오

　날 살려 두고는 못 가시리라

　두어 두고는 못 가시리다

　날 두고 가겠으면 ⓑ영천수(潁川水) 맑은 물에다

　던지겠으면 던지고나 가시오

　날 살려 두고는 못 가시리다

이리 한참 힐난하다 할 수 없이 도련님이 떠나실 때

방자 놈 분부하여 나귀 안장 고이 지으니

도련님이 나귀 등에 올라앉으실 때

춘향이 기가 막혀 미칠 듯이 날뛰다가

우르르 달려들어 나귀 꼬리를 부여잡으니

ⓒ나귀 네 발로 동동 굴러 춘향 가슴을 찰 때

안 나던 생각이 절로 나

그때에 이별 별(別)자 내인 사람 나와 한백년 대원수로다

깨치리로다 깨치리로다 박랑사 중 쓰고 남은 철퇴로

천하장사 항우주어 이별 두 자를 깨치리로다

　할 수 없이 도련님이 떠나실 때

　향단이 준비했던 주안을 갖추어 놓고

　풋고추 겨리김치 문어 전복을 곁들여 놓고

　잡수시오 잡수시오 이별 낭군이 잡수시오

　언제는 살자 하고 화촉동방(華燭洞房) 긴긴 밤에

　청실홍실로 인연을 맺고 백 년 살자 언약할 때

　물을 두고 맹세하고 산을 두고 증삼(曾參)* 되자더니

　ⓓ산수 증삼은 간 곳이 없고

　이제 와서 이별이란 웬 말이오

　잘 가시오

　잘 있거라

　산첩첩(山疊疊) 수중중(水重重)한데 부디 편안히 잘 가시오

　나도 ⓔ명년 양춘가절*이 돌아오면 또다시 상봉할까나

　　　　　　　　　－ 작자 미상, 「춘향이별가」

* 박랑사 : 중국 허난성(河南省) 우양현(武陽縣)의 고적

* 증삼 : 공자의 제자. 고지식하여 약속을 반드시 지킴.

* 양춘가절 : 따뜻하고 좋은 봄철

(가)에 대한 이해로 적절하지 않은 것은?

① '도련님'은 이별의 상황이 자신의 입장에서는 불가피한 것임을 드러내고 있다.

② '춘향'은 '도련님'을 처음 만날 때부터 이별의 상황을 우려하였음을 말하고 있다.

③ '춘향'은 '도련님' 곁에 머물고 싶은 마음을 자연물에 의탁하여 드러내고 있다.

④ '춘향'은 고사를 활용하여 자신의 상황이 역사적 사건과 관련되어 있음을 말하고 있다.

⑤ '춘향'은 천상의 존재에게 억울함을 전하는 상황을 설정하여 자신의 감정을 드러내고 있다.

㉠~㉤에 대한 설명으로 가장 적절한 것은?

① ㉠ : '도련님'의 마음을 확인하고자 '춘향'이 쓴 글이다.

② ㉡ : '도련님'이 자신의 무고함을 밝히는 내용이 담길 것이다.

③ ㉢ : '춘향'과의 친밀감을 강화하려는 '도련님'의 마음을 전하는 내용이 담길 것이다.

④ ㉣ : '도련님'에게는 약속 파기의 책임을 물을 수 없음을 밝히는 내용이 담길 것이다.

⑤ ㉤ : '춘향'이 '순사또'의 힘을 빌려 '임금'에게 자신의 입장을 전하는 내용이 담길 것이다.

ⓐ~ⓔ에 대한 설명으로 가장 적절한 것은?

① ⓐ는 인물이 지닌 자부심을 환기하여 좌절감을 완화하는 소재이다.

② ⓑ는 초월적 공간에 대한 지향을 드러내어 현재의 고통과 대비하기 위한 소재이다.

③ ⓒ는 부정적인 상황을 희화화함으로써 당면한 현실을 풍자하는 표현이다.

④ ⓓ는 기대가 어긋나 버린 사정을 부각하여 비애감을 심화하는 표현이다.

⑤ ⓔ는 미래에 대한 전망을 바탕으로 대상과의 재회를 확신하는 표현이다.

〈보기〉를 바탕으로 (가), (나)를 이해한 내용으로 적절하지 않은 것은?

> **보기**
>
> 여러 작품에서 '춘향'은 다양한 면모를 지닌 인물로 형상화되었다. '춘향'은 원치 않는 상황을 받아들이는 수용적 면모를 보이기도, 목표를 이루려 단호하게 행동하는 적극적 면모를 보이기도 한다. 신세를 한탄하며 절규하는 격정적 면모를 드러내는가 하면, 문제를 숙고하여 대응책을 모색하는 치밀한 면모를 표출하기도 한다. 한편 '춘향'은 당대 민중의 시각을 대변하는 면모를 지니기도 한다.

① (가)에서 양반들이 한통속이어서 '도련님'을 두둔할 것이라고 언급하는 모습을 통해, 민중의 입장을 취하는 '춘향'의 면모를 확인할 수 있다.

② (가)에서 구걸하고 다니면서라도 자신의 상황을 알리겠다는 모습을 통해, 뜻한 바를 성취하려는 '춘향'의 적극적 면모를 확인할 수 있다.

③ (나)에서 이별 후 자신이 겪을 고난을 말하며 '도련님'의 마음을 돌리려는 모습을 통해, 문제 해결책을 강구하는 '춘향'의 치밀한 면모를 확인할 수 있다.

④ (나)에서 '도련님'에게 주안을 올리며 어쩔 수 없이 이별을 받아들이는 모습을 통해, 서글픈 현실을 감내하려는 '춘향'의 수용적 면모를 확인할 수 있다.

⑤ (가), (나)에서 '이별'이라는 두 글자를 철퇴로 깨뜨리고자 하는 모습을 통해, 북받친 감정을 토로하면서 탄식하는 '춘향'의 격정적 면모를 확인할 수 있다.

5

2018학년도 9월 평가원 모의고사 [기출]

〈보기〉를 바탕으로 [A], [B]를 감상한 내용으로 적절하지 않은 것은?

보기

조선 후기에 책을 대여하고 값을 받는 세책업자는 '춘향전'을 (가)와 같은 세책본 소설로, 유흥적 노래를 지은 잡가의 담당층은 '춘향전'의 대목을 (나)와 같은 잡가로 제작했다.

세책업자는 과장되고 재치 있는 표현을 활용하여 흥미를 높이거나 특정 부분의 분량을 늘려 이윤을 얻으려 했다. 잡가의 담당층은 노래의 내용을 단시간에 전달하기 위해 상황을 집약해 설명하고 인물의 감정을 드러내는 가사를 반복해 청중의 공감을 끌어냈다. 연속되지 않은 장면들을 엮어 노래를 구성할 때에는 작품 속 화자의 역할이 바뀌기도 하였다.

① [A]에서 '생눈 나올 일'이라는 과장된 표현을 쓴 것은 작품의 흥미를 높이려는 취지와 관련되겠군.

② [A]에서 '도련님'에게 거듭하여 묻는 형식을 사용한 것은 분량을 늘리려는 의도와 관련되겠군.

③ [B]에서 첫 행에 작품의 상황을 제시한 것은 청중을 작품의 내용에 빠르게 끌어 들이려는 전략과 관련되겠군.

④ [B]에서 '못 가시리다'라는 구절을 반복하여 인물의 감정을 강조한 것은 청중의 공감을 유발하려는 목적과 관련되겠군.

⑤ [B]에서 화자가 해설자에서 인물로 역할을 바꾸는 것은 연속되지 않은 장면들이 엮여 작품이 구성되었음을 알게 해 주는 단서이겠군.

[1~5] 다음 글을 읽고 물음에 답하시오.

좌우에 탁자 놓아 만권 서책 쌓아 놓고

㉠**자명종과 자명악은 절로 울어 소리하며**

좌우에 당전(唐氈) 깔고 담방석과 백전요며

㉡**이편저편 화류교의(樺榴交椅) 서로 마주 걸터앉고**

[A]
거기 사람 처음 인사 차 한 그릇 갖다 준다

화찻종에 대를 받쳐 가득 부어 권하거늘

파르스름 노르스름 향취가 만구하데

저희들과 우리들이 언어가 같지 않아

말 한마디 못 해 보고 덤덤하니 앉았으니

귀머거리 벙어린 듯 물끄러미 서로 보다

천하의 글은 같아 필담이나 하오리라

당연(唐硯)에 먹을 갈아 양호수필(羊毫鬚筆) 덤쩍 찍어

시전지(詩箋紙)를 빼어 들고 글씨 써서 말을 하니

묻는 말과 대답함을 글귀 절로 오락가락

간담을 상응하여 정곡(情曲) 상통(相通)하는구나

(중략)

황상이 상을 주사 예부상서 거행한다

삼 사신과 역관이며 마두와 노자(奴子)까지

은자며 비단 등속 차례로 받아 놓고

삼배(三拜)에 구고두(九叩頭)*로 사례하고 돌아오니

상마연* 잔치한다 예부에서 지휘하기로

[B]
삼 사신과 역관들이 예부로 나아가니

대청 위에 포진하고 상을 차려 놓은 모양

메밀떡에 밀다식에 겉밤 머루 비자(榧子) 등물(等物)

푸닥거리 상 벌이듯 좌우에 떠벌였다

다 각기 한 상씩을 앞에다 받아 놓으니

비위가 뒤집혀서 먹을 것이 전혀 없네

삼배주를 마시는 듯 연파(宴罷)하고 일어서서

뜰에 내려 북향하여 구고두 사례한 후

관소로 돌아와서 회환(回還) 날짜 택일하니

㉢**사람마다 짐 동이느라 각 방은 분분하고**

흥정 외상 셈하려 주주리는 지저귄다

㉣**장계(狀啓)를 발정(發程)하여 선래 군관(先來軍官) 전송하고**

추칠월 십일일에 회환하여 떠나오니

한 달 닷새 유하다가 시원하고 상연(爽然)하구나

천일방(天一方) 우리 서울 창망하다 갈 길이여

풍진이 분운(紛紜)한데 집 소식이 돈절하니

사오 삭(朔) 타국 객이 귀심(歸心)이 살 같구나

숭문문 내달아서 통주로 향해 가니

㉤**올 적에 심은 곡식 추수가 한창이요**

서풍이 삽삽하여 가을빛이 쾌히 난다

– 홍순학, 「연행가」

* 구고두 : 공경하는 뜻으로 머리를 땅에 아홉 번 조아림.

* 상마연 : 일을 마치고 떠나가는 외국 사신들을 위하여 베풀던 잔치.

1

윗글을 읽고 질문에 대한 답을 찾을 수 <u>없는</u> 것은?

① 방문한 나라의 음식은 입맛에 잘 맞았나요?
② 방문한 나라 사람들과 말은 잘 통하였나요?
③ 방문한 나라에서 어떤 일을 하였나요?
④ 방문한 나라에서 얼마나 머물렀나요?
⑤ 방문한 나라에서 숙소는 어땠나요?

2

〈보기〉를 참고하여 윗글을 감상한 내용으로 적절하지 <u>않은</u> 것은?

> **보기**
>
> 이 글은 홍순학이 청나라에 다녀왔던 일을 기록한 기행가사이다. 기행 과정에서 보고 들었던 것들을 사실적으로 기록했기에 청나라의 문화와 문물들에 대해 알 수 있다. 또한 보고들은 사실 뿐아니라 자신의 감정, 청나라 문물에 대한 평가 등이 있어 잘 쓰인 기행가사 중 하나로 손꼽히고 있다.

① 교류하는 사람들을 만나는 곳의 배경 묘사를 통해 청나라 문화나 문물에 대해 알 수 있군.
② 황상에게 상을 받는 상황을 묘사하여 사실적으로 기록하고 있군.
③ 필담으로 정곡을 상통하게 하였다고 하니 청나라 사람들에 대한 적대적인 감정을 드러내고 있군.
④ 연회에 등장하는 다양한 먹거리를 통해 청나라의 음식 문화 등을 알 수 있군.
⑤ 집으로 돌아오는 기쁨을 표현하면서 자신의 감정을 드러내고 있군.

3

2017학년도 수능 [기출]

윗글에 대한 설명으로 가장 적절한 것은?

① 자연의 경이로운 풍광에 대한 감상을 장황하게 서술하고 있다.
② 학문과 관련된 사물을 나열하여 입신양명에 대한 화자의 관심을 드러내고 있다.
③ 객지에서의 낯선 풍물 및 경험에 대한 정서를 드러내고 회환할 때의 심정을 서술하고 있다.
④ 공식적인 행사에 참여한 다양한 사람들의 외양과 감정을 개성적으로 표현하고 있다.
⑤ 구체적인 시간을 나타내는 표현을 제시하여 귀국까지의 여정이 마무리되었음을 알려 주고 있다.

4

2017년 수능 [기출]

㉠~㉤을 이해한 내용으로 가장 적절한 것은?

① ㉠ : 청각적 이미지를 사용하여 대상이 지닌 슬픔을 표현하고 있다.
② ㉡ : 지시적 표현을 사용하여 상대와의 친밀감을 드러내고 있다.
③ ㉢ : 음성 상징어를 사용하여 이동을 앞둔 여유로운 분위기를 드러내고 있다.
④ ㉣ : 대구적 표현을 사용하여 새로운 계책을 마련한 기쁨을 드러내고 있다.
⑤ ㉤ : 계절감을 드러내는 표현을 사용하여 시간의 경과를 보여 주고 있다.

5

2017학년도 수능 [기출]

[A], [B]에 대한 감상으로 적절하지 <u>않은</u> 것은?

① [A]에서 '간담을 상응하여'는 상대방에 대한 경계심을, [B]에서 '뜰에 내려 북향하여'는 상대방에 대한 거부감을 드러내는군.
② [A]에서 '우리들'은 '거기 사람'에게 인사로 차를 대접받고, [B]에서 '삼 사신' 일행은 '예부상서'를 통해 황상의 상을 하사받고 있군.
③ [A]에서 '필담'은 의사소통의 어려움을 해결하는 수단을, [B]에서 '구고두'는 의례적 상황에서 감사를 표하는 공식적 예법을 나타내는군.
④ [A]에서 '글귀 절로 오락가락'은 난처한 상황이 해소되고 있음을, [B]에서 '비위가 뒤집혀서'는 난감한 상황에 처하게 되었음을 드러내는군.
⑤ [A]의 '귀머거리 벙어린 듯'은 대화가 이루어지지 못하는 상황을, [B]의 '메밀떡에 밀다식에 겉밤' 등은 여러 가지 음식을 차려 놓은 상황을 알려 주는군.

[1~5] 다음 글을 읽고 물음에 답하시오.

(가)

어와 **동량재(棟梁材)***룰 뎌리 ᄒ야 어이 홀고

헐쯔더 **기운 집의 의논(議論)**도 하도 할샤

믓 목수 고자(庫子) 자* 들고 허둥대다 말려ᄂ다

　　　　　　　　　　　　　　　 - 정철

(나)

바깥 **별감*** 많이 있어 ㉠**바깥 마름 달화주***도

제 소임 다 바리고 몸 ᄭ릴 ᄲ이로다

비 ᄉ여 셔근 집을 뉘라셔 곳쳐 이며

옷 버서 문허진 담 뉘라셔 곳쳐 쌀고

㉡**불한당 구멍 도적** 아니 멀니 단이거든

화살 춘 **수하상직(誰何上直)*** 뉘라셔 힘써 ᄒ고

큰나큰 기운 집의 **마누라*** 혼자 안자

명령을 뉘 드르며 논의를 눌라 홀고

낫 시름 밤 근심 혼자 맛다 계시거니

옥 ᄀᆞᄐ 얼굴리 편ᄒ실 적 몇 날이리

이 집 이리 되기 뉘 타시라 ᄒ셔이고

혬 업는 죵의 일은 믓도 아니 ᄒ려니와

도로혀 혜여ᄒ니 마누라 타시로다

㉢**뇌 주인** 외다 ᄒ기 죵의 죄 만컨마ᄂ

그러타 세상 보려 민망ᄒ야 사뢰나이다

㉣**새끼 ᄭᆞ기** 마르시고 내 말ᄉᆞᆷ 드로쇼셔

집일을 곳치거든 죵들을 휘오시고

죵들을 휘오거든 상벌을 밝히시고

㉤**상벌**을 밝히거든 **어른 죵**을 미드쇼셔

진실노 이리 ᄒ시면 가도(家道) 절노 닐니이다

　　　　　　　 - 이원익, 「고공답주인가(雇工答主人歌)」

* 동량재 : 건축물의 마룻대와 들보로 쓸 만한 재목.
* 고자 자 : 창고지기가 쓰는 작은 자.
* 별감 : 사내 하인끼리 서로 존대하여 부르던 말.
* 달화주 : 주인집 밖에서 생활하는 종들에게서 주인에게 내야 할 대가를 받아오는 일을 맡아 보던 사람.
* 수하상직 : "누구냐!" 하고 외치는 상직군.
* 마누라 : 상전, 마님 등을 이르는 말

1

〈보기〉와 (가)를 감상한 내용으로 가장 적절한 것은?

보기
눈처럼 새하얀 새로 짜낸 무명베를
이방에 낼 돈이라고 졸개가 와 뺏는구나
누전의 조세를 성화같이 독촉하여
삼월하고 중순이면 세 실은 배를 띄운다네
- 정약용, 「탐진촌요」

① 〈보기〉와 (가)의 화자는 현실의 부정적 모습을 비판하고 있다.

② 〈보기〉와 (가)의 화자는 현실의 억압 속에서 자유를 찾고자 노력하고 있다.

③ 〈보기〉와 (가)의 화자는 현실의 힘듦을 이겨 내고자 하는 의지를 드러내고 있다.

④ 〈보기〉와 달리 (가)의 화자는 부정적 현실에 적극적으로 맞서고 있다.

⑤ (가)와 달리 〈보기〉의 화자는 현실 속에서 고통받고 있는 사람들을 위한 구체적 해결 방안을 보여 주고 있다.

2

〈보기〉를 참고하여 (나)를 감상한 내용으로 적절하지 <u>않은</u> 것은?

보기

(나)는 허전의 '고공가'에 대한 답가로 임진왜란 이후 나라가 황폐해진 상황에서 당쟁만 일삼는 신하들을 비판하며 임금에게 나라를 일으킬 수 있는 방법을 나라를 집에 비유하여 알려주고 있다.

① '제 소임 다 바리고'에서 신하들이 자신들의 책무를 다하지 않는 상황임을 비유하고 있는 것 같아.
② '불한당 구명 도적'이 아직 곁에 있다 하니 왜적의 위험이 아직 끝난 것이 아님을 비유하고 있는 것 같아.
③ '크나큰 기운 집의 마누라'는 쇠락해가는 나라의 주인을 의미하니 임금을 비유하고 있는 것 같아.
④ '옥 갓튼 얼굴'은 간신배들의 말에 속아 평안하게 살고 있는 임금을 비유하고 있는 것 같아.
⑤ '집일을 곳치거든'은 나라의 기강을 바로 잡는 상황을 비유하고 있는 것 같아.

3

(가), (나)의 표현 방식에 대한 설명으로 가장 적절한 것은?

① (가)와 달리 (나)에서는 연쇄와 반복을 통해 리듬감이 나타나고 있다.
② (나)와 달리 (가)에서는 설의적인 표현을 통해 안타까움의 정서가 강조되고 있다.
③ (나)와 달리 (가)에서는 직유의 방식을 통해 대상의 이미지가 선명하게 드러나고 있다.
④ (가), (나)에서는 모두 색채어를 통해 대상의 면모가 강조되고 있다.
⑤ (가), (나)에서는 모두 과거와 현재의 대비를 통해 시상의 전환이 이루어지고 있다.

4

㉠~㉤에 대한 이해로 적절하지 <u>않은</u> 것은?

① ㉠ : 직분을 망각하여 화자에 의해 비판을 받고 있는 존재
② ㉡ : 가까운 곳에 있으며 화자에게 불안감을 주고 있는 세력
③ ㉢ : 잘못된 일을 고치도록 화자가 설득하고 있는 청자
④ ㉣ : 화자가 청자에게 당부하는 시급하고 중요한 행위
⑤ ㉤ : 화자가 공정하고 엄중하게 시행되기를 바라고 있는 일

5

〈보기〉를 참고하여 (가), (나)를 감상한 내용으로 가장 적절한 것은?

보기

유학 이념에서는 국가를 가족의 확장된 형태로 본다. 집안의 화목을 위해서는 구성원들이 자기 역할에 충실해야 하듯, 국가의 안정적인 경영을 위해서는 군신(君臣)이 본분을 다해야 한다. 조선 시대 시가에서는 이러한 이념을 담아 국가를 집으로 표현하는 경우가 많다.

① (가)의 '동량재'와 (나)의 '어른 죵'은 모두 국가의 바람직한 경영을 위해 요구되는 중요한 요소를 뜻하겠군.
② (가)의 '기운 집'은 위태로운 상태에 놓인 국가를, (나)의 '기운 집'은 되돌릴 길 없이 기울어 패망한 국가를 나타내겠군.
③ (가)의 '의논'과 (나)의 '논의'는 모두 국가 대사를 위해 임금과 신하가 합의하여 도출해 낸 올바른 대책을 뜻하겠군.
④ (가)의 '뭇 목수'는 조정의 일에 무관심한 신하들을, (나)의 '혬 업는 죵'은 조정의 일에 지나치게 관여하는 신하를 나타내겠군.
⑤ (가)의 '고자 자'와 (나)의 '문허진 담'은 모두 외세의 침입에 협조하며 국익을 저버리고 사익을 추구하는 마음을 뜻하겠군.

[1~5] 다음 글을 읽고 물음에 답하시오.

(가)

㉠동창이 밝았느냐 노고지리 우지진다

소 칠 아이는 상기 아니 일었느냐

재 너머 사래 긴 밭을 언제 갈려 하나니

- 남구만

(나)

㉡도롱이에 호미 걸고 뿔 굽은 검은 소 몰고

고동풀 뜯기면서 개울물 가 내려갈 제

어디서 품 진* 벗님 함께 가자 하는고

〈제2수〉

둘러내자* 둘러내자 우거진 고랑 둘러내자

㉢바랭이 여뀌 풀을 고랑마다 둘러내자

쉬 짙은 긴 사래는 마주 잡아 둘러내자

〈제3수〉

땀은 듣는 대로 듣고 볕은 쬘 대로 쬔다

청풍에 옷깃 열고 긴 휘파람 흘리 불 제

어디서 길 가는 손님네 아는 듯이 머무는고

〈제4수〉

- 위백규, 「농가(農歌)」

(다)

사월이라 초여름 되니 입하 소만 절기로다

㉣비 온 끝에 볕이 나니 날씨도 화창하다

떡갈잎 퍼질 때에 뻐꾹새 자주 울고

보리 이삭 패어 나니 꾀꼬리 노래한다

농사도 한창이요 누에치기 한창이라

남녀노소 몰두하니 집에 있을 틈이 없어

㉤적막한 사립문을 녹음(綠陰) 속에 닫았도다

목화를 많이 가꾸소 길쌈의 근본이라

수수 동부 녹두 참깨 부룩*을 적게 하소

갈 꺾어 거름할 제 풀 베어 섞어 하소

물 댄 논을 써레질하고 이른 모를 내어 보세

- 정학유, 「농가월령가(農家月令歌)」

* 품진 : 품앗이를 한.

* 둘러내자 : 휘감아서 걷어 내자.

* 부룩 : 곡식이나 채소를 심은 사이사이에 다른 농작물을 심는 일.

1

(가), (다)에 대한 설명으로 가장 적절한 것은?

① (가)는 (다)와 달리 불성실한 인물을 원망하고 있다.

② (가)는 (다)와 달리 화자와 인물 간의 관계가 명확히 드러나 있다.

③ (가)는 (다)와 달리 시간과 공간적 배경이 구체적으로 드러나 있다.

④ (다)는 (가)와 달리 구체적인 절기에 해야 할 일이 언급되어 있다.

⑤ (다)는 (가)와 달리 농민을 가르쳐야 하는 양반의 책무가 드러나 있다.

2

(다)와 〈보기〉를 비교하여 감상한 내용으로 가장 적절한 것은?

> **보기**
>
> 두류산(頭流山) 양단수(兩端水를) 녜 듯고 이제 보니
>
> 도화(桃花) 뜬 묽은 물에 산영(山影)조차 잠겻셰라
>
> 아희야 무릉(武陵)이 어듸오 나는 옌가 ᄒ노라
>
>   - 조식

① (다)와 〈보기〉의 화자는 자연의 아름다움을 예찬하고 있다.

② (다)와 〈보기〉의 화자는 자연에서의 삶을 즐기고 자랑하고 있다.

③ (다)와 〈보기〉의 화자는 이상적 공간으로 가고자 하는 소망을 드러내고 있다.

④ (다)와 달리 〈보기〉의 화자는 자연물을 의인화하며 그와 하나가 되는 물아일체(物我一體)의 경지를 경험하고 있다.

⑤ 〈보기〉와 달리 (다)의 화자는 자연을 노동의 공간으로 인식하며 그 속에서 해야 할 일을 알려주고 있다.

3

2016학년도 6월 평가원 모의고사 [기출]

(가)~(다)에 대한 설명으로 가장 적절한 것은?

① (가)에서는 근경에서 원경으로, (다)에서는 원경에서 근경으로 시선이 이동하고 있다.

② (나)의 〈제2수〉에는 생성의 이미지가, (다)에는 소멸의 이미지가 나타나 있다.

③ (나)의 〈제3수〉와 (다)에서는 화자의 심경 변화에 따라 시상이 전개되고 있다.

④ (나)의 〈제4수〉와 (다)에는 반어적 표현이 활용되고 있다.

⑤ (가), (나), (다)에는 모두 청각적 심상이 나타나 있다.

4

2016학년도 6월 평가원 모의고사 [기출]

㉠~㉤에 대한 이해로 적절하지 않은 것은?

① ㉠ : 밝아 오는 '동창'과 '노고지리'의 지저귐을 통해 '아이'가 일어나야 할 때임을 알려 주고 있다.

② ㉡ : '호미'를 챙기고 '소'를 직접 몰고 가는 모습을 통해 농사일을 하러 가는 장면을 묘사하고 있다.

③ ㉢ : '고랑'의 풀을 '마주 잡아' 걷어 내는 것을 통해 농사일을 함께 하려는 태도를 보여 주고 있다.

④ ㉣ : '비 온 끝에 볕이 나는 '화창'한 날씨를 통해 좋은 때에 일을 해야 하는 괴로움을 드러내고 있다.

⑤ ㉤ : '사립문'이 '녹음 속'에 닫혀 있는 모습을 통해 농번기에 집이 비어 있는 상황을 묘사하고 있다.

5

2016학년도 6월 평가원 모의고사 [기출]

(나)와 (다)를 비교하여 감상한 내용으로 적절하지 않은 것은?

① (나)에는 (다)와 달리, 특정 시기에 재배해야 하는 작물이 제시 되어 있군.

② (나)에는 (다)와 달리, 농사일 중에 휴식을 즐기는 여유로움이 그려져 있군.

③ (다)에는 (나)와 달리, 먹고 입는 것과 관련한 농사일이 다양하게 나타나 있군.

④ (나)와 (다)의 화자는 모두 노동의 현장을 주목하고 있군.

⑤ (나)와 (다)의 배경은 모두 농부들의 일상적인 삶을 보여 주는 공간으로 볼 수 있군.

[1~5] 다음 글을 읽고 물음에 답하시오.

(가)

산중에 벗이 없어 한기(漢紀)*를 쌓아 두고

만고 인물을 거슬러 헤아리니

성현도 많거니와 호걸도 많고 많다

하늘 삼기실 제 곧 무심할까마는

어찌하여 시운(時運)이 일락배락* 하였는가

모를 일도 많거니와 애달픔도 그지없다

기산(箕山)의 늙은 고불 귀는 어찌 씻었던가*

박 소리 핑계하고* 조장(操狀)*이 가장 높다

인심이 낯 같아서 볼수록 새롭거늘

㉠세사(世事)는 구름이라 험하기도 험하구나

엊그제 빚은 술이 얼마큼 익었나니

잡거니 밀거니 실컷 기울이니

마음에 맺힌 시름 적게나 하리로다

거문고 줄을 얹어 풍입송(風入松)* 이었구나

손인지 주인인지 다 잊어버렸구나

장공(長空)에 뜬 학이 이 골의 진선(眞仙)이라

요대 월하(瑤臺月下)*에 행여 아니 만나신가

손이 주인더러 이르되 그대 그인가 하노라

– 정철, 「성산별곡」

(나)

벗님네 ⓐ**남산**에 가세 좋은 기약 잊지 마오

익은 술 점점 쉬고 지진 화전 상해 가네

자네가 아니 간다면 내 혼자인들 어떠리

〈제1수〉

어허 이 미친 사람아 날마다 흥동(興動)*일까

어제 곡성 보고 또 어디를 가자는 말인고

우리는 ⓑ**중시(重試) 급제**하고 좋은 일 하여 보려네

〈제2수〉

저 사람 믿을 형세 없다 우리끼리 놀아 보자

복건 망혜(幞巾芒鞋)로 실컷 다니다가

돌아와 ⓒ**승유편(勝遊篇)*** 지어 후세 유전(後世流傳)하리라

〈제3수〉

우리도 갈 힘 없다 숨차고 오금 아파

ⓓ**창** 닫고 더운 방에 마음껏 퍼져 있어

배 위에 아기들을 치켜 올리며 사랑해 보려 하노라

〈제4수〉

벗이야 있고 없고 남들이 웃거나 말거나

ⓔ**양신 미경(良辰美景)***을 남이 말한다고 아니 보랴

평생의 이 좋은 회포를 실컷 펼치고 오리라

〈제5수〉

– 권섭, 「독자왕유희유오영(獨自往遊戲有五詠)」

* 한기 : 책.

* 일락배락 : 흥했다가 망했다가.

* 기산의~씻었던가 : 기산에 숨어 살던 허유가 임금의 자리를 주겠다는 요임금의 말을 듣자, 이를 거절하고 귀를 씻었다는 고사.

* 박 소리 핑계하고 : 허유가 표주박 하나도 귀찮다고 핑계하고.

* 조장 : 기개 있는 품행.

* 풍입송 : 악곡 이름.

* 요대 월하 : 신선이 사는 달 아래.

* 흥동 : 흥에 겨워 다님.

* 승유편 : 즐겁게 잘 놀았던 일을 적은 글.

* 양신 미경 : 좋은 시절과 아름다운 경치

1

〈보기〉는 (나)의 글쓴이가 창작을 위해 세운 계획을 가상으로 구성한 것이다. (나)에 반영되어 있는 것만을 있는 대로 고른 것은?

보기
ㄱ. 화자와 다른 이들간의 대화 형식으로 시상을 전개해야겠어.
ㄴ. 과거의 기대와 다른 현재의 모습에 대한 아쉬움을 담아야겠어.
ㄷ. 역사적 인물을 떠올리며 역사의 흥망으로 세상사의 무상함을 드러내야겠어.
ㄹ. 세속의 욕망을 떠나 자연에서 한가로운 삶을 살고 있는 내용을 담아야겠어.

① ㄱ, ㄴ   ② ㄱ, ㄴ, ㄹ   ③ ㄱ, ㄴ, ㄷ, ㄹ
④ ㄴ, ㄷ   ⑤ ㄷ, ㄹ

2

2013학년도 수능 [기출 변형]

(가), (나)에 대한 설명으로 가장 적절한 것은?

① (가)는 대상들의 속성을 대비하여 화자가 지향하는 삶을 드러내고 있다.
② (나)는 시간적 배경에 의미를 부여하여 삶의 무상함을 드러내고 있다.
③ (가),(나)는 가상의 상황을 설정하여 환상적 분위기를 조성하고 있다.
④ (가),(나)는 선경후정의 방식으로 화자의 애상적 정서를 고조하고 있다.
⑤ (가),(나)는 과거의 기대와 다른 현재의 모습에 대한 아쉬움을 드러내고 있다.

3

2013학년도 수능 [기출]

(가)에 대한 이해로 적절하지 않은 것은?

① 화자는 '한기'에서 '성현', '호걸'과 같은 역사적 인물들을 헤아려 보고 있다.
② '시운'이 '일락배락' 하는 것에서 화자는 역사의 영광과 고난을 깨닫고 있다.
③ 고사를 들어 '고불'의 '조장'이 높다고 하면서 화자는 세상에 초연했던 '고불'의 인생관을 긍정하고 있다.
④ '손'과 '주인'이 어울려 '풍입송'을 연주하는 장면에서 화자의 소외감이 심화되고 있다.
⑤ 화자는 '손'의 말을 빌려 '주인'을 '진선'에 비유하며 '주인'의 흥취 있는 삶을 흠모하고 있다.

4

2013학년도 수능 [기출]

(가)의 화자의 관점에서 볼 때, ⓐ~ⓔ 중 시적 의미가 ㉠과 가장 가까운 것은?

① ⓐ   ② ⓑ   ③ ⓒ   ④ ⓓ   ⑤ ⓔ

5

2013학년도 수능 [기출]

〈보기〉를 참고하여 (나)를 이해한 내용으로 적절하지 않은 것은?

보기
(나)는 작자가 문관(文官) 등과 남산에 놀이 가기로 약속했으나 그들이 모두 약속을 지키지 않자 결국 혼자 가게 된 경위와 심정을 노래한 것이다. 제1수부터 제5수까지 '작자-문관-작자-또 다른 인물-작자' 순으로 인물이 달리 등장하고 있다. 희곡에서 등장인물들이 대화를 주고받는 것처럼 각각 자신의 생각과 입장을 묻고 답하는 방식을 활용하고 있으며, 일상적 시어를 사용하여 당시의 생활상을 사실적으로 나타내고 있다.

① 제1수에서 제5수까지 화자를 바꿔 가며 극적 요소를 가미하여 시상을 전개하고 있다.
② 제1수의 요청과 제2수의 불응, 제3수의 요청과 제4수의 불응이 반복되어 서로의 입장 차이를 보이고 있다.
③ 제1수의 화자의 의도를 제5수에서도 드러내면서 주제를 강조하는 효과를 거두고 있다.
④ 제3수의 종장과 제4수의 초장에서는 일상적 관용 어구를 사용하여 엄숙한 분위기를 자아내고 있다.
⑤ 제4수의 중장과 종장에서는 생활 속 삶의 모습을 사실적으로 표현하고 있다.

[1~5] 다음 글을 읽고 물음에 답하시오.

(가)

강호 한 꿈을 꾼 지도 오래러니

입과 배가 누가 되어 어즈버 잊었도다

저 물을 바라보니 푸른 대도 하도 할샤

훌륭한 군자들아 낚대 하나 빌려스라

갈대꽃 깊은 곳에 명월 청풍 벗이 되어

임자 없는 풍월 강산에 절로절로 늙으리라

무심한 백구(白鷗)야 오라 하며 말라 하랴

다툴 이 없을 건 다만 이건가 여기노라

이제는 소 빌 이* 맹세코 다시 말자

무상한 이 몸에 무슨 지취(志趣) 있으련만

두세 이랑 밭 논을 다 묵혀 던져두고

있으면 죽 이요 없으면 굶을망정

남의 집 남의 것은 전혀 부러워 말겠노라

내 빈천 싫게 여겨 손을 저어 물러 가며

남의 부귀 부럽게 여겨 손을 친다고 나아오랴

인간 어느 일이 명(命) 밖에 생겼으리

[A]

빈이무원(貧而無怨)*을 어렵다 하건마는

내 생애 이러하되 설운 뜻은 없노매라

— 박인로, 「누항사(陋巷詞)」

(나)

[B]
천심절벽(千尋絕壁) 섯난 아래 일대 장강(一帶長江)흘러간다.

백구(白鷗)로 벗을 삼아 어조 생애(漁釣生涯)* 늘거가니

두어라 세간 소식(世間消息) 나는 몰라 하노라.
〈제2곡〉

[C]
공산리(空山裏) 저 가는 달에 혼자 우는 저 두견(杜鵑)아.

낙화 광풍(落花狂風)에 어느 가지 의지하리.

백조(百鳥)*야 한(恨)하지 말아 내곳* 설워 하노라.
〈제4곡〉

— 권구, 「병산육곡(屛山六曲)」

* 소 빌 이 : 소 빌리는 일.
* 빈이무원 : 가난해도 원망하지 않음.
* 어조 생애 : 물고기 잡으며 살아가는 생활.
* 백조 : 모든 새.
* 내곳 : 내가

1

〈보기〉의 밑줄 친 ⓐ, ⓑ와 유사한 관계를 드러내는 시어를 (가), (나)에서 바르게 찾은 것은?

보기
ⓐ**부귀(富貴)**라 구(求)치 말고 ⓑ**빈천(貧賤)**이라 염치 말아 인생 백년이 한가(閑暇)할사 사니 이내 것이 백구야 날지 말아 너와 망기(忘機)하오리라. — 권구, 「병산육곡」 제1곡

* 염치 : 싫어하지

① (가)의 강호와 풍월 강산이 ⓐ, ⓑ와 유사한 관계를 보여주고 있다.

② (가)의 백구와, 소가 ⓐ, ⓑ와 유사한 관계를 보여주고 있다.

③ (가)의 강호와 (나)의 세간 소식이 ⓐ, ⓑ와 유사한 관계를 보여주고 있다.

④ (가)의 빈이무원과 (나)의 달이 ⓐ, ⓑ와 유사한 관계를 보여주고 있다.

⑤ (나)의 장강과 백조가 ⓐ, ⓑ와 유사한 관계를 보여주고 있다.

2

(가)~(다)에 대한 설명으로 적절한 것은?

① (가)는 풍자의 기법을 활용하여 대상을 조롱하고 있다.

② (나)는 세상과 거리를 두고 살고자 하는 의지가 드러난다.

③ (나)는 감정을 절제한 표현으로 서정적 분위기를 조성하고 있다.

④ (가)와 (나)는 의인화된 대상을 통해 세태를 비판하고 있다.

⑤ (가)와 (나)는 선경후정의 구조를 통해 삶에 대한 회의를 드러내고 있다.

3

(가), (나)의 소재에 대한 이해로 적절하지 <u>않은</u> 것은?

① (가)의 '죽'은 화자의 궁핍한 생활을 나타내는 소재이다.

② (나)의 '광풍'은 화자를 번민하게 한다.

③ (나)의 '백구'는 화자가 긍정적 가치를 부여하는 대상이다.

④ (나)의 '두견'은 화자의 처지와 동일함을 보여주는 대상이다.

⑤ (가)의 '풍월 강산'과 (나)의 '세간'은 풍류의 공간이다.

4

[A] 부분에 〈보기〉의 내용이 들어 있는 이본(異本)이 있다. 〈보기〉가 추가됨으로써 나타나는 효과로 가장 적절한 것은?

보기
가난타 이제 죽으며 부유하다 백년 살랴 원헌(原憲)*이는 몇 날 살고 석숭(石崇)*이는 몇 해 살았나 * 원헌 : 춘추 시대에 청빈(淸貧)하게 산 학자. * 석숭 : 진(晉)나라 때의 큰 부자.

① 여러 인물을 등장시켜 대화 상황으로 전환하고 있다.

② 새로운 공간을 더하여 사건의 선후 관계를 짐작하게 한다.

③ 이질적인 이야기를 삽입하여 새로운 갈등을 유발하고 있다.

④ 구체적인 단서를 제공하여 인물 간의 심리적 거리를 드러내고 있다.

⑤ 역사 속 인물을 끌어와 화자의 삶에 대해 독자의 공감을 이끌어 내고 있다.

5

[B]와 [C]에 대한 감상으로 적절하지 <u>않은</u> 것은?

① [B]의 초장은 수직과 수평 이미지를 통해 공간을 묘사하고 있다.

② [B]의 중장은 대상에게 말을 건네는 방식을 사용하여 자연과의 일체감을 강조하고 있다.

③ [C]의 초장은 시각과 청각 이미지를 통해 애상적 분위기를 자아내고 있다.

④ [C]의 중장은 설의적 표현을 사용하여 대상의 처지를 드러내고 있다.

⑤ [B]와 [C]의 종장은 화자가 직접 등장하여 내면을 드러내고 있다.

(가)

鷰子初來時 제비 한 마리 처음 날아와

喃喃語不休 지지배배 @그 소리 그치지 않네

語意雖未明 말하는 뜻 분명히 알 수 없지만

似訴無家愁 집 없는 서러움을 호소하는 듯

楡槐老多穴 느릅나무 홰나무 묵어 구멍 많은데

何不此淹留 어찌하여 그곳에 깃들지 않니

鷰子復喃喃 제비 다시 지저귀며

似與人語酬 사람에게 말하는 듯

楡穴鸛來啄 느릅나무 구멍은 황새가 쪼고

槐穴蛇來搜 홰나무 구멍은 뱀이 와서 뒤진다오

– 정약용, 「고시(古詩)」

(나)

북창(北窓)에 기대 앉아 새벽을 기다리니

무정한 오디새는 이 내 한을 돕는다

아침까지 울적하여 ㉠먼 들을 바라보니

즐기는 농가(農歌)도 흥 없이 들린다

세정(世情)* 모르는 한숨은 그칠 줄을 모른다

술 고기 있으면 친구도 사귀련만

두 주먹 비게 쥐고 물정 모르는 말에 모습도 못 고우니

하루아침 부릴 소도 못 빌려 말았거든

하물며 교외(郊外)에서 취(醉)할 뜻을 갖을쏘냐

아까운 저 쟁기는 볏보임도 좋을시고

가시 엉킨 묵은 밭도 쉽사리 갈련만은

㉡텅 빈 집 벽에 쓸 데 없이 걸렸구나

차라리 첫 봄에 팔아나 버릴 것을

이제야 팔려 한들 알 이 있어 사려오랴

봄갈이도 끝나간다 후리 쳐 던져두자

강호 한 꿈을 꾼 지도 오래러니

㉢입과 배가 누가 되어 어즈버 잊었도다

저 물을 바라보니 푸른 대도 하도할샤

㉣훌륭한 군자들아 낚대 하나 빌려스라

갈대꽃 깊은 곳에 명월청풍 벗이 되어

㉤임자 없는 풍월강산에 절로절로 늙으리라

– 박인로, 「누항사」

* 세정 : 세상 물정.

6

〈보기〉를 참고하여 (가)를 읽은 후의 반응으로 가장 적절한 것은?

보기
정약용은 실학자로 실학사상을 바탕으로 사회의 모순과 관리들의 횡포, 백성들의 고난과 아픔 등에 대한 내용을 주제로 시를 써 세상에 현실을 알리고 있다.

① 백성들의 어려운 삶을 보고 위정자들이 그들의 잘못을 깨닫고 백성들을 제대로 다스려야 된다고 생각했던 것 같아.

② 현실을 직접 비판하기 두려워서 비유적으로 자신의 생각을 드러내고 민중을 선동하려고 했던 것 같아.

③ 백성의 현실을 폭로하여 스스로 자신의 상황을 이겨나갈 수 있게 도와주려고 했던 것 같아.

④ 힘들고 지친 백성들을 제대로 살게 하기 위해 실학 사상을 설파하려 했던 것 같아.

⑤ 민중과 소통하고자 하는 자신의 바람을 시에 담아 전하려 했던 것 같아.

7
2009학년도 6월 평가원 모의고사 [기출 변형]

(가)~(나)의 공통점으로 가장 적절한 것은?

① 현실에 대한 역사적 인식이 담겨 있다.

② 불만족스러운 삶의 현실이 내재되어 있다.

③ 일상생활의 소중함에 대한 자각이 나타나 있다.

④ 현실과의 단절로 인한 안타까움이 드러나 있다.

⑤ 자신의 삶의 태도를 반성하면서 개선하고자 한다.

8
2009학년도 6월 평가원 모의고사 [기출]

(가)와 (나)에 대한 설명으로 적절하지 않은 것은?

① (가)는 대비적 관계에 있는 시어를 배치하고 있다.

② (나)는 공간의 이동 경로에 따라 사물의 다양한 속성을 드러내고 있다.

③ (가)는 (나)와 달리 풍자적 표현을 활용하여 주제를 드러내고 있다.

④ (나)는 (가)와 달리 설의적인 표현을 사용하여 의미를 강조하고 있다.

⑤ (나)는 (가)에 비해 화자의 내면이 잘 드러나는 어조를 취하고 있다.

9
2009학년도 6월 평가원 모의고사 [기출 변형]

ⓐ에 대한 설명으로 적절한 것은?

① 화자가 공감할 수 없는 것

② 화자의 외로움을 확대시키는 원인

③ 화자의 심리적 갈등을 초래하는 계기

④ 화자가 자신을 되돌아보게 되는 원인

⑤ 화자에게 동정심을 불러일으키는 계기

10
2009학년도 6월 평가원 모의고사 [기출]

〈보기〉를 참조하여 (나)의 ㉠~㉤을 감상한 것으로 적절하지 않은 것은?

보기
사대부들이 궁극적으로 지향했던 삶은 세상에 나아가 태평성대를 구현하는 데 힘을 보태는 것이었으며, 이것을 자신들의 직분이라고 생각했다. 박인로도 이와 같은 삶을 지향했으며 사대부의 직분을 실천하기 위해 노력했지만, 그럴만한 지위를 얻지 못했다. 그렇다고 세속적인 삶의 방식을 추종하며 살 수도 없었기에 세상에서 점점 소외될 수밖에 없었다. 이런 상황에서 갈등하다가 그가 선택하게 된 또 하나의 가치가 '안빈낙도(安貧樂道)'이다. 즉 안빈낙도는 자신의 뜻을 펼칠 수 없었던 상황에서 사대부로서의 고결한 내면을 지키기 위해 선택한 삶의 양식이었던 것이다.

① ㉠은 화자와 세상과의 심리적 거리를 표현한 것으로 볼 수 있겠군.

② ㉡은 사대부로서의 직분을 현실에서 실천할 수 없는 화자의 안타까운 처지를 드러낸 것으로 볼 수 있겠군.

③ ㉢은 화자가 선비로서의 고결한 삶을 살 수 없었던 이유로 볼 수 있겠군.

④ ㉣은 권력욕에 빠진 위정자들에 대한 비판을 보여 주는군.

⑤ ㉤은 안빈낙도하며 살아가겠다는 화자의 의지를 담고 있는 것으로 볼 수 있겠군.

학습 자료 - 〈조선 한시〉

조선에 들어서도 여전히 한시는 귀족, 양반층의 필수적 교양인 동시에 자기표현의 서정 양식으로서 널리 자리 잡았다. 문인, 사대부들에게 있어서 한시의 창작은 신분 관계 확인 및 계층 내의 교류에 꼭 필요한 수단이었다. 한시를 익숙하게 쓸 수 있기까지는 오랜 학습과 수련을 요한다. 따라서 이를 소화해 내고 넘어서는 것은 시적 재능을 평가하는데 중요한 요인이 되었다.

이 시기 시단의 분위기는 고려시대 이래 시인들이 따랐던 송시풍(宋詩風)에서 크게 벗어나지는 않았다. 하지만 선조 때의 삼당(三唐) 시인이라 불리는 최경창, 백광훈, 이달은 이러한 풍조를 배격하고 당시(唐詩)를 배우는데 힘을 기울였다. 이들은 정서 면을 중시하여 좀 더 낭만적이고 풍류적인 시를 쓰려고 했으며, 성조(聲調) 감각을 중시하였다. 이들 중에서도 이달은 특히 뛰어난 시인으로 이름을 떨쳤다.

그밖에 이 시기의 대표적인 작가들과 그들의 작품으로는 초가을 산촌 풍경에서 느끼는 나그네의 시름을 노래한 김시습의 〈도중(途中)〉, 시대 현실에 대한 염려와 세상을 경륜(經綸)하고 싶은 마음을 노래한 임제의 〈잠령민정(蠶嶺閔亭)〉, 독서와 안빈낙도의 생활을 노래한 서경덕의 〈독서유감(讀書有感)〉, 친정어머니를 두고 떠나는 안타까움을 노래한 신사임당의 〈대관령을 넘으면서〉, 불평등한 사회 현실에 대한 비판을 노래한 허난설헌의 〈빈녀음(貧女吟)〉 등이 있다.

조선 후기의 한시는 중국적 집착에서 벗어나 우리의 역사, 문화와 현실 경험을 좀 더 자각적으로 표현하는 방향으로 발전해 나갔다. 이런 경향을 우리는 정약용의 「조선시 선언(朝鮮詩宣言)」에서 볼 수 있다. 다산(茶山)의 문학관에서 우리가 주목해야 하는 것은 그의 시가 강한 민족 주체 의식을 담고 있다는 사실이다. 그 당시 민족 또는 국가란 개념은 중국과 연결지어서만 의미를 갖는 것이었다. 다산이 중국의 문자인 한자로 시를 쓰면서 민족 주체 의식을 담았다는 말이 언뜻 보기에는 모순되지만, 다산은 그 나름대로 중화주의(中華主義)의 절대적 권위에서 벗어나려고 노력하였다. 이러한 그의 노력의 결과는 「조선시 선언(朝鮮詩宣言)」으로 응축되어 나타난다. 시를 짓되 까다로운 규범을 버리고 느낌이 떠오르는 대로 바로 나타내야만 진실을 얻을 수 있다는 내용으로, 중국 시가 아닌 조선시를 이루어야 한다면서 '我是朝鮮人 甘作朝鮮詩(아시조선인 감작조선시)'[1]라고 선언하고 있다.

→ 정약용 초상과 전남 강진의 다산초당

〈다산초당 좌측면〉, 한국민족문화대백과사전(encykorea.aks.ac.kr), 한국학중앙연구원

---

1 나는 조선 사람이어서 조선시를 즐겨 짓는다.

MEMO

[1~5] 다음 글을 읽고 물음에 답하시오.

앉은 곳에 ⊙해가 지고 누운 자리 밤을 새워

잠든 밧긔 한숨이오 한숨 끝에 눈물일세

밤밤마다 꿈에 뵈니 **꿈**을 둘너 상시(常時)과저*

학발자안(鶴髮慈顔)* 못 뵈거든 안족서신(雁足書信)* 잦아짐에

기다린들 기별 올까 오노라면 ⓒ**달**이 넘네

못 본 제는 기다리나 보게 되면 시원할까

노친(老親) 소식 나 모를 제 내 소식 노친 알까

ⓒ**산**과 강물 막힌 길에 일반고사(一般苦思)* 뉘 헤올고

묻노라 밝은 달아 두 곳에 비추는가

따르고저 뜨는 **구름** 남천(南天)으로 닫는구나

흐르는 ②**내**가 되어 집 앞에 두르고저

나는 듯 ⑩**새**나 되어 창가에 가 노닐고저

내 마음 헤아리려 하니 노친 정사(情思) 일러 무삼

여의(如意) 잃은 용이오 키 없는 배 아닌가

추풍의 낙엽같이 어드메 가 머무를꼬

제택도 파산하고 친속(親屬)은 분찬*하니

도로에 방황한들 할 곳이 전혀 업네

어느 때에 주무시며 무엇을 잡숫는고

일점의리* 살피더니 어느 자손 대신할고

나 아니면 뉘 뫼시며 자모(慈母) 밧긔 날 뉘 괼고

남의 업슨 모자 정리(母子情理) 수유상리* 못하더니

조물(造物)을 뮈이건가 이대도록 떼쳐 온고

— 이광명, 「북찬가(北竄歌)」

* 꿈을 둘너 상시과저 : 꿈을 가져다 현실로 삼고 싶구나.
* 학발자안 : 머리가 하얗게 센 자애로운 얼굴.
* 안족서신 : 기러기 발목에 매달아 보낸 편지.
* 일반고사 : 괴롭거나 고통스러운 모든 생각.
* 분찬 : 바삐 달아나 숨음.
* 일점의리 : 한 벌의 옷과 한 켤레의 신발.
* 수유상리 : 잠깐 동안 서로 헤어짐.

[1~2] (가)~(나)를 읽고 물음에 답하시오.

(가)

⟨1⟩

산 너머 남촌에는 누가 살길래
해마다 봄바람이 남으로 오네

꽃 피는 사월이면 진달래 향기
밀 익는 오월이면 보리 내음새

어느 것 한 가진들 실어 안 오리
남촌서 남풍 불 제 나는 좋데나

⟨2⟩

산 너머 남촌에는 누가 살길래
저 하늘 저 빛깔이 저리 고울까

금잔디 너른 벌엔 호랑나비 떼
버들밭 실개천엔 종달새 노래

어느 것 한 가진들 들려 안 오리
남촌서 남풍 불 제 나는 좋데나

⟨3⟩

산 너머 남촌에는 배나무 있고
배나무꽃 아래엔 누가 섰다기,

그리운 생각에 영(嶺)*에 오르니

구름에 가리어 아니 보이나

끊었다 이어 오는 가는 **노래**

바람을 타고서 고이 들리데

－ 김동환, 「산 너머 남촌에는」

(나)

차례를 지내고 돌아온

구두 밑바닥에

고향의 저문 강물 소리가 묻어 있다

겨울 **보리** 파랗게 꽂힌 강둑에서

살얼음만 몇 발자국 밟고 왔는데

쑥골 상엿집 흰 눈 속을 넘을 때도

골목 앞 보세점 흐린 불빛 아래서도

찰랑찰랑 강물 소리가 들린다

내 귀는 얼어

한 소절도 듣지 못한 강물 소리를

구두 혼자 어떻게 듣고 왔을까

구두는 지금 황혼

뒤축의 **꿈**이 몇 번 수습되고

지난 가을 터진 가슴의 어둠 새로

누군가의 살아 있는 오늘의 부끄러운 촉수가

싸리 유채 꽃잎처럼 꿈틀댄다

고향 텃밭의 허름한 꽃과 어둠과

구두는 초면 나는 구면

건성으로 겨울을 보내고 돌아온 내게

고향은 꽃잎 하나 바람 한 점 꾸려 주지 않고

영하 속을 흔들리며 떠나는 내 낡은 구두가

저문 고향의 **강물** 소리를 들려준다.

출렁출렁 아니 덜그럭덜그럭.

－ 곽재구, 「구두 한 켤레의 시」

* 영(嶺) : 고개.

1

2012학년도 수능 [기출]

윗글과 (가), (나)의 공통점으로 가장 적절한 것은?

① 자연물을 통해 현실의 부정적 측면을 부각하고 있다.

② 대조적 소재의 열거를 통해 시적 긴장감을 높이고 있다.

③ 과거와 현재의 대비를 통해 그리움의 정서를 표현하고 있다.

④ 일상생활의 관찰을 통해 사물에서 삶의 교훈을 얻어 내고 있다.

⑤ 친숙한 사물을 통해 화자의 마음이 향하는 공간을 환기하고 있다.

2

2012학년도 수능 [기출]

윗글과 (가), (나)의 시어를 비교하여 이해한 내용으로 가장 적절한 것은?

① (가)의 '보리'와 (나)의 '보리'는 두 작품의 계절적 배경이 동일함을 알려 준다.

② (가)의 '꿈'과 윗글의 '꿈'은 출세하고자 하는 화자의 의지를 표현한다.

③ (가)의 '강물 소리'와 (나)의 '노래'는 대상에 대한 화자의 긍정적 태도를 드러낸다.

④ (나)의 '남풍'과 윗글의 '추풍'은 화자가 동경하는 세계와 화자를 매개한다.

⑤ (나)의 '구름'과 윗글의 '구름'은 자유로운 소통의 가능성을 차단한다.

3

2012학년도 수능 [기출]

윗글의 ㉠~㉤ 중 함축하는 의미가 동일한 것끼리 바르게 묶은 것은?

① ㉠, ㉢　　② ㉠, ㉣　　③ ㉡, ㉤

④ ㉢, ㉤　　⑤ ㉣, ㉤

4

윗글의 화자에 대한 설명으로 적절하지 <u>않은</u> 것은?

① 의문의 방식을 활용하여 화자의 생각을 구체화하고 있다.

② 비유를 사용하여 화자 또는 대상의 상황을 드러내고 있다.

③ 불가능한 상황을 가정하여 화자의 간절한 소망을 표현하고 있다.

④ 부르는 말의 반복을 통해 대상에 대한 화자의 친밀감을 드러내고 있다.

⑤ 유사한 통사구조를 반복하여 어머니에 대한 화자의 그리움을 표현하고 있다.

5

〈보기〉를 참고하여 윗글을 감상한 내용으로 적절하지 <u>않은</u> 것은?

보기
작가 이광명은 영조가 즉위한 후 노론과 소론의 당쟁 과정에서 유배를 가게 되었다. 작가는 어머니를 홀로 두고 함경도 갑산으로 가면서, 그 상황에 대한 한탄과 어머니에 대한 걱정과 그리움이 곳곳에 드러난다. 이런 점에서 「북찬가」는 임금에 대한 그리움과 충심을 노래한 다른 유배 가사들과는 구별된다.

① '앉은 곳'은 유배지였던 함경도 갑산 지역을 의미하겠군.

② '밤밤마다 꿈에 뵈니'에 생략된 목적어는 '학발자안'과 연결지어 생각할 때 홀로 남겨진 작가의 어머니겠군.

③ '키 없는 배'에는 임금 곁에서 보좌하지 못하는 신하로서의 안타까움이 드러나는군.

④ '일점의리 살피더니 어느 자손 대신할고'에는 어머니께 효를 다하지 못하는 화자의 걱정이 드러나는군.

⑤ '조물(造物)을 뮈이건가 이대도록 뗘쳐 온고'에는 어찌할 수 없는 상황에 대한 화자의 한탄이 드러나는군.

MEMO

(가)

[1] 풀은 ⊙**바람**이 동쪽으로 불면 동쪽으로 향하고 바람이 서쪽으로 불면 서쪽으로 향한다. 다들 바람 부는 대로 쏠리는데 굳이 따르기를 피하려 할 이유가 있겠는가? 내가 걸으면 그림자가 내 몸을 따르고 내가 외치면 메아리가 내 소리를 따른다. 그림자와 메아리는 내가 있기에 생겨난 것이니 따르기를 피할 수 있겠는가? 아무것도 따르지 않은 채 혼자 가만히 앉아서 한평생을 마칠 수 있을까? 그럴 수는 없는 법이다.

[2] 어째서 상고 시대의 의관을 따르지 않고 오늘날의 복식을 따르며, 중국의 언어를 따르지 않고 각기 자기 나라의 발음을 따르는 것일까? 이는 ⓛ**수많은 별들이 각자의 경로대로 움직이며** 하늘의 법칙을 따르고, 온갖 냇물이 각자의 모양대로 흐르며 땅의 법칙을 따르는 것과 같은 도리이다.

[3] 물론 일반적인 추세를 따르지 않고 자신의 천성과 사명을 견지하는 경우도 있다. 천하가 모두 주나라를 새로운 천자의 나라로 섬기게 되었음에도 백이와 숙제는 그것을 부끄럽게 여겼고, 모든 풀과 나무가 가을이면 시들어 떨어짐에도 소나무와 잣나무는 여전히 푸른 것이 바로 그런 경우이다. 그렇지만 우 임금도 방문하는 나라의 풍속에 따라 일시적으로 자신의 복식을 바꾸셨고, 공자도 사냥한 짐승을 서로 비교하는 노나라 관례를 따르시지 않았던가! 성인(聖人)도 모두가 함께 하는 부분을 위배할 수는 없었던 것이다.

[4] 그렇다면 많은 사람이 하는 대로 따르기만 하면 되는 것인가? 아니다! 이치를 따라야 한다. 이치는 어디에 있는가? 마음에 있다. 무슨 일이든지 반드시 자기 마음에 물어보라. 마음에 거리낌이 없으면 이치가 허락한 것이요, 마음에 거리낌이 있으면 이치가 허락하지 않은 것이다. 이렇게만 한다면 무엇을 따르든 모두 올바르고 하늘의 법칙에 절로 부합할 것이며, 어떤 상황에서든 마음만 따르다 보면 운명과 귀신도 모두 그 뒤를 따르게 될 것이다.

– 이용휴, 「수려기(隨廬記)*」

(나)

내 팔자가 사는 대로 내 고생이 닫는 대로
ⓒ**좋은 일도 그뿐이요 그른 일도 그뿐이라**
춘삼월 호시절에 화전놀음 와서들랑
꽃빛일랑 곱게 보고 새소리는 좋게 듣고
밝은 달은 예사 보며 맑은 바람 시원하다
좋은 동무 좋은 놀음에 서로 웃고 놀아 보소
ⓔ**사람 눈**이 이상하여 제대로 보면 관계찮고
고운 꽃도 새겨 보면 눈이 캄캄 안 보이고
귀도 또한 별일이지 그대로 들으면 괜찮은 걸
새소리도 고쳐 듣고 슬픈 마음 절로 나네
마음 심 자가 제일이라 단단하게 맘 잡으면
꽃은 절로 피는 거요 새는 예사 우는 거요
달은 매양 밝은 거요 바람은 일상 부는 거라
마음만 예사 태평하면 예사로 보고 예사로 듣지
보고 듣고 예사하면 고생될 일 별로 없소
앉아 울던 청춘과부 황연대각* 깨달아서
덴동어미 말 들으니 말씀마다 개개 옳아
이내 수심 풀어내어 이리저리 부쳐 보세
이팔청춘 이내 마음 봄 춘 자로 부쳐 보고

[A]
　　화용월태* 이내 얼굴 꽃 화 자로 부쳐 두고

　　술술 나는 긴 한숨은 세류춘풍 부쳐 두고

　　밤이나 낮이나 숱한 수심 우는 새나 가져

가게

　　일촌간장 쌓인 근심 도화유수로 씻어 볼

가

　　천만 첩이나 쌓인 설움 웃음 끝에 하나

없네

　　구곡간장 깊은 설움 그 말끝에 슬슬 풀려

　　삼동설한 쌓인 눈이 봄 춘 자 만나 슬슬

녹네

　　　　　　　　　　　　　　　－ 작자 미상, 「덴동어미화전가」

(다)

이런들 어떠하며 저런들 어떠하리

ⓜ**초야우생***이 이렇다 어떠하리

하물며 천석고황을 고쳐 무엇 하리

　　　　　　　　　　　　　　　〈제1수〉

유란(幽蘭)이 재곡(在谷)하니 자연이 듯디 죠

희

백설(白雪)이 재산(在山)하니 자연이 보디 죠

해

이중에 피미일인(彼美一人)*을 더욱 닛디 못

하얘　　　　　　　　　　　　　　〈제4수〉

고인(古人)도 날 못 보고 나도 고인 못 뵈

고인을 못 뵈도 가던 길 앞에 있네

가던 길 앞에 있거든 아니 가고 어찌할꼬

　　　　　　　　　　　　　　　〈제9수〉

[B]
　　청산은 어찌하여 만고에 푸르르며

　　유수는 어찌하여 주야에 그치지 아니한고

　　우리도 그치지 말아 만고상청(萬古常靑)

하리라　　　　　　　　　　　　〈제11수〉

우부(愚夫)도 알며 하거니 긔 아니 쉬운가?

성인도 못다 하시니 긔 아니 어려온가?

쉽거나 어렵거나 중에 늙는 줄을 몰래라.

　　　　　　　　　　　　　　　〈제12수〉

　　　　　　　　　　　　　　　－ 이황, 「도산십이곡」

* 수려기 : '따르며 살리라'라는 이름을 붙인 집에 대한 글.

* 황연대각 : 환하게 모두 깨달음.

* 화용월태 : 아름다운 여인의 얼굴과 맵시를 이르는 말.

* 초야우생 : 시골에 묻혀 사는 자신을 낮추어 이르는 말.

* 피미일인 : 저 아름다운 한 사람, 곧 임금을 뜻함

1　　　　　　2012학년도 9월 평가원 모의고사 [기출]

(가)~(다)의 공통점으로 가장 적절한 것은?

① 학문에 대한 관점을 보여 주고 있다.

② 삶의 자세에 대한 견해를 드러내고 있다.

③ 대상과 합일하고자 하는 의지를 드러내고 있다.

④ 이상을 추구하면서 사회의 모순을 비판하고 있다.

⑤ 현실에서 벗어나고자 하는 심리를 보여 주고 있다.

2　　　　　　2012학년도 9월 평가원 모의고사 [기출]

(나)의 인물에 대한 이해로 가장 적절한 것은?

① 덴동어미는 계획적인 삶이 중요하다고 생각하고 있군.

② 덴동어미는 본격적으로 화전놀이를 떠날 채비를 하겠
군.

③ 덴동어미는 청춘과부에게 생명력을 불어넣는 역할을
하는군.

④ 청춘과부는 자연의 변화에 무감각한 사람이 되어 버렸
군.

⑤ 청춘과부는 가난이 사람을 성숙하게 만드는 것이라고
믿게 되었군.

3

2012학년도 9월 평가원 모의고사 [기출]

[A]와 [B]의 표현상 특징으로 적절한 것은?

① [A]는 감정 이입을 통해 정적인 분위기를 만들어 내고 있다.

② [A]는 대화를 통하여 인물의 성격을 분명히 보여 주고 있다.

③ [B]는 자연물의 속성에 빗대어 화자의 의지를 드러내고 있다.

④ [B]는 의문형 어구를 반복하여 심리적 갈등을 드러내고 있다.

⑤ [A]와 [B] 모두 반어적 표현으로 주제 의식을 강조하고 있다.

4

2012학년도 9월 평가원 모의고사 [기출]

㉠~㉤에 대한 설명으로 적절한 것은?

① ㉠은 정처 없이 떠도는 인간의 운명을 의미한다.

② ㉡은 하늘의 별이 지상의 존재들에게 등불이 되어 준다는 의미이다.

③ ㉢은 마음이 상황에 따라 동요하지 않는다는 의미이다.

④ ㉣은 성숙한 인간이 가진 안목을 의미한다.

⑤ ㉤은 화자가 자신의 선택에 대해 회의하고 있음을 의미한다.

5

〈보기〉를 참고하여 (다)를 감상한 내용으로 적절하지 <u>않은</u> 것은?

보기
(다)는 작가가 벼슬을 사직하고 고향으로 내려와 창작한 것으로, 작가는 이 작품을 통해 자연에 살고 싶은 소망과 학문 수양에 대한 끝없는 의지를 드러내고 있다. 총 12수로 된 연시조로, 자연에 동화된 생활을 하면서 느끼는 수양과 완상, 유교적 감흥을 노래한 전반부의 언지(言志) 1~6수와 학문 수양에 대한 변함없는 의지를 노래한 후반부의 언학(言學) 7~12수로 구성되어 있다.

① 〈제1수〉의 '초야우생'은 자연에 사는 자신을 표현한 말로, '천석고황'과 함께 자연에 살고 싶은 화자의 소망을 보여준다고 할 수 있겠군.

② 〈제4수〉의 '유란'과 '백설'로 표상된 자연은 감상의 대상이자 동시에 임금을 생각하는 유교적 자세를 표현하는 공간이라고 볼 수 있겠군.

③ 〈제9수〉의 '고인'과 '가던 길'은 선배 학자들의 학문을 행하던 모습으로, '아니 가고 어찌할꼬'는 정치 현실 때문에 어쩔 수 없이 학문을 택하는 화자의 아쉬움을 보여준다고 할 수 있겠군.

④ 〈제11수〉의 '청산'과 '유수'는 변함없는 모습으로 인한 예찬의 대상으로, 꾸준히 학문에 정진하고자 하는 화자의 의지를 대변하는 대상이라고 볼 수 있겠군.

⑤ 〈제12수〉의 '우부'와 '성인'은 모두 학문을 하고 있는 사람들로, 자신의 수준과 실력에 관계없이 평생 학문을 하고자 하는 화자의 의지를 보여주기 위해 빌려 온 대상이라고 볼 수 있겠군.

MEMO

[1~5] 다음 글을 읽고 물음에 답하시오.

(가)

두터비 파리를 물고 두엄 우희 치다라 안자

것넌 산 바라보니 **백송골(白松鶻)**이 떠 잇거늘 가슴이 금즉하여 풀덕 뛰여 내닷다가 두엄 아래 잣바지거고

모쳐라 날낸 낼식만졍 에헐*질 번 하괘라.

　　　　　　　　　　　　　　　　　　－ 작자 미상

(나)

요사이 **고공**들은 생각이 어찌 아주 없어

밥사발 크나 작으나 동옷이 좋고 궂으나

마음을 다투는 듯 호수(戶首)*를 시샘하는 듯

무슨 일 감겨들어 흘깃할깃 하느냐

너희네 일 아니하고 시절조차 사나워

가뜩이 **나**의 세간 풀어지게 되었는데

엊그제 화강도(火強盜)에 가산(家産)이 탕진하니

집 하나 불타 버리고 먹을 것이 전혀 없다

　　　　　　　　(중략)

칠석에 호미 씻고 김을 다 맨 후에

새끼 꼬기 누가 잘 하며 섬은 누가 엮으랴

너희 재주 헤아려 제각기 맡아 하라

가을걷이 한 후에는 집짓기를 아니하랴

집은 내 지으마 ㉠**욹**은 네 묻어라

너희 재주를 내 짐작하였노라

너희도 먹을 일을 분별을 하려무나

멍석에 벼를 넌들

좋은 해 구름 끼어 햇볕을 언제 보랴

방아를 못 찧거든 거치나 거친 올벼

옥 같은 ㉡**백미** 될 줄 누가 알 수 있겠느냐

너희네 데리고 새 ㉢**살림** 살자 하니

엊그제 왔던 도적 아니 멀리 갔다 하되

너희네 귀 눈 없어 저런 줄 모르건대

화살을 제쳐 두고 **옷 밥**만 다투느냐

너희네 데리고 추운가 굶주리는가

㉣**죽조반(粥早飯)** 아침 저녁 더 많이 먹였거든

은혜란 생각 않고 제 일만 하려 하니

생각 있는 새 일꾼 어느 때 얻어서

집 일을 마치고 시름을 잊겠는가

너희 일 애달파 하면서 ㉤**새끼** 한 사리 다 꼬겠도다.

　　　　　　　　　　　　－ 허전, 「고공가(雇工歌)」

(다)

물이 하나의 국가라면, 용은 그 나라의 군주이다. 어족(魚族) 가운데 큰 것으로 고래, 곤어, 바다 장어 같은 것은 그 군주의 내외 여러 신하이고, 그다음으로 메기, 잉어, 다랑어, 자가사리 종류는 서리나 아전의 무리이다. 그 밖에 크기가 한 자가 못 되는 것은 수국(水國)의 만백성들이다. 그 상하에 서로 차서(次序)가 있고 대소(大小)에 서로 거느림이 있는 것은 또 어찌 사람과 다르겠는가?

이 때문에 용이 그 나라를 경영함에 가물어 물이 마르면 반드시 ㉫를 내려 이어주고, 사람들이 물고기 씨를 말릴까 염려하여 겹겹이 물결을 일렁이어 덮어 주니, 그것이 물고기에게는 은혜가 아닌 것은 아니다.

그런데 물고기에게 자애로운 것은 한 마리 용이고, 물고기를 못살게 하는 것은 수많은 큰

물고기들이다. 고래들은 조류를 따라가며 들이마셔 작은 물고기를 자신의 시서(詩書)로 삼고, 교룡, 악어는 물결을 다투어 삼키고 씹어 먹어 작은 물고기를 거친 땅의 농사로 삼으며, 문절망둑, 쏘가리, 드렁허리, 가물치 족속은 사이를 노리고 틈을 잡아 덮쳐서 작은 물고기를 은과 옥으로 삼는다. 강자는 약자를 삼키고 지위가 높은 것은 아랫것을 사로잡는다. 진실로 그러한 행위를 싫증 내지 않는다면 물고기들은 반드시 남아나지 않을 것이다.

슬프다! 작은 물고기가 없다면 용은 뉘와 더불어 군주 노릇을 하며, 저 큰 물고기들이 또한 어찌 으스댈 수 있겠는가? 그러므로 용의 도(道)란 그들에게 구구한 은혜를 베풀어 주는 것보다 먼저 그들을 해치는 족속들을 물리치는 것이다.

아아, 사람들은 물고기에게만 큰 물고기가 있는 줄 알고 사람에게도 큰 물고기가 있는 줄을 알지 못한다. 그러니 물고기가 사람을 슬퍼하는 것이 사람이 물고기를 슬퍼하는 것보다 더 심한 것을 어찌 알겠는가? – 이옥, 「어부(魚賦)」

* 예혈 : 어혈. 타박상 등으로 피부에 피가 맺힌 것.
* 호수 : 고공(머슴)의 우두머리.

1

2011학년도 6월 평가원 모의고사 [기출]

(가)~(다)의 공통점으로 적절한 것은?

① 대상을 비판하고자 하는 의도가 담겨 있다.
② 과거 사실에 대한 반성적 성찰이 드러나 있다.
③ 고사(故事)를 활용하여 풍자의 효과를 높이고 있다.
④ 부정적인 상황을 극복하고자 하는 의지가 드러나 있다.
⑤ 특정 장면에 초점을 맞추어 대상을 해학적으로 묘사하고 있다.

2

2011학년도 6월 평가원 모의고사 [기출]

(나)와 (다)를 비교할 때, 문맥적 의미가 ⃞비⃞와 가장 가까운 것은?

① ㉠　② ㉡　③ ㉢　④ ㉣　⑤ ㉤

3

2011학년도 6월 평가원 모의고사 [기출]

밑줄 친 대상 간의 관계가 (가)의 '두터비', '파리', '백송골' 간의 관계와 가장 가까운 것은?

① 닭은 때를 알리고 개는 도적을 살피고
　소 말은 큰 구실 맡겨 다 기름 직하거니와
　저 매는 꿩 잡아 절로 바치든가 나는 몰라 하노매라.
② 까마귀 검다 하고 백로야 웃지 마라
　겉이 검은들 속조차 검을쏘냐
　아마도 겉 희고 속 검은 것은 너뿐인가 하노라.
③ 나비야 청산 가자 범나비 너도 가자
　가다가 저물거든 꽃에 들어 자고 가자
　꽃에서 푸대접하거든 잎에서나 자고 가자.
④ 벽오동 심은 뜻은 봉황 올까 하였더니
　봉황은 아니 오고 오작만 날아든다
　동자야 오작 날려라 봉황 오게 하리라.
⑤ 장공에 떴는 솔개 눈 살핌은 무슨 일인가
　썩은 쥐를 보고 빙빙 돌고 가지 않는구나
　만일에 봉황을 만나면 웃음거리 될까 하노라.

〈보기〉를 참고하여 (나)를 감상한 내용으로 적절하지 <u>않은</u> 것은?

보기
'고공가'는 전란으로 인해 황폐해진 나라를 재건하자는 의도에서 지어진 노래로, 국가 정치를 한 집안의 농사일에 비유하여 관료 사회의 단면을 보여주고 있다.

① '고공'이 반목과 질시를 일삼는 것으로 보아 조정에는 불화가 있었군.

② '나'가 '고공'의 능력을 인정하지 않는 것으로 보아 관료 사회에는 불신이 팽배했군.

③ '나'는 외적에 대한 경계심을 갖고 있는 것으로 보아 외적의 재침략을 걱정하고 있군.

④ '나'가 집안의 일을 염려하는 것으로 보아 '나'는 성공적인 국가 재건을 바라는 인물이군.

⑤ '고공'이 '옷 밥'만 탐했다는 것으로 보아 관료들은 본분을 잊어버리고 사욕만을 채우고자 하였군.

5

(가)와 (나)를 비교한 내용으로 적절한 것은?

① (가)와 달리 (나)는 우회적 표현을 통해 인간 세상을 풍자하고 있다.

② (가)와 달리 (나)는 감탄사를 활용하여 등장 인물의 감정을 강조하고 있다.

③ (나)와 달리 (가)는 점층적 표현을 사용하여 대상의 역동성을 부각하고 있다.

④ (나)와 달리 (가)는 대상들 간의 위계 관계를 통해 특정 대상의 위선적인 면모를 부각하고 있다.

⑤ (가)와 (나)는 모두 시적 대상의 변화과정을 통해 시간의 흐름에 따른 세태 변화를 드러내고 있다.

MEMO

얇은 사(紗) 하이얀 고깔은 고이 접어서 나빌레라.

－ 조지훈, 「승무」

[1~3] 다음 글을 읽고 물음에 답하시오.

(가)

얇은 사(紗) 하이얀 고깔은

고이 접어서 나빌레라.

파르라니 깎은 머리

박사(薄紗) 고깔에 감추오고

두 볼에 흐르는 빛이

정작으로 고와서 서러워라.

빈 대(臺)에 황촉(黃燭)불이 말없이 녹는 밤에

오동잎 잎새마다 달이 지는데

소매는 길어서 하늘은 넓고

돌아설 듯 날아가며 사뿐히 접어 올린 외씨 보선이여.

까만 눈동자 살포시 들어

먼 하늘 한 개 별빛에 모두오고

복사꽃 고운 뺨에 아롱질 듯 두 방울이야

세사에 시달려도 번뇌는 별빛이라.

휘어져 감기우고 다시 접어 뻗는 손이

깊은 마음 속 거룩한 합장인 양하고

이 밤사 귀또리도 지새는 삼경(三更)인데

(나)

여러 산봉우리에 여러 마리의 뻐꾸기가

울음 울어

떼로 울음 울어

석 석 삼년도 봄을 더 넘겨서야

나는 길든* 설움에 맛이 들고

그것이 실상은 한 마리의 뻐꾹새임을

알아냈다.

지리산 하

   한 봉우리에 숨은 실제의 뻐꾹새가

   한 울음을 토해 내면

[A]

   뒷산 봉우리 받아넘기고

   또 뒷산 봉우리 받아넘기고

그래서 여러 마리의 뻐꾹새로 울음 우는 것을 알았다.

지리산 중

저 연연한 산봉우리들이 다 울고 나서

오래 남은 추스름 끝에

비로소 한 소리 없는 강이 열리는 것을 보았다.

섬진강 섬진강

그 힘센 물줄기가

하동 쪽 남해로 흘러들어

남해 군도의 여러 작은 섬을 밀어 올리는 것을 보았다.

봄 하룻날 그 눈물 다 슬리어서

지리산 하에서 울던 한 마리 뻐꾹새 울음이

이승의 서러운 맨 마지막 빛깔로 남아

이 세석(細石)* 철쭉꽃밭을 다 태우는 것을 보았다.

— 송수권, 「지리산 뻐꾹새」

(다)

무등산 한 활개 뫼가 동쪽으로 뻗어 있어

멀리 떼쳐 와 ⓐ제월봉(霽月峰)이 되었거늘

무변대야(無邊大野)*에 무슨 짐작 하노라

일곱 굽이 한데 뭉쳐 우뚝우뚝 벌여 논 듯

가운데 굽이는 구멍에 든 ⓑ늙은 용이

선잠을 갓 깨어 머리를 앉혔으니

너럭바위 위에 송죽을 헤치고 ⓒ정자를 앉혔으니

구름 탄 청학이 천 리를 가리라 두 날개 벌렸는 듯

옥천산 용천산 내린 ⓓ물이

정자 앞 넓은 들에 올올히 펴진 듯이

넓거든 기노라 푸르거든 희지 마나

[B]
쌍룡이 뒤트는 듯 긴 깁을 펼쳤는 듯

어디로 가노라 무슨 일 바빠서

닫는 듯 따르는 듯 밤낮으로 흐르는 듯

물 좇은 사정(沙汀)*은 눈같이 펴졌거든

어지러운 기러기는 무엇을 어르노라

앞으락 내리락 모이락 흩으락

노화(蘆花)*를 사이 두고 우러곰 좇니느뇨

넓은 길 밖이요 긴 하늘 아래 두르고 꽂은 것은

뫼인가 병풍인가 그림인가 아닌가

높은 듯 낮은 듯 궂는 듯 잇는 듯

숨거니 뵈거니 가거니 머물거니

어지러운 가운데 이름난 양하여

하늘도 저어치 않고 우뚝이 섰는 것이 ⓔ추월산 머리 짓고

용구산 몽선산 불대산 어등산

용진산 금성산이 허공에 벌였거든

원근창애(遠近蒼崖)에 머문 짓도 하도 할샤

— 송순 「면앙정가」

* 길뜬 : 길이 덜 든.
* 세석 : 지리산 정상 아래 부근의 지명.
* 무변대야 : 끝없이 넓은 들판.
* 사정 : 모래톱.
* 노화 : 갈대.

1

2010학년도 수능 [기출]

(가)~(다)의 공통점으로 가장 적절한 것은?

① 단호한 어조로 화자의 의지를 드러낸다.

② 과거와 현재를 대비하여 그리움의 정서를 고조한다.

③ 감각적 이미지를 통해 시적 대상의 운동감을 나타낸다.

④ 대립적 시각을 바탕으로 긍정적 상황 인식을 드러낸다.

⑤ 역설적 표현을 통해 대상의 의미를 긴장감 있게 제시한다.

[A]와 [B]를 비교한 내용으로 가장 적절한 것은?

① [A]와 달리, [B]는 직유를 통해 시각적 인상을 구체화한다.

② [B]와 달리, [A]는 음보율을 통해 정형적 운율미를 느끼게 한다.

③ [A]와 [B] 모두 어순의 도치를 통해 의미를 강조한다.

④ [A]와 [B] 모두 반어적 표현을 통해 냉소적 태도를 드러낸다.

⑤ [A]와 [B] 모두 영탄적 표현을 통해 자연물에서 받은 감흥을 표출한다.

3

〈보기〉를 참고하여 (다)를 감상한 내용으로 적절하지 않은 것은?

보기

송순이 「면앙정가」에서 펼쳐 보인 세계는 흔히 '면앙우주'라고 일컬어진다. 면앙우주는 작가에게 천지만물의 이치를 심성의 수양으로 내면화하는 공간이었다. 작가는 자연 세계를 통해 인간 세계의 이치를 읽어 내는 가운데 조화와 합일을 추구했다. 그는 객관적 자연물에 인간적 생명력과 의지를 부여하는 방식으로 자신의 이상과 세계관을 표출했다.

① ⓐ의 '제월봉'이 '무변대야에 무슨 짐작'을 한다는 표현에는 높은 이상을 향한 작가의 의지가 자연물에 투영되어 있군.

② ⓑ의 '늙은 용'이 '선잠을 갓 깨어'라는 표현에는 이상을 펼치기에 이미 늦었다고 여기는 작가의 조바심이 담겨 있어.

③ ⓒ의 '정자'가 '청학'처럼 '두 날개 벌렸는 듯'하다는 표현에서 면앙정이 비상(飛上)을 위한 심성 수양의 장소임을 알 수 있군.

④ ⓓ의 '물'이 '밤낮으로 흐르는' 모습을 통해 작가도 자신이 추구하는 바를 쉼 없이 행해야 함을 드러내고 있어.

⑤ ⓔ의 '추월산'을 비롯한 여러 산들이 '높은 듯 낮은 듯 긏는 듯 잇는 듯' 서 있다는 표현에서 조화와 합일을 추구하는 삶의 태도를 볼 수 있군.

[4~9] 다음 글을 읽고 물음에 답하시오.

(가)

　매영(梅影)이 부딪힌 창에 옥인 금차(玉人金釵)* 비겼으니

　이삼 백발옹(白髮翁)은 ⓐ**거문고와 노래**로다

　이윽고 잔 잡아 권할 적에 달이 또한 오르더라

　빙자옥질(氷姿玉質)이여 눈 속에 네로구나

　가만히 향기 놓아 황혼월(黃昏月)을 기약하니

　아마도 아치 고절(雅致高節)은 너뿐인가 하노라

　동각에 숨은 꽃이 척촉(躑躅)*인가 두견화(杜鵑花)인가

　건곤(乾坤)이 눈이어늘 제 어찌 감히 피리

　알괘라 백설 양춘(白雪陽春)*은 매화밖에 뉘 있으리

　　　　　　　　　　　　　　- 안민영, 「매화사」

(나)

　흰 구름 뿌연 연하(煙霞) 푸른 이는 산람(山嵐)*이라

　천암(千巖) 만학(萬壑)을 제 집으로 삼아 두고

　나명성 들명성 아양도 떠는구나

　오르거니 나리거니 장공(長空)에 떠나거니 광야로 건너거니

　푸르락 붉으락 옅으락 짙으락

　사양(斜陽)과 섞어지어 세우(細雨)조차 뿌리는구나

　남여(藍輿)를 재촉해 타고 솔 아래 굽은 길

로 오며 가며 하는 적에

㉠녹양(綠楊)에 우는 황앵(黃鸎) 교태 겨워하는구나

나무 사이 우거져서 녹음(綠陰)이 엉킨 적에

㉡백척 난간에 긴 조으름 내어 펴니

수면(水面) 양풍(凉風)이야 그칠 줄 모르는가

㉢된서리 빠진 후에 산빛이 금수(錦繡)로다

황운(黃雲)은 또 어찌 만경(萬頃)에 펼쳐진고

㉣어적(漁笛)도 흥에 겨워 달을 따라 부는구나

초목 다 진 후에 강산이 매몰커늘

조물이 헌사하여 빙설(氷雪)로 꾸며 내니

경궁요대(瓊宮瑤臺)*와 옥해은산(玉海銀山)*이 안저(眼底)에 벌였어라

㉤건곤도 풍성할사 간 데마다 경이로다

– 송순, 「면앙정가」

(다)

아아! 덕보(德保)*는 만사에 통달하고 명민하며, 겸손하고 고아하며, 식견이 심원하고 아는 것이 정밀하였다. 특히, 율력(律曆)에 정통하여 그가 만든 혼천의(渾天儀) 등 여러 기구들은 깊이 생각하고 오래 연구하여 지혜를 발휘하여 제작한 것들이다. 애초 서양인은 땅이 둥글다는 것만 말하고 회전한다는 것은 말하지 않았다. 덕보는 일찍이 지구가 한 번 돌면 하루가 된다고 논했는데 그 이론이 미묘하고 심오하였다. 이에 관한 책을 미처 쓰지는 못했지만, 만년에 이르러 지구가 회전한다는 사실을 더욱 자신하였다.

덕보를 흠모하는 사람들조차도 ⓑ그가 일찍부터 과거를 단념한 채 명리(名利)를 생각지 않고 조용히 집에 들어앉아 좋은 향을 피우거나 거문고를 타며 지내는 것을 보고는 '덕보가 담박하게 자중 자애하면서 세속을 벗어나 마음

을 닦고 있구나.' 하고 생각할 뿐이었다. 그래서 그가 백사(百事)를 두루 잘 다스리고, 문란하고 그릇된 일을 척결하며, 나라의 재정을 맡거나 외국에 사신으로 갈 만하며, 군대를 통솔하여 나라를 방어하는 데 뛰어난 책략을 지녔다는 것을 통 알지 못했다. 하지만 덕보는 자신의 재주가 남에게 드러나는 것을 좋아하지 않았으므로 한두 고을의 수령을 지낼 때에도 그저 관아의 장부를 잘 정리하고, 일을 미리미리 처리하며, 아전들을 공손하게 만들고, 백성들을 잘 따르게 함이 고작이었다.

덕보는 서장관(書狀官)인 숙부를 수행하여 북경에 갔을 때, 유리창*에서 육비, 엄성, 반정균을 만났다. 이 세 사람은 모두 고향이 전당(錢塘)으로 문장과 예술에 능한 선비들이었고, 사귀는 이들도 중국의 저명한 인사들이었다. 그런데도 그들은 덕보를 큰선비로 떠받들며 그에게 심복(心服)하였다. 덕보는 그들과 수만 글자의 필담을 나눴는데, 그 내용은 경전의 취지, 사람에게 천명이 부여된 이치, 고금의 인물들이 살아간 도리 등에 관한 것이었다. 그의 견해는 웅대하고 걸출하여 사람들을 놀라게 하였다.

마침내 헤어지게 되었을 때, 서로 마주보고 눈물을 흘리면서 이렇게 말했다.

"이제 한번 헤어지고 나면 천고에 다시 만나지 못할 테지요. 지하에서 만날 그날까지 부끄러운 일이나 없도록 합시다."

– 박지원, 「홍덕보 묘지명(洪德保墓誌銘)」

* 옥인 금차 : 미인의 금비녀.

* 척촉 : 철쭉.

* 백설 양춘 : 흰 눈이 날리는 음력 정월.

* 산람 : 산 속에 생기는 아지랑이 같은 기운.

* 경궁요대 : 옥으로 장식한 궁전과 누대(樓臺).

* 옥해 은산 : 눈 덮인 들판과 산.

* 덕보 : 홍대용(洪大容)의 자(字).

* 유리창 : 중국 북경의 거리 이름.

2007학년도 6월 평가원 모의고사 [기출]

(가)~(다)의 공통점으로 가장 적절한 것은?

① 자연 친화 의식이 드러나 있다.

② 대상에 대한 예찬적 태도가 나타나 있다.

③ 이상 세계에 대한 동경을 표현하고 있다.

④ 사물에 의탁하여 삶에서 얻은 흥취를 드러내고 있다.

⑤ 자신의 의지와 상반된 상황에 대한 아쉬움이 나타나 있다.

5

2007학년도 6월 평가원 모의고사 [기출]

(가)의 시어들에 대한 설명으로 적절하지 않은 것은?

① '백발옹'은 매화를 완상하는 주체이다.

② '황혼월'은 매화의 비유적 표현이다.

③ '아치 고절'은 매화에 부여된 관념적 속성이다.

④ '두견화'는 매화와 대조되는 존재이다.

⑤ '눈'은 매화의 생명력을 부각시키는 소재이다.

6

2007학년도 6월 평가원 모의고사 [기출]

옛 노래를 알리기 위해 (가)와 (나)를 소재로 영상물을 만들려고 한다. 논의한 내용으로 적절하지 않은 것은?

① (가)는 조촐한 술상을, (나)는 가마와 피리를 소품으로 준비해야겠어요.

② (가)는 구슬프게, (나)는 은은하게 느껴지는 배경 음악을 사용해야겠어요.

③ (가)는 늦겨울이나 초봄을, (나)는 사계절을 계절적 배경으로 설정해야겠어요.

④ (가)는 밤을 위주로, (나)는 낮부터 밤까지를 시간적 배경으로 설정해야겠어요.

⑤ (가)는 한옥의 뜰을, (나)는 주변 풍경을 조망할 수 있는 곳을 공간적 배경으로 설정해야겠어요.

7

2007학년도 6월 평가원 모의고사 [기출]

㉠~㉤에 대한 설명으로 적절하지 않은 것은?

① ㉠ : 화자의 감정이 이입되어 있다.

② ㉡ : 화자의 한가로운 모습을 형상화하고 있다.

③ ㉢ : 풍경의 변화를 통해 적막감을 자아내고 있다.

④ ㉣ : 시·청각적 이미지가 조화롭게 어우러져 있다.

⑤ ㉤ : 화자의 감회가 집약적으로 제시되고 있다.

8

2007학년도 6월 평가원 모의고사 [기출]

(가)의 ⓐ와 (다)의 ⓑ의 거문고 연주를 비교한 것으로 가장 적절한 것은?

① ⓐ와 ⓑ는 자연으로부터 받은 감흥을 표현하고 있다.

② ⓐ와 ⓑ는 세상으로부터 소외된 심정을 드러내고 있다.

③ ⓐ는 자신을 위해, ⓑ는 타인을 위해 연주하고 있다.

④ ⓐ는 풍류를 즐기기 위한, ⓑ는 마음을 수양하기 위한 방법이다.

⑤ ⓐ는 주변 사람과 어울리기 위한, ⓑ는 재능을 과시하기 위한 수단이다.

9

(가)와 (나)의 공통점으로 가장 적절한 것은?

① 설의적 표현을 통해 대상을 예찬하고 있다.

② 동일한 시어의 반복을 통해 시적 의미를 강조하고 있다.

③ 수미상관의 기법을 통해 정서의 변화를 부각하고 있다.

④ 부르는 말의 반복을 통해 대상과의 친밀감을 드러내고 있다.

⑤ 계절감을 드러내는 시어를 통해 대상의 아름다움을 드러내고 있다.

[10~15] 다음 글을 읽고 물음에 답하시오.

(가)

인간(人間)을 떠나와도 ⓐ**내 몸이 겨를 없다**

이것도 보려 하고 저것도 들으려코

바람도 쐬려 하고 달도 맞으려코

밤으란 언제 줍고 고기란 언제 낚고

시비(柴扉)란 뉘 닫으며 진 꽃으란 뉘 쓸려뇨

아침이 낫브거니 저녁이라 싫을소냐

오늘이 부족(不足)커니 내일이라 유여(有餘)하랴

이 뫼에 앉아 보고 저 뫼에 걸어 보니

번로(煩勞)한 마음에 버릴 일이 아주 없다

쉴 사이 없거든 길이나 전하리야

다만 한 청려장(靑藜杖)이 다 무디어 가노매라

술이 익었거니 벗이라 없을소냐

불리며 타이며 켜이며 이아며*

온갖 소리로 취흥(醉興)을 재촉커니

근심이라 있으며 시름이라 붙었으랴

누우락 앉으락 굽으락 젖히락

읊으락 **파람**하락 노혜로* 놀거니

[A]
　천지(天地)도 넓고 넓고 ⓑ**일월(日月)도 한가하다**

　희황(羲皇)*을 모를러니 이 적이야 긔로구나

　신선(神仙)이 어떻던지 이 몸이야 긔로구나

　강산 풍월(江山風月) 거느리고 내 백년을

다 누리면

　악양루 상의 이태백(李太白)이 살아 오다

　호탕 정회(浩蕩情懷)야 이에서 더할소냐

　이 몸이 이렁 굼도 역군은(亦君恩)이샷다

　　　　　　　　　　　　　– 송순, 「면앙정가」

(나)

땀은 듣는 대로 듣고 볕은 쬘 대로 쬔다

청풍(淸風)에 옷깃 열고 긴 **파람** 흘리 불 제

어디서 **길 가는 손님**네 아는 듯이 머무는고

　　　　　　　　　　　　　　　　　　　〈4장〉

돌아가자 돌아가자 해 지거든 돌아가자

계변(溪邊)에 손발 씻고 호미 메고 돌아올 제

어디서 우배 초적(牛背草笛)*이 함께 가자 재촉하는고　　　〈6장〉

　　　　　　　　　　　　　　– 위백규, 「농가」

* 이아며 : 흔들며. 또는 (계속해서) 이으며.

* 노혜로 : 마음대로.

* 희황 : 중국 전설상의 제왕인 복희씨(伏羲氏).

* 우배 초적 : 소를 타고 가면서 부는 피리 소리.

(가)와 (나)의 밑줄 친 시어들에 대한 설명으로 적절한 것은?

① (가)의 '바람'과 (나)의 '청풍'은 모두 흥겹게 일을 한 다음에 느끼는 시원함을 표현하는 것이다.

② (가)의 '벗'은 일상적 삶을 추구하는 인물이고, (나)의 '길 가는 손님'은 현실과 거리를 두고 있는 탈속적 인물이다.

③ (가)의 '바람'과 '벗'은 화자의 심리를 드러내 주고, (나)의 '청풍'과 '길 가는 손님'은 시적 배경을 부각시킨다.

④ (가)의 '파람'은 자연 속에서의 풍류를 표현하는 것이고, (나)의 '파람'은 노동 후의 휴식을 표현하는 것이다.

⑤ (가)의 '바람'과 '파람'이 시상을 전환시키는 데 비하여, (나)의 '청풍'과 '파람'은 시상을 매듭짓는다.

(가)의 ⓐ와 ⓑ를 관련지어 이해한 내용으로 옳은 것은?

① 전원 생활에 겨를이 없어(ⓐ) 한가롭게 자연을 즐길 틈이 없다(ⓑ).

② 풍경은 사시(四時)로 변하지만(ⓑ) 그 흥취를 느낄 겨를이 없다(ⓐ).

③ 여기저기 불려 다니느라 겨를이 없어(ⓐ) 한가롭게 살기 어렵다(ⓑ).

④ 한가로운 자연 속에서 생활하며(ⓑ) 일하는 즐거움을 찾기에 겨를이 없다(ⓐ).

⑤ 자연 속에서 이리저리 노니는 한가로운 정서를(ⓑ) 즐기기에도 겨를이 없다(ⓐ).

(가)의 [A]를 모방하여, 〈보기〉의 조건에 따라 글을 써 보았다. 가장 적절한 것은?

보기
[A]에 나타난 주제 의식을 담을 것.
[A]에 나타난 시적 화자의 정서와 태도를 유지할 것.

① 마음의 여유를 갖고 확 트인 여름 들판에 서 보라. 향긋한 바람이 옷깃을 스치고 푸르른 들판이 가슴속을 가득 채운다. 가장 순수하고 충만한 것을 소유한 듯한 느낌이다. 내 마음은 천지와 하나를 이루면서 한껏 부풀어 오르는 것이다. 이럴 때 나는 거칠 것 없는 자유와 행복감을 느끼고, 새삼 내 존재의 고귀함을 깨닫는다.

② 평소에 우리는 자연의 혜택을 잘 느끼지 못하며 살아간다. 그러다가 이따금씩 여유가 생길 때면 문득 익숙한 배경들이 새롭게 다가온다. 내 주위에 나무와 풀이 있고 머리 위에 하늘이 있고 귓가에 새 소리, 물 소리, 바람 소리가 맴도는 것이다. 자연과 함께 있다고 느낄 때, 나의 마음은 이런 모든 것을 넉넉히 받아들일 채비를 갖춘다.

③ 아침에 일어나 창문을 열 때면 늘 설렘이 앞선다. 오늘 펼쳐질 일들이, 그리고 친구들과 함께할 시간들이 기대되기 때문이다. 나에게는 꿈꾸는 세상이 있고 함께할 친구들이 있다. 살아가는 것이 어렵다고들 하지만 내게는 아침 햇빛과 같이 빛나는 이상이 있어 견딜 만하다. 아침마다 나는 그런 행복한 느낌으로 하루를 시작한다.

④ 산을 안다고 말하는 사람들이 많지만 나만큼 즐길 줄 아는 사람은 드물다. 산에 오르는 사람들은 대부분 산을 정복한다고 생각하지만 그들은 이미 나 있는 길을 따라 올라간 것에 불과하다. 사람이 다녀간 흔적이 없는 길을 헤쳐 나갈 때의 기쁨! 나는 나만의 길을 사랑한다.

⑤ 세상은 철철이 옷을 갈아입는다. 잿빛 옷을 입었다가 푸른색 옷으로 바꿔 입고, 그 빛깔이 짙어지면서 어느새 울긋불긋한 옷으로 치장한다. 그 변화는 어디에서 오는 것일까? 바로 시간이다. 시간이 세상의 빛깔을 바꾸어 놓는 것이다. 시간의 흐름 속에 세상이 변하고 세상 속에 있는 나도 변한다. 이렇듯 산다는 것은 세상과 함께 변화한다는 의미가 아닐까?

13

(나)에 대한 감상으로 적절하지 않은 것은?

① 시어의 반복과 유사한 구조를 통해 시적 정서를 효과적으로 드러내고 있어.

② 의문형으로 시상을 매듭지어 삶에 대한 반성적 태도를 드러내고 있어.

③ 낮에서 저녁으로의 시간 경과와 함께 공간적 이동도 나타나고 있어.

④ 시적 화자와 다른 인물들 사이의 유대감이 잘 드러나 있어.

⑤ 농촌 생활의 분주함과 여유로움을 함께 느낄 수 있어.

14

〈보기〉를 통해 (나)를 이해한 내용으로 적절한 것은?

> **보기**
>
> 시조 가사 작품에서 '농촌'은 사대부들이 자연에 묻혀 풍류를 즐기는 공간일 때도 있고, 농민의 삶을 사대부의 관점에서 관념적으로 예찬하는 공간일 때도 있으며, 농민들의 구체적인 삶의 현장일 때도 있다. 이 작품은 농민의 입장에서 그들의 삶을 그리고 있으며, 고된 노동과 잠깐의 휴식, 흥(興), 자신네의 삶을 이해하는 듯한 사대부들에 대한 은근한 비판, 하루를 마무리하고 돌아가는 농민의 모습과 보람, 자부심 등을 통해 농촌을 사실적으로 그리고 있다.

① 바람에 옷깃을 열고 휘파람을 부는 장면에서 자연을 예찬하는 태도를 읽을 수 있겠군.

② 자연은 하루를 마무리하고 돌아가는 편안한 공간이라는 점에서 관념적인 이상향으로 볼 수 있겠군.

③ 긴 파람과 우배초적은 힘든 노동에서도 흥을 잃지 않는 농민들의 모습을 보여준다고 할 수 있겠군.

④ 길 가는 손님네는 농민들이 뙤약볕에 땀을 흘리다가 겨우 쉬는 모습을 보고 게으르다며 꾸짖었겠군.

⑤ 우배초적을 재촉하는 소리로 듣는다는 점에서 여유를 찾을 수 없을 만큼 노동이 고되었음을 알 수 있겠군.

15

〈보기1〉을 참고하여 (가)와 〈보기2〉를 감상한 내용으로 적절한 것은?

> **보기1**
>
> 「면앙정가」는 관직에서 물러난 작가가 고향인 담양에 내려와 정자를 짓고 사는 모습을 노래한 작품이다. 정철의 「성산별곡」 역시 지방에 내려와 자연에서의 삶을 노래했다는 점에서 「면앙정가」를 계승한 작품이라 평가되고 있다.

> **보기2**
>
> 매창(梅窓) **아침 볕**에 향기에 잠을 깨니 / 산옹(山翁)의 **히욜 일**이 곧 없지 아니ᄒ다 / 울타리 밑 양지(陽地) 편의 외씨를 뿌려두고 / 미거니 도도거니 비 온 김에 가꿔내니 / 청문고사(靑文故事)를 이제도 잇다고 하겠다 / 짚신을 비비야 신고 죽장(竹杖)을 짚으니 / **도화(桃花)** 핀 시내길히 방초주(芳草洲)에 이어세라 / 잘 닦은 명경(明鏡) 중 **절로 그린 돌병풍** / 그림재를 벗을 사마 서하(西河)로 함께 가니 / 도원(桃源)은 어드매오 무릉(武陵)이 여긔로다 / 남풍(南風)이 건듯 부러 **녹음(綠陰)**을 헤쳐 내니 / 철을 아는 **괴꼬리**는 어드러서 오돗던고 / **희황(羲皇)** 벼개 위에 풋잠을 얼풋 깨니 / 공중에 젖은 난간 물 위에 떠 있구나 / 삼베옷 여며입고 갈건을 빗기 쓰고 / (허리를) 굽으락 (몸을) 비기락 보는 것이 고기로다
>
> — 정철, 「성산별곡」
>
> * 청문고사(靑文故事) : 청문은 한나라 장안성 동남문인데, 소평이 청문밖에 외를 심어, 사람들이 그것을 '청문과'라고 하였음.

① (가)의 '즌 서리'와 〈보기2〉의 '아침 볕'은 계절적 배경을 드러내주는군.

② (가)의 '고기'와 〈보기2〉의 '괴꼬리'는 화자의 정서를 대변하는 기능을 하는군.

③ (가)의 '한중진미'와 〈보기2〉의 '히욜 일'은 화자의 한가로운 생활을 드러내는군.

④ (가)의 '붓으로 그려 낸가'와 〈보기2〉의 '절로 그린 돌병풍'은 화자의 예술적 솜씨를 드러내는군.

⑤ (가)와 〈보기2〉의 '희황(羲皇)'은 현재 생활에 대한 화자의 만족감을 드러내는군.

[1~5] 다음 글을 읽고 물음에 답하시오.

춘면을 느즉 깨어 죽창을 반개(半開)하니

뜰의 꽃은 아름다운데 가는 나비 머무는 듯

강 버들은 우거져서 성근 내를 띄웠세라

창전(窓前)의 덜 고인 술을 이삼 배 먹은 후에

호탕한 미친 흥을 부질없이 자아내어

㉠백마금편(白馬金鞭)*으로 야유원*을 찾아가니

꽃향기는 옷에 배고 달빛은 뜰에 가득한데

광객인 듯 취객인 듯 흥에 겨워 머무는 듯

배회 고면하여* 유정(有情)히 섰노라니

㉡취와주란(翠瓦朱欄)* 높은 집의 녹의홍상 일미인(一美人)이

사창을 반개하고 옥안을 잠간 들어

웃는 듯 반기는 듯 교태하며 머무는 듯

〈중략〉

삼경에 못 든 잠을 사경 말에 비로소 들어

상사(相思)하던 우리 님을 꿈 가운데 해후하니

시름과 한(恨) 못다 일러 한바탕 꿈 흩어지니

아리따운 고운 얼굴 곁에 얼핏 앉았는 듯

어화 아뜩하다 꿈을 생시 삼고지고

잠 못 들어 탄식하고 바삐 일어나 바라보니

㉢구름산은 첩첩하여 천리몽(千里夢)을 가려 있고

흰 달은 창창하여 두 마음을 비추었다

좋은 기약 막혀 있고 세월이 하도 할사

㉣엊그제 꽃이 버들 곁에 붉었더니

그 결에 훌훌하여* 잎에 가득 가을 소리라

새벽 서리 지는 달에 외기러기 슬피 울 제

반가운 님의 소식 행여 올까 바라더니

아득한 구름 밖에 빈 소리뿐이로다

지리하다 이 이별이 언제면 다시 볼까

어화 내 일이야 나도 모를 일이로다

이리저리 그리면서 어이 그리 못 가는고

약수(弱水)* 삼천 리 멀단 말이 이런 곳을 일렀구나

[A]
산 머리에 조각달 되어 님의 낯에 비추고자

바위 위에 오동 되어 님의 무릎 베고자

빈산에 잘새 되어 북창(北窓)에 가 울고자

지붕 위 아침 햇살에 제비 되어 날고지고

옥창(玉窓)의 앵두화에 나비 되어 날고지고

태산이 평지 되도록 금강이 다 마르도록

평생 슬픈 회포 어디에 견주리오

서중유옥안(書中有玉顏)*은 나도 잠간 들었나니

마음을 고쳐먹고 강개를 다시 내어

㉤장부의 공업(功業)을 끝끝내 이룬 후에

그제야 님을 다시 만나 백년 살려 하노라

– 작자 미상, 「춘면곡(春眠曲)」

* 백마금편 : 좋은 말과 좋은 채찍이란 말로 호사스러운 행장
* 야유원 : 기생집.
* 고면하여 : 잊을 수가 없어 돌이켜 보고.
* 취와주란 : 푸른 기와와 붉은 칠을 한 난간.
* 훌훌하여 : 시간이 빨리 지나가서.
* 약수 : 신선이 사는 땅에 있다는 강 이름.
* 서중유옥안 : 글 속에 임의 모습이 있음.

[1~2] (가)~(나)를 읽고 물음에 답하시오.

(가)

님은 갔습니다. **아아**, 사랑하는 나의 님은 갔습니다.

푸른 산빛을 깨치고 단풍나무 숲을 향하여 난 작은 길을 걸어서, 차마 떨치고 갔습니다.

황금의 꽃같이 굳고 빛나던 옛 맹서는 **차디찬 티끌**이 되어서 한숨의 미풍에 날아갔습니다.

날카로운 첫 키스의 추억은 나의 운명의 지침을 돌려놓고, 뒷걸음쳐서 사라졌습니다.

나는 향기로운 님의 말소리에 귀먹고, **꽃다운 님의 얼굴**에 눈멀었습니다.

사랑도 사람의 일이라, 만날 때에 미리 떠날 것을 염려하고 경계하지 아니한 것은 아니지만, 이별은 뜻밖의 일이 되고, 놀란 가슴은 새로운 슬픔에 터집니다.

그러나 이별을 쓸데없는 **눈물**의 원천을 만들고 마는 것은 스스로 사랑을 깨치는 것인 줄 아는 까닭에, 걷잡을 수 없는 슬픔의 힘을 옮겨서 새 희망의 정수박이에 들어부었습니다.

우리는 만날 때에 떠날 것을 염려하는 것과 같이, 떠날 때에 **다시 만날 것**을 믿습니다.

아아, 님은 갔지마는 나는 님을 보내지 아니하였습니다.

제 곡조를 못 이기는 사랑의 노래는 님의 침묵을 휩싸고 돕니다.　　　　　　　- 한용운, 「님의 침묵」

(나)

크낙산 골짜기가 온통
연록색으로 부풀어 올랐을 때
그러니까 신록이 우거졌을 때
그곳을 지나가면서 나는
미처 몰랐었다

뒷절로 가는 길이 온통
주황색 단풍으로 물들고 나뭇잎들

무더기로 바람에 떨어지던 때
그러니까 낙엽이 지던 때도
그곳 거닐면서 나는
느끼지 못했었다

이렇게 한 해가 다 가고
눈발이 드문드문 흩날리던 날
앙상한 대추나무 가지 끝에 매달려 있던
나뭇잎 하나
문득 혼자서 떨어졌다

저마다 한 개씩 돋아나
여럿이 모여서 한여름 살고
마침내 저마다 한 개씩 떨어져
그 많은 나뭇잎들
사라지는 것을 보여 주면서
　　　　　　　　　　- 김광규, 「나뭇잎 하나」

2009학년도 수능 [기출]

윗글과 (가)~(나)의 공통점으로 가장 적절한 것은?

① 과거의 상황을 환기하며 화자의 정서를 드러낸다.
② 자연의 변화를 표현하여 화자의 미래를 암시한다.
③ 감각적 이미지를 활용하여 시적 대상을 예찬한다.
④ 관조적인 자세로 대상이 지닌 의미를 새롭게 발견한다.
⑤ 섬세하고 부드러운 어조로 애상적 분위기를 고조시킨다.

2

2009학년도 수능 [기출]

윗글과 (가)를 대응시켜 감상한 내용으로 적절하지 않은 것은?

① (가)의 첫 번째 '아아'와 '윗글'의 두 번째 '어화'는 부정적 상황에 대한 비탄의 표현으로 볼 수 있군.
② (가)의 '차디찬 티끌'과 '윗글'의 '새벽 서리'는 허무하게 깨진 인연을 상징한다는 점에서 통하네.
③ (가)의 '꽃다운 님의 얼굴'과 '윗글'의 '아리따운 고운 얼굴'은 화자가 사랑하는 대상의 모습을 나타내고 있어.
④ (가)의 '눈물'과 '윗글'의 '시름과 한'은 이별로 인해 생겨난 슬픔이라 할 수 있어.
⑤ (가)의 '다시 만날 것'과 '윗글'의 '좋은 기약'은 '님'과 만나고 싶은 소망과 관련되겠군.

3

2009학년도 수능 [기출]

〈보기〉를 참고하여 [A]를 감상한 내용으로 적절하지 않은 것은?

보기
시조나 가사에는, 임과 헤어져 있는 화자가 어떤 특정한 자연물로 다시 태어나서 임의 곁에 머물고 싶다는 진술이 흔히 나타난다. 이러한 진술은 화자의 소망을 강조하기 위한 관습적 표현인데, 그 속에는 당대인들의 세계관이 투영되어 있다. 인간과 자연이 깊은 관련을 맺으며 조화를 이룬다는 인식, 현세의 인연이 후세로 이어질 수 있다는 순환적 인식 등이 그것이다. 시가에 담긴 이러한 인식은 화자가 현실의 고난이나 결핍을 극복하는 데 도움을 준다.

① 관습적인 표현을 활용한 것은 개인적 정서를 보편적인 것으로 느끼게 하는 데 효과적이었겠어.
② 비슷한 의미 구조를 지니는 구절을 거듭 제시함으로써 화자의 소망이 간절함을 강조하고 있어.
③ '오동', '제비', '나비' 등이 사용된 데서, 인간과 자연이 관련되어 있다는 화자의 인식을 엿볼 수 있어.
④ '조각달'이나 '잘새' 같은 소재에는 '님'과 함께 크고 넓은 세계로 도약하려는 화자의 희망이 담겨 있어.
⑤ 자연물로 변해서라도 '님'과 만나려 하는 것을 보니 화자가 '님'과 만나기 어려운 상황에 놓여 있음을 알 수 있어.

4

윗글의 표현상의 특징으로 적절하지 않은 것은?

① 영탄적 어조를 활용하여 한탄의 정서를 드러내고 있다.
② 계절감을 드러내는 시어를 통해 시간의 흐름을 나타내고 있다.
③ 자연물에 감정을 이입하여 화자의 애상감을 심화하고 있다.
④ 불가능한 상황을 설정하여 화자의 그리움의 정도를 강조하고 있다.
⑤ 의문의 방식을 활용하여 상황에 대한 자신의 생각을 드러내고 있다.

5

〈보기〉를 참고하여 윗글을 감상한 내용으로 적절하지 <u>않은</u> 것은?

보기
'춘면곡'은 임을 헤어지고 괴로워하는 이의 심정을 노래하고 있다. 한 호사스러운 양반이 봄날 야유원에 갔다가 한 여인을 만나 춘흥(春興)을 나눈 후 이별하고 집에 돌아온다. 겨우 잠이 들어 꿈에서나마 임과 재회하여 즐거워하지만 꿈에서 깨자 만날 수 없다는 현실을 자각하고 그리움에 빠져 이별의 고통을 이기지 못한다. 그러나 자신의 일을 충실히 한 후에 다시 임을 만날 수 있다는 자신감 또는 소망 또한 보여준다. 이별한 여인의 심정을 다룬 다른 시가들과 달리 남자가 겪는 이별의 정한을 노래하고 있다는 점에서 특이하다.

① ㉠을 통해 화자가 화려한 복장을 좋아하는 남성임을 짐작할 수 있겠군.

② ㉡을 통해 화자가 사랑하는 대상이 꽤 높은 신분의 여성임을 알 수 있겠군.

③ ㉢을 통해 사랑하는 남녀의 재회를 막는 장애물이 있음을 알 수 있군.

④ ㉣을 통해 계절의 변화에도 화자가 대상을 여전히 그리워하고 있음이 드러나는군.

⑤ ㉤에는 남성 화자가 자신이 해야 할 일을 다 한 후에 임을 만나고자 함을 드러나는군.

[1~6] 다음 글을 읽고 물음에 답하시오.

사립을 젖혀 쓰고 망혜를 조여 신고,

조대(釣臺)*로 내려가니 내 노래 한가하다.

원근 산천이 홍일(紅日)을 띄었으니,

만경창파는 모두 다 금빛이라.

낚시를 드리우고 무심히 앉았으니,

은린옥척(銀鱗玉尺)*이 절로 와 무는구나.

구태여 내 마음이 취어(取魚)가 아니로다 지취(志趣)를 취함이라.

낚대를 떨쳐 드니 사면에 잠든 백구(白鷗),

내 낚대 **그림자**에 저 잡을 날만 여겨 다 놀라 날겠구나.

백구야 날지 마라 너 잡을 내 아니다.

네 본디 영물이라 내 마음 모를소냐.

평생의 곱던 임을 천 리에 이별하고,

사랑은커니와 그리움을 못 이기어,

수심이 첩첩하니 마음을 둘 데 없어,

흥 없는 일간죽(一竿竹)을 실없이 드렸은들,

고기도 상관 않거늘 하물며 너 잡으랴.

그래도 내 마음을 아무도 못 믿거든,

너 가진 긴 부리로 내 가슴 쪼아 헤쳐,

흉중의 붉은 마음 보면은 아오리라.

공명도 다 던지고 성은을 갚으려니,

갚을 법도 있거니와 이 사이 일 없으니,

성세(盛世)에 한민(閒民)* 되어 너 좇아 다니려니,

날 보고 날지 마라 네 **벗님** 되오리라.

               - 안조원, 「만언사」

* 조대 : 낚시를 하는 곳.

* 은린옥척 : 모양이 좋고 큰 물고기.

* 한민 : 한가로운 백성.

[1~3] (가)~(나)를 읽고 물음에 답하시오.

(가)

노래가 낫기는 그중 나아도

구름까지 갔다간 되돌아오고,

네 발굽을 쳐 달려간 말은

바닷가에 가 멎어 버렸다.

활로 잡은 산돼지, 매[鷹]로 잡은 산새들에도

이제는 벌써 입맛을 잃었다.

꽃아. 아침마다 개벽하는 꽃아.

네가 좋기는 제일 좋아도,

물낯바닥에 얼굴이나 비취는

헤엄도 모르는 아이와 같이

나는 네 닫힌 문에 기대섰을 뿐이다.

문 열어라 꽃아. 문 열어라 꽃아.

벼락과 해일만이 길일지라도

문 열어라 꽃아. 문 열어라 꽃아.

        - 서정주, 「꽃밭의 독백-사소(娑蘇) 단장」

* 원주(原註) 사소 : 사소는 신라 시조 박혁거세의 어머니. 처녀로 잉태하여, 산으로 신선수행(神仙修行)을 간 일이 있는데, 이 글은 그 떠나기 전 그의 집 꽃밭에서의 독백.

(나)

어둠이 오는 것이 왜 두렵지 않으리

불어 닥치는 비바람이 왜 무섭지 않으리

잎들 더러 썩고 떨어지는 어둠 속에서

가지들 휘고 꺾이는 비바람 속에서

보인다 꼭 잡은 너희들 작은 손들이

손을 타고 흐르는 숨죽인 흐느낌이

어둠과 비바람까지도 삭여서

더 단단히 뿌리와 몸통을 키운다면

너희 왜 모르랴 밝는 날 어깨와 가슴에

더 많은 꽃과 열매를 달게 되리라는 걸

산바람 바닷바람보다도 짓궂은 이웃들의

비웃음과 발길질이 더 아프고 서러워

산비알과 바위너설에서 목 움츠린 나무들아

다시 고개 들고 절로 터져 나올 잎과 꽃으로

숲과 들판에 떼 지어 설 나무들아

– 신경림, 「나무를 위하여」

2

(가)와 (다)의 시어에 대한 설명으로 가장 적절한 것은?

	(가)	(다)	시어의 의미와 기능
①	바닷가	조대	화자가 현재 머무는 장소
②	산새	은린옥척	화자의 지향에서 벗어나 있는 대상
③	개벽	성세	화자의 처지가 변화하는 계기
④	물낯바닥	그림자	화자가 수행하는 자기 성찰의 매개물
⑤	아이	벗님	화자가 부러워하는 대상

1

윗글과 (가)~(나)의 공통점으로 가장 적절한 것은?

① 자연의 실상에 어울리는 다양한 색채어를 사용하고 있다.

② 의인화된 청자에게 말을 건네는 방식을 활용하고 있다.

③ 정형적인 운율을 살려 시적 안정감을 확보하고 있다.

④ 명암의 대비를 통해 화자의 내면을 드러내고 있다.

⑤ 유장한 어조로 경건한 분위기를 조성하고 있다.

3

윗글과 (나)의 시상 전개 방식을 비교한 것으로 가장 적절한 것은?

① 윗글과 (나) 모두 설의적 표현을 활용하며 시상을 전개한다.

② 윗글과 (나) 모두 계절의 변화를 축으로 삼아 시상을 전개한다.

③ (나)는 윗글과 달리 여러 대상으로 관심을 옮겨 가며 시상을 전개한다.

④ 윗글은 청각적 이미지, (나)는 시각적 이미지를, 를 위주로 시상을 전개한다.

⑤ 윗글은 외부 대상 묘사를, (나)는 시적 화자의 심리 묘사를 위주로 시상을 전개한다.

2009학년도 9월 평가원 모의고사 [기출]

〈보기〉의 ㉠~㉤ 중 윗글에서 찾을 수 없는 것은?

보기
옛사람들에게 '유배(流配)'는 무엇이었을까? 유배 가사를 통해 볼 때, 그것은 ㉠외롭고도 힘든 격리인 동시에 ㉡자신의 내면을 들여다보는 계기이기도 했다. 귀양살이의 심경은 흔히 ㉢자연물을 매개로 임금에 대한 그리움을 표현하는 형태로 정형화되었지만, 때로는 자기 부정이나 ㉣적대자에 대한 원망으로 표출되기도 했다. ㉤떠나온 곳에 마음을 두고 복귀를 욕망하는 모습을 찾아보는 것 또한 어렵지 않다. 이러한 다양한 면모가 얽히는 데에 유배 가사의 묘미가 있다.

① ㉠　　② ㉡　　③ ㉢　　④ ㉣　　⑤ ㉤

5

윗글의 화자에 대한 설명으로 가장 적절한 것은?

① 현재 상황에 대한 책임을 남에게 미루어 상대방을 비판하고 있다.

② 현재 상황에 불만족하지만 당장 즐길 수 있는 것에 집중하고 있다.

③ 상황을 극복하려고 할수록 더욱 곤경에 빠지는 처지를 한탄하고 있다.

④ 자신의 진심을 대상에게 전달하여 현재 상황을 극복하고자 하고 있다.

⑤ 도시에 살던 과거와 달리 가난한 자연에서의 대한 불만족을 토로하고 있다.

6

윗글의 화자와 백구(白鷗)의 관계가 가장 다른 것은?

① 어화 저 백구야 무슨 수고 ᄒ난고냐
　갈대숲으로 서성이며 고기 엿보기 하는구나
　나같이 군마음 없이 잠만 들면 어떠리
　　　　　　　　　　　　　　　　　－ 김광욱

② 청량산 육륙봉을 아나니 나와 백구
　백구야 헌사하랴 못 미들손 도화(桃花)] 로다
　도화야 떠나지 마로렴 어주자(魚舟子) 알가 하노라
　　　　　　　　　　　　　　　　　－ 송순

③ 강호(江湖)에 기약을 두고 십 년을 분주하니
　그 모른 백구는 더디 온다 하려니와
　성은이 지중(至重)하시매 갚고 가려 하노라
　　　　　　　　　　　　　　　　　－ 정구

④ 산두(山頭)에 한운(閑雲) 일고 수중에 백구 난다
　무심(無心)코 다정한 이, 이 두 것이로다
　일생에 시름을 잊고 너를 좇아 놀리라
　　　　　　　　　　　　　　　　　－ 이현보

⑤ 백구야 말 물어보자 놀라지 말아스라
　명구승지(名區勝地)를 어디어디 벌였더냐
　날더러 자세히 일러든 너와 게 가 놀리라
　　　　　　　　　　　　　　　　　－ 김천택

[7~14] 다음 글을 읽고 물음에 답하시오.

(가)

내 님믈 그리ᅀᆞ와 우니다니

산(山) 졉동새 난 이슷ᄒᆞ요이다

아니시며 거츠르신 ᄃᆞᆯ 아으

⊙잔월효성(殘月曉星)이 아ᄅᆞ시리이다

넉시라도 님은 ᄒᆞᆫᄃᆡ 녀져라 아으

벼기더시니* 뉘러시니잇가

과(過)도 허믈도 천만(千萬) 업소이다

ᄆᆞᆯ힛마리신뎌*

ᄉᆞᆯ읏븐뎌* 아으

니미 나ᄅᆞᆯ ᄒᆞ마 니ᄌᆞ시니잇가

아소 님하 도람 드르샤 괴오쇼셔

― 정서, 「정과정(鄭瓜亭)」

(나)

어이 못 오던가 무삼 일로 못 오던가

[A] [너 오는 길에 무쇠로 ⓛ성을 쌓고 성 안에 담 쌓고 담 안에 집을 짓고 집 안에 뒤주 놓고 뒤주 안에 궤를 놓고 그 안에 너를 필자형(必字形)으로 결박하여 넣고 쌍배목(雙排目)* 걸쇠에 금거북 자물쇠로 수기수기 잠가 있더냐] 네 어이 그리 아니 오더냐

한 해도 열두 달이오 한 달 서른 날에 ⓒ날 와 볼 하루 없으랴

― 작자 미상

(다)

의복을 돌아보니 한숨이 절로 난다

[B] 남방염천(南方炎天) 찌는 날에 빨지 못한 누비바지

땀이 배고 때 오르니 굴뚝 막는 덕석인가

덥고 검기 다 버려도 내음새는 어찌하리

어와 내 일이야 가련이도 되었고나

손잡고 반기는 집 내 아니 가옵더니

등 밀어 내치는 집 구차하게 빌어 있어

[C] 옥식진찬(玉食珍饌)* 어디 가고 맥반염장(麥飯鹽藏)* 되었으며

금의화식(錦衣華飾)* 어디 가고 현순백결(懸鶉百結)* 되었는고

이 몸이 살았는가 죽어서 귀신인가

말하니 살았는가 모양은 귀신일다

[D] 한숨 끝에 눈물 나고 눈물 끝에 어이없어

도로혀 웃음 나니 미친 사람 되겠구나

어와 보리가을 맥풍(麥風)이 서늘하다

앞산 뒷산에 황금을 펼쳤으니

지게를 벗어놓고 앞산을 굽어보며

[E] ㉣한가히 베는 농부 묻노라 저 농부야

밥 위에 보리 단술 몇 그릇 먹었느냐

청풍에 취한 얼굴 깨본들 무엇하리

연년(年年)이 풍년 드니 해마다 보리 베어

마당에 두드리고 용정(舂精)*에 쓸어내니

일분(一分)은 밥쌀하고 일분(一分)은 술쌀하여

밥 먹어 배부르고 술 먹어 취한 후에

[F] 함포고복(含哺鼓腹)하고 격양가(擊壤歌)를 부르는 양

농가의 좋은 흥미 저런 줄 알았다면

공명을 탐치 말고 농사에 힘쓸 것을

ⓗ백운(白雲)이 즐기는 줄 청운(靑雲)이 알 양이면

꽃 탐하는 벌나비 그물에 걸렸으랴

– 안조원, 「만언사(萬言詞)」

* 벼기더시니 : 우기던 사람이.

* 믈힛마리신뎌 : 뭇 사람의 헐뜯는 말이로다.

* 슬웃븐뎌 : 슬프구나.

* 쌍배목 : 쌍으로 된 문고리를 거는 쇠.

* 옥식진찬, 금의화식 : 좋은 음식과 의복.

* 맥반염장, 현순백결 : 빈약한 음식과 누더기 옷.

* 용정 : 곡식을 찧음.

7   2004학년도 9월 평가원 모의고사 [기출]

(가)~(다)에 공통적으로 나타나는 화자의 태도는?

① 현실에 대해 냉소하고 있다.

② 상대방을 원망(怨望)하고 있다.

③ 부당한 현실에 대해 항의하고 있다.

④ 현재의 상황에 만족하지 못하고 있다.

⑤ 자신의 과거를 돌아보며 반성하고 있다.

8   2004학년도 9월 평가원 모의고사 [기출]

(가), (나)의 표현상의 특징을 바르게 설명한 것은?

① (가)는 대구와 대조를 통해 율동감을 높이고 있다.

② (가)는 설명적 진술을 통해 호소력을 높이고 있다.

③ (나)는 비유와 상징을 통해 다양한 의미를 암시하고 있다.

④ (가), (나)는 자연물에 의탁하여 감정을 드러내고 있다.

⑤ (가), (나)는 의문문을 사용하여 말을 거는 듯한 효과를 내고 있다.

9   2004학년도 9월 평가원 모의고사 [기출]

(나)의 [A]의 시상 전개 방식을 그림으로 표현하였다. 가장 적절한 것은?

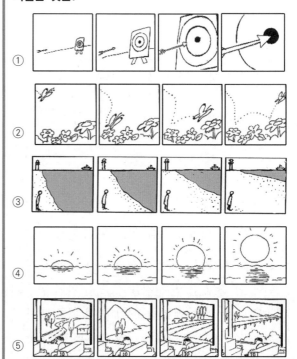

10
2004학년도 9월 평가원 모의고사 [기출]

⟨보기⟩를 참조하여 (다)를 감상한 내용으로 적절하지 <u>않은</u> 것은?

보기
작품의 창작 및 향유 상황을 고려할 때, 유배가사를 단순히 유배지에서의 삶을 그린 가사로 보기는 어렵다. 유배가사는 작가가 유배지에서 풀려날 목적으로 임금에게 자신의 목소리가 전달되기를 기대하며 지은 것이 대부분이다. 따라서 이러한 목적의식을 가지고 지었다고 가정했을 때, 작품에 대한 이해와 감상이 더욱 정교해지고 풍부해질 수 있다.

① 자신을 '벌나비'에 빗댄 것은 자신의 죄를 유혹에 약한 인간 본성의 탓으로 돌리려는 것이 아니었을까?

② 죄에 대한 벌을 충분히 받고 있다는 점을 드러내기 위해 유배지에서의 고난을 과장했을 가능성이 있겠군.

③ 자신을 '미친 사람'이라고 인식한 것은, 유배로 인한 심리적 고통을 전달하기 위한 것으로 볼 수 있지 않을까?

④ '그물에 걸렸다'는 표현을 사용한 것은 작가가 죄를 지으려는 의지가 없었다는 점을 강조하기 위한 전략일 수도 있겠군.

⑤ 공명(功名)에 대한 욕심이 사라졌다고 하는 것으로 보아, 작가가 유배에서 풀려나면 벼슬길에 다시는 나아가지 않겠군.

11
2004학년도 9월 평가원 모의고사 [기출]

㉠~㉤에 대한 설명으로 적절하지 <u>않은</u> 것은?

① ㉠ : 화자의 결백과 심적 상황을 암시한다.

② ㉡ : 화자와 '너' 사이에 놓여 있는 장벽을 의미한다.

③ ㉢ : '너'에 대한 그리움과 가벼운 책망이 공존한다.

④ ㉣ : 정신적, 물리적인 여유를 지닌 대화 상대자이다.

⑤ ㉤ : 안타까움과 후회의 정서를 비유적으로 나타낸다.

12

(가)의 접동새에 대한 설명으로 가장 적절한 것은?

① 화자에게 심리적 안정감을 주는 기능을 한다.

② 화자의 처지와 감정을 부각시키는 기능을 한다.

③ 화자의 부정적인 현실 인식을 완화하는 기능을 한다.

④ 현재 있는 곳과 외부의 단절을 유발하는 기능을 한다.

⑤ 화자에게 그리운 대상을 떠올리는 매개체의 기능을 한다.

13

(다)의 [B]~[F]에 대한 설명으로 적절한 것은?

① [B] : 더운 여름에 유배지에서 일상적으로 겪는 어려움을 옷을 통해 묘사하고 있다.

② [C] : 화자의 궁핍한 처지를 알면서도 아무도 도와주지 않는 각박한 세태를 대화를 통해 표현하고 있다.

③ [D] : 서러운 감정이 극에 달해 현실과 환상을 분별하지 못하는 상황을 질문을 통해 표현하고 있다.

④ [E] : 화자가 처한 상황이 앞으로 나아질 것이라는 기대감을 계절을 나타내는 어휘를 통해 보여주고 있다.

⑤ [F] : 대상이 여유를 누리는 모습을 비판함으로써 화자가 지향하는 삶의 태도를 보여주고 있다.

14

(나)와 〈보기1〉의 표현상의 특징으로 공통적인 것만을 〈보기2〉에서 고른 것은?

보기1
창 내고쟈 창을 내고쟈 이 내 가슴에 창 내고쟈 고모장지 세 살장지 들장지 열장지 암돌져귀 수돌져귀 비목걸새 크나큰 장도리로 쫑닥 박아 이내 가슴에 창 내고쟈 잇다감 하 답답할 제 여다져 볼가 ㅎ노라

보기2
ㄱ. 동일한 시구를 반복하여 간절함을 강조하고 있다. ㄴ. 사물의 구성 요소들을 열거하여 흥미를 높이고 있다. ㄷ. 노력을 통해 자신의 상황을 극복하려는 의지를 보여주고 있다. ㄹ. 이성적인 사고로는 도저히 일어날 수 없는 일을 표현하여 정서를 극대화하고 있다.

① ㄱ, ㄴ 　② ㄱ, ㄷ 　③ ㄱ, ㄹ

④ ㄴ, ㄷ 　⑤ ㄴ, ㄹ

15

〈보기〉를 통해 (다)를 감상한 것으로 적절한 것은?

보기
조선 초기의 유배 가사는 임금에 대한 충절과 연군, 자신의 결백에 대한 확신과 정적에 대한 분노 등이 주를 이루었다. 그러나 이 작품은 다른 유배 가사와 달리 화자가 자신의 어려움을 직설적으로 이야기하고 있으며, 자신의 결백을 주장하기보다는 순순히 자신의 죄를 인정하고 후회와 안타까움을 이야기하고 있다.

① '공명을 탐치 말고 농사에 힘쓸 것을'에서 화자가 임금에게 충성을 다한 과거를 후회하고 있음을 확인할 수 있어.

② '등 밀어 내치는 집'에 다녀와 '한숨 끝에 눈물 나'는 화자의 모습에서 정치적 반대편에 대한 분노를 읽어낼 수 있어.

③ '등 밀어 내치는 집 구차하게 빌어 있어'를 통해 자존심 때문에 힘겨운 상황을 돌려 말하는 것을 확인할 수 있어.

④ '꽃을 탐하는 벌나비 그물에 걸렸으랴'를 통해 화자가 욕심 때문에 죄를 지었다고 스스로 인정함을 확일할 수 있어.

⑤ '함포고복 하고 격양가를 부르는 양'에서 화자가 나라의 풍년을 기원하는 것으로 연군지정을 표현하고 있음을 볼 수 있어.

MEMO

[1~5] 다음 글을 읽고 물음에 답하시오.

(가)

가을 하늘에 **달** 비치고 **은하수** 환하니

ⓐ<u>나그네</u>는 돌아가고픈 심정이 간절해지네

긴긴 밤 근심에 겨워 오래 앉았노라니

홀연 들리는 이웃집 여인의 **다듬이 소리**

바람에 실려 오는 소리 끊어질 듯 이어지며

밤 깊고 **별이 낮도록** 잠시도 멈추지 않네

고국을 떠나온 뒤로는 듣지를 못하였건만

지금 타향에서 들으니 소리 **서로 비슷하네**

霜天月照夜河明　　　客子思歸別有情

厭坐長宵愁欲死　　　忽聞隣女擣衣聲

聲來斷續因風至　　　夜久星低無暫止

自從別國不相聞　　　今在他鄕聽相似

　　　　　　　　　　－ 양태사, 「야청도의성(夜聽擣衣聲)」

(나)

저기 가는 ⓑ<u>저 각시</u> 본 듯도 한져이고

천상 백옥경을 어찌하여 이별하고

해 다 져 저문 날에 누굴 보러 가시는고

어와 너여이고 나의 사설 들어 보오

㉠<u>내 얼굴 이 거동이 임 괴얌즉 한가마는</u>

어쩐지 날 보시고 네로다 여기실새

㉡<u>나도 임을 믿어 군뜻이 전혀 없어</u>

이래야 교태야 어지러이 굴었던지

㉢<u>반기시는 낯빛이 예와 어찌 다르신고</u>

누워 생각하고 일어 앉아 헤아리니

㉣<u>내 몸의 지은 죄 뫼같이 쌓였으니</u>

하늘이라 원망하며 사람이라 허물하랴

㉤<u>설워 풀쳐 혜니 조물의 탓이로다</u>

글란 생각 마오 맺힌 일이 있어이다

[A] ┌ 임을 뫼셔 있어 임의 일을 내 알거니

　　│ 물 같은 얼굴이 편하실 적 몇 날인고

　　│ 춘한(春寒) 고열(苦熱)은 어찌하여 지내시며

　　└ 추일(秋日) 동천(冬天)은 뉘라셔 뫼셨는고

　　　　　　　　　　－ 정철, 「속미인곡(續美人曲)」

1　　　　　　　　　　2006학년도 수능 [기출]

(가)와 (나)의 공통점으로 가장 적절한 것은?

① 꿈과 환상을 통해 현실에서 벗어나고자 하는 태도가 나타나 있다.

② 자신의 상황을 운명론적으로 받아들이려는 자세를 보이고 있다.

③ 자신의 문제와 관련하여 세상을 원망하는 마음이 나타나 있다.

④ 바라는 공간에 있지 못한 안타까운 심정이 드러나 있다.

⑤ 자연물에 빗대어 이별의 정한을 드러내고 있다.

2　　　　　　　　　　2006학년도 수능 [기출]

(가)의 시어에 대한 감상으로 적절하지 않은 것은?

① '달'과 '은하수'는 시흥을 불러일으키는 배경이다.

② '다듬이 소리'는 화자의 정서를 심화시킨다.

③ '바람'은 구속에서 벗어나려는 화자의 의지를 드러낸다.

④ '별이 낮도록'은 시간이 많이 흘렀음을 보여 준다.

⑤ '서로 비슷하네'는 과거와 현재의 경험이 중첩됨을 드러낸다.

3

(나)를 상소문이라고 가정할 때, (나)의 ㉠~㉤ 중에서 〈보기〉의 밑줄 친 부분이 가장 잘 드러나 있는 것은?

> **보기**
>
> 상소문은 여러 경우에 쓰는데, 그중에는 개인의 억울함을 하소연하는 것도 있다. 이 경우 사건의 전말을 밝혀 자신의 잘못이 아님을 해명하거나 **겸손하게 자신의 허물을 탓하기도 한다.** 이렇게 함으로써 임금의 신뢰가 회복되기를 기대하였다.

① ㉠   ② ㉡   ③ ㉢   ④ ㉣   ⑤ ㉤

4

[A]와 〈보기〉의 [B]에 대한 설명으로 가장 적절한 것은?

> **보기**
>
> [B]
> 봄이 왔다. 가난한 방안에 왜꼬아리 분(盆) 하나가 철을 찾아서 요리조리 싹이 튼다. 그 닷곱 한 되도 안 되는 흙 위에다가 늘 잉크병을 올려 놓고 하다가 싹트는 것을 보고 잉크병을 치우고 겨우내 그대로 두었던 낙엽을 거두고 맑은 물을 한 주발 주었다.
>
> 그리고 천하에 공지라곤 요 분 안에 놓인 땅 한 군데밖에는 없다고 좋아하였다. 그러나 두 다리를 뻗고 누워서 담배를 피우기에는 이 동글납작한 공지는 너무 좁다.
> – 이상, 「조춘점묘(早春點描)」

① [A], [B] 모두 대상에 대한 화자의 관심과 애정이 드러나 있다.

② [A], [B] 모두 부조리한 세상에 대해 비판적 자세를 보이고 있다.

③ [A], [B] 모두 미래에 대한 낙관적인 전망과 기대가 드러나 있다.

④ [A]에는 공간적인 이동이, [B]에는 시간적인 경과가 나타나 있다.

⑤ [A]는 반어적인 표현을, [B]는 비유적인 표현을 활용하고 있다.

5

ⓐ와 ⓑ에 대한 설명으로 가장 적절한 것은?

① ⓐ는 천상의 세계에 존재했던 인물이고, ⓑ는 지상의 세계에 존재하는 인물이다.

② ⓐ는 미래에 대해 낙관적 자세를, ⓑ는 부정적 자세를 취하고 있다.

③ ⓐ는 ⓑ와 달리 그리워하는 대상과 이별한 상황에 놓여 있다.

④ ⓐ와 달리 ⓑ는 자신이 처한 상황의 원인을 자신의 운명 탓이라고 자책하고 있다.

⑤ ⓐ와 ⓑ는 모두 작품의 전개 과정에서 보조적 역할을 하는 화자이다.

(가)

천 리라 내 고향은 첩첩 **봉우리** 저쪽

돌아가고 싶은 마음 언제나 **꿈** 속이네.

한송정 곁에는 외로운 **달빛**이요

경포대 앞에는 한 떼의 **바람**이리.

모래밭의 백구는 모였다 흩어지고

물결 위의 어선들은 왔다갔다 하였네.

언제나 다시 임영(臨瀛)*의 **길**을 밟아

때때옷에 춤추며 슬하에서 옷 지을꼬.

千里家山萬疊峰	歸心長在夢魂間
寒松亭畔雙輪月	鏡浦臺前一陣風
沙上白鷗恒聚散	波頭漁艇海西東
何時重踏臨瀛路	綵舞斑衣膝下縫

　　　　　　　　　　– 사임당 신씨, 「사친(思親)」

(나)

반중(盤中) 조홍(早紅)감*이 고와도 보이나다

유자(柚子)가 아니라도 품음 직도 하다마는,*

품어 가 반길 이 없을새 그로 설워하나이다.

　　　　　　　　　　– 박인로, 「조홍시가(早紅柿歌)」

(다)

님다히* 소식을 어떻게든 알자 하니

오늘도 거의로다 ⓐ**내일이나 사람 올까**.

내 마음 둘 데 없다 어디로 가잔 말가.

잡거니 밀거니 **높은 뫼**에 올라가니

㉠**구름**은 물론이고 ㉡**안개**는 무슨 일가.

산천이 어두운데 일월(日月)을 어찌 보며

지척(咫尺)을 모르는데 천리를 바라보랴.

차라리 ⓑ**물가**에 가 **뱃길**이나 보려 하니

바람이야 ㉢**물결**이야 어수선히 되었구나.

사공은 어디 가고 ⓒ**빈 배**만 걸렸는가.

강천(江天)에 혼자 서서 지는 해를 굽어보니,

님다히 소식이 더욱 아득하구나.

모첨(茅簷)* 찬 자리에 밤중쯤 돌아오니

반벽(半壁) 청등(靑燈)은 누굴 위해 밝았는가.

오르며 내리며 헤매며 바장이니,

잠시 동안 역진(力盡)하여 ⓓ**풋잠**을 잠깐 드니

정성이 지극하여 **꿈**에 님을 보니

옥(玉) 같은 몸이 반이나마 늙으셨네.

마음에 먹은 말씀 실컷 사뢰려니,

눈물이 쏟아지니 말씀인들 어찌하며,

정(情)을 못 다 하여 목조차 메이는데

방정맞은 ㉣**닭소리**에 잠은 어찌 깨었던가.

아아 허사(虛事)로다 이 님이 어디 간고.

잠결에 일어 앉아 창을 열고 바라보니,

가엾은 ⓔ**그림자가 날 따를 뿐이로다**.

차라리 죽어져서 **낙월**(落月)이나 되어서

님 계신 창 안에 번드시 비추리라.

각시님 달은 그만두고 ㉤**궂은비**나 되십시오.

　　　　　　　　　　– 정철, 「속미인곡(續美人曲)」

---

* 임영 : 강릉의 옛 이름.

* 조홍감 : 일찍 익은 붉은 감.

* 유자가 ~ 하다마는 : 후한(後漢)의 육적이 남의 집에 갔다가 대접 받은 귤[유자]을 먹지 않고 어머니를 위해 품고 왔다는 고사에서 끌어온 표현.

* 님다히 : 임 계신 곳.

* 모첨 : 초가집.

6 2004학년도 6월 평가원 모의고사 [기출]

(가)~(다)에 공통적으로 나타나는 시적 화자의 태도로 적절한 것은?

① 자신과 대상과의 관계에 대해 성찰하고 있다.

② 이별의 상황에서 재회의 희망을 표현하고 있다.

③ 자신이 처한 상황을 담담하게 받아들이고 있다.

④ 사랑하는 대상에 대한 그리움으로 안타까워하고 있다.

⑤ 돌이킬 수 없는 비극적 운명을 떠올리며 슬퍼하고 있다.

7 2004학년도 6월 평가원 모의고사 [기출]

(가)와 (다)의 시어에 대한 다음의 설명 중 적절하지 <u>않은</u> 것은?

① (가)의 '봉우리'와 (다)의 '높은 뫼'는 탈속적 공간이다.

② (가)의 '꿈'과 (다)의 '꿈'은 소망의 간절함을 담고 있다.

③ (가)의 '달빛'과 (다)의 '낙월'은 화자의 심정이 투영된 사물이다.

④ (가)의 '바람'과 (다)의 '바람'은 화자의 내면과 관련이 있다.

⑤ (가)의 '길'과 (다)의 '뱃길'은 소망을 성취할 수 있는 통로이다.

8 2004학년도 6월 평가원 모의고사 [기출]

(가)의 시적 화자를 주인공으로 한 편의 소설을 쓰려고 한다. 이 소설에 필요한 장면으로 보기 <u>어려운</u> 것은?

① 고향쪽 하늘을 바라보며 눈물짓는 모습

② 마을 어귀에서 어머니와 이별하는 모습

③ 강릉 바닷가에서 백구를 바라보는 모습

④ 정답게 걷고 있는 모녀를 보며 부러워하는 모습

⑤ 밤새도록 언 손을 불어가며 바느질을 하는 모습

9 2004학년도 6월 평가원 모의고사 [기출]

(나)에 대하여 학생이 스스로 탐구 과제를 설정하고 그것을 해결해 보는 중이다. 〈보기〉에서 과제 해결이 적절하지 <u>않은</u> 것은?

보기
• 중심 소재인 '조홍감'의 기능은? 　→ 외적 기능: 창작의 계기, 내적 기능: 정서 환기 　⋯⋯⋯⋯⋯⋯⋯⋯⋯⋯⋯⋯⋯⋯⋯⋯⋯⋯①
• '유자(柚子)' 관련 고사(故事)를 인용한 효과는? 　→ 주제를 효과적으로 부각시킴⋯⋯⋯⋯⋯②
• 표현 기법상의 특징은? 　→ 표면과 이면의 의미가 다른 반어(反語)⋯⋯③
• 주제와 관련된 한자 성어가 있을까? 　→ 풍수지탄(風樹之嘆)⋯⋯⋯⋯⋯⋯⋯⋯⋯④
• 독자에게는 어떤 교훈을 주게 될까? 　→ 부모님 생전에 효도를 다하자는 마음을 갖게 함. 　⋯⋯⋯⋯⋯⋯⋯⋯⋯⋯⋯⋯⋯⋯⋯⋯⋯⋯⑤

10 2004학년도 6월 평가원 모의고사 [기출]

〈보기〉를 (다)의 화자가 쓴 일기의 일부라고 할 때, 작품의 내용과 어긋나는 것은?

보기
①<u>오늘도 나는 그의 소식을 기다리며 이리저리 돌아다녔다.</u> 기진하여 밤길을 더듬어 돌아왔을 때, ②<u>나를 기다린 건 쓸쓸한 등불뿐이었다.</u> 홀로 빈방에 앉아 있다가 ③<u>나도 모르게 잠깐 잠이 들었다.</u> 꿈에 본 그이는 예전과는 다른 모습이었다. ④<u>실컷 하소연하다가 꿈에서 깨어 보니</u> 그저 허망할 뿐이었다. ⑤<u>그이의 곁에 가고 싶다.</u> 아, 그 날이 언제 올까?

11

㉠~㉢ 중, 시어의 함축적 의미가 <u>다른</u> 하나는?

① ㉠   ② ㉡   ③ ㉢   ④ ㉣   ⑤ ㉤

12

ⓐ~ⓔ에 대한 설명으로 적절하지 <u>않은</u> 것은?

① ⓐ : 임의 소식을 전해 줄 사람에 대한 간절한 기다림이 드러난다.

② ⓑ : 임의 소식을 듣기 위해 화자가 찾은 공간이다.

③ ⓒ : 화자의 쓸쓸하고 외로운 감정이 이입된 객관적 상관물이다.

④ ⓓ : 임에 대한 간절한 그리움을 나타내는 소재이다.

⑤ ⓔ : 꿈 속에서 임을 보고 헤어진 후 화자가 느끼는 심정을 간접적으로 표현한 것이다.

MEMO

[1~5] 다음 글을 읽고 물음에 답하시오.

[A]

형님 온다 형님 온다 분고개로 형님 온다.

형님 마중 누가 갈까 형님 동생 내가 가지.

형님 형님 사촌 형님 시집살이 어떱뎁까.

㉠이애 이애 그 말 마라 시집살이 개집살이.

앞밭에는 당추 심고 뒷밭에는 고추 심어,

고추 당추 맵다 해도 시집살이 더 맵더라.

둥글둥글 수박 식기(食器) 밥 담기도 어렵더라.

도리도리 도리소반(小盤) 수저 놓기 더 어렵더라.

㉡오 리(五里) 물을 길어다가 십 리(十里) 방아 찧어다가,

아홉 솥에 불을 때고 열두 방에 자리 걷고,

외나무다리 어렵대야 시아버니같이 어려우랴.

나뭇잎이 푸르대야 시어머니보다 더 푸르랴.

㉢시아버니 호랑새요 시어머니 꾸중새요

동세 하나 할림새요 시누 하나 뾰족새요

시아지비 뾰중새요 남편 하나 미련새요

자식 하난 우는 새요 나 하나만 썩는 샐세.

㉣귀먹어서 삼 년이요 눈 어두워 삼 년이요

말 못해서 삼 년이요 석 삼 년을 살고 나니,

㉤배꽃 같던 요내 얼굴 호박꽃이 다 되었네.

삼단 같던 요내 머리 비사리춤이 다 되었네.

백옥 같던 요내 손길 오리발이 다 되었네.

열새 무명 반물치마 눈물 씻기 다 젖었네.

두 폭 붙이 행주치마 콧물 받기 다 젖었네.

울었던가 말았던가 베갯머리 소(沼) 이뤘네.

그것도 소이라고 거위 한 쌍 오리 한 쌍

쌍쌍이 때 들어오네. - 작자 미상, 「시집살이 노래」

1
2014학년도 6월 평가원 모의고사 [기출]

윗글의 시상 전개에 대한 이해로 가장 적절한 것은?

① 감탄과 반성의 어조를 교차하여 복잡한 감정을 나타내고 있다.

② 상황을 부정적으로 규정하고 나서 다양한 예들을 나열하고 있다.

③ 처음과 끝을 동일한 내용으로 상응시켜 시상 전개에 안정감을 부여하고 있다.

④ 근경에서 원경으로 시선을 확대해 가면서 심리의 변화를 보여주고 있다.

⑤ 외부 세계와 내면을 대비해 가며 이상적 세계에 대한 동경을 드러내고 있다.

2
2014학년도 6월 평가원 모의고사 [기출]

㉠~㉤에 대한 이해로 적절하지 않은 것은?

① ㉠ : 물음에 대한 답변을 유보하며 사촌 동생의 결혼을 만류하고 있다.

② ㉡ : 과장된 표현을 통해 며느리가 수행해야 하는 가사 노동의 상황을 강조하고 있다.

③ ㉢ : 시집 식구들을 일일이 지목하여 시집 식구들에 대한 화자의 생각을 드러내고 있다.

④ ㉣ : 며느리가 감당해야 하는 제약을 제시해 며느리의 처지를 보여 주고 있다.

⑤ ㉤ : 결혼 전후의 용모 변화를 자연물에 빗대어 시집살이의 고충을 토로하고 있다.

3

2014학년도 6월 평가원 모의고사 [기출]

[A]와 〈보기〉를 비교하여 감상한 내용으로 가장 적절한 것은?

보기
저기 가는 저 각시, 본 듯도 하구나. 천상(天上) 백옥경(白玉京)을 어찌하여 이별하고 해 다 져 저문 날에 누굴 보러 가시는가. 어와, 너로구나. 이내 사설 들어 보오. 내 얼굴 이 거동이 임이 사랑함직 한가마는 어쩐지 날 보시고 너로다 여기시매 나도 임을 믿어 딴 생각 전혀 없어 아양이며 교태며 어지럽게 하였던지 반기시는 낯빛이 예와 어찌 다르신가. – 정철, 「속미인곡」

① [A]와 〈보기〉 모두 시어의 반복을 통해 리듬감을 살리고 있다.
② [A]와 〈보기〉 모두 화자 자신의 문제 상황에 대한 책임을 제삼자에게 전가하고 있다.
③ [A]와 〈보기〉 모두 예전에 알고 지내던 인물과의 만남을 계기로 하여 자신의 심정을 토로하고 있다.
④ [A]에서는 계절의 변화를, 〈보기〉에서는 공간의 변화를 통해 화자의 정서를 심화하고 있다.
⑤ [A]에서는 반어적 표현을, 〈보기〉에서는 다양한 비유적 표현을 통해 자신의 처지를 드러내고 있다.

4

윗글에 대한 설명으로 적절하지 <u>않은</u> 것은?

① 두 인물의 대화 형식으로 시상을 전개하고 있다.
② 음성상징어를 활용하여 운율적 효과를 거두고 있다.
③ 비유적 표현을 활용하여 화자의 정서를 강조하고 있다.
④ 대상인 사물에 인격을 부여하여 주제 의식을 강조하고 있다.
⑤ 색채어의 사용을 통해 화자가 처한 상황의 어려움을 효과적으로 나타내고 있다.

5

윗글의 화자(사촌 형님)(ⓐ)와 〈보기〉의 화자(ⓑ)에 대한 설명으로 가장 적절한 것은?

보기
가위로 싹둑싹둑 옷 마르노라 추운 밤에 손끝이 호호 불리네. 시집살이 길옷은 밤낮이건만 이내 몸은 해마다 새우잠인가. – 허난설헌, 「빈녀음(貧女吟)」

① ⓐ는 당면한 문제를 해결하려 하지만, ⓑ는 회피하려 한다.
② ⓐ와 ⓑ는 모두 시집살이의 어려움을 하소연하고 있다.
③ ⓐ는 '오리' 사육을 통해, ⓑ는 바느질을 통해 고달픈 삶을 달래고 있다.
④ ⓐ는 ⓑ와 달리 미래의 삶에 대해 낙관인 자세를 취하고 있다.
⑤ ⓐ와 달리 ⓑ는 불공평한 현실을 은근히 드러내고 있다.

　　민요는 예로부터 민중들 사이에 불려 오던 소박한 노래로 작사자·작곡자가 따로 없습니다. 그래서 민요는 민중들의 사상·생활·감정 등을 담고 있습니다. 또 민요는 민중의 생활을 노래한 단순한 노래의 차원을 넘어서 노동과 불가분의 관계이기 때문에 본질적으로 생산적인 노래라는 특징을 갖습니다.

　　민요의 종류는 일정한 기능에 맞추어 부르는 기능요와 단지 노래의 즐거움 때문에 부르는 비기능요로 나뉩니다. 기능요는 다시 노동요, 유희요, 의식요, 정치요 등으로 나뉩니다.

　　노동요는 힘든 노동을 더 즐겁고 능률적으로 하기 위하여 부르는 노래입니다. 각 지방에는 그 지방의 독특한 가락을 가진 노동요가 헤아릴 수 없을 정도로 많습니다. 노동요는 일의 리듬에 따라 박자를 맞추거나 흥을 돋우어 노동의 피로를 잊게 하는 역할을 합니다. 대부분의 농사일이 집단으로 이루어지기 때문에 민요를 통한 공동체 의식의 고양은 생산 활동에 활력을 주는 요인이 되었습니다.

　　유희요는 놀이에 박자를 맞추면서 부르는 노래를 말합니다. 일하면서 흥이 나면 여러 종류의 유희요를 부를 수 있고, 반대로 놀면서도 노동요를 부를 수 있기 때문에 유희요는 노동요와 무관하지 않습니다. 그러나 보통은 특정한 노동과 관련 없이 무용과 놀이를 수반하고 있는 민요를 유희요라고 합니다.

　　의식요는 세시(歲時)나 장례(葬禮)와 같은 의식을 치르면서 부르는 노래입니다. 다시 말하면, 종교적 의식이나 제사 의식 등에서 불리는 민요를 말합니다. 한 집안, 마을의 안녕을 비는 굿과 국가의 제천의식에서 불리는 민요 속에는 신심(神心)이 반영되어 있습니다. 여기에는 〈지신밟기〉, 〈성주풀이〉, 〈액막이타령〉 등이 있습니다. 또 장사지낼 때 부르는 민요로는 〈상엿소리〉가 있습니다.

　　정치요는 한 시대의 상황과 민중의 정치의식을 드러내는 것으로 참요(讖謠)[1]와 풍요(風謠)[2] 등이 있습니다. 왕조의 변화나 민중봉기 등의 주제를 갖고 있으며 〈녹두새요〉가 대표적입니다.

　　한편 비기능요는 노래의 즐거움을 누리기 위해 부르는 민요입니다. 비기능요는 특정한 일과 관련이 없이 흥이 나면 언제 어디서나 부르는 노래이므로 내용 및 형태상의 제약이 별로 없으며, 대개는 음악적으로나 문학적으로 기능요보다 더 다듬어져 있습니다. 그 주제는 삶의 여러 국면에서 자주 부딪치는 문제들에 대한 소망, 괴로움, 슬픔, 기쁨, 등이 주류를 이룹니다. 이러한 주제적 특징과 형태상의 상대적 간결성이 비기능요로 하여금 보다 많이 서정적 경향을 띠도록 합니다. 이러한 비기능요로는 〈정선 아리랑〉, 〈밀양 아리랑〉, 〈시집살이 노래〉 등이 있습니다.

---

1 시대적 상황이나 정치적 징후를 암시하는 민요. 신라의 멸망과 고려의 건국을 예언했다는 '계림요(鷄林謠)', 후백제의 내분을 예언했다는 '완산요(完山謠)', 이성계(李成桂)의 혁명을 암시했다는 '목자요(木子謠)' 등.
2 한 지방의 풍속을 읊은 노래.

이상에서 알 수 있듯이, 민요는 일반 민중들의 생활 속에서 일어나는 여러 가지 경험과 느낌을 진솔한 언어로써 표현한 것이 특징입니다. 때로는 구슬프고 비통하게, 때로는 익살스럽거나 활기차게 자신들의 삶에 직결된 문제들을 노래한다는 것은 물론 다른 민족의 민요에서도 널리 발견될 수 있는 보편적인 특징일 것입니다. 하지만 완강(頑强)한 신분 질서와 토지 지배의 굴레 아래 특히 어려운 생활사를 겪어야 했던 우리 평민들의 노래에서는 이러한 명암(明暗)의 대비가 좀 더 뚜렷할 수밖에 없었던 것으로 보입니다.

MEMO

MEMO

MEMO

MEMO

MEMO

상상력이 중요한 4차 혁명시대,
한자는 상상력의 보고

설중환 교수와 함께 배우는

한자성어 ①, 한자성어 ②

이 책은 일상 생활에서 자주 쓰이는 한자성어를 중심으로

약 300개의 한자를 배우고,

그것과 관계되는 다른 단어를 함께 익혀

대략 1,000여 자의 한자를 익힐 수 있도록 구성하였다.

더불어 삶의 지혜를 얻을 수 있도록

한자성어의 유래와 도움말을 덧붙였다.

한자를 배우면 어떤 점이 좋을까?

첫째 어휘력이 풍부해진다. 옛날 한자교육을 받은 한자
세대는 3만 정도의 단어를 알았다고 하면, 지금 한글
세대는 7,000 정도의 단어 정도만 알고 있다.
어휘력이 풍부해야 상상력이 풍부해진다.
한자를 배우면 어휘력이 풍부해진다.

둘째 우리 전통 문화를 이해하고 계승해야 한다.
1980년대 이전의 서적들은 한자를 읽을 수 없어
소중한 정보들이 빛을 발하지 못하고 있다.
이런 점에서 뜻 있는 사람들은
무엇보다 먼저 한자를 공부한다.

알앤비
RNB

패턴을 알면 정답이 보인다.

패턴국어

알앤비
RNB

고등문학

고전시가

정답 및 해설

패턴을 알면 정답이 보인다.

패턴국어

고등문학

고전시가

정답 및 해설

알앤비
RINBI

01 제망매가 월명사

010~013쪽

| 1 ② | 2 ② | 3 ③ | 4 ④ | 5 ① |
| 6 ③ | 7 ③ | 8 ④ | 9 ⑤ | 10 ⑤ |

월명사, 「제망매가」

작품 감상

이 작품은 월명사가 죽은 누이를 위해 지은 노래이다. 이 작품을 노래로 지어 제사를 지냈더니, 광풍이 불어 지전(紙錢)이 서쪽으로 날아갔다는 설화가 전해진다. 이 작품은 10구체 향가로 내용상 세 단락으로 나눠진다. 첫 단락에서는 죽은 누이에 대한 안타까움과 그리움을, 둘째 단락에서는 혈육의 죽음에서 느끼는 인생의 무상함을, 그리고 마지막 단락에서는 종교적 믿음으로 죽음에 대한 허무를 극복하려는 의지를 노래하고 있다.

작품 분석

1. 작품 개관

갈래	향가
성격	서정적, 애상적, 추모적, 종교적, 주술적
제재	죽은 누이
주제	죽은 누이의 명복을 빌고 추모함

2. 짜임

기	1~4행	죽은 누이에 대한 슬픔과 그리움
서	5~8행	인생의 무상감, 한탄
결	9~10행	불교적 믿음을 통한 재회의 다짐

3. 특징

① 정제되고 세련된 표현 기교를 사용하고 있다.
② 뛰어난 문학적 비유를 통해 인간의 죽음의 고통을 종교적으로 승화시키고 있다.
③ 찬기파랑가와 함께 향가 중에서 표현기교와 서정성이 가장 뛰어난 작품이다.

1 ②

정답 해설 | 화자는 누이의 죽음 앞에서 그 슬픔을 종교적으로 승화시키고 있다. 저승(미타찰)에서 다시 만날 날을 기다리며 구도자의 삶을 가겠다고 말하고 있다. 따라서 화자가 처한 상황에 대한 대응 방식이 드러나 있다는 설명은 적절하다.

오답 체크 |
① 누이의 죽음을 자연 현상에 비유한 것이지 인간과 자연을 대비한 것은 아니다.
③ 화자가 죽어서 죽은 누이를 저승에서 다시 만나는 것이 미래에 대한 낙관적 전망이라고 보는 것은 적절하지 않다.
④ 화자가 죽어서 누이를 만날 때까지 구도자의 삶을 살겠다고 하는 것은 화자의 의지를 드러낸 것이지 그것이 바람직한 세계에 대한 확신을 나타낸 것이라고는 볼 수 없다.
⑤ 화자가 처한 상황은 누이의 죽음 앞에서 슬퍼하는 상황인데 그 상황에 대한 우회적인 비판은 드러나지 않는다.

2 ②

정답 해설 | 누이의 죽음에 대한 화자의 슬픔이 깊게 드러나는 부분이지 누이에 대한 원망이 드러난다는 설명은 적절하지 않다.

오답 체크 |
① 누이의 죽음 앞에서 화자의 죽음에 대한 두려움이 표현된 것이기 때문에 적절한 설명이다.
③ '한 가지'는 한 부모를 비유하는 말로 화자와 누이가 한 부모를 둔 핏줄임을 나타내기 때문에 적절한 설명이다.
④ 누이의 죽음에서 느끼는 삶의 무상감을 표현한 것이기 때문에 적절하다.
⑤ 화자가 죽은 누이와의 재회를 기대하며 구도자의 삶을 살겠다는 의지적 태도이므로 적절한 설명이다.

3 ③

정답 해설 | '미타찰에서~기다리겠노라'에서 알 수 있듯이 저승에서 죽은 누이를 다시 만날 때까지 구도자의 삶을 가겠다는 의지를 표현하고 있는 것으로 볼 때, 죽어서 다시 만날 것을 기약함으로써 슬픔을 극복하려 하고 있다는 설명은 적절하다.

오답 체크 |
① 시적 화자가 시적 대상인 죽은 누이에게 자신이 바라는 구체적인 행동을 권유하고 있다는 설명은 적절하지 않다.
② 미래의 삶에 대한 희망이 아니라 죽어서 누이를 다시 만나는 기대감을 나타낸 것이기 때문에 적절하지 않은 설명이다.
④ 화자가 구도자의 삶을 지향하는 존재이기 때문에 세속적

욕망과 거리를 둔다는 설명은 적절하지만, 자연과 조화를 이루는 삶을 추구하고 있다는 설명은 적절하지 않다.

⑤ 화자가 죽어서 시적 대상인 누이와 다시 만나기를 소망하는 것은 맞지만 자신이 원하지 않는 상황을 제시했다는 설명은 적절하지 않다.

4 ④

정답 해설 | 〈보기〉의 '하늘'은 자아 성찰의 매개체, 이상적인 존재, 현실과 대조되는 이상적인 상황을 의미하고, 윗글의 '미타찰'은 극락 세상, 저승, 피안의 세계, 지향의 공간을 의미하므로 '하늘'은 화자의 반성을, '미타찰'은 화자의 지향을 함축하는 공간이라는 설명은 적절하다.

오답 체크 |

① '하늘'은 현실과 대조되는 이상적인 상황을 의미하므로 화자가 몸을 담고 있는 공간이라고 하는 것은 적절하지 않다. 그리고 '미타찰' 역시 저승을 의미하므로 화자가 몸을 담고 있는 공간은 아니다.

② '하늘'이 숭고함을 자아내는 공간이거나 '미타찰'이 비장함을 자아내는 공간이라는 설명은 적절하지 않다.

③ '하늘'은 자아 성찰의 매개체이고, '미타찰'은 화자가 지향의 공간이므로 적절하지 않은 설명이다.

⑤ '하늘'이 자연의 영원성을 상징한다거나 '미타찰'이 인간의 유한성을 상징하는 공간이라는 설명은 적절하지 않은 설명이다.

5 ①

정답 해설 | 윗글의 '바람'은 '잎'이 떨어지는 원인으로 작용한 것이고, 〈보기〉 A의 '바람'은 '도화'가 지는 원인으로 작용한 것이기 때문에 둘 다 '바람'이 화자의 시련을 상징한다고 볼 수 없다.

오답 체크 |

② 윗글의 '바람'은 '잎'이 떨어지는 원인으로 작용한 것이고, 〈보기〉 B의 '바람'은 '나무'가 쓰러지는 원인으로 작용한 것이므로 적절한 설명이다.

③ 윗글의 '잎'은 죽은 누이를 비유한 것이기 때문에 화자의 슬픔과 연결되지만, A의 '도화'는 풍류를 즐기는 화자의 마음을 엿볼 수 있는 소재로 화자의 감회와 흥취를 부각하고 있다는 설명은 적절하다.

④ 윗글의 '잎'은 죽은 누이를 비유한 것이고, B의 '나무'는 화자 자신을 비유한 것이므로 맞는 설명이다.

⑤ 윗글의 '잎'과 A의 '도화', 그리고 B의 '나무'는 모두 '바람'이라는 외적 요인으로 인하여 떨어지거나 쓰러지는 존재들이므로 수동성을 함축하고 있다고 할 수 있다.

6 ③

정답 해설 | 낙구에서 화자는 저승에서 다시 만날 것을 기대하며 구도자의 길을 걷겠다고 했으므로 헤어짐의 상황을 받아들여 기다림으로 극복하고자 한다는 설명은 적절하다.

오답 체크 |

① 누이를 잃은 화자의 삶의 허무함은 드러나지만 지순한 사랑을 통해 그 허무함에서 벗어나고자 한다는 설명은 적절하지 않다.

② 구도자의 삶을 가겠다는 것이 스스로를 고통 속에 던지는 것이라고 보기 어려우며 그 행위가 자신을 정화하고자 하려는 것도 아니다.

④ 죽은 누이를 저승에서 다시 만날 때까지 도를 닦으며 기다리겠다고 했으므로 삶과 죽음의 경계를 벗어나 영원으로 회귀하고자 한다는 설명은 적절하지 않다.

⑤ 구도자의 삶을 가는 것이 현실과 거리를 두는 것이라고는 할 수 있지만, 그로 인해서 누이를 잃게 된 자신의 운명을 초월할 수 있는 것은 아니기 때문에 적절하지 않은 설명이다.

7 ③

정답 해설 | '한 가지'는 한 부모를 비유하는 말로 화자와 누이가 한 부모를 둔 핏줄임을 나타낸다. 〈보기〉의 '동아밧줄'은 시적화자와 죽은이가 이승에서 맺은 인연을 상징한다. 따라서 '한 가지'와 '동아밧줄'은 이승에서의 인연을 나타낸다는 점에서 유사한 심상을 환기한다고 할 수 있다.

오답 체크 |

① 강기슭: 삶과 죽음 사이의 간격

② 뱃머리: 이승과 저승의 갈림길

④ 갈밭: 삶과 죽음의 경계

⑤ 흰옷자라기: 수의로 죽음을 상징

8 ④

정답 해설 | 윗글에서 불교의 전통과 관련하여 동양권에서 독특한 의미를 지니는 시어는 '미타찰'이다. '미타찰'은 극락 세상, 저승, 피안의 세계, 지향의 공간이라는 의미를 함축하고 있다.

9 ⑤

정답 해설 | 누이의 죽음을 자연 현상에 비유한 것은 맞지만 자연물에 의지하여 현실적 고통을 벗어나려 하고 있다는 설명은 적절하지 않다.

오답 체크 |

① '아아, 미타찰(彌陀刹)에서 만날'에 불교의 윤회사상이 나타

나 있다.

② 9, 10행에서 이승에서의 슬픔과 고뇌를 불교적 믿음에 의해 초극하고 재회의 기약을 다짐하고 있기 때문에 인간적 고뇌를 종교적으로 승화하고 있다는 설명은 적절하다.

③ '한 가지'는 같은 부모를 의미하는데, 이는 화자와 죽은 누이가 같은 핏줄임을 비유하는 말이다. 따라서 화자와 시적 대상 간의 관계가 드러나고 있다는 설명은 적절하다.

④ 이 작품의 표현상 특징의 묘미는 제5행과 8행 사이의 비유에 있다. 같은 부모에게서 태어난 남매 사이에 있어서의 죽음을 '한 가지'에 났다가 떨어져 흩어지는 낙엽에, 젊은 나이에 죽는 것을 덧없이 부는 '이른 바람'에 떨어진 '잎'으로 비유하여 요절의 슬픔과 허무를 감각적으로 표현하고 있다. 따라서 삶과 죽음의 문제를 자연의 섭리에 비유하고 있다는 설명은 적절하다.

10 ⑤

정답 해설 | ㉠은 죽은 누이를, ㉡은 시적 화자를 가리킨다. 시적 화자는 누이의 죽음을 슬퍼하고 안타까워하지만 그 상황을 받아들이며 죽어서 '미타찰'에서 다시 만날 것을 기약하며 도를 닦으며 기다리겠다는 의지적 태도를 보이고 있다. 따라서 ㉡은 ㉠이 부재하는 상황을 받아들이며 재회에 대한 의지를 드러내고 있다는 설명은 적절하다.

오답 체크 |

① ㉠이 시적 대상인 것은 맞지만 유유자적한 삶을 사는 존재는 아니다.

② ㉡이 시적 화자인 것은 맞지만 시적 대상인 누이와의 갈등 때문에 체념적 태도를 보이고 있다는 설명은 적절하지 않다.

③ ㉠은 화자의 죽은 누이로 자신의 뜻을 전달하려고 한다는 것은 틀린 설명이며 더욱이 화자와 만나기를 간절히 소망하고 있다는 설명은 적절하지 않다.

④ ㉠이 이승에서의 삶을 부정했는지는 알 수 없으며, ㉡이 저승으로의 길을 수용하고 있다는 설명은 누이가 저승으로 간 상황을 받아들인다는 의미라면 적절한 설명이다.

---

02 가시리 작자 미상 / 동동 작자 미상

016~019쪽

| 1 ④ | 2 ③ | 3 ④ | 4 ② | 5 ① |

작자 미상 「가시리」

작품 감상

이 작품은 간결한 형식과 소박하고 함축성 있는 시어로 애절한 이별의 정을 노래한 작품으로, 〈서경별곡〉과 더불어 이별의 한을 노래한 대표적 작품이다. 이러한 이별의 한은 고구려 유리왕의 〈황조가〉로부터 〈서경별곡〉을 비롯한 고려속요, 황진이의 시조, 민요 〈아리랑〉, 현대시 김소월의 〈진달래꽃〉 등 많은 문학 작품 속에 한국 여인의 보편적 정서로 면면히 이어져 오고 있다.

작품 분석

1. 작품 개관

갈래	고려 속요
성격	서정적, 민요적, 여성적, 자기희생적
제재	임과의 이별
주제	이별의 정한(情恨)과 애이불비(哀而不悲)의 사랑

2. 짜임

기	1연	뜻밖의 이별에 대한 원망
승	2연	원망의 고조
전	3연	감정의 절제와 체념
결	4연	이별 후의 소망과 기원

3. 특징

① 각행이 3/3/2조를 기본으로 하는 3음보의 율격으로 되어 있다.

② 각 연이 2행인 분연체로 되어 있다.

③ 반복법을 통해 리듬을 조성하고 시의 구조에 통일성을 부여하고 있다.

④ 소박하고 간결한 시어가 사용되고 있다.

작자 미상, 「동동」

작품 감상

이 작품은 현존하는 가장 오래된 월령체 노래로서, 고려 속요의 일반적 특징인 분절체와 후렴구를 모두 갖추고 있으며, 계절에 따라 새로워지는 고독감과 이별한 임을 향한 그리움을 주된 내용으로 담고 있다. 이 노래의 시상은 매 연마다 나타나는 주제가 통일적으로 나타나지 않아 정서의 표출이 일관적이지 못한 면이 있다. 이 작품은 뛰어난 시어 구사와 현실적으로 불가능한 사랑의 비극성을 섬세한 감각으로 그려내고 있으며, 후대의 월령체 노래에 영향을 준 점에서 의의를 가진다고 할 수 있다.

작품 분석

1. 작품 개관

갈래	고려 속요
성격	연가(戀歌)적, 민요적, 서정적
제재	달마다 행하는 세시 풍속
주제	이별한 임에 대한 송도와 애련

2. 짜임

1연	서사	임에 대한 송축
2연	1월령	자신의 외로운 처지
3연	2월령	임의 빼어난 모습 찬양
4연	3월령	임의 아름다운 모습 찬양
5연	4월령	자신을 찾지 않는 임에 대한 원망
6연	5월령	임의 장수에 대한 기원
7연	6월령	임에게 버림받은 처지 비관
8연	7월령	임을 따르고자 하는 염원
9연	8월령	임없는 한가위의 쓸쓸함
10연	9월령	임의 부재로 인한 고독
11연	10월령	버림받은 사랑에 대한 회한
12연	11월령	임없이 살아가는 슬픔
13연	12월령	임과의 기구한 인연

3. 특징
① 계절에 따른 심리적 변화가 세시 풍속과 연결되어 잘 표현되고 있다.

② 자연물에 화자와 임을 각각 비유하여 대조하고 있다.

③ 북소리를 흉내 낸 '동동'과 악기소리를 흉내 낸 '다리' 같은 후렴구를 사용하고 있다.

〈보기〉 작자 미상, 「서경별곡」

작품 감상

이 작품은 고려가요로 남녀 간의 이별을 소재로 삼고 있다. 3연의 분연체로 노래가 통일성을 갖추지 못하고 있어 구전되는 과정에 노래가 변형되었을 가능성을 보여주고 있다. '정석가'의 6연과 동일한 내용을 발견할 수 있어 당시에 고려가요가 대중에게 많은 인기를 얻고 있었음을 짐작할 수 있다. '서경별곡'의 화자는 '가시리'의 화자와 달리 적극성을 가지고 있다는 점이 특징적이다.

작품 분석

1. 작품 개관

갈래	고려가요
성격	서정적, 애상적
제재	임과의 이별
주제	이별의 정한

2. 짜임

1연	이별을 거부하며 임을 사랑하는 마음을 드러낸다.
2연	구슬과 끈에 임에 대한 영원한 사랑과 믿음을 비유로 드러낸다.
3연	떠나는 임에 대한 불안을 사공에 대한 원망으로 드러낸다.

3. 특징
① 3연의 분연체로 고려 가요의 특징을 보여 주고 있다.

② 2연은 '정석가'의 6연과 동일한 가사임을 확인할 수 있으며 이를 통해 고려 가요의 구전되는 특징을 확인할 수 있다.

③ 사공을 원망하는 등의 모습을 통해 전통적인 여인들이 이별을 순종적으로 받아들이는 것과 다른 모습을 보여주고 있다.

1 ④

정답 해설 | (가)에서 '민간 가요의 궁중 악곡으로의 전환은 하층에서 상층으로의 편입·흡수 과정을 통해 상·하층이 노래를 함께 향유한 화합의 차원으로 볼 수 있다.'고 했으므로 『시경』의 '풍'과 고려 속요는 모두 상층 노래가 하층 문화에 영향을 준 결과물이라는 설명은 적절하지 않다.

오답 체크 |

① (가)에서 '고려 속요는 고려 시대 궁중에서 형성되어 조선 시대까지 궁중 연향(宴饗)에서 전승되어 불린 노래를 가리킨다.'고 했으므로 적절한 설명이다.

② (가)에서 "풍'에 실린 노래는 중국은 물론 고려와 조선의 궁중 잔치에서도 불렸다. 또한 조선의 궁중에서는 이를 참고하여 연향 악곡을 선정하였다.'고 했으므로 적절한 설명이다.

③ (가)에서 "풍'에는 민간의 노래가 실려 있는데~'와 '민간의 노래가 궁중악으로 수용될 수 있었던 까닭은 무엇일까?'로 볼 때 『시경』의 '풍'에 실린 노래에는 민중의 삶이 반영되어 있다는 사실을 확인할 수 있다.

⑤ (가)에서 '특히 남녀 간의 사랑 노래는 그 화자와 대상이 '신하'와 '임금'의 구도로 치환되기 용이했기 때문에 궁중악으로 편입될 수 있었다.'고 했으므로 적절한 설명이다.

2 ③

정답 해설 | (나)의 〈서사〉에서 '아으 동동다리'를 제외한 나머지 부분은 임에 대한 송축을 나타내는 부분으로 임의 덕과 복을 비는 내용이다. 따라서 ⓒ의 예로 볼 수 있다.

오답 체크 |

① 고려 속요에서 후렴구는 작품 전체에 통일성을 부여하는 기능을 한다. 따라서 (나)의 '아으 동동(動動)다리'는 작품 전체에 통일성을 부여하는 기능을 하는 것이다.

② '아으 동동(動動)다리'에서 '동동'은 북소리를 흉내 낸 것이고, '다리'는 악기소리를 흉내 낸 것이기 때문에 이별의 상황과는 동떨어진 내용이라고 할 수 있다.

④ '위 증즐가 대평셩디'에서 '증즐가'는 의미 없는 여음구로 악기의 소리를 흉내낸 의성어로 보기도 한다. '가시리'는 원래 평민들의 노래였던 것이 궁중악으로 수용되고 개편되었다. 궁중 음악으로 노래가 개편되면서 노래 가사는 많이 변개되지 않았으나 후렴구가 궁중의 문화에 맞게 변개되었다. 따라서 후렴구는 작품 분위기와는 다른 이질적인 면을 보인다.

⑤ (다)의 제1연에서 '위 증즐가 대평셩디'를 제외한 나머지 부분은 시적화자를 버리고 떠나려 하는 임에게 그 의사의 진위를 확인하면서, 떠나지 않으면 안되겠느냐는 화자의

간절한 마음이 숨어 있다는 내용이지 송축의 내용은 아니다.

3 ④

정답 해설 | [A]의 작품 짜임은 대칭 구조를 이루고 있다. 이미 짝을 지은 물수리 암수의 모습과 앞으로 짝을 이룰 요조숙녀와 군자의 모습이 상응하고 있다. 하지만 (다)에서 1연은 뜻밖의 이별에 대한 놀라움과 원망에 찬 하소연으로 이루어져 있고, 2연은 그 원망이 고조되어 나타난다. 따라서 (다)에서는 제1연과 제2연이 대상의 변화에 따른 대칭 구조를 이루고 있다고 할 수 없다.

오답 체크 |

① [A]는 자연과 사람, 사람과 사람 사이의 조화로움을 노래한 것으로 해석되어 왔다고 했고, (나)의 정월령은 생의 고독과 임에의 그리움을 노래하고 있으므로 적절한 설명이다.

② [A]의 '물수리 한 쌍'은 앞으로 짝을 이룰 요조숙녀와 군자의 모습과 상응하는 대상이고, (나)의 '만춘 돌욋곶'은 아름다운 모습을 지닌 임으로 남이 부러워하는 대상이므로 적절한 설명이다.

③ [A]는 문왕(文王)과 후비(后妃)의 덕을 읊은 것, 부부간의 화락(和樂)과 공경(恭敬)을 읊은 것, 풍속 교화의 시초 등 이 노래에 대한 평(評)에서 알 수 있으므로 화락의 상황을 보여주고 있다는 설명은 적절하다. 그리고 (다)는 이별의 정한(情恨)과 애이불비(哀而不悲)의 사랑을 주제로 한 작품이므로 이별의 상황을 보여주고 있다는 설명은 적절하다.

⑤ (가)에서 [A]는 풍속을 교화(敎化)하는 수단으로 사용되었다고 했고, (나)의 3월령을 보면 사랑하는 임이 남이 부러워할 모습을 지니셨다고 했고, (다)에서는 이별의 정한(情恨)과 애이불비(哀而不悲)의 사랑을 노래하고 있으므로 적절한 설명이다.

4 ②

정답 해설 | 서경별곡은 이별을 적극적으로 거부하고 함께 있는 행복과 애정을 강조한 작품이다. 길쌈하던 베를 버리고서라도 임을 따르겠다는 것으로 볼 때 이별을 거부하고 임을 따르겠다는 화자의 적극적인 태도가 드러나 있다는 설명은 적절하다.

① (다)의 4연을 보면 이별 후의 소망과 기원은 드러나지만 작품의 어디에도 화자의 미래에 대한 낙관적인 인식이 드러나 있지는 않다.

③ (다)의 1, 2연을 보면 뜻밖의 이별에 대한 놀라움과 원망에 찬 하소연이 드러나고 있음을 확인할 수 있으므로 적절하지 않은 설명이다.

④ (다)에는 임을 붙잡아 두고 싶은 심정과 자칫하면 임의 노여움을 살지 모른다는 염려 때문에 임을 잡지 못하는 체념의 정서는 드러나지만 자신의 행동에 대해 후회하는 화자의 모습은 드러나지 않는다.

⑤ (다)에는 시적 화자인 '나'와 시적 대상인 '님'이 겉으로 드러나지만, 〈보기〉에는 모두 드러나지 않는다. 다만, '질삼뵈'라는 말을 통해서 볼 때 시적 화자가 여성일 것이라는 추측을 할 수 있을 뿐이다.

5 ①

정답 해설 | '정월(正月)ㅅ 나릿므른'은 홀로 살아가는 화자와 대비되는 대상으로 화자의 외로움을 불러일으키는 객관적 상관물이다. 하지만 화자의 감정이 이입되어 있지는 않다.

오답 체크 |

② '만인(萬人) 비취실 즈싀샷다'는 임이 만인을 비출 훌륭한 인격의 소유자임을 의미하므로 적절한 설명이다.

③ '날러는 엇디 살라 ᄒ고'는 자신을 버리고 떠나는 임에 대한 원망을 표출한 것이므로 적절한 설명이다.

④ '선ᄒ면 아니 올셰라'는 서운하면 다시는 임이 아니 올까 두려워 이별을 받아들이는 것이므로 적절한 설명이다.

⑤ '가시ᄂᆞᆫ 듯 도셔 오쇼셔'는 임이 가시자마자 곧 돌아오기를 바라는 것이므로 적절한 설명이다.

작자 미상, 「정석가」

작품 감상

이 작품은 임과의 영원한 사랑에 대한 염원을 역설적으로 표현함으로써 그 효과를 극대화하고 있다. 여러 가지 실현 불가능한 상황을 설정하여 사랑하는 임과 이별하지 않겠다는 시적 화자의 강한 의지를 노래한 작품이다. 이 작품의 제6연은 〈서경별곡〉의 제2연과 동일한 내용인데, 원작이 오랫동안 구전되어 내려오면서 의식적으로 덧붙여진 것이라고 보고 있다.

작품 분석

1. 작품 개관

갈래	고려 속요
성격	서정적, 민요적
제재	임에 대한 사랑
주제	변함없는 영원한 사랑의 기원

2. 짜임

서사	1연	태평성대를 소망한다.
본사	2~5연	임과의 영원한 사랑을 바란다.
결사	6연	임을 향한 변함없는 사랑과 믿음

3. 특징

① 대부분의 고려 가요가 이별이나 향락의 정서를 노래한 데 반해, 이 작품은 임에 대한 영원한 사랑을 노래하고 있다.

② 불가능한 상황 설정을 통해 역설적 표현으로 임과의 영원한 사랑을 노래하고 있다.

③ 시구를 반복하여 리듬감을 살리면서 상황과 정서를 강조하고 있다.

작자 미상, 「임이 오마~」

작품 감상

　이 작품은 작자 미상의 사설시조로 임을 만나러 가는 화자의 거침없는 행동을 사실적이고 해학적으로 그려 내고 있다. 임이 온다는 소식을 들은 화자는 빨리 만나고 싶은 마음에 서두르다가 '주추리 삼대'를 임으로 착각하여 멋쩍어하고 있다.

작품 분석

1. 작품 개관

갈래	사설시조
성격	해학적, 과장적
주제	애타게 임을 기다리는 초조한 마음

2. 짜임

초장	임을 기다린다.
중장	삼대를 임으로 오해하고 반긴다.
종장	자신의 행동에 무안해한다.

3. 특징

① 임을 기다리는 마음을 음성 상징어를 통해 과장되게 묘사함으로써 임에 대한 간절한 그리움을 드러내고 있다.
② 자연물을 임으로 착각하는 화자의 모습을 해학적으로 표현하고 있다.
③ 반어적 표현을 통해 화자의 낭패감을 잘 드러내고 있다.

〈보기〉 서경덕, 「모음이 어린~」

작품 감상

　이 작품은 화자가 사모하는 임을 기다리는 심정을 진솔하게 표현한 작품이다. 부는 바람에 잎이 떨어지는 소리에도 임의 발자국 소리가 아닌가 하며 조바심하는 환청의 상태에 이르도록 임을 기다리는 절실함이 형상화되어 있다.

작품 분석

1. 작품 개관

갈래	평시조
성격	서정적, 애상적, 낭만적, 감상적
제재	낙엽 지는 소리
주제	임을 간절히 기다리는 마음

2. 짜임

초장	자신의 어리석음을 자책한다.
중장	만중 운산에 임이 올 수 없다.
종장	낙엽과 바람의 기척에 임이 온 것인가 착각한다.

3. 특징

① 연역적 방식으로 시상을 전개하고 있다.
② 임을 그리워하는 마음이 내면적으로만 담겨 있다.
③ 자연물을 소재로 하여 감정을 효과적으로 표현하고 있다.

1 ⑤

정답 해설 | (가)는 불가능한 상황 설정을 통해 임을 향한 변함 없는 사랑과 믿음을 과장되게 표현하고 있다. (나)는 중장에서 임을 만나러 가는 화자의 다급하고 들뜬 마음을 '겻븨님븨 님븨곰븨 쳔방지방 지방쳔방'과 같은 언어유희를 사용하여 과장되게 묘사하고 있다.

오답 체크 |

① (가)에는 시간과 공간이 드러나지 않는다. 하지만 (나)에는 '밤'이라고 하는 시간과 '대문' 앞 '지방 위'라고 하는 공간이 구체적으로 드러나 있다.

② (가)에는 '끈이야 끊어지겠습니까'와 '믿음이야 끊어지겠습니까'처럼 설의적 표현이 두드러지게 드러나지만 (나)에는 설의적 표현이 전혀 나타나지 않는다.

③ (가)와 (나)의 어디에도 대조와 연쇄가 나타나지 않는다.

④ (가)와 (나) 모두 격정적 어조를 통해 고요한 분위기를 드러내고 있지 않다.

2 ③

정답 해설 | (가)에서 군신 간의 충의로 해석할 수 있는 것은 '끈'이다. 여기서 '끈'은 구슬을 이어주는 것이므로 그 끈이 끊어질 수 없듯이 임과의 믿음도 끊어지지 않을 것이라는 것을 의미한다.

오답 체크 |

① '바위'는 사랑을 가로막는 장애물에 해당한다.

④ 홀로

3 ②

정답 해설 | (나)의 중장을 보면 임을 간절히 그리워한 나머지 밤에 서 있는 삼대를 임으로 착각하고 허둥지둥 달려가는 화자의 모습이 해학적으로 열거되어 있다. 따라서 적절한 설명이다.

오답 체크 |

① (나)의 초장에서 '저녁밥을 일찍 지어 먹고'라고 했으므로 이미 저녁 식사를 마친 상태이기 때문에 화자가 '저녁밥'을 짓는 도중이라는 설명은 적절하지 않다. 그리고 화자가 임을 기다리면서 혼자 착각한 상황을 나타낸 것이기 때문에 '임'이 온다는 소식을 들었다는 설명도 적절하지 않다.

③ (나)의 중장을 보면, 화자가 '중문(中門) 나서 대문(大門) 나가 지방 위에 올라가 앉아'서 '건넌 산'을 바라본다고 되어 있으므로 화자가 집 안 마당에서 서성대며 '건넌 산'을 느긋하게 바라보고 있다는 설명은 적절하지 않다.

④ (나)의 중장을 보면, '작년 칠월 사흗날 껍질 벗긴 주추리 삼대'라고 되어 있으므로 화자가 처음 보는 '삼대'라는 설

명은 적절하지 않다. 그리고 삼대를 '임'으로 착각한 것은 맞지만 '임'을 원망한다는 설명은 적절하지 않다. 화자가 '삼대'를 '임'으로 착각하는 것을 통해 임에 대한 화자의 그리움을 표현한 것이지 '임'을 원망하는 것은 아니다.

⑤ (다)의 어디에도 임이 오지 못하는 이유에 대해서는 언급되어 있지 않다. 따라서 화자가 '임'이 오지 못하게 된 이유를 '밤' 탓으로 돌린다는 설명은 적절하지 않다.

4 ⑤

정답 해설 | '끈이야 끊어지겠습니까'와 '믿음이야 끊어지겠습니까'처럼 설의적 표현을 통해 시적 대상을 향한 화자의 변함 없는 사랑을 드러낸 것이지 역설적 표현을 통해 드러낸 것이 아니다.

오답 체크 |

① '끈'이라고 하는 상징적인 시어를 통해 대상과의 인연을 강조하고 있다.

② '끊어지겠습니까'를 반복적으로 사용하여 임에 대한 사랑의 의지를 강하게 드러내고 있다.

③ '천 년을 외따로이 살아간들'이라고 하여 시적 대상과 헤어진 것을 가정하여 상황을 설정하고 있다.

④ '끊어지겠습니까'에서 의문형 어미를 사용하여 대상에 대한 화자의 믿음을 강조하고 있다.

5 ⑤

정답 해설 | (나)는 중장에서 〈보기〉는 종장에서 임을 그리워하는 마음으로 인해 착각하게 되는 상황을 나타내고 있다.

오답 체크 |

① (나)는 유사한 어구의 반복이 일부 드러나지만 〈보기〉는 전혀 드러나지 않는다.

② (나)와 〈보기〉 모두 의미상 대립되는 소재는 나타나지 않는다.

③ (나)는 중장에서 임을 만나러 가는 화자의 다급하고 들뜬 마음을 '겻븨님븨 님븨곰븨 쳔방지방 지방쳔방'과 같은 언어유희를 사용하여 과장되게 묘사하고 있지만, 〈보기〉에서는 과장법이 나타나지 않는다.

④ (나)에서 '주추리 삼대가 살뜰히도 날 속였구나'는 화자가 잘못 생각한 것을 주추리 삼대가 화자를 속인 상황으로 표현하고 있으므로 의인법에 대상은 하지만 대상과의 친근감을 드러낸 것은 아니다. 〈보기〉에서는 자연물에 인격을 부여한 표현이 전혀 드러나지 않는다.

04 사설시조 작자 미상 / 사설시조 작자 미상 / 정선 아리랑 작자 미상

024~025쪽

| 1 | ① | 2 | ③ | 3 | ③ | 4 | ④ | 5 | ② |

작자 미상, 「어이 못 오던다」

작품 감상

이 작품은 임에 대한 답답한 마음을 가상적인 상황 설정을 통해 보여준다. 임이 오는 길에 연쇄적으로 답답한 상황이 생겼냐는 질문은 다소 억지스럽게 들리는데, 이 질문의 이면에는 그런 기막히고 힘든 상황이 아닌 이상 어떻게 화자를 보러 오지 않느냐는 의구심과 원망이 담겨있는 것이다.

작품 분석

1. 작품 개관

갈래	사설시조
성격	해학적, 과장적
제재	오지 않는 임
주제	임을 기다리는 안타까운 마음

2. 짜임

초장	임이 오지 못하는 이유를 알 수 없다.
중장	임이 오는 길에 무슨 일이 펼쳐질지를 상상한다.
종장	한 달 중 하루도 내지 못하는 임을 이해하기 어려워한다.

3. 특징

① 임에 대한 원망을 직설적으로 표현하고 있다.
② 열거법, 과장법, 연쇄법 등을 활용하여 해학적 분위기를 드러낸다.

작자 미상, 「창천에~」

작품 감상

이 작품은 사랑하는 이와 이별한 후 임을 그리워하는 자신의 마음을 기러기에게 전해달라고 부탁하는 내용을 담고 있다. 문답의 형식을 사용하여 자신의 바람을 드러내고 있다. 임을 만날 수 없는 안타까움이 드러난다.

작품 분석

1. 작품 개관

갈래	사설시조
성격	대비적, 애상적
제재	임에 대한 그리움
주제	임을 간절하게 그리워하는 마음

2. 짜임

초장	기러기에게 말을 건넨다.
종장	기러기에게 자신의 소식을 임에게 전해줄 것을 부탁한다.
종장	기러기가 부탁을 거절한다.

3. 특징

① 기러기와 화자의 대화 형식으로 시상을 전개하고 있다.
② 임을 보러 가는 기러기와 상반된 화자의 처지를 통해 화자의 처지를 더 부각하고 있다.
③ 의인화와 문답법 등의 표현법을 사용하고 있다.

작자 미상, 「정선 아리랑」

작품 감상

이 작품은 강원도 정선 지방에 전해지고 있는 민요로 사랑하는 임과 같이 있고 싶다는 내용을 노래한 민요이다. 앞부분의 가사는 선창하고 뒷부분의 후렴구는 후창하는 선후창 방식을 취하고 있는 작품이다.

작품 분석

1. 작품 개관

갈래	민요
성격	서정적, 원망적
제재	그리움
주제	임에 대한 그리움

2. 짜임

1절	아리랑 노래
2절	강을 건너고자 하는 마음
3절	임에 대한 애정 표현
4절	임과의 어쩔 수 없는 이별
5절	시집살이의 어려움
6절	임에 대한 그리움
7절	오지 않는 임에 대한 기다림과 원망

3. 특징

① 전문 소리꾼뿐 아니라 많은 사람에 의해 가창되었다.
② 선창과 후창하는 선후창 방식을 사용하여 노래한다.
③ 홍수로 인해 만나지 못하는 상황에 대한 원망이 담겨 있다.

1 ①
정답 해설 | (가), (나), (다) 모두 임과 이별한 상황임을 확인할 수 있다. (가)에서는 임이 오지 않는 상황에서 오지 않는 임에 대한 원망을 (나)는 임과 만나지 못해 안타까운 심정을, (다)는 오지 않는 임을 그리워하는 정서가 드러나 있다.
오답 체크 |
② (가)에서 해학성을 찾을 수 있으나 (나), (다)에서는 찾기 어렵다.
③ 대상과의 정서적 교감이 드러난 작품은 없다.
④ 과거의 경험을 통해 현재를 바라보는 화자가 (가), (나), (다) 모두 등장하지 않는다.
⑤ 과거와 현재를 비교한 내용을 발견할 수 없다.

2 ③
정답 해설 | 〈보기〉는 아리랑이 구전되어 오면서 생기는 특성들에 대한 정보를 전달하고 있다. 이에 따르면 부르는 사람에 따라 내용이 달라지거나 뒤섞이기도 했다고 했으므로 (다)의 아리랑이 내용상으로 통일성이 결여된 것을 설명할 수 있다.

3 ③
정답 해설 | (나)의 '외기러기'는 화자의 말을 듣고 화자의 처지를 전해줄 수 있는 대상으로 의인화되어 있다. 이를 통해 자신의 처지를 임에게 알리고자 하는 화자의 마음을 드러냄을 알 수 있다.
오답 체크 |
① 하루가 짧아서가 아니라 오지 않는 임에 대한 원망을 드러냈다고 볼 수 있다.
② 임이 오지 않는 상황에 대한 문제를 자책하는 상황은 나타나지 않았다.
④ 화자가 제삼자와 임과 추억을 회상하는 내용을 발견할 수 없다.
⑤ (가)의 공간은 가상의 공간이고 (나)의 공간은 구체적으로 묘사되어 있지 않았다.

4 ④
정답 해설 | 화자가 처한 상황을 효과적으로 드러내기 위해 [D]에서는 변함없이 오는 해와 달을, 그리고 가고 돌아오지 않는 임과 대조시키고 있다. 따라서 임이 떠나간 것을 자연의 순환적 질서에 따른 것이라고 받아들인다고 볼 수 없다.
오답 체크 |
① 고사리 같이 모두 나이 드는 것은 자연의 섭리인데 임이 늙지 않았으면 하는 마음을 드러내는 것은 그에 대한 애정이 있기 때문이다.

② 임이 떠나가는 것을 해가 지는 것에 빗대어 임을 이해하려는 마음을 드러내고 있다.

③ 동생이 묻고 사촌 언니가 답하는 문답 형식으로 시집살이의 어려움을 드러내고 있다.

⑤ 임이 오지 않는 것은 자신을 사랑하지 않기 때문이라고 생각하여 서운함을 드러내고 있다.

5 ②

정답 해설 | (나)의 '한양성 내에 잠간 들러'는 외기러기에게 오라는 이야기이고 '적막 공규에 던져진 듯 홀로 안져'는 시적 화자의 상황이므로 이것을 시간의 순차적 흐름에 따라 시상이 전개된 것이라고 보기 힘들다.

오답 체크 |

① (가)에서 연쇄법이 사용된 것을 확인할 수 있다.

③ (가)의 소재들과 (다)의 소재들은 당시 일상 생활에서 밀접하게 볼 수 있는 사물들임을 확인할 수 있다.

④ (가)에서는 '어이 못 오던다~'의 반복, (다)에서는 '성님' 등이 반복되고 있음을 확인할 수 있다. 이를 통해 운율감을 드러낼 수 있다.

⑤ (나)에서는 외기러기를 청자로 (다)에서는 뱃사공을 청자로 삼아 이야기를 하고 있다.

작자 미상, 「국화야~」

작품 감상

이 작품은 추운 계절에 홀로 피는 국화가 절개를 가지고 있다고 생각하며 예찬하는 작품이다. 국화를 의인화하고 있으며 국화의 오상고절을 예찬하고 있다.

작품 분석

1. 작품 개관

갈래	평시조
성격	예찬적
제재	국화
주제	국화의 절개를 예찬함

2. 짜임

초장	따뜻한 날 피지 않은 국화
중장	추울 때 혼자 피어난 국화
종장	굳건한 절개를 가진 국화 예찬

3. 특징

① 국화를 예찬하는 태도를 보이고 있다.

② 계절감을 주는 시어를 통해 시적 분위기를 만든다.

③ 국화를 통해 선비들의 절개를 예찬하고 있다.

작자 미상, 「이화에~」

작품 감상

　이 작품은 봄밤에 느끼는 애상을 감각적으로 형상화하고 있는 시조로 검은색과 하얀색의 색채를 사용해 봄밤의 정취를 극대화하고 있다.

작품 분석

1. 작품 개관

갈래	평시조
성격	서정적, 애상적
제재	이화
주제	봄밤의 애상적 정서

2. 짜임

초장	배꽃이 달빛에 비춰진다.
중장	봄밤의 애상적 분위기가 드러난다.
종장	잠 못이루는 아름다운 봄밤

3. 특징

① 선경후정의 방식으로 시상이 전개되고 있다.

② 감각적 이미지를 사용하여 봄밤의 분위기를 잘 드러내고 있다.

③ 시간적 배경을 알 수 있는 시어들을 사용하고 있다.

최치원, 「촉규화」

작품 감상

　이 작품은 촉규화가 피어 있는 모습을 통해 신분의 한계로 더 크게 성장하지 못한 자신의 안타까움을 드러내고 있다. '황량한 밭'은 화자의 출신을, '탐스러운 꽃'은 화자의 재능을 비유적으로 표현하고 있다. 자신의 능력을 알아주지 않는 세상에 대한 안타까움이 드러난다.

작품 분석

1. 작품 개관

갈래	한시
성격	비유적, 애상적
제재	촉규화
주제	세상에서 인정받지 못한 슬픔과 한탄

2. 짜임

수련	1~2구	척박한 곳에 피어 있는 촉규화
함련	3~4구	향기를 뿜어 내는 촉규화
경련	5~6구	높은 이가 돌아보지 않는 촉규화

3. 특징

① 선경후정의 방식으로 시상이 전개되고 있다.

② 자신을 촉규화에 비유하여 자신의 출신과 처지를 한탄하고 있다.

③ 주변 사람들을 자연물에 비유하여 표현하고 있다.

1 ④

정답 해설 | (가)는 국화의 절개를 칭송하며 예찬하는 내용을 담고 있는 반면 (나)는 밤에 느끼는 정서에 대해 노래하고 있는 작품이므로 (가)의 화자는 (나)의 화자와 달리 대상을 예찬하는 태도를 보인다고 할 수 있다.

오답 체크 |

① '국화'는 추운 계절을 이기고 있으므로 어려운 현실을 극복한다고 볼 수 있지만 '이화'는 그렇지 않다.

② '삼월동풍'은 계절적 배경을 드러내지만 '은한'은 시간적 배경을 드러낼 뿐이다.

③ '오상고절'은 대상인 국화가 가시고 있는 것으로 화자의 정서를 드러내지 않는다. '일지춘심'은 화자의 정서가 반영되어 있다.

⑤ 비판적 태도는 드러나지 않는다.

2 ①

정답 해설 | ㉠은 지사적인 인간적 가치가 드러난다. '낙목한천'에 '오상고절'했다는 표현에서 확인할 수 있다. ㉡은 봄이라는 배경을 드러내 주는 역할을 하고 ㉢은 실력 있는 화자의 모습을 비유적으로 표현하고 있음을 확인할 수 있다. 따라서 ㉠은 ㉢과 달리 인간적 가치를 부여하여 지사적 면모를 부각시키고 있다는 것이 정답이다.

3 ③

정답 해설 | (가)에서 '국화', '낙목한천' 등을 통해 시의 계절적 배경을 알 수 있고 (나)는 '이화'를 통해 봄의 분위기를 파악할 수 있으며 (다)에서는 '맥풍'을 통해 초여름의 계절적 배경을 확인할 수 있다. 따라서 (가)~(다) 모두 계절적 배경을 알려주는 어휘로 시적 분위기를 조성하고 있다고 볼 수 있다.

오답 체크 |

① (가), (나)에서 설의적 표현을 찾을 수 없다.

② (가)~(다) 모두 청각적 심상이 드러나지 않는다.

④ (가), (다)에서 직유법을 찾을 수 없다. (나)에는 종장에서 확인 가능하다.

⑤ (가)에만 영탄적 표현이 있고 (나), (다)에서 영탄적 표현을 찾을 수 없다.

4 ③

정답 해설 | (가), (나)에는 대상과의 이별이 나타나지 않고 있다. (가)의 동풍 불어오는 삼월은 꽃이 피기 좋은 시기이고 (나)의 은한이 기우는 삼경은 봄밤의 애상적 분위기에 어울리는 시간일 뿐이다.

오답 체크 |

① '네 홀로' 피었다고 했으므로 다른 꽃들과 다른 국화의 속성을 드러낸다고 볼 수 있다.

② 밤에 달빛을 받으며 흰 모습을 드러내는 '이화'는 애상적 정서를 더해주며 이는 자규의 한이 서린 울음소리에서 더 심화된다고 볼 수 있다.

④ 서릿발 속에서 굴하지 않고 지키는 절개라는 뜻을 가진 '오상고절'은 국화의 굳은 절개를 드러내고 있고, 정이 많다는 뜻의 '다정'은 애상적 정서를 드러내고 있음을 알 수 있다.

⑤ (가)에서 '너뿐'이라고 했으므로 대상을 예찬하는 태도를 발견할 수 있으며, (나)에는 '다정'으로 인해 감정을 주체하지 못하는 화자의 모습을 발견할 수 있다.

5 ②

정답 해설 | 〈보기〉에 최치원이 출신상의 한계로 인해 평범하게 살아야 하는 모습을 자신의 목소리를 대변하는 '화자'를 통해 '촉규화'에 투사하고 있다고 했으므로 [B]에서 향기가 희미해지고 그림자가 기우뚱해진다는 것을 보면 최치원의 재능이 인정받지 못했다는 것을 알 수 있다.

오답 체크 |

① '쓸쓸하게 황량한 밭'과 '탐스러운 꽃'으로 출신상의 한계와 탁월한 능력을 대비하여 말하고 있음을 알 수 있다.

③ '수레나 말 탄 사람'은 화자 자신을 크게 써 줄 수 있는 사람들을 의미하므로 그들에게 관심을 받지 못하고 '벌이나 나비'와 같은 평범한 이들과 함께 하는 것을 아쉬워함을 알 수 있다.

④ '태어난 곳 비천하니 스스로 부끄럽고'에서 출신을 부끄러워하는 것을 알 수 있으며 '사람들이 내버려 두니 그저 한스럽네'에서 처지에 대한 한스러움을 드러내고 있음을 발견할 수 있다.

⑤ '탐스러운', '부끄럽고' 등에서 촉규화에 대한 외양 묘사와 화자의 처지를 드러내는 내면 서술을 발견할 수 있다.

06 시조 왕방연 / 시조 임제 / 시조 원천석

028~029쪽

왕방연, 「천만리~」

작품 감상

이 작품은 반란으로 인해 폐위된 단종을 강원도로 압송하는 임무를 맡은 작가가 자신의 괴로운 심정을 노래한 시조로 안타깝고 슬픈 감정이 드러난다.

작품 분석

1. 작품 개관

갈래	평시조
성격	애상적, 감상적
제재	이별
주제	단종을 유배지로 모신 후 느끼는 슬픔

2. 짜임

초장	이별의 상황
중장	화자의 상황
종장	화자의 슬픔

3. 특징

① 인간과 자연물의 상황을 동일시하여 화자의 슬픔을 드러내고 있다.
② 시간적 특성을 활용하여 화자의 암담한 심정을 표현하고 있다.
③ 감정이입을 통해 화자의 슬픔을 적절하게 표현하고 있다.

임제, 「청초 우거진~」

작품 감상

이 작품은 작가가 황진이의 묘에 들러 제를 올리며 쓴 시로 알려져 있다. 황진이에 대한 애도의 심정을 잘 드러내고 있다.

작품 분석

1. 작품 개관

갈래	평시조
성격	애상적, 회고적
제재	이별
주제	인생무상과 애도의 마음

2. 짜임

초장	대상의 부재
중장	인생무상
종장	공허함과 슬픔

3. 특징

① '홍안'과 '백골'의 색채 대비를 통해 무상감을 드러내고 있다.
② 인생무상, 죽은 이에 대한 애도의 마음을 솔직하게 드러내고 있다.

원천석, 「흥망이~」

작품 감상

'흥망이~'는 옛 궁궐 터를 바라보며 고려가 멸망함에 대해 무상함을 느끼는 내용이다. 시각과 청각 등의 감각적 이미지를 통해 화자의 정서를 드러내고 있다.

작품 분석

1. 작품 개관

갈래	평시조
성격	회고적
제재	만월대
주제	멸망한 고려에 대한 무상감

2. 짜임

초장	풀만 무성한 고려의 옛왕궁터
중장	세월의 무상감을 느낌
종장	없어져버린 고려에 대한 슬픔

3. 특징

① 시각과 청각적 이미지를 활용하여 화자의 정서를 잘 드러내고 있다.
② '석양'이라는 시어를 통해 화자의 정서를 심화시키고 있다.

〈보기〉 정극인, 「상춘곡」

작품 감상

이 작품은 봄의 아름다움을 노래한 조선전기 가사로 '면앙정가', '성산별곡' 등의 다른 가사 작품에 영향을 끼쳤다고 알려져 있다. 다양한 표현 기법을 사용하여 봄날 자연의 아름다움을 생생하게 전달하고 있다.

작품 분석

1. 작품 개관

갈래	가사
성격	서정적, 예찬적
제재	봄날의 아름다움
주제	봄날 자연의 아름다움을 예찬함

2. 짜임

서사	자연을 즐기며 자연의 주인으로서의 자부심을 드러냄
본사	봄의 아름다운 풍경과 그로 인한 흥취
결사	안빈낙도를 추구함

3. 특징

① 공간의 이동에 따라 시상을 전개하고 있다.
② 봄의 아름다움을 비유, 과장 등을 통해 묘사하고 있다.

원천석, 「흥망이~」

〈보기〉 정극인, 「상춘곡」

1 ②

정답 해설 | (가)의 종장에서 '가는구나!', (다)의 종장의 '눈물 겨워 하노라!'에서 영탄적 표현을 찾을 수 있으며 이를 통해 화자의 슬픈 감정이 드러남을 알 수 있다.

오답 체크 |

① (나)에서 질문의 형식을 발견할 수 있으나 (가)에서는 찾을 수 없다.

③ 역설적 표현을 발견할 수 없다.

④ (가)에서 물에 감정이 이입된 부분을 찾을 수 있으나 다른 작품에서는 의인화된 표현을 찾기 힘든다.

⑤ (나)는 우국과 관련없이 죽은 이를 애도하는 내용을 담고 있다.

2 ③

정답 해설 | 〈보기〉에서 작가와 관련된 정보를 얻을 수 있다. 이 내용을 활용하여 (다)를 이해한다면 '목적에 부쳤으니'는 옛 왕국의 역사가 피리 소리에만 들어 있다는 뜻임을 알 수 있다. 이것만으로 일반 백성이 왕조의 사라짐을 슬퍼하는지는 알 수 없다.

오답 체크 |

① '흥망이 유수하니'에서 흥망의 운수가 정해져있다고 했으므로 나라가 망하는 것도 순리로 생각함을 알 수 있다.

② '오백 년 왕업'은 고려의 역사를 의미한다.

④ 지나가던 나그네가 슬퍼한다고 했으므로 화자를 의미함을 추측할 수 있다.

⑤ 애상적 정서가 드러남을 확인할 수 있다.

3 ①

정답 해설 | (가)에서는 '고운 님'과 이별했다고 하며 안타까움을 드러내고 있고 (나)는 '백골'이 되었다고 했으므로 임이 죽었음을 확인할 수 있고 (다)에서는 나라가 망해서 없어져 버린 것을 확인할 수 있다. 따라서 (가)~(다)는 모두 대상이 부재함을 알 수 있으며 그에 대한 안타까운 정서 또한 발견할 수 있다.

오답 체크 |

② 시적 화자의 궁핍한 처지는 확인할 수 없다.

③ (나)는 죽은 사람의 묘를 찾아간 것이고 (다)는 흥망이 유수하다고 생각하고 있기 때문에 갑작스러운 이별로 보기에는 어려움이 있다.

④ (가)~(다) 모두 '경외감'이라는 정서와 관련이 없다.

⑤ (가)~(다) 모두 자신의 이념과 사회 현실의 대립 관계를 드러내고 있지 않다.

4 ⑤

정답 해설 | '잔 잡아 권할 이 없으니'는 상대방이 죽어서 잔을 받을 수 없다는 의미이지 각박한 세태를 제시하고 있는 것은 아니다.

오답 체크 |

① '천만리'에서 과장된 내용을 확인할 수 있으며 이를 통해 이별의 상황임을 강조하고 있다고 볼 수 있다.

② '저 물도 내 안 같아서'는 화자가 울고 있음을 빗대어 표현한 것으로 볼 수 있다.

③ '밤'의 캄캄한 이미지로 암담한 심경을 잘 표현하고 있다.

④ 홍안은 살아 있을 때의 아름다운 얼굴이므로 백골과 대조하여 인상의 무상감을 드러내고 있다고 볼 수 있다.

5 ②

정답 해설 | 〈보기〉는 봄날 자연의 아름다움을 노래하고 있는 가사 작품이다. (다)에서는 없어진 왕궁 터에 화자가 있음을 알 수 있으나 이와 대비되는 다른 공간은 찾을 수 없다. 따라서 이질적 공간을 대비하여 주제를 드러낸다고 볼 수 없다.

오답 체크 |

① 〈보기〉는 가사 작품으로 시조와 동일하게 4음보의 율격을 사용한다.

③ (다)에서는 슬픈 분위기를 확인할 수 있다. 반면에 〈보기〉는 봄의 아름다움으로 인해 들뜬 분위기를 확인할 수 있다.

④ (다)의 '석양'은 지는 해의 느낌이 강하여 화자의 애상적 정서를 심화시켜 주는 반면 〈보기〉의 '석양'은 분위기를 아름답게 만들어 줌을 알 수 있다.

⑤ (다)에서는 영탄적 어미를 사용해 혼잣말을 하는 것처럼 이야기하고 있음을 알 수 있다. 반면에 〈보기〉는 청자에게 말을 건네는 것처럼 노래하고 있다.

| 1 | ④ | 1 | ② | 2 | ① | 3 | ④ | 4 | ③ |

이조년, 「이화에~」

작품 감상

이 작품은 봄밤에 느끼는 애상을 감각적으로 형상화하고 있는 시조로 검은색과 하얀색의 색채를 사용해 봄밤의 정취를 극대화하고 있다.

작품 분석

1. 작품 개관

갈래	평시조
성격	서정적, 애상적
제재	이화
주제	봄밤의 애상적 정서

2. 짜임

초장	배꽃이 달빛에 비춰진다.
중장	봄밤의 애상적 분위기가 드러난다.
종장	잠 못이루는 아름다운 봄밤

3. 특징

① 선경후정의 방식으로 시상이 전개되고 있다.

② 감각적 이미지를 사용하여 봄밤의 분위기를 잘 드러내고 있다.

③ 시간적 배경을 알 수 있는 시어들을 사용하고 있다.

작자 미상, 「귀뚜리~」

작품 감상

이 작품은 사설시조로 임과 이별한 슬픔을 노래하고 있다. 대구법과 반복법을 사용하여 임을 그리워하는 화자의 마음을 드러내고 있으며 귀뚜라미의 울음 소리를 자신의 심정과 동일시하고 있음을 확인할 수 있다.

작품 분석

1. 작품 개관

갈래	사설시조
성격	애상적, 서정적
제재	귀뚜라미
주제	임을 그리워하는 마음

2. 짜임

초장	귀뚜라미를 부른다.
중장	귀뚜라미 울음소리에 잠에서 깬다.
종장	귀뚜라미가 내 마음을 알 것이라고 말한다.

3. 특징

① 귀뚜라미에 자신의 감정을 이입하여 화자의 마음을 드러내고 있다.

② 반어법을 사용하여 화자의 감정을 효과적으로 드러내고 있다.

1 ④

정답 해설 | 〈보기〉는 평시조와 사설시조의 형식, 내용상 특징에 대한 정보를 제공하고 있다. 〈보기〉에 따르면 사설시조는 해학적인 내용을 표현하는 경우도 많다고 했지만 (나)의 사설시조에서는 해학적인 내용을 발견할 수 없다.

오답 체크 |

① (가)는 평시조로 평시조의 기본 형식을 맞추고 있다.

② 한 장을 2개의 구로 나눌 수 있다고 했는데 (가)의 초장을 의미상 2개의 구로 나눌 수 있음을 확인할 수 있다.

③ (나)는 평시조와 달리 중장의 글자 수가 많음을 확인할 수 있다.

⑤ (가), (나) 모두 종장의 첫 음보가 3음절임을 확인할 수 있다.

2 ②

정답 해설 | (나)는 임과 이별한 슬픔을 드러낸 작품으로 자연과 조화를 이루는 삶의 태도와 거리가 멀다.

오답 체크 |

① (가)는 이화와 자규의 울음소리 등으로 시·청각적 이미지를 사용하여 화자의 정서를 잘 드러내고 있다.

③ (나)는 귀뚜리를 반복하여 감정을 고조시키고 있다.

④ (가), (나) 모두 화자의 독백조로 이야기를 전달하고 있다.

⑤ (가)는 봄날에 느끼는 애상감을 (나)는 이별한 후 느끼는 감정에 대해 노래하고 있으므로 주관적이고 감성적인 체험에 바탕을 두고 있다고 볼 수 있다.

3 ①

정답 해설 | 작품을 감상하는 방법은 '내재적 방법'과 '외재적 방법'이 있다. 작품 그 자체만 가지고 감상하는 것이 '내재적 방법', 작품 외적인 작가, 시대, 독자 등과 관련된 내용을 보면서 작품을 감상하는 것을 '외재적 방법'으로 감상한다고 할 수 있다. '내재적 관점'은 작품의 운율. 이미지, 시어와의 관계, 표현 방법 등을 가지고 감상하는 것인데 ①은 시인의 마음 상태를 표현하는 것과 관련지어 이야기하고 있으므로 '외재적 관점'으로 볼 수 있다.

오답 체크 | ②, ③, ④, ⑤는 모두 내재적 관점으로 작품을 감상하고 있다.

4 ④

정답 해설 | (가)의 '자규'와 (나)의 '귀뚜라미'가 화자의 마음을 청자에게 전달하는 내용을 발견할 수 없다.

오답 체크 |

① '자규'는 화자의 애상적 감성을 더 심화시키고 있다.

② '자규'와 '귀뚜리'는 모두 울음소리로 정서를 불러일으킨다.

③ (나)에서 귀뚜리는 화자가 임과 헤어졌음을 알 수 있게 한다.

⑤ '자규'와 '귀뚜리'는 모두 울음소리로 작품 내의 상황과 분위기를 조성하고 있다.

5 ③

정답 해설 | ⓐ는 '살뜰히' 깨운다고 했으므로 귀뚜리에게 야속한 마음을 반어적으로 표현한 것이며 ⓑ'두어라'는 야속해했던 마음을 그만두겠다는 의미로 파악할 수 있다.

1	④	2	③	3	②	4	④	5	⑤
6	③	7	①	8	④	9	③	10	④

김시습, 「유객」

작품 감상

'유객'은 청평사에 찾아와 봄의 정취를 느끼며 속세의 근심을 버리는 화자의 모습을 노래하고 있는 한시다.

작품 분석

1. 작품 개관

갈래	한시조
성격	전원적, 서정적
제재	청평사
주제	자연의 아름다움

2. 짜임

기	청평사의 아름다움
승	조용한 자연의 아름다움
전	활기찬 자연의 모습
결	자연 속에서 근심을 잊는다.

3. 특징

① 선경후정의 방식으로 시상을 전개하고 있다.
② 화자의 시선의 이동에 따라 자연의 아름다움을 보여주고 있다.
③ 감각적 심상으로 자연의 모습을 표현하고 있다.

김광욱, 「율리유곡」

작품 감상

이 작품은 인목 대비 폐모론으로 삭탈 관직된 작가가 인조반정으로 재출사할 때까지 약 8년 동안 한양 인근 지역인 율리에 머물면서 창작한 전체 17곡의 연시조로 『진본 청구영언』에 수록되어 있다. 이 작품에서 작가는 속세를 잊고 자연 속에 묻혀 살면서 느끼는 유유자적한 삶에 대한 만족감을 노래하고 있는데, 이는 정치적 갈등 상황을 배경으로 하는 당대의 작품들이 정치 현실에 대한 긴장감이나 시름 등을 노래했던 것과 대비된다는 점에서 그 의의를 찾을 수 있다.

작품 분석

1. 작품 개관

갈래	연시조
성격	한정적, 자연친화적
제재	자연에서의 삶
주제	자연 속에서 유유자적하게 풍류를 즐기는 삶에 대한 만족감

2. 짜임

제1곡	자연 속에서의 자부심
제8곡	명예보다 소중한 자연
제10곡	속세를 떠나 홀가분한 마음
제15곡	유유자적한 자연 속에서의 삶
제17곡	소박한 삶에서 느끼는 만족감

3. 특징

① 점층과 반복을 활용하여 세상과 단절하고자 하는 화자의 마음을 강조하고 있다.
② 자연물에 빗대어 혼탁한 정치 현실과 권력가의 횡포를 비판하고 있다.
③ 설의적 표현으로 자연에서 즐거움과 만족감을 강조하고 있다.

〈보기〉 정약용, 「타맥행」

작품 감상

　이 작품은 보리타작하는 농민들의 건강한 노동의 모습을 보며 명예를 추구하던 자신의 모습을 반성하며 농민들의 건강한 모습을 예찬하고 있는 작품이다. 작가가 추구하는 실학 사상과 그 맥이 닿아 있다고 볼 수 있다.

작품 분석

1. 작품 개관

갈래	한시
성격	예찬적, 반성적
제재	보리타작
주제	건강하게 보리타작하는 농민들을 예찬함

2. 짜임

기	1~4행	농민들의 건강하게 노동하는 모습
승	5~8행	마당에서 보리타작하는 모습
전	9~10행	정신과 육체가 하나된 노동의 기쁨
결	11~12행	명예를 좇았던 모습을 반성한다.

3. 특징

① 선경후정의 방식으로 시상을 전개하고 있다.
② 농민들의 건강하게 노동하는 모습을 예찬하고 있다.
③ 사실적으로 농민들의 노동하는 모습을 묘사하고 있다.

1　④

정답 해설 | 봄 산의 경치를 즐기는 상황에서 '시 읊조리며 신선 골짝 들어서니'에서는 기분 좋게 여유롭게 시를 읊으며 아름다운 골짜기에 들어서는 모습을 발견할 수 있으므로 학문에 정진한다는 내용은 어울리지 않는다.

오답 체크 |

① '봄 산'에서 계절적 배경을 '마음대로 노니네'에서 속박되지 않은 나그네의 모습을 발견할 수 있다.
② 냇물과 떨어지는 꽃잎을 보고 있으므로 시각적 이미지로 봄날의 아름다운 정취를 드러내고 있다고 볼 수 있다.
③ '향기로운', '부드러운' 등의 감각적 이미지를 활용하여 자연의 모습을 구체적으로 드러내고 있다.
⑤ 처음에는 '나그네'가 봄산을 다닌다고 했으나 마지막에 시를 읊으며 산골짜기에 들어서니 '나'의 시름이 사라진다고 했으므로 나그네와 '나'가 동일인임을 추측할 수 있다.

2　③

정답 해설 | '어지럽고 시끄런 문서 다 주어 내던지고'왔다고 했으므로 세속에서 하던 일들을 더 이상 신경쓰지 않겠다는 내용은 확인할 수 있으나 복잡하게 얽혀 있는 일로 인해 어쩔 수 없이 떠나왔다는 내용은 발견할 수 없다.

오답 체크 |

① '수졸전원이야 그와 내가 다르랴'라고 했으므로 안분지족하겠다는 마음을 확인할 수 있다.
② '삼공'의 명예나 높은 지위가 귀하다고 해도 자연과 바꿀 수 없다고 하며 세도가도 부러워하지 않는다고 했으므로 세속적 삶에 미련을 가지지 않는다는 것을 확인할 수 있다.
④ 자연 속에서 자연과 함께 살아가는 모습을 확인할 수 있다.
⑤ 주위 사람들에게 함께 뭔가를 하자고 청유하면서 시름이 없다고 했으므로 삶에 만족감을 느끼고 있음을 확인할 수 있다.

3　②

정답 해설 | 청평사의 봄 경치의 아름다움을 느끼며 그 아름다움 속에서 세속의 근심을 털어버리고 있는 내용을 담고 있기 때문에 '선경후정'의 방식으로 내용을 전개하고 있다고 볼 수 있다.

오답 체크 |

① 시각의 청각화가 드러난 곳이 없다.
③ 설의적 표현이 나타나지 않았다.
④ 가상의 청자를 대상으로 대화하듯이 내용을 전개하는 것을 발견할 수 없다.
⑤ 세속적 삶과 이상적 삶을 대조하는 내용이 없다.

4 ④

정답 해설 | 〈보기〉는 농민들이 건강하게 일하는 모습을 보며 세속적 삶의 길에서 헤맬 필요가 없다고 생각하는 화자의 모습을 발견할 수 있으며 (나)에서는 '삼공'이 귀하다고 해도 강산과 바꿀 수 없다고 했으므로 세속적 명예를 좇으려 하지 않는 것을 확인할 수 있다.

오답 체크 |

① (나)에 도연명이 언급되었지만 그의 삶과 자신의 삶이 다를 것이 없다는 자부심을 드러내고 있기 때문에 대상을 부러워하는 내용을 발견할 수 없다.

② 〈보기〉에서 농민들이 건강하게 일하는 모습을 긍정적으로 바라보고 있음을 확인할 수 있으며 (나)에서는 이러한 내용을 발견할 수 없다.

③ 둘 다 일을 통해 깨달은 삶의 지혜에 대해 이야기하고 있지 않다.

⑤ 〈보기〉에는 자연 속에서 얻을 수 있는 유유자적한 삶의 기쁨을 발견할 수 없다.

5 ⑤

정답 해설 | (가)에서 '봄산'이라는 시어에서 계절감을 확인할 수 있으며, 나물이 돋는 등의 모습을 통해 구체적인 자연의 모습을 확인할 수 있다. (나)에서는 '살구꽃'에서 봄이라는 계절을 발견할 수 있다.

오답 체크 |

① 자연의 속성을 가지고 교훈적인 의미를 드러내는 부분을 찾을 수 없다.

② (가)에서는 설의적 표현을 찾을 수가 없다.

③ (가), (나) 모두 먼 경치부터 가까운 곳으로 시선을 옮기는 것을 찾을 수 없으며 심리 변화 또한 찾을 수 없다.

④ (가)에서 내적 갈등이 드러나는 것을 찾을 수 없으며 (나)에서는 화자가 자신을 객관화하는 표현을 찾을 수 없다.

6 ③

정답 해설 | 〈제10곡〉에서 자연에서 만족감을 느끼고 있는 부분은 확인할 수 있으나 자연물에 대한 연민의 감정은 발견할 수 없다.

오답 체크 |

① 율리라는 곳이 도연명이 살았던 곳인데 현재 화자가 있는 밤마을과 이름이 같다고 이야기하면서 도연명의 삶과 자신의 삶이 다르지 않다는 지향을 드러내고 있다.

② 강산을 삼공과 바꾸지 않겠다고 했으므로 자연의 가치를 부각했다고 볼 수 있으며 낚시를 하며 흥취를 느끼는 것을 확인할 수 있다.

④ '가지를 꺾고', '낡은 고기를 꿰어 들고' 등의 행위가 연속적으로 나열되어 있는 것을 확인할 수 있으며 이는 자연 속에서 살고 있는 화자의 생활의 일면을 제시한 것이라 할 수 있다.

⑤ '최행수'와 '조동갑'을 부르며 '쑥달임', '꽃달임' 하자고 하고 있으므로 즐거움을 함께 누리려는 모습을 발견할 수 있다.

7 ①

정답 해설 | (나)에서 화자는 돌아와 '수줄 전원' 하는 것이 '도연명'과 자신이 다르겠느냐고 했으므로 '도연명'은 화자가 행적을 따르고자 하는 인물이라는 것을 알 수 있다.

오답 체크 |

② '삼공'은 높은 벼슬을 가지고 있는 사람들을 의미한다.

③ '세버들 가지'는 고기를 꿰기 위해 사용되는 것으로 화자가 자신과 동일시한다고 보기 힘들다.

④ '고기'는 자연 속에서의 삶을 보여 주기 위해 등장한 소재일 뿐이고 화자가 자신을 보잘 것 없는 존재로 비유한 것으로 보기 힘들다.

⑤ '시름'은 속세의 일과 관련된 것으로 볼 수 있기 때문에 화자를 자유롭게 해주는 것과 관련이 없다.

8 ④

정답 해설 | (나)의 '온 골'과 '주가' 모두 화자가 있는 밤마을에 속해 있으므로 '낡은 다리'가 두 공간의 경계를 표현한다는 것은 잘못된 설명이다.

오답 체크 |

① (가)에서 '봄산'에서 마음대로 노닌다고 했으므로 자유를 누리고 있음을 확인할 수 있다.

② (가)에서 화자가 '신선 골짝'에 들어간다고 했으므로 화자가 지향하는 공간임을 알 수 있고 이곳은 '백 년 근심'이 생긴 것을 없앨 수 있는 곳임을 알 수 있다.

③ (나)의 공간에서 화자는 고기도 잡고 이웃들과 잘 어울려 지내고 있는 공간임을 확인할 수 있다.

⑤ '어지럽고 시끄런 문서'는 속세에 속한 것이고 화자가 그곳을 떠나 밤마을로 온 것이므로 '어지럽고 시끄런 문서'에 속한 곳과 '율리'가 대비되는 공간이라는 것을 알 수 있다.

9 ③

정답 해설 | [E]에는 글쓴이가 아는 이들과 함께 즐거운 시간을 지내며 근심 없이 사는 모습을 보여주고 있는 반면 〈보기〉는 '큰 고기는커녕 어떤 때는~단번에 되란 법은 없나보다.'에서 낚시가 글쓴이의 맘처럼 되지 않는 실망감이 드러나 있

음을 알 수 있다.

오답 체크 |

① 〈보기〉에서 글쓴이의 경이감을 찾을 수 없다.

② 〈보기〉에서 글쓴이의 과거의 삶에 대한 동경을 찾을 수 없다.

④ 〈보기〉에서 글쓴이가 새로운 이상을 품고 있다고 생각할 수 있는 근거가 없다.

⑤ 〈보기〉에서 글쓴이의 자신의 능력에 대한 겸손한 반성이라고 볼 수 있는 내용을 찾을 수 없다.

10 ④

정답 해설 | ㉣의 뒷부분을 보면 '며칠만 틀어박혀 있으면 그만 속에서 울화가 터져 나온다.'라고 표현한 부분을 발견할 수 있다. 이를 통해 낚시의 대안으로 선택한 것으로 글쓴이에게 마음의 안정을 찾게 해 주었다는 내용은 적절하지 않음을 확인할 수 있다.

오답 체크 |

① 조각배에서 낚싯대를 드리우며 '청흥'을 가지고 있으며 '만호후인들 부러우랴'라고 했으므로 자연을 즐기며 흥을 느끼고 있고 그 외의 것은 부러워하지 않음을 알 수 있다.

② 낚시 도구와 자신의 관계를 바유적으로 드러내면서 낚시에 몰입하는 것을 '서로 우정을 교환'한다고 표현하고 있음을 알 수 있다.

③ '찌가 까딱까딱'했다는 것은 물고기가 찌를 물었다는 것으로 이는 낚시를 하면서 물고기 낚기를 기다린 글쓴이의 기다림의 순간을 나타냈다고 볼 수 있다.

⑤ '청담을 하던 그네들'을 '욕'했던 것이 예전이라면 지금은 그들에게 '동감'한다고 표현하고 있으므로 맞는 내용임을 알 수 있다.

윤선도, 「만흥」

작품 감상

이 작품은 총 6수의 연시조로, 세속과 멀어져 자연 속에서 지내는 삶의 즐거움을 노래하고 있다. 이 작품의 화자는 자연 속에서 소박하고도 한가롭게 생활하면서 만족감과 흥취를 느끼고 있다. 세속의 부귀영화를 부러워하지 않으며 자연 속에서 지내는 삶에 대한 자부심을 드러내고, 이러한 삶을 살도록 해 준 임금에 대한 감사의 마음도 담아내고 있다.

작품 분석

1. 작품 개관

갈래	연시조(총6수)
성격	자연친화적, 강호한정
제재	자연에서의 삶
주제	자연 속에 묻혀 사는 즐거움과 임금의 은혜

2. 짜임

	자연	속세
제1수	산슈 간 바회 아래	남들의 비웃음
제2수	보리밥, 풋나물, 믉ᄀ	그밖의 일
제3수	먼 뫼	그리던 임
제4수	님쳔 한흥	삼공, 만승
제5수	하놀, 강산	인간만사
제6수	강산	임금

3. 특징

① 설의적 표현으로 주제를 강조한다.

② 안빈낙도의 삶의 자세와 물아일체 자연관이 드러낸다.

1 ①

정답 해설 | 〈제1수〉의 '산슈 간 바회 아래 뛰집'은 화자가 현재 거처하고 있는 공간으로, 경험적 성격과 연결된 일상의 공간이다. 〈제6수〉의 '강산'은 자연을 상징하는 시어로 화자에게 '님군 은혜'를 더욱 잘 알 수 있도록 하는 공간이므로, 관념적 성격과 연결된 공간으로 볼 수 있다.

오답 체크 |

② 〈제2수〉의 '보리밥 픗ㄴ물'과 〈제3수〉의 '잔'은 모두 일상 속의 구체적 소재에 해당한다. 그러므로 〈제3수〉에서 추상성이 강화된 소재로 시상이 시작된다는 설명은 적절하지 않다.

③ 〈제2수〉의 '그 나믄 녀나믄 일이야 부룰 줄이 이시랴'는 '바횟 굿 믉ㄱ'에서 즐거움을 누리는 삶에 대해 화자의 긍정적 인식을 드러내는 설의적 표현이다. 그러므로 의문을 제기하고 있는 것이 아니다. 그리고 〈제5수〉에서 화자의 의문이 해소되었음이 드러나고 있지도 않다.

④ 〈제3수〉에서의 '뫼'에 대한 긍정적 인식은 자연 속에 거처하는 현재에 대한 긍정으로 이해할 수 있다. 한편 〈제4수〉에 '소부', '허유' 같은 고대 중국의 은자들에 대한 언급은 있지만, 이는 역사에 대한 부정이 아니라, 자연 속에서 지내는 삶에 대한 자부심을 드러내기 위하여 인용된 것이다.

⑤ 〈제3수〉에는 '뫼'에 대한 정서적 반응이 드러나 있다. 그러나 〈제6수〉에서 감각적 표현을 통해 이를 구체화하지는 않았다.

2 ③

정답 해설 | 〈제3수〉에서 화자는 '뫼'를 바라보는 감흥이 그리운 임이 오는 반가움보다 크다고 말하고 있다. 이는 '뫼'의 의미를 부각하여 자연에 대한 화자의 긍정적 인식과 만족감을 드러낸 것으로, 이를 통해 자기와 외부 세계 사이의 친화적 관계가 형성된다. '뫼'의 의미를 부각하여 화자와 '님' 사이의 거리가 드러나는 것이 아니며, 이를 통해 자기와 외부 세계 사이의 소원한 관계가 유지되는 것도 아니다.

오답 체크 |

① 〈제1수〉에서는 '산슈 간 바회 아래 뛰집'을 짓고 거처하고 있는 화자를 '놈들'이 이해하지 못하는 상황이 드러나 있다. 자연 속에서 지내고자 하는 화자의 마음과 이에 공감하지 못하는 '놈들'의 생각이 대비되면서 화자와 '놈들' 사이의 거리(소원한 관계)가 드러난다.

② 〈제2수〉에서 '바횟 굿 믉ㄱ'에서 즐거움을 누리는 삶을 사는 화자는 속세의 일을 '녀나믄 일'이라고 말하며 '녀나믄 일'과의 거리를 두고자(소원한 관계) 하는 마음을 드러내고 있다. 이를 통해 자기와 외부 세계 사이의 소원한 관계가

유지된다고 할 수 있다.

④ 〈제4수〉에서는 '님쳔'에서의 '한흥'이 '삼공'이나 '만승'보다 낫다고 말하고 있다. 이는 화자가 자연 속에서의 삶에 대해 가치를 부여하고 있음을 드러낸 것으로서, 화자와 '님쳔' 사이의 거리가 가깝다(친화적 관계)는 것을 보여 준다.

⑤ 〈제6수〉에서 화자는 '강산' 속에서의 삶이 '님군'의 은혜 덕택이라고 말하며 임금의 은혜에 감사하는 마음을 드러내고 있다. 화자와 '님군' 사이의 거리가 가까워짐으로써 자기와 외부 세계 사이의 친화적 관계가 형성된다고 할 수 있다.

3 ⑤

정답 해설 | ㉠에서 화자는 자신을 '햐암'이라고 낮추어 표현하면서 자연 속에서 거처하는 삶이 자신의 분수에 맞는 것이라고 말하고 있다. 이는 자연에서의 삶의 가치를 모르는 '놈들'과 달리, 자연 속에서 만족감을 느끼며 살아가는 자신의 삶에 대한 자부심을 우회적으로 표현한 것이라고 할 수 있다. 한편 (다)의 글쓴이는 자신이 작은 즐거움을 누리는 자라고 하면서 작은 즐거움을 누리는 자가 가장 높은 것이라고 하였다. ㉡은 자신의 삶이 일반적인 사람들의 삶의 방식이나 가치관과는 다른, '백에 하나 있거나 아주 없거나' 한 것임을 부각하는 것으로, 자신의 삶에 대한 자부심을 우회적으로 표현한 것이다.

오답 체크 |

① ㉠에서 화자는 자신의 문제를 회피하고 있지 않다. 화자는 자신의 삶에 대한 만족감을 드러내고 있다.

② ㉡에서 글쓴이는 작은 즐거움을 누리는 자신의 삶에 대한 자부심을 드러내고 있다.

③ ㉠과 ㉡ 모두 자문자답의 형식을 활용하고 있지 않다.

④ ㉠에서 화자는 남의 말을 인용하지 않았다. ㉡도 자신의 생각을 다른 사람들의 생각과 비교하고 있는 것이지, 자신의 생각을 남의 말을 인용하여 표현한 것은 아니다.

4 ④

정답 해설 | (나)의 〈제4수〉에 '소부', '허유' 같은 고대 중국의 선인들이 등장하기는 하지만 (나)에 선인들의 삶의 태도를 자기 내면으로 수용하는 과정이 드러나 있지는 않다. 한편 (다)에서는 작은 즐거움을 누리는 자가 가장 높은 것이라는 자신의 생각이 대다수 사람들의 생각과 다른 것임을 말하고 있다. 그러므로 (다)에 대다수 사람들의 뜻을 자기 내면으로 수용하는 과정이 제시되어 있는 것은 아니다.

오답 체크 |

① (나)에서는 무정물인 '뫼'를 반갑고 좋은 대상으로 여기며

그것에 대해 호감을 표현하고 있다. 이는 자연 속에서의 삶에 대한 만족감, 즉 자신의 정서를 대상에 투영한 것이라고 볼 수 있다.

② (다)에서 '산림'은 큰 부끄러움을 누릴 수도, 큰 즐거움을 누릴 수도 있는 공간이다. '산림'을 자연물로만 이해하지 않고 의미를 부여한 것은 자신의 생각을 투영하여 세계를 해석하는 것이라고 볼 수 있다.

③ (다)에서는 어디에 사느냐와 어디에 마음을 두느냐에 따라 삶의 방식을 나누고 그중에서 시정에 살면서 은거에 마음을 두는 것이 가장 높은 것이라는 평가를 제시하고 있다. 또한 이러한 생각이 '대부분의 사람들의 생각과는 거리가 먼' 것일 수 있다고 말하고 있다. 이는 자신의 가치관과 세상 사람들의 생각을 비교하여 세계의 의미를 새롭게 파악한 것이라고 할 수 있다.

⑤ (나)에서는 본성이 게을러서 하늘이 자신에게 인간만사를 맡기지 않았다고 하며 자기 본성을 하늘의 뜻에 연관 짓고 있다. (다)에서는 작은 즐거움을 누리는 자는 백에 하나 있거나 아주 없다고 하면서 자기의 삶의 방식이 일반적인 삶의 방식과 다르다는 것을 드러내고 있다. 이를 통해 (나)와 (다)는 자기 삶의 가치를 새롭게 해석하여 의미를 만들어 냈다고 할 수 있다.

5 ④

정답 해설 | 구체적인 소재들(보리밥 풋나물, 바위 끝 물가, 잔 등)을 통해 공간적 배경(산수 간, 강산)의 한적한 분위기를 드러내고 있다. 색채어는 시에 사용되지 않았다.

오답 체크 |

① 〈제2수〉 '그 남은 다른 일이야 부러워할 줄이 있으랴?'라는 의문문을 통해 오직 자연에서의 흥취만이 본인이 즐기는 대상임을 강조하고 있다.

② 〈제4수〉에서 '소부허유' 고사를 들어 정계에서 밀려나 자연에 은거한 그들이 측은한 것이 아니라 오히려 자연에서 즐거움을 누렸으므로 약았다는 표현을 쓰고 있다. 이를 통해 화자가 현재 생활에 대한 만족감이 큼을 드러내고 있다.

③ 〈제4수〉에서 자연(님천한흥)을 즐긴 소부허유 고사를 들어 자연에서의 흥이 인간(삼공, 만승) 세상과 비할 바 아님을 이야기하고 있다.

⑤ 〈제5수〉 하늘이 다만 다툴 사람이 없는 자연을 지키라고 명했다고 말하고 있다.

6 ⑤

정답 해설 | '두토리 업슨 강산'은 '다툴 사람이 없는 강산'이라는 의미로 정쟁이 난무한 벼슬길과 대비되는 시구라고 볼

수 있다. 화자는 이를 지키고자 하고 있으므로 세상을 경계하고자 하는 것과는 전혀 관계가 없다.

오답 체크 |

① 화자는 '산수 간 바위 아래'에 '띠집'을 짓고 살고 있다. 이 곳은 작가가 유배 와 있는 해남 금쇄동임을 유추할 수 있다.

② 화자가 '산수'에서 느끼는 즐거움을 '모르는 놈들'은 화자를 비웃고 있다. 작가는 그들과 소통하고자 하는 것이 아니라, 그들의 태도에 관계 없이 지금 자연에서 지내는 것이 본인의 분수에 맞다고 말하고 있다.

③ '그리턴 님'이 온다고 한들 반가움이 자연을 대하는 즐거움보다는 못할 것이라고 말하는 이 구절을 '임금의 은혜'와 연결짓기는 어렵다.

④ 제4수에서 '삼공'과 '만승'은 '임천한흥(자연에서 느끼는 즐거움)'을 표현하기 위해 대비된 대상이다. 따라서 작가가 지키고자 하는 가치와는 관련이 없다.

7 ①

정답 해설 | (가)에서는 현실로부터 벗어나고자 하는 춘향이의 초월적 지향이 첫 연과 끝 연에 나타나 있고, (나)에서는 자유롭게 날아가는 새에 비해 현실의 고통에 묶여 있는 화자의 상태를 첫 연과 끝 연에서 대응시키고 있다. 따라서 두 시는 첫 연과 끝 연을 대응시킴으로 해서 화자의 정서를 더욱 심화시키고 있다고 할 수 있다.

오답 체크 |

② 둘 다 시간의 경과가 나타나 있지 않다.

③ 객관적 시각이 아니라 주관적 시각에서 대상을 묘사하고 있다.

④ (가)와 (나)는 자연과 인간의 대립이 나타나 있지 않고, '윗글'은 오히려 자연(뫼, 임천한흥)과 인간의 조화를 드러내고 있다.

⑤ (가)는 호소적 어조가, (나)는 탄식적 어조가, '윗글'은 감탄적 어조가 나타나 있다.

8 ①

정답 해설 | '윗글'의 '띠집'은 현실에서 벗어난 이상적인 세계를 뜻하면서도 동시에 임금의 은혜를 이제 더욱 알 것이라고 하면서 현실에 대한 미련을 버리지 못하는 것을 암시하는 기능을 하고 있다. 이와 같이 현실에서 벗어난 것을 지향하면서도 동시에 현실에 대한 미련을 버리지 못하는 기능을 하는 시어는 '그넷줄'이다. '그넷줄'은 머언 바다로 배를 내어 밀듯이 밀어 올려 현실에서 벗어나고자 하는 초월적 지향을 의미하지만 동시에 그넷줄에 매달려 있다는 점에서 그네에서 벗어

날 수 없음을 의미한다. '수양버들, 풀꽃더미, 나비, 꾀꼬리'에 대한 미련 때문에 현실을 버리지 못하고 있음을 나타내고 있다.

오답 체크 | ⓑ는 지상의 아름다운 사물, ⓒ는 현실적 장애물, ⓓ는 초월적 이상의 세계, ⓔ는 현실에서 벗어난 자유로운 존재를 의미한다.

9 ①

정답 해설 | ㉠은 '어리석고 세상 물정 모르는 내 생각으로는 내 분수에 맞는 일로 여겨지노라'는 의미를 지닌 것으로 분수에 맞는 안분지족의 삶에 대한 겸손한 표현이므로, 자조적인 태도를 지닌 반어적 표현으로 볼 수 없다.

오답 체크 |
② 천자와 자신을 비교한 것은 과장법으로 자신의 만족감을 드러낸다.
③ 몰라서 묻는 것이 아니라 자신의 심정을 강조하기 위한 수사적 의문이다.
④ 원래 '나는'으로 해야 어법에 맞는다.
⑤ 밝은데 침침하다고 했으므로 모순된 표현으로 역설법에 해당된다.

10 ③

정답 해설 | '윗글'에서 '그 남은 여남은 일'은 세속의 일을 말하는 것으로, 이를 부러워하지 않는다는 것은 세속의 일과 관련된 벼슬길에 관심을 두지 않고 자연 속에 은거하고자 하는 작가 자신의 의지를 드러낸 것이라고 할 수 있다. 따라서 '그 남은 여남은 일'을 금쇄동에서 산수를 즐기는 것으로 감상한 것은 정반대로 감상한 것이라고 할 수 있다.

오답 체크 |
① '산수간'은 금쇄동의 공간을 뜻하므로 실제 공간이라 할 수 있다.
② '바위 끝 물가'는 그가 거처하면서 조성해 놓은 정원의 사물을 의미한다고 할 수 있다.
④ '먼 뫼'가 임보다 반갑다는 것은 현실 속에서 받은 상처를 치유해 줄 수 있는 자연을 의미한다고 할 수 있다.
⑤ 자연은 현실처럼 다툼과 시비가 없는 곳이라는 뜻이다.

---

10 **유원십이곡** 안서우

| 1 ① | 2 ④ | 3 ⑤ | 4 ④ | 5 ④ |

안서우, 「유원십이곡」

작품 감상

이 작품은 작가 안서우가 은처에 칩거하며 그곳에서의 생활을 노래한 총 13수의 연시조이다. 전반부에서는 출사를 포기하고 강호에서의 삶을 살겠다는 태도를 밝히며 강호에 은둔하는 생활의 구체적인 모습을 그려 보여 주고 있다. 후반부에서는 강호 자연 속에서 생활하는 현재의 삶이 지난날의 벼슬살이보다 올바른 선택이었다는 생각도 드러내지만 자연 속에 은거하는 삶이 귀먹고 눈먼 데다 벙어리 노릇까지 해야 하는 견딜 수 없는 심정임도 노래하고 있다. 이는 작가가 자연에 은둔하였지만 현실 사회에 대한 관심을 잃지 않았음을 보여준다.

작품 분석

1. 작품 개관

갈래	연시조
성격	비판적, 의지적, 은일적
제재	산수자연을 즐기는 심회
주제	강호에서의 삶의 모습과 그 속에서 느끼는 감흥

2. 짜임

제1장	출사에 대한 체념과 성대농포에의 다짐
제2장	자연과 동화되어 요산요수하는 삶
제3장	자연에서 시름없이 늙어가며 느끼는 즐거움
제4장	밭 갈고 낚시하고 나무하며 사는 삶
제5장	자연의 주인이 되고자 하는 마음
제6장	자기 생활에 대해 안분지족하는 태도
제7장	자연을 벗 삼아 느끼는 즐거움
제8장	자연을 벗 삼으면서 어제 그른 것이 오늘은 옳을 수 있음을 깨달음
제9장	부모님을 봉양하고자 함
제11장	비바람이 몰아치는 인간과 대비되는 자연에서 사는 것의 흥

3. 특징

① 자연 친화적이지만 벼슬에 대한 미련이 동시에 나타남.

② 내적 갈등과 그 해소로 인한 즐거움이 드러남.

1 ①

정답 해설 | (가)는 속세를 상징하는 '홍진', '인간' 등과 자연을 상징하는 '백운', '녹수', '청산', '물외' 등의 대조적 소재를 통해 강호에서의 삶을 긍정적으로 여기는 글쓴이의 인식을 드러내고 있다. (나)도 '근면'과 '게으름'이라는 대조적 소재를 통해 삶에서 게으름이 유익한 경우도 있다는 글쓴이의 인식을 드러내고 있다.

오답 체크 |

② (가)와 (나)에는 모두 명령적 어조가 나타나지 않는다.

③ (가)는 글쓴이의 은거지, (나)는 글쓴이의 집을 공간적 배경으로 볼 수 있으며, 둘 다 공간의 이동은 나타나지 않는다.

④ (나)는 '게으름 귀신'이라는 구체적인 청자가 설정되어 있으나, (가)는 독백체로 구체적인 청자가 나타나지 않는다.

⑤ (가)와 (나)는 모두 계절의 변화를 통해 과거와 대비되는 현재의 상황을 드러내지 않는다.

2 ④

정답 해설 | 〈제9장〉의 중장은 벼슬을 버리고 떠난 도연명과 소광의 처신을 누구나 부러워하는 당당한 태도('호연 행색')로 여기고 있다. 속세에 미련을 갖게 하는 가치는 언급되지 않았다.

오답 체크 |

① 〈제1장〉의 초장은 '문장을 짓고자 하니, 사람은 글자를 알게 되면서부터 근심이 시작됨이오.'라는 의미로, 화자가 강호를 선택해 은거하게 된 계기로 볼 수 있다.

② 〈제3장〉의 중장 '시룸 업시 늘거 가니'에서 강호를 선택하였을 때의 긍정적인 모습을 확인할 수 있다.

③ 〈제6장〉의 종장은 '싫거나 즐겁거나 내 분수인가 하노라'라는 의미로 화자 자신이 분수에 맞는 선택을 했다는 것으로 볼 수 있다.

⑤ 〈제9장〉의 종장은 '(도연명과 소광의 태도가 부럽다는 것을) 알고도 그만두어야 할 때를 알지 못하니'라는 의미로 강호와 속세 사이에서 갈등하는 화자의 모습이 드러난다. 그리고 〈제11장〉의 종장은 '이제는 가려서 정하니 일흥(세속을 벗어난 흥취)을 참기 어려워하노라.'의 의미로 자신의 선택에 만족하는 화자의 모습이 드러난다.

3 ⑤

정답 해설 | '유정코 무심'한 것은 '무심코 유정'한 것과 반대되는 상황으로 정이 있는 것처럼 보이나 실제로는 관심이 없음을 의미한다. 즉 '유정코 무심'한 것은 '인간의 벗', '붕우'에 해당하는 특성이다. '물외에 벗'은 '백운', '구로'와 같은 자연물이며, 화자가 이들과 '위우'하고자 하는 이유는 이들이

무심한 듯 보이지만 정이 있기 때문이다.

오답 체크 |

① 〈제6장〉의 초장의 '인간 세상에 벗이 있다 하나 나는 알기를 싫어한다.'의 의미로 볼 때 화자가 '인간의 벗'과 절교하고자 함을 알 수 있다.

② 〈제8장〉의 초장의 '풍진'은 〈제3장〉의 초장의 '홍진'처럼 속세를 상징한다. 그리고 화자는 '풍진'의 '붕우'가 '유정코 무심'하다고 여기고 있다. 이를 통해 화자가 '붕우'를 절교하고자 하는 대상으로 인식한다고 볼 수 있다.

③ 〈제3장〉에서 화자는 '백운'과 '위우'하여 자연 속에서 시름없이 늙어가며 '무한지락'을 느끼고 있다.

④ '구로'는 무심한 듯 보이지만 정이 있는 자연물로 '물외에 벗'에 해당한다. 그러므로 '물외에 연하 족'한 곳에 있다고 볼 수 있다.

4 ④

정답 해설 | ㉠은 화자가 과거의 생활이 그르고, 현재 자연 속에서 은거하는 생활이 옳음을 깨달았다는 것이다. ㉡은 '나'가 '계으름 귀신'이 반박하는 말을 듣고, 그것이 타당하다고 생각해 잘못을 고치겠다는 반성의 태도를 드러낸 것이다.

오답 체크 |

① ㉠의 화자가 공자와 맹자를 배운다는 것은 성인의 도를 익히는 것인데, 이는 태평성대에 농사를 지어 도달할 수 있는 것이 아니다.

② ㉡의 '나'는 '그대와 함께 살기를 바란다'며 '계으름 귀신'이 말한 제안을 수용했다. 하지만 (나)의 '굳센 쇠'와 같은 변치 않는 삶은 계으름을 멀리하는 삶을 의미하는 것으로, '나'가 이를 다짐하는 내용은 찾을 수 없다.

③ ㉠의 화자는 '녹수 청산'에서 시름없이 '무한지락'을 느끼고 있으므로, 그곳에서의 삶을 즐거워한다고 볼 수 있다. 하지만 ㉡의 '나'는 '깨끗한 것은 더러워지기 쉽고, 우뚝한 것은 꺾이기 쉽습니다.'라는 '계으름 귀신'의 말을 인정하고 있으므로, '깨끗한 것'을 '길한 것'으로 받아들인다고 볼 수 없다.

⑤ ㉠의 화자는 '풍우 다'한 인간 세계에 머물지 않겠다는 생각을 드러내고 있으므로, '풍우 다'한 현실을 긍정적으로 받아들이는 것이 아니다. 그리고 ㉡의 '나'는 현재 물러나 앉은 상황으로 '시비의 소리'를 듣지 않고 있다. '시비의 소리'에 흔들렸던 '나가 자신의 잘못을 고치겠다고 다짐하는 내용도 찾을 수 없다.

5 ④

정답 해설 | 〈제8장〉의 '무심코 유정ᄒᆞᆯ 순 아마도 강호 구로'

의 뜻은 '욕심이 없으면서도 정이 있는 것은 아마도 자연에 살고 있는 갈매기와 백로'라는 뜻으로, 종장의 뜻과 연이어 생각하면 화자가 지난날의 벼슬살이는 그르고 현재의 삶이 옳다고 생각하는 태도를 읽어낼 수 있다.

오답 체크 |

① 〈제1장〉의 '이 내 몸 쓸 ᄃᆡ 업ᄉᆞ니'는 학문의 경지에 이르기 어려움을 이야기하는 겸손한 표현으로, 좌절감과는 거리가 멀다.

② 〈제3장〉의 '헌ᄉᆞ할가'는 '화려하다'에서 파생되어 다른 사람들에게 시끄럽게 떠들어 알려지는 것을 뜻한다. 그것을 두려워하는 것은 타인에게 이것을 알리지 않고 혼자 누리고자 하는 마음을 드러낸다.

③ 〈제6장〉의 '인간의 벗 잇단 말가 나는 알기 슬희여라'에서 인간 세상의 벗을 알고 싶지 않다고 하고 있다. 화자는 고독감을 느끼지도 않았고, 혼자 있다고 하여 이를 싫어하지도 않음을 알 수 있다.

⑤ 〈제9장〉의 '호연행색을 뉘 아니 부러ᄒᆞ리'는 '누가 부러워하지 않겠는가'라는 설의법으로 도연명과 태부의 삶을 본받고자 하는 태도를 볼 수 있다.

| 1 ③ | 2 ③ | 3 ② | 4 ⑤ | 6 ① |
| 6 ③ | 7 ⑤ | 8 ① | 9 ③ | 10 ③ |

권호문, 「한거십팔곡」

작품 감상

　이 작품은 벼슬길에 나아가 임금을 섬기는 삶(세속적 욕구)과 강호에 은거하며 자연을 즐기는 삶(은거) 사이의 고민과 갈등을 드러낸 뒤, 자연을 즐기며 살아가는 삶을 선택한 사대부의 심회를 진솔하게 노래한 총 19수의 연시조이다.

　각 연의 시상이 전개되면서 현실 세계에서 벗어나 강호에 은거하기까지의 과정이 시간적 흐름에 따라 구조적으로 구성되고 있다. '입신양명'을 추구하는 삶(치군택민)과 '강호한정'을 추구하는 삶(조월경운)이 교차적으로 드러나면서 당대 사대부들의 현실 인식과 대응 방식을 살필 수 있다. 강호가도(江湖歌道)의 후기 모습을 보여 주는 작품으로, 자연이라는 공간을 문학 속으로 끌어들여 작가의 실존적 모습을 제시한 작품으로 문학사적 의미를 가진다.

작품 분석

1. 작품 개관

갈래	연시조
성격	유교적, 교훈적, 은일적
제재	유교적인 삶
주제	치군택민과 조월경운 사이의 고민과 한가한 삶의 수용

2. 짜임

제1수	평생토록 충효를 추구하는 마음
제2수	등용이 늦어진 상태로 시간이 흐른 것에 대한 안타까움
제3수	세사를 잊고 자연을 즐기려는 마음
제4수	자연을 즐기는 일과 벼슬에 오르는 일 사이의 고민
제5수	자연을 즐기지 못하는 것의 안타까움
제8수	나아가면 임금을 섬기고, 들어오면 자연을 즐기는 군자의 삶
제11수	자연 속에서 생활하는 즐거움과 청빈한 삶

제12수	비가 갠 밤에 자연을 즐기는 물아일체의 경지
제16수	벼슬에서 물러나는 도를 지켜 자연에 머물려는 태도
제17수	은둔하거나 벼슬길에 나아가는 것이 같은 도(道)임을 인식함
제19수	강물을 보며 속세에 대한 집착(진세일념)에서 벗어남

3. 특징

① 속세에서 벗어나 자연에서의 삶을 선택하기까지의 과정을 시간의 흐름에 따라 전개한다.

② 독백적 어조를 통해 화자의 내면 심리를 드러낸다.

③ 대구, 대조, 설의, 과장, 열거 등을 다양하게 사용하고 있다.

1 ③

정답 해설 | 〈제4수〉에서 '강호애 노쟈 ᄒ니 ~'와 '성주를 셤기쟈 ᄒ니~'와 같이 유사한 문장 구조를 활용하고 있다. 이를 통해 각기 다른 삶의 양상을 나타내고 있다.

오답 체크 |

① 자연물을 의인화한 부분은 없다.

② 〈제16수〉의 초장과 종장을 질문의 형식으로 마무리하고 있다. 그러나 이는 화자의 고민이 아니라, 본인의 선택과 타인의 부름에 대한 자부심을 표현한 것이다.

④ 〈제1수〉의 '십재황황 ᄒ노라'를 감탄형 어미로 볼 수는 있지만, 감정를 직접적으로 드러내는 것이 아니라 화자가 처한 상황을 설명하고 있다.

⑤ 〈제4수〉의 초장에서 '강호'와 '성주'에 대해 이야기하고 이를 다시 중장에서 다시 이어 받으면서 사고가 진행되는 과정을 보여준다. 그러나 이는 화자의 확신이 아니라 '기로에 서서 갈 곳 몰라 ᄒ'는 갈등으로 이어지고 있다.

2 ③

정답 해설 | 〈제8수〉를 해석하면 다음과 같다. '벼슬길에 나아가면 임금을 섬기며 백성을 윤택하게 하고, 자연에 머물면 달을 낚고 구름을 경작한다네. / 현명하고 사리에 밝은 군자는 이럴수록 (자연을) 즐기나니 / 하물며 부귀에는 위기가 있으니 가난한 삶을 살아가리라.' 이로 볼 때 화자는 '출'과 '처'에 모두 의미를 부여하지만 나아감은 위기가 될 수 있음을 언급하며 자연에 머무는 '처'를 선택하고 있다.

오답 체크 |

① 충효가 중요한 것을 알지만 이루기가 어렵기에 10년 동안 급한 마음으로 살아왔음을 고백하고 있다.

② 화자는 '강호'로 표현되는 자연과 '성주'로 표현되는 사대부로서의 충의를 모두 지키고 싶어 한다. 따라서 둘 중 하나를 선택한 것도 옳지 않고, 타인을 의식함도 옳지 않다.

④ '회보미방'은 뛰어난 능력을 나라를 위해 쓰지 않음을 안타까워하는 말이다. 화자는 본인이 병들고 늙었다며 본인을 다시 정치로 부르고자 하는 사람들의 뜻을 만류하고 있는 것이다.

⑤ 화자는 나아감(현)과 물러남(은)이 같은 뜻(일도)이기 때문에 어떤 곳이든 상관이 없다고 말하고 있다. 이는 깨달음의 표현이지 체념으로 보기 어렵다.

3 ②

정답 해설 | 〈제17수〉의 '성현(聖賢)의 가신 길'은, 은둔함으로써 행하는 도(道)와 세상에 나아감으로써 행하는 도는 다르지 않다. 〈제8수〉의 '빈천거(貧賤居)', 〈제16수〉의 '행장유도(行

藏有道)'와 연결 지어 보았을 때, 화자는 강호에 은거하며 자연을 즐기고자 하는데, 따라서 〈제2수〉의 화자가 고려한 '공명'은 〈제17수〉의 '성현이 가신 길'과는 거리가 멀다.

오답 체크 |

① 〈제2수〉의 화자가 '부급동남(負笈東南)' 한 것은 벼슬길에 나아가 공명함으로써 훌륭한 임금을 섬기기 위로 볼 수 있다.

③ 〈제4수〉의 화자는 임금과 즐거움 사이, 공명과 강호 사이, 나아가 〈제8수〉에서는 치군택민과 조월경운 사이에서 갈등하고 있다. 그러나 〈제8수〉의 중장과 종장에서 화자는 명철한 군자라면 기꺼이 이를 즐길 수 있어야 하고, 하물며 부귀는 위태로울 수 있어 '빈천거'를 하겠다고 밝히고 있다. 따라서 화자가 '강호'를 선택한 여러 이유 중 하나로 '부귀 위기'를 들 수 있다는 진술은 적절하다.

④ 〈제4수〉의 '기로(岐路)'는 자연을 즐기는 일과 벼슬살이를 하는 일 사이에서 화자가 겪는 내적 갈등을 드러낸다. 〈제17수〉에서 화자는 강호에 은거하거나 벼슬에 나아가는 것은 한 가지 도(道)로 다르지 않다고 밝히고 있으므로, '기로'가 '일도'로 나타난 것은 화자의 내적 갈등이 해소된 결과로 볼 수 있다.

⑤ 〈제17수〉에서 '은(隱)커나 현(見)커나 도(道)ㅣ 어찌 다르리'를 통해 강호에 은거하여 가난한 삶을 살아도 성현의 '도'를 실천할 수 있다는 화자의 생각을 확인할 수 있다.

4 ⑤

정답 해설 | 〈보기〉를 보면 (가)의 작가인 권호문은 '42세 이후 줄곧 조정에 천거되어 정치 현실로 나올 것을 권유받았으나 매번 이를 거절했다.'고 되어 있다. 이를 참고할 때 〈제16수〉 종장의 '회보미방'은 조정에서 화자에게 뛰어난 능력을 지니고서 은둔하는 것은 나라를 혼란스럽게 하는 것과 같다며 벼슬에 나가기를 권유하는 것이지, 화자의 답변은 아니다.

오답 체크 |

① 〈보기〉의 두 번째 문장과 〈제1수〉의 초장을 통해 알 수 있다.

② 〈보기〉의 첫 문장을 통해 조선 시대에 충효를 이루기 위해서는 과거에 급제해야 함을 알 수 있다.

③ 〈제16수〉의 '행장유도ᄒ니'는 자신의 상황에 따라 알맞게 도를 행함을 의미한다는 점에서 〈보기〉의 유교적 출처관에 따른 것으로 볼 수 있다.

④ 자연을 즐기며 살아가는 생활을 선택한 화자는 정치 현실로 나오라는 권유를 받을 때마다 자신이 병들고 늙었음을 이유로 이를 거절한 것으로 볼 수 있다.

5 ①

정답 해설 | (가)는 〈제1수〉의 '금수(禽獸) ㅣ나 다르리야', 〈제16수〉의 '오라 말라 ㅎㄴ뇨', 〈제17수〉의 '어찌 다르리', '아무 덴들 어떠리' 등에서 '~리야', '~뇨', '~리' 등의 의문형 어미를 활용하여 화자의 고민을 강조하고 있으며, 〈보기〉는 2연의 '손 안 닿는 한(恨)이던가', 3연의 '손 시리게 떨던가', 4연의 '반짝이던 것인가'에서와 같이 '~ㄴ가'라는 의문형 어미를 활용하여 화자의 슬픔을 강조하고 있다.

오답 체크 |

② (가)와 〈보기〉 모두 특정 대상과 대화하는 방식이 아니라 독백의 방식으로 시상을 전개하고 있다.

③ (가)의 '강호(江湖)'는 탈속성이 있는 시적 공간으로 볼 수 있으나, 〈보기〉의 시적 공간은 탈속성과 관련이 없다.

④ 〈보기〉는 '손 시리게 떨던가'를 통해 겨울을 짐작할 수 있지만, (가)는 계절감을 드러내는 시어를 찾기 어렵다.

⑤ (가)와 〈보기〉 모두 의성어와 의태어가 나타나지 않는다.

6 ③

정답 해설 | '울 엄매야 울 엄매'는 울림소리의 결합, 즉 모음 'ㅜ, ㅓ, ㅐ'와 유성 자음 'ㄹ, ㅁ'으로 이루어진 시어('울', '엄매')를 반복하여 리듬을 창출하고 어머니의 힘겨운 삶에 대한 화자의 애상감(정서)을 표출한 것으로 볼 수 있다.

오답 체크 |

① (나)의 '고전시가의 리듬에는 외적 규율이 전제되어 있는 반면 현대시의 리듬은 내적 규범을 창출한다.'를 통해 '윗글'이 내적 규범을 따른 것이 아님을 알 수 있다.

② (나)의 '시조는 4음보를 기본으로 종장 첫 음보는 3음절을 유지하고, 둘째 음보는 그보다 길게 하는 규율을 따른다.'를 통해 (가)가 규칙을 지켰음을 알 수 있다.

④ (나)의 '현대 시에서는 따라야 할 규율이 없는 대신 말소리, 휴지(休止), 고전시가에 없던 쉼표나 마침표 등 모든 요소의 책임이 더 커졌다. 이들의 반복은 내적 규범을 형성하여 시의 고유한 의미를 만들어 낸다.'를 통해 〈보기〉의 '오명 가명'이 외적 규율을 따른 것이 아님을 알 수 있다. 그리고 〈보기〉에서 드러나는 어머니의 삶은 무료함과는 거리가 멀다.

⑤ (나)의 '현대 시에서는 고전시가에 없던 쉼표나 마침표 등 모든 요소의 책임이 더 커졌다.'로 볼 때, 〈보기〉에서 1연부터 3연까지 쉼표로 연을 마무리한 것은 고전시가의 리듬과는 관련이 없다.

7 ⑤

정답 해설 | (가)의 화자는 도시('낯설은 거리', '공허한 군중의 행렬') 속에서 방향성을 잃고 삶의 비애에 잠겨 있다. (나)의 화자는 자유를 말하고 있는 활자를 고개 숙이고 들으면서 침묵하고 있는 자기 자신과 고요한 현실에 대해 부정하고 있다. 화자는 행동해야 함을 알면서도 죽음이라는 두려움 때문에 주저하고 있는 자신을 못마땅해 하고 있다. (다)의 화자는 충효를 실천하는 공명의 길과 강호에서 자연의 즐거움을 추구하는 길 사이에서 어떤 길을 선택해야 할지를 몰라 갈등하고 있다.

오답 체크 |

① (가)에서 화자가 자신이 처한 상황에서 도피하려는 시도나 의도는 드러나지 않는다. (나)의 화자 또한 행동해야 함을 잘 알면서 행동하지 못하고 있는 자신을 부끄러워하고 있기에 도피하고 싶다는 것은 어울리지 않는다.

② (가)에서 미래에 대한 어떠한 모습이나 화자의 인식도 엿볼 수 없다. (다)에서 화자는 자신의 길을 정하지 못하고 있다.

③ (나)에서 부정적인 세계에 대한 화자의 인식은 잘 드러나 있지만, 화자는 이에 대해 대결 의지를 보이지 않는다. 내면에서는 그래야 한다는 것을 알면서도 아직 침묵만 하고 있기에 자신의 영이 죽은 것이 아니냐며 반성하는 것이다. (다)의 화자는 세상을 부정적으로 인식하지도 않는다.

④ (나)에서 화자는 현재의 자신에 대해 반성하고 있고, (다)의 화자는 충효를 실천하고자 했으나 지난 십 년을 허둥대며 보낸 것 같이 이러한 과거에 대해 반성하고 있다.

8 ①

정답 해설 | ⓐ는 긴 여름해가 훌쩍 져 버리는 시간의 흐름을 새가 날개를 접는 것에 비유한 것이다. 상승보다는 하강의 이미지에 가깝다.

오답 체크 |

② ⓑ처럼 시간의 흐름을 물의 흐름에 비유하는 것은 관습적으로 많이 사용하는 표현이다. 하지만 해가 지는 것을 새가 날개를 접는 것에 비유한 것은 작가의 개성적인 표현이라 할 수 있다.

③ ⓐ는 해가 지는 것을 표현하는데 밤이 깊어질수록 화자의 슬픔과 고뇌는 심화된다. ⓑ에서 화자는 충효를 실천하고자 하는 마음은 있는데 시간이 훌쩍 지나가 버리니 충효를 이루지 못할까 안타까워하고 있다.

④ ⓐ에서 '나래를 접고'와 ⓑ에서 '물 흐르듯'에서 비유가 보인다.

⑤ 날개를 접는 것이나 물이 흐르는 것이나 모두 시각적인 이미지이다.

9 ③

정답 해설 | (다)의 제1수에서는 화자가 추구하고자 하는 것이 충효임을 밝히고 있다. 그리고 제2수에서는 충효를 추구하고자 노력했으나 시간만 흘러가고 이를 이루지 못할까 걱정하는 화자의 모습이 제시되었다. 제3수에서는 충효를 못 이루어도 자연(임천)을 추구하는 것이 또 하나의 길임을 제시하고 있다. 그런데 ③에서는 '임천'의 좋은 점이 제2수에 드러나 있다고 했다. 제2수에서 추구하는 충효의 길과 제3수에서 추구하는 자연의 길은 서로 다른 길이기에 이는 잘못된 것이다. 제4수에서는 충효의 길(제2수)과 자연 추구의 길(제3수) 사이에서 갈등하는 화자의 모습이 나타나 있다. 제5수에서는 표현을 달리하며 제4수의 갈등이 반복되고 있다.

10 ③

정답 해설 | (다)의 강호는 화자가 추구하는 자연이고, 〈보기〉의 강물은 인간의 삶과 대비하여 길게 이어지는 자연으로 화자는 삶이 짧다는 것을 알자 덕분에 고민이 얼음 녹듯이 녹았다고 이야기하고 있다. 따라서 둘다 삶의 '무상감(덧없음)'과는 거리가 있다.

〈보기〉의 해설은 다음과 같다.

〈제11수〉 바람은 절로 맑고 달은 절로 밝다. / 대나무 정원의 소나무 난간에 먼지 한 점이 없으니 / 거문고 하나와 만권의 서책이 더욱 맑고 깨끗하구나.

〈제12수〉 밝은 달이 구름을 뚫고 소나무 끝에 날아올라 / 한껏 밝은 달빛이 푸른 시내 가운데에 비치거늘 / 어디 있는 무리 잃은 갈매기 나를 쫓아오는구나.

〈제19수〉 강가에 누워서 저 강물을 보는 뜻은 / 세월이 (저물 흐르듯) 빨리 가니 백 년인들 얼마 동안이겠는가(얼마나 길겠는가). / 십 년 전 속세에 대한 집착이 얼음 녹듯 하는구나.

오답 체크 |

① 화자는 '부심어조'를 쫓으려 하고 있으며, '나를 쫓아오는' '갈매기'의 모습은 화자가 자연과 물아일체를 이루었음을 보여준다. 따라서 자연을 상징하는 두 소재는 모두 화자가 추구하는 대상으로 볼 수 있다.

② (다)의 '부급동남'은 이리저리 공부하러 간다는 뜻으로 화자가 학문에 힘쓰고 있음을 보여주며, 〈보기〉에서 화자는 자연 속에서 '만권의 서책'을 대하니 그것이 더욱 소쇄하(맑고 깨끗해짐)다고 말하고 있다. 어느 장소에 있으나 학문을 놓지 않았던 화자의 삶을 보여주는 소재들이다.

④ (다)에서는 십년 동안 허둥대던 화자의 과거를 보여준다면 〈보기〉에서는 세월이 물 흐르듯 빨리 가니 앞으로 남은 삶(백년)은 그리 길지 않을 것이라는 의미이다.

⑤ (다)에서는 '언제나 이 뜻 결단하여 내 즐기는 바 좇을 것인가'라고 말하던 화자가 〈보기〉에서는 '십 년 전 진세일념(塵世一念)이 얼음 녹듯 한다'라고 고백하고 있다.

12 비가 이정환

1	①	2	③	3	⑤	4	⑤	5	④

이정환, 「비가」

작품 감상

작가 안서우가 은처에 칩거하며 그곳에서의 생활을 노래한 총 13수의 연시조이다. 전반부에서는 출사를 포기하고 강호에서의 삶을 살겠다는 태도를 밝히며 강호에 은둔하는 생활의 구체적인 모습을 그려 보여 주고 있다. 후반부에서는 강호 자연 속에서 생활하는 현재의 삶이 지난날의 벼슬살이보다 올바른 선택이었다는 생각도 드러내지만 자연 속에 은거하는 삶이 귀먹고 눈먼 데다 벙어리 노릇까지 해야 하는 견딜 수 없는 심정임도 노래하고 있다. 이는 작가가 자연에 은둔하였지만 현실 사회에 대한 관심을 잃지 않았음을 보여준다.

작품 분석

1. 작품 개관

갈래	평시조, 연시조
성격	우국적
제재	병자호란으로 인한 국치
주제	국치(國恥)에 대한 비분강개,

2. 짜임

제1수	임과 꿈을 통해 청나라에 붙잡혀 있는 두 왕자에 대한 그리움
제2수	매우 추운 겨울날 두 왕자를 걱정하는 신하의 모습
제4수	신라의 충신이었던 박제상을 떠올리며 두 왕자를 모셔 오지 못하는 상황에 대한 개탄
제6수	무신이 많으면서도 싸우지 못하고 치욕적인 항복을 한 것에 대한 아픔
제7수	두 왕자와 백성들을 청나라에 볼모로 보내고 근심하고 있는 임금의 모습
제8수	자신을 풀에 대조하면서 국치를 당한 데 대한 아픔
제9수	치욕적인 역사적 현장에서 아무것도 하지 못한 안타까운 마음

3. 특징

① 자연물과 인간사를 대조하여 치욕스러운 현실을 개탄한다.
② 의인, 도치, 대조 등 다양한 수사법을 사용하고 있다.

1 ①

정답 해설 | 화자의 태도 이해 (가)의 화자는 병자호란으로 인하여 세자와 백성들이 청나라에 볼모로 잡혀간 상황에서 고뇌하고 있다. 이러한 문제적 상황은 '꿈'에서나마 '만 리 요양'을 가서 '학가 선객'을 보고 싶어 하는 마음에서 확인할 수 있으며, '시름겨워 ᄒᆞ노라'와 '갈 길 몰라 ᄒᆞ노라'를 통해 고뇌하는 화자의 모습을 확인할 수 있다.

오답 체크 |

② (가)에는 병자호란으로 인하여 치욕적인 일을 당한 것에 대해 비통하고 고뇌하는 모습을 볼 수 있으나, 자신의 나약함을 극복하고자 하는 태도가 드러나고 있지는 않다.

③ (나)에는 작가가 역사적 순간마다 고난을 겪으며 힘들게 삶을 영위하는 모습과 그때마다 난 역시 고난에 처하는 모습이 드러나는데 그때마다 작가는 난으로부터 위안을 얻고 있다. 그러나 삶을 유한하다고 인식하거나 이를 한탄하는 마음을 드러내고 있지는 않다.

④ (나)에서 작가는 고난의 순간마다 난과 함께 어려움을 겪었다고 말하고 있으나, 그 현실에 대해 냉소적인 태도를 드러내고 있지는 않다.

⑤ (가)에는 치욕적인 역사적 상황이 자신이 바라는 삶과 거리가 있기 때문에 고뇌하고 회의하는 태도가 나타난다고 할 수 있으나 (나)에는 고난과 시련을 함께 해 준 난에 대한 고마움과 예찬의 마음을 드러내고 있으므로 삶에 대한 회의적인 태도가 드러난다고 할 수 없다.

2 ③

정답 해설 | (가)에서 화자의 '몸'이 '하늘 밖'에 떨어졌다는 것은 화자가 임금과 멀리 떨어져 있는 상황을 의미한다. 그러나 화자가 '서울'이 어디인지 찾으려고 하는 것으로 볼 때 현실의 고통을 잊으려 한다고 보기는 어렵다.

오답 체크 |

① (가)에서 '학가 선객'을 '꿈'에서 보았다는 것은 화자가 소현세자를 만나고 싶어 하는 소망을 드러낸 것으로 볼 수 있다.

② (가)에 나오는 '박제상'은 신라의 사람으로 일본에 잡혀간 왕의 아우를 구하고 죽은 충신이다. 화자는 그러한 충신을 찾기 어려운 상황에 대해 안타까워하고 있다.

④ (나)에서 조선어 학회 사건, 8·15광복, 6·25 전쟁 등 역사적 상황에서도 뿌리만 성한 난을 돌보아 살리거나 '물을 자주 주고 겨울에는 특히 옹호'하며 '풍란'을 길러냈다는 말을 통해 난에 대한 작가의 애착을 확인할 수 있다.

⑤ (나)에서 작가는 '두실와옥'이 '화려 광활'한 '요릿집'과 대조되는 누추한 공간이지만 고서와 난, 그리고 술 한 병이

있다면 만족할 수 있는 공간이라고 했다. 즉 '정신'을 기르는 존재로서 난을 통해 작가가 지향하는 정신적 가치를 드러내고 있음을 확인할 수 있다.

3 ⑤

정답 해설 | ㉠은 치욕적인 역사적 상황과 관계없이 저절로 잘 자라는 존재로, 역사적 현실 속에서 고뇌하는 화자와 대비되는 소재라고 할 수 있다. 반면 ㉡은 이리저리 날리는 존재로, 부정적인 역사적 현실 속에서 갈피를 잡지 못하는 화자가 자신과 동일시 하는 소재라고 할 수 있다.

오답 체크 |

① ㉠은 화자와 대비되어 근심이 없음을 드러내는 소재이고 ㉡은 화자가 혼란의 역사적 상황에서 갈피를 잡지 못하는 자신과 동일시 하는 소재이므로 둘다 경외감을 가지고 바라보는 소재라고 할 수 없다.

② ㉠이 저절로 자란다는 것은 근심이 없음을 드러내고자 한 것이며 ㉡이 바람에 날려 갈 곳 모른다는 것은 삶의 방향을 잡지 못하겠다는 의미로 둘 다 세월의 흐름과는 관련이 없는 소재이다.

③ ㉠은 화자의 처지와 대비되어 화자의 울분을 심화하는 소재로 볼 수도 있으나, ㉡는 울분을 완화하는 소재라기보다는 어찌할 바를 모르는 화자의 정서를 담아내는 소재이다.

④ 화자는 전란 후의 치욕적 상황을 이미 인식하고 있으므로 ㉠이 현재의 상황을 인식하는 계기가 되었다고 보기는 어렵고, ㉡은 과거 사건에 대한 회고의 계기라기보다는 현재의 자신을 비유적으로 드러내는 소재이다.

4 ⑤

정답 해설 | 〈제7수〉의 '달 밝근 밤'은 임금이 잠을 자지 못하고 근심하는 시간을 말하고 있고, 〈제8수〉의 '봄비'는 화자와 대비되는 '풀'을 자라게 하는 소재일 뿐이다. 그러므로 이를 통해 부정적 현실이 개선되리라는 화자의 전망과 기대가 드러난다고 보기는 어렵다.

오답 체크 |

① 〈제1수〉의 '어느덧 다녀온고'는 화자가 꿈속에서 청나라 심양에 있는 소현 세자에게 다녀왔다는 의미이고, 〈제4수〉의 '뉘라서 모셔 오리'는 청나라에 잡혀 있는 세자를 모셔 오기를 바라는 마음이 드러나있다. 그러므로 두 구절에는 세자를 그리워하는 화자의 마음이 투영되어 있다고 할 수 있다.

② 〈제4수〉에서 박제상이 죽은 후에 '님의 시름'을 알 사람이 없다는 것과 〈제6수〉에서 '조구리'와 같이 세자를 호위하여 모셔 올 이가 없다는 것은 화자가 이러한 충신이 없는

현실에 안타까움을 드러내었다고 할 수 있다.

③ 〈제6수〉에서는 나라에 무신이 많음에도 불구하고 화친을 하여 어려움(辛苦)에 처했다고 한탄하고 있다. 이러한 어려움이란 〈제7수〉에서 말하는 세자의 '이역 풍상(청나라와의 화친으로 인해 세자가 이국에 잡혀가 있는 고난과 시련)'이다.

④ 〈제7수〉에서 화자는 잠을 자지 못하여 근심하고 있는 임금을 떠올리고 있으며, 나아가 〈제9수〉에서는 '오색 구름 깊은 곳에 어느 것이 서울인고'라 말하며 서울을 찾지 못해 애태우는 것을 알 수 있다.

5 ④

정답 해설 | 화자가 있는 곳은 왕자들에게는 고국이 되는데, 이곳과 왕자들이 실제 있는 곳 사이의 거리가 '만 리'라고 하였으므로 거리감이 나타난다고 할 수 있다.

오답 체크 |

① '풍설'과 '봄비'를 통해 시간의 경과가 드러나는 것은 이를 통해 조성하는 분위기는 좌절감과 두려움이다.

② 자신의 처지를 '바람에 지나는 검불' 같다고 비유한 것은 맞지만, 이는 인생의 덧없음과 관련된 것이 아니라 삶의 방향을 잡지 못하는 불안함을 드러낸다.

③ 명령형 어미는 사용되지 않았다.

⑤ '박제상', '조구리'와 같은 인물의 이름을 활용한 것은 맞지만, 지금은 그런 인물의 없음을 한탄하고 있는 것이지 의지를 보여주는 것은 아니다.

1 ④   2 ①   3 ②   4 ②   5 ②

주세붕, 「오륜가」

작품 감상

이 작품은 주세붕이 황해도 관찰사로 재직할 때 오륜이라는 유교적 가치관을 백성들에게 계도하기 위해 지은 것이다. 이 작품에는 가부장적인 가정 질서와 국가 질서를 강조하려는 의도가 담겨 있다. 서사인 〈제1수〉에서 오륜을 배워야 하는 이유를 밝힌 후 나머지 각 수에서 유교적 덕목에 해당하는 가치들을 하나씩 노래하고 있는 것이 특징이다. 관념적인 주제를 추상적으로 설명하지 않고 구체적인 인간의 일상적 삶을 통해 표현한 점, 적절한 비유를 사용한 점, 순우리말을 자연스럽게 구사한 점 등이 돋보인다.

작품 분석

1. 작품 개관

갈래	연시조
성격	교훈적, 계도적
제재	오륜
주제	인간이 지켜야 할 오륜의 도리 강조

2. 짜임

제1수	오륜 덕목의 실천 이유
제2수	부모님의 은혜에 대한 자식의 도리
제3수	임금에 대한 신하의 도리
제4수	지아비에 대한 지어미의 정성
제5수	형제간의 불화에 대한 경계
제6수	노인과 어른에 대한 공경

3. 특징

① 관념적인 주제를 추상적으로 설명하지 않고 구체적인 인간의 일상적 삶을 통해 표현하고 있다.

② 비유적 시어를 사용하여 화자가 말하고자 하는 바를 강조하고 있다.

② 순우리말을 자연스럽게 구사하면서, 윤리적 이념을 직설적으로 전달하고 있다.

〈보기〉 김상용, 「오륜가」

작품 감상

　이 작품은 사람이 지켜야 할 다섯 가지 도리를 노래한 연시조로, 계몽적인 내용을 직접적으로 전달하여 서정성보다 교훈성이 강하게 드러난 작품이다.

작품 분석

1. 작품 개관

갈래	연시조
성격	교훈적, 유교적, 계몽적
제재	오륜
주제	사람이 지켜야 할 다섯 가지 도리 강조

2. 짜임

제1수	부모님께 효도해야 한다.
제2수	임금을 바르게 섬겨야 한다..
제3수	부부간에 공경해야 한다.
제4수	형제간에 우애가 있어야 한다.
제5수	벗에 대한 신의를 지켜야 한다.

3. 특징

① 훈계하는 말투를 사용하여 교훈을 직접적으로 전달하고 있다.
② 설의적 표현을 활용해 화자의 생각을 강조하고 있다.
③ 자연물을 활용해 부모에 대한 효를 강조하고 있다.
④ 한자어의 빈번한 사용과 직설적인 내용으로 문학성은 다소 떨어진고 있다.

1　④

정답 해설 | 이 글에서는 '손이시나 다르실가, 어디가 다를고'에서 알 수 있듯이, 설의적 표현을 사용하여 오륜의 중요성 및 그 실천에 대한 화자의 생각을 강조해 주고 있다.

오답 체크 |

① 이 글의 〈제5수〉에 '어와'라는 영탄적 표현이 나타나기는 하지만, 이를 통해 대상의 속성을 예찬하지는 않고 있다.

② 이 글에서 '벌과 개미'라는 동물이 제시되고 있지만 이를 의인화하여 제시하지는 않고 있다. 또한 이 글에서 백성들을 교화하기 위함이라는 목적의식이 뚜렷하게 나타나고 있지만 부조리한 현실을 비판하지는 않고 있다.

③ 이 글의 '아바님 날 나흐시고 어마님 날 기르시니'와 '늙은이는 부모 같고 어른은 형 같으니'를 통해 대구적 표현이 사용되었음을 알 수 있다. 하지만 이러한 대구적 표현을 통해 상반된 세계관을 나타내지는 않고 있다.

⑤ 이 글은 현실을 살아가는 바람직한 자세를 권고하는 작품에 해당하므로 이상향에 대한 의식은 나타난다고 볼 수 없다. 또한 역설적 표현을 통한 진술도 찾아볼 수 없다.

2　①

정답 해설 | 이 글의 '이 말삼 아니면 사람이라도 사람 아니니', '형제가 불화하면 개돼지라 하리라', '같은데 불공하면 어디가 다를고' 등의 표현을 통해 인간으로서 도리를 지키지 않는 삶의 태도를 경계하고 있다. 또한 '사람 사람마다 이 말삼 드러사라', '한 마암에 두 뜻 업시 속이지나 마옵사이다' 같은 표현을 통해 오륜을 지키며 바람직하게 살아갈 것을 권고하고 있다. 따라서 이 글은 삶의 태도에 대한 경계와 권고의 의도를 드러내 준다고 할 수 있다.

오답 체크 |

② (가)는 〈제2수〉부터 〈제6수〉까지 관념적 덕목(유교의 오륜)을 열거하고 있다. 하지만 이것은 지켜야 할 도리를 제시한 것이지, 각각이 지닌 모순점을 밝히고 있는 것은 아니다.

③ 이 글을 통해 화자의 개인적인 생각은 드러나 있지만, 이러한 생각을 드러내기 위해 개인적 체험에서 얻은 깨달음을 드러내지는 않고 있다.

④ 이 글을 통해 자연물이 지닌 덕성을 부각하여 인간적 삶에 대한 긍지를 드러내는 내용은 찾아볼 수 없다.

⑤ 이 글은 유교적인 사회 질서를 확립하려는 의도에서 지어진 작품으로 사람들 사이의 관계를 의식하지 않는 삶을 옹호하는 것이 아니라, 사람들 사이의 바람직한 관계를 형성하는 삶을 강조하고 있다.

3 ②

정답 해설 | 제3수에 '벌'과 '개미'는 주인에 대한 종의 의리를 강조하기 위한 사례로 제시한 것이지, 가족을 위한 백성들의 근면성을 강조하기 위해 제시하지는 않고 있다.

오답 체크 |

① '이 말삼'은 제2수에서부터 제6수에 제시한 내용으로, 제2수에서 제6수에서는 사람으로서 지켜야 기본적인 도리인 오륜에 대해 제시하고 있다.

③ '한 마암애 두 뜻 업시'는 신하는 임금에 대한 마음은 오직 하나이어야 한다는 말로, 임금에 대한 일편단심을 강조한 것이라 할 수 있다.

④ '손이시나 다르실가'는 지아비가 손과 다를 것이 없다는 말로, 지어미가 지아비를 대할 때는 손님인 것처럼 공경해야 함을 강조한 말이라 할 수 있다.

⑤ '어디가 다를고'는 '어디가 다르겠는가?'라는 설의적 표현으로, 앞에 언급된 '개돼지'와 비교하여 '불공하면' '개돼지'와 마찬가지라는 의미이다. 따라서 '어디가 다를고'는 어른에게 공경하지 않으면 짐승과 다를 바가 없음을 드러내어 공경의 태도를 강조한 것이라 할 수 있다.

4 ②

정답 해설 | 〈제4수〉는 '반상을 들오되 눈썹에 마초이다(거안제미)'를 통해 남편을 섬기는 아내의 도리를 노래하고 있으므로, 아내가 추구해야 할 윤리적 가치를 정당화한다고 볼 수 있다. 하지만 〈제4수〉는 화자가 상황을 전달하는 것이지, 지아비와 지어미의 문답 방식은 나타나지 않는다.

오답 체크 |

① 〈제3수〉는 여왕벌이나 여왕개미를 위해 최선을 다하는 일벌과 일개미의 생태로부터 주인(임금)에 대한 종(신하)의 도리라는 윤리적 실천의 주체가 추구해야 하는 가치를 유추하고 있다.

③ 〈제5수〉의 초장에서 아우가 '형님 자신 젖을 내 조처 먹나이다'라고 말하는데 여기서 '젖'은 자식에 대한 어머니의 사랑을 상징하는 시어로 볼 수 있다. 〈제5수〉에서 형님과 아우는 이를 화제로 삼아 대화를 나누고 있다.

④ 〈제5수〉의 '개돼지'는 오륜을 지키며 실천하는 바람직한 사람과 대비되는 존재를 비유한 표현이다.

⑤ 〈제6수〉의 초장에서 '늙은이'는 부모에, 어른은 '형'에 빗대어져 쓰이고 있다. 그리고 종장에서 '나이가 많으시거든 절하고야 마로리이다'라며 장유유서(長幼有序)의 도리를 정당화하고 있다. 즉 비유적 표현을 통해 사회 윤리가 가정 윤리와 연결되어 있음을 보여 주고 있는 것이다.

5 ②

정답 해설 | 이 글의 '이 덕을 갚흐려 하니 하늘 가이 업스샷다'와 〈보기〉의 '부모 효도ㅎ여라'를 통해, 부모에게 효를 실천할 것을 드러내고 있다. 하지만 〈보기〉를 통해 부모님이 돌아가신 후 청자가 느낄 회한을 언급하면서 효의 실천을 강조하지는 않고 있다.

오답 체크 |

① 〈보기〉에서는 '오조도 반포'라고 동물의 행위를 언급하면서 부모에게 효를 해야 한다는 교훈을 효과적으로 전달해 주고 있다.

③ 제2수의 '이 덕을 갚흐려 하니 하늘 가이 업스샷다'에서 '이 덕'은 부모님의 은덕을 지시하는 시어라 할 수 있다. 하지만 〈보기〉에서는 부모님의 은덕을 지시하는 시어가 나타나지 않는다.

④ 제2수의 '이 덕을 갚흐려 하니 하늘 가이 업스샷다'와 〈보기〉의 '오조도 반포롤 ㅎ니 부모 효도ㅎ여라'를 통해, 부모님에 대한 효를 강조하고 있음을 알 수 있다.

⑤ 제2수의 '부모곧 아니시면 내 몸이 업실랏다'와 〈보기〉의 '부모곳 아니면 이 몸이 이실소냐'를 통해, 효를 실천할 것을 드러내고 있다. 따라서 제2수와 〈보기〉 모두 부모에게 효도할 것을 강조한다고 할 수 있다.

| 1 | ③ | 2 | ② | 3 | ④ | 4 | ④ | 5 | ⑤ |

신흠, 「방옹시여」

작품 감상

이 작품은 작가인 신흠이 광해군 때 일어난 계축옥사로 벼슬에서 물러나 은거하던 시기에 창작한 시조 작품들을 모아 놓은 것이다. 시조의 제목인 '방옹시여'에서 '방옹'은 '조정에서 밀려난 노인', 즉 작가 자신을 가리키고, '시여'는 시가를 뜻한다. 이 작품에서는 은자로서의 자족감이나 자긍심을 표현한 작품들과 자신을 아껴 준 선왕(선조)에 대한 그리움과 연모의 정을 표현한 작품들로 이루어졌는데, 자연 속에서의 청빈한 생활과 유교적 충의 사상을 연결하여 품격 있게 표현하고 있다. 또한 변함없는 자연의 질서에 대한 감탄과 속세의 명리에 대한 부정적 태도도 보여 주고 있다.

작품 분석
1. 작품 개관

갈래	연시조
성격	낭만적, 탈속적, 자연친화적
제재	자연, 임
주제	속세를 벗어난 전원생활의 정취와 연군의 정

2. 짜임

1수	자연에서의 은거 생활에 대한 만족감
8수	자연에서 안빈낙도하는 삶의 만족감
17수	봄날에 더욱 깊어지는 임을 향한 그리움
18수	비 온 뒤 느끼는 임으로 인한 시름
19수	낙엽 소리로 촉발된 임을 향한 그리움

3. 특징
① 산촌의 정경을 감각적 이미지를 통해 표현하고 있다.
② 설의적 표현, 영탄적 표현, 음성 상징어를 사용하여 화자의 정서와 상황을 효과적으로 드러내 주고 있다.

〈보기〉 작자미상, 「벽사창(碧紗窓)이~」

작품 감상

이 작품은 창밖의 그림자를 임으로 착각한 것이 시작(詩作)의 동기가 된 사설시조로, 임에 대한 그리움을 해학적으로 표현하고 있다.

작품 분석
1. 작품 개관

갈래	사설시조
성격	해학적, 연정적
제재	임
주제	임을 기다리는 여인의 애타는 마음

2. 짜임

초장	임이 온 줄 알고 밖으로 나간다.
중장	그림자를 임으로 착각한다.
종장	임으로 착각한 것을 겸연쩍어한다.

3. 특징
① 화자가 여성임을 드러내는 소재가 사용되고 있다.
② 대상을 비유적으로 표현하고 있다.
③ 자신의 상황을 희화화하여 웃음을 유발하고 있다.

1 ③

정답 해설 | (다)의 초장에서는 한식날 봄비가 내린 후에 봄빛이 퍼져 있는 정경을, 중장에서는 때에 따라 꽃과 버들이 활짝 핀 모습을 제시하고 있다. 그리고 종장에서는 때에 핀 꽃과 버들과 달리 화자 자신을 떠나가서 돌아오지 않는 임에 대한 안타까움의 정서를 드러내고 있다. 따라서 (다)에서는 선경 후정의 전개 방식을 통해 화자의 내면을 드러냈다고 할 수 있다.

오답 체크 |

① (가)에서 화자는 산촌에 찾아올 사람이 없다고 하면서 일편명월만이 자신의 벗임을 드러내고 있다. 따라서 (가)에서는 달빛을 벗 삼아 산촌에서 지내는 심정을 독백조로 노래하고 있지, 대상과의 문답을 통해 시상을 심화하는 내용은 찾아볼 수 없다.

② (나)에서 화자는 비록 작은 수간모옥에서 살아가고 있지만, '만산 나월'이 다 자기 것이라 여기고 있다. 따라서 (나)에서 화자는 자연을 즐기는 현재 처지에 대한 만족감을 드러내고 있지, 과거와 대비하여 현재의 자신의 삶의 태도를 암시하지는 않고 있다.

④ (라)에서는 연꽃이 피어 있는 연못가에서 임을 그리워하며 깊은 시름에 젖어 있는 화자의 상황이 드러나 있다. 하지만 화자가 자신의 시름을 자연물에 투영하여 드러내는 감정 이입은 찾아볼 수 없다.

⑤ (마)에서 화자는 낙엽이 떨어지는 소리를 듣고 임이 찾아오는 소리로 착각하고 있는데, 이러한 화자의 상황은 임을 그리워하는 간절한 마음을 보여 준다고 할 수 있다. 하지만 낙엽을 의인화하지도 않고 있고, 낙엽이 지닌 속성들을 점층적으로 나열하지는 않고 있다.

2 ②

정답 해설 | 〈보기〉에 의하면, 이 글은 정계에서 축출된 작가가 자연에 은둔하며, 임금을 그리워하고, 세상사에 대한 근심을 풀 길 없어 노래를 불러 보고자 하는 면면을 드러내고 있다고 볼 수 있다. 따라서 '일편명월'은 작가의 분신이라기보다 작가가 지향하고자 하는 자연 세계의 한 부분으로 자신의 고독한 처지를 부각하는 자연물이자, 유일하게 벗이 되어줄 만한 자연물로서의 '달'이라고 할 수 있다.

오답 체크 |

① '산촌'은 작가가 지향 내지 은둔하고자 하는 공간으로 세상과 대비되는 공간을 의미한다고 볼 수 있다.

③ 〈보기〉에 의하면 이 글은 연군의 시조로 볼 수 있으며, 이에 따라 '임'은 임금으로 파악된다고 할 수 있다. 이렇게 볼 때, '유한ᄒᆞᆫ 간장이 다 끈칠ᄌᆞ ᄒᆞ노라'에는 임금에 대한 그

리움과 안타까움을 담은 신하의 심정이 함축되어 있다고 볼 수 있다.

④ 정계에서 축출된 작가의 처지를 고려한다면 '시름'은 어지러운 시대를 살아가며 생기는 세상사에 대한 염려나 작가의 복잡한 심경 등을 의미한다고 볼 수 있다.

⑤ '만산 나월'은 자연을 의미하고, 이러한 자연이 다 화자 자신의 것이라 하고 있으므로, 이는 〈보기〉에서 언급된 화자의 자연 지향 태도를 보여 준다고 할 수 있다.

3 ④

정답 해설 | (다)의 '봄빗'은 시상 전개상 '꽃과 버들'이 때를 알아 활짝 핀 것을 비유한 것이라 할 수 있다. 화자는 이처럼 때를 알아서 활짝 핀 꽃과 버들을 보면서, 종장에서 이들과 달리 '님'은 가고 오지 않는다며 탄식하며 안타까움을 드러내고 있다. 이를 볼 때, '봄빗'은 '님'에 대한 화자의 그리움을 불러일으키는 계기로 볼 수 있으므로 ⓑ와 연관된 시어라 할 수 있다.

오답 체크 |

① (가)의 '눈'은 '돌길'을 묻히게 하여 아무도 찾아올 수 없게 해 주는 역할, 즉 '눈'은 화자가 거주하는 은거지와 속세를 차단하는 기능을 한다고 할 수 있다. 이렇게 볼 때, '눈'은 은자로서의 자족감이나 자긍심과는 직접적으로 연결된다고 볼 수 없다. 또한 〈보기〉의 '선조 사후에 정계에서 밀려남'이라는 내용을 통해 화자의 은거가 자발적이 아닌 타의에 의해 이루어진 것으로 볼 수 있으므로 적절하지 않다.

② 화자는 비록 '수간 모옥'에 거주하면서 종장에서 보이듯이 '만산 나월'이 자기 것이라 여기는 만족감을 보여 주고 있다. 따라서 '수간모옥'은 화자의 답답한 심정이 투영된 것이 아니라 은자로서의 만족감이 내포된 소재라 할 수 있으므로 적절하지 않다.

③ (나)에서 화자는 '만산 나월'이 자기 것이라 여기는 만족감을 드러내고 있으므로 '만산 나월'은 은자로서의 만족감을 드러낸 시어라 할 수 있다. 하지만 (나)에서 화자는 임과의 이별로 인한 안타까움을 드러내지는 않고 있으므로, '만산 나월'을 '님'이 부재한 상황을 절감하는 소재라고 한 내용은 적절하지 않다.

⑤ (라)에서는 임에 대한 그리움으로 인한 화자의 시름을 드러낸다는 점에서, '부용 당반'을 '님'으로 표상되는 선왕에 대한 그리움과 연모의 정과 연관된 시어로 이해할 수 있다. 하지만 '님'이 현재 부재하는 상황이므로, '부용 당반'을 화자가 연모하는 대상과 함께 지내는 공간이라는 내용은 적절하지 않다.

4 ④

정답 해설 | (마)의 초장에서 화자는 '워석버석'한 소리를 임이 온 소리로 착각하고 있고, 중장에서 화자의 착각을 야기한 '워석버석'한 소리의 대상이 난초가 자라난 지름길 위의 '낙엽'이라는 것을 제시하고 있다. 하지만 (마)에서 낙엽에 대한 구체적인 묘사는 찾아볼 수 없다. 그리고 〈보기〉의 중장에서 화자의 착각을 야기한 낙엽을 봉황이 깃을 다듬는 '그림자'라고 비현실적으로 과장하여 묘사하고 있지만, 착각을 야기한 낙엽에 대해 비판하지는 않고 있으므로 적절하지 않다.

오답 체크 |

① (마)의 초장에서는 '워석버석'이라는 소리로 청각적 자극이, 〈보기〉의 초장에서는 '어른어른커놀'이라는 시각적 자극이 화자의 착각을 불러일으키는 원인이 되고 있다.

② (마)의 초장에서는 '워석버석'한 소리를 듣고 '님이신가 이러 보니'라는 화자의 모습이, 〈보기〉의 초장에서는 '어론어론커늘'하는 모습을 보고 '님만 너겨 풀쩍 니러나 쭉짝 나셔 보니'라는 화자의 모습이 드러나 있다. 따라서 (마)의 초장과 〈보기〉의 초장에서는 모두 창밖의 변화에 즉각적으로 반응하는 화자의 모습이 드러난다고 할 수 있다.

③ (마)의 중장에 제시된 '워석버석'한 소리의 주체인 '낙엽'과 〈보기〉의 중장에 제시된 '어론어론커늘'하는 주체인 '그림자' 모두 화자의 착각을 불러일으킨 대상으로 볼 수 있다.

⑤ (마)의 종장에서는 '유한훈 간장이 다 끈칠싸 ㅎ노라'라며 '님'과 이별한 화자 자신의 상황에 대한 내면적 고통을 토로하고 있다. 그리고 〈보기〉의 종장에서는 '눔 우일 번ㅎ여라'라며 화자가 타인의 평가와 조소를 의식하고 있음을 드러내고 있다.

5 ⑤

정답 해설 | (가)의 내용을 볼 때, '눈'은 '돌길'을 묻히게 하여 아무도 찾아올 수 없게 해 주는 역할을 한다고 볼 수 있다. 즉 화자가 거주하는 은거지와 속세를 차단하는 역할을 '눈'이 해 준다고 할 수 있다. 그리고 (다)의 내용을 통해 봄이 되어 핀 '화류'는 '가고 아니 오눈' '우리의 님'과 대비되는 자연물이라 할 수 있다. 따라서 '화류'는 화자로 하여금 '님'이 오지 않는 상황에 대한 안타까움과 '님'에 대한 그리움의 심정을 심화시켜 준다고 할 수 있다.

정인지 외, 「용비어천가」

작품 감상

이 작품은 훈민정음으로 기록된 최초의 노래로, 총 125장으로 구성되어 있으며 조선 건국의 당위성과 영원무궁한 발전을 송축하는 내용을 담고 있다. 이 글에 실린 〈제2장〉은 다른 장들과 달리 순우리말을 사용하고 있고, 또한 문학적 상징과 비유의 방식도 탁월하다는 평가를 받고 있다. 그리고 「용비어천가」의 마지막 장인 〈제125장〉은 다른 장들이 2절 4구(〈제1장〉은 제외)인 것과 달리 3절 9구의 형식으로 되어 있는 특징이 있다. 이 장에서는, 국운에 대해 송축하면서 하나라 태강왕고사를 인용하여 후대 왕들에 대한 경계의 내용을 담아내고 있다.

작품 분석

1. 작품 개관

갈래	악장
성격	찬양적, 송축적
제재	뿌리, 샘, 임금
주제	조선 개국의 정당성과 왕조의 번영 송축 및 후대에 대한 권계

2. 짜임

제2장	조선 왕조의 번성과 무궁한 발전 기원
제125장	후대 왕에 대한 경계-경천근민

3. 특징

① 주로 2절 4구의 대구 형식을 취하고 있다.

② 제2장은 고도의 비유적 표현이 고유어로만 쓰였다는 점에서 가장 문학성이 뛰어나다.

③ 대구법, 영탄법, 설의법 등 다양한 수사법을 사용하여 화자의 태도를 효과적으로 드러내고 있다.

맹사성, 「강호사시가」

작품 감상

이 작품은 작가가 벼슬에서 물러나 고향에 머물 때 지은 우리나라 최초의 연시조로, 자연에서의 한가롭고 만족스러운 생활을 사계절의 흐름과 임금에 대한 충의와 결부하여 노래하고 있다. 특히 이 작품에는 마지막 구절을 '역군은이샷다'로 반복하고 있는데, 이를 통해 임금의 은혜를 잊지 않고 있음을 드러냄으로써 태평성대에 유유자적하는 사대부의 전형적인 모습을 엿보게 해 주고 있다.

작품 분석

1. 작품 개관

갈래	연시조
성격	풍류적, 낭만적
제재	사계절(봄, 여름, 가을, 겨울)의 정취
주제	자연에서의 한가로운 생활과 임금의 은혜에 대한 감사

2. 짜임

제1수	강호에서 느끼는 봄의 정취
제2수	초당에서의 한가로운 여름
제3수	고기잡이하며 소일하는 가을
제4수	설경 속에서 안빈낙도하는 겨울

3. 특징

① 계절에 따라 한 수씩 노래하며, 시상을 전개하고 있다.
② 동일한 구조를 반복하여 형식을 통일함으로써 주제를 효과적으로 드러내고 있다.
③ 의인법, 대유법, 대구법 등 다양한 표현 기법을 사용하고 있다.

1 ⑤

정답 해설 | 〈제2장〉은 자연 현상을 통해 인간의 삶의 이치를 말하고는 있지만 표면에 드러난 내용은 자연 현상에 국한되어 있다. 따라서 자연 현상과 인간의 삶을 대조하여 드러낸다고 볼 수 없다. 〈제125장〉의 '낙수에~믿겠습니까'에서 하나라 태강왕의 고사를 언급하며 왕들이 지녀야 할 '경천근민'의 자세를 강조하고 있을 뿐, 자연 현상과 인간의 삶을 대조한 내용은 찾아볼 수 없다.

오답 체크 |

① 〈제2장〉의 '뿌리 깊은 나무'와 '샘이 깊은 물'을 통해, '나무', '물'의 유사한 자연의 이치가 내포된 두 사례를 열거하고 있음을 알 수 있다.

② 〈제125장〉에서 첫 행은 '-으시니'로, 2행은 '-리이다'로, 3행은 '-습니까'로 제시되고 있으므로, 행에 따라 서로 다른 종결 어미를 사용하였음을 알 수 있다.

③ 〈제125장〉의 3행 '임금하'를 통해, 이 노래의 청자 즉 수신자가 후대의 임금들임을 알 수 있다.

④ 〈제125장〉에서는 '천세', '누인개국', '복년', '성신', '경천근민', '낙수' 등에 알 수 있듯이 한자어의 사용이 비교적 많음을 알 수 있다. 하지만 〈제2장〉에서는 한자어는 사용하지 않고 순우리말만을 구사하고 있다.

2 ⑤

정답 해설 | 〈제125장〉의 '조상만 믿겠습니까'는 할아버지들의 공덕만 믿지 말라는 뜻을 설의적으로 표현한 것이지, 이전의 왕들을 믿어야만 한다는 권계를 표현한 것이라 할 수 없다.

오답 체크 |

① 〈제2장〉에서는 나라를 나무에 비유하였고, 뿌리가 깊다는 말을 통해 기초가 튼튼함을 비유하고 있다.

② 〈제2장〉에서는 작은 내가 나중에 큰 바다가 되듯이 나라도 그렇게 발전할 것이라는 의미를 전달하고 있다.

③ 〈제125장〉에서는 '한강 북녘'이 천 년 전에 미리 정해졌다고 하는 것은 조선의 건국이 이미 오래전부터 예정되어 있었다는 의미를 담고 있다.

④ 〈제125장〉의 '복년'은 하늘이 내린 운수인데, 이것이 끝없다는 것은 나라가 무궁히 발전할 것이라는 송축의 의미를 담고 있다.

3 ②

정답 해설 |

ㄱ. 각 수 초장의 전반부에는 '강호에~이 드니'가 반복되는데, 이때 변별적인 부분은 '봄', '여름', '가을', '겨울'로, 이

처럼 각 수에서는 계절적 배경을 직접 제시함으로써 시상을 열고 있다.

ㄹ. 각 수 종장의 마지막 어절은 '역군은이샷다'라는 시어가 동일하게 반복되면서 자연을 즐기는 가운데 임금의 은혜를 생각하는 화자의 모습을 강조하고 있다.

오답 체크 |

ㄴ. 〈제1수〉의 초장 후반부에는 내면적 감흥이 드러났으나 구체적 사물을 통해 표현되지 않았고, 다른 수에서는 이러한 표현을 찾아볼 수 없다.

ㄷ. 〈제1수〉, 〈제2수〉, 〈제3수〉의 중장에서는 주변의 자연 풍광을 묘사하고 있다. 하지만 〈제4수〉의 중장인 '삿갓 빗기 쓰고 누역으로 오슬 삼아'는 자연 풍광을 묘사한 것이 아니라 화자 자신의 모습을 그린 것이기에 적절하지 않다.

4 ②

정답 해설 | 제2수와 제3수의 B에는 각각 '초당'에서 화자가 느끼는 한가로움과 '고기'라는 자연물을 바라보고 있는 화자의 모습이 제시되어 있을 뿐 자연 경관에 대한 화자의 평가는 드러나지 않는다.

오답 체크 |

① 제1수에서 제4수의 A에는 '봄, 여름, 가을, 겨울'과 같은 계절이 드러나 있으므로 적절하다.

③ 제1수와 제3수의 C에는 각각 막걸리와 물고기를 안주삼아 냇가에서 노니는 화자의 삶의 모습과 배를 타고 그물을 던지고 있는 화자의 삶의 모습이 드러나 있으므로 적절하다.

④ 제1수와 제2수의 D에는 각각 초장과 중장의 상황 속에서 화자가 느끼고 있는 상태인 한가로움과 서늘함이 제시되어 있으므로 적절하다.

⑤ 제1수에서 제4수의 E에는 D를 가능하게 해주는 존재로 임금님을 공통적으로 제시하고 있으므로 적절하다.

5 ④

정답 해설 | (나)에서 '강파'와 '바람' 등은 자연물이고 '소정'과 '그물' 등은 인공물이지만, 이들은 서로 대립하고 있지는 않다. 오히려 인공물인 '소정'과 '그물'은 자연을 즐기기 위한 수단이라는 점에서 자연물인 '강파'나 '바람' 등과 마찬가지로 강호에서 자연과 하나 되어 유유자적하며 살아가는 화자의 삶을 보여 주는 소재라고 볼 수 있다. 또한 (나)에서 화자는 '사'와 '대부'라는 정체성 사이에서 고뇌하고 있지 않으며, '사'와 '대부'라는 정체성이 조화를 이룬 상태에서 선비로서 자연을 즐기는 개인적 삶을 살아가는 동시에 임금의 은혜를 생각하는 신하로서의 면모도 보여 주고 있다.

오답 체크 |

① '나무'와 '물'은 튼튼한 근원을 지닌 존재로, 조선의 기틀이 튼튼함을 비유적으로 드러내면서 조선의 왕업이 영원무궁할 것임을 송축하고 있다.

② '경천근민'은 하늘을 공경하고 백성을 대함에 있어 늘 성실해야 함을 뜻하는 것으로, 왕들이 지켜야 하는 덕목을 부각한 것이다. 이는 관직 수행을 목표로 하는 대부로서 신하의 태도를 보여 주는 것으로, 정치적 의식을 드러낸 것이라 할 수 있다.

③ (나)에서 화자는 각 수의 종장에서 매번 '역군은이샷다'를 반복하고 있다. 이는 앞에서 진행되어 오던 강호 한정의 개인적 삶도 임금의 은혜임을 드러낸 것으로, 신하로서 정치적 성격을 보여 주는 것이라 할 수 있다.

⑤ (가)의 '한강 북녘'은 조선의 새로운 수도로서의 한양을 의미하는 것으로, 정치적 의미를 담고 있다. 반면 (나)의 '강호'는 자연을 벗하며 한가로운 정서를 누릴 수 있는 개인적 삶의 공간인 동시에, 임금의 은혜를 생각한다는 점에서 정치적 의미 역시 드러내는 공간이라 할 수 있다.

16 전원사시가 신계영

074~075쪽

1	①	2	③	3	④	4	④	5	⑤

신계영, 「전원사시가」

작품 감상

　이 작품은 사계절의 순서에 따라 시상을 전개하고 있는 총 10수의 연시조이다. 이 시조에서는 전원에 묻혀 자연과 더불어 사는 생활과 그 가운데 느끼는 즐거움을 춘하추동의 순서로 노래하면서도, 세월의 흐름과 그에 따른 늙음에 대하여 안타까움을 표출해 주고 있다. 이 시의 구성을 보면, 눈 녹고 매화가 지는 봄을 맞이하는 모습이 드러난 제1수와 제2수, 녹음이 우거진 한적한 여름의 모습을 드러낸 제3수와 제4수, 가을을 맞아 흥을 즐기는 모습을 드러낸 제5수와 제6수, 눈이 쌓인 겨울의 모습을 드러낸 제7수와 제8수, 한 해를 보내며 세월의 흐름을 안타까워하는 심정을 노래한 제9수와 제10수로 구성되어 있다.

작품 분석

1. 작품 개관

갈래	연시조
성격	전원적, 한정적
제재	사계절의 정취
주제	전원에서의 유유자적한 삶과 늙음에 대한 안타까움

2. 짜임

제2수	늦봄의 정경
제3수	녹음이 깊어 가는 한가로운 여름의 모습
제6수	가을에 느끼는 흥겨운 정취
제7수	눈 내리는 겨울의 모습
제9수	세월의 흐름에 대한 안타까움

3. 특징

① 감각적 이미지를 활용하여 각 계절의 정취를 형상화하고 있다.
② 각 수 종장에 '아히야'를 반복하여 형식적 통일감과 운율감을 형성하고 있다.

〈보기〉 황희, 「사시가」

작품 감상

　이 작품은 봄, 여름, 가을, 겨울로의 계절의 변화에 따른 자연의 모습과 그 속에서의 풍류를 노래하고 있다.

작품 분석

1. 작품 개관

갈래	연시조
성격	자연친화적, 풍류적
제재	사시(봄, 여름, 가을, 겨울)
주제	사계절 자연의 모습과 그 속에서 살아가는 삶과 풍류

2. 짜임

제1수	봄날의 분주한 일상
제2수	여름날의 유유자적한 삶
제3수	가을날 농촌의 풍요로움과 흥겨움
제4수	겨울날의 고요한 정취

3. 특징

① 의인법을 사용하여 대상의 모습을 드러내고 있다.
② 대구법을 사용하여 풍요로운 가을의 모습을 보여 주고 있다.
③ 설의적 표현을 사용하여 인물의 정서를 강조해 주고 있다.

〈보기〉 김득연, 「산중잡곡」

작품 감상

이 작품은 아름다운 자연 속에서 살아가는 화자의 즐거움과 만족감을 드러내는 전 49수의 연시조이다. 작품의 전체를 이루고 있는 시조들은 대부분 평시조의 형태를 충실하게 취하고 있으며 일관성 있는 주제, 안정된 시상 등을 지니고 있어 그 문학성이 높게 평가된다.

작품 분석

1. 작품 개관

갈래	연시조
성격	전원적, 풍류적
제재	자연에서의 삶
주제	자연에 묻혀 한가롭게 사는 즐거움과 만족감.

2. 짜임

초장	늙은이가 늙은이를 만나 반갑고 즐거워 한다.
중장	
종장	매일 만나서 즐기고자 한다.

3. 특징

① 시어를 반복하여 상황을 강조해 주고 있다.
② 화자의 정서가 직접적으로 표출되고 있다.

1　①

정답 해설 | 〈제2수〉에서 〈제7수〉까지는 '아히야'가 반복되고 있는데, 이러한 부르는 말을 통해 봄, 여름, 가을, 겨울에 느끼는 화자의 감정을 드러내 주고 있다.

오답 체크 |

② 이 글에서 자연에서 느끼는 화자의 흥취는 드러나 있지만 이를 역설적 표현을 통해 강조하지는 않고 있다.

③ 이 글을 통해 상승적 이미지는 찾아볼 수 없다.

④ 이 글을 통해 점층적 표현은 찾아볼 수 없다.

⑤ 이 글을 통해 음성 상징어는 찾아볼 수 없다.

2　③

정답 해설 | ⓐ는 '새해 온다 즐겨 마라'라는 화자의 충고를 통해, ⓑ는 '낙대에 재미가 깁도다'를 통해, 모두 현재의 상황에 즐거움을 느끼는 대상임을 알 수 있다.

오답 체크 |

① ⓑ는 자연 속에서의 삶을 즐기고 있는 대상으로 화자와 상반된 태도를 취한다고 볼 수 없으므로 적절하지 않다.

② ⓐ는 화자가 추구하는 바를 이루어 줄 수 있는 대상으로 볼 수 없으므로 적절하지 않다.

④ ⓑ는 화자가 과거를 돌아보게 하는 대상이 아니므로 적절하지 않다.

⑤ ⓑ는 화자가 긍정적으로 인식하는 대상이므로 적절하지 않다.

3　④

정답 해설 | [A]에서 화자는 아이들에게 새해 온다고 즐거워하지 말라고 하면서, 새해를 즐겨 하다가 백발이 되었다고, 즉 늙게 되었다고 말하고 있다. 이렇게 볼 때 화자는 새해를 부정적으로 바라보면서, '아히돌'에게도 새해가 오는 것을 즐거워하지 말라고 훈계하고 있다고 할 수 있다. 반면에 〈보기〉에서는 '늘그니'가 다른 '늘그니'를 만나 반갑고 즐거워서 늙은 줄을 모르겠다고 하면서, 매일 만나 즐기고 싶은 마음을 드러내고 있다. 즉 화자는 늙은 처지에 있는 상대방을 만나게 된 기쁨을 표출하고 있는 것이라 할 수 있다. 이렇게 볼 때, 가장 적절한 것은 ④라 할 수 있다.

오답 체크 |

① [A]에서 '소년'과 '백발'을 통해 젊음과 늙음을 대조적으로 제시했다고 볼 수 있지만, 〈보기〉에서는 늙은이인 화자가 같은 늙은이인 대상을 만난 반가움이 제시되었을 뿐 젊음과 늙음을 대조하지는 않고 있다.

② [A]의 화자는 자신이 새해를 즐겨하다가 백발이 되었다고 하여 늙은 자기 모습에 대해 부정적으로 인식하고 있다. 반

면 〈보기〉에서는 자신이 늙은 것에 대해 부정적으로 인식하는 모습은 드러나지 않고 있다.

③ [A]의 종장을 통해 세월의 흐름이 빠르다는 것을 엿볼 수 있지만, 세월의 흐름이 빠르다는 것을 구체적인 대상에 빗대어 표현하지는 않고 있다. 그리고 〈보기〉에서는 세월의 빠름과 관련된 내용은 찾아볼 수 없다.

⑤ [A]에서 화자가 아이들처럼 새해를 즐거워하였다는 과거를 엿볼 수 있지만, 과거에 대한 책임을 아이들에게 전가하지는 않고 있다. 그리고 〈보기〉에서는 같은 처지를 만나는 것에 대한 반가움과 기쁨은 드러내고 있지만, 같은 늙은이를 통해 삶에 대한 깨달음을 얻는 태도는 나타나지 않고 있다.

4 ④

정답 해설 | '제6수'에서 화자는 중양절을 맞이하여 올벼로 빚은 술이 다 익었는지를 물어보면서, 술이 다 익었으면 안줏감을 준비하도록 아이에게 이르고 있다. 이렇게 볼 때, ㉣의 '자해', '황계'는 화자의 미각을 돋우는 소재로 제시되었음을 알 수 있다. 그리고 이를 통해 가을을 맞이한 화자가 풍류를 즐기고자 하는 흥취를 엿볼 수 있다.

오답 체크 |

① ㉠에서는 빛이 잘 드는 언덕의 긴 풀을 통해 봄날의 풍경을 드러내 주고 있으므로, 화자가 바라보는 현실의 세계이지 초월적인 세계라고 볼 수 없다.

② ㉡에서는 꽃이 다 진 후 녹음이 깊어가는 여름이 되었음을 드러낸 표현으로, 봄에서 여름으로 계절이 바뀌었음을 보여 주는 표현으로 볼 수 있다. 따라서 ㉡에는 여름이라는 계절에 대한 화자의 인식을 드러내고는 있지만, 화자가 꽃이 진 것에 안타까움을 드러내지는 않고 있다.

③ '제6수'에서 화자는 녹음이 짙은 대낮의 고촌(고요한 마을)에 닭이 우는 상황을 드러내면서, 긴 졸음을 깨우도록 아이에게 계면조(노래)를 부르라 하고 있다. 이처럼 화자가 ㉢에서 아이에게 계면조를 불러 긴 졸음을 깨우도록 한 것은 전원에서의 한가로움을 드러내기 위한 것이지, 시름을 일시적으로 잊기 위해서라고는 보기 어렵다.

⑤ '제7수'의 종장에서 화자는 아이에게 두죽이 익었느냐고 물으면서 두죽이 익었으면 먹고 자겠다고 말하고 있다. 이렇게 볼 때, ㉤은 겨울의 저녁 시간이 되었음을 드러내는 표현이지, 이를 통해 세속과 타협하지 않으려는 화자의 의지가 표현된 것으로는 보기 어렵다.

5 ⑤

정답 해설 | 〈보기〉에서는 사계절의 추이에 맞추어 시상을 전개하는 '사시가'가 지닌 일반적인 요건에 대해 설명하고 있

다. 그런데 이 글을 보면 각 연에 계절적 모습을 제시하면서, 그에 따른 화자의 전원생활의 한가로움과 흥을 즐기고 있음을 알 수 있다. 따라서 〈보기〉에서 설명하고 있는 일정하게 순환하는 자연의 모습이 드러난다고는 할 수 있지만, 자연의 이치와 그러한 자연의 이치를 삶에 구현하지 못하는 인간을 대비하고 있지는 않고 있다.

오답 체크 |

① 이 글의 〈제2수〉에는 봄이, 〈제3수〉에는 여름이, 〈제6수〉에는 가을이, 〈제7수〉에는 겨울이 제시되어 있어 사계절의 추이가 나타난다고 할 수 있으므로, 〈보기〉에서 설명한 '사시가'의 요건을 갖추었다고 할 수 있다.

② 〈제2수〉, 〈제3수〉, 〈제6수〉, 〈제7수〉의 종장에서 '아희야'가 제시되고 있는데, 이는 〈보기〉에서 설명한 연 사이의 유기성을 부여하는 것이라 할 수 있다.

③ 〈제2수〉, 〈제3수〉, 〈제6수〉, 〈제7수〉에서는 계절이 다루어지고 있는데, 이들 모두 앞에서는 자연의 모습을 제시한 다음 종장에서 화자의 반응을 드러내고 있으므로 적절하다고 할 수 있다.

④ 〈제2수〉에 드러난 소를 먹여 논밭을 가는 것과 〈제6수〉에 드러난 가을에 올벼로 빚은 술을 찾는 것은, 계절의 변화에 따른 세상살이의 모습을 드러낸 일상의 풍경을 보여 주는 것이라 할 수 있다.

17 도산십이곡 이황   076~081쪽

| 1 | ④ | 2 | ③ | 3 | ④ | 4 | ③ | 5 | ⑤ |
| 6 | ④ | 7 | ② | 8 | ② | 9 | ⑤ | 10 | ① |

이황, 「도산십이곡」

작품 감상

이 작품은 작가인 이황이 벼슬을 사직하고 고향인 안동으로 돌아와 도산 서원을 세우고 학문에 열중하면서 후진을 양성할 때 지은 연시조이다. 총 12곡으로 이루어져 있으며, 작가가 전 6곡을 '언지(言志)', 후 6곡을 '언학(言學)'이라 이름 붙였다. 전 6곡 '언지'에서는 속세를 떠나 자연에 묻혀 사는 화자의 모습과 자연과 더불어 살면서 일어나는 감흥을 노래하고 있으며, 후 6곡인 '언학'에서는 학문 수양에 임하는 심경과 자세를 드러내고 있다.

작품 분석

1. 작품 개관

갈래	연시조
성격	자연 친화적, 교훈적
제재	자연, 학문
주제	자연 친화적 삶의 추구와 학문 수양의 길에 대한 변함없는 의지

2. 짜임

언지	제1~6수	도산서원 자연경관의 감흥
언학	제7~12수	학문 수양에 임하는 심경

3. 특징

① 전반부(언지)와 후반부(언학)로 나누어 자연 친화적 삶의 태도와 학문 수양의 의지를 표현하고 있다.
② 동일한 구문의 반복과 유성음의 사용을 통해 운율을 형성하고 있다.
③ 중국 문학을 차용한 곳이 많고, 생경한 한자어가 많이 차용되고 있다.

1 ④

정답 해설 | 〈제1수〉, 〈제2수〉, 〈제5수〉, 〈제6수〉의 초장과 〈제3수〉와 〈제4수〉의 초장과 중장에서 대구법이 사용되었음을 알 수 있다. 화자는 이러한 대구법을 사용하여 자연 친화적 삶에 대한 지향을 효과적으로 드러내 주고 있다.

오답 체크 |
① 이 글에서 화자가 특정 장소로 이동하는 공간의 이동은 드러나지 않고 있고, 이에 따른 화자의 심경 변화도 드러나지 않고 있다.
② 이 글에서 공감각적 이미지를 활용하고 있는 부분은 찾아볼 수 없다.
③ 〈제5수〉에서 '갈매기, 교교백구'라는 시적 대상이 드러나지만, 이러한 시적 대상에게 말을 건네지는 않고 있다.
⑤ 이 글에서는 '천석고황' 같은 한자 성어나 '연하, 순풍, 유란' 등의 한자어가 많이 사용되었으므로, 순우리말 어휘를 주로 사용하였다고는 볼 수 없다.

2 ③

정답 해설 | 〈제3수〉의 시적 대상은 '순풍'과 '인성'으로 표현된 세상의 순박한 풍습과 사람들의 어진 품성이라 할 수 있고, 〈제4수〉의 시적 대상은 '유란', '백운', '피미일인(그리운 임금)'이라 할 수 있다. 따라서 제3수의 시적 대상을 제4수에서도 반복적으로 다룬다는 내용은 적절하지 않다.

오답 체크 |
① '초야우생'이라는 말을 통해 자신의 삶을 드러내고, '천석고황을 고쳐 무슴 흐료'라는 말로 삶의 지향을 제시하며 '자연 친화적 삶의 추구'라는 주제 의식을 환기하고 있다.
② 〈제2수〉에는 태평성대 속에서 자연을 벗 삼아 허물없이 살기를 바라는 개인적 소망이 드러난다. 〈제3수〉는 세상의 순박한 풍습과 사람들의 어진 품성에 주목하고 있다. 따라서 자신에 대한 관심을 사회로 확대한다고 할 수 있다.
④ 〈제4수〉에서는 골짜기에 있는 '유란'과 산에 있는 '백운'을 통해 공간의 입체감을 부여하였다. 〈제5수〉에서는 산 앞에 있는 높은 대(臺)와 그 대 아래 흘러가는 물, 무리 지어 나는 갈매기 등을 통해 공간의 입체감을 부여하였다.
⑤ 〈제6수〉의 초장에서 봄과 가을에 느끼는 계절의 감흥을 표현하고 중장에서 '사시가흥', 즉 일 년 사계절로 확대하였으며, 종장에서 우주 만물의 조화로움을 말하고 있으므로 화자의 인식이 점층적으로 확대됨을 알 수 있다.

3 ④

정답 해설 | 〈제5수〉에서 무리 지어 나는 갈매기는 자연의 일부분으로 자연에 동화되어 세상일에 무심한 화자의 심정이

투영된 대상이라 할 수 있다. 하지만 멀리 마음을 두고 있는 '교교백구'는 화자가 추구하는 자연에서 멀리 마음을 두는, 세속적인 가치를 추구하는 사람을 의미한다고 볼 수 있으므로 화자의 무심한 심정이 투영된 대상이라 할 수 없다.

오답 체크 |
① '연하'와 '풍월'은 자연을 대표하는 시어로, 화자는 이것들에 동화되어 살아가고자 하므로, 화자에게 만족감을 주는 소재라고 볼 수 있다.
② '순풍'은 '예로부터 내려오는 순박한 풍속'을, '인성'은 '사람들의 어진 품성'을 나타내는 말이므로, '순풍'과 '인성'은 화자가 추구하는 도덕적 가치라 할 수 있다.
③ '유란'은 그윽한 난을, '백운'은 흰 구름을 뜻하는 것으로, 화자가 바라보며 만족감을 느끼는 자연물이라 할 수 있다.
⑤ 꽃과 달빛은 모두 자신이 벗이 되어 즐거움을 느끼고자 하는 대상이다. 화자는 이것들이 산과 대에 가득하다고 하였는데, 이는 아름다운 꽃과 달빛이 가득한 자연의 풍경(화만산, 월만대)에서 화자가 충만감을 느끼고 있음을 표현한 것이라 할 수 있다.

4 ③
정답 해설 | 〈제4수〉에서 화자는 자연과 벗하여 살고자 하는 소망을 드러내면서 '이 중에 피미일인(彼美一人)을 더욱 닛디 못'한다고 '피미일인' 즉, 임금을 그리워하는 마음을 드러내고 있다. 그리고 〈보기〉의 '성군의 가르침을 노래하리라'를 통해 유교적 가치를 존중하는 글쓴이의 자세를 알 수 있고, '전원의 즐거움을 얻게 되면~늙은이가 되리라.'를 통해 고향으로 돌아가 전원의 별장에서 즐거운 삶을 누리고자 하는 소망을 드러내고 있다. 따라서 윗글과 〈보기〉 모두 유교적 가치를 존중하면서도 한 개인으로서의 소망을 이루려는 모습을 드러내었다고 할 수 있다.

오답 체크 |
① 이 글과 〈보기〉 모두 자연에서 지내는 삶을 살고자 하는 화자의 소망이 드러나 있는데, 이는 지배층의 핍박으로부터 도피하기 위한 것이 아니라 자연에서 사는 삶이 즐겁기 때문이라 할 수 있다.
② 이 글의 화자와 〈보기〉의 글쓴이 모두 불우한 처지에 있다고는 볼 수 없다.
④ 이 글의 화자는 자연 속에서 느끼는 즐거움을 노래하고 있지만, 이를 위해 어떤 삶의 물질적 여건이 필요함을 상정하지는 않고 있다. 그리고 〈보기〉의 글쓴이는 별장에서 전원의 즐거움을 얻고자 하는데, 이러한 전원생활이 가능하게 된 것은 별장을 물려받았기 때문이다. 하지만 이것은 자연의 즐거움을 누릴 수 있게 된 계기로서의 역할을 하는 것이

라 할 수 있다. 따라서 〈보기〉의 글쓴이가 삶의 물질적 여건의 필요성을 강조했다고는 할 수 없다.
⑤ 이 글의 화자는 속세가 아니라 자연 속에서 자연을 즐기며 살아가고 있다. 그리고 〈보기〉의 화자는 현재 속세에 살고 있지만, 전원에 있는 별장에서의 삶을 소망하며 농사짓기를 바라고 있으므로 속세를 그리워한다고 할 수 없다.

5 ⑤
정답 해설 | ⓐ는 산과 조화를 이루는 자연으로서 화자가 지향하는 삶의 자세를 일깨우면서도 임(여기서는 임금)에 대한 그리움의 정서를 환기하는 시어라 할 수 있다. 그리고 ⓑ는 자유로운 모습을 보여 주는 자연으로서 화자가 동경하는 대상이라 할 수 있다.

오답 체크 |
① '백운'이 자연의 긍정적 상황을 상징한다는 점에서 '부정적 현실을 상징'한다고 할 수 없다.
② '백운'이 산과의 조화를 이루어 '보기 좋은' 자연을 뜻한다는 점에서 삶의 변화를 드러낸다고 할 수 없다.
③ '백운'이 시간의 흐름을 보여 준다기보다는 현재 화자가 구름과 함께 산에 있는 상태임을 함축한다는 점에서 시간의 흐름을 보여 준다고 할 수 없다.
④ 임을 그리워하는 화자의 정서가 '백운'에 투영되었다는 점에서 '아쉬움', '안타까움'과는 거리가 있다. 그리고 '구름'은 화자가 생각하는 '푸른 산'에 갈 수 있으므로 '푸른 산'을 지향하는 화자의 동경이 담겨 있다고 할 수 있다.

6 ④
정답 해설 | 이 글의 '연하(煙霞)로 집을 삼고 풍월(風月)로 벗을 사마', '만권생애(萬卷生涯)로 낙사(樂事) ㅣ 무궁(無窮)하얘라', '만고(萬古)에 프르며', '주야(晝夜)에 긋지 아니는고', '우리도 그치지 마라 만고상청(萬古常靑)하리라' 등을 통해, 화자는 자연 속에 사는 삶을 드러내면서 학문 추구라는 자신이 지향하는 삶의 모습을 드러내 준다고 할 수 있다.

오답 체크 |
① 이 글을 통해 화자가 고뇌하고 있는 모습은 찾아볼 수 없다.
② 자기 과거의 잘못이나 부족함을 돌이켜 보는 것을 반성이라 하므로, 이 글에서는 자신을 반성하는 모습을 찾아볼 수 없다.
③ 이 글에서는 지향하는 삶에 대한 진지한 자세가 드러나고 있지 부정적인 현실 사회에 대한 비판은 드러나지 않고 있다.
⑤ 이 글에서 시간의 흐름에 따라 화자의 심정이 변화하는 모습은 찾아볼 수 없다.

7 ②

정답 해설 | 〈제3수〉의 '허다영재(許多英才)'는 초장과 중장에서 말한 내용, 즉 '순풍'이 죽었다는 것은 거짓말이고, '인성'이 어진 것은 옳은 말이라는 내용을 강조하기 위해 언급한 대상이다. 따라서 이러한 '허다영재'가 자연 속에서 살면서 허물없이 살고자 하는 화자의 삶의 태도를 현학적이라고 비판할 것이라고 감상하는 내용은 적절하지 않다.

오답 체크 |

① 〈제1수〉에 제시된 '연하(煙霞)'와 '풍월(風月)'은 자연을 드러내는 것이므로 글쓴이가 자연 속에서 향유하려는 대상이라 할 수 있다. 그리고 〈제11수〉의 '청산(靑山)'과 '유수(流水)'는 변하지 않는 자연물로, 화자는 '청산'과 '유수'처럼 그치지 않고 '만고상청'하겠다 하고 있다. 따라서 '청산'과 '유수'는 화자에게 '그치지 않아야 겠다'는 깨달음을 주는 자연물이라 할 수 있다.

③ 〈제7수〉의 '낙사(樂事) 무궁(無窮)'은 한평생 책을 읽으며 지내는 삶인 '만권생애'에 대해 즐거움이 끝이 없음을 드러내고 있는 말로, 학문하는 삶에 대한 화자의 자족적 태도가 드러난 것이라 할 수 있다. 그리고 〈제12수〉의 '쉽거나 어렵거나 중에 늙는 줄을 몰래라.'는 학문에 정진하며 살아갈 것임을 보여 준다고 할 수 있다. 따라서 〈제7수〉의 자족적 태도가 드러난 '낙사(樂事) 무궁(無窮)'은 〈제12수〉에 나타나듯이 '늙는 줄도' 잊고 학문을 추구하며 살아가는 것과 자연스럽게 연결된다고 할 수 있다.

④ 〈제11수〉에서 말하는 '그치지 마라'는 끊임없이 학문 수양을 해야겠다는 것이므로, 한평생 책을 읽으며 지냄을 의미하는 〈제7수〉의 '만권생애(萬卷生涯)'와 관련된다고 할 수 있다.

⑤ 〈제12수〉의 '우부(愚夫)도 알며 ㅎ거니'는 어리석은 사람도 알아서 학문을 알아서 실천한다는 의미이다. 이것은 〈제3수〉의 중장처럼 누구나 어진 인성(人性)을 지니고 있으니 그로부터 자기 수양이 가능하다는 것을 말해 준다고 할 수 있다.

8 ②

정답 해설 | 〈보기〉를 통해 작가가 고향에 내려간 이유는 벼슬에 뜻을 두기보다는 학문에 대한 의지가 강했기 때문임을 알 수 있다. 따라서 자연을 벗 삼아 허물없이 살고자 하는 화자의 모습을 한탄과 좌절에 빠진 선비의 형상으로 이해하는 것은 적절하지 않다.

오답 체크 |

① 〈보기〉를 통해 화자는 관직보다는 자연을 벗 삼아 자기 수양에 힘쓰고 학문에 정진하고자 했다는 점을 알 수 있다.

따라서 '천석고황'은 자연을 그리워하는 병을 의미하므로 고향에 내려가 자연을 벗 삼아 학문을 하고 싶은 심정으로 해석할 수 있다.

③ 〈보기〉에 있는 '벼슬에 뜻을 두지 않았기에'라는 것을 통해 만권의 책을 읽는 즐거움이 관직을 사퇴한 이유라고 할 수 있다.

④ 〈보기〉에서 이황은 지행일치를 강조하며 자기 수양한 결과 50세 이후에는 더욱 깊은 학문의 경지에 이르렀다고 하고 있으므로 '만고'에 푸르고 '주야'에 그치지 않는 것은 평생에 걸쳐 학문을 가까이 하는 모습이라 할 수 있다.

⑤ 〈보기〉와 관련하여, '우부'도 쉽게 할 수 있으나 '성인'도 어려워 못 할 수 있다는 것은 학문의 가치를 중요시 여기는 화자가 학문의 가치를 높이 평가하면서 학문 수양에 끝이 없음을 드러낸 것이라 할 수 있다. 즉, 면학하는 자세를 중요시 여기는 것으로 볼 수 있다.

9 ⑤

정답 해설 | [A]에서 화자는 자연과 더불어 사는 삶의 즐거움을 드러내며, 자연 속에서의 삶에 대한 자족감을 드러내 주고 있다. 그런데 ⑤에서는 먹을 것이 없을 정도의 가난한 삶에 치이는 화자의 삶이 드러나 있다. 비록 화자가 가난한 삶 속에서 충심을 잊지 않고 있지만, 화자는 자신의 삶에 자족하기보다는 현재의 가난한 삶에 고통스러움을 느끼고 있다. 따라서 ⑤에는 [A]에 나타난 화자의 정서와 거리가 멀다고 할 수 있다.

오답 체크 | ①, ②, ③, ④ 자연 속에서 살아가면서 자연과 더불어 살아가는 삶에 대한 만족감이 드러나 있으므로, [A]에서 보이는 화자의 정서와 유사한 정서를 보인다고 할 수 있다.

10 ①

정답 해설 | ㉠은 '순풍'이 죽지 않았고 '인성'이 어질다는 판단을 대조적인 어휘인 '거짓말'과 '올흔말'을 사용하여 드러내고 있다.

오답 체크 |

② ㉠에는 다른 사람의 말이 '순풍이 죽다 ㅎ니', '인성이 어지다 ㅎ니'로 인용되고 있으나, 이를 통해 자신이 주변 사람에게 준 영향을 강조하지는 않고 있다.

③ ㉡에는 자신의 깨달음이 드러나 있으나, 우회적인 표현이 나타나지 않고 있다.

④ ㉡에는 상황이 나아지리라는 기대가 드러나지 않고 있다.

⑤ ㉠과 ㉡에서 말을 건네는 방식은 사용되지 않고 있다.

1 ⑤	2 ⑤	3 ③	4 ④	5 ⑤

안민영, 「매화사」

작품 감상

이 작품은 헌종 6년(1840년)에 작가 안민영이 운애산방에서 벗과 함께 지낼 때 그의 스승인 박효관이 가꾼 매화의 아름다운 모습과 그윽한 향기에 감탄하여 지은 8수의 연시조이다. 매화의 깨끗한 자태와 곧은 절개를 예찬하면서 매화와 주객일체가 된 경지를 잘 표현하고 있다.

작품 분석

1. 작품 개관

갈래	평시조, 연시조
성격	예찬적, 영탄적
제재	매화
주제	매화에 대한 예찬

2. 짜임

제1수	달밤에 매화를 즐기는 흥취
제2수	매화의 고결한 속성
제3수	매화의 아름다움과 절개
제4수	매화와 함께하는 즐거움
제5수	매화와 달의 조화
제6수	매화의 굳은 지조
제7수	늙은 매화나무의 굳은 의지
제8수	매화의 높은 절개

3. 특징

① 매화를 의인화하여 선비의 모습으로 예찬한다.
② 매화의 속성을 세밀하게 묘사한다.

〈보기〉 권섭, 「매화」

작품 감상

이 작품은 기사환국으로 벼슬에 뜻을 버리고 글쓰기를 택한 작가가 매화의 지조를 예찬하고 매화를 감상하는 흥취를 담은 4수의 연시조이다.

작품 분석

1. 작품 개관

갈래	평시조, 연시조
성격	예찬적, 영탄적
제재	매화
주제	매화 예찬

2. 짜임

제1수	하룻밤 사이에 매화가 핀 것을 보고 임을 떠올린다.
제2수	매화의 모습과 향기를 예찬한다.
제3수	님에게 매화를 보내 봄소식을 전하고자 한다.
제4수	님이 매화를 봐도 반기지 않을 것 같다.

3. 특징

① 매화를 의인화하여 시상을 전개한다.
② 대상에게 말을 건네는 방식을 사용한다.
③ 설의적 표현을 활용해 임에 대한 그리움을 드러낸다.
④ 자연물을 활용하여 선비의 지조를 예찬한다.

1 ⑤

정답 해설 | '빙자옥질'이나 '아치고절'과 같은 한자어를 활용하여 시적 대상인 매화의 속성을 드러내고 있다.

오답 체크 |

① 이 작품은 자연물인 매화를 예찬하고 있으며 인간과 자연을 대비하여 인간의 유한함을 한탄한 내용은 드러나지 않는다.

② 이 작품에서는 조물주가 등장하지 않았다.

③ 〈제1수〉의 '잔 들어'에서 상승 이미지가 나타난다고 볼 수 있지만, 하강의 이미지를 사용한 곳을 찾을 수 없다.

④ 매화가 가만히 향기를 놓는 것과 바람이 눈을 몰아오는 것을 변화로 볼 수 있지만, 작품의 흐름을 고려할 때 이러한 변화에 대해 화자가 비애를 느낀다고 볼 수 없다.

2 ⑤

정답 해설 | 〈보기〉의 '님이신가 하노라'에서 시적 대상인 매화를 보고 함께 있지 못하는 님을 떠올린다는 것을 확인할 수 있지만 윗글에서는 이런 내용이 서술된 부분을 찾을 수 없다.

오답 체크 |

① 두 작품 모두 시적 대상인 매화를 의인화하고 있다.

② 두 작품 모두 영탄법을 사용하여 시적 대상인 매화에 대한 감탄의 정서를 나타내고 있다.

③ '봄뜻'과 '춘휘'에서 특정 계절인 '봄'을, '찬 기운'과 '눈'에서 '겨울'이라는 계절을 확인할 수 있다.

④ 윗글은 '앗을쏘냐'와 '뉘 있으리'에서 설의법을 사용하고 있으나 〈보기〉에서는 설의법을 사용하지 않았다.

3 ③

정답 해설 | 매화를 예찬하기 위해 시각('매영이 부딪힌 창', '달이 또한 오르더라'), 후각('향기 놓아'), 촉각('찬 기운') 등 다양한 감각적 이미지를 활용하고 있다.

오답 체크 |

① '찬 기운'이 매화를 '침노'하는 부분에서 시적 긴장감이 형성되고 있다. 하지만 겉과 속이 다른 반어적 표현은 이 작품에서 드러나지 않는다.

②, ④ 매화를 '너'로 의인화하고 있지만 매화와 화자가 대화를 나누지 않았으며 자연물에 감정을 이입한 내용도 등장하지 않았다.

⑤ '봄뜻'을 앗을 수 없다는 대목에서 현실에 대한 비판의식이 드러나지만 명령적 어조를 사용하지 않았다.

4 ④

정답 해설 | 〈제8수〉에서 철쭉과 두견화는 동각에 숨은 꽃인데 비해, 매화는 눈 속에서도 꽃을 피울 수 있다고 하며 대상의 차이점을 서술하고 있다.

오답 체크 |

① 창밖에 비친 매화의 그림자를 보면서 백발옹이 매화를 감상하는 〈제1수〉는 전체적으로 작품의 시적 분위기를 제시하고 있다.

② 〈제3수〉에서는 매화를 '너'라고 의인화하면서 '빙자옥질'과 '아치고절'을 활용하여 대상의 지조와 절개를 드러내고 있다.

③ 〈제6수〉에서 '바람'과 '눈'은 시련, 고난, 역경 등을 의미하며 힘든 상황일지라도 '봄뜻'을 앗을 수 없다는 서술을 통해 매화의 지조와 절개를 암시하고 있다.

⑤ 〈제6수〉의 '앗을쏘냐', 〈제8수〉의 '뉘 있으리'라는 의문형 문장을 활용하여 대상의 가치를 강조하고 있다.

5 ⑤

정답 해설 | '봄뜻'은 당대의 이념과 관련하여 규범적 가치를 부여하면 지조나 절개를 뜻하고, 시흥을 불러일으키는 자연물이라는 관점으로 해석하면 아름다운 꽃에 해당하므로 당대의 이념에 국한하여 매화를 해석해야 한다는 진술은 적절하지 않다.

오답 체크 |

① 풍류의 측면에서 거문고와 노래는 종장의 잔 들어 권할 적과 내용이 이어진다고 볼 수 있다.

② 상대방이 존재해야 권하는 행위를 할 수 있으므로 '함께하고 싶은 마음'을 드러낸다고 볼 수 있다.

③ '황혼월'은 '향기'와 이어지면서 매화의 심미적 아름다움을 표현한 것이라고 볼 수 있다.

④ '아치고절'은 '우아한 풍취와 높은 절개'라는 뜻이므로 심미적이면서 규범적인 가치와 관련이 있다고 할 수 있다.

19 어부사시사 윤선도 / 청산별곡 작자 미상

084~087쪽

| 1 ⑤ | 2 ② | 3 ① | 1 ② | 2 ③ |
| 6 ② | 7 ④ | 8 ③ | 9 ③ | 10 ④ |

윤선도, 「어부사시사」

작품 감상

이 작품은 작가 윤선도가 전남 보길도에 은거할 때, 이현보가 고려 때부터 전하여 온 「어부사」를 총 9장으로 개작한 것을 초장과 중장 사이, 중장과 종장 사이에 후렴구를 넣어 춘, 하, 추, 동 각 10씩 총 40수로 만든 연시조이다. 춘하추동 각 10수는 출항에서 귀항까지 어부의 일과를 시간 순서대로 노래하고 있으며 세속의 삶에서 벗어나 자연 속에서 물아일체(物我一體)하는 삶을 잘 표현하고 있다.

작품 분석

1. 작품 개관

갈래	연시조 (춘하추동 각 10수씩 전 40수)
성격	풍류적, 전원적, 자연 친화적
제재	어부의 생활
주제	자연 속에서 한가롭게 살아가는 어부 생활의 흥취와 여유

2. 짜임

춘사	아름다운 봄 경치와 물아일체(物我一體)하는 삶
하사	여름날의 소박한 생활
추사	가을날 자연 속에서의 깨끗하고 소박한 삶의 의지
동사	세속적인 삶에서 벗어나고자 하는 의지와 자연 속에서의 호연지기

3. 특징

① 시간의 흐름(출항~귀항)에 따른 시상 전개

② 초장과 중장, 중장과 종장 사이에 후렴구(여음)가 있다.

③ 대구, 반복, 은유법 등 다양한 표현법을 사용한다.

④ 의성어를 사용하여 생동감 있게 현실을 제시한다.

⑤ 우리말의 아름다움을 잘 드러낸다.

⑥ 감각적 이미지를 활용하여 자연을 묘사한다.

작자 미상, 「청산별곡」

작품 감상

이 작품은 '서경별곡'과 더불어 고려가요 중 문학성이 뛰어난 작품으로 언급되는 노래이다. 괴로운 현실에서 벗어나 '청산'과 '바다'에 살고 싶어 하는 화자의 심정을 정제된 형식에 담아 표현하고 있다.

작품 분석

1. 작품 개관

갈래	고려가요
성격	현실 도피적, 애상적
제재	청산, 바다
주제	삶의 고뇌와 비애

2. 짜임

1연	청산에 대한 동경
2연	삶의 비애와 고독
3연	속세에 대한 미련
4연	절망적 고독과 비탄
5연	삶의 고통과 운명에 대한 체념
6연	바다에 대한 동경
7연	기적을 소망하는 마음
8연	고뇌의 해소

3. 특징

① 'a-a-b-a' 구조의 사용

② 적절한 비유와 고도의 상징성, 빼어난 음악성과 정제된 형식미로 높은 문학성을 지닌 작품으로 평가받는다.

1 ⑤

정답 해설 | 이 작품의 화자는 자연 속에서의 삶에 만족감을 느끼고 있으므로 반성적 태도를 드러낸다고 보기 어렵다.

오답 체크 |

① '우는 것이~버들숲인가', '무심한~제 좇는가' 등에서 의문형 문장을 활용하여 봄을 맞이한 자연의 모습과 자연과 화자의 일체감을 강조하여 표현하고 있다.

② 제시된 지문에서는 봄, 여름, 가을, 겨울의 네 계절이 모두 드러난다.

③ '우는 것이~ 버들숲인가', '청약립은~가져오냐' 등에서 대구법을 사용하고 있다.

④ '뛰노누나', '더욱 좋다' 등에서 영탄법을 사용하고 있다.

2 ②

정답 해설 | 이 작품의 화자는 인간 세상을 멀리하면서 자연에서의 삶을 즐기고 있으므로 '어촌'은 화자가 즐기고 있는 대상이고, '세상'은 화자가 떨쳐버리려는 대상이라고 할 수 있다.

3 ①

정답 해설 | 이 글의 화자는 수국에서 안빈낙도(安貧樂道)하며 자연을 즐기는 자신의 삶에 만족감을 느끼면서 인간은 멀수록 더욱 좋다고 여기고 있다.

오답 체크 |

② 이 작품에서는 화자가 자신의 삶에 대해 사람들의 평가를 서술한 부분을 찾을 수 없다.

③ 화자는 자연 친화적 태도를 보이고 있지만 세상의 모든 이치가 자연에서 유래한다는 내용은 드러나지 않는다.

④ 화자는 자연을 긍정적인 것으로 생각하며 인간의 삶을 멀리하지만 새로운 것을 추구하는 모습은 드러나지 않았다

⑤ 무한한 자연과 유한한 인간의 삶을 대조한 내용이 이 작품에서 드러나지 않는다.

4 ②

정답 해설 | 이 작품은 계절에 따라 화자가 처한 상황을 서술하고 있지만 과거와 미래를 대비하는 내용은 드러나지 않는다.

오답 체크 |

① '지국총 지국총 어사와'라는 여음을 반복적으로 사용하여 자연 속에서의 흥취를 부각하고 있다.

③ 총 40수의 연시조인 이 작품은 4음보의 율격을 바탕으로 내용을 전개하고 있다.

④ 이 작품의 시적 배경인 '수국' 즉, 바다는 화자가 만족감을

느끼는 세계이므로 이상적인 세계라고 할 수 있다.

⑤ 뻐꾸기의 울음이라는 청각적 이미지와 푸른 버들숲이라는 시각적 이미지를 사용한 것에서 감각적 이미지를 활용하여 자연의 아름다움을 드러낸다고 볼 수 있다.

5 ③

정답 해설 | 〈추(秋) 2〉에서 화자는 가을을 맞아 '고기'가 살쪄 있다고 하였고 '실컷 용여하자'라는 표현에서 자연을 즐기려는 태도가 드러나므로 자연의 풍성함과 화자의 여유롭고 넉넉한 정신세계를 보여준다고 할 수 있다.

오답 체크 |

① '버들숲'의 푸르름은 깊어가는 봄을 형상화하고 '뻐꾸기'는 봄을 상징하는 새이므로 '우는 것이 뻐꾸기인가'라는 구절은 '뻐꾸기 울음소리가 들리니 봄이 되었는가'라는 의미로 해석할 수 있지만 애상감을 표현한다고 보기 어렵다.

② 세속에 '무심'한 '백구'와 일체감을 보이는 구절이므로 화자와 대상 사이의 거리가 가깝다고 할 수 있다.

④ '솔'이 외로운 것은 겨울에도 푸른빛을 띠기 때문이므로 씩씩하다는 반어적 표현이 아니며 화자의 내적 갈등을 나타낸 것이라고 보기 어렵다.

⑤ '파랑성'은 자연의 소리이고 '진훤'은 어지러운 속세이므로 이 둘은 대비되는 소재이며, 자연의 소리를 싫어하지 말라고 하였으므로 자연에 대한 긍정적 태도를 보여준다고 할 수 있다.

6 ②

정답 해설 | '믈 아래'는 속세에 해당되며 화자는 자연인 '청산'에 살고 싶다고 하였으므로 '믈 아래'를 이상적인 공간이라고 보기 어렵다.

오답 체크 |

① (가)의 '청산'은 화자가 동경하는 곳이며 현실의 도피처이므로 일상적 삶의 터전과 구별된다.

③ (나)의 '슈국'은 화자가 만족감을 느끼는 자연에 해당한다.

④, ⑤ (나)의 '뫼'나 '쳔산'은 화자가 흥취를 느끼고 물아일체의 상황에 이른 자연의 일부이다.

7 ④

정답 해설 | 후렴구인 '얄리얄리 얄라셩 얄라리 얄라'가 각 연에서 반복되면서 시 전체의 통일감 형성에 기여하고 있다.

오답 체크 |

①, ③, ⑤ '얄리얄리 얄라셩 얄라리 얄라'는 특정한 의미를 지니지 않으므로 시적 화자의 정서를 집약하거나 시상을 매듭지으며 각 단계의 의미에 긴밀히 대응하거나, 연과 연의 관계

를 분명히 하여 시상이 자연스럽게 전개되도록 한다고 보기 어렵다.

② '얄리얄리 얄라셩 얄라리 얄라'는 특정한 의미가 없으므로 관습적 상징을 지닌 어휘를 사용했다고 보기 어렵다.

8 ③

정답 해설 | '갑'은 세속을 멀리하고 자연에서 안빈낙도하는 삶을 추구하는 입장이고, '을'은 현실의 변화에 유연하게 대처하는 인물이다. 또, (가)의 화자는 현실에서 도피하며 청산을 원하지만 현실에 대한 미련을 버리지 못하고 있고, (나)의 화자는 세속을 멀리하면서 자연 친화적인 삶을 사는 인물이다. 그러므로 (나)의 화자가 '을'이라면, 현실에 얽매이지 않고 유유자적하는 것으로 볼 수 있다.

9 ③

정답 해설 | ⓒ은 앞뒤 내용은 화자의 고독감을 언급하고 있으므로 '오리도 가리도 업슨(올 사람도 갈 사람도 없는)'이라는 내용이 적절하다.

오답 체크 |

① '게우즌 바비나 지서'(거칠은 밥이나 지어 - 고려가요 '상저가' 중에서)

② '고우닐 스싀옴 녈셔'(고운 이와 외따로 살아가는구나 - 고려가요 '동동' 중에서)

④ '믜리도 괴리도 업시'(미워할 사람도 사랑할 사람도 없이 - 고려가요 '청산별곡' 중에서)

⑤ '조롱곳 누로기 민와'(조롱꽃 누룩이 매워 - 고려가요 '청산별곡' 중에서)

10 ④

정답 해설 | ⓒ은 낚시하면서 풍류를 즐기는 이상적인 삶도 성취하고 이와 더불어 고기를 낚아 현실적인 삶도 해결하겠다는 의미로 해석할 수 있으므로 전공을 살려(현실적 삶의 문제 해결), 이상을 실현하겠다(풍류를 즐김)는 발상과 유사하다.

윤선도, 「견회요」

작품 감상

이 작품은 작가가 광해군 8년(1616)에 이이첨의 횡포를 비판하는 상소를 올렸다가 함경도 경원으로 유배되었을 때 지은 5수의 연시조이다. '견회'는 '시름을 쫓다' 또는 '마음을 달래다'라는 뜻이므로 제목인 '견회요'는 '마음을 달래는 노래'로 해석할 수 있다. 비록 몸은 유배지에 있지만 임금에 대한 변함없는 충의 마음을 충효의 일치를 통해 강조하고 있다.

작품 분석

1. 작품 개관

갈래	연시조
성격	우국적
제재	유배지에서 느끼는 정한
주제	유배지에서 느끼는 연군지정

2. 짜임

제1수	자신의 신념을 지켜며 살아가고자 하는 의지
제2수	자신의 충심에 대한 하소연과 결백에 대한 주장
제3수	임금을 향한 변함없는 충심
제4수	유배지에서 부모님을 그리워하는 마음
제5수	충효의 일치를 통해 드러내는 연군지정

3. 특징

① 감정이입을 활용하여 화자의 정서를 드러낸다.

② 대구, 반복법 등을 사용하여 주제를 강조하고 운율을 형성한다.

1 ②

정답 해설 | 이 작품의 화자는 '내 몸의 해올 일만 닦고 닦을 뿐이언정'이라고 서술하면서 화자가 처한 현실에 대한 대응 방식을 제시하고 있다.

오답 체크 |

① 〈제 2수〉의 '아무'가 화자의 현재 상황을 유발한 존재 중 일부라고 짐작할 수 있으나 이들에 대해 화자가 직접적으로 원망하는 부분은 드러나지 않았다. '

③ 화자가 현재 있는 장소가 '추성 진호루'라는 것은 짐작할 수 있지만 화자가 꿈꾸는 이상향은 제시되지 않았다.

④ '시내'와 화자 모두 그칠 줄 모른다는 공통점이 있으므로 인간과 자연을 대비했다고 보기 어렵고, 자연물인 '기러기'는 화자의 감정이입 대상이다.

⑤ 이 작품에서는 불가능한 상황을 가정한 부분을 찾을 수 없다.

2 ②

정답 해설 | '시내'가 주야에 흐르는 것이 임을 향한 화자의 그칠 줄 모르는 뜻과 같다고 볼 수 있으므로 '시내'는 화자의 지향에서 벗어나 있는 대상이라고 보기 어렵다.

오답 체크 |

① '어버이 그린'과 '임금을 잊으면'에서 화자가 어버이와 임금 곁에서 멀리 떠나 있다는 것을 알 수 있다. 또, 흘러가는 '시내'가 임 향한 화자의 뜻과 같다고 볼 수 있으므로 화자가 현재 있는 곳은 '추성 진호루'라 할 수 있다.

③ 화자는 어버이를 그리워하고 있으므로 '뫼'는 화자와 어버이 사이를 가로막고 있는 존재라고 볼 수 있다.

④ 어버이를 그리워하는 화자가 외기러기가 울고 간다고 표현하였으므로 외기러기는 화자의 그리움과 슬픔의 정서를 이입한 대상물이라고 볼 수 있다.

⑤ 화자는 임금을 향한 뜻을 지니고 있으며, 임금을 잊는 것을 불효라고 생각하고 있는 것에서 화자가 임금을 그리워하고 있다는 것을 알 수 있다.

3 ①

정답 해설 | 이 작품에서는 계절의 변화가 드러나지 않는다.

오답 체크 |

② '어버이 그린'과 '임금을 잊으면'에서 화자가 어버이와 임금 즉 시적 대상의 곁에서 멀리 떠나 있으며 대상을 만날 수 없는 상황임을 알 수 있다.

③ 화자는 멀리 떨어진 곳에서 부모와 임금을 그리워하고 있으므로 이상과 현실이 괴리되었다고 할 수 있다.

④ 시내가 밤낮으로 흐른다는 자연의 섭리를 바탕으로 임을 향한 화자의 마음을 드러내고 있다.

⑤ 〈제1수〉의 초장에는 대립적인 가치(슬픔과 즐거움, 옳고 그름)가 제시되어 있고, 중장에서는 '내 몸의 해올 일만 닦고 닦을 뿐이언정'이라고 서술하며 화자의 판단을 덧붙이고 있다.

4 ②

정답 해설 | 〈보기〉의 밑줄 친 부분에서 '네 발등에 붓는다'는 촉각적 심상이고, 이 작품에서 시내가 주야로 흐르면서 우는 것은 시각적, 청각적 심상이다. 그러므로 두 부분에서 알 수 있는 표현상의 공통점은 다양한 감각을 활용하는 것이라고 할 수 있으며, 이를 통해 화자의 정서가 구체화되는 효과를 거두고 있다.

오답 체크 |

① '흐른다'는 내용에 변화를 주기 위해 의문 형식을 사용한 것이고, 〈보기〉의 밑줄 친 부분에서는 문답 형식을 사용하지 않았다.

③, ④ 두 작품 모두 대구법과 반어법을 사용하지 않았다.

⑤ 두 작품 모두 어조의 변화가 나타나지 않았다.

5 ②

정답 해설 | '망령된' 것이 '임을 위한 탓'이라고 하였으므로 '임 향한 내 뜻'과 상반된 것으로 보기 어렵다.

오답 체크 |

① 다른 사람이 '옳다'고 하는 것과 '외다'고 하는 것에 대해 화자는 관심을 두지 않고 자기가 할 일만 할 뿐이라고 하였으므로 '옳다 하나 외다 하나'는 '아무'가 이르는 것과 관련이 있다고 볼 수 있다.

③ '추성'은 화자가 현재 있는 장소이므로 그리움의 대상인 어버이나 임금으로부터 '뫼'나 '물'로 인해 더 멀어진 곳이라고 볼 수 있다.

④ 임금을 잊는 것을 불효라고 여기는 화자의 태도에서 어버이에 대한 마음이 임금에 대한 뜻으로 확대되었음을 알 수 있다.

⑤ '임금을 향한 뜻'은 화자가 추구하는 바이므로 '내 몸의 해올 일'이라고 볼 수 있다.

21 단가 육장 이신의

090~091쪽

| 1 ⑤ | 2 ④ | 3 ① | 4 ② | 5 ③ |

이신의, 「단가 육장」

작품 감상

이 작품은 작가가 광해군 9년(1617)에 인목대비의 폐위를 반대하는 상소문을 올렸다가 함경도로 유배된 후 쓴 6수의 연시조이다. 자연물에 상징적 의미를 부여하여 화자의 처지와 심리를 효과적으로 제시하고 있다.

작품 분석

1. 작품 개관

갈래	평시조, 연시조
성격	상징적, 우의적, 서정적
제재	유배지에서의 삶
주제	임금에 대한 그리움과 효제충신(孝悌忠信)의 마음

2. 짜임

1장	장부의 도리인 효제충신
2장	임금이 다시 불러주기를 바라는 마음
3장	유배 생활의 고통 한탄
4장	유배 생활에서 느끼는 외로움과 시름
5장	명월을 통해 시름을 달램
6장	임금에 대한 변함없는 충절

3. 특징

① 자연물의 상징적 의미를 활용하여 화자의 정서를 드러낸다.
② 감정이입의 방식을 활용하여 화자의 정서를 드러낸다.
③ 유배 생활의 괴로움을 진솔하게 제시한다.

1 ⑤

정답 해설 | '아는가 모르는가', '또 있는가' '갔다 말고' 등에서 의문형 문장을 활용하여 장부의 도리를 다했다는 화자의 의지를 드러내고 있다

오답 체크 |

① 이 작품에서는 특정한 색채어를 사용하지 않았다.

② 이 작품에서는 화자의 시선 이동이 드러나지 않는다.

③ 이 작품의 화자는 '다만 인가 하노라', '다시 볼까 하노라' 등을 통해 자신의 생각을 영탄적 어조로 드러내고 있다.

④ '아는가 모르는가', '또 있는가' 등을 말건네기로 볼 수도 있지만 이것은 화자가 자신의 삶의 태도를 드러내는 것이므로 이를 통해 친근한 분위기를 조성했다고 보기 어렵다.

2 ④

정답 해설 | '제비'는 자유롭게 날아다닌다는 점에서 화자의 처지와 대비되는 존재이고, 벗이 없는 화자 곁에 있는 존재라는 점에서는 화자의 시름을 알아줄 존재라고 할 수 있지만, 화자의 신념을 대신 전한다고 보기는 어렵다.

오답 체크 |

① 유교적 이념인 '효제충신'은 선비인 화자가 추구하는 가치라고 볼 수 있다.

② '솔'은 다른 나무와 달리 겨울에도 푸른 빛을 지니고 있으므로 화자처럼 유교적 이념을 지키는 지조 있는 선비들을 뜻한다고 볼 수 있다.

③ '부근'이 날래다는 것은 지조를 지키려는 선비들을 억압했던 당대의 정치 현실을 우회적으로 비판한 것이고 볼 수 있다.

⑤ '명월'은 다른 사람들과는 달리 유배지까지 화자를 따라와 외로운 화자에게 반가운 벗과 같은 존재가 되고 있다.

3 ①

정답 해설 | 자유롭게 나는 제비를 보고 한숨 겨워하는 것을 통해 화자의 현재 상황을 알 수 있으므로 자연물과의 관계를 통해 화자의 현재 상황을 제시한다고 볼 수 있다.

오답 체크 |

② 이 작품에서는 시각의 대립 즉 관점의 차이가 드러나지 않으며, '부근'이 날래다는 것을 통해 부정적인 현실을 짐작할 수 있다.

③ '부근'이 날래다는 것에서 동적 이미지를 추론해 낼 수 있지만 이것은 선비들을 억압하는 현실을 우회적으로 암시하는 것이다.

④ '남산에 많던 솔'에 대한 서술은 과거 회상으로 볼 수 있지만 이것이 화자 자신의 삶을 반성하는 것은 아니다.

⑤ 〈3장〉의 '제비'는 화자의 처지와 대조되지만 명암의 대비라 볼 수 없으며 이 작품에서 명암의 대비를 통해 시상을 전개하는 부분은 드러나지 않는다.

4 ②

정답 해설 | '비와 이슬'을 뜻하는 '우로'는 임금의 사랑를 의미한다. 그러므로 '임금의 사랑이 깊으면 다시 볼까 한다'는 것은 정계 복귀에 대한 기대감을 함축하고 있다고 볼 수 있다.

5 ③

정답 해설 | 〈보기〉의 ㉮에서 벌은 들썩이는데 비해 화자는 홀로 있다고 했으므로 화자와 대상의 관계는 대조적이며 거리가 멀다고 볼 수 있다. 〈3장〉에서 유배 중인 화자는 자유롭게 나는 제비를 보고 한숨 겨워하고 있으므로 화자와 대상의 관계는 대조적이다.

오답 체크 |

① 〈1장〉에서는 화자가 추구하는 이념이 '효제충신'임을 밝히고 있으며 특정 대상에 대해 언급하지 않았다.
② 〈2장〉에서 시적 대상인 '솔'은 화자와 유사한 처지에 놓여 있으므로 화자와 대상의 관계가 가깝다고 볼 수 있다.
④ 〈5장〉에서 시적 대상인 '명월'은 화자의 벗에 해당한다.
⑤ 〈6장〉에서 시적 대상인 '매화'는 설월에 피는 꽃으로 화자의 대리인이라 할 수 있다.

이현보, 「어부단가」

작품 감상

이 작품은 고려 때부터 전해오던 '어부가'를 개작한 것으로 '어부사'로도 불린다. 실제로 노동하는 어부의 삶이 아니라 자연을 벗하며 고기잡이하는 한가한 삶을 노래하고 있으며, 자연에 있지만 현실을 지향하는 의식도 드러난다.

작품 분석

1. 작품 개관

갈래	연시조, 강호 한정가
성격	풍류적, 낭만적, 자연 친화적
제재	어부의 생활
주제	자연을 벗하는 풍류적인 생활, 자연에 은거하는 어부의 생활

2. 짜임

제1수	세상사를 잊은 어부의 한가로운 생활
제2수	속세를 떠나 자연과 더불어 사는 유유자적한 삶
제3수	자연의 참된 의미를 아는 이가 없는 것에 대한 탄식
제4수	자연에 몰입하는 즐거움에 대한 추구
제5수	세상에 대한 근심과 염려

3. 특징

① 상투적인 표현을 사용한다.
② 자연 정경의 묘사가 추상적, 관념적이다.
③ 고려 때 전해 오는 '어부가'를 개작한 작품으로 강호가도의 맥을 이어 윤선도의 '어부사시사'에 영향을 끼친다.

〈보기〉 윤선도, 「어부사시사」

작품 감상

　이 작품은 조선 효종 때 윤선도가 지은 총 40수의 연시조이다. 춘, 하, 추, 동의 사계절을 즐기는 어부의 흥취를 담아내고 있으며, 각 작품의 초장과 중장 사이, 중장과 종장 사이에 여음을 삽입한 것이 독특하다. 시간의 흐름에 따라 시상을 전개하는 한편 다양한 수사법과 우리말의 묘미를 잘 활용하여 자연의 모습을 표현하고 있다.

작품 분석

1. 작품 개관

갈래	연시조(총 40수)
성격	자연 친화적, 풍류적
제재	어부의 생활
주제	자연 속에서 살아가는 여유와 흥취

2. 짜임

춘사	고기잡이를 떠나는 광경
하사	소박하고 욕심없는 어부의 생활
추사	속세를 떠나 자연에 동화된 생활
동사	정계에 대한 근심과 자연을 예찬하는 마음

3. 특징

① 시간의 흐름에 따라 시상을 전개한다.
② 여음구를 사용하여 리듬감을 형성한다.
③ 대구, 은유, 반복법 등 다양한 수사법을 활용한다.

1 ③
정답 해설 | '일생에 시름을 잊고 너를 좇아 놀리라'에서 자연과 일체감을 느끼며 자연 친화적 삶을 추구하는 화자의 모습이 드러난다.
오답 체크 |
① '천심녹수'나 '만첩청산', '한운', '백구'와 같은 자연물이 정적인 모습으로 형상화되었다고 보기 어렵다.
② 원경에서 근경으로 공간을 이동하지 않았다.
④ 음성상징어가 사용되지 않았으며, 시간의 흐름에 따른 자연의 변화도 확인할 수 없다.
⑤ 반어적 표현이 사용된 부분을 찾을 수 없다.

2 ③
정답 해설 | 이 작품의 화자는 자연 속에서 유유자적한 어부의 삶을 살고 있으며, 평안한 삶을 기원하는 내용은 드러나지 않는다.
오답 체크 |
① 달은 '녹수', '청산'과 함께 자연의 일부로 볼 수 있다.
② 화자는 자연 속에서 시름을 잊고 살고 싶어 하며 달은 이러한 자연을 비추고 있다.
④ '하얀색'이라는 시각적 이미지를 활용하여 세속적 삶을 멀리하고 자연 속에서 살아가는 삶을 암시하고 있다.
⑤ 시간적 배경이 밤이라는 것을 달을 통해 알 수 있으며 '월백'은 화자가 추구하는 무심한 삶과 어우러지고 있다.

3 ③
정답 해설 | '녹류에 고기 꿰어'는 자연을 즐기며 살아가는 삶의 모습을 형상화한 것으로 고된 일과는 거리가 멀다.
오답 체크 |
① '일엽편주'는 '배 한척'이라는 뜻이므로 자연에서 소박한 삶과 관련이 있다.
② '얼마나 가렸난고'는 세속적 삶과 거리를 주고 싶다는 의미이므로 세속적 정치 현실에서 멀리 나온 모습이라고 볼 수 있다.
④ '어느 분이 아실까'는 자연을 즐기는 삶의 참된 의미를 화자가 알고 있다는 만족감을 드러내고 있다.
⑤ '잊을 때가 있으랴'는 잊은 때가 없다는 의미이므로 세속에 대한 미련과 관련이 있다.

4 ④
정답 해설 | 이 작품의 화자는 자연 속에서 유유자적하는 '어부'의 삶에 만족감을 느끼고 있지만 '잊은 때가 있으랴'에서 세속의 삶에 대한 걱정이 드러나고 있으므로 시적 화자의 내

적 갈등을 보여준다는 진술이 적절하다.

오답 체크 |

① 이 작품의 화자는 세속의 상황을 근심하지만 자신이 속세에 가지 못하는 것을 한스러워하는 모습은 드러나지 않는다.

② '잊을 때가 있으랴'에서 세속에 대한 화자의 미련이 드러나지만 현재의 삶에 만족하고 있으므로 극복해야 할 대상이 현실이라고 보기 어렵다.

③ 이 작품에서는 화자가 대상을 관조하는 모습을 찾을 수 없다.

⑤ 세속의 삶에 대한 미련이나 근심은 있지만 대상을 비판하는 내용은 드러나지 않는다.

5 ②

정답 해설 | 화자가 어부의 생애에 만족하고 있지만 이 작품에서 어부로서 화자가 한 일을 구체적으로 서술한 부분을 찾을 수 없다.

오답 체크 |

① 화자가 있는 현재의 공간인 자연과 '인세, 홍진, 장안, 북궐'이 암시하는 세속의 공간이 대비되고 있다.

③ 어부의 삶을 살면서도 세속의 삶을 근심하는 화자의 모습에서 복잡한 심리를 엿볼 수 있으며 '제세현이 없으랴'라는 구절에서 세속에 대한 미련을 떨쳐버리려 한다는 것을 알 수 있다.

④ '천, 만, 십' 등의 숫자를 활용하여 세속과의 거리를 강조하며 자연 속에서의 삶에 만족하는 모습을 보여주고 있다.

⑤ '제세현'은 세상을 구할 인재를 뜻하며, 이런 표현에서 세속적 정치 현실에 대한 관심을 확인할 수 있다.

6 ③

정답 해설 | 〈보기〉에서는 겨울 어촌에서의 삶에 만족감을 느끼며 흥겨워하는 화자의 모습이 드러나고, 윗글은 세속을 멀리하며 자연 친화적인 현재의 삶에 만족하는 화자의 모습을 형상화하고 있다. 윗글에서 이상과 현실을 나눈 내용은 찾을 수 없다.

오답 체크 |

① '청산'과 '월백'에서 푸른색과 흰색의 색채가 대비되고 있다.

② 〈보기〉에서도 흰 눈과 붉은 꽃이 색채 대비를 이루고 있다.

④ 〈보기〉에서는 후렴구를 사용하여 흥이라는 정서를 드러내고 있고 윗글의 화자는 '무심'에서 알 수 있듯이 세속적 삶을 멀리하고 자연에서의 욕심 없는 삶을 추구하고 있다.

⑤ '없으니', '잊었거니', '더욱', '없으랴'는 세속적 삶과 거리

를 두고 자연 속에서 '무심'한 삶을 사는 모습과 관련이 있다.

7 ⑤

정답 해설 | 이 작품에서는 구도적 자세가 드러나지 않으며 이를 활용하여 사물에 새로운 의미를 부여하는 내용도 찾을 수 없다.

오답 체크 |

① 자연과 일체감을 느끼는 화자의 모습을 통해 대상과 조화를 이루는 삶의 태도를 형상화하고 있다.

② 자연에서의 삶에 대한 인식을 '한운', '백구'와 같은 자연물을 통해 흥취를 느끼는 것으로 형상화하고 있다.

③ 청하에 밥을 싸고 녹류에 고기를 꿰고 배를 매어두는 삶의 모습에서 '일반청의미'를 느끼며 만족하는 화자의 모습이 드러난다.

④ 자연과 '홍진'(속세)이 대비가 되는 공간이라는 점을 전제로 하며 시상을 전개하고 있다.

8 ④

정답 해설 | 〈보기〉의 '아침 이슬', '석양을 새기고'에서 시간의 흐름을 느낄 수 있으나, 윗글에서는 '푸른 연잎', '푸른 버들가지', '갈대꽃'을 통해 계절을 알 수 있지만, 전체적으로 시간의 흐름에 따라 작품을 전개하지 않았다.

오답 체크 |

① '목놓아', '노래하며', '노래 가락' 등에서 청각적 이미지를 활용하고 있으나 윗글에서는 청각적 이미지가 드러나지 않는다.

② 내재율로 이루어진 〈보기〉와 달리 윗글은 3(4)·4조, 4음보로 리듬감을 형성하고 있는 시조이다.

③ '굽어보면 천심(千尋) 녹수(綠水) 돌아보면 만첩(萬疊) 청산(靑山)', '청하(靑荷)에 밥을 싸고 녹류(綠柳)에 고기 꿰어', '산두(山頭)에 한운(閑雲) 일고 수중에 백구(白鷗) 난다' 등에서 대구법을 사용하고 있다.

⑤ 〈보기〉의 '너조차 미친들 어떠랴.', 윗글의 '두어라' 등에서 영탄의 어조를 사용하고 있다.

9 ⑤

정답 해설 | 화자는 자연에서의 삶에 만족감을 드러내면서도 '잊은 때가 있으랴.'에서 알 수 있듯이 세속적인 세계에 대한 미련과 임금에 대한 충의 마음을 표현하면서 심리적 갈등을 겪고 있다. 이러한 갈등은 '내 시름 아니라 제세현이 없으랴.'에서 알 수 있듯이 세속에 대한 미련을 버리고 자연을 추구하는 삶을 향하는 것으로 귀결되고 있다.

① '만첩'은 홍진을 가리는 역할을 하므로 단절을 강조하는 시
어라고 할 수 있다.

② 밝은 달은 자연의 일부이므로 속세인 '홍진'과 대비를 이룬
다.

③ '무심'은 세속적 욕심이 없다는 의미이므로 자기 절제와 관
련이 있다.

④ 세속적 세계에 대해 잊은 적이 없다는 의미이므로 화자가
심리적으로 갈등하는 상황임을 확인할 수 있다.

23 강설 작자 미상 / 구산구곡가 이이 / 유산가 작자 미상

096~099쪽

| 1 ② | 2 ③ | 3 ③ | 4 ① | 5 ④ |
| 6 ③ | 7 ④ | 8 ① | | |

작자 미상, 「강설」

작품 감상

이 작품은 당나라 산수시인들은 자연의 아름다움을 전문적으로 노래하였는데 이들 중 한 명인 유종원의 한시이다. 눈 내린 강의 풍경을 한 폭의 동양화로 그려내고 있으며, 하얀색으로 눈 덮인 대자연과 홀로 낚시대를 드리운 노인의 모습이 대비를 이루는 것이 돋보인다.

작품 분석

1. 작품 개관

갈래	한시
성격	회화적
제재	눈 내린 강의 풍경
주제	눈 내린 풍경 속에서 낚시하는 노인의 외로움

2. 짜임

기	눈 덮인 산의 모습
승	눈 덮인 길의 모습
전	외로운 늙은이
결	낚시하는 고독한 늙은이

3. 특징

① 시선의 이동에 따른 시상의 전개

② 자연과 인간사의 대비

③ 감정이입으로 화자의 정서를 드러낸다.

이이, 「고산구곡가」

작품 감상

작가가 고산의 석담에 은거하면서 '고산'의 아름다운 경치를 구이 작품은 체적으로 묘사하면서 예찬하고, 학문에 정진하고자 하는 의지를 드러낸 전 10수(서곡+9수)의 연시조이다. 서곡을 제외한 나머지 수에서 '일곡' '이곡' 등과 같이 순서를 정해 고산의 특정 장소를 언급하며 시상을 전개하고 있다. 또, 1곡은 아침, 8곡은 달밤으로 구성하여 하루의 시간 경과를 보여주고, 2곡은 봄, 9곡은 겨울로 구성하여 계절의 흐름을 유기적으로 형상화하면서 자연 친화적 태도를 드러내고 있다.

작품 분석

1. 작품 개관

갈래	연시조
성격	예찬적, 교훈적
제재	고산의 아름다움
주제	학문의 즐거움과 자연의 아름다움 예찬

2. 짜임

서곡	주자학을 연구하고자 하는 결의
제1곡	관암의 아침 경치
제2곡	화암의 늦은 봄 경치
제3곡	취병의 여름 경치
제4곡	송애의 황혼녘 경치
제5곡	수변 정사에서의 강학과 영월음풍의 즐거움
제6곡	조협의 야경
제7곡	단풍으로 덮인 풍암에서의 흥취
제8곡	금탄의 즐거운 물소리
제9곡	문산의 아름다움과 세속의 경박함

3. 특징

① 풍경을 구체적으로 묘사한다.
② 중의적 표현과 감정의 절제를 통해 화자가 추구하는 삶을 드러낸다.
③ 한자어의 사용이 빈번하다.

작자 미상, 「유산가」

작품 감상

이 작품은 조선 후기에 서울과 경기도 일대에서 가창되었던 12잡가 중의 하나로 봄의 아름다움과 봄 경치를 즐기는 흥겨움을 노래한 작품이다. 전문적인 소리꾼에 의해 가창되었으며, 3·4조나 4·4조의 기본 율격으로 이루어져 있으나 우리말 표현이 두드러진 부분은 운율의 파격을 이루며 봄 경치를 맞이하는 화자의 정서를 효과적으로 전달하고 있다.

작품 분석

1. 작품 개관

갈래	잡가
성격	서정적, 영탄적, 향락적
제재	봄을 맞이한 풍류
주제	봄의 아름다운 경치 완상(玩賞)과 감흥

2. 짜임

서사	봄 경치 구경 권유
본사	봄 경치 감상
결사	끝없이 좋은 봄 경치 예찬

3. 특징

① 음성상징어를 사용하여 봄 경치를 생동감 있게 제시한다.
② 대구, 열거, 은유 등 다양한 표현법을 사용한다.
③ 한자어 표현과 우리말 표현을 혼용한다.

1 ②

정답 해설 | (가)는 '강'이라는 공간의 차가운 속성을 활용하여 '외로움'이라는 주제를 강조하고 있고, (나)는 '관암', '화암', '취병'의 풍경이 지닌 속성을 바탕으로 자연의 아름다움이라는 주제를 형상화하고 있다. (다)는 원산과 태산, 장송이 있고, 층암 절벽상에 폭포수가 흐르는 공간의 모습을 바탕으로 아름다운 봄 경치를 형상화하고 있다.

오답 체크 |

① (가)와 (나)에서는 의인화된 자연물이 등장하지 않았고, (가)~(다) 모두 교훈을 제시하지 않았다.

③ (가)~(다) 모두 당대의 현실을 비판하지 않았다.

④ (가)~(다)는 자연물의 생태적 특징을 바탕으로 시상을 전개하고 있지만 이를 통해 도덕적 관념을 제시한 것은 아니다.

⑤ (가)에서는 시적 대상이 적막한 상황에서 외로움을 느끼고 있지만, (나)와 (다)의 화자는 자신의 현실에 만족하고 있다.

2 ③

정답 해설 | 가을 철새인 '기러기'는 봄이라는 계절을 맞이하여 멀리 떠나야 해서 슬피 우는 것이므로 화자의 정서인 비애를 표현한다는 진술은 적절하지 않다. 오히려 (다)의 화자는 봄 경치를 보고 흥겨워하고 있다.

오답 체크 |

① ⓐ는 날지 않는 대상이므로 작품 속에 등장하지 않음으로써 적막한 시적 분위기를 형성하는 역할을 하고 있다.

② ⓑ는 화자가 예찬하고 있는 아름다운 자연의 일부이므로 화자가 현재의 삶에 만족감을 느끼는데 기여한다.

④ ⓐ와 ⓑ는 사람들이 일반적으로 산에 있는 존재라고 인식하므로 산에 새가 없다든지 산조가 운다와 같이 '산'과 관련지어 서술하고 있다.

⑤ '날지 않고'와 '머나먼 길을 어이갈꼬'에서 두 대상이 시적 공간에서 계속 함께 하지 못할 존재임을 알 수 있다.

3 ③

정답 해설 | (다)의 화자는 봄을 맞이한 자연 속에서 흥겨움을 느끼고 있으므로 자연이 유흥의 공간이 될 수 있지만 도시로 편입되었다고 보기는 어렵다.

오답 체크 |

① 〈보기〉에서 유교적 도덕과 자연이 조선 시대 선비들의 삶의 기반이라고 하였으므로 '승지'는 빼어난 자연과 유교의 경지가 높은 것을 모두 뜻한다고 볼 수 있다.

② (나)는 각 수가 시조의 엄격한 형식적 틀인 초, 중, 종장의

3장으로 구성되어 있다.

④ (다)의 '원산은 / 첩첩, / 태산은 / 주춤하여'는 4음보로 구성되어 있으며 이는 4음보를 기본 율격으로 하는 시조나 가사의 영향을 받은 것이라고 할 수 있다.

⑤ (다)에서 언급된 '소부', '허유'는 중국 고사와 관련이 있으며 이는 잡가의 향유 계층이 한자를 주로 사용하는 양반층으로 확대된 것과 관련이 있다고 볼 수 있다.

4 ①

정답 해설 | (가)는 눈이 내려 산과 길에 새와 사람이 없는 가운데 도롱이를 입은 늙은이가 홀로 낚시질을 하는 모습을 그려내고 있고 (다)는 봄을 맞이하는 자연의 모습과 화자의 풍류를 서술하고 있으므로 (가)에 비해 (다)가 화자와 대상의 거리가 가깝다고 할 수 있다.

오답 체크 |

② (나)는 한자어를 많이 사용한 연시조인데 비해 (다)에서는 콸콸, 주루루룩, 쌀쌀 등 우리말 음성상징어를 사용하여 폭포수의 모습을 표현하고 있다.

③ (나)는 '○곡은 어디메오'라고 묻고 이에 대해 답을 하는 문장 형식이 각 연에 반복되고 있다.

④ (나)의 '춘만'과 '여름 경'에서 각각 봄과 여름이라는 계절이 드러난다.

⑤ (가)는 하얀색으로 눈 덮인 대자연과 홀로 낚싯대를 드리운 노인의 모습을 대비하여 그려낸 작품이며 화자의 정서가 직접적으로 나타나는 부분을 찾을 수 없다.

5 ④

정답 해설 | (가)는 하얀색으로 눈 덮인 대자연 속에서 새도 날지 않고, 노인 외에는 사람의 흔적도 끊어진 채 홀로 낚싯대를 드리운 노인의 모습을 그려내고 있으므로 적막한 풍경을 보여준다. 여기서 '사람의 흔적'은 노인 외에 다른 사람이 이 공간에 나타난 흔적이라는 의미이다.

오답 체크 |

① (가) 작품은 '눈 덮인 산의 모습' → '눈 덮인 길의 모습' → '배 안의 외로운 늙은이' → '눈이 내리는 가운데 홀로 낚시하는 늙은이'의 모습을 순차적으로 제시하고 있다.

② '새'가 날지 않고 '길'에 사람의 흔적이 끊어진 상황에서 늙은이가 외롭게 있다고 서술하고 있으므로 '새'와 '길'은 외부 세계와의 연결이라는 의미는 지닌다고 볼 수 있다.

③ '날지 않고'와 '끊어졌네'를 통해 늙은이의 고독을 부각하면서 시적 공간의 적막함을 강조하고 있다.

⑤ '눈만 내리고'는 '눈' 외에 다른 것은 전혀 존재하지 않는다는 의미이므로 '늙은이'의 고독을 심화한다고 볼 수 있다.

6 ③

정답 해설 | (나)의 화자는 자연의 아름다움에 감탄하면서 이런 아름다움을 모르는 사람들이 있는 '야외'로 꽃을 보내고 싶어하므로 '야외'는 화자의 마음 안 풍경이라 보기 어렵다.

오답 체크 |

① 조선조 시가의 작가들이 실제 보이는 풍경뿐 아니라 당대 그림이나 다른 문학 작품을 통해 지니게 된 마음 안의 풍경까지 표현하고자 했다고 〈보기〉에 서술되어 있으므로 '원근이 그림'이라고 할 때 '그림'은 마음 안의 풍경을 의미한다고 볼 수 있다.

② 화자가 자연 속에서 '녹준(술잔)'을 놓고 벗을 기다린다고 서술한 것을 고려하면 이 작품에서 화자는 풍경의 일부가 되고 있다고 볼 수 있다.

④ 〈보기〉에서 마음 안의 풍경은 작가의 주관에 따라 이상화된 관념적 풍경이라고 하였으므로 '승지'는 작가의 주관에 따라 이상화된 모습이라고 볼 수 있다.

⑤ 〈보기〉에서 '당대 그림이나 다른 문학 작품 등에서 추출되고 재구성 된 것'이라고 하였으므로 '취병', '녹수', '반송' 등은 당대 다른 작품에서도 등장했을 것으로 추론이 가능하다.

7 ④

정답 해설 | 시조는 형식이 정해져 있으므로 시조 작가가 형식의 창안을 위해 고민할 필요가 없다.

8 ①

정답 해설 | (다)는 봄을 맞은 자연의 아름다운 모습과 자연을 감상한 흥취를 노래하고 있으므로 비애의 정서가 드러나지 않는다. '머나먼 길을 어이 갈꼬 슬피 운다'는 것은 계절이 바뀌면서 철새들이 먼 길을 떠난다는 의미이므로 비애의 정서와 관련이 없다.

오답 체크 |

② (다)는 후반부에서 글자수가 많아지면서 3·4조의 율격이 파괴되고 있다.

③ (다)의 화자는 원산, 태산과 같이 먼 곳에 시선을 두었다가 폭포수와 같은 가까운 곳으로 시선을 이동하고 있다.

④ (다)의 후반부에서 폭포수에 대해 구체적으로 묘사하고 있다.

⑤ (다)의 폭포수 관련 서술에서 시, 청각적 이미지를 사용하여 대상을 생동감 있게 제시하고 있다.

---

24 오우가 윤선도 100~101쪽

| 1 ② | 2 ③ | 3 ④ | 4 ④ | 5 ⑤ |

윤선도, 「오우가」

작품 감상

이 작품은 작가가 해남 금쇄동에서 은거할 무렵에 지은 총 6수의 연시조이다. 〈제1수〉서는 다섯 벗인 물, 돌, 소나무, 대나무, 달을 소개하고 있고, 〈제2수〉에서 〈제6수〉까지 다섯 벗의 속성을 소개한 뒤 예찬하고 있다. 자연에 대한 작가의 애정을 바탕으로 인간이 지녀야 할 덕목을 자연의 속성에 대응하며 시상을 전개하였다.

작품 분석

1. 작품 개관

갈래	연시조
성격	예찬적
제재	다섯 벗(물, 바위, 소나무, 대나무, 달)
주제	다섯 벗(자연물)에 대한 예찬

2. 짜임

제1수	다섯 벗 소개
제2수	깨끗하면서도 그치지 않는 물에 대한 예찬
제3수	변하지 않는 바위에 대한 예찬
제4수	지조와 절개를 지키는 소나무 에 대한 예찬
제5수	늘 푸른 대나무에 대한 예찬
제6수	만물을 비추고 과묵한 달에 대한 예찬

3. 특징

① 예찬의 근거로 대상의 속성을 제시한다.

② 자연물에 가치를 부여하는 인간중심주의 가치관이 드러난다.

1 ②

정답 해설 | '검기를 자로 한다', '푸르는 듯 누르나니' '푸르나니' 등에서 색채어를 사용하여 시적 대상인 자연물의 속성을 드러내고 있다.

오답 체크 |

① 이 작품에서는 구체적인 청자를 설정하지 않았고, 청자와의 문답도 드러나지 않는다.

③ 이 작품에서는 반어적 표현을 사용하지 않았다.

④ 이 작품에서는 명령형 어조를 사용하지 않았다.

⑤ 화자가 시적 대상인 자연물을 의인화하고 있으나 감정이입은 드러나지 않는다.

2 ③

정답 해설 | 이 작품의 화자는 대나무가 '나무'도 아니고, '풀'도 아니라고 하였다. 또, 대나무가 곧으며 속이 비어 있다고 서술하고 있으므로 '대'가 '나무'나 '풀'의 속성과 곧은 성질을 모두 지닌다고 생각한다는 진술은 적절하지 않다.

오답 체크 |

① '이 다섯 밧긔 또 더하여 무엇하리'에서 화자가 자신의 현재 삶에 만족감을 느끼고 있음을 확인할 수 있다.

② '그칠 뉘 없기'와 '변치 아닐손'에서 그치지 않는 '물'과 변하지 않는 '바위'의 성질이 드러나므로 영속성'이라는 측면에서 공통점을 지닌다고 볼 수 있다.

④ '눈서리'를 모르는 '솔'을 통해 뿌리 곧은 줄을 안다고 하였으므로 지조와 절개의 가치를 느끼고 있다고 볼 수 있다.

⑤ '밤중에 광명(光明)이 너만한 이 또 있느냐.'라는 설의적 표현에서 화자는 '밤중의 광명'으로는 '달'과 같은 존재가 없다고 여기고 있음을 확인할 수 있다.

3 ④

정답 해설 | 〈제2수〉에서는 검기를 자주 하는 구름과 그칠 적이 많은 바람과 달리 물은 '좋고도 그칠 뉘 없기'라고 서술하며 대조의 기법을 사용하고 있다.

오답 체크 |

① 〈제1수〉는 화자가 자신의 다섯 벗을 모두 소개하고 있다.

② 〈제2수〉의 초장과 중장이 대구를 이루고 있고, 〈제4수〉의 초장에서 대구의 방법이 드러난다.

③ 〈제4수〉의 '모르느냐'에서는 의문의 방식을 활용하여 대상의 가치를 강조하고 있다.

⑤ 〈제5수〉와 〈제6수〉의 '그'와 '너'에서 의인법을 사용하고 있다.

4 ④

정답 해설 | 이 작품은 물, 바위, 소나무, 대나무, 달을 벗이라고 칭하며 이들의 속성을 예찬하며 화자의 가치관을 제시하고 있으므로 자연물을 통해 지은이의 생각을 표현하고 있다는 진술이 적절하다.

오답 체크 |

① 이 작품의 화자는 대상의 영속성, 불변성, 과묵함, 지조, 절개 등을 예찬하며 자신의 가치관을 드러내고 있으며, 이 작품에서 수동적인 삶의 자세는 드러나지 않는다.

② 이 작품에서는 과거를 서술한 내용을 찾을 수 없다.

③ 이 작품의 화자는 자연물을 통해 자신이 추구하는 바를 드러내고 있으나 이것이 현실 도피라고 보기는 어렵다.

⑤ 이 작품에서는 자연물을 의인화하여 그 속성을 예찬하고 있으나 이를 통해 당대 현실을 비판한다고 보기는 어렵다.

5 ⑤

정답 해설 | '나무'나 '풀'이 아니라는 것은 대나무의 속성에 관한 서술이며, 이것은 변화가 심하다는 내용과 관련이 없다.

오답 체크 | 검기를 자주 하거나(①) 그칠 적이 많거나(②) 쉽게 피고 지는 것(③), 푸른 듯하면서 누런 것(④)은 쉽게 변하는 속성을 뜻하므로 '변덕 많음'과 관련이 있다.

1 ③	2 ③	3 ⑤	4 ④	5 ⑤
6 ③	7 ⑤	8 ②	9 ③	

정훈, 「탄궁가」

작품 감상

이 작품은 작가가 가난한 생활에서 벗어날 수 없는 현실을 탄식하면서 현실을 수용하는 태도를 제시한 가사이다. 화자의 가난한 생활상이 일상적 소재를 통해 잘 드러나고 있다. '탄궁'은 '가난을 한탄함'이라는 의미이다.

작품 분석

1. 작품 개관

갈래	가사
성격	한탄적, 애상적
제재	가난한 삶
주제	가난으로 인한 고통과 이를 수용하려는 자세

2. 짜임

서사	1~6행	궁핍한 삶에 대한 한탄
본사1	7~12행	농사짓기도 힘든 집안 형편
본사2	13~21행	가난 때문에 종들에게 업신여김을 당함
본사3	22~28행	명절을 지내지 못할 정도로 가난한 현실
결사	29~42행	가난한 현실을 체념하고 수용하는 태도

3. 특징

① 가난을 '궁귀'로 의인화하여 제시한다.
② 대화의 방식을 활용하여 가난에 대한 체념과 수용의 자세를 드러낸다.
③ 설의적 표현으로 화자의 처지와 심정을 강조한다.

위백규, 「농가」

작품 감상

이 작품은 농가의 생활과 농사일의 즐거움을 진솔하게 노래함으로써 농부들의 생활상이나 생활 감정을 잘 드러낸 9수의 연시조이다. 농촌이 건강한 노동이 이루어지는 공간이라는 인식을 바탕으로 농촌의 일상어를 사용하여 노동의 풍경과 서로 도와주는 농민들의 모습 등을 표현하였다.

작품 분석

1. 작품 개관

갈래	연시조
성격	전원적, 사실적
제재	농촌의 삶
주제	농가의 생활과 농사일을 하는 즐거움

2. 짜임

제1수	아침에 김매기를 위해 나선다.
제2수	농구를 준비하여 내려간다.
제3수	일터에서 김을 맨다.
제4수	땀을 흘리며 일을 한다.
제5수	점심을 먹고 졸려한다.
제6수	일을 끝내고 돌아간다.
제7수	7월에 풍요로운 결실을 본다.
제8수	농촌 생활 중 풍요로움을 느낀다.
제9수	흥겹게 서로 어울린다.

3. 특징

① 계절의 변화에 따른 농사일과 농촌의 일상을 시간 순서대로 전개한다.
② 자연을 생활의 공간으로 인식함으로써 완상의 공간으로 인식했던 이전 사대부들의 가치관과 차이를 보인다.
③ 화자가 직접 농사를 지으며 농부의 입장에서 구체적, 사실적인 삶의 정서를 노래한다.
④ 순우리말 농촌 일상어를 사용해 농촌의 삶을 생동감 있게 제시한다.
⑤ 농촌 공동체에 대한 동질감이 드러난다.

1 ③

정답 해설 | (가)는 가사, (나)는 연시조이므로 4음보의 율격으로 시상을 전개하고 있다.

오답 체크 |

① (가)는 시적 대상인 가난을 의인화하였지만 멀리 보내고 싶어하고, (나)는 면화와 벼를 '너희'라고 의인화하였지만 대상의 장점을 열거하면서 예찬하지 않았다.

② (가)와 (나)에서는 후렴구를 사용하지 않았다.

④ (가)와 (나) 모두 화자의 시선 이동은 드러나지 않는다.

⑤ (가)에서는 '가난'이라는 추상적인 대상을 '궁귀'로 구체화하였지만 (나)에서는 추상적 대상의 구체적 형상화가 드러나지 않는다.

2 ③

정답 해설 | (나) 작품은 농사짓는 삶을 사는 화자가 면화와 벼 수확을 반기며(제7수), 밥들이고 잔 잡는 삶에 기뻐하는 (제8수) 모습을 보이므로 자신이 처한 현실에 순응하면서 소박한 삶에 만족하고 있음을 알 수 있다.

오답 체크 |

①, ② (나)는 농가의 삶을 다루고 있으며 당대의 정치 현실이나 유교적 도덕관념을 서술하지 않았다.

④ (나)는 농사와 밀접한 내용을 다루고 있으나 제시된 부분에서 자연을 즐기는 풍류와 흥취는 찾을 수 없다.

⑤ (나)는 현재의 삶에 대해 서술하고 있다.

3 ⑤

정답 해설 | '빈천'을 자신의 분수로 여기는 것은 가난을 수용하는 태도라 할 수 있지만 화자는 가난한 현실에서 벗어나려고 애쓰고 있으므로 화자가 안빈낙도를 동경한다고 보기는 어렵다.

오답 체크 |

① '쟁기'와 '호미'는 농사와 관련이 있는 구체적이 사물이므로 화자가 농사를 지어서 가난에서 벗어나기 위해 애쓴다고 볼 수 있다.

② '한아한 식구'는 가족들이 춥고 배고프다는 의미이므로 가난한 삶의 실상을 직접적으로 제시한 것이라 볼 수 있다.

③ '술과 후량(음식)'을 갖추어 전송하려는 것은 가난을 사람처럼 인식하고 배웅하려는 것이므로 가난에 대한 참신한 발상을 확인할 수 있다.

④ 가난을 전송하려고 했던 화자가 가난과 대화를 나눈 뒤 가난을 신의가 있는 존재라고 여기게 되므로 가난에 대한 화자의 인식 전환이 드러난다고 볼 수 있다.

4 ④

정답 해설 | (가)의 '춘일'에서 알 수 있듯이 봄이라는 계절을 배경으로 하여 파종한 씨앗도 부족하고 끼니를 잇기 어려운 가난한 화자의 현실을 부각하고 있다.

오답 체크 |

① 가난한 자신의 현실을 수용하려는 화자의 인식 변화가 드러나지만 계절의 변화에 조응하는 여러 자연물을 활용한 것은 아니다.

② '뻐꾸기'에서는 봄의 계절감이 드러나지만 계절감이 드러난 소재를 대등하게 나열하지 않았다.

③ 특정 계절인 봄을 배경으로 하는 작품이나 봄의 풍속이나 화자의 시선 이동이 드러나지 않았다.

⑤ 봄이라는 계절만 추론이 가능하며 계절의 순환이나 자연의 섭리는 드러나지 않는다.

5 ⑤

정답 해설 | [A]에서 술과 음식을 갖추어 보내고자 하는 '궁귀'는 하늘이 만든 것이므로 하늘을 예찬한다고 보기 어렵다. [B]에서 화자는 '면화'와 '벼'를 하느님이 만들었다고 했지만 예찬하는 태도는 드러나지 않는다.

오답 체크 |

① '술에 후량'을 갖추고 길한 날 가라고 하는 것은 예의를 다하는 것이므로 '궁귀'에 대한 예의를 표했다고 볼 수 있다.

② '오뉴월~반이로다'라는 부분에서 화자가 시간의 경과를 인식하고 있다는 것을 확인할 수 있으며, '세 다래 네 다래'는 풍성하다는 의미이므로 '면화'에 대한 만족감을 드러낸다고 볼 수 있다.

③ [A]에서 화자는 하늘이 만든 '이내 궁'을 전송하려 했지만 보내지 못하고 있으며 '설마한들 어이하리'와 '빈천도 내 분이니'라는 표현을 통해 수용하는 태도를 드러내고 있고, [B]에서 화자는 '너희'를 '날 위하여 삼기셨다'라고 함으로써 면화, 벼와의 관계를 운명적인 것으로 여기는 관점이 드러나고 있다.

④ [A]에서 '옳도다'는 궁귀의 말이 옳다고 여기면서 수용하는 태도이며, [B]에서 '반이로다'는 여름이 지나가고 가을이 다가온다는 의미이므로 벼가 익어서 수확의 시기가 다가올 것이라는 기대를 드러내는 표현이라 할 수 있다.

6 ③

정답 해설 | (가)에서 화자는 명절 제사와 내빈 접대를 어찌해야 할지 걱정을 하면서 사대부의 체면 때문에 어려운 일이 많다고 고뇌하는 모습을 보여준다. 따라서 사회적 책임을 내려놓고 죄책감을 드러낸다는 진술은 적절하지 않다.

오답 체크 |

① 파종할 볍씨인 '올벼 씨 한 말'이 상한 것은 농사를 지어야 하는 화자의 곤혹스러운 처지를 실감 나게 그려낸다고 볼 수 있다.

② 밥을 짓지 못해 솥과 시루가 녹슨 것을 통해 화자의 가난한 현실을 부각하고 있다.

④ '차례를 정한'은 사회적 약속을 존중한다는 의미이므로 〈보기〉의 내용을 고려하면 향촌 공동체 발전의 방도로 여기는 관점이라 볼 수 있다.

⑤ 밥들이고 잔 잡을 때 흥겹다는 것은 먹을 것이 있어 흥겹다는 의미이므로 가난에서 벗어난 이상화된 농촌의 일면이라 할 수 있다.

7 ⑤

정답 해설 | '어이살리'에서 의문형 문장을 사용하여 현실의 괴로움을 한탄하고 있으며, [나]에서는 술에 음식을 갖추고 가난 귀신을 보내려고 가난 귀신과 대화를 하는 화자의 모습이 드러난다.

오답 체크 |

① [나]에 설득적 어조로 말을 하고 있는 존재는 '가난 귀신'이다.

② [가]는 '쟁기, 호미, 씨앗' 등과 같은 구체적인 소재를 열거하고 있고, [나]에서는 '가난 귀신'이라는 추상적 소재가 등장하였다.

③ [가]에서는 가난한 현재의 삶을 제시하고 있고 [나]에서는 가난에서 벗어나고자 하는 화자의 모습이 제시되고 있다.

④ [가]는 가난이라는 구체적인 삶의 문제가 드러나고 [나]는 술과 음식을 준비하여 가난 귀신을 보내고자 하는 화자의 모습이 드러나지만 이것으로 화자 자신이 처한 문제를 해결하지 못하고 있다.

8 ②

정답 해설 | '어찌하여 차려놓고'는 의문형 문장을 사용하여 부역 세금을 마련할 방법을 고민하는 탄식에 해당하므로 가난을 핑계로 백성의 의무를 모면하려는 태도가 나타난다고 보기 어렵다.

오답 체크 |

① '아무쪼록 힘을 쓰라'는 것은 열심히 일해 달라는 부탁이라고 볼 수 있다.

③ 설의법을 사용한 문장이므로 겨울이 따뜻하다고 해도 몸을 가리기 어렵다는 의미로 해석할 수 있다.

④ 솥 시루를 방치하여 녹이 슬었다는 것이므로 솥 시루를 사용해 음식을 하지 못할 정도로 가난하다는 것을 드러낸다.

⑤ '어이하여 접대할꼬'는 친척들과 손님들을 접대할 방법이 없는 현실을 의문형 문장을 사용하여 한탄하는 내용이다.

9 ③

정답 해설 | [A]는 인생의 괴로움을 언급하고 있으므로 가난에 대한 탄식이라고 볼 수 있고, [B]는 '빈천도 내 분수니'라는 표현에서 가난한 현실에 체념하면서 현실을 수용하는 태도가 드러난다.

오답 체크 |

① [A]의 '일정 고루 하련마는'에 나타난, 모든 사람은 평등하다는 화자의 신념이 [B]의 '하늘 만든 이내 가난'에 이르러서 강화되어 있군.

② [A]의 '어찌 된 인생이'에 나타난 화자의 비관적 인생관이 '싸리피 바랭이'에 이르러서는 낙관적 세계관으로 변화되어 있군.

④ '부러워하나 어찌하리'에 나타난 화자의 열등감이 [B]의 '설마한들 어이하리'에 이르러서는 우월감으로 극복되어 있군.

⑤ '이 얼굴 지녀 있어'에서는 화자가 자신의 능력에 대해 자신감을 보이나 [B]의 '빈천도 내 분수니'에 이르러서는 그 자신감이 약화되어 있군.

1 ⑤	2 ③	3 ④	4 ②	5 ②
6 ①	7 ⑤	8 ②	9 ①	10 ①

허난설헌, 「규원가」

작품 감상

　이 작품은 불행한 결혼 생활로 외롭게 지낸 작가가 자신의 한 스러운 삶을 형상화한 작품으로 현재까지 전해지는 규방가사 중 가장 오래된 작품이다. '규방 여인의 원망을 담은 노래'인 '규원가 (閨怨歌)'의 주된 내용은 여인의 한과 고독한 삶이며, '원부사(怨婦 辭)'나 '원부가(怨婦歌)'로도 불린다. 화자가 밖으로 나가 돌아오지 않는 남편에 대해 원망과 비난을 하면서도 자신의 삶에 대한 자조 와 한탄을 함께 드러내고 있는 것이 특징이다.

작품 분석

1. 작품 개관

갈래	규방(내방)가사
성격	원망적, 체념적, 절망적, 고백적
제재	여인의 삶
주제	봉건 사회 규방 여인의 삶과 정한

2. 짜임

기	과거 회상과 늙음에 대한 한탄
승	임에 대한 원망과 서글픈 심정
전	거문고를 타며 외로움과 한을 달램
결	임을 기다리며 운명을 한탄함

3. 특징

① 화자의 심정을 다양한 대상에 투영하여 표현한다.

② 고사를 활용하여 주제를 드러낸다.

③ 현재까지 전해지는 규방가사 중 가장 오래된 작품이라는 문학 사적 의의를 지닌다.

작자 미상, 「가시리」

작품 감상

　이 작품은 우리 민족의 보편적 정서인 이별의 정한을 계승한 작품으로 슬프지만 겉으로 슬픔을 드러내지 않는 '애이불비(哀而 不悲)'의 자세를 형상화하고 있다. '원망-좌절-체념-기원'의 정서 가 전개되면서 임과 재회하기를 바라는 간절한 마음을 표현하고 있다.

작품 분석

1. 작품 개관

갈래	고려가요
성격	서정적, 애상적, 민요적
제재	임과의 이별
주제	이별의 정한

2. 짜임

기	뜻밖의 이별에 대한 안타까움과 하소연
승	허탈감과 좌절
전	감정의 절제와 체념
결	임이 돌아오기를 바라는 소망과 기원

3. 특징

① 우리 민족의 전통적 정서인 '정한(情恨)'을 노래한다.

② 간결한 형식에 소박한 정서를 담아낸다.

③ 작품의 내용과 관련성이 거의 없는 후렴구는 궁중 속악으로 채 택되면서 첨가된 것으로 추정한다.

홍랑, 「묏버들~」

작품 감상

이 작품은 함경도 경성의 이생이었던 홍랑이 당대의 유명한 시인 중 한 명인 고죽 최경창과 이별할 때 지은 노래이다. 화자는 이별한 임에게 자신의 분신인 묏버들을 보내 임이 묏버들을 보거든 화자로 여겨달라고 간절하게 호소하면서 임에 대한 사랑을 표현하고 있다.

작품 분석

1. 작품 개관

갈래	평시조
성격	연정가, 이별가, 애상적
제재	임과의 이별
주제	임에게 보내는 사랑

2. 짜임

초장	임에게 묏버들을 보낸다.
중장	묏버들을 창밖에 심어 두고 보기를 바란다.
종장	묏버들의 새잎이 나거든 '나'로 여겨주기를 바란다.

3. 특징

① 자연물을 화자의 분신으로 삼아 정서를 표현한다.
② 도치법으로 주제를 강조한다.

작자 미상, 「바람도~」

작품 감상

이 작품은 임과 이별한 상황에서 임을 기다리며, 바람, 구름, 매조차도 넘기 힘든 고개라 할지라도 임이 온다고 하면 쉬지 않고 넘겠다고 서술하면서 임에 대한 열렬하고 적극적인 사랑의 의지를 드러낸 사설시조이다.

작품 분석

1. 작품 개관

갈래	사설시조
성격	연정가, 연모가
제재	임과의 이별
주제	임에 대한 적극적인 사랑의 의지

2. 짜임

초장	넘기 어려운 고개
중장	
종장	임이 오면 쉬지 않고 넘을 것이라는 의지

3. 특징

① 의인, 과장, 열거법을 사용하여 화자의 강한 의지를 드러낸다.

1 ⑤

정답 해설 | (가)의 화자는 옥창에 심어 둔 매화가 피고 지었다는 것과 겨울에 눈이 내리는 것, 여름에 굳은 비가 오는 것 등을 언급하며 외로운 화자의 처지를 드러내고 있다. 이에 비해 (나)에서는 계절의 변화를 이용하여 화자의 처지를 보여주는 대목이 드러나지 않는다.

오답 체크 |

① (가)의 화자는 자신이 처한 현실적 문제인 외로운 처지를 서술하고 있지만 설득적 어조로 청자의 도움을 원하는 내용은 드러나지 않는다.

② (나)에서 이상과 현실을 괴리되게 만든 존재를 임이라고 볼 수 있지만 임에 대한 원망의 정서는 드러나지 않는다.

③ '군자호구'를 원했다는 내용에서 (가)의 화자가 원하는 삶을 추론할 수 있다. (나)에서는 임을 그리워하는 화자의 모습에서 화자가 원하는 삶에 대한 추론은 가능하나 그것을 구체적으로 제시하지 않았다.

④ (가)는 '실솔'을 이용하여 (나)는 '소나무'나 '버들'을 이용하여 화자의 외로운 정서와 처지를 제시하고 있다.

2 ③

정답 해설 | ⓐ에서는 '꾈소냐'라는 의문형 문장을 사용하여 임이 화자를 사랑하지 않을 것이라는 회의적 심정을 드러내고 있으나 ⓑ에서는 의문형 문장을 사용하지 않았다.

오답 체크 |

① ⓐ의 '내 얼골'은 화자의 얼굴이므로 잘못의 원인을 상대방에게 전가하였다고 보기 어렵다.

② ⓑ는 입과 코에 '후루룩 비쭉 '흐르는 것이 있다고 서술하면서 임을 그리워하여 눈물 흘리는 현실에 해학적으로 대응하고 있으므로 화자가 절망에 빠져 체념한다고 보기 어렵다.

④ ⓑ에서 '후루룩 비쭉' 하는 것은 화자이므로 타인의 행동에 대해 서술했다고 보기 어렵다.

⑤ ⓐ와 ⓑ는 모두 화자가 처한 현재 상황에 대해 서술하고 있다.

3 ④

정답 해설 | '봄바람', '가을 물'과 '겨울밤', '여름날'과 같은 계절 관련 시어를 활용하고 있으며 [A]는 '설빈화안'이던 화자가 '면목가증'으로 변하였다고 했지만 이와 달리 [B]에서는 화자의 변화가 제시되지 않았다.

오답 체크 |

① 세월의 흐름을 여성의 삶과 밀접한 관련이 있는 '베오리', '북'을 사용하여 서술하고 있다.

② '차고 찬 제', '길고 길 제'에서 구절을 반복하면서 계절의 특성을 드러내고 있다.

③ '소나무'와 '버들'을 '흔덕흔덕'과 '흔들흔들'이라는 발음이 유사한 의태어로 표현하여 움직이는 모습의 유사성을 드러내고 있다.

⑤ '겨울밤 차고 찬 제', '여름날 길고 길 제'와 '자최눈 섯거 치고', '굳은비는 무슨 일고'와 '재 위에 우뚝 선 소나무', '개울에 섰는 버들'과 '바람 불 적마다 흔덕흔덕', '무슨 일 좇아서 흔들흔들'에서 대구를 활용하여 리듬감을 형성하고 있다.

4 ②

정답 해설 | '긴 한숨 지는 눈물'에서 화자가 문제 상황에 처했음을 알 수 있고 현실의 시름을 해소하고자 선택한 방법이 '꿈'임을 알 수 있다.

오답 체크 |

① '당시'라는 표현을 고려할 때, '꿈같이' 만났다는 것은 화자의 과거에 대한 서술임을 알 수 있으며 혼란스러움은 드러나지 않는다.

③ ㉠은 과거의 사실에 대한 서술이며 이미 만남이 이루어졌으므로 기대가 드러난다고 보기 어렵다. ㉡은 임과의 만남을 기대하는 행위가 나타나므로 임과의 이별을 망각한 것이 아니다.

④ ㉠은 과거의 사실이므로 이미 일어난 일에 대한 회상이라 할 수 있지만 ㉡은 곧 일어날 일에 대해 단정하고 있는 것이 아니라 화자가 임과의 만남을 기대하면서 시도한 일이라고 할 수 있다.

⑤ '삼생의 원업', '월하의 연분'에서 ㉠의 만남을 운명으로 여기고 있다는 것을 확인할 수 있다. ㉡은 꿈속에서라도 임을 만나보겠다는 기대가 담긴 행위이다.

5 ②

정답 해설 | '부용장 적막하니'는 화자의 고독한 처지를 형상화하고 있으며, '뉘 귀에 들리소니'는 화자와 함께 소리를 들어줄 이가 없다는 것을 나타내므로 화자가 외부와의 교감을 거부하는 것이 아니라, 자신의 외로운 처지를 서술한 것이다.

오답 체크 |

① (가)에서 '실솔'은 화자의 감정이입 대상이므로 슬픔이 주변으로 확장되었다고 볼 수 있다.

④ '삼춘화류'에도 임이 곁에 없다는 것이므로 '삼춘화류'는 화자의 처지와 대비된다고 할 수 있으며, 흔들리는 '버들'은 이별 후에 임을 그리워하는 화자의 흔들리는 심정과 유사하다고 볼 수 있다.

⑤ '긴 한숨 지는 눈물'은 화자의 슬픔을 직접적으로 서술하고 있지만 '후루룩 비쭉'하는 것은 해학적인 장면이므로 슬픔에 처한 화자가 슬픔에만 잠겨 있지 않고 해학적인 면모를 보임으로써 슬픔과 거리를 둔다고 할 수 있다.

6 ①

정답 해설 | (가)는 이별의 정한, (나)는 이별한 임에게 보내는 사랑, (다)는 이별한 임이 있는 곳이라면 어디든 가겠다고 하는 의지를, (라)는 곁에 없는 임을 간절하게 기다리는 마음을 제시하고 있으므로 이별에 따른 화자의 정서가 공통점이다.

7 ⑤

정답 해설 | (가)는 떠나려는 임을 붙잡고 싶지만 어쩔 수 없이 보내드렸다는 내용이고, (라)는 떠난 임의 소식을 알 수 없다는 내용이므로, (가)에서 (라)로 상황이 변화한 것에 따른 화자의 심정은 '붙잡고 싶었던 임을 보내 주었는데 어찌하여 소식조차 없을까'가 적절하다.

8 ②

정답 해설 | 붙잡아 두고 싶지만 어쩔 수 없이 보내드리니 가자마자 돌아오라는 내용으로 전개되고 있으므로 ㉠에는 어쩔 수 없이 보내드리는 이유가 들어가야 적절하다. '선ᄒ면 아니 놀셰라'는 '서운하면 아니 올까 두렵다'는 의미이므로 보낼 수밖에 없는 이유에 해당한다.

오답 체크 |
① 살어리 살어리랏다 - 청산별곡
③ 어마님ᄀ티 괴시리 업세라 - 사모곡
④ 괴시란ᄃ 우러곰 좃니노이다 - 서경별곡
⑤ 유덕ᄒ신 님 여ᄒ♀와지이다 - 정석가

9 ①

정답 해설 | 〈보기〉의 '나'는 전학 간 친구에서 '테이프에 녹음한 노래'를 통해 자신의 마음을 전달하고 있다. '묏버들'도 화자의 마음을 임에게 대신 전달하는 매개체이므로 〈보기〉의 밑줄 친 구절에 대응한다고 볼 수 있다.

10 ①

정답 해설 | (다)에서 바람, 구름, 매가 쉬어 넘는 '고개'는 임과 화자를 가로막는 장애물이다. (라)의 '은하수'도 견우와 직녀 사이를 막고 있으므로 장애물이라 할 수 있다.

정철, 「사미인곡」

작품 감상

이 작품은 당파 싸움으로 50세에 관직에서 물러나 전남 창평에서 은거하던 정철이 임금에 대한 그리움의 마음을 여성을 화자로 설정하여 형상화한 충신연주지사(忠臣戀主之詞)이다. 직유법, 과장법, 미화법, 대구법 등 다양한 표현 방법을 활용하였으며 우리말의 묘미를 잘 살린 작품으로 조선 전기 가사 문학을 대표하는 가사라는 평가를 받고 있다.

작품 분석

1. 작품 개관

갈래	양반가사, 서정가사, 정격가사
성격	서정적, 연정적, 여성적
제재	임(임금)에 대한 사랑
주제	임(임금)을 향한 일편단심 연군지정(戀君之情)

2. 짜임

서사	임과의 인연과 이별 후의 그리움
본사1	충성스러운 마음을 임에게 알리고 싶음(춘원)
본사2	외로움과 임에 대한 정성(하원)
본사3	선정을 바라는 마음(추원)
본사4	임의 건강을 염려하는 마음(동원)
결사	죽어서도 임을 따르고자 하는 마음

3. 특징

① 충신연주지사(忠臣戀主之詞)의 대표적 작품으로 속편인 '속미인곡'과 더불어 가사 문학의 백미를 이룬다.
② 직유, 과장, 의인, 설의, 영탄법 등 다양한 표현법의 사용

신흠, 「창 밧긔~」

작품 감상

이 작품은 임과 이별한 상황에서 임이 오기를 간절히 바라는 화자의 마음을 창밖에서 들리는 소리를 임의 소리로 착각한 뒤 임의 소리가 아니라 낙엽이 지는 소리임을 깨닫는 '착각-진실'의 구조를 활용하여 효과적으로 제시한 시조이다.

작품 분석

1. 작품 개관

갈래	평시조
성격	애상적
제재	임을 기다리는 마음
주제	임을 기다리는 간절한 그리움

2. 짜임

초장	창밖의 소리를 임의 소리로 착각함
중장	낙엽 소리임을 깨달음
종장	임을 그리워하는 애달픈 마음

3. 특징

① '착각-진실'의 구조를 사용한다.
② 음성상징어를 활용하여 화자의 심정을 제시한다.

정지상, 「송인」

작품 감상

이 작품은 고려 시대에 정지상이 쓴 7언절구의 한시로 이별시의 백미로 불린다. 아름다운 자연과 이별하는 화자의 상황을 대비하면서 이별의 정한을 애절하게 제시하고 있다.

작품 분석

1. 작품 개관

갈래	한시(7언절구)
성격	서정적, 애상적
제재	임과의 이별
주제	이별의 슬픔

2. 짜임

기	아름다운 자연
승	임과의 이별
전	마르지 않는 대동강물
결	이별의 정한과 눈물

3. 특징

① 자연사와 인간사를 대비한다.
② 선경후정의 방식으로 시상을 전개한다.
③ 도치법, 과장법, 설의법 등 다양한 표현법을 사용한다.

황진이, 「청산은~」

작품 감상

　이 작품은 불변성을 지닌 '청산'과 가변성을 지닌 '녹수'를 대비하며 임에 대한 변함없는 사랑의 마음을 드러낸 황진이의 시조이다.

작품 분석

1. 작품 개관

갈래	평시조
성격	연정가
제재	임에 대한 사랑
주제	임을 향한 변함없는 사랑

2. 짜임

초장	화자의 변함없는 마음
중장	
종장	임도 변하지 않기를 바라는 마음

3. 특징

① 대조와 감정이입의 방식을 사용한다.

② 자연물의 속성을 이용하여 화자의 정서를 드러낸다.

〈보기〉 황진이, 「동지ㅅ돌」

작품 감상

　이 작품은 서경덕, 박연 폭포와 더불어 송도(개성)의 3대 명물로 이름이 높은 황진이의 작품이다. 추상적인 시간인 '동짓달 긴 밤'을 베어낼 수 있는 것으로 구체적으로 형상화하면서 임에 대한 기다림과 사랑을 표현한 점이 돋보인다.

작품 분석

1. 작품 개관

갈래	평시조
성격	낭만적, 연정적
제재	동짓달 긴 밤
주제	임에 대한 기다림과 사랑

2. 짜임

초장	동짓달 기나긴 밤의 한 허리를 베어낸다.
중장	베어낸 밤을 춘풍 이불 아래 넣어둔다.
종장	임 오신 날 넣어둔 밤을 펼친다.

3. 특징

① 추상적 개념을 구체적으로 형상화하여 참신하게 표현한다.

② 음성 상징어를 활용하여 우리말의 묘미를 살린다.

1 ②

정답 해설 | (가)의 '그리노고'와 (나)의 '그츨가 ᄒ노라'에서 영탄법을 사용하여 임을 그리워하는 화자의 정서를 효과적으로 제시하고 있다.

오답 체크 |

① (가)에서는 현재와 과거를 대비하고 있지만 문제의 해결책을 제시하지 않았고, (나)에서는 현재와 과거의 대비가 드러나지 않는다.

③ (가)와 (나) 모두 자연물에 감정을 이입하지 않았다.

④ (나)는 '위석버석'이라는 우리말 음성 상징어를 사용하여 대상을 생동감 있게 표현하고 있지만 (가)에서는 우리말 음성 상징어의 사용을 확인할 수 없다.

⑤ (가)와 (나) 모두 동적 이미지와 정적 이미지의 교차가 드러나지 않는다.

2 ①

정답 해설 | (가)와 (나)의 화자는 모두 임과 멀리 떨어져 있으므로 상실감을 느낀다고 할 수 있다. 또, (가)의 '한숨', '눈믈'과 (나)의 '간장이 다 그츨가'에서 화자가 고뇌하고 있다는 것을 확인할 수 있다.

3 ⑤

정답 해설 | 달을 보며 '님이신가'라고 독백조로 말하는 (가) 화자의 모습은 임에 대한 간절함을 형상화한 것이다. (나)에서 창밖의 소리를 임이 오는 소리로 착각하여 '님이신가' 여기는 화자의 모습에서 임을 기다리는 간절함이 드러난다.

오답 체크 |

① '노여'는 '전혀'라는 의미로 이 마음 이 사랑을 견줄 곳이 전혀 없다로 해석할 때 임에 대한 화자의 사랑이 견줄 것 없을 만큼 절대적이라는 의미를 지닌다. (나)의 '다'는 간장이 '모두' 끊어질 것 같음을 강조하고 있다.

② (가)의 'ᄒ노고야'는 무심한 세월의 흐름에 대한 화자의 탄식을 표현하고 있고, (나)의 'ᄒ노라'는 임을 기다리며 애간장을 태우는 화자의 모습을 표현하고 있다.

③ (가)의 '미화'는 임에 대한 화자의 변함없는 마음을 상징하는 소재로 의인화 대상이지만, (나)의 '혜란'은 임이 오는 길에 핀 꽃에 해당되며 의인화의 대상이 아니다.

④ (가)의 '므스 일고'는 차가운 날씨에도 피어난 매화에 대한 감동을 드러내고 있지만, (나)의 '므스 일고'는 창 밖의 소리를 임이 온 것으로 기대하였으나 낙엽인 것을 알게 된 안타까움의 정서를 드러내고 있다.

4 ⑤

정답 해설 | '염냥'이 '가ᄂ 돗 고텨' 온다는 것은 임과 함께하지 못하는 상황에서 물리적인 시간이 흘러간다는 의미이므로 화자가 느끼는 절망감 때문에 지상의 물리적 시간이 심리적으로 지연되어 나타난다는 진술은 적절하지 않다.

오답 체크 |

① '하ᄂᆯ'은 천상의 시간과 관련이 있으므로 임과의 '연분'을 '하ᄂᆯ'과 관련을 지어서 끝없는 사랑이 지속되는 천상에서처럼 화자의 사랑과 지속되기를 바라는 마음이 반영된 것이라 할 수 있다.

② '늙거야'라는 물리적 시간의 흐름을 표현한 것이므로 지상의 시간과 관련이 있다.

③ 물리적 시간인 삼 년을 '엇그제'로 표현한 것은 지상의 물리적인 시간을 심리적으로 압축한 것이라고 할 수 있다.

④ '인ᄉᆼ은 유훈'한데 '무심ᄒ 셰월'인 물리적 시간은 흘러간다는 의미이므로 지상의 시간적 질서에 따라 시간이 줄고 있는 것에 대한 불안감을 표현한 것이라고 할 수 있다.

5 ③

정답 해설 | (가)의 화자는 임이 없는 공간에서 임을 그리워하고 있고, (다)의 글쓴이는 자신이 장흥방 길갓집에 살던 옛 시절을 언급하고 있다. 그러므로 (가)와 (다) 모두 화자나 글쓴이가 현재의 공간에 부재하는 대상을 떠올리고 있다.

오답 체크 |

① (가)의 '올 저긔 비슨 머리 헛틀언 디'에서 외양 변화에 대한 안타까움이 드러난다.

② (가)와 (다) 모두에서 새로운 것을 중시하는 태도를 찾을 수 없다.

④ (가)에서는 유한한 인생에 대해 언급하였으나 인생의 허무함에 대한 순응적 태도가 나타나지는 않으며, (다)에서 인간사의 변화로 인한 슬픔의 정서가 나타나지만 인생의 허무함에 대한 극복 의지가 나타나지는 않는다.

⑤ (가)에서 화자는 과거와 달라진 임의 마음 때문에 아쉬워하고 있으나, (다)의 글쓴이는 옛집에서의 마음가짐을 임원에서도 지키려 하고 있다.

6 ⑤

정답 해설 | '고요함이 이긴다'는 당호를 '군더더기'로 보는 '누군가'가 있다는 것은 '임원'이 충분히 외적으로 고요한 공간이기 때문에 의아해하는 것이지 외적 고요가 부족하다고 생각하는 것이 아니다.

오답 체크 |

① '창 밖'의 소리가 창 안의 화자에게 들린다는 것은 화자가

외적 고요의 상태에 있기 때문이다.

② '창 밖'에서 들린 소리를 임이 오는 소리로 착각하는 것은 화자가 내적 고요의 평온한 상태가 아니라 임을 기다리는 간절한 마음 때문에 불안정한 상태임을 의미한다.

③ '사물에 닿을 때마다 슬픔만 더'한다는 것은 내적 고요인 평온한 심리 상태가 아니라는 의미이다.

④ 외적 고요 상태인 '임원'에 옛집의 당호를 쓰는 것은 내적 고요를 추구하겠다는 글쓴이의 의지가 반영된 것이라 볼 수 있다.

7 ⑤

정답 해설 | (가)의 화자는 광한전에서 임과 함께 했던 시절을 떠올리며 한숨을 짓고 눈물을 흘리고 있으나, (나)의 글쓴이는 길갓집에서의 추억을 떠올리며 그리워하지만 한숨을 짓거나 눈물을 흘리지 않았다.

오답 체크 |

①, ② ⓐ는 임이 계신 곳이므로 이상향에 가깝다고 할 수 있고 (가)의 화자는 임의 곁으로 가고 싶어 한다. ⓑ는 가족과 함께 지냈던 유년 시절의 추억이 있는 공간이지만 (나)의 글쓴이는 그 시절을 되찾을 수 없다고 생각하고 있으므로 ⓑ를 (나)의 글쓴이가 가고자 하는 곳이라 보기 어렵다.

③, ④ ⓐ와 ⓑ는 모두 화자나 글쓴이에게 그리움의 대상인 임이나 가족을 생각하게 하는 공간이다.

8 ④

정답 해설 | (가)~(다)는 모두 임과 이별한 상황을 '대동강', '청산과 녹수', '쇼샹 남반과 옥누 고쳐'라는 공간에서 형상화하면서 화자의 정서를 드러내고 있다.

9 ⑤

정답 해설 | 과장법을 사용하여 대동강에 이별의 눈물이 더해져 강물이 마르지 않는다는 내용을 서술한 결구는 이별의 슬픔을 표현하고 있으므로 '무상감'이라는 진술을 적절하지 않다.

오답 체크 |

① '풀빛'과 '푸른 물결'은 모두 푸른색을 띠므로 시각적으로 어우러진다.

② 이별의 눈물이 더해져서 대동강물이 마르지 않는다는 발상은 과장된 표현이라 할 수 있다.

③ '언제나 다할런가'는 설의법에 해당하며, 결구의 '더하거니'와 의미상 호응한다.

④ 깊은 강물은 심리적 측면에서 이별의 정한이 깊다는 의미를 드러내고 있다.

10 ⑤

정답 해설 | (나)에서 '청산'은 임을 향해 변함없는 화자의 마음을 뜻하므로 탈속적 이미지로 해석하는 것은 적절하지 않다.

오답 체크 |

① 한 곳에 머물러 있는 '청산'은 임을 향한 화자의 굳은 마음에 해당하고, 흘러가는 '녹수'는 '변하는 정(情)' 또는 '변화무쌍한 임'이라고 볼 수 있다.

② '우러 예어'의 주체는 '녹수'이므로 울음을 물이 소리 내어 흐르는 것에 비유했다고 볼 수 있다.

③ 청산을 불변의 존재로 보고 녹수를 변화하는 존재로 보는 것은 관습화된 상징에 해당한다.

④ 정(情)이 변하는 것을 물의 흐름으로 형상화하고 있다.

11 ②

정답 해설 | 추상적 대상인 '밤'이라는 시간을 구체적인 존재로 형상화한 것(〈보기〉)과 '양춘(陽春)'을 화자가 임에게 보낼 수 있는 구체적인 존재로 형상화한 것(다)에서 주관적 변용을 확인할 수 있다.

12 ②

정답 해설 | 매화에게 말을 건네는 대화체가 일부 사용되고 있지만 대화체와 독백체가 교차되고 있는 것은 아니다.

오답 체크 |

① 매화를 '너'라고 표현하며 자연물에 인격을 부여하고 있다.

③ '백옥함'이나 '청광' 등에서 흰색과 푸른색의 색채어를 활용하여 시의 분위기를 다채롭게 만들고 있다.

④ 매화, 옷, 청광, 양춘 등에 상징적 의미를 부여하여 일편단심이라는 주제 의식을 강조하고 있다.

⑤ '나위 적막하고 수막이 비어 있다'에서 적막한 분위기를 제시하면서 화자의 외로운 처지를 구체화하고 있다.

13 ⑤

정답 해설 | 〈보기〉에서 '밧줄'은 사랑이나 인연을 의미하는데 '부둣가'에서 별 그럴 일도 없으면서 넋 놓고 있던 화자가 '들어오는 배가 던지는 밧줄을 받는 것'이 사랑이라고 표현하고 있으므로 '부둣가'는 사랑의 불가항력성에 대해 깨달음을 얻는 공간이라 할 수 있다. '수막'은 적막한 분위기 때문에 임의 부재를 확인할 수 있는 공간이다.

오답 체크 |

① '부둣가'는 사랑이 시작되는 공간이며 '수막'은 이별을 한 화자가 외롭게 있는 공간이다.

② '부둣가'는 사랑이라는 개인의 일이 이루어지는 공간이며,

'수막'도 이별한 화자의 개인적인 공간이다.

③ '수막'은 화자가 벗어나고자 하는 현재의 공간이지만 '부둣가'를 과거의 공간이라고 볼 수 있는 근거는 드러나지 않는다.

④ '부둣가'는 사랑에 대한 깨달음을 얻는 공간이고 '수막'은 화자가 사랑하는 대상을 기다리는 공간이다.

14 ④

정답 해설 | 추운 날씨에 '초가 처마'에 비친 해를 임(임금)에게 올리고자 하는 것에서 임금을 염려하는 화자의 마음이 드러나고 있으므로 임금의 은혜에 대한 암시와 관련이 없다.

오답 체크 |

① '옷'을 지어 '백옥함'에 담아 보내는 것은 화자의 정성을 보여주는 것이며 이를 통해 화자가 여성임을 알 수 있다.

② 상징적 소재인 천상의 '달'과 '별'은 임금과 관련이 있으며 '달'과 '별'은 하늘에 있는 존재이므로 군신 사이의 수직적 관계를 반영한 것으로 볼 수 있다.

③ '청광'을 보내고자 하는 것에서 시적 화자와 청자가 실제로는 신하와 임금의 관계임을 추론해 낼 수 있다.

⑤ '앙금'은 부부가 함께 덮는 이불을 뜻하므로 군신 관계를 남녀 관계로 치환하였다고 볼 수 있다.

15 ⑤

정답 해설 | '임이신가 아니신가'에서 이 글의 화자가 사랑하는 대상인 임과 만나는 못하고 이를 안타까워 하는 상황임을 짐작할 수 있다.

16 ③

정답 해설 | 머리털이 세는 것은 시름겨운 상황이므로 시름이 많다고 한 ⓒ의 내용과 관련이 있다.

17 ⑤

정답 해설 | (다)의 화자는 이별 후 멀리 떨어져 있는 임을 여전히 그리워하고 있다. 이별의 상황은 동풍이 부는 봄이 와서 적설을 헤쳐 내도 현실은 여전히 냉담하며 녹음이 깔린 여름이지만 임이 없어서 적막하다고 서술하였다. 또, 임이 없는 현실을 극복하기 위해 매화를 꺾어 임에게 보내고, 임의 옷을 정성껏 지어 백옥함에 담아 보내려고 한다.

28 관동별곡 정철 / 상사곡 박인로 / 시조 안민영

1 ③	2 ②	3 ④	4 ③	5 ⑤
6 ⑤	7 ③	8 ①	9 ②	10 ②
11 ①	12 ④	13 ④	14 ⑤	15 ③
16 ①	17 ③	18 ⑤	19 ④	20 ④

정철, 「관동별곡」

작품 감상

이 작품은 정철이 45세가 되던 선조 13년에 강원도 관찰사로 부임하여, 금강산과 관동 팔경을 유람한 내용을 노래한 기행 가사이다. '서사 - 본사 - 결사'의 3단 구성으로 되어 있으며, 아름다운 자연을 감상하면서 관찰사로서 선정에 대한 포부와 연군지정을 드러내는 사회적 자아의 모습을 보여 주고 있다. 동시에 자연에 동화되어 신선이 되고픈 개인적인 자아의 욕망, 그리고 두 자아 사이의 갈등과 해소 과정이 잘 드러나 있다. 표현의 측면에서는 역동적이면서 생동감 넘치는 풍경 묘사와 아름다운 순우리말 표현, 속도감 있는 내용 전개 등이 특징적으로 나타난다.

작품 분석

1. 작품 개관

갈래	가사(기행 가사)
성격	서경적, 연군적
제재	관동 팔경
주제	관동 지방의 절경과 풍류

2. 짜임

서사	관찰사 부임과 관내 순력
본사 1	금강산(내금강) 유람
본사 2	관동 팔경과 동해안 유람
결사	여로의 종착

3. 특징

① 대구법을 사용하여 경쾌한 느낌이 들고 있다.

② 호흡이 지속되는 유창성과 우리말의 묘미를 잘 살리고 있는 표현이 많다.

③ 작가 자신이 자연에 몰입하여 새로운 시경(詩境)과 시상(詩想)을 창조하고 있다.

④ 감탄사와 생략법을 사용하여 문장에 탄력이 넘치고 있다.

박인로, 「상사곡」

작품 감상

이 작품은 임과 이별한 화자의 처지에 빗대어 연군지정을 노래하고 있는 가사로, 임을 그리워하는 마음, 임에 대한 변함없는 사랑, 임과의 재회에 대한 소망을 노래하고 있다. 비유적이고 감각적인 표현을 통해 화자의 심정을 효과적으로 표현하고 있으며, 설의적 표현으로 임에 대한 그리움을 한층 더 강조하고 있다. 다른 가사 작품들과 달리 이 작품에서는 남성을 화자로 내세워 마음이 변한 여성을 그리워하고 있다는 점이 특징이다.

작품 분석

1. 작품 개관

갈래	가사
성격	애상적, 한탄적, 연군적,
제재	임과의 이별
주제	임금을 향한 변함없는 충절

2. 짜임

1~12행	이별한 임을 그리워하는 화자
13~23행	임에 대한 그리움이 깊어 병이 든 화자
24~31행	임과의 이별로 인하여 애달픈 처지에 놓인 화자

3. 특징

① 문답법을 활용하여 임에 대한 그리움을 부각하고 있다.
② 장부가 임을 그리워하는 형식을 빌려 연군의 정을 노래하고 있다.
③ 다양한 비유와 객관적 상관물을 통해 화자의 정서를 표현하고 있다.

안민영, 「금강 일만 이천~」

작품 감상

이 작품은 금강산 일만 이천 봉의 모습을 예찬하면서, 화자 자신이 신선이 된 듯 여겨지는 감흥을 노래하고 있다. 특히 종장에서 화자는 금강산을 글이나 그림으로도 다 표현할 수 없다고 금강산을 극찬하고 있다.

작품 분석

1. 작품 개관

갈래	시조
성격	서경적, 예찬적
제재	금강산 일만 이천 봉
주제	금강산의 아름다움에 대한 예찬

2. 짜임

초장	일만 이천 봉의 아름다움.
중장	천상인의 기분을 느낌.
종장	글이나 그림으로 표현할 수 없는 일만 이천 봉

3. 특징

① 비유적 표현을 사용하여 일만 이천 봉을 형상화하고 있다.
② 영탄적 표현을 사용하여 예찬적 태도를 드러내고 있다.

〈보기〉이백,「망여산폭포」

작품 감상

이 작품은 중국의 절경 중 하나인 여산 폭포의 장관을 묘사한 7언 절구 이전의 근체시 형식의 작품으로, 시선이라 불리던 이백의 감각적이면서도 낙천적이고 호방한 기상을 엿볼 수 있다. 자연에 동화되는 물아일체의 경지를 보임으로써 탈속의 낭만적 동경의 시정을 담고 있다.

작품 분석

1. 작품 개관

갈래	한시
성격	서정적
제재	여산 폭포
주제	여산 폭포의 장엄한 위용을 노래함.

2. 짜임

1행	햇빛 비친 자주빛 향로봉의 정경
2행	폭포의 위치와 정경, 멀리서 본 폭포의 모습
3행	폭포의 규모, 엄청난 폭포의 높이
4행	폭포수의 장관, 폭포에 대한 감상

3. 특징

① 비유적 표현과 시각적 이미지를 통해 폭포의 모습을 효과적으로 형상화하고 있다.

〈보기〉송이,「남은 다~」

작품 감상

이 작품은 남들 다 자는 밤에 임에 대한 그리움으로 홀로 잠을 못 이루는 모습을 그리고 있다.

작품 분석

1. 작품 개관

갈래	시조
성격	애상적, 연정적
제재	임
주제	임에 대한 애달픈 그리움

2. 짜임

초장	홀로 잠 못 들어 하고 있음.
중장	다른 사람을 사랑하는 임에 대한 그리움
종장	임이 나를 그리워하게 만들고 싶은 마음

3. 특징

① '밤'이라는 시간적 배경을 통해 화자의 외로움을 드러내고 있다.

② 의문형 어미를 활용해 화자의 정서를 강조해 주고 있다.

1 ③

정답 해설 | 화자는 '개심대'에 올라 금강산의 봉우리마다 맺혀 있는 맑고 깨끗한 기운을 하면서, 이러한 금강산의 기운을 흩어 인걸을 만들고자 하는 마음과 봉우리를 보고 느끼는 정다움을 드러내고 있다. 따라서 화자는 금강산 만이천 봉우리를 조망하면서 그에 대한 감흥을 서술, 즉 화자는 선경후정의 방식을 사용하여 풍경과 그에 대한 감흥을 서술하고 있다.

오답 체크 |

① 화자는 '금강대'에서 '선학'이 '서호 녯 주인'을 반기는 것처럼 자신을 반기고 있다고 여기므로, 자연 속에서 만족감을 느끼며 자연에 동화되고 있음을 알 수 있다. 또한 화자는 '진헐대'에 올라 '여산 진면목이 여긔야 다 뵈는구나'라고 하여 아름다운 금강산의 모습에 감탄하고 있다. 따라서 화자가 '금강대'에서 '진헐대'로 이동하면서 자연에 대해 이중적 태도를 보여 준다는 내용은 적절하지 않다.

② 화자는 '진헐대'에서는 아름다운 금강산의 모습에 감탄하고 있고, '불정대'에서는 십이폭포의 장관에 감탄하고 있다. 다라서 '진헐대'와 '불정대'에서 화자의 내적 갈등이 고조된다고 볼 수 없다.

④ 화자는 '화룡소'를 보면서 마치 천년 묵은 늙은 용이 굽이굽이 서려 있는 것 같다고 하면서 '화룡소'가 넓은 바다와 이어져 있다고 표현하고 있다. 하지만 이 표현을 통해 화자의 시선이 원경에서 근경으로 이동하는 부분은 찾아볼 수 없다.

⑤ 화자는 '화룡소'에서 마하연, 묘길상, 안문재를 넘어 내려가 불정대에 오르고 있으므로, '화룡소'에서 '불정대'까지의 이동 경로가 드러났다고 할 수 있다.

2 ②

정답 해설 | [A]에서 화자는 금강산 봉우리가 백옥을 묶어 놓은 것 같다고 하면서 금강산의 아름다움을 표현하고 있고, 동해를 박차는 것 같다고 하면서 금강산의 웅장한 느낌을 표현하고 있다. 이렇게 볼 때, '백옥'과 '동명'은 금강산의 모습을 표현하기 위해 제시한 것이지 자연의 영속성을 표현하기 위해 제시한 것이라고는 볼 수 없다.

오답 체크 |

① [A]에서 화자는 금강산의 수많은 봉우리들이 '부용'을 꽂아 놓은 것 같기도 하고 '백옥'을 묶어 놓은 것 같기도 하다고 말하고 있는데, 이는 봉우리를 연꽃과 백옥에 빗대어 시각적으로 묘사하면서 금강산의 아름다움을 표현한 것이라 할 수 있다.

③ [A]에서 화자는 금강산의 봉우리들이 동해를 박차는 것 같기도 하고, 북극을 괴어 놓은 것 같기도 하다고 표현하고

있는데, 이는 금강산의 웅장한 느낌을 표현한 것이라 할 수 있다.

④ [A]의 '날거든 뛰디 마나 섯거든 솟디 마나'는 동일한 문장 구조를 짝을 맞추어 제시한 대구적 표현에 해당한다. 그리고 금강산 봉우리들의 모습을 날고, 뛰고, 서 있고, 솟는 등의 동작을 나타내는 표현을 통해 제시하고 있는데, 이는 금강산 봉우리의 역동적 느낌을 표현한 것이라 할 수 있다.

⑤ [A]의 '고잣는 듯'과 '박차는 듯'은 유사한 통사 구조를 보이는 표현으로, 화자는 이러한 표현을 사용하여 금강산 봉우리가 아름다움과 웅장함 등 다채로운 면모를 가지고 있음을 드러내고 있다.

3 ④

정답 해설 | [B]의 '천심(千尋) 절벽을 반공애 셰여 두고'를 통해 과장적 표현을 사용하여 폭포의 높이를 강조하고 있다. 그리고 〈보기〉의 '나는 듯이 흘러 곧바로 삼천 척을 떨어지니'를 통해 과장적 표현을 통해 폭포의 높이를 강조해 주고 있다.

오답 체크 |

① [B]의 '은하수 한 구비를 촌촌이 버혀 내여'와 〈보기〉의 '아마도 이는 은하수가 하늘에서 떨어지는 것이 아닌가 한다.'를 통해, 폭포 물줄기의 형상을 '은하수'에 비유하고 있음을 알 수 있다.

② [B]의 '실가티 플텨 이셔 베가티 거러시니'와 〈보기〉의 '긴 냇물을 걸어놓은 듯'을 통해 알 수 있다. 모두 폭포의 아름다움과 기이함을 함께 부각하고 있다.

③ 〈보기〉의 '멀리 폭포를 바라보니'를 통해 폭포를 멀리서 바라보고 있음을 알 수 있다. 하지만 폭포를 '실가티 플텨 이셔 베가티 거러시니'에서 알 수 있듯이 [B]에서는 가까운 거리에서 폭포를 바라보고 있다.

⑤ [B]의 '베가티 거러시니'와 〈보기〉의 '냇물을 걸어 놓은 듯'은 폭포를 비유하여 표현한 것이므로 발상이 유사하다고 할 수 있다.

4 ③

정답 해설 | 〈보기〉를 통해 이 작품의 작가는 자연에 하늘의 이치가 구현된 것이라고 여기면서, 자연의 미를 현실에서 발견하여 사실감 있게 묘사하였음을 알 수 있다. 그리고 이 글에서 화자는 '중향성'을 바라보며 천지가 생겨날 때에 금강산의 만이천 봉우리가 저절로 생겨난 것이라고 말하고 있음을 알 수 있다. 따라서 '중향성'을 바라보며 천지가 '자연이 되'었다고 본 것을 자연의 미가 하늘의 이치가 구현된 인간 사회의 영향을 받은 것이라고 인식하고 있다고 한 감상 내용은 적절하지 않다.

① '혈망봉'은 '천만겁 디나도록 구필 줄 모르'는 대상으로, 변치 않는 지조를 지닌 존재로 묘사되어 있다. '혈망봉'을 굽히지 않는 존재로 보는 것은 작가가 지조라는 가치를 투사하여 '혈망봉'을 이상적 인간상으로 이해한 것이다.

② 맑고 깨끗한 금강산의 기운을 흩어 내어 인걸을 만들겠다는 것은 백성들에게 선정을 베풀 수 있는 뛰어난 인재를 구하고자 하는 것이다. 작가는 '개심대'에서 바라본 금강산의 모습을 통해 목민관으로서의 사회적 책무를 떠올리고 있다.

④ '불정대'에서 본 폭포를 은하수를 베어 실처럼 풀어서 베처럼 걸어 놓은 것으로 묘사하고 있다. 폭포를 '실'이나 '베'와 같은 구체적이고 일상적인 사물을 활용하여 표현함으로써 자연의 미를 사실감 있게 드러내고 있다.

⑤ '불정대'에서 본 풍경에 대해 이백도 여산 폭포가 더 낫다는 말을 못 할 것이라고 표현하고 있다. 중국의 '여산'과 비교하며 우리 자연의 아름다움을 강조한 것인데, 이는 이백의 시구에 등장하는 관념적인 대상으로서의 자연이 아닌 현실에서 만날 수 있는 자연의 아름다움을 높이 평가한 것이다.

5 ⑤
정답 해설 | 이 글의 화자는 연산에 있는 폭포가 아름답다고 한 이적선이 만약 불정대에서 폭포를 본다면 불정대에서 본 폭포가 더 아름다울 것이라고 말하고 있다. 이는 결국 화자가 불정대에서 본 폭포의 아름다움을 찬양하기 위해 이적선을 끌어들인 것이므로, 이적선은 보조적 인물로 사용된 인물이라 할 수 있다. 그리고 〈보기〉에서는 글쓴이가 현재 있는 곳을 떠나 먼 곳으로 가고 싶은 마음을 바하만의 시구를 인용하여 표현하고 있으므로, ⓒ은 현재의 대상과 거리를 두고 싶은 글쓴이의 현재 심정을 대변해 주는 인물이라 할 수 있다.

6 ⑤
정답 해설 | '오월 댱텬'을 통해 계절적 배경이 여름임을 알 수 있다. 하지만 계절이 여름에서 가을로 바뀌는 부분은 찾아볼 수 없다.
① '겨근덧 밤이 드러'로 보아 배경이 낮에서 밤으로 옮겨졌음을 알 수 있다.
② 이 글에서 지상에 있던 화자가 꿈을 통해 천상에서 '진션'과 술을 마시게 되므로 지상과 천상이 이어진다고 할 수 있다.
③ '송근을 볘여 누어 픗줌을 얼픗 드니, 쑴애 흔 사롬이 날드려 닐온 말이'와 '나도 줌을 씨여 바다홀 구버보니'를 통해,

화자가 현실과 꿈 사이를 오고갔음을 알 수 있다.
④ 화자는 여정에 따라 '듁서루'에서 '망향정'으로 장소를 옮기고 있으므로, 여정에 따라 장소를 옮긴다고 할 수 있다.

7 ③
정답 해설 | '왕명이 유흔ᄒ고'는 관찰사로서의 화자의 공적인 임무를, '풍경이 못 슬믜니'는 자연 경치를 구경하고자 하는 마음을 드러낸다고 할 수 있다. 따라서 ㉠은 관찰사로서의 모습과 자연을 즐기고자 하는 모습 사이에서 일어나는 갈등을 드러낸다고 할 수 있다. 따라서 ㉠에는 공인의 임무를 수행해야 하는 현실적 의무와 아름다운 자연을 보려 하는 새로운 세계에 대한 동경이 얽혀 있다고 할 수 있다.
① 풍광을 즐기고자 하고는 있지만, 이를 위해 벼슬을 그만두고자 하는 마음은 찾아볼 수 없다.
② 공인의 임무를 수행해야 함을 알 수 있지만, 이러한 공적인 임무를 성공적으로 수행하고 고향으로 가고 싶은 마음을 토로하지는 않고 있다.
④ 화자는 공적인 임무를 생각하고 있으므로 공적인 책임에 구애되지 않는다고는 할 수 없다.
⑤ 공적인 임무를 수행해야 한다는 측면에서 공인으로서 백성을 사랑해야 하는 마음을 일면 엿볼 수 있지만, 선인(仙人)과의 약속을 지켜야 한다는 내용은 찾아볼 수 없다.

8 ①
정답 해설 | ⓛ은 화자가 '망양뎡'에 올라 수평선을 묘사한 부분에 해당한다. ⓛ에사 화자의 시선은 수평선에 머물러 있지만, 화자의 사고 과정은 '바다→하늘→미지의 세계'로 진행되면서 미지의 세계에 대한 동경을 나타내고 있다. 따라서 이와 같은 발상과 표현이 드러난 것은 ①로, ①에서는 화자의 시선은 '강 건너 언덕'에 머물러 있지만, 화자의 사고 과정은 '언덕 너머'로 이어져 '언덕 너머'에 대한 동경'을 담고 있다.

9 ②
정답 해설 | '계명성 돗도록 곳초 앉아 브라보니'를 통해, 화자는 '계명성'이 솟아오를 때까지 기다리고 있음을 알 수 있다. 따라서 달을 볼 수 없으리라 여겨 발길을 돌려 내려왔다는 적절하지 않다.
① 이 글의 '오월 댱텬'을 통해 계절적 배경이 여름임을 알 수 있다. 그리고 '풍낭이 뎡ᄒ거놀, 부상 지쳑의 명월을 기ᄃ리니'와 '쥬렴'을 고텨 것고, 옥계를 다시 쓸며'를 통해 화자가 바람이 멎자, 달을 보기 위해 두근거리는 마음으로 바닷

가 언덕에 오름을 엿볼 수 있다.

③ '빅년화 호 가지룰 뉘라셔 보내신고. 일이 됴흔 셰계 놈대되 다 뵈고져.'를 통해, 화자는 달이 떠올라 반가워하면서 이 좋은 광경을 다른 사람들에게 보여 주고 싶다는 마음을 드러냈음을 알 수 있다.

④ '돌두려 무론 말이, 영웅은 어듸 가며, 수션은 긔 뉘러니, 아믜나 맛나 보아 녯 긔별 뭇쟈 ᄒ니'를 통해 화자가 달에게 그리운 임의 소식을 물어 보고 있음을 알 수 있다. 그리고 화자는 꿈에 '샹계 진션'과 더불어 술을 마시고 노닐다가 꿈에서 깨므로 적절하다.

⑤ '명월이 쳔산 만낙의 아니 비쵠 ᄃᆡ 업다.'를 통해 화자가 달빛이 가득한 바다를 내다보면서 만족감에 젖어 있음을 알 수 있다.

10 ②

정답 해설 | ⓒ 뒤의 '명월이 쳔산 만낙의 아니 비쵠 ᄃᆡ 업다.'를 통해 화자가 달빛이 가득한 바다를 바라보고 있음을 알 수 있다. 따라서 ⓒ에는 '바다흘 구버보'면서 느낀 감회가 드러나야 하므로 '바다의 깊이와 끝을 알 수 없다'는 ②가 ⓒ에 들어가기에 적절하다.

오답 체크 | 작품 전체적으로 볼 때, ①은 폭포수, ③은 산봉우리, ④는 누각을 묘사한 것이고, ⑤는 높은 곳에서의 조망을 나타낸 것이라 할 수 있다.

11 ①

정답 해설 | '천지간에 어느 일이 남들에겐 서러운가 / 아마도 서러운 건 임 그리워 서럽도다' 등과 같이 화자는 자문자답의 방식을 활용하여 임에 대한 그리움을 강하게 드러내고 있다.

오답 체크 |

② 풍자의 기법을 사용하고 있지 않으며, 떠나간 임에 대한 서운함도 부각하고 있지 않다.

③ 언어유희가 나타나지 않으며, 이별의 현실을 수용하는 담담한 태도가 아니라 이별로 인한 서러움과 슬픔을 드러내고 있다.

④ 의태어를 나열한 부분이 나타나 있지 않다.

⑤ 반어적 표현을 사용하고 있지 않으며 임에 대한 자신의 애정이 식어 가는 것에 대한 안타까움이 아니라, 오히려 임에 대한 자신의 애정이 더 강해지고 있음을 드러내고 있다.

12 ④

정답 해설 | ⓔ은 화자가 임과의 이별을 예견하지 못했음을 드러내는 시구이다. 즉 화자는 임과 처음 인연을 맺었을 때에는 이별할 것이라고 생각하지 못했던 것이다. 따라서 '이리되자

맺었던가'는 이별로 인한 화자의 안타까움을 드러낸 것이지 현재의 이별이 예정되었음을 말하는 것이 아니다.

오답 체크 |

① ㉠은 좋은 시절(화조월석)에 임과 함께 있지 못함을 서러워하는 심정을 드러낸 것이다.

② ㉡은 임과 함께하지 못하는 시간인 '하루'가 '삼 년'같이 느껴진다는 의미를 담고 있다. 즉 이별한 임을 기다리는 시간을 부각하기 위해 시간의 대비를 사용하여 간절한 심정을 드러낸 것이다.

③ ㉢은 밥도 제대로 먹지 못하고 잠도 제대로 이루지 못함을 말하고 있다. 이는 임과 함께 있지 못한 화자의 모습을 말하는 것으로, 그리움으로 인한 고통을 드러낸 것이라 할 수 있다.

⑤ ㉤은 은하로 가로막힌 견우직녀도 일 년에 한 번은 만나는데 화자와 임은 그러하지 못함을 대비적으로 드러내어 화자의 기구한 처지를 말하고 있다. 또한 '몇 은하'는 임과의 만남이 매우 어려움을 의미하는 시구로 화자의 앞에 놓인 장애를 의미한다. 따라서 '은하'는 임과의 만남을 이룰 수 없는 화자의 슬픔과 관련이 있다.

13 ④

정답 해설 | 〈보기〉에서는 이 글이 '충신연주지사'라 하면서 '임'과 '화자'의 관계가 '왕'과 '신하'의 관계로 이해할 수 있음을 밝히고 있다. 그리고 이 글에서 '못 잊는 게 원수'라고 한 것은 임을 잊지 못하는 것이 '원수'라는 의미로, 그만큼 임을 간절히 그리워함을 드러낸 것이라 할 수 있다. 따라서 이를 신하가 자신의 마음을 몰라주는 것에 대해 왕을 원망한다고는 할 수 없다.

오답 체크 |

① 화자는 '청조도 아니 오고 백안도 그쳤으니'라고 하면서 임의 '소식'을 듣지 못하고 있음을 드러내고 있다. 따라서 '백안도 그쳤'다고 한 것은 신하인 화자가 임금과 소식조차 단절된 상황에 있음을 보여 준다고 할 수 있다.

② '이별 세상 안 보기를 원했건만'은 비익조를 통해 임과 이별하고 싶지 않았던 화자의 마음을 드러낸 것이라 할 수 있다. 따라서 '이별 세상 안 보기를 원했건만'은 신하인 화자가 언제나 임금 곁에 머물고 싶었던 마음을 담고 있다고 할 수 있다.

③ 화자는 '수척한 얼굴이 시름 겨워 '검어 가'고 있는데, 이는 임에 대한 간절한 그리움 때문이라 할 수 있다. 따라서 화자의 수척한 얼굴이 더욱 수척해지는 것은 그만큼 왕에 대한 사랑과 그리움이 크기 때문이라 할 수 있다.

⑤ '반쪽 거울 녹이 슬어 티끌 속에 묻'힌 것은 화자가 임이

없어서 거울을 보지 않았고, 시간이 오래되어 거울이 녹이 슬게 된 상황을 드러낸 것이라 할 수 있다. 이러한 녹이 슨 '거울'은 신하인 화자가 왕과 그만큼 오랜 시간 떨어져 있음을 보여 주는 것이라 할 수 있다.

14 ⑤

정답 해설 | 비익조는 불완전한 두 대상이 만나야 하나가 되는 존재이다. 화자는 임과 자신이 만나 하나의 존재가 되어 행복이 지속되기를 원했지만, 현실에서는 임과 자신이 '동과 서에 따로' 살고 있는 처지이다. 따라서 ⓔ를 통해 화자와 임이 '재회할 운명'임을 말하고자 한 것이 아니다.

오답 체크 |
① ⓐ(청조)는 소식을 전해 주는 존재로, 화자는 ⓐ를 활용하여 임의 소식을 알 길이 없는 자신의 안타까움을 말하고 있다.
② ⓑ(사택망처)는 매우 중요한 일을 놓쳐 버리는 것을 이르는 말이다. 화자는 임을 잊고 싶어도 잊을 수가 없어 이를 '원수'라 말하고 있다. 그래서 소중한 존재를 잊어버리는 ⓑ 같은 사람이 화자의 입장에서는 부러운 것이다. 즉 그리워해도 임을 못 보는 자신의 처지에서는 잊는 것만이 최선의 방법이지만 자신은 그러지 못하고 있음을 ⓑ를 활용하여 말하고 있는 것이다.
③ ⓒ(사광)의 총명과 화자가 임을 그리워하는 총명을 비교하여 화자는 임에 대한 자신의 기억이 여전히 생생함을 말하고 있다.
④ ⓓ(편작)도 화자 자신의 병을 고칠 수 없다는 것은 임에 대한 화자의 그리움이 매우 깊음을 의미하는 것이다.

15 ③

정답 해설 | 화자는 임 생각 때문에 밤중에 깨어 있지만, 이러한 화자와 달리 '닭'은 밤중에 깨지 않고 자는 대상에 해당한다. 이렇게 볼 때 화자는 자신과 다른 '닭'의 상황과 대비하여, 자신이 놓인 외로운 처지를 표현한 것이라 할 수 있다. 한편 ⓐ는 '남들'을 끌어들여서 남들처럼 천지간에 가장 서러운 것이 임을 그리워하는 것임을 강조해 준다고 할 수 있다. 따라서 ⓐ는 임을 그리워하는 자신의 처지를 강조하기 위해 끌어들인 대상이라 할 수 있다.

16 ①

정답 해설 | (가)에서 화자는 '망고되, 혈망봉'에 대해 '어와 너 여이고 너 フ투니 또 잇ᄂ가'라 하고 있고, '불정대(佛頂臺)'에서 올라 바라본 '폭포'에 대해 '여산(廬山)이 여긔도곤 낫단 말 못ᄒ려니'라고 말하고 있다. 그리고 (나)에서 화자는 '금강

일만 이천 봉'이 '눈, 옥' 같다고 하면서, '금강'이 '서부진 화부득'이라 말하고 있다. 따라서 (가)와 (나) 모두 대상에 대한 화자의 예찬적 태도가 드러나고 있다고 할 수 있다.

오답 체크 |
② (가)와 (나)에서는 주로 시각적 이미지를 사용하고 있지, 다양한 감각적 이미지를 사용하지는 않고 있다.
③ (가)의 '은하수 한 구비롤 촌촌이 버혀 내여 /실フ티 플텨이셔 뵈フ티 거러시니'에서 폭포의 아름다움을 드러내고 있다. (나)에서도 '금강 일만 이천 봉이 눈 아니면 옥이로다'에서 '금강 일만 이천 봉'을 비유적 표현을 사용하여 아름다움을 드러내고 있다.
④ (가)의 '"어와 너여이고 너 フ투니 또 잇ᄂ가'를 통해 의인법이 사용되었음을 알 수 있지만, (나)에서는 의인법이 사용되지 않았다.
⑤ (가)와 (나) 모두 사물에 감정을 이입한 감정 이입은 사용되지 않았다.

17 ③

정답 해설 | [A]와 〈보기〉를 통해 현실에서 부딪힌 문제가 무엇인지 드러나 있지 않고, 또한 이를 자연 속에서 해결하고 있는지는 찾아볼 수 없다.

오답 체크 |
① [A]에서 화자는 비로봉에 올라 '동산(東山) 태산(泰山)이 어ᄂᆞ야 놉돗던고/노국(魯國) 조븐 줄도 우리는 모르거든'이라고 말하고 있다. 이 말은 중국 동산에 올라 노나라가 작다고 하고, 태산에 올라 천하가 작다고 한 공자의 말을 인용하여 제시한 것이다. 따라서 [A]에서는 '비로봉'에 오르는 행위의 의미를 성인의 체험에 빗대어 생각하고 있음을 알 수 있다.
② '나'가 성정에게 말한 '물을 보면 반드시 원류(源流)까지 궁구해야 하고 산에 오르면 반드시 가장 높이 올라야 한다고 했으니, 요령(要領)이 없을 수 없겠지요.'를 통해, 높은 곳에 오르는 행위를 사물의 근원을 탐색하는 과정으로 여기고 있음을 알 수 있다.
④ [A]의 '비로봉 상상두(上上頭)의 올라 보니 긔 뉘신고'를 통해, 〈보기〉의 '마음이 가벼워지는 것이 마치 학을 타고 하늘 위로 오르는 듯하여, 나는 새라도 내 위로는 솟구치지 못할 것 같았다.'를 통해, [A]와 〈보기〉의 서술자 모두 자신의 여행 체험에 대해 만족하는 마음을 가지고 있음을 알 수 있다.
⑤ [A]의 '어와 뎌 디위룰 어이ᄒ면 알 거이고'와 〈보기〉의 '사방을 빙 돌며 둘러보니, 넓고도 아스라하여 그 끝을 알지 못할 정도였다.'를 통해, [A]와 〈보기〉의 서술자 모두 자신

의 시야를 넘어서는 세계에 대한 경외감을 가지고 있음을 알 수 있다.

18 ⑤
정답 해설 | 〈보기1〉의 '전봇대가 촘촘히 나타나면 급한 느낌이 든다. 그러다가 다시 원래의 간격을 회복하면 기대감이 충족되어 편안함을 느낀다.'를 통해, ④는 '전봇대가 촘촘히 나타나'는 것이라 할 수 있다. 따라서 〈보기1〉에 따라 '원래의 간격을 회복'한 것은 ⑤라 할 수 있다.

19 ④
정답 해설 | 〈보기〉를 통해 '와유'는 글을 통해 자연을 감상하는 간접 유람에 해당하고, '원유'는 실제 여행을 통해 자연을 즐기는 직접 유람에 해당함을 알 수 있다. 그런데 (가)의 '이 적선이 이제 이셔 고텨 의논ᄒ게 되면 / 여산이 여긔도곤 낫단 말 못ᄒ려니'라는 구절에서 화자는 '여산'을 직접 유람한 것이 아니라 이적선의 글을 통해 와유했다는 사실을 추측할 수 있다. 따라서 '상상하던 '여산'의 모습'과 '실제로 바라본 '여산'의 모습'을 비교했다는 설명은 적절하지 않다.

오답 체크 |
① 이 글에서 화자의 여정, 즉 '쇼향노'에서 '불정대(佛頂臺)'까지의 여정이 구체적으로 드러나 있는데, 이러한 화자의 여정은 (가)가 원유하는 글임을 보여 준다고 할 수 있다.
② (가)의 화자는 금강산을 직접 찾아가 자연을 즐기면서도, '녀 괴운 흐터 내야 인걸을 ᄆᆞᆫ둘고쟈.'에서 알 수 있듯이 '인재'를 양성하고자 하는 자신의 바람을 표출하고 있다.
③ (가)에서 화자는 '화룡소'를 직접 보고 느낀 감회를 서술하고 있는데, 만약 이를 읽은 다른 이들이 「관동별곡」의 '화룡소'를 보고 감상한 부분을 활용한다면 이는 와유에 해당한다고 할 수 있다.
⑤ (나)의 '혈성루 올라가니'를 통해 화자가 원유하고 있음을 알 수 있고, '혈성루'에 올라 자신이 '천상인'이 되었다 하고 있다. 따라서 화자는 '원유'를 통해 금강산의 아름다움을 몸소 체험하며 느끼는 호연지기를 느꼈다고 볼 수 있다.

20 ④
정답 해설 | '마하연', '묘길상', '안문재'는 모두 여정으로, 화자는 자신이 지나온 곳을 간단하게 나열하는 한편 서술어는 '너머 디여'로 최소화하여 여정을 간결하게 표현하고 있다.

오답 체크 |
① ㉠은 망고대와 혈망봉이 하늘, 즉 임금을 향해 우뚝 솟은 모습을 보고, 임금에게 잘못된 일을 직접 간하는 충신의 기개를 드러내고 있다.

② ㉡은 공자의 정신적 경지에 대한 경외감을 드러낸 표현이다.
③ '삼일우'는 '음애예 이온 플'을 살려 낼 수 있는 소재이다. 따라서 자신에게 다가올 험난한 역경이 아닌 '죽어 가는 것에 생명력을 부여하는 존재' 또는 '굶주린 백성들을 살릴 수 있는 화자의 선정'을 의미한다고 할 수 있다.
⑤ '녀산'은 이백의 시에 등장하는 산으로 화자가 직접 가 본 산이라고 말하기 어렵다. 하지만 당대 사대부들 사이에서 이백의 시를 통해 '아름다운 폭포'의 대명사로 인식되던 '여산 폭포'에 '십이 폭포'를 견주어 '십이 폭포'의 장관에 대한 감탄과 자부심을 드러내고 있다.

29 월선헌십육경가

134~136쪽

| 1 ④ | 2 ⑤ | 3 ④ | 4 ② | 5 ② |

신계영, 「월선헌십육경가」

작품 감상

이 작품은 신계영이 79세 되던 해에 벼슬을 그만두고 고향인 충청도 예산으로 돌아와서 지은 은일 가사이다. 벼슬살이에 시달리다가 시골로 돌아와 한가롭게 자연을 즐기며 살아가는 전원생활의 재미를 노래하고 있다. 관료 생활에 대한 회고와 고향으로 돌아온 과정을 서술하는 것으로 시작하는 이 작품은 사계절의 변화에 따른 자연 경치와 월선헌 주변의 자연 풍광, 그리고 농촌 생활의 모습을 담고 있다. 마지막으로 자연에 묻혀 평생토록 은거할 것을 다짐하는 것으로 끝을 맺고 있다. 이 작품은 평범한 시어를 구사하는 가운데 농촌 생활의 모습을 잘 반영한 작품으로 평가받고 있다.

작품 분석

1. 작품 개관

갈래	가사
성격	자연친화적, 풍류적
제재	자연에서의 삶, 월선헌
주제	자연을 즐기며 살아가는 전원생활의 즐거움

2. 짜임

서사	고향으로 돌아온 소회
본사1	사계절의 변화에 따른 자연의 풍경과 전원생활에서 느끼는 재미(수록 부분)
본사2	월선헌 주변의 풍요로운 삶
결사	자연에 은거하는 삶에 대한 다짐

3. 특징

① 계절의 변화에 따라 풍경을 묘사하고 있음.
② 자연에 대한 예찬과 유교적 충의 사상이 함께 표현되고 있다.
③ 설의적 표현으로 화자의 정서를 강조하고 있다.
④ 비유적 표현을 사용하여 자연의 아름다움을 드러내고 있다.

〈보기〉 맹사성, 「강호사시가」

작품 감상

이 작품은 사계절의 순환에 대응시켜 강호에서 노니는 즐거움을 표현한 연시조이다. 각 계절의 흥취를 대표하는 소재를 배치하면서도 네 수를 형식적으로 통일시켜 주는 구조를 갖추고 있다.

작품 분석

1. 작품 개관

갈래	연시조
성격	낭만적, 풍류적
제재	강호, 사계절
주제	자연을 즐기며 살아가는 전원생활의 즐거움

2. 짜임

제1수	강호에서 느끼는 봄의 흥취
제2수	초당에서의 한가로운 생활
제3수	강에서 고기를 잡으며 즐기는 생활
제4수	안빈낙도하는 생활

3. 특징

① 계절에 따라 한 수씩 노래하며 시상을 전개하고 있다.
② 동일한 구조를 반복하여 형식을 통일함으로써 주제를 효과적으로 드러내고 있다.
③ 의인법, 대유법, 대구법 등 다양한 표현 기법을 사용하고 있다.

1 ④

정답 해설 | '술이 니글션경 버디야 업슬소냐', '경(景)도 됴커니와 생리(生理)라 괴로오랴' 등의 설의적 표현을 사용하여, 자연 속에서 살아가는 삶에 대한 만족감을 드러내 주고 있다.

오답 체크 |

① 이 글에서 과거와 현재를 대비하거나 화자의 내적 갈등을 드러낸 부분은 찾아볼 수 없다.

② 이 글에서 자연에서의 삶과 세속적 이미지인 '세상 공명'을 대비하고 있지만, 이러한 대립적 이미지를 사용하여 이상과 현실의 괴리를 표현하지는 않고 있다.

③ 이 글에서 의문형 표현은 사용하고 있지만, 대상에게 묻고 답하는 방식은 찾아볼 수 없다.

⑤ 곡식이 익어가는 모습을 '만경 황운'에, '세상 공명'을 '계륵'에 비유하고 있지만, 이를 통해 화자의 외로운 처지와 심경을 구체화하지는 않고 있다.

2 ⑤

정답 해설 | 〈보기〉를 통해 (가)가 자연에서의 유유자적한 삶을 읊으면서도 현실적 생활 공간으로서의 전원에 새롭게 관심을 둔 작품임을 알 수 있다. 그리고 (가)에서 화자는 누렇게 곡식이 익은 들판, 게를 잡는 아이들과 물고기를 파는 어부의 모습 등을 데시하며 가을날 전원생활의 풍요로움과 여유로움을 드러내고 있다. 이렇게 볼 때, '생리라 괴로오랴'는 생활이 괴롭지 않다는 점을 설의적 표현을 사용하여 강조한 것이라 할 수 있다. 따라서 '생리라 괴로오랴'를 생업의 현장에서 느끼는 고단함으로 이해하는 것은 적절하지 않다.

오답 체크 |

① 화자는 가을날 추수를 앞둔 들판의 모습을 '만경 황운(들판에 벼가 누렇게 익은 모습을 나타낸 비유적 표현)'에 빗대어 전원생활에서 목격한 풍요로운 결실을 드러내고 있다.

② 화자는 중양절이 다가왔다고 말하면서 '내노리 ᄒᆞ쟈스라'고 말하고 있는데, 이는 가을날 전원생활 가운데 느끼는 여유를 청유형 표현으로 나타낸 것이라 할 수 있다.

③ 화자는 붉은 게가 여물었고 노란 닭이 살쪘다고 말하고 있는데, 이는 색채 이미지를 활용하여 전원생활의 풍족함을 드러낸 것이라 할 수 있다.

④ 화자는 밝은 '밤빌' 속에서 게를 잡는 아이들의 모습과 밀물이 밀려오는 호두포의 모습을 묘사하고 있는데, 이는 가을날 전원생활의 모습을 현장감 있게 제시한 것이라 할 수 있다.

3 ④

정답 해설 | 이 글의 '죽엽(竹葉) ᄀᆞ는 술롤 돌빗 조차 거후로니/표연훈 일흥(逸興)이 져기면 놀리로다/이적선(李謫仙) 이려하야 돌을 보고 밋치닷다'를 통해, '이적선'을 끌어들여 달을 보면서 술을 마시는 기분을 한껏 고조시키고 있다. 하지만 〈보기〉에서는 '흥이 절로 난다'라고 하고 있지만 이를 술을 마시면서 드러난 흥이라 할 수 없고, 특정 인물을 끌어들이지도 않고 있다.

오답 체크 |

① 이 글의 '동녁 두던 밧긔~눌은 ᄃᆞ기 스져시니'와 〈보기〉의 'ᄀᆞ올이 드니 고기마다 슬져 잇다.'를 통해 알 수 있다.

② 이 글의 '이 몸이 이러구롬도 역군은(亦君恩)이샷다'와 〈보기〉의 '이 몸이 소일(消日)히옴도 역군은(亦君恩)이샷다.'를 통해, 자연에서의 삶이 임금의 은덕이라 여기고 있음을 알 수 있다.

③ 이 글에서는 '가을'이라는 시어가 직접적으로 제시되고 있지 않지만, 〈보기〉에서는 '강호(江湖)에 ᄀᆞ올이 드니'에서 알 수 있듯이 '가을'이라는 계절을 직접적으로 제시하고 있다.

⑤ 이 글의 '세상 공명은 계륵이나 다룰소냐'를 통해, 세상에 대한 화자의 부정적 인식을 엿볼 수 있지만, 〈보기〉에서는 세상에 대한 화자의 인식이 어떠한지 찾아볼 수 없다.

4 ②

정답 해설 | 〈보기〉에서 화자는 자신의 뜻이 어부에 있다고 하면서 어부의 즐거움, 즉 어떤 때는 낚싯대를 잡고 외로운 배의 노를 저어 조류에 따라 강물을 오르고 내리면서 가는 대로 맡겨 두고, 모래가 깨끗하면 뱃줄을 매어 두고, 산이 좋으면 강 가운데를 흘러간다고 말하고 있다. 이러한 모습은 화자가 자연 속에서 유유자적하며 살아가면서 삶을 즐기는 것이라 할 수 있으므로, ㉂에 삶의 고독을 해소하려는 의지가 나타난다고 볼 수 없다.

오답 체크 |

① ㉠은 게를 잡는 아이들이 그물을 훑고 있는 가을날 전원의 풍경이라 할 수 있고, ㉧은 화자가 갈매기와 백로를 벗으로 삼아 자연과 일체된 모습을 보여 주는 것이라 할 수 있다.

③ ㉢은 화자가 모재를 비추고 있는 빛이 임금이 계신 옥루도 비추고 있을 것이라 생각한 것으로 임금에 대한 그리움을 엿볼 수 있다. 그리고 ㉤은 화자가 자신이 탄 배가 흰 물결을 일으키고 달빛을 헤치면 마치 하늘에 오르는 것과 같다고 말하고 있으므로, ㉤은 배의 움직임에 따른 맑고 아름다운 풍경을 나타낸 것이라 할 수 있다.

④ ㉣은 화자가 술을 마시기 위해 잔을 기울이는 것을 술잔에 비치어 있는 달빛을 기울인다고 말한 것으로, 풍류를 즐기는 모습을 운치 있게 드러내 주고 있다. 그리고 ㉥은 화자

가 벗과 함께 구운 고기와 생선회를 안주로 술을 마시는 모습으로, 이를 통해 공백공의 흥겨운 삶의 모습을 엿볼 수 있다.

⑤ ⑩은 춘하추동의 경치가 아름답고 낮과 밤, 아침과 저녁에 자연을 완상하는 즐거움이 새로워 몸은 한가하지만 귀와 눈이 바쁘다고 말하는 것으로, 변화하는 자연에서 얻는 즐거움을 드러낸 것이라 할 수 있다. 그리고 ㉧은 화자가 그물을 걷어 올릴 때 금빛 같은 비늘과 옥같이 흰 꼬리를 가진 물고기가 펄떡거리는 모습이 눈을 즐겁게 하고 마음을 기쁘게 한다는 것으로, 생동감 넘치는 자연에서 느끼는 공백공의 만족감을 나타낸다고 할 수 있다.

5 ②

정답 해설 | ⓐ에서 화자는 '강호 어조'와 한 맹세가 깊지만 관직 생활에 대한 꿈이 여전히 남아 있다고 말하고 있는데, 이를 통해 화자가 강호의 은거를 긍정하면서도 정치 현실에 미련이 있음을 알 수 있다.

1 ⑤	2 ④	3 ②	4 ③	5 ⑤
6 ⑤	7 ④	8 ①	9 ①	10 ①
11 ②	12 ⑤	13 ①	14 ③	15 ④
16 ②	17 ④	18 ②	19 ③	20 ④

정극인, 「상춘곡」

작품 감상

이 작품은 아름다운 봄 경치를 즐기는 풍류와 자연을 벗 삼아 안빈낙도하는 삶을 표현한 가사로, 속세를 벗어나 자연에 묻혀 고고하게 살아가려는 내면적 의지와 이에 대한 자부심이 드러나 있다. 이 작품에서는 설의법, 의인법, 대구법, 직유법 등의 다양한 표현 기교와 고사를 적절히 활용하여 자연 속에 살아가는 은일지사(隱逸之士)의 유유자적한 생활의 모습을 효과적으로 그려 내고 있다.

작품 분석

1. 작품 개관

갈래	가사
성격	낭만적, 풍류적
제재	봄날의 자연
주제	봄의 완상(玩賞)과 안빈낙도

2. 짜임

1~6행	자연에 묻혀 사는 즐거움
7~29행	봄의 아름다운 경치와 풍류

3. 특징

① 공간의 이동에 따라 시상을 전개하고 있다.
② 의인법, 대구법, 직유법과 고사 인용 등 다양한 표현 방식을 사용하고 있다.
③ 자연물에 감정을 이입하여 화자의 정서를 부각하고 있다.

이이, 「고산구곡가」

작품 감상

이 작품은 송나라 주자의 「무이도가」를 본뜬 것으로 알려져 있는 작품으로, 이이가 벼슬에서 물러나 황해도 해주 고산 석담에 정사를 짓고 제자들을 모아 가르치며 후진 양성에 전념할 때 지은 연시조이다. 이 작품에서는 자연의 아름다움에 흠뻑 빠져 자연에서 풍류를 즐기는 여유로운 모습을 드러내며, 세상 사람들에게 자연의 아름다움과 학문하는 즐거움을 전하고 싶은 마음을 노래하고 있다.

작품 분석

1. 작품 개관

갈래	연시조
성격	교훈적, 유교적, 예찬적
제재	고산구곡담
주제	자연에 대한 예찬과 학문을 깨우치는 즐거움

2. 짜임

1수	고산 구곡담에 묻혀 학문하는 삶
2수	관암의 아침 경치
3수	화암의 늦봄 경치
6수	수변 정사에서의 강학과 음풍농월
8수	단풍으로 덮인 풍암에서의 흥취
10수	문산의 눈 덮인 경치와 세속의 경박함에 대한 풍자

3. 특징

① 각 수의 제재가 되는 공간적 배경과 경치의 모습을 실제 지형의 이름과 맞춤으로서 사실성을 부여하고 있다.

② 중의법을 활용하여 고산의 아름다움과 학문의 즐거움을 동시에 나타내고 있다.

김광욱, 「율리유곡」

작품 감상

이 작품은 인목 대비 폐모론으로 삭탈 관직된 작가가 인조반정으로 재출사할 때까지 약 8년 동안 한양 인근 지역인 율리에 머물면서 창작한 전체 17곡의 연시조로 『진본 청구영언』에 수록되어 있다. 이 작품에서 작가는 속세를 잊고 자연 속에 묻혀 살면서 느끼는 유유자적한 삶에 대한 만족감을 노래하고 있는데, 이는 정치적 갈등 상황을 배경으로 하는 당대의 작품들이 정치 현실에 대한 긴장감이나 시름 등을 노래했던 것과 대비된다는 점에서 그 의의를 찾을 수 있다.

작품 분석

1. 작품 개관

갈래	연시조
성격	한정적, 자연친화적
제재	자연에서의 삶
주제	자연 속에서 유유자적하게 풍류를 즐기는 삶에 대한 만족감

2. 짜임

1수	소박한 삶에서 느끼는 즐거움
2수	욕심 없이 살아가는 삶에 대한 자부심
3수	자연 속에서 유유자적하는 삶의 흥취
4수	정사(政事)를 벗어나 자연에 귀의하는 삶의 즐거움
5수	늙음의 탄식

3. 특징

① 점층과 반복을 활용하여 세상과 단절하고자 하는 화자의 마음을 강조하고 있다.

② 자연물에 빗대어 혼탁한 정치 현실과 권력가의 횡포를 비판하고 있다.

③ 설의적 표현으로 자연에서 즐거움과 만족감을 강조하고 있다.

설장수, 「어옹」

작품 감상

이 작품은 세속의 명예와 욕심을 버리고 어옹의 삶을 살아가고 있는 화자의 의지적 태도를 잘 보여주고 있다. 이러한 화자의 삶의 모습은 '물, 구름, 호수, 안개, 달, 배' 등 자연의 이미지로 나타나 있으며, 이와 대립되는 세속적 삶을 보여 주는 것으로는 '헛된 이름, 서울 길, 붉은 먼지, 옥당' 등이 있다. '도롱이, 삿갓'과 함께 살아가고 있는 어옹으로서의 화자는 실제 먹고 살기 위해 고기를 잡는 어부가 아니라, 자신의 삶에 안분지족하며 살고 있는 은일자로서의 어부라 할 수 있다.

작품 분석

1. 작품 개관

갈래	한시
성격	낭만적, 자연친화적
제재	봄날의 자연
주제	은일자인 어부의 삶에 대한 만족감

2. 짜임

1~4행	자연친화적 삶의 추구
5~8행	안분지족의 삶

3. 특징

① 감각적 표현을 사용하여 시상을 전개하고 있다.
② 속세와의 대비적 표현을 통해 주제 의식을 효과적으로 드러내고 있다.

두보, 「강촌」

작품 감상

이 작품은 한적하고 평화로운 강촌의 정경과 그 속에서 소박하게 살아가는 화자의 모습이 조화를 이루어 현재의 삶에 대한 만족감이 드러나고 있는 한시이다. 작가가 긴 피란을 마치고 가족과 함께 평화로운 생활을 하던 시절에 지은 작품이니만큼 작가의 다른 작품들과는 다른 한가하고 평화로운 정서를 찾을 수 있다

작품 분석

1. 작품 개관

갈래	한시
성격	서정적, 한정적
제재	여름날 강촌
주제	한가로운 자연에서 누리는 안분지족의 삶

2. 짜임

1~2행	여름 강촌의 한가로운 풍경
3~4행	유유자적한 새들의 모습
5~6행	한가로운 가족의 모습
7~8행	안분지족의 태도

3. 특징

① 선경 후정의 구성으로 이루어져 있으며, 원경에서 근경으로 시선이 이동하고 있다.
② 시적 화자와 동일시되는 자연물을 사용해 유유자적함을 드러내고 있다.
③ 대구법을 이용하여 리듬감을 살리고 있다.

정철, 「장진주사」

작품 감상

이 작품은 우리나라 최초의 사설시조로, 살아 있을 때 풍류를 즐기자는 태도를 형상화하고 있다. 이 작품에서는 초장의 낭만적 풍경과 중장, 종장의 쓸쓸한 풍경이 대조를 이루고 있는데 이러한 대조적 구조는 화자가 느끼는 인생무상감을 강조하는 효과를 준다.

작품 분석

1. 작품 개관

갈래	사설시조
성격	낭만적, 허무적
제재	술
주제	술로써 인생의 무상함을 해소한다.

2. 짜임

초장	술을 끝없이 마시자고 권유한다.
중장	죽으면 술을 권할 사람이 없다.
종장	지난날을 뉘우쳐도 소용이 없으니 술을 먹자고 권유한다.

3. 특징

① 초장의 낭만적 풍경과 중장, 종장의 쓸쓸한 풍경 대조를 통해, 화자가 느끼는 인생무상을 강조하고 있다.

② 시구를 반복하여 화자의 태도를 강조하면서 운율을 형성하고 있다.

〈보기〉 정약용, 「보리타작」

작품 감상

이 작품은 보리를 타작하는 농민들의 건강한 노동의 모습을 묘사하면서, 벼슬에 집착한 자신의 삶을 반성한 작품이다. 화자는 농민들의 건강한 삶에 대한 예찬과 벼슬에 연연한 자신의 삶에 대한 반성을 하고 있다.

작품 분석

1. 작품 개관

갈래	한시
성격	사실적, 반성적
제재	보리타작
주제	농민들의 건강한 노동을 보고 얻은 삶의 깨달음.

2. 짜임

기	노동하는 농민들의 건강한 삶의 모습
승	보리타작하는 마당의 정경
전	정신과 육체가 합일된 노동의 기쁨
결	관직에 몸담은 자신에 대한 반성

3. 특징

① 농민들의 일상적 생활과 관련된 시어를 사용하여 그들의 삶을 사실적으로 묘사하고 있다.

② 감각적 이미지를 사용하여 노동 현장을 생동감 있게 묘사하고 있다.

③ 대조적 소재를 사용하여 화자가 지향하는 바를 드러내고 있다.

1 ⑤

정답 해설 | (가)에서는 '도화행화', '녹양방초' 등의 자연물을 활용하여 봄이라는 시간적 배경을 시각적으로 드러내고 있다. 그리고 (나)에서는 '벽파'와 '곳'이라는 자연물을 통해 봄이라는 시간적 배경을(3수), '청상'이라는 자연물을 통해 가을이라는 시간적 배경을(8수), '눈'이라는 자연물을 통해 겨울이라는 시간적 배경을(10수) 시각적으로 드러내고 있다. 따라서 (가)와 (나) 모두 자연물을 통하여 시간적 배경을 시각적으로 드러내고 있음을 알 수 있다.

오답 체크 |

① (가)와 (나)를 통해 과거를 회상하면서 현실의 덧없음을 환기하는 내용은 찾아볼 수 없다.

② (가)와 (나)를 통해 음성 상징어를 찾아볼 수 없다.

③ (가)와 (나)에서 화자는 자연물이나 공간에 대한 친밀감을 드러내고 있으므로, 대상과의 거리감을 강조한다는 내용은 적절하지 않다.

④ (나)의 '주자'는 역사적 인물로 볼 수 있으나, 그를 호명하여 회고적 분위기를 조성하는 것은 아니므로 적절하지 않다. 그리고 (가)에서는 역사적 인물을 언급한 내용은 찾아볼 수 없다.

2 ④

정답 해설 | ㉣은 '사람들이 경치가 아름다운 곳을 모르니 알게 하면 어떻겠는가?'라는 의미로, 화자의 생각을 청자에게 묻는 방식을 사용하고 있다. 이러한 표현 방식을 통해 화자는 화암의 늦봄 경치와 계곡의 절경을 사람들에게 알리고 싶은 마음을 드러내어 공감을 유도하려 하고 있다.

오답 체크 |

① ㉠은 '홍진', 즉 속세에 사는 사람들에게 자연 속에서 살아가는 화자 자신의 삶이 어떠한가 묻는 형식으로 자연 속에서의 삶에 대한 만족감을 드러내고 있다. 따라서 청자와 화자가 서로 동질적인 삶을 살고 있음을 질문하는 방식으로 확인하는 것이라고 할 수 없다.

② ㉡은 이웃 사람들에게 산수 구경을 권유하는 내용이지 그들을 불러들여 함께했던 지난날의 경험을 상기시키고 있는 것이 아니다.

③ ㉢은 아이에게 술동이가 비었으면 자기에게 알리라는 의미로, 상대의 부탁을 수용하거나 자신과 뜻을 같이할 것을 청자에게 명령하고 있는 것이라 볼 수 없다.

⑤ ㉤은 직접 와서 살펴보지 않으면서 볼 것이 없다고 말하는 세속의 경박함에 대해 비판하려는 의도를 담고 있으므로, 타인의 말을 청자에게 전하며 조언을 구한다고 볼 수 없다.

3 ②

정답 해설 | (가)에 제시된 '수풀에 우는 새는 춘기를 뭇내 계워 소리마다 교태로다'는 화자가 느끼는 봄의 흥취를 새에게 투영하여 자신의 감정을 드러내고 있는 것이라 할 수 있다. 즉 '새'에 감정을 이입하여 봄의 흥취를 효과적으로 드러내 준다고 할 수 있다. 따라서 새에 대한 부러움을 드러낸 것은 아니므로 ②는 적절하지 않다.

오답 체크 |

① '녯사룸 풍류를 미츨가 못 미츨가'에서는 자신의 삶을 옛사람과 비교하고 있고, '송죽 울울리예 풍월주인 되여셔라'는 스스로를 풍월주인으로 여기고 있음을 알 수 있다. 이를 통해 화자는 자연 친화적인 자신의 삶에 대해 자부심을 드러내고 있다.

③ '답청으란 오늘 호고 욕기란 내일 호새 / 아춤에 채산호고 나조히 조수호새'를 통해, 하고 싶은 일에 대한 화자의 기대감을 엿볼 수 있다.

④ '청향은 잔에 지고 낙홍은 옷새 진다'를 통해, 화자가 맑은 향이 담긴 술잔과 옷에 떨어지는 꽃잎에 주목하고 있음을 알 수 있는데, 이는 화자가 자연과 일체되는 물아일체의 심리를 드러낸 것이라 할 수 있다.

⑤ '청류를 굽어보니 떠오느니 도화ㅣ로다 / 무릉이 갓갑도다 져 미이 귄 거인고'를 통해, 화자는 떠내려 오는 도화를 보며 동양적 이상향인 무릉도원을 연상하고 있음을 알 수 있다. 따라서 이러한 모습은 봄의 경치에 대한 화자의 감흥이 점점 고조됨을 드러낸 것이라 할 수 있다.

4 ③

정답 해설 | ⓑ는 화자가 앉아서 '한중진미'를 느끼는 공간이고, ⓔ는 술을 마시며 일출을 즐기는 공간에 해당함을 알 수 있다. 이렇게 볼 때, ⓑ와 ⓔ는 주위의 경치를 볼 수 있는 곳에 해당함을 알 수 있다. 하지만 (가)와 (나)의 내용을 통해 ⓑ와 ⓔ를 가장 빼어난 경치를 볼 수 있는 곳이라고 예찬하는 내용은 찾을 수 없다.

오답 체크 |

① (가)의 내용을 통해 ⓐ는 화자의 거처임을 알 수 있고, 화자는 ⓐ에서 출발하여 ⓑ와 ⓒ로 이동하고 있음을 알 수 있다.

② (나)를 통해 ⓔ와 ⓕ는 화자가 은거한 ⓓ를 구성하는 장소로, 각각 구곡 중의 하나임을 알 수 있다.

④ (가)의 '벽계수 앏픠 두고'를 통해 ⓐ에 인접한 맑은 풍경을, (나)의 '주모복거하니 벗님니 다 오신다'를 통해 화자가 ⓓ에 터를 정함으로써 생긴 변화를 확인할 수 있다.

⑤ (가)의 화자는 ⓒ에서 '청류'를 굽어보고 '미'를 바라보고

있으므로 ⓒ에서 주변으로 시선을 보낸다고 볼 수 있다. (나)의 화자는 단풍에 둘러싸인 ⓕ를 바라보며 그 아름다움에 감탄하고 있다.

5 ⑤
정답 해설 | 〈10수〉에서 바위를 덮은 '눈'은 문산의 아름다움을 부각하는 것이라 할 수 있지, 화자가 자연과 합일을 이루려는 의지를 형상화하지는 않고 있다. 그리고 〈보기〉의 「송애기」와 관련한 설명에서도 인간의 의지를 강조하는 내용은 찾을 수 없으므로 적절하지 않다.
오답 체크 |
① 〈보기〉의 '그가 고산구곡의 곳곳에서 지인들과 교유한 경험을 소개한 「송애기」에는'을 통해 확인할 수 있다.
② 〈보기〉의 「고산구곡가」의 창작 이후 이곳을 찾는 이들이 더 많아졌다는 사실이 기록되어 있다.'에서 짐작할 수 있다.
③ 〈보기〉의 '그가 고산구곡에 정사를 건립한 일이 주자가 무이구곡의 은병에서 후학을 양성한 것을 본받았다는 점'에서 확인할 수 있다.
④ 〈보기〉의 '자연으로부터 마음을 바르게 하는 도리를 찾으면 군자의 참된 즐거움을 누릴 수 있다는 그의 생각이 나타나 있다.'에서 '강학'과 '음풍영월'이 조화를 이룰 수 있는 행위임을 유추할 수 있다.

6 ⑤
정답 해설 | (가)의 '산림에 묻혀 있어 지락(至樂)을 모를 것인가.'와 '물아일체(物我一體)어니 흥이야 다를쏘냐.'를 통해, 설의적 표현을 사용하여 자연 속에서 살아가는 삶의 만족감을 드러내고 있다. 그리고 (나)의 '이 몸이 이 청흥(淸興) 가지고 만호후(萬戶侯)인들 부러우랴.'를 통해, 설의적 표현을 사용하여 자연에 묻혀 낚시하며 살아가는 만족감을 드러내고 있다. 따라서 (가)와 (나) 모두 설의적 표현을 통해 화자의 자족감을 표출하였다고 할 수 있다.
오답 체크 |
① (가)의 '벽계수, 녹양방초' 등, (나)의 '백구'를 통해 색채 이미지가 사용되었음을 알 수 있지만, 색채를 대비하지는 않고 있다.
② (가)와 (나) 모두 풍자적 표현을 사용하지는 않고 있다.
③ (가)의 '엊그제 겨울 지나 새 봄이 돌아오니'와 (나)의 '동풍이 건듯 불어 적설(積雪)을 다 녹이니 / 사면(四面) 청산이 옛 모습 나노매라'를 통해 시간의 흐름이 드러나 있지만, 이를 통해 사물의 속성을 드러내지는 않고 있다.
④ (가)와 (나) 모두 시각적 이미지가 사용되었음을 알 수 있

만, 공감각적 이미지는 찾아볼 수 없다.

7 ④
정답 해설 | [A]에서 화자는 봄을 맞은 흥겨움을 '수풀에 우는 새'에 감정을 이입하여 표현하고 있다. 그리고 [C]에서 화자는 봄이 와서 '적설'을 다 녹이고 있지만 자신의 '해묵은 서리', 즉 백발은 녹을 줄 모른다 하고 있다. 따라서 [C]에서 '봄'은 늙은 화자 자신의 모습을 상기시켜 준다는 점에서 서글픔을 불러일으킨다고 할 수 있다.
오답 체크 |
① [A]에서 봄은 화자로 하여금 흥을 불러일으키므로 인간의 유한성을 상징한다고 볼 수 없다. 그리고 [C]를 통해 늙을 수밖에 없는 인간의 유한성을 엿볼 수 있지만 '봄'이 인간의 유한성을 상징한다고 볼 수 없다.
② [A]와 [C]에서는 겨울이 지나 봄이 왔음을 드러내고 있지만, '봄'을 겨울과 대조하지는 않고 있다.
③ [C]에서는 봄을 의인화하지는 않고 있다. 반면 [A]에서는 '수풀에 우는 새'의 소리가 '교태'라 하였으므로 의인화가 사용되었다고는 할 수 있다.
⑤ [A]에서 근경에서 원경으로, [C]에서 원경에서 근경으로의 화자의 시선 이동은 찾아볼 수 없다.

8 ①
정답 해설 | [B]에서는 화자가 '뒷집의 술쌀'을 '마구 찧어'서 술을 빚으면서, '여러 날 주렸던 입'이므로 술이 달든지 쓰든지 먹을 수밖에 없음을 드러내고 있다. 이를 통해 볼 때 [B]에서는 자연 속에서 살아가는 화자의 조촐하고 소박한 삶의 모습이 드러나 있다고 할 수 있다.

9 ①
정답 해설 | (가)의 '산림'은 화자가 자연과 벗하는 유유자적한 삶을 지향하고 있음을 보여 주는 공간이다. 그리고 〈보기2〉의 '마당'은 농민들이 보리타작하는 공간으로 화자는 이곳에서 농민들의 모습을 보면서 건강한 노동의 즐거움을 깨닫고 자신의 삶을 성찰하게 된다.
오답 체크 |
② (가)의 '산림'은 소박한 삶에 대한 지향이 담긴 공간으로 일면 볼 수 있지만, 〈보기2〉의 '마당'은 빈곤한 삶을 극복하려는 의지가 담긴 공간으로 볼 수 없다.
③ (가)에서 화자의 궁핍한 처지가 드러나지 않고 있고, 〈보기2〉에서 화자가 삶의 애환을 다른 사람과 공유하고 있지도 않다.
④ (가)에서 화자의 힘겨운 상황이 드러나지 않고 있으므로 힘

겨운 상황에 대한 저항 의지가 담긴 공간이라 볼 수 없다. 또한 〈보기2〉에서 화자가 현실과 타협하는 내용은 찾아볼 수 없다.

⑤ (가)에서 화자는 자연에 묻혀 사는 즐거움을 표출하고 있으므로 화자가 내적 욕구에 대한 자기 절제한다고는 볼 수 없다. 그리고 〈보기2〉를 통해 '마당'이 과거와 달라진 현재의 상황에 대한 안타까움이 표출된 공간이라고 볼 내용은 찾아볼 수 없다.

10 ①

정답 해설 | ⓐ는 '갈 숲으로 서성이며 고기 엿보기' 한다는 점에서 욕심을 지닌 대상으로, '군마음 없'이 살아가는 화자와 대조되는 대상이라 할 수 있다. 따라서 ⓐ는 '군마음 없'이 살아가는 화자가 비판적으로 바라보는 대상이라 할 수 있다. 그리고 ⓑ는 '세한의 절개가 있어 더위와 추위에도 지조를 변치 않는' 대상으로, 글쓴이가 취하고자 하는 것이라 할 수 있다. 따라서 글쓴이는 ⓑ에 대해 긍정적으로 바라보고 있으므로 예찬하는 대상이라 할 수 있다.

오답 체크 |

② ⓐ는 비판의 대상이므로 화자가 그리워하는 대상이라 할 수 없고, ⓑ는 글쓴이가 긍정적으로 바라보는 예찬의 대상이므로 외로움을 불러일으킨다고 할 수 없다.

③ ⓐ는 화자가 비판한다는 점에서 거리를 두고 싶어 하는 대상이라 할 수 있다. 하지만 ⓑ는 지조와 절개를 지니고 있어서 화자가 긍정적으로 인식한다는 점에서 글쓴이가 본받고 싶어 하는 대상이라 볼 수 있다.

④ ⓐ는 욕심이 있는 대상이므로 '군마음'이 없는 화자와 대비되는 대상이라 할 수 있다. 하지만 ⓑ는 글쓴이가 긍정적으로 인식하는 예찬의 대상이므로, 글쓴이가 처한 부정적 현실을 드러내는 대상이라고 볼 수 없다.

⑤ ⓐ가 비판적 대상이기는 하지만 화자의 상실감을 부각하는 대상이라 볼 수 없고, ⓑ는 글쓴이가 예찬하고 있는 대상이지 글쓴이의 기대감을 고조시킨다고는 볼 수 없다.

11 ②

정답 해설 | (가)에서 화자는 부귀공명을 꺼리며, 청풍명월의 자연을 벗 삼고 있고, 단표누항의 소박한 삶에 만족하고 있다. 그리고 (나)의 화자는 세속적 삶과 명예를 멀리하고 자연과 더불어 살면서 어부로서의 자신의 삶에 만족감을 드러내고 있다. 따라서 (가)와 (나) 모세속적 이익을 좇지 않고 자연과 어울려 살아가는 삶의 자세를 드러냈다고 할 수 있다.

① (가)와 (나) 모두 특정 대상에 대한 그리움은 나타나지 않고 있다.

③ (나)에서 자연의 이미지와 인간의 세속적 삶의 대비를 통해 주제의식이 강조되고 있다고 할 수 있다. 하지만 (가)에서 인간과 자연을 대비하지는 않고 있다.

④, ⑤ (가), (나)의 화자 모두 현재의 삶에 대한 만족감을 드러내고 있지, 현실의 고통을 느끼지는 않고 있다. 또한 현재보다 나은 삶을 살지 못하는 안타까움도 나타나 있지 않다.

12 ⑤

정답 해설 | (가)에서 화자가 봉두에 올라 멀리 풍경을 바라보고 있는 것을 통해 시각적 이미지를 확인할 수 있다. 하지만 (나)에서는 화자 자신이 살고 있는 자연 풍경에 대한 시각적 이미지와 더불어 '노랫소리'라는 청각적 이미지를 통해 흥취를 드러내고 있다.

오답 체크 |

① (가)의 '공명도 날 꺼리고 부귀도 날 꺼리니'는 주체와 객체가 전도된 표현으로, 이를 통해 부귀공명을 멀리하고 살려하는 화자의 인생관을 알 수 있다.

② (나)에서 어부의 삶을 살고 있는 화자의 모습은 초록과 푸른색의 이미지로, 세속적 삶의 모습은 붉은 색의 이미지로 제시되고 있다. 따라서 (나)에서는 이러한 색채의 선명한 대조를 통해 화자의 자연에서의 삶을 효과적으로 드러내 준다고 할 수 있다.

③ (가)의 '아모타 백년행락(百年行樂)이 이만한들 어찌하리.'와 (나)의 '세상에 옥당(玉堂)있다고 어찌 부러워하리오.' 모두 의문 형태인 설의적 표현에 해당한다.

④ (가)에서는 봉두에 올라서 바라보는 풍경과 더불어 현재의 삶에 만족하고 있다는 화자의 정서가 표출되어 있다. 그리고 (나)에서는 안개 낀 호숫가와 배를 비추고 있는 달빛의 풍경과 더불어 세속을 멀리하겠다는 화자의 정서가 함께 드러나 있다.

13 ①

정답 해설 | 〈보기〉에서는 (나)의 화자는 고기잡이를 직업으로 하는 어부가 아니라, 은자로서의 삶을 살고 있는 사람으로서의 어부라 하고 있으므로, (나)에서의 자연은 화자와 교감하며 소통하는 대상으로 이해할 수 있다. 하지만 (나)에서 달이 배를 비추고 있는 풍경은 화자가 살고 있는 어촌의 평화로운 풍경을 보여 줄 뿐이지, 달에 인격을 부여한 표현은 아니므로 적절하지 않다.

오답 체크 |

② 〈보기〉의 ㉠을 바탕으로 할 때 화자는 고기잡이로 생계를 유지하는 어부가 아니라 할 수 있다. 따라서 (나)에 제시된 '배 한 척'은 화자의 한가롭고 평화로운 생활을 나타내는 소재라고 볼 수 있다.

③ 〈보기〉의 ㉠과 '초록 도롱이 푸른 삿갓과 함께 살아'가는 것을 통해, 화자는 자신이 긍정하는 삶을 어부로 표상하였다고 할 수 있다.

④ 화자는 자신이 원하는 공간, 즉 자연 속에서 생활하고 있기 때문에 자신의 삶에 만족하며 즐거운 마음으로 '뱃사람의 흥취'를 느낀다고 할 수 있다.

⑤ '옥당'은 '서울 길의 붉은 먼지'와 상통하는 것으로 속세라는 시적 의미를 지닌다. 화자는 이러한 '옥당'과 거리를 둠으로써 자연 속에서 추구하는 삶이 지닌 가치를 강조하고 있다.

14 ③

정답 해설 | '천 리'는 호수를 뒤덮은 안개를 과장하여 표현한 것으로, 고요하면서도 청정한 분위기를 돋우는 역할을 한다. 강호(자연)와 속세 사이의 물리적인 거리감과는 관련이 없다.

오답 체크 |

① '헛된 이름 따라 허덕허덕 바삐 다니지 않고'와 '서울 길의 붉은 먼지 꿈에서도 바라지 않고'를 통해, '헛된 이름'과 '붉은 먼지'는 속세와 관련 있는 특성이라 할 수 있다.

② '평생 물과 구름 가득한 마을 찾아다녔네.'를 통해 '물과 구름 가득한 마을'은 자연을 의미하므로, 〈보기〉에 제시된 강호를 상징한다고 할 수 있다.

④ 7행의 '어기여차 노랫소리'를 통해 확인할 수 있다.

⑤ 8행의 '어찌 부러워하리오'가 설의적 표현으로 화자의 의도를 드러낸 것이다.

15 ④

정답 해설 | (가)를 통해 화자는 흥에 겨워 ⓐ를 손에 들고 산에 올라가고, 산 위에서 마을을 바라보며 아름다운 풍경에 심취해 있음을 알 수 있다. 따라서 ⓐ는 화자의 감흥을 자아내는 자연물이라 할 수 있다. 그리고 ⓑ는 글쓴이가 복숭아나무나 잡목이나 같은 차원에서 바라보아야 한다는 것을 설명하기 위해 예로 든 대상이다. 즉, ⓑ는 뒤에 이어지는 '가죽나무, 상수리나무'와 대비되는 대상이고, 이어지는 내용을 통해 '어진 이'를 가리키는 것임을 알 수 있다.

16 ②

정답 해설 | 〈보기〉는 음란하고 방탕하며 외설스러운 노래를 비판하고, 온유한 태도로 한가롭게 풍류를 읊은 노래가 좋다

고 평하고 있다. 또한 시속(時俗)의 말로 되어 노래로 부를 수 있는 작품이 좋다고 하고 있다. 이를 바탕으로 볼 때, (나)는 죽음은 허망한 것이니 살아생전에 후회 없이 즐겁게 지내자는 내용으로 세상을 호탕하게 살려는 태도와 거리가 멀다고 할 수 있다. 또한 술을 먹고 즐기자고 한다는 점에서 온유하고 공손한 뜻이 없기 때문에 좋은 작품으로도 평가받지 못했을 것이다.

오답 체크 |

① (가)에서 화자는 자연에 살면서 안빈낙도하는 삶의 태도를 보이고 있으므로, 〈보기〉의 글쓴이는 (가)에 대해 온화하고 부드러운 태도를 담고 있다고 평가할 것이다.

③ (다)에서는 봄이 온 자연에서 자연을 즐기는 화자의 모습이 드러나 있으므로, 〈보기〉의 글쓴이는 (다)에 대해 음란하거나 외설스러운 태도가 없어 좋다고 평가할 것이다.

④ (가)에서는 강촌에서의 한가롭게 지내는 화자의 모습이, (다)에서는 봄이 온 자연에서 한가롭게 자연을 즐기는 화자의 모습이 드러나 있다. 따라서 한가롭게 지내는 〈보기〉의 글쓴이 역시 (가)와 (다)에 대해 한가롭게 지내는 가운데 느낀 감동을 표현한 것이라 평가할 것이다.

⑤ 〈보기〉에서 글쓴이는 한시는 노래가 되지 못한다 하면서 '마음에 감동된 것을 노래로 부르려면 반드시 시속(時俗)의 말로 엮어야 한다.'라고 말하고 있다. 따라서 (나)와 (다)는 한시가 아닌 '시속의 말'로 지어져 있으므로, 〈보기〉의 글쓴이는 (나)와 (다)에 시속의 말로 지어져 노래할 수 있어 좋다고 평가할 것이다.

17 ④

정답 해설 | ㉠은 (가)의 화자로, 〈보기〉를 통해 작가인 '두보'를 가리킴을 알 수 있다. 그리고 〈보기〉를 통해 이 시를 지을 당시 두보는 세상으로부터 기회를 얻지 못하고 가난한 생활을 했음에도 임금에게 충성을 다하고 백성을 아꼈음을 알 수 있다. 따라서 이러한 두보의 모습과 내면세계가 드러나 있는 것과 가장 가까운 것은 ④라 할 수 있다. ④의 초장에는 세상으로부터 기회를 얻지 못한 화자의 모습이, 중장에서는 가난한 화자의 모습이, 종장에서는 님(임금)에 대한 충성이 담겨 있으므로 ㉠과 같은 생활 모습과 내면세계를 엿볼 수 있다.

오답 체크 |

① 자연에서의 흥취와 임금에 대한 성은이 드러나 있지만, 가난한 삶의 모습은 드러나지 않고 있다.

② 고국을 떠나면서 느끼는 아쉬움이 드러나 있지만 가난한 화자의 모습이나 임금에 대한 충성은 드러나지 않고 있다.

③ 임금에 대한 변하지 않는 절개를 드러내고 있으므로 임금에 대한 충성은 나타난다고 할 수 있지만 가난한 화자의 모습은 나타나 있지 않다.

⑤ 자연에서 즐기는 삶에 대한 만족감을 드러내고 있지만 가난한 화자의 모습이나 임금에 대한 충성은 드러나지 않고 있다.

18 ②

정답 해설 | (나)는 죽음은 덧없는 것이니 살아생전에 즐겁게 지내자는 내용을 담고 있다. 여기서 '원숭이'는 무덤의 쓸쓸함을 드러내기 위해 사용된 소재일 뿐, 자연과 인간의 일체감을 나타내기 위해 사용한 소재는 아니다. 따라서 자연과 인간의 일체감을 나타내기 위해서는 인간을 닮은 소재로 표현해야 한다는 반론은 적절하지 않다.

19 ③

정답 해설 | (다)의 마지막 부분에서 '한중진미를 알 이 없이 혼자로다'라고 표현하고 있는데, 이는 아름다운 봄 경치를 화자 혼자 즐기고 있음을 드러낸 것이다. 따라서 이 시의 정경을 그릴 때, 시를 주고받는 인물들을 배치하는 것은 적절하지 않다.

오답 체크 |
① '수간모옥'은 '몇 칸 초가집'을 나타낸 것이므로, 초가집을 작게 그리면 청빈한 삶을 표현할 수 있다.

② 꾀꼬리가 울고 있는 모습을 넣게 되면 '수풀에 우는 새는~ 소리마다 교태로다.' 부분의 청각적 이미지를 살릴 수 있다.

④ '수간모옥(數間茅屋)을 벽계수(碧溪水) 앞에 두고 / 송죽(松竹) 울울리(鬱鬱裏)에 풍월주인(風月主人) 되었어라.'를 통해, 세속과 단절되어 자연에 은거한 화자의 모습을 엿볼 수 있다. 따라서 초가집 주위에 소나무와 대나무를 두르게 되면 세속과 단절된 분위기를 드러낼 수 있다.

⑤ '도화(桃花) 행화(杏花)는 석양리(夕陽裏)에 피어 있고'라고 봄의 경치를 표현하고 있으므로, 복사꽃과 살구꽃이 만발한 모습을 통해 화사하면서도 여유로운 분위기를 드러내 줄 수 있다.

20 ④

정답 해설 | ⓓ는 쓸쓸하고 을씨년스러운 무덤가의 모습을 나타내고 있지만, 의미가 상반되는 구절을 배열하고 있는 것은 아니다.

31 일동장유가 김인겸　150~151쪽

| 1 | ⑤ | 2 | ② | 3 | ③ | 4 | ③ | 5 | ④ |

김인겸, 「일동장유가」

작품 감상

이 작품은 작가인 김인겸이 일본 통신사로 일본에 갔다가 돌아올 때까지의 여정과 견문을 기록한 장편 기행 가사이다. 이 작품은 작자의 강직 청렴한 정신과 여유와 해학이 넘치는 성격이 반영되어 있으면서 지명·인명·일시·거리와 역사적인 사실에 객관성을 잃지 않고 있다. 국내의 노정은 주로 삽화와 지방의 특색을 서술하고 감상을 주로 하고 있으나, 일본에 대한 묘사는 객관적인 관찰과 주관적 비판으로 일관하면서도 주체적 정신에 입각하고 있다.

작품 분석

1. 작품 개관

갈래	가사(기행 가사)
성격	사실적, 관찰적
제재	일출, 필담
주제	일본의 견문에 대한 감상

2. 짜임

1~16행	풍랑으로 인한 고초와 일출의 장관
17~36행	전승산과의 필담

3. 특징

① 과장법을 사용하고 있음.
② 여정에 따른 추보식 시상 전개가 드러남.
③ 관찰자적 묘사가 세밀하게 드러나 있음.

1 ⑤

정답 해설 | 이 글의 '성난 고래 동한 용은 물속에서 희롱하니'는 동물의 역동성을 이용하여 풍랑이 매우 거친 상황을 효과적으로 드러내 주고 있다. 따라서 이 표현은 화자가 처한 상황이 매우 위태롭고 긴박한 상황을 보여 준다고 할 수 있으므로, 공간의 분위기를 긍정적으로 바꾸고 있다는 내용은 적절하지 않다.

오답 체크 |

① '필담으로 써서 뵈되', '승산이 다시 하되'를 통해 전승산의 행동을 시간의 흐름에 따라, '내 웃고 써서 뵈되', '놀랍고 어이없어 종이에 써서 뵈되'를 통해 화자의 행동을 시간의 흐름에 따라 열거하고 있다. 이러한 화자와 인물의 행동을 시간에 따라 제시하여 두 사람이 필담을 나누는 상황을 구체적으로 보여 주고 있다.

② '하늘에 올랐다가 지함에 내려지니'는 배가 물결에 따라 높이 올랐다가 다시 내려앉는 상황을 드러낸 것이므로, 상승과 하강의 이미지를 대비하여 목전에 닥친 위기감을 강조하고 있다고 할 수 있다.

③ '크나큰 만곡주가 나뭇잎 불리이듯'은 화자가 타고 있는 배를 매우 가벼운 존재인 나뭇잎에 비유하여 드러내고 있으므로, 식물의 연약한 속성을 활용하여 화자의 위태로운 상황을 드러내 준다고 할 수 있다.

④ '태산 같은 성난 물결'이라는 표현은 태산처럼 높이 솟구치는 물결을 표현한 것이므로, 태산이라는 거대한 자연물에 비유하여 악화된 기상 상황을 표현하고 있다고 할 수 있다.

2 ②

정답 해설 | 이 글에서 전승산이 화자 자신을 칭찬하는 말을 하자 '포장(褒奬)을 과히 하니 수괴(羞愧)키 가이 없다'고 하고 있다. 즉 화자는 전승산의 칭찬에 부끄럽고 창피함을 느끼고 있으므로, 전승산의 칭찬에 대해 쑥스러워한다고 할 수 있다.

오답 체크 |

① 이 글에서 전승산이 글 값으로 은자를 주자, '의에 크게 가하지 않'다고 하면서 돈을 돌려주고 있다. 하지만 이는 화자가 글 값으로 돈을 받는 것을 거부하는 것이지, 이것만으로 화자가 부귀공명을 멀리하는 태도를 지녔다고는 할 수 없다.

③ 화자는 전승산에게 글을 써 주고 있고, 또 글 값을 사양하면서 '허물하지 말지어다'라고 말하고 있으므로, 전승산에 대해 부정적인 인식을 지녔다고 할 수 없다.

④ 이 글에 제시된 '고래'는 대풍으로 인해 크게 일렁이는 파도를 비유적으로 표현한 것이다.

⑤ 이 글에서 화자는 배를 타고 가면서 대풍을 만나 고생을 하지만 배가 좌초되지는 않고 있다.

3 ③

정답 해설 | ㉠은 화자가 풍랑이 끝난 후 배 방에서 나와 눈앞에 펼쳐진 해돋이 풍광에 해당하는 것으로, 화자는 '이런 구경'을 보면서 '어와 장할시고'라고 감탄하여 드러내고 있다. 그리고 ㉡은 일본인 문인인 전승산이 화자의 글 짓는 재주를 보고 평가한 것으로, '장한'에서 알 수 있듯이 화자의 글 솜씨에 대해 감탄을 드러내 주고 있다.

오답 체크 |

① ㉠은 해돋이 풍광을 바라보는 것을 의미하므로 고난 극복의 의지와는 관련이 없다. ㉡ 역시 '나'의 글에 대한 '전승산'의 감탄을 담고 있으므로 고난 극복의 의지와는 관련이 없다.

② ㉠은 해돋이를 구경하게 된 화자가 해돋이에 대해 표현한 것이고, ㉡은 '나'가 글 짓는 것을 보게 된 '전승산'이 감탄하며 한 말이므로, 둘 다 대상에 대한 솔직한 평가를 드러내고 있다고 볼 수 있다. 그러므로 대상의 실체를 은폐하고 있다고 이해하는 것은 적절하지 않다.

④ ㉠은 화자가 자신이 직접 본 풍경에 대한 표현이므로 여기에 타인의 평가가 담겨 있다고 할 수 없다. 하지만 ㉡에는 '나'의 글솜씨에 대한 '전승산'의 평가가 담겨 있다.

⑤ ㉠은 해돋이 풍광에 대한 화자의 감탄을 담고 있으므로 대상에 대한 화자의 만족을 드러낸다고 볼 수 있다. 하지만 ㉡은 '나'의 글솜씨에 대한 '전승산'의 감탄을 담고 있기 때문에 ㉡이 대상에 대한 화자의 아쉬움을 드러낸다는 표현은 적절하지 않다.

4 ③

정답 해설 | 화자는 전승산이 글 값으로 '대단 삼단'과 '사십삼 냥 은자'를 줘서 놀랍고 어이없어하지, '대단 삼단'이 외국에서 처음 본 물건이라서 신기해서 놀란 것은 아니다.

오답 체크 |

①, ④ 이 글에서 화자는 전승산과 필담을 통해 의사소통하고 있는데, 이러한 전승산과의 만남은 화자가 사행 중에 겪은 체험이라 할 수 있다. 또한 전승산과 필담하는 것은 화자가 외국을 여행 중이라 말로 의사소통이 되지 않아 글로 써서 의사소통을 하는 것이라 할 수 있다.

② 화자는 배를 타고 가다가 '대풍'을 만나서 '자빠지고 엎어지'고 있는데, 이는 화자가 사행 과정 중 겪은 고난이라고 할 수 있다.

⑤ 화자는 대풍이 사라진 뒤 일출 장면을 바라보면서 '어와

장할시고'라고 감탄하고 있는데, 이는 사행 중 바라본 일출의 아름다움에 대한 주관적인 정서를 표출한 것이라 할 수 있다.

5 ④

정답 해설 | [B]에서는 일본인 문인인 전승산이 화자의 글솜씨를 보고 다른 사람에게서 전해 듣기만 하던 '퇴석 선생'이 바로 자신의 눈앞에 있는 사람이라는 것을 깨닫고 감탄하고 있는 상황을 드러내고 있다. 이렇게 볼 때, '귀한 별호 퇴석'은 화자를 지칭하는 것이라 할 수 있다. 그리고 [D]에 제시된 '소국의 천한 선비'는 전승산 자신을 낮추어 표현하고 있는 말이라 할 수 있다. 따라서 '귀한 별호 퇴석'과 '소국의 천한 선비'는 예법을 동원하여 동일한 사람을 다르게 지칭한 것이 아니라, 각각 화자와 전승산을 가리키는 말이라 할 수 있다.

오답 체크 |

① [A]는 '전승산'이 '나'가 글을 쓰는 것을 바라보게 된 상황을 나타내고 있는데, 이를 통해 '나'를 알아본 '전승산'은 나에게 필담을 써서 보여 주게 된다. 즉 [A]는 두 사람의 필담이 시작된 계기를 보여 주고 있다.

② [B]에서 '전승산'은 '나'의 글 솜씨에 대해 '빠른 재주'라고 표현하며 높게 평가하고 있고, [C]에서 '나'는 자신의 글을 '늙고 병든 둔한 글'이라며 겸손한 입장을 드러내고 있다.

③ [B]의 '필담으로 써서 뵈되'는 '전승산'의 행위이고, [C]의 '내 웃고 써서 뵈되'는 '나'의 행위를 나타내는 것인데, 이처럼 '나'와 '전승산'은 필담을 통해 서로 묻고 대답하며 의사소통을 하고 있다.

⑤ [D]에서 '전승산'은 '나'의 뛰어난 글 솜씨를 접하게 된 것을 '장한 구경'이라고 표현함으로써 '나'에 대한 찬사를 보내고 있다. 한편 [E]에서 '나'는 '전승산'이 글 값으로 가져온 것들을 의(義)에 어긋난다며 거절하고 있다.

32 만분가 조위 / 서경별곡 작자 미상 / 시조 계랑

152~157쪽

1	⑤	2	④	3	④	4	⑤	5	②
6	③	7	①	8	②	9	③	10	⑤
11	②	12	①	13	①	14	⑤	15	②

조위, 「만분곡」

작품 감상

이 작품은 유배가사에 속하는 작품으로 작가 조위가 무오사화에서 죽음을 간신히 면하고 순천으로 유배가 있을 때 지어진 작품으로 알려져 있다. 화자를 여성으로 상정하여 임금에 대한 충성심을 표현하고 있는 것이 특징적이다. 정철의 '사미인곡'에 영향을 준 것으로 알려져 있다.

작품 분석

1. 작품 개관

갈래	유배가사
성격	원망적, 한탄적
제재	임과의 이별
주제	임과의 이별과 원망, 그리움

2. 짜임

서사	임과의 이별
본사1	유배 생활을 하며 임을 그리워한다.
본사2	자신이 처한 상황에 대한 서글픔
본사3	자신의 처지를 운명으로 받아들인다.
결사	자신의 처지에 대한 안타까움을 호소한다.

3. 특징

① 화자가 여성으로 상정되어 있어 임금에 대한 충정을 비유적으로 표현하고 있다.

② 대표적인 유배가사로 알려져 있다.

③ 대구, 반복, 비유 등의 표현을 통해 자신의 억울함과 임금에 대한 사랑을 드러내고 있다.

작자 미상, 「서경별곡」

작품 감상

이 작품은 고려가요로 남녀 간의 이별을 소재로 삼고 있다. 3연의 분연체로 노래가 통일성을 갖추지 못하고 있어 구전되는 과정에 노래가 변형되었을 가능성을 보여주고 있다. '정석가'의 6연과 동일한 내용을 발견할 수 있어 당시에 고려가요가 대중에게 많은 인기를 얻고 있었음을 짐작할 수 있다. '서경별곡'의 화자는 '가시리'의 화자와 달리 적극성을 가지고 있다는 점이 특징적이다.

작품 분석

1. 작품 개관

갈래	고려가요
성격	서정적, 애상적
제재	임과의 이별
주제	이별의 정한

2. 짜임

1연	이별을 거부하며 임을 사랑하는 마음을 드러낸다.
2연	구슬과 끈에 임에 대한 영원한 사랑과 믿음을 비유로 드러낸다.
3연	떠나는 임에 대한 불안을 사공에 대한 원망으로 드러낸다.

3. 특징

① 3연의 분연체로 고려 가요의 특징을 보여 주고 있다.
② 2연은 '정석가'의 6연과 동일한 가사임을 확인할 수 있으며 이를 통해 고려 가요의 구전되는 특징을 확인할 수 있다.
③ 사공을 원망하는 등의 모습을 통해 전통적인 여인들이 이별을 순종적으로 받아들이는 것과 다른 모습을 보여주고 있다.

계랑, 「이화우~」

작품 감상

이 작품은 이별한 임을 그리워하는 심정을 노래하고 있다. 봄에 이별한 임이 가을이 되어 화자를 생각하고 있는지 궁금해하며 계절적 배경을 시적 상황에 잘 연결해 임에 대한 그리움을 표현하고 있다.

작품 분석

1. 작품 개관

갈래	평시조
성격	애상적, 서정적
제재	이별과 그리움
주제	임에 대한 그리움

2. 짜임

초장	이별의 상황을 보여준다.
중장	시간의 흐름과 정서의 심화가 드러낸다.
종장	임을 향한 그리운 마음이 드러낸다.

3. 특징

① '천 리'라는 시어에서 화자와 임 사이의 심리적 거리와 물리적 거리를 드러내고 있다.
② 시간의 흐름에 따라 감정이 심화되는 것을 확인할 수 있다.

작품 감상

　이 작품은 두 화자를 편의상 갑녀와 을녀로 상정할 때, 둘의 역할이 다르다. 갑녀는 작품의 전개와 종결을 위한 기능적 역할을 하는데 그치고 있는 반면, 을녀는 주제 구현의 중추적 역할을 맡고 있다. 을녀는 원래 적강선의 이미지와 통하는 고귀한 신분이었으나, 지상으로 내던져진, 즉 임으로부터 버림받은 존재이다. 이 노래는 '사미인곡(思美人曲)'의 속편이다. 그러나 '사미인곡'보다 언어의 구사와 시의(詩意)의 간절함이 더욱 뛰어나다는 평을 받고 있다.

작품 분석

1. 작품 개관

갈래	양반가사, 서정가사, 정격가사, 유배가사
성격	서정적, 여성적, 연모적, 충신연주지사
제재	임에 대한 그리움
주제	임금을 향한 그리움, 연군지정(戀君之情)

2. 짜임

서사	임과 이별한 사연 및 자신의 신세 한탄
본사	임에 대한 걱정과 그리움, 독수공방의 외로움
결사	죽어서라도 사랑을 이루고자 하는 간절한 마음

3. 특징

① 〈사미인곡〉과 더불어 가사 문학의 극치를 이룬 작품이다.
② 순우리말의 구사가 절묘하여 문학성이 높은 작품이다.
③ 두 여인의 대화체 형식으로 내용이 전개되고 있다.

1 ⑤
정답 해설 | (가) '서경별곡'에서는 임과 헤어지는 상황 속에서 길쌈하던 것을 버리고 임을 따라 가고 싶다는 마음을 드러내고 있음을 확인할 수 있다. (나)의 '만분가'에서는 매화가 되어 임을 만나고 싶다는 마음을 드러낸 부분을 확인할 수 있으므로 (가), (나)의 공통점은 함께 있지 않은 대상과 함께 있고 싶다는 마음이 공통적으로 드러나 있다는 것이다.
오답 체크 |
① (가), (나)에는 과거의 잘못에 대해 언급이 되거나 그것을 성찰하는 태도를 발견할 수 없다.
② (가)는 임과 이별의 상황이 (나) 또한 임과 함께 있지 않아 자신의 소식을 임에게 전하고 싶어 하는 모습을 보이고 있음을 확인할 수 있다.
③ (가), (나)에서 대상이 화자에게 어떤 마음을 가지고 있는지를 확인할 수 있는 근거를 찾을 수 없다.
④ (가)에서는 대상이 부재하지만 그로 인해 화자가 상실감이나 외로움을 느낀다는 내용은 확인하기 어렵다.

2 ④
정답 해설 | ㉢의 '한'은 화자가 가지고 있는 정서이기는 하지만 그것이 대상인 임에게 원망을 하는 감정이라고 볼 수 있는 근거는 찾을 수 없다. 단지 화자가 한을 가지고 눈물을 흘릴 수 있는 상황에 처해 있다는 것만을 내용상 추측할 수 있을 뿐이다.
오답 체크 |
① 길쌈은 여성이 하던 일이므로 화자의 성별을 여성으로 짐작할 수 있다.
② ㉡은 사랑한다는 뜻을 가지고 있으므로 임이 날 사랑한다면 울면서 따르겠다는 내용을 담고 있으므로 화자가 대상에게 사랑을 바라고 있음을 알 수 있다.
③ '끈'은 구슬을 이어주는 역할을 하기 때문에 임과 화자의 신의를 비유하여 표현하고 있다.
⑤ '매화'는 추위를 이기고 피어나는 꽃으로 고전 시가에서는 상징적으로 변치 않는 절개나 지조를 드러내는 시어로 자주 활용한다.

3 ④
정답 해설 | '좃니노이다'는 따르겠다는 뜻이며, 이는 화자를 사랑해주면 임을 따라가겠다는 화자의 마음을 드러내고 있다. '빗취어든'은 화자가 달빛에 비친 그림자가 되어 임에게 닿고 싶다는 뜻을 드러내고 있으므로 둘 다 임의 곁에 있고픈 화자의 소망을 드러낸다고 볼 수 있다.
오답 체크 |
① (가)는 화자가 현재 머무르는 공간이지만 (나)의 '건덕궁'은

화자가 아니라 임이 있는 공간이다.

② (가)의 '질삼뵈'는 화자의 생계와 관련되어 있는 것이고 (나)의 '빈 낙대'는 사심이 없는 화자의 마음을 보여 주는 것이므로 둘 다 화자가 회피하고 싶은 대상으로 볼 수 없다.

③ (가)의 '우러곰'은 화자가 운다는 의미이고 (나)의 '슬피 우러' 또한 화자가 운다는 것을 의미하므로 임의 슬픈 심정을 드러내는 것은 아니다.

⑤ (가)의 '그츠리잇가'는 끊어지겠습니까라는 뜻이므로 믿음이 끊어지지 않는다는 뜻이고 (나)의 '반기실가'는 반가워하실까라는 뜻으로 해석할 수 있다. 따라서 이를 미래 상황에 대한 의혹으로 이해하기는 어렵다.

4 ⑤

정답 해설 | '''ㄱ을 둘 불근 밤'은 화자의 슬픈 처지를 부각시키는 시간적 배경이며 '월중' 또한 화자의 심정이 드러난 시간적 배경으로 볼 수 있으며 이는 재회하고자 하는 화자의 심정이 드러난 것일뿐 현재 임과 재회한 것은 아니므로 임과 재회한 순간을 드러내고 있다는 ⑤는 잘못된 진술이다.

오답 체크 |

① '학'이 되어 마음껏 솟아오르고자 했으므로 상승 이미지로 볼 수 있다.

② '만장송'은 변치 않는 모습을, '매화'는 겨울에 피어 있는 꽃이라는 특성으로 인해 화자의 변치 않는 마음을 표상하는 소재로 활용되고 있다.

③ 둘 다 '소리'이므로 청각적 이미지를 활용한다고 볼 수 있다.

④ '혼'과 '눈물'로 매화의 뿌리와 가지가 만들어졌다고 했으므로 이는 '혼'의 정서를 형상화한 소재로 볼 수 있다.

5 ②

정답 해설 | [A]의 '신'과 [B]의 '붉은 마음'은 화자의 변치 않는 마음을 나타내는 것이고, '바위'는 그에 대한 장애물을 의미한다고 볼 수 있으므로 '바위'가 '신'과 '붉은 마음'을 형상화했다는 것은 적절하지 않다.

오답 체크 |

① '구슬'은 깨질 수 있으나 '긴'과 '끈'은 끊어지지 않으므로 '긴'과 '끈'이 변하지 않는 것을 비유하고 있음을 알 수 있다.

③ '신'과 '붉은 마음'을 통해 화자가 변하지 않는 마음을 소중히 여김을 알 수 있다.

④ 화자의 마음을 드러내는 모티프로 '구슬'과 '끈'의 관계를 활용하고 있으며 이 모티프가 고려 가요와 한시에서 사용

되고 있으므로 ④는 적절한 진술로 볼 수 있다.

⑤ [A]에서는 여음구를 확인할 수 있으나 [B]는 여음구가 없다.

6 ③

정답 해설 | 〈보기〉는 '만분가'가 유배 가사로 '만분가'의 작가 역시 유배지에서 자신의 억울함을 알리고 싶지만 그것을 대놓고 표현할 수 없는 상황이기에 우의적으로 여성을 화자로 임금을 그리워하는 마음을 드러내고 있음을 알려주고 있다. 따라서 '흉중에 쌓인 말씀'은 유배 중인 자신의 억울함과 울분 등을 의미한다고 볼 수 있으며 정치적인 자신의 신념이나 사상을 임금에게 직언하려고 하는 말은 아님을 알 수 있다.

오답 체크 |

① 〈보기〉에서 임금이 있는 곳을 천상에 비유한다고 했으므로 본문의 '천상 백옥경'은 임금이 계신 곳으로 추측할 수 있고 그 곳을 떠나왔다고 했으므로 임금과 멀어진 상황을 표현함을 알 수 있다.

② '자청전'은 임금이 계신 곳으로 그 곳이 '구름'에 가려졌다고 했으므로 〈보기〉를 참고하여 간신배가 임금의 총명을 가리고 있음을 추측할 수 있으므로 화자와 임금이 만나기 어려움을 알 수 있다.

④ 예전에는 옷은 여성이 만들었던 것이 보편적이었으므로 '임의 옷'을 만드는 사람이 여성임을 추측할 수 있다. 따라서 여성을 화자로 상정하여 그리움이라는 감정을 더 잘 드러내고자 했음을 알 수 있다.

⑤ '백옥같은 마음'은 깨끗하고 아름다운 마음을 의미하므로 화자가 임을 위해 자신의 마음을 지키겠다고 함을 추측할 수 있다.

7 ①

정답 해설 | '두견', '구름' 등의 자연물을 활용하여 화자의 심정을 드러내고 있음을 본문 내용에서 확인할 수 있다.

오답 체크 |

② 겉으로 드러난 의미와 속의 의미가 반대인 반어적 표현이나 웃기게 표현하는 희화화를 한 부분을 찾기 어렵다.

③ 의성어와 의태어를 찾기 어렵다.

④ 현실의 부정적 현상이나 모순 따위를 빗대어 비웃는 풍자적 기법이 사용되지 않았다.

⑤ 계절에 따라 달라지는 경치인 경물의 변화가 구체적인 묘사를 통해 보여지는 것을 찾기 어렵다.

8 ②

정답 해설 | 화자가 '구름'이 되어 '자미궁에 날아올라', '지척에 나아 앉아' 등으로 시적 대상에 가까워지고자 한다. 따라서 '구름'은 대상에 가까이 다가가고 싶어 하는 화자의 소망을 드러내는 것이지 화자와 대상 사이를 가로막는 방해물이 아니다.

오답 체크 |

① '꿈이라도 갈동 말동'이라고 했으므로 '구만리'는 거리감을 나타냄을 알 수 있다.

③ '바람'은 '구름'을 대상에게 가까이 갈 수 있게 돕고 있음을 알 수 있다.

④ 화자는 자신을 굴원의 '후신'이라고 표현했다.

⑤ '백구'에게 '함께 놀자'고 했으므로 '백구'는 화자의 벗임을 알 수 있다.

9 ③

정답 해설 | 〈보기1〉에서 '연군의 마음'이라는 표현을 발견할 수 있다. 이로 인해 본문과 〈보기2〉의 '임'은 임금을 가리킴을 알 수 있다. ③의 [나]의 '옥 같은 얼굴'은 임의 얼굴을 의미하는 것이고 이는 임금의 얼굴을 가리킨다고 볼 수 있으므로 ③이 정답이다.

오답 체크 |

① '식어지어'가 죽어서라는 뜻을 가지고 있으므로 화자는 죽어서라도 다른 것으로 환생하더라도 임과 만나고 싶다는 마음을 드러냄을 알 수 있다.

② 실컷 자신의 마음을 드러내겠다고 했으므로 임금에게 자신의 심정을 다 말하고 싶어 함을 알 수 있다.

④ '일모 수죽'이나 밤중 '모첨'뿐 아니라 '냉박할사', '찬 자리'처럼 차갑다는 이미지를 활용하여 화자의 외로운 모습을 드러내고 있다.

⑤ '임 계신 데'를 바라보고 있는 화자의 모습을 통해 임금을 사랑하는 마음을 확인할 수 있다.

10 ⑤

정답 해설 | 시의 소재인 ⓐ와 ⓑ에 대해 묻고 있다. ⓐ는 임을 떠올릴 때의 계절적 배경을 드러내는 소재이고 ⓑ는 설중에 혼자 피어 베갯잇에 시든다고 했으므로 임을 사랑하는 마음을 그대로 가지고 있는 것을 표현했다고 볼 수 있으므로 ⑤가 답이다.

11 ②

정답 해설 | (가)에서는 사랑하는 사람에 대한 그리움이 드러나고 (나)에서는 유배지에서 임금을 그리워하는 마음을 확인

할 수 있다.

* '유배지에서 임금을 그리워하는 마음'은 배경지식이 있어야 함.

오답 체크 |

① 현재 상황에 대해 이야기하고 있지 상황이 나아질 것이라는 기대가 드러나지는 않고 있다.

③ (가), (나) 모두 절대자에 대한 믿음이 드러나지 않는다.

④ (가), (나) 모두 현재 임과 헤어져 있는 상황이지만 그 상황을 비판하고 있지는 않는다.

⑤ (나)의 경우 천상에 비유해서 현 상황을 드러내고 있으므로 일상적 소재를 위주로 하고 있지 않고 (가), (나) 모두 삶에 대한 성찰을 드러내고 있지 않다.

12 ①

정답 해설 | (가)에서는 봄과 가을이라는 계절을 활용하여 봄에 이별하고 가을에 임을 그리워한다는 내용을 담고 있고 (나)는 가을 밤에 임금을 그리워하는 심정을 담고 있으므로 계절적 이미지를 활용하여 시의 분위기를 형성하고 있다고 볼 수 있다.

오답 체크 |

② '외로운', '가엾은' 등으로 감정을 드러내고 있으므로 감정을 절제한 표현으로 화자의 처지를 부각하고 있다고 볼 수 없다.

③ 말하고자 하는 내용의 비중이나 강도를 점차 높이거나 넓혀 뜻을 강조하는 점층법이 드러나지 않았다.

④ (나)에만 동일한 시어가 반복되는 것을 찾을 수 있다.

⑤ (가), (나) 모두 단호한 어조를 보이고 있지 않다.

13 ①

정답 해설 | (가)의 '꿈'은 화자가 임과 헤어져 외로운 상황에서 임을 그리워하면서 꾸고 있는 것으로 볼 수 있다. 따라서 꿈의 내용은 임에게 집중된다고 볼 수 있으며 교훈적 의미가 있거나, 비현실적이거나, 현실적 고난을 극복하는 계기가 되는 등의 내용은 적절하지 않다.

14 ⑤

정답 해설 | '침변에 시'들고 있는 것은 '매화'를 의미하며, 설중에 홀로 피어 '침변' 옆에 오겠다고 했으므로 '매화'는 시적 화자를 상징한다는 것을 알 수 있다. 따라서 '시드는'은 임과 헤어져 있는 화자의 상황을 드러내고 있다고 볼 수 있으며 이 것은 임이 처한 현재 상황을 표현한 것이 아님을 알 수 있다.

오답 체크 |

① 작품에서 '옥황상제'는 화자가 자신의 심정을 드러내기 위

해 존재하는 것임을 알 수 있다.

② '공산'과 '외나무'는 텅 비어 있거나 하나만 있는 상태이므로 외롭다는 감정과 어울린다.

③ 죽어서 '만장송'이 되고 금강산의 '학'이 된다고 했으므로 임에 대한 마음이 변하지 않을 것임을 보여 주고 있다고 볼 수 있다.

④ '소리'라고 했으므로 임에게 말하고자 하는 마음임을 짐작할 수 있다.

15 ②

정답 해설 | '천 리'는 화자와 임이 이별한 후 생긴 거리감으로 볼 수 있으며 임을 그리워하는 화자의 마음을 그리고 있는 시 안에서 소망이 이루어질 수 없는 것을 나타낸다고 보긴 어렵다.

오답 체크 |

① 봄과 가을이라는 계절적 배경을 활용하여 시의 분위기를 형성하고 있음을 알 수 있다.

③ 소리라는 청각적 이미지를 사용하여 임에게 마음을 전하고자 함을 알 수 있다.

④ '한이 뿌리 되고 눈물을 가지 삼아'라고 했으므로 한과 눈물을 뿌리와 가지에 비유했음을 알 수 있다.

⑤ 자신을 보고 반갑다고 여길지 잘 모르겠다는 의미를 담고 있기 때문에 기대와 우려가 교차한다고 볼 수 있다.

| 1 ④ | 2 ④ | 3 ④ | 4 ③ | 5 ⑤ |

작자 미상, 「춘향이별가」

작품 감상

이 작품은 '춘향가'의 일부를 노래로 만든 잡가이다. '춘향가' 중에서 사람들에게 제일 인기가 좋았던 대목을 노래로 만들었는데 잡가라는 형태는 나중에 국악, 민요 등으로 계승되었다.

작품 분석

1. 작품 개관

갈래	잡가
성격	애상적
제재	춘향과 몽룡의 이별
주제	사랑하는 이와 이별하는 슬픔

2. 짜임

1~2행	작품 상황제시 및 해설자의 말
3~16행	이몽룡을 떠나지 못하게 말리는 춘향의 말
17~23행	작품 상황제시 및 해설자의 말
24~39행	어쩔 수 없는 이별을 받아들이는 춘향의 모습

3. 특징

① 판소리 '춘향가'의 일부를 노래로 만든 것으로 인기 있는 부분을 따로 떼어 노래한다.

② 첫부분에 작품의 내용을 집약해서 설명하여 듣는 이들이 빠르게 노래에 집중할 수 있게 한다.

③ '춘향가'의 일부분을 따로 떼어 내용을 변형하다보니 내용 전개상 논리적으로 어울리지 않는 부분을 발견할 수 있다.

1 ④

정답 해설 | (가)에는 진시황이나 박랑사와 관련된 내용을 발견할 수 있으나 이는 이별의 상황에 처해 있는 춘향이의 안타까운 심정을 드러낼 뿐 역사적 사건과 관련성이 있다고 볼 수는 없다.

오답 체크 |

① '네 말이 다 못 될 말이니 아무튼 잘 있거라'에서 이별의 상황이 불가피한 것임을 드러내고 있다.

② '이런 일 있겠기로 처음부터 마다하지 아니 하였소?'에서 춘향이는 처음부터 이별의 상황을 우려했음을 알 수 있다.

③ '제비가 되어 ~'라는 부분에서 춘향이가 제비가 되어서라도 도련님의 옆에 있고 싶다고 표현한 내용을 발견할 수 있다.

⑤ '옥황전에 솟아올라 억울함을 호소하여'에서 천상의 존재에게 억울함을 전하는 상황을 설정하여 자신의 감정을 드러내고 있음을 알 수 있다.

2 ④

정답 해설 | '도련님은~송사에 지게 하겠지요.'라는 부분에서 판결문에는 춘향이가 패소하고 도련님이 이기는 내용이 담겨 있을 것이라는 것을 추측할 수 있다.

오답 체크 |

① '명문'을 쓴 것은 춘향이 아니라 도련님이다.

② '소지'에는 원님에게 사연을 하소연하는 춘향이의 억울함이 담겨 있다.

③ 순사또에게 재판에서 이길 수 있도록 도와달라는 내용이 담겨 있을 것이므로 도련님이 죄가 없다는 내용이 담겨 있다.

⑤ '마음속에 먹은 뜻을 자세히 쓴'다고 했으므로 춘향이가 직접 자신의 생각을 밝히는 것이다.

3 ④

정답 해설 | '백년 살자 언약할 때' 등에서 변하지 않겠다고 맹세했던 것이 허사가 되었으므로 ⓓ에는 춘향이의 슬픔이 담겨 있다고 볼 수 있다.

오답 체크 |

① 머리채를 잡혀서라도 이도령을 따르겠다고 했으므로 그만큼 이별을 막고 싶다는 의지를 표현했다고 볼 수 있다.

② 문맥상 초월적 공간에 대한 지향이 아니라 죽어서라도 이별을 막고 싶다는 춘향이의 마음을 드러내고 있다고 볼 수 있다.

③ 희화화한 내용을 찾을 수는 있으나 이것이 현실을 풍자하고 있지는 않다.

⑤ 이도령과 헤어지면 다시 만나기 어려울 것이라는 것을 이야기하고 있다고 볼 수 있다.

4 ③

정답 해설 | (나)에서 신세를 한탄하는 춘향의 모습을 찾을 수는 있으나 이별 후에 자신이 겪을 고난에 대해 이야기하는 부분을 찾을 수 없다. 또한 해결책을 찾고 있는 부분도 찾기 힘든다.

오답 체크 |

① 자신의 억울함을 말해도 '원님, 순사또' 등 양반들은 모두 도련님의 편을 들거라는 춘향의 말을 통해 춘향이가 민중의 입장을 취하고 있음을 알 수 있다.

② 억울함을 호소하다 안 되면 걸식을 하면서 종이를 구해 임금에게 '상언'을 쓰겠다고 했으므로 뜻한 바를 성취하려는 춘향의 적극적 면모를 확인할 수 있다.

④ '할 수 없이'라고 말하며 송별연을 준비하고 있으므로 자신이 처한 이별을 받아들이는 수용적 면모를 확인할 수 있다.

⑤ 이별이라는 글자를 만든 사람을 원수라고 말하며 철퇴로 글자를 깨뜨린다고 했으므로 감정을 토로하며 탄식하는 춘향의 격정적 면모를 확인할 수 있다.

5 ⑤

정답 해설 | 해설자 즉 서술자의 역할을 하고 있는 부분(이별이라네~하는 말이)과 춘향이의 이야기 내용을 보면 연속되지 않은 장면을 엮은 것이 아니라 춘향과 이도령이 이별하는 장면에 대한 내용을 이야기하고 있음을 확인할 수 있다.

오답 체크 |

① 이별의 안타까움을 '생눈 나올 일'이라고 과장되게 표현함으로써 인물의 내면을 부각하게 되고 이로 인해 작품에 흥미를 높일 수 있다고 볼 수 있다.

② 도련님에게 계속 묻는 것은 내용이 늘어남으로 분량을 늘리려는 의도와 관련 있다고 볼 수 있다.

③ 첫 행에 구체적 설명 없이 작품의 상황을 제시하고 있으므로 청중의 관심을 집중시키면서 청중을 내용에 빠르게 끌려 들어갈 수 있게 한다.

④ '못 간'다는 내용을 반복하여 춘향이의 헤어지고 싶지 않은 심정을 강조하여 청중의 공감을 유발할 수 있다고 볼 수 있다.

34 연행가 홍순학

162~163쪽

| 1 | ⑤ | 2 | ① | 3 | ③ | 4 | ⑤ | 5 | ① |

홍순학, 「연행가」

작품 감상

이 작품은 고종의 왕비 책봉을 알리기 위해 청나라에 간 홍순학이 130일 간의 내용을 기록한 글이다. 치밀하게 관찰하여 상황을 사실적으로 묘사하고 있는 것이 특징인 대표적인 기행가사이다.

작품 분석

1. 작품 개관

갈래	기행가사
성격	사실적, 묘사적, 비판적
제재	청나라 여행
주제	사신으로 청나라를 방문했던 여정과 견문

2. 짜임

국내여정	청나라로 떠나는 동기와 작가의 역사 인식이 드러난다.
국외여정	명나라를 우대하고 청나라를 배척하는 모습과 함께 청나라 문물에 대한 긍정적 모습
귀국여정	가족에 대한 그리움과 임금의 명령을 받드는 모습

3. 특징

① 가사의 4음보 율격을 보여 주고 있다.
② 중국 여행 중 치밀한 관찰을 통해 중국의 세태, 풍물 등을 잘 묘사하고 있다.
③ 청나라를 배척하는 모습을 보이지만 그들의 실용적 모습은 긍정적으로 바라보는 모습을 확인할 수 있다.

1 ⑤

정답 해설 | 본문의 내용을 이해하고 있는지 묻는 질문으로 내용 중 숙소에 대해 평한 내용을 발견할 수 없으므로 질문에 대한 답을 찾을 수 없는 것은 ⑤이다.

오답 체크 |

① 연회에 있던 음식들을 보며 '비위가 뒤집혀서 먹을 것이 전혀 없네'라고 했으므로 입맛에 음식이 잘 맞지 않았음을 알 수 있다.
② '저희들과 우리들이 언어가 같지 않아'라고 했으므로 말이 잘 통하지 않았음을 알 수 있다.
③ 화자가 '상마연'에 참석했다고 했으므로 외국의 사신으로 청나라에 방문했음을 알 수 있다.
④ '올 적에 심은 곡식 추수가 한창이요'라는 표현을 통해 대략적인 기간을 추측할 수 있다.

2 ①

정답 해설 | '저희들과 우리들이 언어가 같지 않아'라고 했으므로 언어가 달라 말이 통하지 않아 필담을 시작했고 문답이 잘 이루어져 잘 통한다고 했으므로 적대적인 감정은 드러나지 않는다.

오답 체크 |

② 첫 부분에 나오는 배경 묘사를 통해 청나라의 문화를 짐작할 수 있다.
③ 연회에 나온 음식들을 열거하고 있는 부분을 통해 청나라의 음식 문화를 엿볼 수 있다.
④ '내달아서' 등의 표현을 통해 집으로 돌아오는 기쁨을 엿볼 수 있다.
⑤ (중략) 이후 첫 부분에 황상에게 상을 받는 부분을 서술하여 사실적으로 기록함을 볼 수 있다.

3 ③

정답 해설 | 타지에서 '자명종' 등의 낯선 문물을 접하고 언어가 통하지 않는 사람들과 필담으로 이야기를 나누는 등의 경험을 드러내면서 연회에서의 느낌, 집으로 돌아올 때의 정서 등을 잘 드러내고 있으므로 ③이 정답이다.

오답 체크 |

① 자연의 아름다움을 장황하게 서술한 내용을 찾을 수 없다.
② 학문과 관련한 사물을 나열한 부분을 찾을 수는 있으나 그것이 화자의 입신양명과 관련된 것은 아니다.
④ 공식적인 행사에 참여한 것은 맞지만 다양한 사람들의 외양과 감정을 표현한 내용을 찾을 수 없다.
⑤ 집으로 돌아오고 있는 것은 확실하나 여정이 마무리된 내용까지는 찾기 힘들다.

4 ⑤

정답 해설 | '올 적에 심은 곡식 추수가 한창이요'라는 부분에서 가을의 계절감을 확인할 수 있다. 또한 곡식을 심을 때 떠나서 추수할 때 왔다고 했으므로 시간의 경과를 알 수 있다.

오답 체크 |

① '울어 소리하며'라는 표현에서 청각적 이미지를 확인할 수 있으나 대상이 지닌 슬픔을 표현한 것이라고 볼 수 없다.

② '이편저편'이라는 지시적 표현을 사용하고 있으나 상대방과의 친밀감을 드러냈다기보다 처음 만나는 사람들과 마주 앉은 상황에서 인사하는 모습으로 볼 수 있다.

③ 여유로운 분위기를 드러내기보다는 바쁘게 귀국을 위해 짐을 싸고 있음을 확인할 수 있다.

④ 새로운 계책을 마련하는 기쁨을 느끼는 내용을 찾을 수 없다.

5 ①

정답 해설 | '간담을 상응하여'는 경계심을 드러내는 것이 아니라 상대방에게 마음을 열어 놓은 상황을 의미하고 '뜰에 내려 북향하여'는 황제에게 인사하는 부분이므로 거부감을 드러낸다고 보기 어렵다.

오답 체크 |

② [A]에서 인사차 차 한 그릇을 갖다 준다고 했으며 [B]에서는 '황상이 상을 주사 예부상서 거행한다'에서 내용을 확인할 수 있다.

③ [A]에서 말이 통하지 않아 필담을 하기 시작했으므로 '필담'은 의사소통의 어려움을 해결하는 수단으로 볼 수 있으며 [B]에서는 공식적인 행사에서 인사한 것이므로 의례적 상황에서 감사를 표하는 공식적 예법으로 볼 수 있다.

④ [A]에서 '글귀 절로 오락가락'은 필담을 통해 이야기가 소통되는 상황을 의미하고 있으며 [B]의 '비위가 뒤집혀서'는 음식을 먹지 못하는 난감한 상황을 드러낸 것이다.

⑤ [A]의 '귀머거리 벙어린 듯'은 대화가 통하지 않는 상황을 [B]의 '메밀떡에 밀다식에 겉밤'은 연회에 차려져 있는 음식들을 나열하고 있는 것임을 알 수 있다.

35 고공답주인가 이원익 / 시조 정철

164~165쪽

| **1** ① | **2** ④ | **3** ① | **4** ④ | **5** ① |

이원익, 「고공답주인가」

작품 감상

이 작품은 임진왜란 이후 지어진 가사 작품으로, 나라의 관리들을 양반집의 머슴으로 비유하여 주인의 망해가는 살림을 돌볼 생각을 하지 않고 자신의 책임을 다하지 않는 머슴들을 비판한다. 이를 통해 조정의 관리들을 비판하고 있음을 알 수 있다.

작품 분석

1. 작품 개관

갈래	가사
성격	비유적, 비판적
제재	게으른 종과 종을 잘 다스리지 못하는 주인
주제	제대로 나라를 다스리는 법

2. 짜임

서사	주인의 말을 듣지 않는 종을 질책함
본사	게으른 머슴을 비판하고 주인에게 조언을 건넴
결사	집안을 일으키는 방법을 알려줌

3. 특징

① 비유적 표현을 사용하여 현재 정치 상황을 풍자하고 있다.

② 말을 건네는 방식을 통해 대화하는 것 같은 느낌을 준다.

③ 연쇄, 반복 등의 표현을 사용하여 운율감을 드러내고 있다.

정철, 「어와 동량재롤~」

작품 감상

이 작품은 당쟁만 일삼느라 나라를 제대로 다스리지 못하고 제대로된 인재를 돌보지 못한채 모함하고 내쫓는 세태를 풍자한 시조다. 비유적인 표현을 사용하여 인재를 잃고 있는 현상황에 대한 안타까움을 드러내고 있다.

작품 분석

1. 작품 개관

갈래	평시조
성격	비유적, 비판적
제재	당파 싸움과 인재의 기용
주제	당파 싸움으로 인재를 놓치는 것에 대한 안타까움과 비판

2. 짜임

초장	좋은 재목을 베어 버리는 것에 대한 안타까움
중장	고쳐야 하는 것을 놔두고 말씨름만 하는 상황에 대한 안타까움
종장	여러 목수들이 이리저리 집을 고쳐보려다 마는 상황에 대한 비판과 안타까움

3. 특징

① 당파 싸움으로 인해 인재를 놓치는 것을 비유적으로 표현하고 있다.

② 당시의 현실 모습을 풍자하고 있다.

〈보기〉 정약용, 「탐진촌요」

작품 감상

이 작품은 부패한 관리들로 인해 백성들이 어렵게 살고 있는 모습을 보여주며 관리들을 비판하고 있는 내용을 담고 있다. 총 15수 중 〈보기〉에 나와 있는 내용은 7수에 해당하는 내용이다.

작품 분석

1. 작품 개관

갈래	한시
성격	사실적, 비판적
제재	농민들의 힘겨운 삶
주제	관리들의 횡포로 인한 백성들의 힘든 삶

2. 짜임

1~2구	황두가 무명을 빼앗아 감
3~4구	세금을 빼앗아 감

3. 특징

① 수탈당하는 백성들의 모습을 사실적으로 그려내고 있다.

② 도치법을 사용하여 수탈당하는 힘든 현실을 강조하고 있다.

③ 조선 후기 관리들이 백성을 수탈하는 모습을 풍자하는 현실 비판적 성격을 드러내고 있다.

1 ①

정답 해설 | 〈보기〉는 정약용의 '탐진촌요'로 부패한 관리들로 인해 백성들이 어렵게 살고 있음을 보여 주며 관리들을 비판하고 있다. 이는 (가)와 같이 현실의 부정적 모습을 비판하고 있다고 볼 수 있다.

오답 체크 |

② 현실의 억압이 비춰질 수는 있으나 그것을 벗어 던지고 자유를 찾아가겠다는 내용은 찾을 수 없다.

③ 어려운 현실을 이겨 내려는 의지를 화자가 보이고 있다고 볼 수 없다. 현 상황의 어려움과 현실을 비판하는 내용이 있을 뿐이다.

④ 부정적 현실에 적극적으로 맞서고 있는 내용을 발견할 수 없다.

⑤ 〈보기〉에 현실 속에서 고통 받고 있는 모습을 구체적으로 발견할 수 있으나 해결 방법은 찾을 수 없다.

2 ④

정답 해설 | 〈보기〉는 (나)의 창작 배경과 주제의식을 드러내고 있다. 이를 참고하여 (나)를 감상하면 '옥 곳튼 얼굴'이 간신배들의 말에 속아 편안한 삶을 살고 있는 임금의 모습으로 보긴 어렵다.

오답 체크 |

① '제 소임 다 바리고'라고 자신의 소임을 하지 않고 있다고 했으므로 맞는 표현이다.

② 임진왜란이 끝난 후 창작되었다고 〈보기〉에 언급되어 있으므로 추측할 수 있는 내용이다.

③ '마누라'는 상전을 의미하고 있으므로 비유적으로 임금을 나타내고 있음을 알 수 있다.

⑤ 〈보기〉에서 나라를 집에 비유하고 있다고 했으므로 집일을 고치는 것은 나라의 기강을 바로 세우는 것이라고 추측할 수 있다.

3 ①

정답 해설 | (가)에서는 연쇄와 반복의 표현을 발견할 수 없는데 반해 (나)에서는 '집일을 곳치거든 죵들을 휘오시고~' 부분에서 연쇄적 표현을, '뉘라셔 곳쳐'라는 시구가 반복됨을 확인할 수 있다.

오답 체크 |

② (가), (나) 모두 의문의 형식을 가지지만 답을 요구하지는 않는 설의적 표현을 사용하고 있다.

③ (가)에서는 원관념과 보조 관념 사이에 '~처럼, ~듯' 등이 사용되지 않고 있는 은유의 방식으로 비유를 사용한다면 (나)는 '옥 곳튼 얼굴'처럼 직유의 방식으로 비유를 사용하

고 있는 것을 발견할 수 있다.

④ (가)에서 색채어를 발견할 수 없다.

⑤ (가), (나)에서 과거와 현재의 대비를 통한 시상의 전환을 찾을 수 없다.

4 ④

정답 해설 | (나)에서 '마누라'가 새끼 꼬기를 할 것이 아니라 화자의 조언을 받아들여 실천할 것을 바라고 있기 때문에 '새끼 꼬기'를 중요한 행위로 본 것은 적절하지 않다.

오답 체크 |

① 뒷부분을 보면 자신의 소임을 망각한 것에 대해 화자의 비판을 받고 있는 것을 확인할 수 있기 때문에 적절한 내용이다.

② 도적이 멀지 않은 곳에 다니고 있다고 했으므로 도적을 가까운 곳에 있으며 화자에게 불안감을 주고 있는 세력으로 본 것은 타당하다.

③ 화자는 주인이 하인들을 다스려야 한다고 생각하고 있기 때문에 주인을 설득의 대상으로 본 것은 맞는 내용이다.

⑤ 화자는 주인이 상벌을 내리길 원하기 때문에 공정하고 엄중하게 시행되기를 바라고 있는 일로 볼 수 있다.

5 ①

정답 해설 | '〈보기〉에서 유학 이념을 바탕으로 비유적으로 국가를 집에 비유하고 있다는 내용을 확인할 수 있다. 따라서 (가)의 '동량재'와 (나)의 '어른죵'은 국가에서 꼭 필요한 존재로 볼 수 있다.

오답 체크 |

② '기운 집'을 바로 세우기 위한 내용을 담고 있기 때문에 '기운 집'이 이미 패망한 국가를 나타내고 있다고 보기는 어렵다.

③ (가)의 '의논'은 불필요한 당쟁을 의미하고 있다.

④ (나)의 '혬 없는 죵'은 자신의 소임을 다하지 못하는 신하를 의미함을 알 수 있다.

⑤ (나)의 '문허진 담'은 위험에 빠진 나라를 의미하는 것으로 외세의 침입에 협조하며 국익을 저버리고 사익을 추구하는 마음을 의미한다고 볼 수 없다.

36 농가월령가 정학규 / 시조 남구만 / 농가 위백규

166~167쪽

| 1 | ④ | 2 | ⑤ | 3 | ⑤ | 4 | ④ | 5 | ① |

정학규, 「농가월령가」

작품 감상

이 작품은 월령체 가사작품으로 1월에서 12월까지 그달에 해야 하는 농사일과 절기에 따른 세시풍속을 소개하고 있다. 양반이 언제 어떻게 농사일을 해야 한다고 알려주다 보니 교훈적인 성격을 가지고 있다.

작품 분석

1. 작품 개관

갈래	월령체 가사
성격	교훈적, 사실적
제재	절기에 따른 농사일
주제	각 절기에 따른 농사일과 세시 풍속 소개

2. 짜임

서사	당시에 쓰인 역법의 기원 설명
1월령	정월 절기에 해야할 농사 준비, 정초와 보름날의 풍속 소개
2월령	2월 절기와 가축 기르기 등 묘사
3월령	3월 절기와 파종 등 노래
4월령	4월 절기와 모내기 등 노래
5월령	5월 절기와 보리타작 등 소개
6월령	6월 절기와 유두의 풍속 등 노래
7월령	7월절기와 김매기 등 노래
8월령	8월 절기와 중추절 소개
9월령	9월 절기와 가을 추수 등 노래
10월령	10월 절기와 겨울 준비, 동네의 화목 권함
11월령	11월 절기와 동지의 풍속 노래
12월령	12월 절기와 새해 준비 등 노래
결사	농사에 힘쓰기를 권함

3. 특징

① 월마다 해야할 농사일을 서술한 월령체 가사이다.

② 당시 농가의 생활상과 세시 풍속 등을 알 수 있다.

③ 명령형이나 청유형 어미를 사용하여 때에 맞는 농사일을 할 것을 권하고 있다.

남구만, 「동창이~」

작품 감상

이 작품은 농촌의 아침 풍경을 제시하고 '아이'에게 농사일을 부지런히 할 것을 권유하고 있는 내용을 담고 있다.

작품 분석

1. 작품 개관

갈래	평시조
성격	사실적, 교훈적
제재	농사일
주제	부지런하게 농사일할 것을 권유한다.

2. 짜임

초장	아침을 맞이한 농촌
중장	일을 해야 하는 아이가 일어났는지 확인한다.
종장	일어나 부지런히 일을 할 것을 권한다.

3. 특징

① 교훈적인 성격을 가지고 있다.

② 시각, 청각적 이미지를 활용하여 생동감을 주고 있다.

위백규, 「농가」

작품 감상

이 작품은 농가의 생활과 농사일의 즐거움을 진솔하게 노래함으로써 농부들의 생활상이나 생활 감정을 잘 드러낸 9수의 연시조이다. 농촌이 건강한 노동이 이루어지는 공간이라는 인식을 바탕으로 농촌의 일상어를 사용하여 노동의 풍경과 서로 도와주는 농민들의 모습 등을 표현하였다.

작품 분석

1. 작품 개관

갈래	연시조
성격	전원적, 사실적
제재	농촌의 삶
주제	농가의 생활과 농사일을 하는 즐거움

2. 짜임

제1수	아침에 김매기를 위해 나선다.
제2수	농구를 준비하여 내려간다.
제3수	일터에서 김을 맨다.
제4수	땀을 흘리며 일을 한다.
제5수	점심을 먹고 졸려한다.
제6수	일을 끝내고 돌아간다.
제7수	7월에 풍요로운 결실을 본다.
제8수	농촌 생활 중 풍요로움을 느낀다.
제9수	흥겹게 서로 어울린다.

3. 특징

① 계절의 변화에 따른 농사일과 농촌의 일상을 시간 순서대로 전개한다.
② 자연을 생활의 공간으로 인식함으로써 완상의 공간으로 인식했던 이전 사대부들의 가치관과 차이를 보인다.
③ 화자가 직접 농사를 지으며 농부의 입장에서 구체적, 사실적인 삶의 정서를 노래한다.
④ 순우리말 농촌 일상어를 사용해 농촌의 삶을 생동감 있게 제시한다.
⑤ 농촌 공동체에 대한 동질감이 드러난다.

〈보기〉 조식, 「두류산~」

작품 감상

이 작품은 지리산의 모습을 신선이 사는 곳에 비유하면서 예찬하고 있으며 그 속에서 살아가는 유유자적한 삶의 즐거움을 노래하고 있다. 아름다운 자연에서 한가로운 정서를 노래하는 강호한정가(江湖閑情歌)라고 볼 수 있는 작품이다.

작품 분석

1. 작품 개관

갈래	평시조, 연시조
성격	예찬적
제재	두류산
주제	자연의 아름다움 예찬

2. 짜임

초장	듣기만 해본 두류산
중장	실제로 본 두류산
종장	무릉도원을 떠올리게 하는 두류산의 아름다움

3. 특징

① 영탄적 표현 등을 사용하여 화자의 감정을 잘 드러내고 있다.
② 자연에 대한 예찬적 태도가 드러난다.
③ 두류산의 아름다움을 무릉도원에 비유하여 두류산이 매우 아름다움을 잘 드러내고 있다.

1 ④

정답 해설 | (다)는 사월이 되어 입하 소만의 절기라고 구체적 절기를 드러내고 그 절기에 해야 할 일을 구체적으로 알려 주고 있다. 보리 이삭 패어 나고, 누에치기가 한창이라 모두 바쁘고 목화를 많이 가꿔야 한다는 등의 내용이 담겨 있다.

오답 체크 |

① (가)는 '소 치는 아이'가 일어나서 일을 해야 하는데 아직 일어나지 않았다는 내용이 담겨 있으나 화자가 그를 원망하는 감정은 드러나지 않았다.

② 둘 다 화자와 인물과의 관계에 대한 내용을 찾을 수 없다.

③ (다)에는 구체적인 절기가 드러나 있으므로 시간적 배경이 드러나 있다.

⑤ (다)는 정학유가 쓴 가사이지만 내용 안에 농민을 가르쳐야 하는 양반의 책무가 드러나 있지는 않다.

2 ⑤

정답 해설 | 〈보기〉는 아름다운 자연 속에서 안빈낙도하는 자세를 보여 주고 있는 시조로 아름다운 자연을 즐기고 바라보는 자세를 보이고 있다면 (다)는 자연을 노동의 현장으로 바라보는 시각을 보이고 있으므로 ⑤가 답이다.

오답 체크 |

① (다)에는 자연의 아름다움을 예찬하는 내용을 찾을 수가 없다.

② (다)는 자연에서의 삶을 즐기고 자랑하는 내용이 없다.

③ 〈보기〉는 자연 속에서의 삶이 무릉도원에서의 삶과 같다고 인식하고 있으나 (다)에서는 그런 내용을 발견할 수 없다.

④ 자연물을 의인화하는 내용을 찾을 수가 없다.

3 ⑤

정답 해설 | (가)에서는 노고지리의 울음으로 (나)에서는 휘파람 소리로, (다)에서는 새들의 울음소리로 청각적 심상이 사용되고 있음을 알 수 있다.

오답 체크 |

① (나)에만 해당되는 말이다.

② (나)의 제 2수에 생성의 이미지가 드러나 있는 내용을 찾을 수 없다.

③ (나)의 제 3수는 일한 뒤 누리는 휴식의 기쁨만 드러나 있지 화자의 심경 변화에 따른 시상 전개는 찾을 수 없다.

④ 둘 다 반어적 표현을 사용하고 있지 않다.

4 ④

정답 해설 | '비 온 끝에 볕'이 나는 것은 농사를 짓기에 좋은 날씨가 된다는 뜻이지 농사일이 괴롭다는 것을 나타내고 있지 않다.

5 ①

정답 해설 | (다)에 특정 시기에 재배해야 되는 작물이 제시되어 있고 (나)에는 이런 내용이 없음을 확인할 수 있다.

오답 체크 |

② (다)와 달리 (나)의 제 4수에서 농사일 중에 휴식을 즐기는 여유를 발견할 수 있다.

③ (다)에는 먹고 입는 것과 관련된 농사일을 다양하게 제시하고 있다.

④, ⑤ (나), (다) 모두 농사일 하는 것에 집중하고 있으므로 노동의 현장을 주목하고 있으며 농부들의 일상적 삶을 보여주고 있음을 알 수 있다.

37 성산별곡 정철 /
독자왕유희유오영 권섭   168~169쪽

| 1 | ① | 2 | ① | 3 | ④ | 4 | ② | 5 | ④ |

정철, 「성산별곡」

작품 감상

이 작품은 성산의 사계절 변화에 따른 풍경의 아름다움을 노래한 가사 작품으로 '상춘곡'과 '면앙정가'에 영향을 받았다고 알려져 있다. '서사'에는 김성원의 풍류와 식영정의 아름다운 자연을 예찬하고 있으며 '본사'에는 사계절의 성산의 아름다움을 노래했다. '결사'에는 산중생활에서 진선(眞仙)과 같은 생활을 하는 풍류를 이야기하고 있다. 본문에 사용된 부분은 결사부분이다.

작품 분석

1. 작품 개관

갈래	양반가사
성격	전원적, 묘사적
제재	성산의 사계절
주제	성산의 사계절의 아름다움 예찬

2. 짜임

초장	아침을 맞이한 농촌
중장	일해야 하는 아이가 일어났는지 확인함
종장	일어나 부지런히 일할 것을 권함

3. 특징

① 계절에 따른 자연의 아름다운 변화를 잘 묘사하고 있다.

② 서사에서 주인에게 물어본 말의 대답을 결사에 등장시켜 호응 관계를 보여 준다.

③ 면앙정가에 영향을 받은 것으로 알려져 있다.

권섭, 「독자왕유희유오영」

작품 감상

이 작품은 남산으로 놀러가기로 한 친구들이 같이 가지 않는 상황에서 혼자 봄나들이를 다녀온 것이 소재가 되었다고 한다. 1, 3, 5연은 시적 화자의 목소리로 봄나들이를 가자고 설득하는 부분이며 2, 4연은 각각 제문관들과 타객들로 봄나들이를 거절하는 내용을 담고 있다. 이에 시적 화자는 홀로 봄나들이를 다녀오겠다고 하는 내용을 담은 연시조이다.

작품 분석

1. 작품 개관

갈래	연시조
성격	의지적
제재	봄나들이
주제	봄나들이를 가고자 함

2. 짜임

1, 3, 5연	시적 화자가 봄나들이를 가자고 설득한다.
2, 4연	제문관과 타객들이 봄나들이를 거절한다.

3. 특징

① 대화체의 형식으로 시상이 전개되고 있다.

② 청유형 어미를 사용하여 다른 이에게 봄나들이를 권하고 있다.

③ 의지적 어조를 통해 봄나들이에 대한 화자의 진심이 드러난다.

1 ①

정답 해설 | (나)는 1, 3, 5연은 시적화자가 2, 4연은 다른 이들이 이야기하는 것으로 대화 형식으로 시상이 전개되고 있다. 과거에는 함께 놀이를 가기로 했으나 현재는 같이 나가겠다고 하는 사람이 없어진 현실로 아쉬움을 드러내고 있음을 확인할 수 있다.

역사적 인물을 떠올리며 역사의 흥망에 대해 무상함을 드러내거나 세속의 욕망을 떠나 자연에서의 한가로운 삶을 담고 있는 내용은 (나)에서 찾을 수 없다.

2 ①

정답 해설 | (가)에는 자연을 벗하며 사는 소박한 삶을 보여주기도 하지만 세속의 험난함에 대해 이야기하고 있기 때문에 대상들의 속성을 대비하며 화자가 지향하는 삶의 모습을 드러내고 있다고 볼 수 있다.

오답 체크 |

② (나)에 드러난 시간적 배경을 찾을 수 없다.

③ (가), (나) 모두 가상의 상황을 설정하는 내용을 찾을 수 없다.

④ (가)에 선경후정의 방식이 드러나 있지 않다. 단지 책을 읽으며 인생의 무상함을 떠올리며 자연 속에서 살고자 하는 마음을 드러낼 뿐이다.

⑤ (나)에 드러나 있으나 (가)에서는 찾기 힘든다.

3 ④

정답 해설 | '손'과 '주인'이 함께 어울려 연주하며 자연을 즐기고 있기 때문에 화자가 소외감을 느끼고 그것이 심화되었다고 볼 수 없다.

오답 체크 |

① 책을 읽으며 역사적 인물을 떠올리고 있다.

② 역사 속 인물을 떠올리며 역사의 흥망성쇠를 보고 무상함을 느끼고 있다.

③ '고불'이 세상에 나가지 않고 초연하게 지냈던 것을 기개가 높다고 생각하고 있다.

⑤ 자연을 즐기는 풍류적 삶이 신선의 삶과 같다고 생각하여 '손'은 '주인'의 삶을 부러워함을 알 수 있다.

4 ②

정답 해설 | '세사'는 세속적인 삶과 연관이 있는 것을 의미하는 것으로 '중시급제'와 시적 의미가 통한다. '중시급제'는 과거급제를 의미하는 것으로 이것이야말로 세속적 성공으로 볼 수 있기 때문이다.

오답 체크 |

② '남산'은 화자가 나들이를 가고자 하는 공간이다.

③ '승유편'은 자연을 즐기는 일을 기록한 것이다.

④ '창'은 집에서 쉬려는 친구들의 모습을 드러내기 위해 사용된 소재로 볼 수 있다.

⑤ '양신 미경'은 아름다운 경치를 뜻하므로 '세사'와 대비되는 것을 알 수 있다.

5 ④

정답 해설 | 〈보기〉는 (나)의 창작 배경과 특징을 설명하고 있다. 이를 바탕으로 제3수를 보면 승유편을 지어 후세에 남기겠다는 화자의 의지가 드러남을 확인할 수 있으며, 관용어구가 사용되지 않았다는 것을 확인할 수 있다. 따라서 〈보기〉를 참고하여 (나)를 이해한 내용으로 적절하지 않은 것은 ④이다.

오답 체크 |

① 1, 3, 5는 화자가 나머지는 다른 이들이 대화를 진행하고 있으므로 극적 요소를 가미하며 시상을 전개하고 있음을 알 수 있다.

② 화자는 놀러 가자고 하고 다른 이들은 안간다고 하고 있기 때문에 요청과 불응이 번갈아 나타난다.

③ 다른 이가 가지 않으면 혼자라도 가겠다는 내용이 반복되고 있음을 확인할 수 있다.

⑤ 친구가 집에서 자식들의 재롱을 즐기는 모습이 구체적으로 드러남을 확인할 수 있다.

38 누항사 박인로 / 병산육곡 권구 / 고시 정약용

170~173쪽

| 1 ③ | 2 ② | 3 ⑤ | 4 ⑤ | 5 ② |
| 6 ① | 7 ② | 8 ② | 9 ⑤ | 10 ④ |

박인로, 「누항사」

작품 감상

이 작품은 임진왜란 이후 이덕형이 살림의 어려운 형편을 묻자 그에 대한 답으로 지은 작품으로 알려져 있다. 양반임에도 불구하고 전쟁 후 곤궁해져 가난 속에서 살고 있으면서도 가난을 원망하지 않고 안빈낙도(安貧樂道)하면서 유교적 신념을 지키며 살겠다고 노래한 작품이다. 실제 생활의 모습을 있는 그대로 사실적으로 그리고 있다.

작품 분석

1. 작품 개관

갈래	가사
성격	사실적, 묘사적
제재	농촌의 빈곤한 현실
주제	농촌에서의 빈곤한 현실과 안빈낙도의 삶 추구

2. 짜임

서사	모든 것을 하늘에 맡기고 안빈낙도하고자 한다.
본사	전쟁에 참여 했던 지난 일을 떠올리고 농사를 위해 소를 빌리고자 하나 거절을 당하며 농사를 포기한다.
결사	가난한 삶이지만 지켜야할 도리를 지키며 양반의 삶을 살고자 한다.

3. 특징

① 조선 후기의 곤궁한 현실을 사실적으로 보여 주고 있다.
② 곤궁한 현실 속에서도 양반의 도리를 잊지 않으려는 모습을 보이고 있다.
③ 유교적 가치관이 드러난다.

권구, 「병산육곡」

작품 감상

이 작품은 조선 후기의 작품으로 총 6수의 연시조이다. 세상사를 멀리하고 자연 속에서 안분지족(安分知足)하고자 하는 마음을 그리고 있는 작품이다.

작품 분석

1. 작품 개관

갈래	연시조
성격	비유적, 자연적
제재	자연
주제	자연 속에서 안분지족한 삶을 살고자 함

2. 짜임

제1곡	자연 속에서 한가롭게 살고자 한다.
제2곡	자연을 벗 삼아 사는 삶
제3곡	자연 속 안분지족의 삶
제4곡	어지러운 현실을 탄식함
제5곡	어지러운 현실과 자신의 외로운 신세 노래한다.
제6곡	자연 속에서의 한가로운 삶을 무릉도원에 비유한다.

3. 특징

① 비유적 표현을 사용하여 어지러운 현실을 표현하고 있다.
② 영탄적 어조, 대구 등의 표현을 통해 화자가 추구하는 삶의 모습을 드러내고 있다.

정약용, 「고시」

작품 감상

이 작품은 관리들의 약탈로 인해 고된 삶을 살고 있는 백성의 모습을 우의적으로 표현하고 있다. 제비와 황새, 뱀이 각각 수탈 당하는 백성, 수탈하는 관리들로 표현되고 있다.

작품 분석

1. 작품 개관

갈래	한시
성격	비유적, 풍자적
제재	제비, 황새, 뱀
주제	지배층의 횡포로 인한 백성들의 힘든 삶

2. 짜임

1~2구	제비들이 울고 있다.
3~4구	제비들이 설움을 호소하고 있는 것 같다고 느낌
5~6구	제비가 나무들의 구멍에 들어가지 않는다.
7~8구	제비가 말하는 것 같다.
9~10구	나무들의 구멍에 뱀과 황새가 와서 괴롭힌다고 한다.

3. 특징

① 백성과 탐관오리의 관계를 제비와 뱀, 황새와의 관계로 비유적으로 표현하고 있다.
② 비유적인 표현 방식으로 민중들을 수탈하는 지배 계급을 비판하고 풍자하고 있다.
③ 조선 후기의 모습을 우의적으로 보여주고 있다.

---

1 ③
정답 해설 | ⓐ와 ⓑ는 각각 부귀와 빈천으로 대비되는 내용을 담고 있는 소재이다. 이와 비슷한 것으로는 자연을 의미하는 강호와 세속을 의미하는 세간 소식이라고 볼 수 있다.
오답 체크 |
① 강호와 풍월강산은 모두 자연을 의미한다.
② 백구와 소는 특별한 관계를 맺고 있지는 않고 있다.
④ 빈이무원은 가난하지만 원망하지 않고 산다는 의미로 달과 관련성이 없다.
⑤ 장강과 백조는 특별한 관련성을 가지고 있지 않다.

2 ②
정답 해설 | (나)는 세상사를 멀리하고 자연 속에서 안분지족하고자 하는 마음을 드러내고 있기 때문에 세상과 거리를 두고 살고자 하는 의지가 드러난다고 볼 수 있다.
오답 체크 |
① 풍자의 기법이 사용된 것을 찾을 수 없다.
③ (나)는 감정을 절제하고 있지 않다.
④ 의인화된 대상을 통해 세태를 비판하는 것을 찾을 수 없다.
⑤ 선경후정의 구조가 드러나지 않는다.

3 ⑤
정답 해설 | '풍월강산'과 '세간'은 서로 대비되는 공간으로 볼 수 있으며 '풍월강산'에서는 풍류를 즐길 수 있으나 '세간'은 그렇지 못한 공간으로 볼 수 있다.
오답 체크 |
① 밥이 아닌 '죽'만 먹고 없으면 굶어야 하는 궁핍한 상황을 드러내는 소재로 볼 수 있다.
② '광풍'으로 나뭇가지가 흔들리고 날짐승이 의지할 곳을 잃어 번민하고 있다.
③ '백구'는 무심한, 즉 순수한 존재로 긍정적 가치를 부여하는 대상이라고 볼 수 있다.
④ '두견'은 의지할 곳 없는 처지가 시적 화자와 동일하다고 볼 수 있다.

4 ⑤
정답 해설 | 〈보기〉는 가난하거나 부유하거나 수명은 동일하다는 것을 이야기한다. 실제 역사 속 인물의 삶을 예로 들어 독자의 공감을 유도하고 있다.
오답 체크 |
① '원헌'과 '석숭'을 등장시키지만, 대화 상황으로 전환시키고 있지는 않는다.
② 〈보기〉에 새로운 내용이 등장하지 않으며 이로 인해 새로

운 공간을 더하여 사건의 선후 관계를 짐작할 수 없다.

③ 〈보기〉의 내용이 전체 맥락에서 이질적이라고 보기 어렵다.

④ 구체적인 사례를 제시했으나 그것이 구체적 단서라고 보기는 어렵고 인물 간의 심리적 거리를 드러내게 하지도 않는다.

5 ②

정답 해설 | [B]의 중장에 대상에게 말을 건네는 방식이 드러나지 않고 있다.

오답 체크 |

① '천심절벽'에서 수직적 이미지를, '장강'이 흘러가는 모습으로 수평적 이미지를 드러내고 있으며 공간을 묘사하고 있다.

③ 공산에 떠가는 달의 모습을 통해 시각적 이미지를 드러내고 있고 두견이 우는 소리로 청각적 이미지를 드러내고 있다. 또한 이러한 이미지로 인해 애상적인 분위기가 연출되고 있다.

④ '어느 가지에 의지하리'라는 부분에서 설의적 표현을 발견할 수 있으며 나뭇가지가 광풍에 의해 흔들려 두견새가 의지할 나뭇가지가 없다는 대상의 처지가 드러난다.

⑤ 각각 '나는', '내곳'이라는 표현을 통해 화자가 직접 등장하여 내면을 드러내고 있음을 확인할 수 있다.

6 ①

정답 해설 | 〈보기〉에 실학사상을 바탕으로 사회의 모순, 관리들의 횡포 등을 사실적으로 드러내고 있다고 했으므로 이를 통해 위정자들이 잘못을 깨달아야 한다는 비판의식이 담겨 있음을 추측할 수 있다.

오답 체크 |

② 민중을 선동하여 무엇인가를 하려는 내용은 드러나지 않는다.

③ 백성들의 상황을 보여 주고는 있지만 백성들 스스로 이겨 낼 수 있도록 한 내용을 발견할 수 없다.

④ 이 시 안에 실학사상을 백성들에게 설파하려 한 노력은 찾을 수 없다.

⑤ 민중과 소통하고자 하는 내용을 발견할 수 없다.

7 ②

정답 해설 | (가)에는 수탈당하며 집이 없는 설움을 이야기하는 제비, 즉 백성의 모습 드러나고 (나)에서는 소를 빌리고자 하나 빌릴 수 없는 상황이 드러나고 있다. 따라서 불만족스러운 삶의 현실이 내재되어 있음을 확인할 수 있다.

8 ②

정답 해설 | (나)의 화자는 자신의 집이 있는 시골에 머물고 있는 중이다. 공간의 이동 경로에 따라 다양한 사물의 속성을 드러내는 내용은 발견할 수 없다.

오답 체크 |

① (가)에는 수탈당하는 제비와 수탈하는 황새와 뱀이 대비적 관계를 이루고 있다.

③ (가)는 우의적 수법을 활용하여 상황을 풍자하며 주제 의식을 드러내고 있다.

④ '~갖을쏘냐' 등에서 설의적 표현을 찾을 수 있으며 이를 통해 내용을 강조하는 효과를 거두고 있다.

⑤ (나)는 화자가 힘든 삶을 어떻게 느끼고 있는지 직접 드러내고 있으며 (가)는 우의적 속성으로 인해 화자의 비판적 의도를 간접적으로 표현하고 있다.

9 ⑤

정답 해설 | ⓐ는 제비가 지저귀는 소리이며 이를 통해 화자는 백성들이 삶에서 느끼는 힘듦을 알 수 있었고 동정심을 가질 수 있을 것이라 추측할 수 있다.

오답 체크 |

① 백성의 힘든 삶에 공감하기 때문에 백성을 힘들게 하는 관리들을 풍자할 수 있다.

② 외로움과 관련이 없다.

③ 심리적 갈등을 일으키지 않는다.

④ 자신을 되돌아보며 성찰하는 내용을 발견할 수 없다.

10 ④

정답 해설 | 〈보기〉는 (나)의 작가에 대한 정보를 제공하고 있다. (나)의 화자는 현실에서 매우 궁핍한 삶을 유지하면서 빈이무원하는 삶을 살고자 하는 마음을 드러내고 있다. 이는 〈보기〉의 내용과 일치한다고 볼 수 있다. 따라서 '훌륭한 군자'는 빈이무원할 수 있는 삶을 사는 사람으로 볼 수 있다.

오답 체크 |

① 〈보기〉를 참고하였을 때 '먼'이라는 표현을 통해 세상과의 심리적 거리를 드러낸다고 볼 수 있다.

② 〈보기〉를 참고하였을 때 '쓸 데 없'이 걸려 있는 것이 마치 사대부로서 현실에서 뭔가를 할 수 없는 처지와 비슷하다고 볼 수 있다.

③ 입과 배, 즉 현실의 궁핍함을 의미하며 이는 선비로서 고결한 삶을 살 수 없게 한 이유로 볼 수 있다.

⑤ 자연과 함께 하고자 하는 마음을 드러내므로 안빈낙도하며 살겠다는 화자의 의지를 보여준다고 할 수 있다.

| 1 | ⑤ | 2 | ③ | 3 | ⑤ | 4 | ④ | 5 | ③ |

이광명, 「북찬가」

작품 감상

이 작품은 멀리 떨어져 있는 어머니를 그리워하는 화자의 절절한 마음이 잘 드러나 있는 작품이다 지은이 이광명은 10세 때 아버지를 여의고 독자로 자랐다. 영조가 즉위한 후 노론과 소론의 당쟁이 극심할 때에 이광명의 백부인 이진유도 그 당쟁의 소용돌이 속에 있었는데 결국 당쟁에서 패한 백부 이진유가 의금부에서 죽게 되자 집안이 급격히 기울고 많은 종형제들의 벼슬자리가 모두 끊기는 비운을 맛보게 되었다. 이런 당쟁의 살벌한 현장을 지켜본 이광명은 벼슬에 대한 미련을 버리고 서울을 떠나 강화도에 내려와 살았다. 그러나 을해사옥의 여파로 백부 이진유에게 역률이 추가로 시행되는 불행이 생기고 이 여파로 이광명 또한 사촌 형제들과 더불어 유배를 가는 신세가 되었다. 이광명은 함경도 갑산으로 유배를 갔으며 그곳에서 멀리 계신 어머니를 생각하며 이 작품을 지었다.

작품 분석

1. 작품 개관

갈래	유배가사
성격	회고적, 한탄적, 애상적
제재	유배지에서의 생활
주제	유배지에서 보내는 애절한 사모곡

2. 짜임

서사	홀어머니만을 의지해 온 자신의 기구한 삶
본사1	노모와 작별하는 슬픔
본사2	유배의 여정과 그로 인한 감정
본사3	노모에 대한 염려와 울분
결사	자기 신세에 대한 한탄과 임금 은혜에 대한 기대

3. 특징

① 비유법을 사용하여 상황을 표현하였다.
② 자연물을 통해 그리움의 정서를 표현하였다.
③ 어려운 한자어(상투적 표현과 중국 고사)의 사용하여 작가가 지식인임을 보여주었다.
④ 설의, 영탄, 도치, 대구, 비유 등을 사용하였다.

1 ⑤

정답 해설 | (가)에서는 고향에 대한 기억을 더듬어보는 내용의 작품인데 구두라는 중심 소재부터 고향의 풍경을 떠올릴 때 떠오르는 여러 가지 제재들까지 대부분 친숙한 사물들이 활용되고 있다. (나)도 한가로운 시골의 일상에서 쉽게 볼 수 있는 진달래, 보리, 실개천 등을 활용하고 있고 '윗글' 또한 '달'이라는 전통적이고 친숙한 소재를 활용하고 있다. 이런 친숙한 사물들을 활용하여 (가)에서는 고향을 (나)에서는 남촌을 '윗글'에서는 어머니가 계신 곳에 대한 화자의 마음을 표현하고 있으므로, 세 작품의 공통점은 친숙한 사물을 통해 화자의 마음이 향하는 공간을 환기하고 있다는 것이라 할 수 있다.

오답 체크 |

① '윗글'은 자연물(산과 강물이 막혔다)을 통해 화자가 처한 현실의 부정적 측면을 부각하고 있다.
③ 세 작품 모두 그리움의 정서가 드러나긴 하지만, 과거와 현재의 대비는 드러나지 않는다.
④ 일상생활의 제재들이 활용되고 있기는 하지만 세 작품 모두 교훈을 제시하는 것이 아니라, 화자의 정서를 충분히 드러내고 있다.

2 ③

정답 해설 | (가)에서 화자는 고향에 다녀온 뒤 고향의 찰랑거리는 '강물 소리'를 떠올리고 있다. 화자는 고향에 대한 애틋한 정서를 강물 소리를 통해 드러내고 있으므로 '강물 소리'는 고향에 대한 화자의 긍정적인 태도를 드러낸다고 볼 수 있다. (나)에서 '노래'는 화자가 듣고 있는 것으로 들릴 듯 말 듯 희미하게 들려오는 사랑의 노래를 의미한다. 이는 남촌에 있는 임에 대한 그리움과 안타까움을 드러내는 것으로 '고이'라는 부사어와 함께 임과 남촌에 대한 긍정적인 태도를 드러낸다고 볼 수 있다.

오답 체크 |

① (가)에서는 겨울 보리를 의미하지만 (나)에서는 오월 즉 봄의 보리를 의미한다.
② (가)의 '꿈'은 화자가 지향하는 정신적 가치를 '윗글'의 '꿈'은 잠자면서 꾸는 것으로 어머니를 만나 뵙는 것이 이루어지는 상황을 의미한다.
④ '윗글'의 추풍은 낙엽이 떨어지는 계절적 배경을 드러내는 것으로 동경하는 세계와의 매개와는 관련이 없다.
⑤ (나)의 구름은 화자의 시야를 가리는 존재로 제시되고 있고 '윗글'의 '구름'은 화자의 지향을 드러내는 존재로 제시되고 있다.

3 ⑤

정답 해설 | '흐르는 내'와 '창가에서 노닐고 있는 새'는 어머니에게 가고자 하는 화자의 소망을 드러내고 있는 화자의 분신이라고 할 수 있다 그러므로 '내'와 '새'는 화자의 지극한 그리움을 담고 있다는 점에서 함축적 의미가 동일하다고 볼 수 있다.

오답 체크 |

① '해'는 하루의 시간을 의미하는 것이고 '산'은 어머니와 자신 사이의 장애이다.

② '해'는 하루의 시간을 의미하는 것이고 '내'는 어머니에 대한 그리움을 드러낸다.

③ '달'은 오랜 기다림의 시간을 의미하는 것이고 '새'는 어머니에 대한 그리움을 드러낸다

④ '산'은 어머니와 자신 사이의 장애이고 '새'는 어머니에 대한 그리움을 드러낸다.

4 ④

정답 해설 | '묻노라 밝은 달아 두 곳에 비추는가'라는 구절에서 대상을 부르는 말이 나오지만 반복된 것은 아니며, 달과의 친밀감을 드러내기 위함이 아니라 어머니가 계신 곳의 소식을 알고 싶어 하는 마음을 드러낸 것이다.

오답 체크 |

① '못 본 제는 기다리나 보게 되면 시원할까 / 노친(老親) 소식 나 모를 제 내 소식 노친 알까'에서 소식을 기다려 듣게 된다고 한들 어머니가 잘 계실리 없기 때문에 답답할 것이라는 마음(또는 못 볼 때에 짧은 소식이라도 이렇게 기다리는데 서로 얼굴을 보게 되면 얼마나 시원하겠냐는 마음으로 해석하기도 함)과 그럼에도 어머니 소식을 내가 모르듯 내 소식을 어머니께서 모르시니 그쪽은 얼마나 상심이 클지 걱정하는 화자의 생각과 답답함이 의문문을 통해 잘 드러나고 있다.

② '내 마음 헤아리려 하니 노친 정사 일러 무삼. / 여의 잃은 용이오 치 없는 배'라는 표현을 보면 화자는 어머니가 그리운 자신의 마음과 비교하였을 때 어머니의 마음은 어떠할지 걱정하고 있다. '여의 잃은 용'과 '치 없는 배'는 가장 중요한 것을 잃어 힘을 쓸 수 없는 처지로 어머니가 없는 화자의 처지일 수도 있고, 하나뿐인 자식을 유배 보내고 홀로 지내는 어머니의 처지일 수도 있다.

③ '꿈을 둘러 상시과저'라는 표현에서 밤마다 꿈에서 어머니를 뵌 것이 현실이 되었으면 하고 바라는 화자의 마음을 볼 수 있다.

⑤ '흐르는 내가 되어 집앞에 두르고저 / 나는 듯 새가 되어 창전에 가 노닐고저'에서 확인할 수 있다.

5 ③

정답 해설 | 화자는 내 마음도 이러한데 어머니 마음은 말하여 무엇하겠느냐며 '여의(如意) 잃은 용이오 키 없는 배 아닌가'라는 비유를 들어 말하고 있다. 용에게 가장 중요한 여의주를 잃은 것, 방향을 결정하는 데 쓰이는 키가 없는 배의 상황은 화자의 상황일 수도 있고 어머니의 상황일 수도 있다. 그러나 이것이 임금과 신하의 관계를 두고 쓴 말은 아니다.

오답 체크 |

① '앉은 곳에 해가 지고 누운 자리 밤을 새워'라는 표현을 볼 때 '앉은 곳'은 화자가 하루종일 생활하는 공간이므로 유배지라고 추측할 수 있다.

② '학발자안'의 뜻이 '머리가 하얗게 센 자애로운 얼굴' 즉 어머니를 가리키므로, 화자가 지금 꿈에 볼 만큼 그리워하고 걱정하는 이가 어머니임을 알 수 있다.

④ '일점의리'의 앞뒤 구절을 보면 어머니의 잠과 드실 것 등을 살피고 있는 장면이다. 자신을 대신하여 모실 사람이 없음을 걱정하는 화자의 모습을 볼 수 있다.

⑤ '조물이 뭐이건가'는 '세상을 만든 이가 (화자 자신을) 미워하는 것인가'라는 뜻으로, 자신의 의지와 관계없이 이런 상황에 처한 것에 대한 화자의 한탄이 드러난다.

| 1 | ② | 2 | ③ | 3 | ③ | 4 | ③ | 5 | ③ |

작자 미상, 「덴동어미화전가」

작품 감상

이 작품은 조선 후기에 지어진 장편 가사로 화전가 의 일반적인 구성처럼 놀이를 가는 흥겨운 마음으로 시작하고 놀이를 마무리하는 아쉬움을 전하는 것으로 끝난다 그러나 중간 부분에서는 일반적인 화전가와 달리 청춘과부가 자기의 신세를 한탄하자 화자가 덴동어미로 바뀌면서 자신의 기구한 사연을 청춘과부에게 들려주어 깨달음을 주는 내용이 삽입되어 있다 지문은 덴동어미가 청춘과부에게 팔자를 한탄하지 말고 운명에 순응하며 즐길 수 있을 때 즐기라고 권유하는 내용이다. 괴롭고 어려운 삶의 애환을 달관과 긍정으로 극복하는 민중들의 모습을 보여주는 작품으로 평가할 수 있다.

작품 분석

1. 작품 개관

갈래	규방가사
성격	서사적, 체험적, 회고적, 훈계적
제재	덴동어미의 기구한 사연
주제	운명에 흔들리지 않는 삶의 태도

2. 짜임

도입	화전놀이 가는 부녀자들
중심	덴동 어미의 인생 역정 (청춘과녀의 등장, 덴동어미가 세 번째 남편과 재가한 이야기)
마무리	내년을 기약하며 화전놀이를 끝낸다.

3. 특징

① 순흥지방의 화전놀이를 바탕으로 한다.
② '덴동 어미'의 비극적인 일생을 액자 구성을 통해 나타낸다..
③ 유사 어구와 동일 어구의 반복으로 리듬감을 형성하고 있다.

이황, 「도산십이곡」

작품 감상

이 작품은 작가인 이황이 벼슬을 사직하고 고향인 안동으로 돌아와 도산 서원을 세우고 학문에 열중하면서 후진을 양성할 때 지은 연시조이다. 총 12곡으로 이루어져 있으며, 작가가 전 6곡을 '언지(言志)', 후 6곡을 '언학(言學)'이라 이름 붙였다. 전 6곡 '언지'에서는 속세를 떠나 자연에 묻혀 사는 화자의 모습과 자연과 더불어 살면서 일어나는 감흥을 노래하고 있으며, 후 6곡인 '언학'에서는 학문 수양에 임하는 심경과 자세를 드러내고 있다.

작품 분석

1. 작품 개관

갈래	연시조
성격	자연 친화적, 교훈적
제재	자연, 학문
주제	자연 친화적 삶의 추구와 학문 수양의 길에 대한 변함 없는 의지

2. 짜임

언지	제1~6수	도산서원 자연경관의 감흥
언학	제7~12수	학문 수양에 임하는 심경

3. 특징

① 전반부(언지)와 후반부(언학)로 나누어 자연 친화적 삶의 태도와 학문 수양의 의지를 표현하고 있다.
② 동일한 구문의 반복과 유성음의 사용을 통해 운율을 형성하고 있다.
③ 중국 문학을 차용한 곳이 많고, 생경한 한자어가 많이 차용되고 있다.

1 ②

정답 해설 | (가)에서는 마음에 거리낌이 없이 이치에 따라 살아가는 자세를 (나)에서는 수심과 슬픔에서 벗어나 즐길 수 있을 때 즐기며 살아가는 자세를 (다)에서는 자연 친화와 학문 수양을 추구하는 자세를 드러내고 있다 즉 세 작품은 모두 화자의 삶의 자세에 대한 견해를 드러내고 있다.

오답 체크 |

① 학문에 대한 관점은 부단한 학문 수양의 의지를 드러낸 (다)에만 나타난다.

③ 대상과 하나가 되려는 의지는 (가)~(다) 어디에서도 찾을 수 없다.

④ (다)는 자연애와 학문 수양을 아우르는 화자의 이상을 추구한다고 볼 수 있으나 (가)~(다) 어디에서도 사회의 모순을 비판하는 내용은 찾을 수 없다.

⑤ (가)~(다)는 모두 현실을 기반으로 한 삶의 자세를 드러내는 작품으로 현실에서 벗어나려는 심리는 찾을 수 없다.

2 ③

정답 해설 | 이 작품에서 덴동어미는 수심에 차 앉아서 슬피 우는 청춘과부에게 깨달음을 주어(앉아울던 청춘과부 황연대각 깨달아서) 수심과 슬픔에서 벗어나 화전놀이를 즐기게 만들고 있다. 이는 청춘과부에게 삶의 활력을 주는 것이므로, 덴동어미가 생명력을 불어넣는 역할을 한다고 볼 수 있다.

오답 체크 |

① 덴동어미가 계획성 있는 삶을 추구하거나 중시하는 내용은 나타나지 않는다.

② '이팔청춘 이내 마음 봄 춘 자로 부쳐 보고 / 화용월태 이내 얼굴 꽃 화 자로 부쳐 두고 / 술술 나는 긴 한숨은 세류춘풍 부쳐 두고'로 볼 때 덴동어미와 일행들은 이미 화전놀이를 하고 있는 것이다.

④ 청춘과부가 자연의 변화에 관심이 없고 무감각해졌다는 내용 찾을 수 없다.

⑤ 청춘과부는 덴동어미의 충고를 듣고 깨달음을 얻어 인식을 바꾸는 것이지 가난이 내적 성숙의 계기가 된다고 믿게 된 것은 아니다.

3 ③

정답 해설 | [B]의 초장에서는 영원히 푸르름을 간직하는 '청산'을 예찬했고 중장에서 이와 대구를 이루어 밤낮으로 쉴 새 없이 흐르는 '유수'의 영원성을 예찬했다. 그리고 종장에서 '청산'과 '유수'라는 자연물의 영원성과 불변성에 빗대어 끊임없이 학문을 수양하겠다는 화자의 의지를 '만고상청(萬古常靑) 하리라'라는 구절을 통해 표현하고 있다.

오답 체크 |

① A]는 전반적으로 동적인 분위기를 만들어 내고 있다.

② [A]는 독백에 해당하는 것으로 대화는 찾을 수 없다.

④ [B]에 '그치지 아니한고'라는 의문형 어구가 나타나지만 반복은 아니며, 화자도 학문을 그치지 않겠다는 의지를 나타내는 것이지 심리적 갈등을 드러내는 것은 아니다.

⑤ [A], [B]에는 모두 반어적 표현이 사용되지 않았다.

4 ③

정답 해설 | ⓒ은 덴동어미가 창춘과부에게 좋은 일 나쁜 일을 따져 팔자를 한탄하지 말고 받아들이라는 말로, 상황에 따라 마음이 흔들릴 필요가 없음을 나타낸 것이다.

오답 체크 |

① 여기서의 '바람'은 풀을 흔들리게 하는 자연 현상으로 정처 없이 떠도는 인간의 운명과는 관련이 없다.

② 각자의 경로대로 움직이는 수많은 별은 문단 첫 부분에서 이야기하는 다양한 시대나 나라를 비유한 것이다.

④ '사람 눈'은 상황에 따라 달라지는 것이어서 덴동어미는 '마음 심 자가 제일이라 단단하게 맘 잡으면'이라고 충고하고 있다. 그러므로 여기서의 '사람 눈'은 성숙한 인간의 안목이 아니라 평범한 사람들의 안목으로 보아야 한다.

⑤ (다)의 화자는 '천석고황'(자연의 아름다운 경치를 몹시 사랑하고 즐기는 성질)에 빠진 채 자연 속에 묻혀 달관한 삶의 모습을 보이며 만족하고 있는 것이지 자신의 선택에 대해 회의적인 태도를 보이는 것은 아니다.

5 ③

정답 해설 | 제9수는 〈보기〉에 따르면 학문 수양에 대한 변함없는 의지를 노래한 부분에 해당한다. 이에 따라 해석하면 '고인'들은 선배 학자들이고, 화자는 (본인의 능력 등 다른 것의 작용보다도) 그저 선배 학자들이 닦아 놓은 학문의 길을 따라갈 뿐이라며 겸손하게 자신의 학문 의지를 밝히고 있다. 따라서 정치 현실에 패배하여 학문을 택한다거나 그로 인해 아쉬워한다는 설명은 적절하지 않다.

오답 체크 |

① 〈보기〉에서 말하는 자연에 동화된 생활이 '초야우생'에 드러난다.

② 난초와 흰 눈이 가득하여 아름다운 자연(골짜기, 산)에 있으면서도 이 중에 임금을 더욱 잊지 못하겠다는 말에서 〈보기〉의 유교적 감흥, 특히 충심을 엿볼 수 있다.

④ 청산과 유수는 모두 시간에 관계없이 같은 모습을 보여주는 대상들이다. 화자는 이와 같은 태도로 학문을 해나가고자 한다.

⑤ '우부(어리석은 이)'도 할 수 있으니 해야 하고, '성인'도 완벽하지 않으니 겸손하게 추구해야 하는 것이 바로 학문하는 길이라고 말하고 있다. 화자는 '우부'와 '성인'을 빌려 학문이 쉽게 느껴지든 어렵게 느껴지든 나이가 들도록 학문에 정진할 것을 다짐하고 있다.

41 고공가 허전 / 사설시조 작자 미상

184~186쪽

| 1 | ①, ③ | 2 | ④ | 3 | ⑤ | 4 | ② | 5 | ④ |

허전, 「고궁가」

작품 감상

이 작품은 국가 정치를 한 집안의 농사일에 비유하여, 개인의 사리사욕에만 집착해 국가 일에 소홀한 관리들을 게으른 머슴에 빗대어 비판하고 있다. 임진왜란으로 인해 국가가 현실적인 위기에 봉착해 있지만 신하들이 이러한 현실을 타개하려 하지 않고 있음을 훈계하듯 비판함으로써 깨달음을 유도하고자 하는 작가의 의도를 읽어 낼 수 있다.

작품 분석

1. 작품 개관

갈래	가사
성격	교훈적, 경세적, 우의적, 풍자적
제재	머슴 살이
주제	임진왜란 전후 백관들의 탐욕과 정치적 무능 비판

2. 짜임

기	영화로웠던 과거의 내력을 떠올린다.
승	머슴들의 다툼으로 황폐해진 현실
전	머슴들이 각성하기를 촉구한다.
결	사려 깊은 새 머슴이 나타나기를 바란다.

3. 특징

① 임진왜란 이후 조선의 상황을 한 집안의 농사에 빗댐. 왕을 주인, 관리들을 머슴에 비유.

② 화자가 새끼를 꼬면서 말을 건네는 방식, 청유형과 명령형을 사용하여 머슴들의 각성을 촉구한다.

작자 미상, 「두터비~」

작품 감상

　이 작품은 두꺼비, 백송골, 파리 등을 의인화하여 당대 현실을 익살스럽게 풍자하고 있다. 관찰자 시점을 취하여 특권층인 두꺼비가 힘없는 백성들을 괴롭히다가 자신보다 힘 있는 존재 앞에서 비굴해지는 모습을 포착하여 풍자적으로 보여 주고 있다. 이 작품은 힘 있는 자에게 굽실거리면서 힘없는 자 위에 군림하며 잇속을 채우는 데 혈안이 된 수령이나 아전들의 행태를 비꼬고 있다.

작품 분석

1. 작품 개관

갈래	사설 시조
성격	풍자적, 우의적, 비판적
제재	두터비, 파리, 백송골
주제	특권층의 허장성세(虛張聲勢) 비판

2. 상징

두터비	백성을 상대로 부당한 횡포를 부리는 양반 계층 또는 탐관오리
파리	두터비에게 당하는 힘없는 백성
백송골	두터비보다 지위가 높은 관리 또는 외세

3. 특징

① 풍자와 해학, 대상을 희화화하여 웃음을 유발한다.
② 의인법, 상징법, 대조법을 사용한다.

1 ①, ③

정답 해설 | (가)는 파리(힘없는 백성) 위에 군림하고 있지만, 자신보다 강자인 백송골(고위 관리) 앞에 비굴한 모습을 보이고 있는 두터비(중간 관리)의 행태를 비판하고 있다. (나)는 몰락한 집안(위기에 처한 국가)을 일으킬 생각은 않고 자신의 이익만을 좇고 있는 고공(나라의 신하)들을 비판하고 있다. (다)는 국가의 도를 생각지 않고 작은 물고기(힘없는 백성)를 괴롭히는 큰 물고기(관리)를 비판하고 있다. 결국 세 작품 모두 특정 대상에 대한 비판의 의도가 담겨 있다.

오답 체크 |

③ 세 작품 모두 풍자의 의도가 나타나 있으나 고사(故事)를 활용하고 있지는 않다.

④ (나)에는 도적들에 의해 무너진 집안을 일으키고자 하는 화자의 극복 의지가 드러나 있다. (다) 또한 강자들이 약자들을 괴롭혀 국가의 도를 흔들고 있는 상황을 타개하고자 하는 화자의 의도가 드러나 있다.

⑤ (가)는 파리를 물고 있다가 백송골을 발견하고 도망가다가 두엄 아래 자빠지는 두터비의 우스운 모습에서 해학이 보인다. 그러나 (나), (다)에서는 해학적 요소를 찾을 수 없다.

2 ④

정답 해설 | (다)의 '비'는 가뭄을 해소해 주는 것이기에 군주가 나라를 경영함에 있어 백성들이 살 수 있게 해 주는 가장 기본적인 혜택 정도로 볼 수 있다. ㄹ역시 고공들에게 그들의 기본적 삶을 위해 제공하는 음식이기에 문맥적 의미가 유사하다고 할 수 있다.

오답 체크 |

① ㄱ은 집과 더불어 삶의 기반이 되는 공간이다.

② ㄴ은 '거친 올벼'와 대조되는 의미를 지닌 '최상의 먹을 것' 정도의 의미를 지니고 있다.

③ ㄷ은 국가의 살림살이로 의미를 확대해 해석할 수 있는 것이다.

⑤ ㅁ은 화자가 신세 한탄을 하면서 꼬아낸 결과물이다.

3 ⑤

정답 해설 | (가)의 '두터비 : 파리 : 백송골'의 관계에서 힘의 우위를 보면 '파리＜두터비＜백송골'임을 알 수 있다. 이러한 관계를 보이고 있는 것은 ⑤에서 '쥐＜솔개＜봉황'이다. '솔개:쥐:봉황'의 배열 관계를 보면 (가)와 일치한다.

오답 체크 |

① '닭'과 '개'는 화자가 기르고 있는 동물로 각자 자기 역할을 하기에 동등한 관계를 이루고 있다.

② '까마귀'는 화자가 긍정적으로 평가하고 있는 대상이며, '백로'는 화자가 비판적으로 평가하고 있는 대상이다. '너'는 바로 '백로'를 지칭하고 있다.

③ '나비'와 '범나비'는 동등한 관계로 화자는 이들과 함께 지향하는 곳인 '청산'에 가고자 한다. '꽃'은 '청산'에 가는 중간에 쉴 수 있는 중간점 정도로 이해할 수 있다.

④ 화자가 기대하고 있는 결과는 '봉황'인데, 실제로 얻은 결과는 바로 '오작'이다. 그렇기에 불만족스러운 오작은 날려 버리라고 '동자'에게 명을 내리고 있다.

⑤ (가)와 (나)는 시간의 흐름에 따른 구성을 취하고는 있으나, 그에 따른 세태 변화를 보여 주고 있지는 않다. 당대 상황에 대한 비유와 묘사라고 볼 수 있다.

4 ②

정답 해설 | 〈보기〉를 통해 (나)가 전란 후의 국가 정치를 한 가정에 비유한 작품임을 알 수 있다. (나)의 화자가 고공들을 비판하고 있는 것은 결국 나라 재건에 소홀한 관료 사회에 대한 비판인 것이다. '나'는 '고공'이 사리사욕에 빠져 있는 행동을 비판하고는 있지만, 능력을 인정하지 않는 것은 아니다. 즉, 화자는 '고공'이 마음만 바르게 먹으면 나라를 경영하는 데 도움이 된다고 생각하기에 그들의 능력은 인정하고 있다고 보는 것이 적절하다.

오답 체크 |

① 3~4행에 나타난 '고공'들의 행동은 조정의 불화를 표현한 것이다.

③ '엊그제 왔던 도적~옷 밥만 다투느냐'에서 외적에 대한 경계를 확인할 수 있다.

5 ④

정답 해설 | 초장의 '파리'는 힘없는 선비를 나타낸 것이고, '두터비'는 부패한 양반 관리를 가리킨다. 그리고 중장의 '백송골'은 '두꺼비보다 높은 중앙 관리를 비유한 것이다. 여기에서 종장은 자신보다 강한 사람에게 꼼짝하지 못하면서 그래도 자신을 위로하는 양반의 모습을 통해 솔직하지 못한 위선을 엿보게 한다.

오답 체크 |

① (가)와 (나) 모두 우회적 표현을 통해 인간 세상을 풍자하고 있다.

② 감탄사는 (가)의 '모쳐라'에 사용되었으며, '두터비'의 놀란 감정을 극적으로 드러내는 말이기에 그 뒤 문장과 이어져 속(이 상황에 놀람)과 겉(본인을 과시함)이 다른 태도를 보여준다. (나)에는 감탄사가 사용되지 않았다.

③ (가)에 점층적 표현이 사용된 것이 아니며, '두터비'의 움직임 역시 대상의 역동성을 부각한 것이 아니라 그 둔한 모습에도 본인을 높게 평가하는 모습을 보여주는 것이다.

1 ③	2 ①	3 ②	4 ②	5 ②
6 ②	7 ③	8 ④	9 ⑤	10 ④
11 ⑤	12 ①	13 ②	14 ③	15 ⑤

송순, 「면앙정가」

작품 감상

　이 작품은 송순이 41세로 관직에서 물러나 전라도 담양 제월봉 아래에 면앙정을 짓고 그 곳 주변의 풍경을 노래한 시이다. 이어서 화자는 면앙정의 지형적 위치를 제시한 다음, 면앙정 주변의 근경에서 산봉우리의 원경을 묘사하고 있다. 화자는 이렇게 대자연의 아름다움을 묘사한 후 자신의 심정을 드러낸다. 즉, 세속의 번잡한 일을 잊고 대자연에서 한가로이 지내는 것이 인생의 진정한 행복이라는 것이다.

작품 분석

1. 작품 개관

갈래	가사(양반 가사, 은일 가사)
성격	서정적, 묘사적, 자연친화적
제재	면앙정 주변의 아름다운 풍경
주제	대자연의 아름다운 경치와 그 속에서의 풍류, 임금 은혜에 대한 감사

2. 짜임

서사	제월봉의 위치와 형세, 면앙정 모습
본사1	면앙정 주변의 풍경(근경-원경)
본사2	사계절에 따른 면앙정의 주변 풍경
결사	풍류와 호연지기, 군은(임금의 은혜)

3. 특징

① 비유, 대구, 반복 등 다양한 표현방법을 사용하고 있다.
② 사계절의 변화에 따라 내용을 전개하고 있다.

위백규, 「농가」

작품 감상

　이 작품은 농가의 생활과 농사일의 즐거움을 진솔하게 노래함으로써 농부들의 생활상이나 생활 감정을 잘 드러낸 9수의 연시조이다. 농촌이 건강한 노동이 이루어지는 공간이라는 인식을 바탕으로 농촌의 일상어를 사용하여 노동의 풍경과 서로 도와주는 농민들의 모습 등을 표현하였다.

작품 분석

1. 작품 개관

갈래	연시조
성격	전원적, 사실적
제재	농촌의 삶
주제	농가의 생활과 농사일을 하는 즐거움

2. 짜임

1수	아침에 김매기를 위해 나선다.
2수	농구를 준비하여 내려간다.
3수	일터에서 김을 맨다.
4수	땀을 흘리며 일을 한다.
5수	점심을 먹고 졸려한다.
6수	일을 끝내고 돌아간다.
7수	7월에 풍요로운 결실을 본다.
8수	농촌 생활 중 풍요로움을 느낀다.
9수	흥겹게 서로 어울린다.

3. 특징

① 계절의 변화에 따른 농사일과 농촌의 일상을 시간 순서대로 전개한다.
② 자연을 생활의 공간으로 인식으로써 완상의 공간으로 인식했던 이전 사대부들의 가치관과 차이를 보인다.
③ 화자가 직접 농사를 지으며 농부의 입장에서 구체적, 사실적인 삶의 정서를 노래한다.
④ 순우리말 농촌 일상어를 사용해 농촌의 삶을 생동감 있게 제시한다.
⑤ 농촌 공동체에 대한 동질감이 드러난다.

안민영, 「매화사」

작품 감상

이 작품은 헌종 6년(1840년)에 작가 안민영이 운애산방에서 벗과 함께 지낼 때 그의 스승인 박효관이 가꾼 매화의 아름다운 모습과 그윽한 향기에 감탄하여 지은 8수의 연시조이다. 매화의 깨끗한 자태와 곧은 절개를 예찬하면서 매화와 주객일체가 된 경지를 잘 표현하고 있다.

작품 분석

1. 작품 개관

갈래	평시조, 연시조
성격	예찬적, 영탄적
제재	매화
주제	매화에 대한 예찬

2. 짜임

제1수	달밤에 매화를 즐기는 흥취
제2수	매화의 고결한 속성
제3수	매화의 아름다움과 절개
제4수	매화와 함께하는 즐거움
제5수	매화와 달의 조화
제6수	매화의 굳은 지조
제7수	늙은 매화나무의 굳은 의지
제8수	매화의 높은 절개

3. 특징

① 매화를 의인화하여 선비의 모습으로 예찬한다.
② 매화의 속성을 세밀하게 묘사한다.

〈보기〉 정철, 「성산별곡」

작품 감상

이 작품은 성산의 사계절 변화에 따른 풍경의 아름다움을 노래한 가사 작품으로 '상춘곡'과 '면앙정가'에 영향을 받았다고 알려져 있다. '서사'에는 김성원의 풍류와 식영정의 아름다운 자연을 예찬하고 있으며 '본사'에는 사계절의 성산의 아름다움을 노래했다. '결사'에는 산중생활에서 진선(眞仙)과 같은 생활을 하는 풍류를 이야기하고 있다. 본문에 사용된 부분은 결사부분이다.

작품 분석

1. 작품 개관

갈래	양반가사
성격	전원적, 묘사적
제재	성산의 사계절
주제	성산의 사계절의 아름다움 예찬

2. 짜임

초장	아침을 맞이한 농촌
중장	일해야 하는 아이가 일어났는지 확인함
종장	일어나 부지런히 일할 것을 권함

3. 특징

① 계절에 따른 자연의 아름다운 변화를 잘 묘사하고 있다.
② 서사에서 주인에게 물어본 말의 대답을 결사에 등장시켜 호응 관계를 보여 준다.
③ 면앙정가에 영향을 받은 것으로 알려져 있다.

1 ③

정답 해설 | (가)는 춤을 묘사한 시이다. 빠르게 움직이는 동작이나 서서히 움직이는 동작, 멈춘 동작까지 모두 묘사되어 있다. 특히 '돌아설 듯 날아가며 사뿐히 접어 올린 외씨 보선이여'에서는 오이씨와 같은 버선을 신은 발이 역동적으로 돌아가는 춤사위를 표현하고 있다. '휘어져 감기우고 다시 뻗는 손'에서 손의 동적인 움직임을 시각적으로 묘사하고 있다. (나)에서 두드러지는 것은 '뻐꾸기 울음'이라는 청각적인 이미지이다. 2연에서 '실제의 뻐꾹새가 / 한 울음을 토해 내면 / 뒷산 봉우리 받아넘기고 / 또 뒷산 봉우리 받아 넘기고' 부분은 뻐꾸기 울음소리가 봉우리를 넘고 넘어가는 모습을 역동적으로 표현하고 있다. (다)는 면앙정 주변의 모습을 여러 비유법을 사용하여, 마치 '용이 일어서는 듯', '학이 두 날개를 벌리는 듯', '하얀 비단을 펼쳐 놓은 듯' 등과 같이 역동적으로 표현하고 있다. 이렇게 세 작품에서는 시각, 청각 등의 감각적 이미지를 활용하여 시적 대상의 운동감을 효과적으로 표현해내고 있다.

오답 체크 |

① (가), (나), (다)에는 화자의 의지가 드러나 있지 않다.

⑤ (가)의 '정작으로 고와서 서러워라'에만 역설적 표현이 사용되고 있고, (나)와 (다)에는 역설적 표현이 사용되고 있지 않다.

2 ①

정답 해설 | [A]는 지리산의 봉우리가 한 마리 뻐꾹새의 울음소리를 받아넘긴다고 하여 자연물을 의인화한 표현이 쓰였으나, 직유법은 쓰이지 않았다. 이에 비해 [B]에서는 면앙정 앞의 시냇물을 '쌍룡(←쌍룡이 뒤트는 듯)'과 '비단(←긴 깁을 펼쳤는 듯)'에, 물가에 펼쳐진 모래밭은 '눈(←눈같이 펴졌거든)'에 비유하는 과정에서 직유법이 쓰이고 있다.

오답 체크 |

② [B]에서 4음보의 정형적 음보율이 느껴진다.

③, ④, ⑤ [A], [B] 모두 도치, 반어와 냉소, 영탄이 사용되지 않았다. [B]의 '좇니느뇨'는 의문형 어미를 통해 자연물에서 받은 감흥을 표출한 것이다.

3 ②

정답 해설 | 화자는 면앙정 주변의 아름다운 자연물에 인간적 생명력과 의지를 부여하여 자신의 이상과 세계관을 표출하고 있다. ⓑ의 '늙은 용'은 제월봉의 형세를 표현한 것인데, 선잠에서 막 깨어난 '늙은 용'이 머리를 얹혀 놓은 듯한 형세라는 것이다. 따라서 늙은 용이 선잠에서 막 깨어났다는 것은 이상을 펼치고자 하는 작가의 내면이 담겨 있는 표현이라고 할 수 있다.

오답 체크 |

① '무변대야'는 '끝없이 넓은 들판'으로 그런 곳에서 무슨 '짐작'을 한다는 것은 작가의 이상이 높음을 드러내고자 하는 표현이다.

③ '두 날개를 벌리는 듯하다'는 표현은 비상(飛上)하려는 화자의 내면을 표현한 것이라 볼 수 있다.

⑤ 추월산의 여러 산들이 '높은 듯 낮은 듯 끊어지는 듯 이어지는 듯' 서 있다는 것에서, 높고 낮은 다양한 형세의 산들이 서로 조화를 이루고 있음을 표현한 것이다.

4 ②

정답 해설 | (가)에서 화자는 매화의 아름다움에 대한 예찬적 태도를 드러내고 있다. (나)의 화자는 면앙정 주변 사계절의 아름다움에 대해 언급하고 있다. 또한 (다)의 필자는 덕보 홍대용이 지닌 비범한 능력과 인물됨에 대해 찬양하고 있다.

오답 체크 |

① (가), (나)에는 자연물에 대한 화자의 심리적 거리가 가까움을 알 수 있지만, (다)는 그렇지 않다.

5 ②

정답 해설 | '황혼월'은 '매화'를 비유적으로 표현한 보조 관념이 아니다. 황혼 속의 달이라는 자연 정취와 연관되는 본 관념으로서의 시어이다. 시 전체에 걸쳐서 단아한 분위기를 조성하는 기능을 하고 있다.

오답 체크 |

① 화자 스스로를 지칭하고 있는 시어이다.

③ 화자는 매화의 상징적 속성을 들어 '우아함'과 '절개'를 강조하고 있다.

④ 두견화는 진달래이다. 화자는 철쭉이나 진달래의 속됨과 다른 매화의 속성을 강조하고 있다.

⑤ '눈'은 어려운 환경을 의미한다. 화자는 이러한 눈을 이기는 매화의 생명력을 부각시키기 위한 소재로 '눈'을 활용하고 있다.

6 ②

정답 해설 | (가)의 분위기는 우아함과 절제된 아름다움, (나)의 분위기는 아름다움과 신비함의 흥취이다. 그런 만큼 동영상에서 (가)를 '구슬픔'이라는 분위기와 연관하여 영상화한다면, 이는 주어진 작품의 분위기를 제대로 드러내지 못할 것이다.

오답 체크 |

① (가)에서 잔 잡아 권하는 구절과, (나)에서 남여를 재촉해 타는 구절과 상응할 수 있을 것이다.

③ (가)에서는 백설 양춘이라는 시어를 통해, (나)에서는 시상 전개의 흐름을 통해 확인할 수 있다.

④ (가)에서는 '달'을 통해, (나)에서는 '사양'을 통해 확인할 수 있다.

⑤ (가)에서는 '동각'의 언급을 통해 한옥의 뜰이 연상되며, (나)에서는 남여를 타고 길을 통해 도달한 '백척 난간'의 상황을 통해 주변 풍경의 조망이 가능한 곳이 공간적 배경으로 설정될 수 있다.

7 ③

정답 해설 | ⓒ은 아름다운 가을 산의 풍경과 모습으로, 뒤에 이어지는 흥에 겨운 피리 소리와 연관해 볼 때 적막감과는 관련이 없다.

오답 체크 |

① '황앵'에 화자의 감정이 이입되었다.

② '긴 조으름'이라는 시어를 통해 한가함이 구체화되고 있다.

④ 청각 심상으로서의 '어적'과 시각 심상으로서의 '달'이 동시에 드러난다.

⑤ '간 데마다 경이로다'라며 감회를 집약하고 있다.

8 ④

정답 해설 | ⓐ는 노래와 함께 이루어지는 것으로 매화를 완상하는 화자의 풍류적 감각을 드러내기 위해 차용된 소재이다. 반면 ⓑ는 '자중 자애하면서 세속을 벗어나 마음을 닦는' 수양의 도구로서 거문고가 사용된 것이다.

9 ⑤

정답 해설 | (가)에서는 '빙자옥질', '눈'을 통해 겨울이라는 계절감을 드러내고 있다. 이렇게 추운 계절에도 피어나는 매화의 아름다움을 노래하고 있는 것이다. (나)에서는 '연하'와 '산람'으로 봄을, '녹음'으로 여름을, '된소리'와 '금수'로 가을을, '초목이 다 진', '강산이 매몰', '옥해은산' 등으로 겨울을 보여주고 있다. 화자는 여러 계절에 모두 아름다운 '면앙정'의 주변 풍경을 보여주고 있다.

오답 체크 |

① (가)에는 '동각에 숨은 꽃이 척촉인가 두견화인가'라는 질문을 통해 이 겨울에 그런 꽃이 필 리 없으며 역시 매화만이 피어난다는 의미를 강조하고 있다. (나)는 '수면 양풍이야 그칠 줄 모르는가'에서 설의적 표현이 드러나지만, 물가의 좋은 바람이 계속 불어와 편안하고 행복한 화자의 정서와 상황이 드러날 뿐 시적 대상(면앙정 또는 바람)을 예찬하고 있다고 보기는 어렵다.

② (가)에는 중요한 시적 대상인 '매화'가 여러 번 반복되지만

의미를 강조하기 위한 것은 아니며, (나)에는 특별히 반복되는 단어가 없다.

③ (가), (나) 모두 수미상관은 드러나지 않는다.

④ (가)와 (나) 모두 부르는 말은 나오지 않는다.

10 ④

정답 해설 | (가)의 '바람'은 자연(풍광)을 의미하고, '벗'은 풍류를 함께 즐길 수 있는 사람, '파람'은 휘파람으로 자연을 즐기는 풍류를 의미한다. (나)의 '청풍(淸風)'은 땀을 흘리고 볕을 쬐며 일하다가 잠시 쉬면서 쐬는 맑은 바람이고, '파람'은 역시 휘파람으로 잠시 휴식을 취하는 모습을 나타낸다. 그리고 '길 가는 사람'은 지나가는 사람을 의미한다.

11 ⑤

정답 해설 | ⓐ는 '내 몸이 (자연을 구경하느라) 한가로울 겨를이 없다.'는 뜻이고, ⓑ는 '(자연을 즐기느라 느긋하여) 세월이 한가하다.'라는 의미이다.

12 ①

정답 해설 | [A]의 주제의식은 자연과의 합일이며, 화자는 여유롭고 평화로운 정서를 보여준다. [A]는 '복희씨의 태평성대를 모르고 지냈었는데 이때야말로 태평성대로구나. 신선이 어떻던가. 이 몸이야말로 그것이로구나. 강산풍월 거느리고 내 평생을 다 누리면 악양루 위의 이백이 살아온다 한들 여기서 더할 수 있겠는가'라고 해석된다. 화자는 현재 넓고 끝없는 자연과 하나가 된 자신의 삶에 만족하고 있다.

오답 체크 | ② 자연에서 혜택을 받으려 하는 거이 아니고, ③ 새로운 날에 대한 기대를 이야기하는 것도 아니며, ④ 자연을 개척하는 즐거움도 ⑤ 시간의 흐름에 따른 변화를 이야기한 것도 아니다.

13 ②

정답 해설 | '머무는고', '재촉하는고'와 같은 의문형의 종결 형태는 시적 정서를 드러내는 것일 뿐, '삶에 대한 반성적인 태도를 드러내는 게 아니다.

오답 체크 | (나)의 〈4장〉은 아침부터 들에 나가 농사일을 하다가 잠시 휴식을 취하는 즐거움을, 〈6장〉은 저녁 늦게일을 마치고 돌아가는 길을 노래하고 있다. 즉, 농촌생활의 분주함과 함께 여유로움을 느낄 수 있고(⑤), 다른 사람들('길 가는 손님')과의 유대(④)나 시간의 경과 및 공간의 이동이 나타나 있다(③). 그리고 〈4장〉의 1행을 보면 시어가 반복되어 시적 효과를 드러내고 있다(①).

14 ③

정답 해설 | 〈4장〉에서 농민은 강한 볕에 땀이 뚝뚝 떨어지는 상황에서 불어오는 맑은 바람에 휘파람을 불고 있고, 〈6장〉에서 피리 소리가 자신들을 집에 가자며 재촉하고 있다고 말하고 있다. 이는 힘든 상황에서도 흥을 잃지 않는 모습이라고 해석할 수 있다.

오답 체크 |

① 〈4장〉은 자연을 예찬하는 것이 아니라, 노동 상황에서 시원한 바람을 맞아 잠시 휴식을 취하는 모습이다.

② 〈보기〉에서 자연을 관념적으로 대하는 사람들은 사대부라고 이야기하고 있다. (나)의 자연은 노동과 휴식이 동시에 있는 일상의 장소이므로 매우 구체적인 공간이다.

④ '길 가는 손님네'는 농민들의 모습을 보고 노동의 어려움과 휴식의 달콤함에 대하여 '아는 척'을 하고 있으므로 꾸짖는 태도와는 거리가 멀다.

⑤ 〈6장〉의 재촉함은 집으로 돌아가자는 권유로 여유 없음과는 관련이 없다.

15 ⑤

정답 해설 | (가)와 〈보기2〉에서 '희황(羲皇)'은 중국의 태평성대를 뜻하는 단어로, (가)에서는 그 시절이 실제로 어떠했는지 모를지라도 지금이 바로 그때라고 말하고 있고, 〈보기2〉에서는 그 시절 베개 위에 풋잠을 들었었다며 여름날의 편안한 삶을 보여주고 있다. 따라서 둘다 현재 생활에 대한 화자의 만족감을 드러낸다고 볼 수 있다.

오답 체크 |

① (가)의 '즌 서리'는 가을을 드러내지만 〈보기2〉의 '아침 볕'은 특별한 계절을 드러내는 단어가 아니다.

② (가)의 '고기'는 화자가 자연을 즐기는 과정에서 낚는 대상일 뿐이다. 〈보기2〉의 '황앵'은 철을 안다고 하였으므로 화자의 흥(정서)을 돋워준다고도 볼 수 있다.

③ (가)의 '한중진미'는 한가로움가 관련된 표현이 맞지만 〈보기2〉의 '히욜 일'은 '울타리 밑 햇살 잘 드는 곳에 오이 씨를 뿌리고 매고 돋우며 비온 김에 가꾸는' 일과 관련되어 있으므로 한가롭다고 보기는 어렵다.

④ (가)의 '붓으로 그려 낸가'와 〈보기2〉의 '절로 그린 돌병풍'은 화자가 즐기고 있는 자연이 마치 예술품처럼 아름답다는 표현이다.

---

43 춘면곡 작자 미상

| 1 | ① | 2 | ② | 3 | ④ | 4 | ① | 5 | ② |

작자 미상, 「춘면곡」

작품 감상

이 작품은 남녀 간에 서로 그리워하는 마음, 즉 상사(相思)의 정(情)을 노래한 평민 가사이다. 한 서생(書生)이 봄날 야유원(野遊園)에 갔다가 한 여인을 만나 춘흥(春興)을 나눈 후 이별하고 집에 돌아왔는데, 이별로 인한 한(恨)과 원망의 감정 때문에 잠을 이루지 못하다가, 겨우 잠이 들어 꿈에나마 임과 재회하여 즐거웠지만, 꿈에서 깨자 다시 임에 대한 그리움에 빠져 이별의 고통을 이기지 못한다는 내용을 담고 있다. 이별한 여인의 심정을 다룬 다른 시가들과 달리 남자가 겪는 이별의 정한을 노래하고 있다는 점에서 특이하다.

작품 분석

1. 작품 개관

갈래	가사
성격	서정적, 비애적, 애상적
제재	임과의 이별
주제	임과 이별한 괴로움을 잊으려 애쓰는 한 남자의 심정, 임에 대한 상사(相思)의 정

2. 짜임

기	봄잠에서 깨어나 술을 마시고 야유원에 간다.
승	아름다운 여인을 만나 정을 나누고 애달픈 이별을 한다.
전	임과 이별한 뒤에 괴로운 심정과 그리움을 느낀다.
결	입신양명하여 임을 다시 만나고자 다짐한다.

3. 특징

① 자연물을 통해 화자의 정서를 드러낸다.

② 임과의 이별의 슬픔을 솔직하게 드러낸다.

③ 영탄, 대구 등의 다양한 표현법을 사용한다.

1 ①

정답 해설 | (가)의 전반부에서 화자는 '굳고 빛나던 옛 맹서', '날카로운 첫 키스의 추억' 등 과거에 임과 함께 했던 추억을 환기하며 임과의 이별의 슬픔을 드러내고 있다. '윗글'에서 화자는 '신록이 우거졌을 때', '낙엽이 지던 때' 등 과거에 미처 대상의 의미를 깨닫지 못했던 것을 환기하며 존재의 소멸에서 오는 상실감과 안타까움을 드러내고 있다. (나)에서 화자는 과거에 임과 만나 사랑하던 때를 떠올리며 임에 대한 그리움을 드러내고 있다. 따라서 윗글과 (가)~(나)의 화자는 모두 과거의 상황을 환기하며 화자의 정서를 드러낸다는 것을 알 수 있다.

오답 체크 |

② (가)는 자연의 변화를 표현하지 않았고, (나)는 자연의 변화가 표현되긴 했지만 그것이 화자의 미래를 암시한다고 보기는 어렵다.

③ 윗글과 (가)~(나)에는 시적 대상을 예찬하는 작품이 없다.

④ (가), (나)에는 관조적인 자세가 나타나지 않는다.

⑤ 이별의 슬픔을 극복하고 영원한 사랑을 다짐하고 있다는 점에서 (가)는 애상적 분위기를 고조시킨다고 볼 수 없다.

2 ②

정답 해설 | (가)의 '차디찬 티끌'은 임이 떠난 충격을 감각적으로 표현한 것일 뿐, 임과의 인연이 허무하게 깨진 것을 상징하는 것은 아니다. (가)의 화자가 이별한 임에 대한 영원한 사랑을 다짐하고 있기 때문에 임이 떠났다고 해도 임과의 인연이 깨진 것은 아니다. '윗글'의 '새벽 서리'는 임을 그리워하는 화자의 마음을 드러내고 있는 자연물이므로 허무하게 깨진 인연을 상징한다고 보기 어렵다.

오답 체크 |

① (가)의 첫 번째 '아아'는 임이 떠난 것에 대하여, '윗글'의 두 번째 '어화'는 임이 곁에 없는 상황(부정적 상황)에 대한 비탄의 심정을 담고 있다.

3 ④

정답 해설 | [A]에서 '조각달'이나 '잘새'는 '오동', '제비', '나비'와 마찬가지로 자연물로 변해서라도 헤어진 임과 만나고 싶은 화자의 간절한 심정을 관습적으로 표현하는 소재이므로, '님'과 함께 크고 넓은 세계로 도약하려는 화자의 희망과는 거리가 멀다.

4 ①

정답 해설 | '평생 슬픈 회포 어데를 가을하리'에서 설의적 표현을 통해 이별의 슬픔을 강조하고 있다.

오답 체크 |

② '엊그제 꽃이 버들 곁에 붉었더니 / 그 결에 훌훌하여 잎에 가득 가을 소리라'에서 보듯 자연의 변화를 통해 시간의 흐름을 나타내고 있다.

③ '외기러기'가 슬피 운다고 표현한 것에서 알 수 있듯 자연물에 화자의 감정을 이입하여 이별로 인한 슬픔의 정서를 부각하고 있다.

④ '태산이 평지 되도록 금강이 다 마르나'에서 불가능한 상황을 설정하여 이별의 슬픔을 드러내고 있다.

⑤ '지리하다 이 이별이 언제면 다시 볼까', '평생 슬픈 회포 어디에 견주리오'에서 의문의 방식을 활용하여 화자의 생각을 강조하고 있다.

5 ②

정답 해설 | 〈보기〉에서 보듯 이 글은 봄날 야유원에 갔다가 한 여인을 만나 춘흥(春興)을 나눈 후 이별하고 집에 돌아오는 내용이다. '사창' 등의 단어로 볼 때, 이 여성을 높은 신분이라고 짐작하기는 어렵다.

오답 체크 |

① '백마금편'은 호사스러운 행장을 의미하고 '야유원'은 기생집을 의미하므로 화자가 양반이거나 풍류가 있는 남자이고 임이 기생임을 짐작할 수 있다.

③ '구름산'은 화자와 임 사이에 장애물을 의미한다.

④ '엊그제 꽃'이 피었었는데 어느 사이에 '낙엽' 지는 소리가 난다는 것은 계절이 봄에서 가을로 바뀌었다는 것으로, 임을 그리워하는 사이에 시간이 빠르게 흘렀음을 드러내고자 한 것이다.

⑤ '장부의 공업'은 화자가 자신이 해야 할 일로 여기고 있는 것이므로, 이는 화자가 자신의 일을 다 한 후에 임을 만나고자 하는 마음을 드러내고 있다.

44 만언사 안조원 / 정과정 직자 미상 / 사설시조 작자 미상   200~206쪽

1	②	2	②	3	①	4	④	5	②
6	①	7	④	8	⑤	9	①	10	⑤
11	④	12	②	13	①	14	③	15	④

안조원, 「만언사」

작품 감상

이 작품은 작가가 추자도로 유배된 사건을 배경으로 하고 있으며, 유배지인 추자도에 이르는 노정과 그 노정에서 느낀 바를 표현하고 있다. 유배지에서 굶주림과 추위에 시달리며 지은 죄를 눈물로 회개하는 내용이 사실적으로 잘 드러나 있다. 김진형의 '북천가'와 쌍벽을 이루고 있는 유배가사이다.

작품 분석

1. 작품 개관

갈래	유배가사, 장편가사
성격	사실적, 반성적, 애상적
제재	유배 생활
주제	유배 생활의 어려움과 자신이 지은 죄에 대한 회개

2. 짜임

서사	신세한탄, 어린 시절과 성장 과정
본사1	벼슬살이와 유배 경위(범죄)
본사2	유배지로 향하는 여정(경기, 충청, 전라도, 추자도)
본사3	유배 생활에 대한 묘사(여름, 가을, 겨울, 봄) -사람들에게 박대 당하고, 음식이 없어 연명하고, 동냥하면서 사계절을 지냄. 그러면서도 임금에 대한 충성심을 말함.
결사	유배에서 풀려나기를 기대함.

3. 특징

① 자신의 유배생활을 사실적으로 형상화하고 있다.

② 연군지정이 약화되고 고통스러운 유배생활을 강조하였다.

작자 미상, 「정과정」

작품 감상

이 작품은 오랫동안 귀양살이에서 풀려나지 못하는 자신의 억울한 심정과 왕에 대한 충정을, 사랑하는 이와 헤어진 여성 화자의 마음에 빗대어 표현한 '충신연주지사'이다.

작품 분석

1. 작품 개관

갈래	고려가요, 향가계 여요
성격	애상적
제재	임과의 이별
주제	임금을 향한 변함없는 충심

2. 짜임

기(起)	자신의 고독한 처지와 결백을 토로한다.
서(敍)	결백의 해명
결(結)	임에 대한 간절한 애원

3. 특징

① 형식면에서 향가의 전통을 잇고 있다.

② 감정이입을 통해 정서를 표현하고 있다.

작자 미상, 「어이 못 오던다」

작품 감상

　이 작품은 임에 대한 답답한 마음을 가상적인 상황 설정을 통해 보여준다. 임이 오는 길에 연쇄적으로 답답한 상황이 생겼냐는 질문은 다소 억지스럽게 들리는데, 이 질문의 이면에는 그런 기막히고 힘든 상황이 아닌 이상 어떻게 화자를 보러 오지 않느냐는 의구심과 원망이 담겨있는 것이다.

작품 분석

1. 작품 개관

갈래	사설시조
성격	해학적, 과장적
제재	오지 않는 임
주제	임을 기다리는 안타까운 마음

2. 짜임

초장	임이 오지 못하는 이유를 알 수 없다.
중장	임이 오는 길에 무슨 일이 펼쳐질지를 상상한다.
종장	한 달 중 하루도 내지 못하는 임을 이해하기 어려워한다.

3. 특징

① 임에 대한 원망을 직설적으로 표현하고 있다.
② 열거법, 과장법, 연쇄법 등을 활용하여 해학적 분위기를 드러낸다.

---

1 ②

정답 해설 | (가)는 시적 화자가 꽃에게 말을 하는 형식을 취하고 있다. 화자는 꽃에게 문을 열라고 말한다. (나) 역시 화자는 나무에게 말을 하는 형식을 취하고 있으며, '작은 손, 흐느낌, 아프고 서러워' 등의 표현에서 의인화된 나무의 모습을 확인할 수 있다. (다)에서 낚시를 하던 화자는 낚싯대 그림자에 놀라 날아가는 백구에게 내 마음을 왜 몰라 주냐 하며 가지 말라고 한다.

오답 체크 |

① (다)에서 산천을 '홍일'로, 만경창파를 '금빛'으로 표현하고 있다.

③ 정형률은 4음보 형식을 유지하는 (다)뿐이다.

④ (나)에서 어둠과 밝음의 대비를 통해 나무들의 시련과 활짝 피어나는 날에 대한 화자의 내면을 드러내고 있다.

⑤ '유장한 어조'란 '급하지 않고 느릿느릿한 여유를 보여주는 어조'를 말하는데, 한가롭게 낚시를 하며 마음을 다스리고 있는 화자가 있는 (다)만 그러하다.

2 ②

정답 해설 | (가)에서 화자는 산새에 입맛을 잃었다고 했다. 화자가 지향하는 대상은 꽃으로, 꽃이 문을 열기를 간절하게 바라고 있기에, 현실의 대상으로 열거된 '노래, 말, 산돼지, 산새'는 화자의 지향에서 벗어나 있다. (다)에서 화자는 낚시를 하고 있지만, 낚시를 하는 목적이 '은린옥척'을 잡고자 함이 아니라 마음을 얻고자 함이라 했다. 그렇기에 은린옥척 역시 화자의 지향에서 벗어나 있다.

오답 체크 |

① (가)에서 화자가 머무는 장소는 꽃밭이다.

③ (가)에서 개벽은 화자가 간절히 바라고 있는 일이다. (다)의 성세 또한 화자의 간절한 바람이기에 화자가 지향하는 대상이라 할 수 있다.

④, ⑤ (가)에서 물낯바닥에 얼굴이나 비치는 아이는 현재의 화자로 비유되어 있다. 즉, 화자는 초월적, 절대적 세계를 간절히 바라고 있지만(꽃이 문을 여는), 현재의 화자는 그렇지 못하고 있다. 그렇기에 '물빛바닥' 만족하지 못하는 화자 자신의 처지를 나타낸다고 할 수 있다. (다)의 '그림자'는 낚싯대의 그림자일 뿐이고, 백구를 깨우는 역할을 하고 있다. '벗님'은 '백구'의 친구이기에 바로 화자 자신을 가리키고 있다.

3 ①

정답 해설 | (나)에서 1행과 2행은 '않으리'에서 보듯 의문형 어미로 끝나고 있지만 의미상으로는 '두렵다, 무섭다'의 의미이며, 이를 시작으로 시상이 전개되고 있다. (다)에서도 중간

부분 이후에 '내 마음 모를소냐', '하물며 너 잡으랴'에서 설의적 표현을 확인할 수 있다.

오답 체크 |
② (나)에서 어둠과 비바람의 계절을 이겨내고 많은 꽃과 열매를 달게 되는 계절을 맞이할 것이라는 내용에서 계절의 변화를 생각할 수는 있다. 그러나 (다)에서는 계절의 변화를 찾아볼 수 없다.
③ (나)에서 화자가 일관되게 관심을 보이고 있는 대상은 '나무들'이다.
④ (다)는 낚시를 하며 느끼는 화자의 심정을 드러내고 있기에 주로 시각적 이미지를 활용하고 있다.
⑤ (나)와 (다) 모두 외부 세계보다는 화자의 내면 세계가 중심이 되고 있다.

4 ④
정답 해설 | (다)는 낚시를 하며 한가로움을 느끼던 화자가 사랑하는 이에 대한 외로움과 그리움을 느끼는 내용이며, 글쓴이는 임금에 대한 자신의 마음을 강조하고 있다. 유배지에서 느끼는 적대자에 대한 원망의 감정은 찾아볼 수 없다.

오답 체크 |
① '평생의 곱던 임을~마음을 둘 데 없어'에서 화자의 외로움과 수심을 확인할 수 있다.
② 화자는 낚시를 하며 자신을 돌아보고 있다.
③ 백구가 내 가슴을 쪼아 헤치면 임금에 대한 변함없는 내 마음을 알 수 있을 것이라 했다.
⑤ 화자는 흉중에 붉은 마음을 지니고 있으며, 성은을 갚겠다고 했다.

5 ②
정답 해설 | (다)의 화자는 부모와 이별하고 임금에 대한 자신의 마음을 아무도 몰라줌을 속상해하고 있다. 그러나 성은을 언젠가 갚을 길이 있을 테니 지금은 이 시대의 한가로운 백성으로서 자연을 좇아 살겠다고 고백하고 있다.

오답 체크 |
① 화자가 상황에 대한 원인(책임)을 언급하는 부분은 없다.
③ 화자가 상황을 답답해하고 있는 것은 맞지만 이를 극복하려고 하는 것도 아니고, 상황은 유지될 뿐 악화되는 것도 아니다.
④ 자신의 진심을 '백구'가 쪼아 헤치면 알 것이라는 이야기를 하지만 그런 마음을 누군가에게 전달하려는 모습은 드러나지 않는다.
⑤ 가난한 상황이나 그로 인한 불만족에 대한 언급은 이 글에서 찾을 수 없다.

6 ①
정답 해설 | 화자는 백구가 자기 마음을 알고 있으며, 그와 벗이 되고 싶어 좇고자 한다. 그런데 김광욱의 시조는 당시의 엽관배들이 자신의 영달을 위해 권력('고기')를 찾아, 혼탁한 정계('갈숲')를 헤매는 정치인의 모습을 '백구'에 비유하여 나타내고 있으며, '군마음[세속의 부귀영화]' 없이 은거('잠')하는 화자 자신의 모습을 대비시킴으로써 정치 현실을 풍자하고 있다.

오답 체크 | ②~⑤에서 '백구'는 화자가 자연에서 살고 싶은 마음을 표현하기 위해 빌려온 친밀한 대상들이다.

7 ④
정답 해설 | (가)는 '넋이라도 임과 함께 있고' 싶지만 혼자 지내고 있으며, (나)는 사랑하는 '너'가 단 하루도 찾아오지 않고, (다)는 공명을 탐하다가 유배 온 자신의 처지를 한탄하고 있다.

오답 체크 |
① (가)~(다)에 냉소는 드러나지 않는다.
② (가)에서는 '우기던 사람이 누구'냐고 묻는 데에서 화자의 억울함이 드러난다.
③ 현실의 부당함과 관련된 내용은 (가)~(다) 어디에도 없다.
⑤ '공명을 탐치 말고 농사에 힘쓸 거슬'에서 반성하는 자세가 보인다.

8 ⑤
정답 해설 | (가)에 '벼기더시니 뉘러시니잇가', '히마 니즈시니잇가'에서, (나)에는 '어이 못 오던가', '날 와 볼 하루 없으랴'에서, 의문문을 통해 청자에게 말을 건네는 듯한 효과가 드러남을 확인할 수 있다.

오답 체크 | (가)에 ① 대구도 대조도 없으며, ② '-은 -이다'와 같은 설명적 진술 역시 없다. (나)는 ③ 직설적인 표현을 사용하고 있으며, ④ (가)는 '접동새, 잔월효성'과 같은 자연물에 의탁하여 감정을 드러내는 면이 있지만 (나)에는 드러나지 않는다.

9 ①
정답 해설 | (나)의 [A]는 '너'가 오는 길에 있을 거라 생각되는 장애물을 먼 풍경(원경)에서부터 가까운 풍경(근경)의 순서대로 연쇄적으로, 시간의 흐름에 따라 제시하고 있다. 따라서 화살과 과녁의 거리가 먼 것부터 가까워지는 시간 순서, 먼 풍경에서 과녁 한복판만 보이는 가까운 풍경으로 그려진 ①이 [A]의 시상전개방식과 유사하다고 볼 수 있다.

오답 체크 | ②~⑤는 모두 흐름은 있으나 대상을 보는 거리가

고정되어 있기 때문에 원경에서 근경으로의 이동을 살펴볼 수 없다.

10 ⑤
정답 해설 | (다)에서 화자가 '공명을 탐치 말고 농사에 힘쓸 것'이라며 탄식하는 구절이 나오는 것은 맞으나 〈보기〉를 보면 작가가 단순히 유배지에서의 삶을 그린 것이 아님을 알 수 있다. 즉 유배지에서 풀려날 목적으로 임금에게 목소리가 전달되기를 기대하며 지었다는 것을 감안할 때, 작가가 벼슬길에 다시는 나아가지 않을 거라고 예측하기는 어렵다.

11 ④
정답 해설 | '한가히 베는 농부'가 '미친 사람'처럼 힘든 화자 본인과 대비되는 여유로운 모습(밥 위에 보리 단 술 몇 그릇 먹였느냐)이라고 볼 수는 있지만, 물질적으로 여유를 지녔다고 보기는 어렵다. 또한 화자가 농부를 관찰하고 그에게 말을 건네는 말투는 있으나 농부의 대답은 보이지 않기 때문에 대화 상대자라고 보기도 어렵다.

오답 체크 |
① '잔월효성'은 하늘의 달과 별로 자신이 아무런 잘못이 없음을 절대자(또는 세상의 순리나 이치)가 알고 있을 것이라는 표현이다.
② 화자는 '너'가 '성'과 같은 것들 때문에 본인에게 오지 못하고 있을 것이라 이야기하고 있다.
③ 한 달이 30일이나 되는데, 본인을 보러 올 하루가 없냐는 것은, 본인에게 마음이 없어서 시간을 내지 못하는 대상에 대한 그리움과 책망을 담은 질문이다.
⑤ 위 구절을 보면 '공명을 탐치 말고 농사에 힘쓸 것'이라며 본인의 후회를 말하고 있는데, 이는 '백운'과 같은 대상이 자연을 즐기고 있는 것처럼 본인도 그렇게 살았다면 유배 오는 상황을 면했을 거라는 후회와 안타까움을 표현한 것이라 볼 수 있다.

12 ②
정답 해설 | '산(山) 접동새 난 이슷ᄒ요이다'는 '산에 있는 접동새가 나와 비슷합니다.'라는 뜻으로 듣는 이가 없는데도 계속 울고 있는 접동새가 결백을 주장하느라 한에 맺힌 화자 자신의 처지와 비슷하다는 표현이다.

오답 체크 |
① 화자는 결백을 주장하느라 심리적으로 안정되어 있지 않고,
③ 부정적인 현실인식은 계속 지속되고 있으며,
④ 접동새가 아니더라도 이미 외부와 단절되어 있고,

⑤ 화자가 '님'과 죽어서라도 함께 하고자 하는 것은 맞지만, 접동새 때문에 님을 떠올린 것은 아니다.

13 ①
정답 해설 | 더운 여름에 옷을 빨지도 못하고 한 벌을 계속 입고 있는 유배지에서의 어려움을 표현하고 있다.

오답 체크 |
② 화자가 궁핍하고 남들이 화자를 내치는 것도 맞지만, 이는 화자가 유배를 왔기 때문이지 세태가 각박하기 때문이 아니며, 이를 대화를 통해서 표현하고 있지도 않다.
③ 화자가 너무 힘들어 마치 본인이 죽은 듯 귀신처럼 느껴짐을 강조하는 설의적 표현이지 현실과 환상을 구분하지 못하는 것이 아니다.
④ 보리가을, 맥풍, 황금 등이 가을을 드러내는 표현은 맞지만, 상황이 나아질 거라는 기대감은 보이지 않는다.
⑤ 농민들이 추수하여 가을에 즐거움을 맞이한 것을 보고, 본인도 세속적인 욕심을 탐하지 말고 농사에 힘썼으면 좋았을 거라며 후회하는 내용이다. 대상을 비판한 것이 아니다.

14 ③
정답 해설 |
ㄱ. (나)는 '못 오던가', '아니 오더냐' 등을 반복하고 있고, 〈보기1〉에서는 '창 내고쟈'를 반복하고 있다. 이를 통해 대상이 오기를 바라는 마음과 답답한 마음을 해결하고자 하는 화자의 마음을 강조하고 있다.
ㄹ. (나)에서 대상이 오지 못할 거라고 짐작하면서 쓴 이야기나 〈보기1〉에서 가슴에 창을 내는 행위는 이성적으로는 도저히 불가능한 일들이다. 이를 통해 화자가 얼마나 답답하고 힘든지를 극대화하여 표현하고 있다.

오답 체크 |
ㄴ. 사물의 구성요소를 열거한 것은 〈보기1〉이다. (나)에도 열거가 사용되었지만 이는 구성요소가 아니다.
ㄷ. 두 작품 모두 어쩔 수 없는 상황을 해학적으로 표현하고 있다. 상황을 극복하고자 하는 의지를 보여주는 것은 아니다.

15 ④
정답 해설 | '벌나비'는 화자 자신을 나타내는 것으로 '꽃을 탐하다가 그물에 걸렸다'는 표현을 통해 화자가 자기 욕심 때문에 죄를 지었음을 인정한다고 해석할 수 있다.

오답 체크 |
① '공명을 탐치 말고 농사에 힘쓸 것'은 충성을 다함을 후회하는 것이 아니라, '공을 세워 이름을 날리고자' 하는 자신의 욕심을 후회하는 것이다.

② '등 밀어 내치는 집'에 다녀와 '한숨 끝에 눈물 나'는 화자의 모습은 유배지에서 외면 받는 어려움을 직설적으로 드러낸 것이지 정치적 반대편에 대한 분노라고 볼 수 없다.

③ '등 밀어 내치는 집 구차하게 빌어 있어'는 자존심을 내려놓고 매달리는 화자의 상황을 직설적으로 표현한 것이다.

⑤ '함포고복 하고 격양가를 부르는 양'은 화자가 관찰하고 부러워하는 농민들의 모습으로 이는 연군지정과 관련이 없다.

45 속미인곡 정철 / 야청도의성 양태사 / 사친 신사임당 / 조홍시가 박인로

208~212쪽

1 ④	2 ③	3 ④	4 ①	5 ④
6 ④	7 ①	8 ⑤	9 ③	10 ④
11 ⑤	12 ③			

정철, 「속미인곡」

작품 감상

이 작품은 두 화자를 편의상 갑녀와 을녀로 상정할 때, 둘의 역할이 다르다. 갑녀는 작품의 전개와 종결을 위한 기능적 역할을 하는데 그치고 있는 반면, 을녀는 주제 구현의 중추적 역할을 맡고 있다. 을녀는 원래 적강선의 이미지와 통하는 고귀한 신분이었으나, 지상으로 내던져진, 즉 임으로부터 버림받은 존재이다. 이 노래는 '사미인곡(思美人曲)'의 속편이다. 그러나 '사미인곡'보다 언어의 구사와 시의(詩意)의 간절함이 더욱 뛰어나다는 평을 받고 있다.

작품 분석

1. 작품 개관

갈래	양반가사, 서정가사, 정격가사, 유배가사
성격	서정적, 여성적, 연모적, 충신연주지사
제재	임에 대한 그리움
주제	임금을 향한 그리움, 연군지정(戀君之情)

2. 짜임

서사	임과 이별한 사연 및 자신의 신세 한탄
본사	임에 대한 걱정과 그리움, 독수공방의 외로움
결사	죽어서라도 사랑을 이루고자 하는 간절한 마음

3. 특징

① 〈사미인곡〉과 더불어 가사 문학의 극치를 이룬 작품이다.

② 순우리말의 구사가 절묘하여 문학성이 높은 작품이다.

③ 두 여인의 대화체 형식으로 내용이 전개되고 있다.

양태사, 「야청도의성」

작품 감상

이 작품은 전편이 24행인 칠언배율 시의 일부이며, 그리움의 정조를 청각적인 감각을 통하여 형상화시켜 놓고 있다. 1~2행은 시간적 배경인 '밤'과 작품 전체의 지배적인 분위기를 제시해주고 있다. 3~8행은 '다듬이 소리'가 주된 청각적 이미지를 이루고 있으며, 중심 시상의 전개가 펼쳐지는 부분이다. 특히 고국에 대한 그리움과 애국적 정서를 불러일으키는 제재로서 '다듬이 소리'는 이채로운 것이다.

작품 분석

1. 작품 개관

갈래	한시
성격	애상적
제재	다듬이 소리
주제	고국을 그리워하는 나그네의 마음

2. 짜임

1~2행	가을밤 나그네의 쓸쓸함
3~8행	다듬이 소리를 듣고 고국을 생각한다.

3. 특징

① 청각적 심상(다듬이 소리)을 매개로 화자의 정서를 표현하고 있다.
② 계절적, 시간적 배경을 통해 애상적인 분위기를 연출하고 있다.
③ 다양한 감각적 이미지를 활용하고 있다.

신사임당, 「사친」

작품 감상

이 작품은 평생을 모친에 대한 사무치는 그리움을 안고 살아가야 했던 사임당의 간절한 심정이 표현된 작품으로, 자신의 운명적 삶에 대한 한과 함께 어머니에 대한 지극한 효심이 잘 나타나 있다. 또한 이 시에서는 작자의 의식의 흐름이 현실과 환몽 그리고 현재와 과거의 경계를 넘나들며 전개되고 있어, 작자 내면에 자리한 간절한 그리움의 의미를 더욱 절실하게 하고 있다.

작품 분석

1. 작품 개관

갈래	한시
성격	회고적, 탄식적
제재	그리움
주제	어머니에 대한 그리움

2. 짜임

1~2구	고향에 대한 그리움
3~6구	고향의 모습 상상
7~8구	고향에 가고 싶은 간절한 마음

3. 특징

① 고향의 이미지를 시각적으로 나타내고 있다.
② 어머니를 그리워하는 딸의 마음을 진솔하게 표현하고 있다.

박인로, 「조홍시가」

작품 감상

  이 작품은 사랑하는 이를 향한 그리움을 노래한 시조이다. 이제는 곁에 계시지 않는 부모님을 그리는 마음을 노래하여 마음을 주고받는 사람을 향한 그리움을 표현하였다.

작품 분석

1. 작품 개관

갈래	평시조
성격	교훈적
제재	조홍감(홍시)
주제	돌아가신 부모님에 대한 그리움, 풍수지탄(風樹之嘆)

2. 짜임

초장	홍시를 대접받는다.
중장	홍시를 보고 육적의 효심을 생각한다.
종장	부모님이 살아 계시지 않음을 한탄한다.

3. 특징

① 대상에 대한 구체적인 정감을 드러내고 있다.
② 독자에게 교훈을 전달하고자 하는 의도를 드러내고 있다.
③ 중국의 고사를 활용하여 화자의 정서를 효과적으로 전달하고 있다.

---

1 ④

정답 해설 | (가)의 화자는 '타국'에서 '고국'으로 '돌아가고픈 심정'을 간절하게 드러내고 있고, (나)의 화자는 '천상 백옥경'에서 함께 있었던 '임'을 그리워하며 안타까워하고 있다.
오답 체크 |
① (가)와 (나)의 어디에도 꿈과 환상을 통해 현실에서 벗어나고자 하는 태도는 드러나지 않는다.
② '내 몸의 지은 죄 뫼같이 쌓였으니 하늘이라 원망하며 사람이라 허물하랴 설워 풀쳐 혜니 조물의 탓이로다'를 통해 확인할 수 있듯이 (나)의 화자는 자신의 상황을 운명론적으로 받아들이려는 자세를 보이고 있다. 하지만 (가)에는 이러한 자세가 드러나지 않는다.
③ (가)와 (나)의 어디에도 자신의 문제와 관련하여 세상을 원망하는 마음은 나타나 있지 않다.
⑤ (가)에는 자연물을 통해 화자의 정서가 드러나지만 그 정서는 이별의 정서가 아니라 고국에 대한 그리움이다. 그리고 (나)에는 이별의 정한이 드러나기는 하지만 그것을 자연물에 빗대어 드러낸 것은 아니다.

2 ③

정답 해설 | '바람'은 다듬이 소리를 전달하는 매개체이지 구속에서 벗어나려는 화자의 의지를 드러낸 것이 아니다.
오답 체크 |
① '달'과 '은하수'는 화자의 쓸쓸함을 심화시키는 시간적 배경에 해당하므로 적절한 설명이다.
② '다듬이 소리'는 고향에 대한 그리움의 정서를 느끼게 하는 매개체이므로 화자의 정서를 심화시킨다는 설명은 적절하다.
④ '별이 낮도록'은 앞 구절 '밤 깊고'와 연결되어 시간이 많이 경과되었음을 나타내는 표현이다.
⑤ '타국'에서 듣는 '다듬이 소리'가 '고국'에서 듣던 다듬이 소리가 '서로 비슷하네'라고 한 것은 시적 화자의 과거와 현재 경험이 중첩됨을 드러낸 것이다.

3 ④

정답 해설 | ㉣은 임과 이별한 것을 오직 자신의 탓으로 돌리는 표현으로 자신의 허물을 탓하는 겸손한 자세에 해당한다.
오답 체크 |
① ㉠ : 화자의 모습과 태도가 임으로부터 사랑을 받음직하다는 의미이다.
② ㉡ : 임이 자신을 사랑하기에 자신도 다른 생각을 하지 않았다는 것으로 화자의 임에 대한 순수한 사랑과 믿음의 자세를 보여주는 내용이다.

③ ⓒ : 임이 화자를 바라보는 얼굴빛이 화자 자신을 반겨주던 옛날과 다르다는 의미로 임과의 이별을 나타낸다.

⑤ ⓜ : 임을 탓하거나 원망하지 않고 모든 것을 자신의 탓으로 돌리는 숙명론적인 인생관이 잘 나타나 있고, 유학자적인 사상이 배어 있으며, 또한 당시의 사회적 체제가 왕권의 절대적인 힘을 생각하면 이런 표현만이 가능하다고 볼 수 있다.

4 ①

정답 해설 | [A]에는 임금을 걱정하는 화자의 자상한 모습과 임금을 보필하지 못하는 화자의 안타까움이 드러나 있다. [B]에는 봄이 되어 '왜꼬리 분(盆)'에 싹이 트는 것을 보고 평소와 다른 특별한 관심을 보이는 모습이 드러난다. 따라서 대상에 대한 화자의 관심과 애정이 드러나 있다는 설명은 적절하다.

오답 체크 |
② [A], [B] 모두 부조리한 세상에 대해 비판적 자세는 드러나지 않는다.

③ [A], [B] 모두 미래에 대한 낙관적인 전망과 기대가 드러나 있지 않다.

④ [B]에는 겨울('겨우내')에서 '봄'으로의 시간적인 경과가 나타나 있지만, [A]에는 공간적인 이동이 드러나지 않는다.

⑤ [A]에는 반어적인 표현이 사용되지 않았고, [B]에는 비유적인 표현이 사용되지 않았다.

5 ④

정답 해설 | ⓐ는 자신이 처한 상황에 대해 특별한 언급은 없고 다만 타국에서 느끼는 고국에 대한 그리움의 정서를 드러내고 있다. ⓑ는 '설워 플쳐 혜니 조물의 탓이로다'를 통해 확인할 수 있듯이 자신의 상황을 운명론적으로 받아들이려는 자세를 보이고 있다.

오답 체크 |
① ⓐ는 지상의 세계에 존재하는 인물이고, ⓑ는 천상의 세계에 존재했던 인물이다.

② ⓐ가 미래에 대해 낙관적 자세를 취하거나, ⓑ가 부정적 자세를 취하는 모습은 드러나지 않는다.

③ ⓑ가 그리워하는 대상과 이별한 상황에 놓여 있다는 설명은 적절하다. 하지만 ⓐ는 타국에서 고국을 그리워하는 내용이므로 고국의 가족과 헤어져 있는 상황이라고 볼 수 있다. 따라서 적절하지 않은 설명이다.

⑤ ⓑ에는 작품의 전개 과정에서 보조적 역할을 갑녀가 나타나지만, ⓐ하는 그런 역할을 하는 화자가 나타나지 않는다.

6 ④

정답 해설 | (가)는 고향의 어머니에 대한 그리움을 노래한 작품이고, (나)는 돌아가신 어머님에 대한 그리움을 노래한 작품이며, (다)는 임에 대한 그리움을 노래한 작품이다. 따라서 세 작품의 공통점은 시적 화자가 사랑하는 대상에 대한 그리움으로 안타까워하고 있다는 것이다.

오답 체크 |
① 화자 자신과 대상과의 관계에 대해 성찰하고 있는 작품은 없다.

② (가)의 7, 8행을 보면 언제 다시 어머니와 함께 할 수 있을지 안타까워하고 있다. (다)의 '차라리 죽어져서 낙월(落月)이나 되어서 님 계신 창 안에 번드시 비추리라.'에서 시적 화자는 죽어서라도 임과 함께 하고 싶은 소망을 드러내고 있다. (나)에서는 '반길 이'가 없음을 슬퍼할 뿐 재회에 대한 희망은 나타나지 않는다.

③ 자신이 처한 상황을 담담하게 받아들이고 있는 작품은 보이지 않는다.

⑤ 돌이킬 수 없는 비극적 운명을 떠올리며 슬퍼하고 있는 작품은 없다. 다만 (나)는 돌아가신 어머님에 대한 그리움으로 슬퍼하고 있다.

7 ①

정답 해설 | (가)의 '봉우리'는 고향과의 거리감을 나타내는 시어이고, (다)의 '높은 뫼'는 임과의 거리를 좁혀보기 위해 화자가 올라간 공간이다. 따라서 탈속적 공간이라는 설명은 적절하지 않다.

오답 체크 |
② (가)의 '꿈'은 고향에 돌아가고 싶은 소망을 담은 꿈이고, (다)의 '꿈'은 임과의 만남을 가능하게 하는 매개체이다. 따라서 소망의 간절함을 담고 있다는 설명은 적절하다.

③ (가)의 '달빛'은 화자의 외로운 마음이 투영된 달빛이고, (다)의 '낙월'은 화자가 죽어서 되고 싶은 사물로 화자의 심정이 투영된 사물이다.

④ (가)의 '바람'은 작자의 내면에 자리한 고향에 대한 그리움이 시각적으로 형상화되면서 나타난 것이고, (다)의 '바람'은 임과 화자의 사랑을 방해하는 방해물에 해당한다. 따라서 두 '바람' 모두 화자의 내면과 관련이 있다는 설명은 적절하다.

⑤ (가)의 '길'은 고향으로 돌아가 어머니를 뵐 수 있는 길이고, (다)의 '뱃길'은 임을 만나러 갈 수 있는 길에 해당하므로 두 가지 모두 화자의 소망을 성취할 수 있는 통로라는 설명은 적절하다.

8 ⑤

정답 해설 ┃ (가)의 8행에서 '슬하에서 옷 지을꼬'는 고향에 돌아가고 싶은 간절한 마음을 표현한 것이지 밤새도록 언 손을 불어가며 바느질을 하는 모습을 나타낸 것은 아니다. 따라서 이 소설에 필요한 장면으로는 보기 어려운 것이다.

오답 체크 ┃ 이 작품은 평생을 모친에 대한 사무치는 그리움을 안고 살아가야 했던 사임당의 간절한 심정이 표현된 작품으로, 자신의 운명적 삶에 대한 한과 함께어머니에 대한 지극한 효심이 잘 나타나 있다. 또한 이 시에서는 작자의 의식의 흐름이 현실과 환몽 그리고 현재와 과거의 경계를 넘나들며 전개되고 있어, 작자 내면에 자리한 간절한 그리움의 의미를 더욱 절실하게 하고 있다. 이 작품의 시적 화자를 주인공으로 한 편의 소설을 쓰려고 할 때 ①, ②, ③, ④는 이 소설에 모두 필요한 장면으로 볼 수 있다.

9 ③

정답 해설 ┃ (나)에는 표현 기법상 표면과 이면의 의미가 다른 반어(反語)는 사용되고 있지 않으므로 적절하지 않다.

오답 체크 ┃

① 이 작품에서 주제를 형상화하기 위해 동원한 이미지는 '조홍감'이라는 시각적 이미지의 소재이다. '조홍감'은 창작의 계기가 되는 소재이며 돌아가신 어머니에 대한 정서를 불러일으키는 기능을 하고 있다.

② 중국 고사를 인용한 것은 돌아가신 부모님에 대한 그리움의 정서를 부각하기 위해서이다.

④ 주제와 관련 있는 한자 성어는 효도하고자 할 때에 이미 부모를 여의고 효행(孝行)을 다하지 못하는 자식의 슬픔을 이르는 말인 풍수지탄(風樹之嘆)이다.

⑤ 이 작품이 독자에게 주는 교훈은 부모님이 살아계실 때 효도를 많이 해야 한다는 것이다.

10 ④

정답 해설 ┃ (다)의 화자는 꿈속에서 임에게 '마음에 먹은 말씀 실컷 사뢰려'고 하였으나, '눈물이 쏟아지니 말씀인들 어찌하며'라고 말한 것으로 볼 때, 꿈속에서 실컷 하소연했다는 설명은 적절하지 않다.

오답 체크 ┃

① 임의 소식을 기다리며 시적 화자는 '높은 뫼, 물가, 강천'으로 돌아다닌 것을 확인할 수 있다.

② '모첨(茅簷) 찬 자리에 밤중쯤 돌아오니 반벽(半壁) 청등(靑燈)은 누굴 위해 밝았는가'라고 되어 있으므로 적절한 설명이다.

③ '잠시 동안 역진(力盡)하여 풋잠을 잠깐 드니'에서 확인할

수 있으므로 적절한 설명이다.

⑤ '차라리 죽어져서 낙월(落月)이나 되어서 님 계신 창 안에 번드시 비추리라.'라고 했으므로 적절한 설명이다.

11 ⑤

정답 해설 ┃ ㉠, ㉡, ㉢은 임과 화자와의 사랑을 방해하는 장애물이고, ㉣은 임과의 재회를 방해하는 장애물이다. 따라서 ㉠~㉣은 장애물이라는 공통점을 지니고 있다. ㉤은 임에 대한 적극적인 사랑을 의미한다. 그러므로 함축적인 의미가 다른 하나는 ㉤이다.

12 ③

정답 해설 ┃ '빈 배'는 화자의 쓸쓸하고 외로운 마음을 간접적으로 보여주는 객관적 상관물이기는 하지만 감정이 이입된 사물은 아니다.

오답 체크 ┃

① ⓐ는 임에 대한 간절한 그리움으로 하루하루를 지내며 탄식하는 화자의 모습을 표현한 구절로, 임의 소식을 전해 줄 사람에 대한 간절한 기다림이 드러나 있다.

② ⓑ는 '높은 뫼'에 올라가 임이 계신 데를 보고자 했으나 '구름'과 '안개'로 인해 보지 못하고 화자가 임의 소식을 듣기 위해 다시 찾은 공간이다.

④ ⓓ는 화자가 꿈속에서 임과 만날 수 있는 매개체 역할을 한다. 따라서 임에 대한 간절한 그리움을 나타내는 소재라는 설명은 적절하다.

⑤ ⓔ는 꿈속에서 잠깐 임을 보고 헤어진 후의 화자가 느끼는 외롭고 쓸쓸한 심정을 그림자만이 자신을 따르고 있다고 간접적으로 표현한 것이다.

46 시집살이 노래 _{작자 미상}　214~215쪽

| 1 | ② | 2 | ① | 3 | ③ | 4 | ④ | 5 | ⑤ |

작자 미상, 「시집살이 노래」

작품 감상

　이 작품은 봉건적 가족 관계 속에서 서민 여성들이 겪는 시집살이의 어려움과 고통을 소박하고 간결한 언어 속에 압축하여 노래한 민요이다. 대화 형식의 구성, 언어유희와 비유 등 다양한 표현 방법을 활용한 것이 특징이다.

작품 분석

1. 작품 개관

갈래	민요
성격	여성적, 서민적, 풍자적, 해학적
제재	시집살이
주제	시집살이의 한과 체념

2. 짜임

기(起)	형님에 대한 반가움과 시집살이에 대한 호기심
서(敍)	고된 시집살이의 괴로움
결(結)	시집살이에 대한 해학적인 체념

3. 특징

① 언어유희와 비유로 해학성을 유발하고 있다.

② 두 인물의 대화체 형식으로 시상이 전개되고 있다.

③ 유사 어구와 동일 어구의 반복으로 리듬감을 형성하고 있다.

〈보기〉 정철, 「속미인곡」

작품 감상

　이 작품은 두 화자를 편의상 갑녀와 을녀로 상정할 때, 둘의 역할이 다르다. 갑녀는 작품의 전개와 종결을 위한 기능적 역할을 하는데 그치고 있는 반면, 을녀는 주제 구현의 중추적 역할을 맡고 있다. 을녀는 원래 적강선의 이미지와 통하는 고귀한 신분이었으나, 지상으로 내던져진, 즉 임으로부터 버림받은 존재이다. 이 노래는 '사미인곡(思美人曲)'의 속편이다. 그러나 '사미인곡'보다 언어의 구사와 시의(詩意)의 간절함이 더욱 뛰어나다는 평을 받고 있다.

작품 분석

1. 작품 개관

갈래	양반가사, 서정가사, 정격가사, 유배가사
성격	서정적, 여성적, 연모적, 충신연주지사
제재	임에 대한 그리움
주제	임금을 향한 그리움, 연군지정(戀君之情)

2. 짜임

서사	임과 이별한 사연 및 자신의 신세 한탄
본사	임에 대한 걱정과 그리움, 독수공방의 외로움
결사	죽어서라도 사랑을 이루고자 하는 간절한 마음

3. 특징

① 〈사미인곡〉과 더불어 가사 문학의 극치를 이룬 작품이다.

② 순우리말의 구사가 절묘하여 문학성이 높은 작품이다.

③ 두 여인의 대화체 형식으로 내용이 전개되고 있다.

〈보기〉 허난설헌, 「빈녀음」

작품 감상

이 작품은 가난한 여자의 처지를 읊은 노래로, 전체가 4수로 이루어져 있는데 그 중에 네 번째 작품이다. 가난하니 길쌈과 바느질을 해서 살아야 하고 시집 갈 날은 멀어지기만 한다는 내용으로, 불공평한 현실을 은근히 고발한 작품이다.

작품 분석

1. 작품 개관

갈래	한시
성격	애상적, 현실 비판적
제재	길쌈옷
주제	가난한 여인의 처지

2. 짜임

1~2행	겨울밤 바느질의 괴로움
3~4행	남을 위해 밤을 새워 하는 바느질과 자신의 불우한 삶

3. 특징

① 특유의 섬세한 필치로 불우한 여인의 고달픈 삶을 애상적 시풍으로 그리고 있다.

② 사회적 불평등을 우회적으로 비판하고 있다.

1 ②

정답 해설 | 글의 서두에서 '시집살이'를 '개집살이'라고 표현함으로써 시집살이의 어려움을 나타내고 있다. 따라서 시집살이의 상황을 부정적으로 규정하고 나서 고된 시집살이의 다양한 예들을 나열하고 있는 것이다.

오답 체크 |

① 어려운 시집살이로 인한 서글픔이나 한은 드러나지만 감탄과 반성의 어조는 나타나지 않는다.

③ 처음과 끝을 동일한 내용으로 상응시키는 수미쌍관의 시상 전개 방식은 나타나지 않는다.

④ 사촌 자매간의 대화체 형식으로 시상이 전개될 뿐 근경에서 원경으로 시선을 확대해 가는 전개 방식은 보이지 않는다.

⑤ 외부 세계와 내면에 대한 대비가 나타나지 않고 이상적 세계에 대한 동경도 드러나지 않는다.

2 ①

정답 해설 | 시집살이에 대한 어려움을 나타내기 위한 표현이지 사촌 동생의 결혼을 만류하고 있는 것은 아니다.

오답 체크 |

② 당시 여성들의 일하는 동선이 길어서 가사가 어려웠으며, 시집살이의 일상사 앞에 수 관형사를 붙여 그만큼 일이 많고 어렵다는 사실을 과장하여 표현하고 있는 것이다.

③ 시집 식구들을 새에 비유하여 화자의 처지를 익살스럽고 해학적으로 표현한 것으로 시집살이의 고달픔에 대한 하소연을 한 것이다.

④ 삼년이 세 번으로 곧 9년을 뜻한다. 못 들은 척, 못 본 척, 하고 싶은 말도 참고 살아야 하는 가부장제하에서 고된 시집살이를 하는 처지를 하고 있음을 나타내는 것이다.

⑤ '호박꽃'은 예쁘지 않은 여자를 비유한 말로 자신을 돌아볼 겨를도 없이 고생스럽고 어려운 시집살이를 하다 보니 어느 사이엔가 자신의 모습이 예전의 아름다움을 잃어버리고 초라해져 있는 것을 한탄하는 내용이다.

3 ③

정답 해설 | [A]는 사촌 동생과 형님이 대화를 하는 형식으로, 〈보기〉는 '저기 가는 저 각시'의 '저 각시'와 '너로구나'의 '너'가 대화하는 형식으로 내용이 시작되고 있다. 따라서 모두 예전에 알고 지내던 인물과의 만남을 계기로 하여 자신의 심정을 토로하고 있다는 설명은 적절하다.

오답 체크 |

① [A]는 시어의 반복을 통해 리듬감을 살리고 있지만, 〈보기〉에는 시어의 반복이 나타나지 않는다.

② [A]와 〈보기〉 모두 화자 자신의 문제 상황은 드러나지만 그것에 대한 책임을 제삼자에게 전가하는 내용은 나타나지 않는다.

④ [A]에서 계절의 변화는 나타나지 않고, 〈보기〉에서도 공간의 변화는 나타나지 않는다.

⑤ [A]에서는 반어적 표현이 나타나지 않으며, 〈보기〉에서도 다양한 비유적 표현이 나타나지 않는다.

4 ④

정답 해설 | 시적 대상인 사물에 인격을 부여하는 의인법은 나타나지 않으므로 적절하지 않은 설명이다.

오답 체크 |

① 윗글은 사촌 동생과 형님이 대화하는 형식으로 이루어져 있다.

② '둥글둥글'과 '도리도리'라는 의태어를 통해 형님이 하는 시집살이의 어려움을 효과적으로 드러내며 운율적 효과를 거두고 있다.

③ '시집살이'를 '개집살이'에 비유하여 표현함으로써 화자의 서글픈 정서를 강조하고 있다.

⑤ 우리말의 색채어 중에는 의미의 확장을 통해 그것이 지니고 있던 원래의 의미인 빛깔 그 자체와는 거리가 먼 다른 뜻을 비유적으로 표현할 때 사용되는 것들이 있다. 이 작품에서도 '나뭇잎이 푸르대야 시어머니보다 더 푸르랴.'는 시부모로 인해 겪는 갈등을 시어머니의 서슬퍼런 눈총이 나뭇잎보다 더 푸르다는 표현으로 적절한 비교와 색채어의 사용을 통해 시부모님 모시기의 어려움을 효과적으로 표현하고 있다.

5 ⑤

정답 해설 | 〈보기〉의 3행과 4행에서는 남을 위해 밤을 새워 하는 바느질과 자신의 불우한 삶을 대비시켜 표현하고 있다. 그리고 시집갈 날은 멀어지기만 한다는 내용으로 불공평한 현실을 은근히 드러내고 있다.

오답 체크 |

① ⓐ는 당면한 문제에 대해 하소연을 하고 있을 뿐 해결하려는 모습은 보이지 않는다. ⓑ는 가난으로 인한 한을 드러냈을 뿐 당면한 문제를 회피하려 하는 모습은 나타나지 않는다.

② ⓐ는 시집살이의 어려움을 하소연하고 있는 것이 맞지만, ⓑ는 가난 때문에 혼인도 못하는 처지이면서도 생계를 위해 추운 밤에 손끝이 시려도 남이 시집갈 때 입을 옷을 바느질해야 하는 여인이다.

③ 윗글에서 '오리'는 진짜 동물 오리가 아니라 자식을 의미한

다. 따라서 ⓐ가 '오리' 사육을 통해 고달픈 삶을 달래고 있다는 설명은 적절하지 않다. 그리고 〈보기〉에서 바느질은 고달픈 삶을 달래기 위한 것이 아니라 생계를 위해 어쩔 수 없이 하는 힘든 노동이다.

④ ⓐ와 ⓑ 모두 미래의 삶에 대한 낙관적인 자세는 드러나지 않는다.

MEMO

MEMO

MEMO

MEMO

MEMO

MEMO

'국어 선생님'들이
중, 고등학생들을 위해 집필한 문학 기본서!!!
패턴국어 문학 시리즈!

패턴을 알면 답이 보인다!!!

패턴국어 중학문학 현대시 (중1 ~ 중3 대상)
다양한 현대시를 접해 고등학교 문학 수업에 대비
문학사적 가치가 높은 작가들의 작품을 중심으로 선별
다양한 문제 유형을 통해 작품에 대한 핵심 내용 익히기

패턴국어 중학문학 현대 소설 (중1 ~ 중3 대상)
다양한 현대 소설을 접해 고등학교 문학 수업에 대비
문학사적 가치가 높은 작가들의 작품을 중심으로 선별
다양한 문제 유형을 통해 작품에 대한 핵심 내용 익히기

패턴국어 고등문학 현대시 1 (고1~고3)
2014년~2021년까지 평가원에서 다룬 모든 현대시 작품 수록
한 번에 내신과 수능 모두 대비하도록 새로운 문제와 기출문제 제공
작품의 전문을 읽으며 스스로 분석하고 문제에 적용

패턴국어 고등문학 현대시 2~3 (근간)

패턴국어 고등문학 고전시가 (근간)